人民文学出版社

「青春文学」
QING CHUN WEN XUE

图书在版编目（CIP）数据

2013青春文学／人民文学出版社编辑部编．—北京：人民文学出版社，2014

（岩层书系）

ISBN 978-7-02-010282-2

Ⅰ．①2…　Ⅱ．①人…　Ⅲ．①短篇小说—小说集—中国—当代②中篇小说—小说集—中国—当代　Ⅳ．①I247.7

中国版本图书馆CIP数据核字（2014）第033382号

责任编辑　文　珍　程天翔
美术编辑　赵　迪
责任印制　苏文强

出版发行　人民文学出版社
社　　址　北京市朝内大街166号
邮政编码　100705
网　　址　http://www.rw-cn.com

印　　刷　河北新华第一印刷有限责任公司
经　　销　全国新华书店等

字　　数　338千字
开　　本　710毫米×1000毫米　1/16
印　　张　28　插页4
印　　数　1—5000
版　　次　2014年6月北京第1版
印　　次　2014年6月第1次印刷

书　　号　978-7-02-010282-2
定　　价　38.00元

如有印装质量问题，请与本社图书销售中心调换。电话：01065233595

出版说明

我社多年来坚持出版各类年度文学选本，在文学界和读者中具有广泛影响。这些选本，视线多集中于成年作家队伍，在青年作家、青春文学这一领域，一直较少涉及。新世纪以来，80、90后群体的创作渐成一股引人注目的潮流，从中发掘新人力作，为富有潜力和才华的作者搭建展示平台，成为我社亟待完成的工作重点。基于此，我社决定推出"岩层"年选，以便及时总结年度青年文学创作的成绩，向读者集中推荐优秀作品，也为新世纪的文学积累做出贡献。

"岩层"年选拟每年出版一本，以小说为主。所选为年度最具代表性的青年文学作品，力求反映该年度青年作家队伍最主要的创作流派、题材热点、艺术形式上的微妙变化。更多关注成名作者以外的新人，探索青年文学新现象、新发展、新风貌。坚持精品至上原则，不排斥网络等非专业机构作品。

"岩层"年选的编选工作得到许多著名文学评论家和编辑家的支持和帮助，他们应我社之邀，对当年的青年创作状况进行深入、广泛的研讨，提出许多极有价值的选目。我们在广泛阅读的基础上，充分参考专家们的意见，严格进行编选。在此，谨向诸位专家深表谢忱。

人民文学出版社编辑部

序

成熟的成色
——《2013青春文学》

白 烨

青春文学所指称的以"80后"为主的新锐文学写作群体，近年来呈现出两种明显的发展走势，一是由于文学理念的不同与追求目标的各异，在写作的基本取向上，越来越趋于分化；二是随着他们年龄的增长与艺术的增进，他们已纷纷远离了青春文学惯有的流行符号：校园生活与学生主角。因此，青春文学只是沿袭一个已有的称谓，来借以跟进那些曾经青春的青年作者；或者说给已经长大了的青年文学作者，依然戴了一顶他们戴着明显偏小的帽子。

这本《2013青春文学》，共选收了20位作者的20篇作品。从作者的构成来看，因其中既有属于"70后"的石一枫，又有属于"90后"的修新羽，显然并不局限于"80后"群体。这种作者构成的多样性，就更使这本年选在涉猎面上超越了青春文学的已有范畴，而具有更为广博的延揽性与包容性。当然，即便是在新锐作家方面，放眼2013年的小说创作，值得注意的作者和作品，也不止这20位和20篇。但读过之后你会感觉到，这20

位作者和20篇作品，确实都不失为铁中铮铮，庸中佼佼。收入本书的作者与作品，具体来看，写法上都有不同作者的各自个性，综合起来看，又显示了一代文学新人的总体特性。这些在内容与形式两个方面的姹紫嫣红与朝华夕秀，以不同方式的锐意出新，给人们带来不少新的欣喜。

　　首先给人印象深刻的，是青年作家们在感应世界和看取生活上，视野明显放开了，眼界极大地扩展了。都市背景，校园生活，已经不再是他们关注的焦点与重心所在，而他们的兴味的触须，已广泛触及到社会与人生的各个方面。同样是在写当下社会青年一代的人生现状，陈再见的《微尘》，述写一个自由写作者因父亲去世奔丧一事，发觉自己跟父亲一样缺亲少友，看清了自己孤独而卑微的人生现状；杨逍的《一个无所事事的周末》，则状写"我"本想打发周末的无聊，不料在如厕等小事上引起的纠纷和打架等，使得无聊的周末更加地无趣和无聊。同样是在描写情事与性事，吕魁的《朝九晚不归》，由某公司白领漂在京城缺少归属感，出差珠海遭遇一夜情后也倍感孤单，在京与出京像一个镜子的两面，照射出了其在人生与情感上的双向飘零；林筱聆的《关于田螺的梦》，则由一对夫妇彼此的同床异梦和丈夫的隐秘出轨，叙说了婚姻中的情感稀薄与人性的两重分裂。还有一些作品，有意地超越着青年生活和自我经验，观察生活的眼光更为悠远和深邃。如周嘉宁的《轻轻喘出一口气》，以母女一同出游期间发生的小口角、小摩擦，显现了两代人之间从生活习惯到人生观念的系统性隔阂；再如蔡东的《无岸》，以女讲师柳萍在个人进退与女儿出国上的束手无策和无能无力，揭示了中年妇女难以摆脱又难以应对的人生疲惫；而张怡微的《试验》，更以种种日常化的生活细节素描已人到七十的倪心萍婆婆，用心体味生活，保持内心纯净，表现出跨越代际膈膜去细切解读老人的不凡功力。这些作品，无论从生活的层面看，还是从人物的层面看，都既是广角的，又是多姿的，称得上是对当下社会现实全息性的文学折射。

其次一个值得注意的倾向，是不少作品大都注重对于人物的个人性情与内在精神的发掘与呈现，尤其是在其独有的个性与其独特的命运勾连中，去深入体察个体的生存与个性的命运，由此体现出格外浓烈的人文关怀。双雪涛的《我的朋友安德烈》，以日常化的细节，绘描了"我"的朋友安德烈从学生时代起，就不驯顺，不盲从的顽强个性，而这样的个性给他带来的，是人生的一路坎坷，但他既改不了，也不想去改，依然故我，不管不顾；王小忠的《小镇上的银匠》，写一老一少两代藏族银匠艺人，从隔膜到理解，再到和谐与默契，终于成就一段名师出高徒的佳话，在作品人物行状甚于对话的叙述里，贯注的显然是一种文化理念的交集与传统精神的承继。许艺的《女诗人的榆树》，在罹患眼疾的女诗人先是屋外跑步，后是屋内踱步的行为坚持，来揭现人的顽强的生命意识。有意味的是屋外榆树的不断返青，与女诗人的日益老化，形成了鲜明的对比与特殊的对话。而林森的《有几条路飞往木桥》，则在瘫痪在床又口齿不清的父亲总惦记被水冲垮的一座木桥，而在木桥修好之后，不能行走的父亲却离奇地失踪，把精神异象与人生之谜一起端给了读者。这些作品所关注的，既属于人的精神性现象，又显得较为个别。但这种内在的与异态的精神状态，越来越成为人们屡见不鲜的现实，并且是人们常常忽略了的。有了这种细切而独到的观察与观照，文学写作对人性百态与人生万象的反映，才算是同步的和完整的。

  从艺术表现的方面来看，《2013青春文学》中的不少作品，在叙述视角与表现形式上，也有不少挑战难度的尝试与锐意出新的努力，给人留下了较为深刻的印象。比如，在叙述角度与人称上，包倬的《狮子山》、周如钢的《我的声音在天上飘》和修新羽的《山与江河》，都选取了第二人称"你"的叙述视角，这种叙述视角因定位单一、限制较多，对写作者来说，无疑增大了写作的难度。但几位作者，都以对话式、散文化的不同方式，完成了作品的故事诉说，并别具各自的韵致。叙述方式上较为特别的，还有石一枫的《合奏》，作品在学小提琴的赵小提和学钢琴的小女孩的"合奏"故事中，先是"柿子"的试探，后又是暗中的偷窥，通篇都是没有声音的交流，不用语言的"对话"，但在看似隔着却又不即不离的交往中，自有情绪的暗中流动与心绪的默默交流。这样的虚实相间的写作，显然留给了读者更多的想象的空间。

自然，2013年的青春文学选本的一些作品，也不可避免地留有这样那样的缺陷与不足。比如，有的作品在总体的构思上，明显缺少故事性元素，或者故事性不够彰显，显得较为零乱；有的作品追求语言与叙述的散文化的风格，但缺少精魂不散的"神"的勾连，使作品在文体上，显得不伦不类，介乎入与小说与散文之间。这也正好表明，这样一批文学新锐，还有很多的发展可能，也有很大的成长空间。

是为序。

2014年1月18日晚于北京朝内

我的朋友安德烈 / 双雪涛	003
无　岸 / 蔡　东	035
微　尘 / 陈再见	063
女诗人的榆树 / 许　艺	079
试　验 / 张怡微	091
有几条路飞往木桥 / 林　森	127
合　奏 / 石一枫	155
皮　囊 / 彭　扬	175
朝九晚不归 / 吕　魁	197
小镇上的银匠 / 王小忠	227

目　录

目 录

关于田螺的梦 / 林筱聆　247

狮子山 / 包　倬　265

龙凤呈祥 / 朱　个　295

轻轻喘出一口气 / 周嘉宁　319

一个无所事事的周末 / 杨　逍　331

秘　密 / 霍　艳　343

我的声音在天上飘 / 周如钢　367

预　言 / 夏　烁　395

山与江河 / 修新羽　413

格利普里奥 / 朱　雀　429

双雪涛

双雪涛,1983年9月生于沈阳。祖籍北京,满族后裔,工人子弟。2010年小说处女作《翅鬼》获台湾华文世界电影小说奖首奖,2012年长篇小说《融城记》获第十四届台北文学奖年金奖入围。

我的朋友安德烈

一

我倒数第二次看见安德烈是在我爸的葬礼上。

东北的葬礼准确来说,应该叫集体参观火化。没有眼泪,没有致辞,没有人被允许说,死了的人活着的时候是什么样子的,尤其是死了一个普通人的时候。死者的家属彻夜不眠,想着第二天都会来什么车,谁给车扎花,谁去给井盖铺纸,谁在灵车上向外撒纸钱。若死者有儿子,这个儿子就要想想怎么把瓦盆摔碎,一定要四分五裂才好,人才走得顺当。若是碎得不够彻底,亲戚们便瞪起眼,觉得你耽误了行程,让他误了一班车,还要捡起来,重新摔过。我便亲眼见过有人摔来摔去也摔不碎。有人在旁边说:你妈还有未了的心事。那人正被瓦盆弄得起急,捡起瓦盆朝那人扔去,那人一躲,瓦盆碎了个稀里哗啦。

参加的人也要起个大早,通常是凌晨五点左右。车队要排好,瓦盆一碎,灵车的司机就斜眼瞧你,你塞给他三百块钱,他就马上喊道:起灵!这种人通常声若洪钟,两个字在黎明里荡开去,好像要让街上飘浮的游魂让路。若是塞给一百,他好像突然困了一样,叨咕一声:起灵吧。之所以这么早就要出发,是为了赶那第一炉。其实早没有什么第一炉,不知道什么人正赶在焚尸炉建成那一天死掉,获此殊荣,之后的第一炉,无非是那天还没有炼过人罢了。这浅显的道理任何人都懂,可还是要争那第一炉,似乎凡事都要有个次序,然后争一争,人们才能安心。

我爸葬礼的前一晚,我的睾丸突然剧痛,不知道是不是那阵子一直在医院忙着，没工夫尿尿，憋出了毛病，疼得好像要找大夫把自己阉了才好。我安排人把香看好，千万不要灭了，自己披上大衣，钻进零下三十度的寒风里，走进我家对面我爸去世的医院，躺在一张发黑的床单上，脱下裤子，让大夫把我的睾丸捅来捅去，看看这两个一直带给我快乐的东西，这天晚上怎么了。大夫是个男人，手却很细，好像在挑水果，他说：大小一样，应该不是先天畸形，最近性生活正常吗？我说：不正常，家里有事，没过性生活。他说：之前正常吗？我说：听人家说不正常，时间有点长。他说：没事儿，我看。说着他又捅了捅。你是喝水喝少了，可能里面有点锈。他话音一落，我就不疼了，一点也不疼。诊室里的电子钟指着四点四十五分，我提上裤子从床单上跳下来，冲着大夫鞠了一躬，然后跑回家里。车队已经就位，我从车队的尾巴跑向车头，亲戚们已经在院子里站好，我妈站在灵车边上，她从兜里掏出黑纱，上面有一个白色的"孝"字，戴在我胳膊上。瓦盆在地上，烧纸已经放好，我从裤兜里掏出打火机，司机及时拉了我一把，递给我一盒火柴，于是我用火柴把烧纸点燃，看它们冒出黑烟然后化为灰烬。我吸了口气把瓦盆举过头顶，这时突然忘了台词。我妈在我身边轻轻说：爸，一路走好。我喊：爸，一路走好！瓦盆摔了个粉碎，好像是见了风的木乃伊一样，灰飞烟灭。她塞给司机三百块，司机声嘶力竭：起灵！

然后，我看见安德烈，披着他初中时的那件灰色大衣，和初中时候一样，敞着怀，里面只有一件背心，手提着初中时的破书包，像是提着刚刚斩下的人头，在熹微中向我走过来。

我第一次见他时，他就穿了一件背心，那是初一的第一堂课。班主任是个三十岁出头的女人，姓孙，初中三年她一直陪伴着我们。在不得已的相互了解中，我们发现对她来说，生于和平年代是个不小的失误。当老师，对于她是屈才，对于我们是有点过头了。当时她擦了擦黑色小皮鞋上的灰尘，好像刚刚爬过几座大

双雪涛 | 我的朋友安德烈

山赶到此地,说,你们应该能猜到,我今天能教你们,一定是我这些年教得不赖,我有办法治他们,我教过的学生没有一个回来看我的,我不难过,他们要是不怕我,早就完蛋了。所以,还是那句话,你们都是好学生,都是考上来的,我不想管你们,我太累了。然后她抬头看了看我们,好像在确定是不是听懂了她的话。大部分人都投去听的不能再懂的眼神,我也是。那是1997年,东北的教育体系中诞生出一种择校制度,堪称深刻洞察家长学生心理的伟大发明,即是在原本不错的初中内,设立至少甲乙丙丁四个班(基本上都是如此,为了和普通的一二三四等班区别开),叫做"校中校",吸收小学毕业的考生。和后来的中考高考有所不同的是,这种考试就算你考了第一名,也需要交纳九千块钱才能入学,所以又叫九千班。不过就算九千块钱在当时是笔不小的数目(我家的这笔钱便是东拼西凑的),可几乎所有小学毕业生都会试图报考这样的学校,谁会在刚刚起步的时候就停下来看着别人从身边跑过去呢?我们当时的班级便是甲乙丙丁四个九千班里的丁班。

孙老师讲话的时候,有一个人拿了把小刀,一直趴在桌上刻字,发出嘎吱嘎吱的响声。孙老师指着他,说:你,起立!他用手撑着桌子站起来,脸上露出不可遏止的笑容,想捂嘴又似乎有些难为情。孙老师说:你叫什么?他说:我叫安德烈。她说:你怎么会叫这个名字?到前面来,把你的名字写在黑板上。他走出来,我们都笑出声,不只是名字奇怪,他穿了一件极长的跨栏背心,下摆遮住了屁股,好像是穿了一件女人的套裙,两条光溜溜的细腿,脚上穿着一双旧球鞋。他走到前面,说:老师,没有粉笔。孙老师从讲桌里拿出一整盒,抽出一根递给他。他把粉笔掰断,一大半还给孙老师,留在手里的只有一小点,趴在黑板上写:安德烈。字极难看,却写得极大,结果把难看放大了,尤其是"烈"的四点水,好像黑板上爬满了肥硕的蚯蚓。写完最后一笔,粉笔刚好用完,"烈"字的最后一点是用手涂上去的。孙老师翻开点名册,说:名册上的安德舜是你吗?他说:那是我爸起的，和我没关系。孙老师的恼火已经装满了教室，安德烈却不以为然，笑嘻嘻地站在她的面前。她说：安德舜，你刚才在桌子上刻什么？他说：周总理。孙老师似乎吓了一跳，说：下课之前你要是不把课桌上的周总理划掉，我就让你父母来赔！以后考试，你要敢写安德烈，我就给你零分，以后你要是还穿背心短裤来上学，我就让你当着大伙脱掉，听明白了吗？我下意识在底下点头，这是小学时落下的毛病，老师问，"听明白了吗？"无论如何是应该点头的。安德烈摇摇头说：没有。孙老师把黑板擦在讲桌上狠狠一拍，说：有什么不明白的？他在浮起的粉笔灰中慢慢地说：你让我把字划掉，是因为写字破坏了桌子，可如果划掉，桌子就破坏得更厉害了，而且周总理怎么是能够轻易磨灭的？你让我写那个我爸起的名字，是因为名册上是那个名字，可现在我们已经认识了，你已经把名字和我联系上了，我写哪个名字你都会知道是我啊？你觉得我穿背心短裤不对，可走廊里的校规没写不让穿，你不让穿是觉得难看，我穿是觉得凉快，如果你让我脱干净，那不是更难看，我不是更凉快了吗？

　　孙老师的脸在几秒钟之内已经变换了好几种颜色，最后定格为苍白，她说：你觉得你很有理是不是？他说：嗯，和你一样。她顿了一下说：以后我的课，你不要上了。他想了想，好像在算数，说：那你得退给我五分之一的学费。九千除以五，一千八百块钱。她知道今天没有胜算，当着这么多人动手打人又违背她刚刚说过从来不动手的话，就说：你回座位，晚上叫你父母来。他不置可否，笑嘻嘻地走回去，刚刚坐下，她说：全体起立。他又站起来，用手撑着桌子。她说：都到教室外面去，按大小个儿站好，今天排座位。于是我们呼呼啦啦出去，男女分成两列，一个个对好。这时孙老师把安德烈从队伍里拽出来说：你先等着。等大家全都坐定，她指着最后一排的最右侧，挨着教室的后门，对安德烈说：你把你的桌子搬过去，坐那儿。

双雪涛 | 我的朋友安德烈

安德烈在那里坐了三年。就算初三的时候，我们班开始搞座位轮换，也没有能够拯救他。刚上初三就有些家长反映自己的儿女个头大就坐在后面不公平，个大本来是好事，这么一弄倒成了歧视。那时候大家的眼睛都开始纷纷出了毛病，除了生在知识分子家庭先天就遗传父母的近视，其他生下来时正常的眼睛到了初三都模糊起来。一方面是课上的内容越来越多，黑板上的字也就越来越小，有些老师不会安排空间，上来先痛痛快快地写几排大字，写到第二块板子，发现写不完，字就骤然变小，到了最后，简直像趴在黑板上刻字一样，刻出白色的一小团，整个黑板自上而下就像一张视力表；第二方面是，大家越睡越晚，听说有几个女生经常熬通宵，第二天照常上课，还能站起来回答问题。这是孙老师告诉我们的，她说：睡那么多有什么用？不睡不也好好的？后来其中一个叫做于和美的，一天在课堂上突然把脑袋放在地上，老师开始以为她在捡东西，看她迟迟捡不起来，说：于和美，先听课。她轻轻地说：老师，我觉得，不是，我猜，我的脑袋缺血了，我要把血控上来，控一会就好了。老师觉得不妙，走过去把她拉起来，只见她的鼻孔喷出两道血流，好像要把她顶上天空一样。第二天孙老师告诉我们，她是先天脑供血不足，以前不知道，我们可不信这个，至少不信先天两个字。况且供血不足，血怎么还会从鼻孔汹涌而出呢？当然像于和美这样脑袋一度出问题的还是很少的，实在是太少的人会相信不睡觉也能好好的这种话。所以一些大个子的家长，当然是那些能和老师说上话的家长，发现自己的儿女看不清黑板了，而那些小个儿每天就在黑板底下听课，想不看黑板都不行，黑板就在眼前，只要不是垂直趴在桌子上，随时都在视野里，就提出班里的座位应该轮换，每周一次。对于这样的家长，老师通常还是民主的，马上就轮换起来。可安德烈从来没有轮换过，除了初一下学期，也从来没有过同桌，他就像一颗钉子，被老师钉在后门的窗户底下，然后锈在那里。

不但是老师希望他坐在那儿，开始的时候，我们也希望他坐在那儿不要走。

初一上学期的一天下午，班里自习，大家正乱作一团，汪洋说马立业前几天从他那儿拿的一本《灌篮高手》一直没还给他，马立业说是被汪海拿走了，当时他告诉了汪洋，汪洋说知道了，可现在看来他不知道。汪海说他是从马立业那儿拿过一本《灌篮高手》，可不是他们说的第二十五集，而是第二十六集。汪洋把书包里的书倒出来，发现原来第二十六集也没了。他就说先不要说第二十五集的事儿，把二十六集还给我。汪海说在家呢，然后又加了一句，二十六集真没劲，也不知道三井的那个三分球进没进。马立业叫起来说，不对，这是第二十五集里的事儿。大家便开始热烈地讨论三井，大多数人认为三井是那套漫画里最有味道的人物。安德烈突然喊道：别说了，孙老师来了。大家正在愣神，班里出现了整个下午唯一一刻短暂的寂静。门开了，孙老师走进来，看见每个人尚未合拢的嘴，有的是因为话还没有说完，有的是因为惊讶，她也惊讶得把嘴微微张开，低头看了看自己的高跟鞋，惭愧地笑了笑说：你们学会听声了。说完扭头走了。我们看向安德烈，他正拿着圆规在桌子上刻东西，那张桌子上除了他的名字之外，他已经刻上了海豚，鹿，阿基米得，当然还有周恩来，不知道这回他刻的是什么东西。也许是他的耳朵灵吧，我相信大多数人当时都这么想。

第二天，还是那个时候，大家正在谈论《神雕侠侣》里的尹志平是不是该死，马立业正在大讲守宫砂的科学依据，当时古天乐和李若彤主演的《神雕侠侣》播得正热，李若彤被尹志平侮辱那一集，是所有人心头的痛楚。安德烈说：别说了，孙老师来了。大家就好像听见长官说立正一样，马上用眼睛盯着眼前的书，桌子上没书的就从抽屉里随便摸出一本盯上去，一时间大家眼观鼻鼻观口口观心，坐禅一样宁静。没有脚步声，门开了，孙老师穿了一双运动鞋走了进来。她这次看见的不是微张的嘴，而是一排排的后脑勺。我用眼角余光看见她有些茫然，好

双雪涛 | 我的朋友安德烈

像正在回忆哪里出了问题,就像电影里被共产党员戏弄的特务。最后她说:把书包交上来,考试。看来她真是没有办法了,只好枪毙俘虏。

考完之后,我们向安德烈走过去,虽然他害我们多挨了一场考试,可我们更想知道他为什么会像雷达一样神奇。他从桌堂里掏出一面镜子,已经破了,被人用透明胶粘起来,上面的人影好像脸上有疤。他说:这条走廊宽两米半。大家点头,好像都去量过一样。他伸手指了指头上的窗子,说:这块玻璃离地面一米六五左右,几乎和孙老师一样高,现在是十月份,下午两点到三点阳光和地面的角度应该是四十五度多一点,可以认为是四十五度。他看我们全部傻在当场,又掏出一张草纸,上面写着几个方程式,也是蚯蚓一般的模样。他说:我的书桌离地面八十三厘米,好,有了这些值,我把镜子放在距离我胸口三十五厘米,距离玻璃七十五厘米的地方,因为我们的教室在这条走廊的尽头。他抓起背心的下摆擦了擦鼻子继续说:所以孙老师要是想搞突然袭击,只能从东向西走过来,她又戴眼镜,你们知道她戴眼镜吧?我把镜子摆好之后,只要她不是故意贴着墙走,而是走在走廊的中轴线或者中轴线靠右,在她距离后面这块玻璃……他看着我们,没人回答,他失落地说:三米半的时候,我就能看到她的眼镜反射的光。我们惊讶了一会之后,汪洋说:真牛逼啊,真牛逼!然后我们像逃兵一样退去,把安德烈留在那个属于他的哨岗上。

不知不觉半年时间过去了,我的成绩越来越差。因为我爱上了一个同班的女孩儿,或者说,为了和这看不到边的苦闷生活作对,我选择爱上一个女孩儿,然后成绩就自然而然地差起来。现在我早已忘了她的样子,其实在当时我也经常想不起她的样子,那时却被一种爱的感觉彻头彻尾地征服。我挨了很多次打,当然是因为成绩的原因,我爸妈无法理解花了九千块钱把我送进一所我考上的好学校,我竟然成绩突然不行了,这对于他们来说无异于一种诈骗。我对自己是很理解的,因为我知道小时候那些所谓的优异成绩,只是比同龄人更早地使用了大脑。而在其他方面我则更晚觉悟，而我现在已经觉悟，至于大脑，用不用是我自己的事情。为了那个我现在已经忘记的女孩儿，我做了许多的事情，很多我至今想起来都无法相信，其中一件就是在凌晨时分，爬过学校的围墙，用准备好的晾衣竿捅开窗户，跳进教室，为她整理桌堂。把她前一晚随意扔在桌堂里的书，分门别类摆好。然后坐在她的椅子上，想象再过几个小时她坐在上面的样子。这样的事情我不是每天都做，偶尔一次突然的莫名其妙的整齐，她才不会起疑心。

就在这种爱最炙热的时候，或者说，就在这种爱冷却之前，我们开了政治课，那是初一下学期。

政治老师是一个四十几岁的女人，却还没有结婚，长得像是三十几岁，爱穿花衣服，脸也经常抹得如同墙皮的颜色，走起路来喜欢扭屁股，忽左忽右，好像在和一个我们看不见的人跳舞。她姓宋，我们都叫她"宋屁股"。听说她年轻的时候美得可以，不光是屁股，哪里都好看，还写得一手好文章，这是历史老师告诉我们的。历史老师是一个男人，是我们学校里唯一打着领带上课的老师。他上课的时候不爱讲历史，说历史书太脏，经常撇着嘴说：晦史啊，晦史。他专讲宋屁股，讲宋屁股的历史。他说宋屁股下乡的时候没有书看，身边只有一本字典，就天天背字典，吃饭睡觉下地干活都背，后来就精神出了问题，说简体字越看越不像字，这话传出去，她就成了那个公社里最年轻的反革命。但是也有人说她的精神病不是因为背字典，而是因为公社书记。我们问，公社书记？他说，你们不懂了，讲也白讲，反正她是她那一批里最晚回城的，回城之后，精神病就好了。因为中考不考历史和政治，历史课和政治课实际上是摆设，只有半学期，上完就可以把书卖掉。历史老师深刻地领会了他事业的精髓，把历史课变成了政治老师的历史的课，一到他的课，我们就打起十二分的精神。那时候老师们都喜欢扮作上帝，我们也没有觉得如何不对，可突然有一个上帝愿意讲另一个上帝的八卦，

双雪涛 | 我的朋友安德烈

我们便趋之若鹜,觉得没有任何一门课能和历史课媲美,就像是任何一个国家的历史在我们的眼里根本不能和宋屁股的历史媲美一样。

一天我又早早到了学校,去给她整理桌堂。我把晾衣竿伸向窗户,却没有碰到玻璃,退后几步才发现窗户已经开了,一定是劳动委员隋飞飞前一天晚上忘记关了,我想。我扬手把晾衣竿扔进教室,做了一个简短的助跑,上了窗台,等我落在教室里的时候,我发现教室有一个人,在清晨的黯淡曙光里,我认出她是宋屁股。

她看见我的惊诧不次于我看见她的惊诧,我们面对面惊诧地站着,屋里像是没有人一样安静。她的手里拎着一个编织袋,站在她的书桌边,另一只手拿着一本书,包着生物书的书皮。可我认识这本书,它十分容易辨识,除了厚度比生物书厚出三分之一,从侧面看,有一排书瓤已经发黑,那是描写尹志平迷奸小龙女的段落,上面留下了很多人手上的汗渍。从她的表情和姿势看,如果我没有突然跳进来,她应该会把《神雕侠侣》放进编织袋里面去。我突然想起来汪洋丢失的《灌篮高手》第二十五本,安娜丢失的《我的灵魂骑在纸背上》,之后马立业的《幽游白书》也不见了一本,许可的《福尔摩斯探案集》也找不到那本《血字的研究》了。这些书本来就不应该拿到学校来,如果向老师报案就相当于自首。她首先停止了惊诧,把"生物书"丢进了编织袋,然后她站直了身体,编织袋在她的手里显得有些分量,看来她是沿着走廊一路摸过来的,我们的教室是她今天的最后一站。她向我走过来,把编织袋敞开,说:挑一本。里面五颜六色,我想找到那本《神雕侠侣》,结果却抽出一本《第三军团》。她笑了笑,很自然的笑,好像是我做错事,她在施舍我,说:有点眼光,这本不错。我扔回去,把脑袋伸进编织袋,翻出那本《神雕侠侣》,放回她面前的桌堂。她把编织袋拉上,说:我这些书是要交到德育处的。我在椅子上坐下,没有说话,然后我听见她跳了出去,轻盈地落在地上,之后我一直在想,她是怎么跳出去的呢,穿了那么一件紧身的裙子,我当时真应该回头看她一眼。

　　上课铃响起的时候，刚才那会儿的沉默和狐疑已经过去，毕竟因为我，她今天没有得逞。也许我应该向班主任报告，可如果我告诉孙老师今天清晨在教室里发生的事情，首先要说清楚我大清早跳到教室里干什么。我来干什么呢？睡不着觉跳进教室来一场大扫除？还是我一直在暗地里调查我们班的课外书失窃案？况且宋屁股长得又不那么难看，曾经还因为书或者其他什么事得过精神病，只要她被我吓到，以后不偷就好了，而且一想到我要站在孙老师面前举报另一人，我就为自己感到恶心。我刚刚想到恶心两个字，孙老师走进教室说：李默，早自习不要上了，给我出来。

　　她进了办公室坐下，说：你书包呢？我一惊，想起来刚才在座位上，椅子怎么那么宽敞，可以动来动去，原来是书包没在屁股后面。她从办公桌底下的阴影里把我的书包拽出来，说：你小子真行，给我打开。我看见我的书包已经变了形，好像一只吃多了的胃，无须我动手，书包的盖子已经自己弹开，里面的书掉出来，教材都还在，只不过被压在最下面，上面的一层是《第三军团》《基度山伯爵》《窗外》《萧十一郎》。她说：捡起来。我把这几本捡起来，她拉开抽屉，我把它们放进去。她推上抽屉说：你要不是傻一点，我还真发现不了是你把这些东西带到班上的。她得意得好像眼睛要掉出来，说：你把书包落在走廊，我要是不捡，你说，是不是对不起你？我明白了事情的原委，我跳进去的时候，书包落在走廊里，宋屁股跳出去的时候，发现我的书包，就把我们班的书放进去，她以为我马上会把书包拿回去。可我当时正在疑惑和恍惚中，完全把我还有一个书包这件事情忘得一干二净。结果孙老师黄雀在后，我就进了她的办公室，书也进了她的抽屉。

　　她并不是要害我，她是希望我拿回属于我们班的东西，然后把这个早晨的事情忘掉，可她却真把我害惨了。

双雪涛 | 我的朋友安德烈

孙老师的处理方式除了把那几本书留在抽屉里，还让我把桌子搬到安德烈旁边。她说：从现在开始谁犯了大错，就去和安德烈同桌，什么时候你考了年级第一名，我再把你调回来。这明摆着是要我和安德烈一起坐上三年。我抱着桌子搬过去的时候十分沮丧，其实这样的发配和打击我早已经不放在心上，像我这样成绩不好，又有些内向的学生，每天经受的侮辱和打击已经溶进我的血液，铸就毫无廉耻心的免疫系统，就算我看不见黑板又有什么关系呢？我看见了不也和没看见差不多，还少了一个堂皇的借口。让我沮丧的是安德烈是我们班里最脏的学生，好像是一个年轻的乞丐溜进了我们的教室旁听。冬天他穿的棉衣上，有一层发亮的油渍，整个人像是一面镜子，走到哪里都有光线在他的身上折射到四面八方。他的身上有一种发霉的味道，不知道是衣服还是他的身体，总之一定是有什么东西正在腐坏，经过他的身边就像是经过一个小型的垃圾场，尤其是在一个人的视力正在减退的时候，他的嗅觉就变得特别灵敏。

我搬过去的那天下午，第一堂课是政治课，安德烈并没有对我表示欢迎，也没有表示抗拒，只是把他的书桌向旁边靠了靠，使我能够有足够的空间趴下睡觉。我没有睡，而是坐直了等着宋屁股扭着屁股走进来，我没有胆量走过去告诉她，虽然你害了我，可还是感谢你把那些书留下，我不会向任何人说起这件事。我只是想平静地看她一眼，也许她能够明白我的意思。可是走进来的却是打着领带的历史老师，他说：宋老师今天有事，她的课窜到下周，大家把历史书拿出来，今天我们讲……他把自己的书翻开，试图回忆起他这门课的进度……第一章，人类的起源。我正在惊奇他为什么没有讲宋屁股的故事，他已经开始朗诵课文，"人类的曾祖父是一种相貌丑陋，毫无吸引力的动物。他五短身材，比现在的人类要矮小得多。"我无法集中精神听关于人类的曾祖父的故事，第一是宋屁股本人的和在历史老师口中的双重缺失让我很焦虑，我一直不知道原谅一个人是什么感觉,好不容易有了一次原谅别人的权力,被原谅的对象又不见了,要下周才能出现,这一周的时间让我心头的原谅安放在何处?第二,安德烈一直在旁边小声说话,自言自语,我有几次差一点就听清了,可最终还是没有听清。在快要下课的时候,我终于忍无可忍,说:哎,你在那叨咕什么呢?他看了看我,说:他讲得不对。我说:他讲什么了?他把自己的书挪过来,不知道他到底是哪里出油,竟然连历史书上都是油渍,他指着其中一段说:书上说,人,他指了指我俩,就是我们这样的,是从猿也就是一种大猴子进化来的。我说:啊,动物里也就它们和我们最像了。他说:你去过动物园吗?我说:没有,听说过。他说:我也没去过,但是里面肯定有猴子对吧。我说:对,咱书上画着呢。他说:动物园这玩意,他拿出一个小本,是一些报纸的碎片,用线缝在一起,看上去像是一沓钱。报纸上写,动物园这玩意已经诞生了几百年,怎么没有一只猴子进化成人?不说动物园,有人类之后,森林里的猴子也没有跟着灭绝啊,那些猴子怎么到现在没有一只像咱们这样,能写能算,还能坐这儿听课呢?我顿时被问住,但是为了证明我不是从来没想过这个问题,让他在猴子和人的领域遥遥领先于我,我问:那你说,人是从哪来的?他把报纸片放回他的灰色大衣里,说:有人说,人是上帝造的。但是这个问题无法证明,你既无法证明人是上帝造的,也无法证明人不是上帝造的,我也觉得人应该是被造出来的,但是不一定是上帝,谁知道那是个什么东西?我忽然灵光一现说:人不是从宇宙里来的吗?我的意思是先有了宇宙,才有了人,对不对?他说:宇宙是谁造的呢?我投降了。我说:你赢了,我们是人造的。他摆摆手,说:不对,不对,我只是觉得,也无法证明,我只能证明他们不对,从逻辑上,可也无法证明自己对。我说:别跟我说逻辑和证明,上次数学考试我考了三十几分。他说:我也是,你三十几?我三十二。我说:比你多两分,你那镜子整得多牛逼,怎么数学考这么少?他听我问起,马上把那次的考试卷子翻出来,

双雪涛 | 我的朋友安德烈

指着第二题说：这道题其实用了一个很简单的定理，但是我在算的时候，发现这个定理有些不够，怎么说的，有点啰嗦，我就想把它弄短一点，我又得证明短了之后的定理和原来的定理其实是一样严密的，你懂吧，严密，结果呢，他兴奋地搓着手说：考试的时间就过去了。我看到他的卷子上，抬头处写着蚯蚓一般的"初一丁班安德烈"，第一题是满分，第二题的运算占满了卷子剩余的所有空间，结果是零分。看来，他是把还有其他三十几道题这件事情忘记了。我问：最后呢，你的定理怎么样？他高兴地说：错了。原来的表述，应该是最完美的。

我和安德烈真正成为朋友是因为足球。

初一下学期的冬天，迟迟没有下雪。就在那个冬天，雪把地面覆盖之前，我开始懂得了一点踢球的窍门。足球来到我脚下，我能听见自己兴奋的呼吸。我把所有的灵感传导到脚上，髋和脚腕随时准备把这只皮球控制得像身体的一部分。我无师自通地掌握了球的旋转。我发现要想让球听你的话，就要让它在你的脚底下旋转起来。只用一个月的时间，我便可以带球不用低头看它，让它自如地在我脚下打转，然后观察我的队友正在什么地方奔跑，对手正在从什么方向向我赶来。我热爱带球，就像一个婴儿热爱妈妈的乳头那样，无时无刻不想把它衔在嘴里。我讨厌传球，就算是所有人都向我扑来，而我队友已经排列整齐站在对方的门前，我也会勇敢地选择独自把球从所有人中间带出来，绕过队友，送进对方的门里。这也许是我那时生活中仅存的快乐。可当时我忙着把球踢得更加精湛，根本没工夫想到这是快乐，在我的生活已经全面褪色的时候，足球成了我紧紧抓住的色彩，我妄想，在这个操场上重新成为英雄。

当时很多人讨厌和我踢球，因为他们会闲下来，除了向我吆喝着希望我把球传给他们，没有别的事可做，有几次我听见他们的声音已经近乎哀求：李默，传啊，传给我！我无动于衷，继续让我和我的足球舞蹈。有一次足球从我的侧面飞来，我用脚内侧把球轻轻停在半空中，它像一只陀螺一样在那里旋转。两个人站在我的身边，他们同时伸出脚希望把球踢走，我把身体从他俩之间穿过，在他们以为我忘记了球已经在我身后的时候，我用右脚的后跟把球磕过两人的头顶，侧身把球抽进球门。我记得所有人都愣在那里，发出难以抑制的惊呼。

安德烈也是在那个冬天开始学习踢球，马上陷入痴迷。和我不同的是，他是一个后卫。可是他天生骨头僵硬，两条腿跑起来就像操场上谁在搬一条两条腿的凳子。而且他的运动神经明显不如他的理科神经发达，经常是球到了近前，露出惊讶的表情，好像是在想，咦，它是什么时候过来的？然后两条腿像是骑自行车一样，一通乱蹬，把球蹬出去。可他的脚却硬得像是石头一样，经常把球踢过围墙，如果你不小心被他蹬上，一定是一个疼痛难当的下午。他经常因为踢人惹事，因为他踢了人之后自己毫无察觉，对方在地上打滚的同时，他已经冲着球追过去，抬起一脚把球踢远，有几次不小心踢在倒地的人脸上，估计对方一时不知道腿和脸哪一个部分更疼。等人家爬起来揪住他，他还无辜地说：不是我，你弄错人了，踢了你，我一定知道的。

就在那次我把球从两人的头顶钩过之后，我坐在球门里，脱下鞋子，看着别人把手伸出围墙的栅栏买水喝，心里盘算着谁能让我喝一口。他坐了过来，也脱下鞋子，空气马上变味，他的袜子已经臭得发干，我相信如果脱下来，可以像两只靴子立在地上。他伸手摸了摸我的脚，我吓一跳说：你干吗？他说：你怎么踢得那么好？就是刚才，你怎么能，就是那么一踢，你怎么能想到那么一踢？我说：哪有工夫想，就是随便一踢呗，我还会别的呢。我把球抱过来，穿着袜子把球颠过头顶，等球快落到膝盖附近的时候，用脚把球在空中一带，球像被抽了一鞭子转起来，然后稳稳地落在我的脚面上。他瞪大眼睛说：你的脚上怎么像是有胶水？我把球踢给他说：你试试。不难。他站起来，我说：你踢球的底下，落下来的时

双雪涛 ｜ 我的朋友安德烈

候像我那么向旁边一带，画一个半圆。他照我说的，结果一脚把球踢过了围墙，落在一位卖水的老太太的车上。老太太马上在墙那边骂起来：谁踢的？是不是丁班那个小傻子？迟早有一天我得让你踢死。他抱着球回来的时候说：我不行，我的脚不够黏。

从那天起，无论什么时候踢球，他一定要和我在一边，他说：你上去，上去，过他们，我给你当后卫。他给我当后卫的方式除了把球踢出围墙和把对方踢倒在地之外，就是一定要把球传给我。在他逐渐掌握了长传球的技巧之后，这一特点变得尤为明显。他不在乎我是不是已经陷入重围，或者根本没有准备接球，有几次我稍一溜号，球已经飞到我的脸上。同伴们后来也逐渐发现了他这一癖好，看他要传球的时候就喊起来：安德烈，还有我们呢。这样的话对他没有任何影响，他的眼睛里只有我这一个队友，足球对于他来说不是十一制的，而是两人制的，就像是乒乓球里的双打。最可气的一次是我已经坐在场下，我刚刚扭了脚，他的球还是朝我飞过来，我狼狈地趴在地上把球躲过，然后一瘸一拐地把他拉出来，说：你传给我之前，能不能先看我一眼？他说：我看了啊，要不然我怎么知道传到哪？我说：我的意思是你得看一眼我是不是方便接球。他说：我怎么能知道你方不方便？我想了想说：如果我也看你，我就是方便，你看我的眼色行事。他说：我听你的。从那天之后就变成，如果我不看他，他就把球踢到界外去。

在我和他成为朋友之后，政治课换了老师，来了一个嬉皮笑脸的胖子，走进教室之后的第一句话是：我这课没什么用，该睡睡会，都挺累的，但是我还是得讲，不讲不好，你们睡你们的，咱们谁也别耽误谁。上了初二，政治课取消，我还是记不住这个老师姓什么，我只记得那个宋屁股，她为什么不来了，没人告诉我们。我便说服自己，她一定是有了更好的出路，不用在这儿讲没人听的政治。我不敢相信她的离去和那个早晨有什么关系，我宁愿相信她根本不需要我这个孩子的原谅，她一定是早已经把我忘了。就在那一刻，我发现我已经很长时间没有想起过我曾经喜欢过的那个女孩儿，也没再给她整理过桌堂，我竟然在对宋屁股的等待中不知不觉把她忘记了。永远忘记了。

二

上到初二，我的朋友安德烈成了围墙里最著名的人。

初二开学的时候，学校的升旗仪式有了些变化。之前的一年，柳校长（虽姓柳，此人长得又高又壮，且十分挺拔，一点不像柳树的样子）要求，每周一都要有一个班级派出最出类拔萃的一个女孩儿，戴上白手套，穿上特制的白色制服，在国歌声中把国旗升上天空。在国旗飘扬的时候，柳校长走出来，和升旗手亲切地握手，大约持续五秒钟，然后拿出一个名单，宣布上一周都有哪几个人打架，买零食，早恋，上课看课外书，然后进一步指出这些人的哪几个是警告，记过还是留校察看。我们这个年级一共只有甲、乙、丙、丁四个班级，加起来不到二百五十人，那些出色的挺拔的漂亮的女孩儿在初一的时候已经轮番走上升旗台，有些人在升旗台上已经出现了许多次。也许柳校长觉得他已经看够了，于是到了初二，他决定自己亲自升旗，所以每个周一，我们都会看见他穿着特制的白色制服，戴着白手套，把国旗升上去，然后为他鼓掌，以表示我们知道他辛苦了，希望他能注意身体。之后他取消了宣布处分决定的环节，这个环节变成了一张大纸，贴在教学楼的外墙上，不单是周一，我们每天都能看到。取而代之的是讲演比赛，我们每个人都要轮流上去讲演，按照学号的顺序，没有一个人能够逃脱。毕竟那时候女孩儿的身体和容貌经常在短短一个月的时间就有了难以置信的变化。

我们班的好几个人从此变成了讲演高手，每一个人都形成了自己的经典腔调。

双雪涛 | 我的朋友安德烈

隋飞飞讲演的开头通常是"有这么一个故事,我从来没向别人说起",然后中间便是自己默默地帮助孤寡老人或者偷偷为班级修理坏掉的桌椅,结尾一般写到"他们不会知道,一个人正在角落里,甜蜜地笑呢",整篇讲演稿笼罩在一种鬼鬼祟祟的氛围里,好像她干的好事如果被人发现,她就要杀人灭口。于和美的风格是情绪饱满,从上台的第一句话开始,眼里就饱含泪水,好像随时可能扑在柳校长身上号啕大哭,讲的故事一般和希望小学有关,因为她曾经给希望小学捐过一件崭新的棉衣,然后被邀请去学校参观。捐棉衣的当天她妈妈错把新棉衣当作旧棉衣放在了袋子里,她稀里糊涂地交了上去,等老师发现之后表扬她,她哭了。她讲演的结尾一般是"看见孩子们的笑脸,看见她们穿着我的崭新的棉衣,穿着单衣的我,突然觉得无比的温暖"。这时她眼睛里的泪水便会配合着"温暖"两个字流下来,非常准时。高杰则高级得多,他是我们班的学习委员,是个天生的顺民和讲演者,声音浑厚,手势有力,他的特点是善于引用诗词歌赋和名人名言,毛泽东和辛弃疾是他使用得最多的两个诗人,"天若有情天亦老,人间正道是沧桑"和"了却君王天下事,赢得生前身后名"我就听过两遍。一次正赶上把他养大的外婆去世,他讲演的第一句是:少年不识愁滋味,爱上层楼……而今识尽愁滋味,欲说还休。音调有些哀伤。可中间的内容却不是思念,而是外婆之死对他的激励,最后他把手放在升旗台的栏杆上:把吴钩看了,栏杆拍遍,无人会,登临意。激昂的情绪重又回到他的眼睛里。

安德烈登上升旗台那天,谁也没有防备他会给大家带来一个特别的早晨。他掏出讲演稿的时候,柳校长在旁边马上皱眉,他要求所有人都是脱稿的。他把讲演稿在手中翻滚了几遍,找到了开头,念道:今天我演讲的题目是"下水井盖为什么是圆的"。同学们,它之所以不是方的是因为……所有人笑得东倒西歪,我笑得蹲在地上,口水顺着嘴角流下来。在笑声中,他没有停下来,而是镇静地朗诵着：圆形的直径是圆周上任意两点的最长距离，你们知道，井盖如果掉下去，一定是两点之间的距离小于那个窟窿……柳校长怒气冲冲地打断了他说：井盖掉不下去，是因为底下有东西卡着。安德烈摇摇头：你肯定没看过《十万个为什么》，这是一个几何问题，不是一个东西卡着的问题。柳校长原来是一个体育老师，几何问题离他实在太遥远了，他说：你是故意扰乱升旗仪式的秩序。安德烈说：我在发表演讲，是你打断我的。校长一时没有反应过来，想了一会说：下周演讲还是你，题目是"祖国在我心中"，回去向你们班的好学生学习，要讲得深刻，孙老师？孙老师狠狠地从队伍里走出来，他俯视着孙老师说：如果这个学生下周讲得不好，我再找你谈。

孙老师的对策除了把安德烈骂得狗血喷头，说他是她这辈子见过的最大的祸害，是害群之马，是腥了一锅汤的臭鱼之外，就是让高杰当他的老师，手把手地辅导他，她还暗示高杰可以替他把稿子写好。那一个星期，安德烈的草纸上写满了毛主席诗词，他好像对这些一点也不排斥，在高杰的悉心照料和好言相劝下，到了下一个周一之前，他已经背熟了几首。我提醒他，这次一定要脱稿，不要再给校长抓住把柄。他点点头说：现在已经背得一个字也不差了。到了周一，孙老师借给他一套干干净净的校服，然后把他拽到洗手间，盯着他把头发洗净。他再次登上升旗台的时候，整个人焕然一新，如果不是他下意识的手脚乱动，几乎和高杰长得一模一样了。他把麦克风拿在手里，环顾四周，等大家彻底安静下来之后，他大声说：今天我讲演的题目是"祖国在我心中"。然后他深吸一口气，像其他人一样，指挥家似的把一只手缓缓抬起："钟山风雨起苍黄，百万雄师过大江。虎踞龙盘今胜昔，天翻地覆慨而慷。人生易老天难老，战地黄花分外香……下面，我来讲一下海豚的呼吸系统。"整个校园爆发出雷鸣般的笑声和掌声，有些人吹起口哨，大家像是过节了一样，在这一圈围墙里面从未有人这么集中地给我们带来快乐。我一边笑得喘不上气一边开始担心，安德烈这次可闯了大祸了。他在欢乐的节日气氛中讲道：海豚的呼吸是有意识的，如果它们想要自杀，只要让自己放弃下一次的呼吸就可以了。

之后安德烈再也没有走上升旗台，而是走上了教学楼前面的大纸，他的名字后面写着：留校察看。

孙老师对他没有办法，她已经把所有能够毁灭他自尊心的话都说尽了，可他的自尊心似乎没有受到任何损伤，而是越发坚定地支撑着他坐在离黑板最远的角落，每天自得其乐地生活。

我也一样，无忧无虑，既然永远逃离不了这里，何不躺下好好呼吸自由的空气呢？可安德烈不这么想，至少对于我，他不这么想。一天他对我说：你老坐这也不行，你还得往前坐，后窗户有我看着就行了，你还是得好好学习，咱俩不一样。我说：怎么不一样，我早就不想学了。他说：不对，不对，不一样，你是有希望的，你就是话少。我说：有个屁希望，这三年咱俩注定做伴儿，你换不了人了。他说：孙老师说，这次期中考试就考这学期学的东西，你先把这次考好。我说：我就算这次有进步，也考不了年级第一啊，还是得坐这儿，来来，下盘五子棋。他说：咱们试一次，代数刚开始讲二次方程，几何讲切线，物理化学上学期刚开课，现在还讲基本概念，这几门我能帮你从头到尾捋一遍。英语我不会，你得自己背，语文会也没用，没准儿，到时候看运气。现在离期中考试还有十五六天，从明天开始，咱俩六点半到教室，你背英语，我听着，你就当我能听懂，然后这一天你也别听课，反正也看不清黑板，咱俩复习咱俩的，就这么定了。说完，他开始在他的书桌上刻小人，小人长了一张窄脸，嘴角高高翘着，笑得很开心，然后他画了一个箭头，箭头的终点刻上了我的名字。我想了想，如果像他说的试试，我能损失些什么呢？万一某一科考得不赖，是不是也能吓那些老师一跳，证明我虽然成绩不行，但我不是傻子。我突然发现我真的很想吓他们一跳。

那次期中考试成为我初中三年唯一的巅峰，我考了年纪第一名。几何代数物理化学加起来丢了一分，英语出奇地简单，大家分数相近，语文题出得很怪，作文是让用白话文写一首唐诗。那首唐诗我恰巧背过，是杜甫的《从军行》，小时候我爸拿着绘图的铁尺子逼我背的时候（我爸一直很推崇传统的教育方法），还要背上注释，所以每一句的意思和典故我都倒背如流，几乎不假思索地把作文写完，而大多数人写的完全是另一个故事。成绩出来那天，隋飞飞、于和美还有其他几个所谓的好学生突然不和我说话了，好像我的第一名是趁她们不注意偷的，她们看我的眼神是看小偷的眼神。安德烈在成绩出来的时候，一下从书桌里跳起来，撞翻了桌子上的几本书，说：成了吧？成了，成了！虽然他的总分比我少了一百多分。在孙老师把我调回前排的时候，他又不停地用袖子擦鼻子说：李默，书桌里的铅笔别忘拿了，钢笔水，钢笔水在我这儿，别忘拿了，你的草纸够吗？我这有草纸，你拿点。好像我不是被调到前排，而是被调到另一个学校。然后在书桌上刻了一个胖脸的小人儿，嘴巴两边耷拉下来，箭头冲下，指着他自己的胸口。

成绩出来没有几天，安德烈下课的时候把我叫到厕所，我们的厕所一般是打架和谈机密之事的场所，我见过乙班的一个男孩儿正蹲着拉屎，突然跑进来几个人趁他屁股露在外面，裤腰带卡在胸口，把他揍了一顿，这人被打得鼻青脸肿，追出去的时候人已经跑没了，他又蹲下来把屎拉完。我还见过有人扶着厕所的墙拿着一封信大哭，我以为他是觉得这一封信当作手纸还远远不够，结果他哭完之后把信叠好揣起来然后撒了泡尿走了。安德烈却是来说正经事的。他告诉我，他在老师的办公室听见，教育局出了一份文件，我们学校今年有一个去新加坡留学的名额，在那里读高中大学，学费全免，还发生活费，只是需要毕业之后在那里工作三年。我说：这事需要在厕所说吗？今天有体育课，你球鞋带了没？他说：

双雪涛 | 我的朋友安德烈

带了，带了。我还没说完呢，老师说，教育局的文件上写，这个名额应该给这次期中考试第一名的学生，那不就是你了？我突然觉得自己想拉屎，赶紧解开裤子蹲下，说：你还听见啥了？他站在我面前说：我没听见别的，老师这两天找你了吗？我说：没有，她把我调回前面就没来找过我。他说：那就对了，她说这话的时候，面前站的是隋飞飞。说完，他满怀期望地盯着我，好像在等着我和他心有灵犀，可是我还是没有明白他的意思。我说：然后呢？他说：你怎么比我还笨？你没听说吗，孙老师现在在自己家里开了个补课班，又怕被人抓住，隋飞飞就帮她在班里拉皮条。我说：什么叫拉皮条？他说：我也不知道，我听我妈说的，反正就是帮她拉学生，你懂了没？我说：我说最近孙老师讲课老是说一半话呢，原来那一半留着回家说。他说：我操，你还是没懂。她是想把那个名额给隋飞飞，这下你懂没？你拉屎真臭。我说：我是第一啊，文件上说是我，她也说了不算。他说：我觉得这里面可能有问题，你最好去问问她，让她知道你知道了。我说：对，我问问她去。然后我一边使劲一边开始想象新加坡是什么样子，开始想象我远离了这里的一切到一个陌生的国度是什么样子。我突然意识到，这也许是我一辈子唯一的机会，像小时候被爸妈反锁在平房里的时候一样，捅开后窗户，爬过一排低矮的小房子，跳在邻居的院里，再爬过一扇高我两头的木门，落在街上，然后在另一个世界，获得新生。我笑起来，笑容旋即僵在脸上，我说：安德烈，你带手纸了吗？安德烈掏出怀里的笔记本，撕了一张空白的给我，说：轻点，这纸硬。

第二节课刚好是孙老师的课，我准备下课就跟着她去办公室谈谈。她却好像知道我在想什么。我们起立坐下之后，她说：这次期中考试，我们班的李默进步很大，大家鼓掌祝贺他。掌声过后，她冲着我说：我就知道你有潜力，所以把你放在最后一排，你这种学生，就得用激将法。然后对着大家说：但是，这次考试的数学卷子的倒数三题，出现了很多误判，数学组讨论了之后，发现很多同学的证明方法虽然和标准答案不一样，但是也是正确的，所以决定给一些同学修改分数，老师们虽然辛苦一些，可是只有这样，成绩才能公平一些。她拿出一份新的成绩单，说：这个事情对我们班的影响不大，只是，我看看，年级第一名是我们班的隋飞飞，李默是第二名，还都是我们班的学生，而且就算是第二，李默的进步已经很大，大家鼓掌祝贺他俩。我没有鼓掌，趴在桌子上。整整一堂课，我都没有把头抬起来，我怕看见老师，不知道为什么，那个时候我就怕看见她的脸。下课的时候，安德烈走过来喊我：李默，体育课了。我没有动，我感觉如果我把头抬起来，这一节课流出的眼泪会从臂弯里淌出来。他伸手摸了摸我的头发，我听见他用那两条僵硬的腿跑出去了。现在回忆起来真的觉得奇怪，我初中三年只流过那么一次眼泪，之后的很多年在我爸去世之前基本没有掉过眼泪，只有那么一次，眼泪毫无预兆地袭来，几乎把我冲垮。

之后的几天我一直有些恍惚，我没有向我爸妈说起，说了只会更加印证他们的人生大部分时候都是无能为力的。我的恍惚是因为我一直在和自己讲话，说服自己新加坡这件事情从来没有存在过，我这样的人怎么能和这样的地方发生关系？安德烈一向喜欢胡思乱想，谁要是相信他的话一定倒霉，他还说人不是从大猴子进化来的，关于新加坡的故事就和猴子的故事一样，只是他小世界里的幻觉。

突然有一天傍晚，孙老师几乎是把门撞开，冲进教室里，她的脸完全变了样子，像是谁刚刚刺了她一刀，她正要找兵器刺回去。她喊道：李默，安德烈，给我出来！我俩还没有站起来，她已经跑过来，先是我，然后是安德烈，她拽住我们校服的领子，把我俩拖出教室去。我不敢相信她竟然有这么大的力气，她几乎是把我俩一个胳膊夹一个，提进校长室，鲁智深倒拔垂杨柳也不过如此吧。我还来不及想我们到底捅了多大的娄子，就已经立在校长室里。而这时候我发现，我爸妈竟然都在，还有两个中年人站在他们俩旁边，应该是一对卖肉的夫妻，因为男的

双雪涛 | 我的朋友安德烈

系着一个围裙,上面都是血和油,如果不是刚杀过人,那就是刚杀过猪。我看到他的脸,突然明白他就是安德烈的爸爸,两个人简直长得一模一样,只不过他的脸就像是安德烈的脸不小心掉在地上,被过往的行人踩了几年。系着围裙的男人突然冲过来,一脚把安德烈踢倒,说:操你妈的,你活着就是要我的命,你再不死,我和你妈就都让你气死,踢死你,踢死你我给你偿命。他和着自己的节拍,把安德烈踢得满地打滚,女人并没有上去拉住他,而是两手笼在袖子里,小声说:挣的钱都给你花,你这些年花了多少钱,你把我们挣的钱都花了你。老安,回家再说吧,老安。我爸这时候走过来,拉住他,说:同志,这不是打孩子的地方,也没有这么打孩子的。他把两只手在围裙上蹭了蹭,好像刚才是用手踢的,说:大哥你不知道,以后不是他死,就是我死。安德烈趁机靠着墙站起来,手捂着肚子,人突然小了一圈。在他们走动的时候,我看见柳校长坐在他的大办公桌后面,阴沉着脸,好像在等小鬼们闹完了,在生死簿上打钩。他说话了,我第一次听见他这么近距离和人说话,感觉特别刺耳。我现在想听你亲口说,这张大字报是不是你写的?安德烈说:是我写的,不是别人。好,那是谁把它贴在校长室的门上的?是你自己,还是有别人?安德烈说:是我贴的,没有别人。安德烈的爸爸这时又抬起腿踢了他屁股一脚。柳校长说:同志,这不是菜市场,孙老师,如果他再打人,你就把黄师傅喊过来。黄师傅是我们学校资格最老的德育处老师,每天都带着手铐上班。安德烈的爸爸说:校长,我就是想让他站直了,你给我站直了。柳校长继续对安德烈说:同学,你要想好,你的回答对于你很重要,你现在还小,不要以为讲朋友义气是多么光荣的事情,搞不好会耽误你一辈子。他说:我从不骗人,这张纸是我写的,草稿我可以拿给你看,在我的书包里。贴上去的也是我,昨天晚上八点左右贴的,用了一卷透明胶,我怕有人帮你撕下来,你看不见,我贴了三层。柳校长点点头,"大字报"一直摆在他的桌子上,一张卷子那么大。撕下来的人当时一定费了一些工夫，整张纸没有一点损坏，透明胶粘在纸上，上面的字迹就像写在水里一样。

　　柳校长把它递给孙老师，说：你给几位同志念一念。孙老师接过来，小声念：大字报……柳校长说：大点声，你不知道大字报怎么念吗？孙老师努力笑了笑，大声念：大字报，炮打孙老师。红军不怕远征难，万水千山只等闲。五岭逶迤腾细浪，乌蒙磅礴走泥丸。柳校长，我是初二丁班的一名学生，李默也是初二丁班的一名学生，孙老师是我们的班主任，也是我们的老师。李默是这次期中考试的年级第一名，我不是，隋飞飞也不是，李默应该去新加坡，不是我，也不是隋飞飞。孙老师……念到这里她停下来，有些不知所措，安德烈小声说：篡改。原来她不认识"篡"字，这不奇怪，我们的老师们经常会不认识一些字，语文老师倒是认字多些，可是有时候她会被两位数之间的加法搞糊涂，比如给我们合分数的时候。孙老师排除了障碍继续念道：篡改分数的做法违背了毛泽东思想，邓小平理论，五讲四美，以德治国和柳校长制定的校规，我坚决拥护毛泽东思想，邓小平理论，五讲四美，以德治国和柳校长制定的校规，我要向孙老师这种行为开炮，不只一炮，如果她不改正，我还要继续开炮，我愿意做一门拥护毛主席，邓小平同志，江泽民同志和柳校长的迫击炮。最后，我想说的是，去新加坡的应该是李默，不是我，也不是隋飞飞。此致敬礼，最最崇高的敬意，初二丁班，你的炮手，安德烈。校长室里安静下来，安德烈的文采超出我的预料，他不但留下名字，竟然称自己为"你的炮手"，他竟然还要拉拢柳校长做自己的后盾，我一度不敢相信这是他写的，可是确实是他的字迹，忽大忽小，弯弯曲曲。柳校长说：开炮这个词你从哪学的？安德烈说：我们曾经做过一道阅读题叫《炮打司令部》。柳校长点点头说：同学，你的出发点是好的，有什么事情可以讲，我们学校一直鼓励学生把自己的想法讲出来，这样我们才能知道你们想些什么，才能更好地教育你们。

双雪涛 | 我的朋友安德烈

我心里想：完了，后面是可是。柳校长说：可是，你的方法是极其错误的，极其偏激的，你的这篇东西，是会毁掉一个年轻教师的，也会毁掉我们整个教师队伍对于学生的爱惜。你明白我的意思吗？他摇头说：我说的是事实。她先错的。柳校长说：这个我会调查，谁对谁错不重要，重要的是我不能允许类似的事情再次出现在我的学校里。安德烈说：这不是你的学校……安德烈的妈妈打断他说：校长，你给他一次机会，他是一时冲动，而且他也不是为了自己。我爸马上说：校长，这件事情和我们家孩子可没有关系，我们家李默完全不知情，他我还不知道？他没那个胆儿。安德烈的妈妈哭起来：德舜从小就老实，别人说什么都信，他就是让人当枪使了。安德烈说：妈，这件事情就是我一个人干的，你诬赖别人干什么？安德烈的爸爸的右手应声动了一下，他应该是想到了黄师傅，手没有举起来，而是说了句：你等回家的。柳校长摆了摆手说：你们的意思我都明白，这件事情我已经心里有数了。这件事情虽然和李默有关系，他一进来我就知道他什么也不知道，不知者不怪。孙老师改分数的做法如果确实有问题，学校绝不姑息，一定严肃处理，该谁去新加坡就谁去，按照上级的文件来。他挪了挪面前的茶杯，靠在椅子上，从抽屉里拿出一沓钱，对安德烈说：这是三千块钱，退给你，这是你留校察看的记录和这三千块钱的收据，这不是开除，名义上你还是我们学校的学生，中考我们也会安排你参加，但是从今天开始，你不用来上学了，我们学校的老师教不了你。然后他对着安德烈的爸妈说：如果你俩觉得我的处理有什么问题，你可以向相关部门反映。一会儿孙老师会安排你们在收据和相关材料上签几个字。孙老师，送几位同志出去，刚才是谁接的他们，一会儿让他把几位同志送回去。

晚上放学之后走进家门，我爸正坐在饭桌后面抽烟，他问：真有新加坡这回事吗？我说：我不知道，不知道安德烈从哪听来的。他说：校长说有文件，那应该是有这么回事。我说：我不知道，我们谁也没看过文件。我妈拿着一把筷子，撒到桌子上说：吃饭了。我爸说：嗯，去洗洗手，吃饭吧。然后把烟头按在烟灰缸里。烟灰缸里堆满了烟蒂。

过了两天，学校的教学楼上，记过和留校察看的学生的名单旁边，出现了一张红榜，是这次期中考试的最终成绩，第一个不是我，也不是隋飞飞，是一个我们谁也不认识的名字，看名字应该是个女孩子，不知道她后来在新加坡生活得好吗，那到底是个什么样的国家。

孙老师连续几个星期情绪极坏，把隋飞飞都骂了几次，还取消了我们的体育课，她经常在讲课的时候突然开始数落我们，从骂我们脑袋笨开始，最后一句一般都是：你们这帮白眼狼。

三

从1998年的冬天，到2008年的冬天，这十个春夏秋冬，我经常和安德烈见面。后来我勉强上了大学，毕业之后进了一家小广告公司做些文案工作，虽然也属于我们初中同学里面混得差的，毕竟也算是在社会上厮混着。他初中毕业之后去了一个极差的高中，念到高二退学回家。这么多年，一直待在家里，白天睡觉，等他爸妈睡下之后起床看书。前面几年他一直在研究解析几何和电磁铁，中间几年好像说发现了宇宙里反物质存在的证明，这些研究和发现都属于他自己，他从未想过让除了我之外的其他人知晓，更没有想过要去考个夜校或者学门手艺，到社会上混口饭吃。他一直靠着他的爸妈卖猪肉猪排骨猪血挣的钱养着他。他爸开始的时候经常要把他打出去，可他很经揍，每次挨完揍，躺在床上就能睡着，第二天还是赖在家里。后来，他爸得了膀胱癌，命暂时保住了，膀胱没有保住，腰的附近就多了一个尿袋，每天要倒几次，还得定期打消炎针，于是就打不动他了，只能躺在床上指着同样躺在床

双雪涛 | 我的朋友安德烈

上的他骂个不停。他有时候会回嘴，因为他知道虽然两张床离得很近，可对于他爸却是无法逾越的距离。两个每天躺在床上对骂的男人要靠着一个女人独自卖猪肉来养，我经常会想象这三个人是怎样痛苦的一副组合。

到了二十一世纪之后，安德烈得到了一台计算机，是亲戚淘汰下来的废品。他每天跑图书馆，终于自己把计算机修好了，还学会了偷邻居的网线，他说：反正他们晚上都睡觉了，我和他们谁也不耽误谁。没多久，他又学会了用代理器上一些国外的网站，他不怎么懂英文，可他说他能看懂，我也相信他。

我们每周都要聚在一起踢球，他的脚法还是那么硬，穿的也还是初中时候的校服，他后来几乎没怎么长个儿，自行车后面夹着初中时候的破书包，书包装着他搜集的报纸碎片。无论我站在哪，他都要把球传给我，有时候会惹一些陌生人的不高兴，我只好拉着他走掉，我可不想和他一块挨揍。有一天他跟我说，这周他不能来踢球了，他要练功。我说：练功？他说：嗯，练气功。我说：我还以为你不信这个。他说：这个不一样，他解释了我很多疑问。他告诉我什么叫做真善美。几个月的时间，他不断瘦下去，不知道他是在练气功还是在喝减肥茶。没多久，法轮功在全国闹出了乱子，安德烈又出来踢球了，可是心情看起来很不好，他说：李默，原来都是假的。我说：什么是假的？他说：气功是假的，说气功是假的人也是假的，真相是不存在的。我没明白他的意思，觉得他又出来踢球就是好事情。可从那以后，他的身上开始起了变化，他不再和我讲，他在做什么实验，他心中的宇宙在进行着什么样的演变，而是经常和我谈起中国建国之后的历次运动，领导人之间有什么样的龌龊，谁是谁的干儿子，我搞不明白为什么他突然对政治和近代史发生了兴趣，而且主要是政治黑幕和近代野史。他告诉我：中国依然处于"文化大革命"的时代，"大跃进"也没有结束，只是执政者变得更加高明，迫害知识分子和亩产万斤之类的事情一直在发生，只不过不再是赤裸裸的那种，而是暗地里偷偷摸摸地进行，用人们感觉不到的方式。虽然我混得也不怎么样，可我不能同意他的说法，我告诉他这已经是一个完全不同的时代，苦难依然在民间流行，但是已经完全不是我们父辈经受的那种。而且我们都太渺小，都不配把整个时代作为对手，我们应该和时代站在一起，换句话说，自己要先混出个样来。他也完全不能同意我，他说他拒绝和这样一个时代同流合污，他说迟早要出现一场流血牺牲的革命，而他随时准备上战场。我说你这样活法，革命还没有来到，你已经先成了烈士了。

在很长时间里，我们谁也不能说服谁，可我们也没有因为对时代的看法南辕北辙而疏远。我们还是经常在一起踢球，然后找一个饭馆，喝上几瓶啤酒，他讲他的信念，我讲我的生活，好像在面对另一个自己自言自语，因为谁也说服不了谁，后来干脆变成一种光有诉说而没有倾听的谈话。我们唯一的共同话题是追忆我们的初中生活，他把那段时光当作他一生里最美妙的时光，尽管他的初中生活并不完整，也命途多舛，可是他觉得那时候他能和他的朋友坐在一个教室里，不管当时他受了多少迫害，他管这个叫迫害，他还是无比怀念他仅有的两年的初中生活。到了2007年，有一天他兴奋地告诉我，他终于找到了他一生的研究方向。我问：什么方向？他说：朝鲜。我一时没有明白他的意思，我还以为他想要到朝鲜留学，可是朝鲜是不是有大学我都拿不准，他说：我要研究朝鲜这个国家。我说：那个国家有什么研究的？不就是一个臭流氓？那时候朝鲜正和美国闹别扭，说自己兜里其实揣着原子弹，别看你过得好，我扔你一个，你扔我一个，咱们两个国家就都回到史前了。他说：你不知道，朝鲜太重要了，它是我们的过去，也是我们的未来。我说：照现在看，我们的未来即便不是美国，也不可能是朝鲜。他说：你不知道，李默，这方面你真的不知道。我心想，好吧，那我就不知道吧，在家研究朝鲜，总比时刻准备着提着冲锋枪上战场让人放心。之后他便经常和我说，朝

双雪涛 ｜ 我的朋友安德烈

鲜最近饿死了多少人，而粮食都给了军队，朝鲜怎么把中国的援助物资换成了毒品，然后又换成了武器，金日成是一个孤儿，是苏联人从森林里捡来的，选他是因为他没有亲人也就六亲不认，可以狠到底。我开始觉得有趣，像是听评书一样听他义愤填膺地讲下去，可是随着他研究的深入我开始有些担心，他讲这些事情的时候变得小心翼翼，有的时候环顾左右，好像随时要塞给我一张秘密图纸。有一次吃饭吃到一半，他正小声讲着朝鲜政府怎么改装老百姓的收音机，让它只能收到一个频段，就是朝鲜中央广播电台，突然他喊道：老板，结账。我说：干吗？我还没吃完呢。他把食指放在嘴唇上，示意我不要出声，然后又喊：结账！出来之后，他告诉我：那家饭店不安全。我说：哪不安全？他说：坐我们侧后方那个人有问题。我的心里升起来一种十分不好的预感，而根据我对于预感的经验，不好的预感通常都要成真。我这次的预感是，我的朋友好像是要生病了。

　　在我父亲生病的时候，他被杀猪的父母送进了精神病院，导致此事的直接原因是他把他家养了五年的猫掐死了，他怀疑这只猫是间谍，用胡子当作天线发送电波。我没有时间去看他。而在我父亲去世的时候，我想到我这个认识了十二年的朋友，虽然他已经不一样了，可是我还是想找他说说。他接到我的电话马上听出是我，他说：默，你一定是有事找我。我说：你还好吧。他说：我很好，我尽量表现得像个疯子。你那边出什么事了？我尽可能平静地说：我爸今天去世了。他说：叔叔遭罪了吗？我说：最后他肺子里长满了肿瘤，他是给憋死的。他说：肺癌最惨的事，人被活活耗死，叔叔这种还算可以了。我爸的癌症最近也扩散了，我希望他赶快死掉，起码还能像个人一样死掉。我说：既然人要死，为什么还要活着呢？他说：其实，人是不会死的，因为，人在死去那一秒已经不是人了。我说：你什么时候能出来？他说：我进去的时候，大夫问了我无数的问题，我只问了她一个问题。我问：什么？他说：我问她你只需要告诉我，你们放不放无辜的人？

我说：她放吗？他说：她笑了，说，欢迎你，这里都是像你一样"无辜"的人。

当他在我父亲葬礼的清晨，提着书包向我走来的时候，我怀疑我不但睾丸出了问题，因为过度劳累，我的精神也出现了幻觉。可马上我知道这不是幻觉，一辆救护车从他身后赶上来，车上跳下来几个男护士，七手八脚把他擒住，他向我喊道：默，别哭，我在这儿呢。他被拖上车的时候，灵车也发动起来，我坐上灵车，向外撒起纸钱，向着和他相反的方向驶远了。

我最后一次见到他，是在我父亲头七之后，我挂着孝走进他的病房。精神病院在离城区很远的地方，也围着铁丝网，可比我们学校的网高出很多。大夫说，他已经认不得人了。我说，一个星期之前他还认得我。大夫说，被抓回来后，他的病情恶化得厉害，院里也加大了药量，辅以物理疗法。他的病房干净得很，没有油渍，没有乱堆的书本和草纸，只有一排白色的病床。他的床靠窗，我把水果放在窗台上，他正坐在床上看书，是《时间简史》，我知道他初中时候就看过，不知道为什么这么多年之后又重看。他好像没有发觉他的床边多了一个人，我叫他：安德烈。他抬头看了眼我，说：别问我，我什么都不知道。我说：这儿怎么样？他把眼睛移回书上，说：此地甚好。我想起来，这句话他曾经给我讲过，是瞿秋白临刑前说的。我在他的床上坐了很久，他一直在看书，时不时用手蘸着唾沫翻动书页，我说：我先走了，你多保重，出来的时候我们一起踢球。他像是没有听见，等我站起来，他突然一边翻书一边说：书桌里的铅笔别忘拿了，钢笔水在我这儿，别忘拿了，我这有草纸，你拿点。我找到他的手握了握，走了。

大夫说我走之后，他的情绪变得很不稳定，袭击了护士，禁止我再去探望。

我再也没踢过足球。

仅此而已。

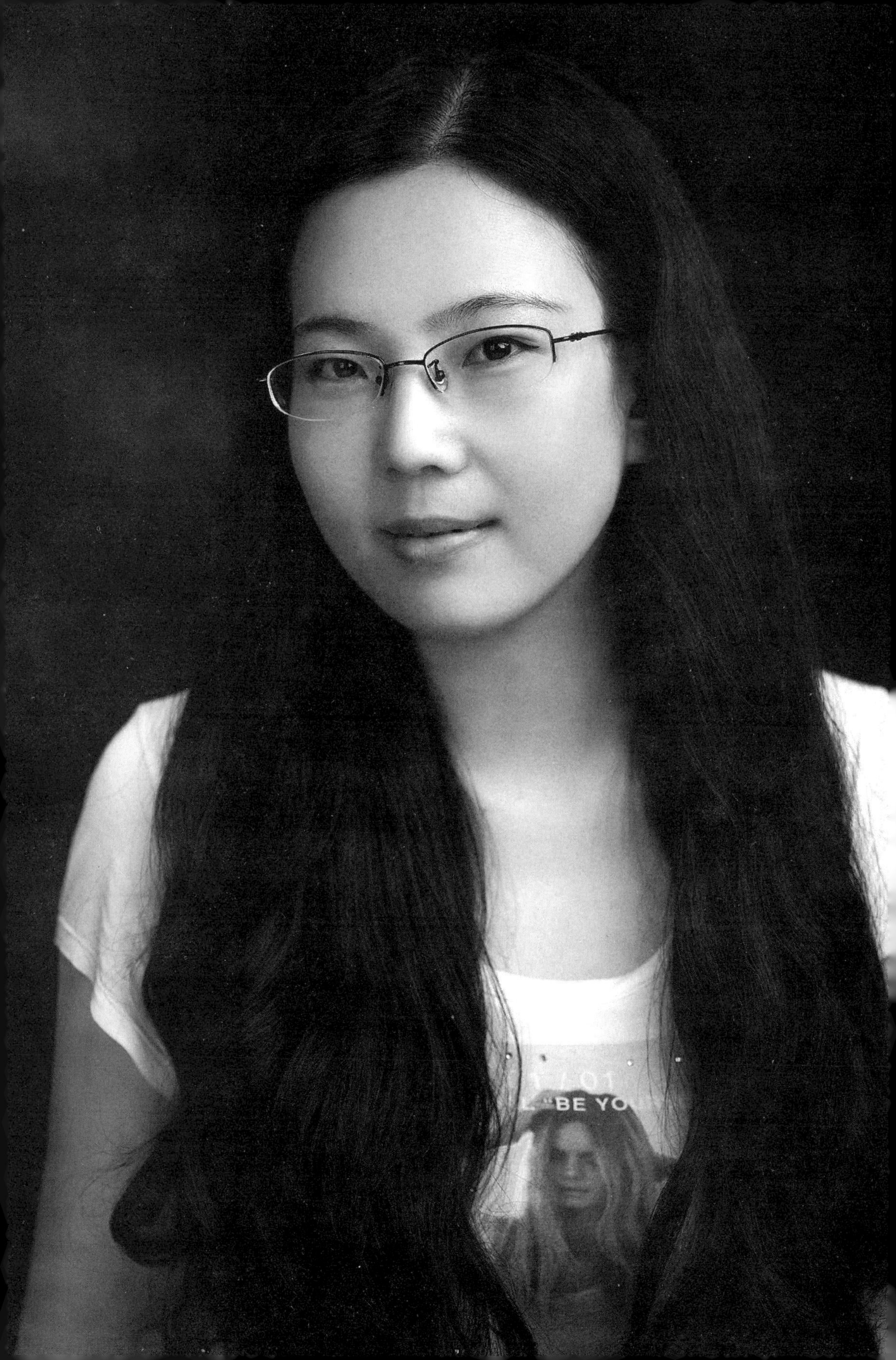

蔡 东

蔡东，女，80年代生于山东，文学硕士，现执教于深圳职业技术学院。在《人民文学》《当代》《天涯》《山花》《青年文学》《光明日报》《中国作家》《长城》等刊发表中短篇小说若干，部分作品被《新华文摘》《小说月报》《小说选刊》选载和入选各类年度选本，2012年获得首届"《人民文学》柔石小说奖"，小说集《木兰辞》入选2013年度中国作协"21世纪文学之星丛书"。

无 岸

一

45岁这年的一个晚上，柳萍宣告自己的人生失败。茶几上放着一张入学通知书，来自全美排名第53位的普渡大学，通知书带来的幸福很快幻灭，与之相伴而来的，是五万美元的学费。

怎么算都不够，四年大学读下来，就算女儿过简朴的生活，不臭美，不社交，不发展任何爱好，也要将近两百万的花销。

攒了半辈子的钱，忽然全没了。人生不但归零，居然还出现了负数。

急火攻心，又一身冷汗。

自决定出国留学那天起，母女俩摆脱了一个共同的梦魇。梦魇折磨了她们多年，每天无约而至，挑唆、撩拨、作弄。幽暗阴湿的日子里，两人的心底都长出了细长的菌丝，又无望地沤烂了，散发着腐败的气味。

和睦的生活得来不易，柳萍轻轻搓捻着通知书，掩饰住慌乱，没叫苦，也没发脾气。

女儿在上网，单薄的脊背微微弓起。每次望向女儿，最先看见的，总是那一头白发。女儿的身段很美好，小姑娘的身材是从未长开过的苗条顺溜，不像成年人骨架子早撑开了，赘肉狼奔豕突，即使减了肥，线条上也少了点流丽轻快。女儿的皮肤也还是平绒的质地，只是，少白头突兀地毁损了豆蔻之年的清新秀气。

她的注意力集中在女儿的白头发上，一种衰败的灰白色，使得女儿的背影酷似老人。女儿猛然转过脸来，吓了她一跳，白发之下，年轻的面庞上有一种说不出来的怪诞。

　　这些年经济条件还算不错，柳萍已很久没遇到钱的难题。在一座永不匮乏的梦幻之城里，她每个周末都外出购物，高兴时买东西，不高兴了还买东西。她熟悉各种品牌追求生活品质，颈上白金链子松松地挂个碧玉坠儿，手腕上一圈绿莹莹的翡翠镯子。节日里，她和丈夫出现在西餐厅的落地长窗旁。餐厅的情调高雅浪漫，酒红色丝绒窗帘，繁复的褶皱，华丽的窗幔。水晶灯下，烛台纤长，餐具熠熠生光。服务员身着一排纽扣的马甲，笑容甜美，小心殷勤，礼貌得简直做作。轻柔舒缓的钢琴声中，餐点一道道徐徐而上，樱桃甜酒剔透如红水晶，奶油泡芙松软轻盈，烤香的面包片旁是挤成一朵黄玫瑰的牛油。人们熟练地使用银质刀叉，优渥，满意，享受，一副天生就是如此的模样。

　　那是一副有家底的模样。

　　家底，家底，家底竟如此弱不禁风。她睡不着，不用张开眼睛，也清晰地感觉到夜色的层次和节奏。天光是一点一点变亮的，从深邃的墨黑，到半透明的烟青色，再到浅浅的薄灰。蓦地，传来一声鸟叫，短促清脆的叫声跌进一大片寂静中，不见了，接着，还是寂静。

　　窗外忽然落下一阵急雨，她翻了个身。不知哪一朵沉重的云，在窗前坠落成水滴。阳光快出来了，亚热带的城市里，这场几秒钟的骤雨不会留下任何痕迹。人们在熟睡，除了她，没人知道，曾经落过这样一场雨。她心里泛起奇异的感觉，正被逼得无处藏身，却不经意间和天地共同拥有了一个秘密。她软弱善良，又缺少斗志和勇气，多年来过着一种消极自保的生活，秉承着能绕行就不直走的哲学，今天，通知书跨海而来，美利坚正面强攻，木兰当户而织的恬静画面倏然翻过，接下来，是万里赴戎机，寒光照铁衣。

蔡 东 | 无 岸

    第二天，柳萍来到后勤办，递交了周转房申请表。她行事向来犹豫拖延，此番果断的背后，是一夜煎熬，无数个对策风起云涌，又灰飞烟灭，悲悲喜喜一整夜，忽地一场急雨，冲刷出一个可怕的计划，虽然可怕，却是唯一可行的。

    她双手擎着表格，递给何主任。她的想法很乐观，一切都顺理成章，只是走走程序罢了。

    何主任斜睨一眼，头也不抬，说："你自己有房子，还申请什么周转房？"

    虽然难为情，还是要说实话，她说："送女儿出国上学，房子准备卖掉了。"她不断提醒自己，要不卑不亢，坦诚大方，但语气竟可怜巴巴的，似在博取同情。真贱气，她为自己的表现暗自沮丧。

    何主任抬起头，脸上没有同情。他面部的痘印，令人不难估测到他的青春期该有多么激荡，像肉包子蒸坏了，馅儿露得到处都是。他问："准备卖掉还是已经卖掉？"

    柳萍说："准备卖。还没谋到退路，提早卖掉只能睡大街，当老乞婆了。"她的本意是开个玩笑，舒缓一下气氛，但她哪是会说笑的人呢，于是不觉轻松有趣，只是生硬，又似胁迫。

    何主任面露不悦，说："你了解周转房分配办法吗？你这叫违规！"

    柳萍也不悦了。他在打官腔，睁眼儿说瞎话，当她是小孩子那么好骗呢。据她所知，学校是用一种混沌的智慧管理住房，同事名下几套房产照样霸着周转房，一清查就联合签名，最后不了了之。

    柳萍说："规定或许有吧，但实际操作是另外一套。何主任，你应该最清楚了。"

    她真理在握，感觉良好，并未意识到她的经验和能力仅限于对付学生，完全跟不上领导的水平。

    何主任不慌不忙，冷哼一声，高深莫测地盯着她，眼神很瘆人。柳萍心想，铁的事实面前，不知道他会出什么招。

她自然想不到，出的是花招。

何主任说："那个吗，那叫既成事实，明白不，既——成——事——实。"一字一顿，权威，高端，秘密武器。

利器劈面而来，柳萍被噎死了。没想到世上竟有如此奇谲魔幻的说法，那么粗暴，又那么巧妙，天衣无缝，毫无破绽，轻巧地堵住所有漏洞。它就像一坨狗屎，但此语一出，你只能闭着眼把它吃掉，消化掉。

显然，"既成事实"是一记绝杀，已收到奇效。何主任还要乘胜追击，望着他一触即发的模样，柳萍身体一抖，她坐在何主任对面的皮沙发上，像个靶子。

她想躲，晚了，暴露了，全身都是红红的靶心。何主任肥大的鼻翼翕动着，眼睛眯缝起来，慢吞吞地说："我记得你是讲师，哪能申请三房呢，三房是高级职称住的，教授副教授们住的，中级，呵，中级，两房都要排队。"

他已把柳萍逼到死角，偏巧还熟知她的死穴在哪里，他点一下，点中了，脸上露出洞穿一切的微笑。

柳萍感觉自己一下子老了几岁。她一度认为，南下从教的抉择无比明智，南方工资高攒钱快，藏身学校则能躲避社会，较少跟成年人打交道，较能保有自尊。此刻，她知道躲不住了。何主任的眼神，仿佛看死了她一般，认定了她永远不会得势，不会出头。与其说她害怕这眼神，不如说，她害怕在这样的眼神里洞悉到自己的现实处境和黯淡未来。

只剩一个念头，别哭，都多大岁数了，千万别哭。气氛很沉闷，何主任恩赐般地说："申请书先放我这里吧。"是送客，亦相当于给她一个台阶下。

她张皇地离开，回家的路上一边流泪，一边诅咒何主任，捎带着也恨自己，既不优雅，也不机智，每句话每个动作都不得体，像一个傻子。

蔡 东 | 无 岸

临到家时，她擤擤鼻涕，还是在想象中把难题解决了。何主任的身体看起来很虚，脸上有酒色的痕迹。她自言自语道：柳萍，你要身体健康，活得比他长，等他死了你去参加他的追悼会，你站着喘气，他待在黑色相框里，你就赢了。

这是最有可能实现的报仇方式，也确保她的情绪暂得纾解，不把怨愤带回家。

她躲进书房，只开一盏落地灯，身体蜷缩在贵妃椅上。椅上铺一张羊毛毯，有蓬松温暖的绒毛，她把自己埋进去，心想，对了，就是这种感觉，藏起来。

为了这个窝，这个能把自己藏好的犄角旮旯，她花了多少心思啊。

把最好的房间，向阳的、方正的，当做书房。房间里有她曾经最欠缺的东西，比如大片的阳光，比如一种精致而泰然的生活方式。天空晴朗时，阳光像从天上泼进来，煦暖的空气里蒸腾起悠长的纸香。窗台上一盆矮牵牛，不起眼的单瓣小花，玫红，淡蓝，纯白，团团簇在一起，一点点攒起细小的美丽。书架顶天立地形成一面书墙，倚墙而坐时有了大靠山般，令她心底无比安宁。书墙上，没有相框、抽象人体雕塑和印有"难得糊涂"字样的陶盘，不是多宝格，纯是书架。书案上永远摆着一类书，李渔的《闲情偶寄》，袁枚的《随园食单》，文震亨的《长物志》，王世襄的《锦灰堆》，才子书，生活禅，性情，写意，玩乐的雅兴，琐碎的情趣，轻灵地过渡着现实和诗意，让她忘却了过往生活中充塞的粗粝寒碜，让她忘却了被穷折磨的那些年。虽然女儿认为贵妃椅趣味恶俗，她还是买了一张放在窗下，她喜欢贵妃椅富丽的名字、优美的弧度和闲适的品格，贵妃椅消除了在深圳居住极易产生的临时气息。

歪在雪白的羊毛毯上，她不知不觉就睡着了。醒来时，双手攥着拳，重重地压在心口上。噩梦连篇。她梦见考试找不到考场，梦见站在讲台上腰带断了裤子掉了，梦见一只小白鼠，害怕光线、时刻处于惊恐中的白老鼠，耳朵簌簌抖动着，眼睛血红血红的。每次做这样的梦，醒来时就觉得自己毫无希望。

随手翻开一本书，正是张岱的《自为墓志铭》。少为纨绔子弟，极爱繁华，好精舍，好美婢，好娈童，好鲜衣，好美食，好骏马，好华灯，好烟火，好梨园，好鼓吹，好古董，好花鸟，兼以茶淫橘虐，书蠹诗魔……看了半天，百味杂陈，两眼湿润：纨绔，繁华，鲜衣骏马，真是个少爷羔子！

学费怎么办？四年大学，一年一年地碾过来，叫人透不过气来。美国鬼子伸着手要钱，能吐吐舌头耸耸肩，说 No money 吗？

二

无论心情多焦虑，情绪多糟糕，只要站上讲台，柳萍就是一副状态很好的样子，端平肩膀，绷直脊背，把疲惫的身体抻出一股张力，眼圈发黑眼睛却睁出一种明亮的效果，一开口就是戏剧腔，抑扬顿挫，胸腔共鸣。她相信，激情是可以感染的，即使是出于职业道德而伪造的激情。

演了半天，真累。下了课，她一句话都不想说，明明下了讲台，嘴巴却好像还在动，还在不停地发出声音。休息了半天，才从幻觉中平静下来。可以不说话，对老师而言是天大的恩赐。当她保持沉默时，愈发察觉到内心的忐忑，以及周围环境的细微变化。每逢学期末，看似平静的社科部就暗流涌动了。教师不多，阵营分明。数位教授级人马，几个前途无量的青年教师，还有少数柳萍这样的，事业早已偏离成功轨道的老讲师。其中两位女教授，都以生活品位高、朋友一大堆、人生很辉煌而著称，形象亦不谋而合，蓬松的鬈发，白皙的皮肤，戴金边眼镜，穿香云纱连衣裙。男士们啧啧地说像女华侨，柳萍暗地里称之为"社科双姝"。利益一致时，双姝合力共赢，好成了一个人，私底下又各有谋划。柳萍时常窥到暗处的把戏，她们都自以为秘密地拉拢几个年轻人，业务上指点帮扶，生活上知

蔡东 | 无岸

心大姐般地关爱。柳萍看得真切，以鼻嗤之。

说起来，柳萍跟她俩是一茬人，皆是90年代毕业的大学生，那会儿柳萍正值壮盛，也有一颗进取用世之心，对荣誉也很有想法，过了几年知己知彼了，便自觉地、懂事地退出了评优评先的行列，至少还剩个姿态。

最近这两年，坐在办公桌前的柳萍经常一阵恍惚，怀疑自己是否真实存在着。领导知道她是个省事儿的人，不会偷懒，不会捣蛋，连小恩小惠的安抚都可省却；学生眼里，她是思想品德修养课老师，简称思修老师，学生喜欢上思修课，因为这门课和他们的未来无关，可以轻松地刷微博；同事视她为毫无原则的老好人，无须花太多时间交往，更无需防范忌惮。她曾自我催眠，将自己定位为天真未琢自甘平淡的小女人，或是不食人间烟火的女先生，或是孤傲的怪癖才女，可惜，她不是，也没人如此想。

本来，她以为努力争取是生活一种，懒得操心懒得折腾，游离于亢奋拼搏的世界，顺其自然舒舒服服，也是可以坚持值得尊敬的生活一种，现在有些明白了，连自己都瞧不上自己，徒有其表，不攻自破。

正巧，今天大家在热议孩子出国的事情，这方面的话题一呼百应。中老年教师集体迎来了人生的新阶段，儿女走在准备出去或业已出去的路上。成绩优异的先在国内读完本科，家庭压力小一些，估计高考不得善终的，就提早出去，再平庸再没背景的父母也有精英情结，三本不能读，专科根本没想过，夫唯不争，故天下莫能与之争，考都不考，也不能算输。

有个同事的孩子申请到斯坦福大学的研究生，便一直强调排名，说美国的高校，前20名一个档次，20名到50名是一个等次，50名到100名又一个等次，100名以后的，基本有钱就能读了。他又嘲笑道，美国佬很狡猾，知道中国父母最舍得为孩子花钱，现在申请奖学金可难呢。还有不少中国孩子读了野鸡学校，表面是出去了,实际上,花的那些钱,作的那些难,父母哪好意思讲呢。孩子在国内考不上学丢人,送出去不过为了舆论上好听,回国还不是一样挤人才市场,待业待到发霉。

忽然,沉默寡言的柳萍站起来,用一种自己都觉得尖厉的声音说:"我女儿要去普渡大学了!"她大声介绍学校的情况并骄傲地赞美女儿,像释放身体里的毒素般,痛楚而欢乐。于是,人们纷纷夸耀起自己孩子的学校,也像排泄身体里的毒素般,痛楚而欢乐。

留学话题告一段落,快到寒假了,众人又热议起出国游,分享着澳洲和肯尼亚的梦幻体验,不时发出爽朗的笑声。有位年轻老师在马尔代夫度的蜜月,两晚豪沙,三晚豪水,一次热带鱼在周身环绕游动的奇妙SPA,她感叹道,人生最极致的体验。人们总是用同一句话作结:人生最极致的体验。大家过得都不错,见过世面,生活有质量,家里藏着几件真假莫辨的艺术品,穿礼服参加过红酒鉴赏晚宴,去过朋友的豪宅,上过朋友的朋友的游艇。

柳萍没好意思说,今年的旅游计划已经取消,她再次感受到生活的威逼凌虐,要重新学会过紧巴的日子。

这天快下班时,双姝先后到访柳萍的格子间,此为学期末的例牌,柳萍习惯了。联络感情,狡狯地拉票,临了,不忘赞美柳萍。一个说,羡慕你呀,仙风道骨。另一个说,还是你活得自在,闲云野鹤。

她们香风阵阵地来了,又袅袅婷婷地走了,回味着她们动听却违心的话,柳萍的脸阴沉下来,拙劣,钻营,交际花!骂完了,才发现酸味扑鼻,是眼红呢。双姝既爱红装也爱武装,红飞翠舞,运筹帷幄,成就了一番霸业。同样是人,当上干部了,评上教授了,就不显年纪了,也沉住了气,精神面貌完全不同。不像她,无论表面多云淡风轻,心里总慌慌的,一张老脸也早已力不从心,她甚至觉得,

蔡东 | 无岸

镜子中的不是人脸，是一个猪尿泡。

她感到深深的惆怅，人这一辈子，生活，事业，说不定从哪天开始，忽然就梗住了。

她回到家里，习惯性地往书房躲，女儿听到门响，大声呼喊她。电脑屏幕上全是英文，女儿说："妈，我正在网上选课，你帮我参谋参谋。"柳萍抚摸着女儿的头发，说："英语早忘光了，你自己拿主意。"女儿咧嘴一笑，印第安纳州普渡大学的大一新生，她满心期待着新生活呢。

白发覆盖下，是孩童的笑容。

女儿的笑容，让柳萍很久都回不过神来，也唤起了时间深处的记忆。

作为一名老师，柳萍无数次地想暴揍她的同行。

早在十年前，女儿上小学二年级时，梦魇就开始了。它的名字叫"校讯通"。

每天傍晚五点钟，校方的殷切希望批量传送，群发群收，一股积极的气息在城市的空气里释放、弥散。这个瞬间，宏大的力量在终端遥控，杂乱无章的人群忽然起了奇妙的变化，某一类人仿佛被设定了同一程式，纷纷打开手机埋头阅读。

这些人有个共同的称谓，家长。他们下班回家还要上班。

素不相识的家长能迅速辨认出自己的同类。柳萍曾为偶然听到的一通电话口腔溃疡了多日，打电话的女人年龄跟她差不多，女人说，阿姨，今天你去数学老师的办公室里接孩子，带他吃完快餐再去学二胡。这两句话里蕴含的丰富信息和深长意味，柳萍懂，家长们都懂，特别懂。柳萍感觉一股火喷上来：自己的孩子落下了。身边几位中年人的脸上，都露出焦灼的、极不自在的表情。他们是飘零散落在人间的知音，高山流水，也是他日战场厮杀的假想敌，理解，又戒备。回到小区，见电梯里有不少黑人外教出没，柳萍更心焦了，撒不出来的火攻到舌头和软腭上，逼出一个个小脓包。

长期以来，女儿一进家门，柳萍就说，今天你的作业是……

女儿小学和初中的班主任都是女人，都戴眼镜，都老得很快。她们及她们的短信，忠实地陪伴着柳萍，从未爽约。尤其初中教英语的班主任，偏爱英语拔尖的女儿，除了考勤和作业的常规短信，私信也蹁跹而至，有时幽怨：今天她上课睡觉了；有时欣喜：今天读了她的作文，真棒！

爱的奉献，无微不至。这样的短信一到，柳萍就毛骨悚然，忍不住打一个大大的寒战。

伟大而体贴的校讯通，完美地实现了无缝管理和共同培养。从此，柳萍和她的孩子都被置于严密的监控下，家里的气氛压抑而恐慌，仿佛幽灵鬼魅附体，角落里则恍若有一双眼睛，总向她们投去长长的一瞥，满怀期待地，热切激励地，无论身在何方，永远走不出那炙热的目光，也永远不能放松懈怠。老师还发明了一种神奇可爱的作业，必须由孩子和父母互动完成。台灯下，母女相对而坐，煞有介事，一起研究问题。她们都试图用自己的认真掩饰作业的滑稽荒谬，并按压着对方的怒气。

柳萍知道，自己一切尽在掌握之中的样子，让女儿反感，更让女儿倦怠不堪。她也时时觉得心酸，女儿连个小谎都不能撒了。

当然，柳萍也被管得死死的。她害怕听见短信的声音，但稍有延迟，又不停地看手机，神经兮兮的。

开家长会时，她内心涌起一个强烈的念头，她想把女班主任扑倒在地暴揍一顿，边打边说：让你这么认真，让你这么负责，让你春蚕到死丝方尽，让你化作春泥更护花，让你鹤发银丝映日月，让你晚睡早起批改作业，让你燃烧自己照亮别人……在意念里暴打老师的同时，她挤出笑容，用双手紧握住老师的一只手，眼泛泪光地说，孩子交给您了，管严点，严一点，拜托老师，拜托！这话是发自真心的肺腑之言，也由衷地感谢老师，觉得她们不容易，整个人就真诚了起来，巨大的撕扯力令她的表情扭曲，面部的肌肉阵阵抽搐着，毛细血管有爆裂的感觉。

家长会上，有父母建议"校讯通"早中晚各发一次，家校亲密合作，间不容发。众人拍手称妙，群起附和，柳萍也跟着哼哼哈哈了两句。那天的睡梦中，她梦见自己换号了，梦见自己坐着小船飘荡在海洋上，把手机扔向海底深处，可一到五点钟，发现没有了"校讯通"，又放声大哭……

后来，她眼睁睁地看着女儿的头发白了。她忘不了查到中考分数的一刻，女儿大张着嘴巴，哭得喘不上气来，像得了热病的幼兽。她和丈夫觉得分数相当不错，除了深圳中学和外国语学校，其他高中任选。晚上，女儿抽抽搭搭地从房间里出来，一看她的模样，柳萍心里一凉，明白了。

她在女儿脸上看到的，是不甘心。

女儿说："黄旭淳考了 738 分，许嘉怡也考过了 700 分，他们都能上深中。"

她一把搂过女儿，说："小童，过自己的日子，别管别人，不需要你给父母挣什么面子！"夫妻俩又是赞美又是鼓励，女儿始终一副心灰意冷的样子，自那以后，她就很少笑了。她的脖子总是梗着，眼睛不看人，只死死盯住地面。她身上有一种绷着的紧张感，且具有强烈的传染性，令别人也坐立难安。

从高一到高二，女儿的白发越长越多，远看像个小老太太。除了白发，还暴瘦，脸上只剩两坨颧骨，挤迫着眼睛，看起来苦情而不祥。柳萍悲凉地发现，女儿猛一看比她还老。她曾很小心地提议，把头发染染？女儿满面沧桑，恶声恶气地说，不染，染了还白。

快高三了，柳萍循例鞭策女儿，决战到了，挺住，挺住。决战云云，柳萍忘了说过多少回，自己都觉得可笑，决战完了还是决战，决战完了还有"真正"的决战。想到"高三"这俩字，柳萍心惊肉跳，这条路上尸横遍野，闪着殷红色的血光。女儿怕竞争，怕排名，动辄崩溃。高三全年考试，暗无天日，孩子会疯的。就算不疯，高考前夕也预期会腹泻、神经衰弱、月经紊乱，最终发挥失常，顶多上个地方院校，热门专业还别想。对女儿来说，生活是一张无边无际的大筛网，是一场永无尽头的淘汰赛，呼啸而来，延绵不绝，排位筛除，打入另册……

女儿升高三的那个暑假，柳萍如临末日，夜里一失眠，女儿幼时的场景就浮现出来。是个春日，柳萍和邻居各自带着孩子去公园玩，孩子在滑梯上蹦蹦跳跳，两位年轻的母亲守在一旁。邻居的女儿板着小脸儿，滑下来就大声问，谁是第一啊，谁是第一？就一直问，谁是第一。女孩的表情和腔调令柳萍不寒而栗，邻居妈妈却欢喜地笑，说："我家孩子从小就有竞争意识，几年一个baby潮，人山人海，什么都要争，从生下来就要会争会抢的。"柳萍不以为然，转头看自己的女儿，正全心全意玩耍呢，眼波清澈，梨涡美好，一身的灵气，她欣慰地说："小童，好好玩，你是妈妈的好宝贝。"当初给女儿起名字，她坚持不用典，不取法古籍，不追求令人恍然大悟拍手叫好的效果，她说："别翻字典了，就叫童小童。"

三

童家羽四十岁时开始练瑜伽，至今已修习六七年。他一拉伸扭动，柳萍就冷言嘲讽，他温和地说，你没发现吗，我眉宇间有股清气了。也差不多在四十岁时，他意识到最适合自己的职业是什么。他的大学同窗带孩子来深圳旅游，言谈间童家羽才知道，同窗做了和尚，年收入二十万，下了班不影响正常生活。和尚惋惜地说："家羽，你的古文最好，若早入行，闭着眼也做到执事了。"和尚长着一张富贵的圆脸，席间夸夸其谈，国际大事知道很多，童家羽瘦骨清像，鼻子又窄又高，倒更像个和尚。

蔡 东 | 无 岸

童家羽的父母是1979年援建深圳的工程兵,神奇速度的制造者,虽未飞黄腾达,好在拆迁时换了两套住房,算有点根基。自收到通知书,以美元为单位的学费压顶而来,柳萍隐隐担忧着,童家老人攒下的家业眼看就快保不住。站在25楼的阳台上,她一目了然——城市用乳白色欧式别墅、高层花园社区、老旧的多层、小产权统建楼、城中村的出租间、乱搭建的铁皮简易房、公园长椅和桥洞——高效而精确地实现了人以群分。她脑海里总闪回着一幅画面,她卖掉房子支付了学费,就此打回原形,站在街头茕茕孑立,只能再次住进农民房,和当年刚来时一样,唯一不同的是,她老了。

难不成退了休真要回农村,她早已不适应农村的日子,长住简直不可想象,尘土飞扬,泥巴满地,商店里还都是便宜货。她已经变质了,虽偶尔神往幽静的乡村,却更贪恋深圳的便利繁华,她几天不逛山姆超市就浑身难受,她永远记得第一次使用双立人切菜时幸福的手感,家里摆满瑞士护肤品、新西兰蜂蜜、意大利羊绒衫,种种多余的消费品,虽大都闲置,一想到失去却空虚无比。这期间由于失眠,她秘密地到康宁医院做治疗,康宁医院还有另外一个名称,深圳市精神卫生中心。医生告诉她,康宁医院的床位严重不足,混得好的人已变态,不成功的人毛病更多。那是她第一次见到手掌大小的窗户,医生得意地说:"看见窗户了吧,想跳楼,没门。"柳萍从狭窄的窗户向外望,医院的对面竟是她无比熟悉的一家购物中心。那里像一间巨型精品店,琳琅着最美、最高级、最上等的货色,灿若星辰,恍如仙境,下摆流云的真丝长裙,水滴形的钻石耳环,散发着皮革清香的手袋——视觉的璀璨烟花,最大限度地愉悦和满足你,令你觉得无比尊荣,当然,它也总有办法,最大限度地令你觉得自己无比低贱。站在康宁医院望向购物中心,她想,活在这城市,本身就是享受,活在这城市,本身也是侮辱。她挥金如土,尽享荣华,又伤痕累累,以身伺虎,生祭了这座城。

这些天柳萍满腹心事，童家羽却鲁钝不觉地吃饭睡觉，胃口和睡眠质量俱佳。见他一副不当家不操心的样子，她暗自生闷气，正酝酿着就学费问题发作一次，他却不识趣地一头撞上来了。

　　周末的晚上，女儿精心化了淡妆，准备去参加同学的生日会。自从考过托福，拿到通知书，她就再度和老同学有了联系。童家羽来到阳台，目送着女儿的背影渐渐消失。

　　他走回客厅，对柳萍说："得有三四个月了吧，还是半年？我都记不清了。"柳萍有些错愕，本以为这晚平淡无奇，是谁也不理谁、各自休闲、偶尔点头致意的套路。她小心翼翼地问："今天？现在？"童家羽严肃地点点头，柳萍想说，我没准备好啊，又一转念，有什么好准备的，便说："行，行啊。"

　　灭灯，开始。柳萍极具美德地唱和着，用刻意营造的快活情色的调调淡化既生硬又熟悉的怪异气氛。但这次居然起了波澜，很快，她发现了一个令双方都无比难堪的事实。

　　她准确地感觉到，他逐渐委顿了，只是虚张声势，勉力动作。接着，他也感觉到了她的感觉。每一秒钟都变得很难熬。

　　这事蒙混不过去的，她善意地提议道，我们站着来吧。他停住，说，那种姿势，需要男性孔武有力，女性体态轻盈，你看看咱俩？说着，他从她身上起来，说，去，快去，穿上黑色丝袜！她急忙下床，从抽屉底翻出一套鱼网状情趣内衣，购自淘宝网的皇冠店铺，具备开裆、透视、蕾丝、水钻袜带等各类性感元素，图片上模特穿得劲爆火辣，一根细细的带子在臀瓣间勒紧。她扫了一眼，惭愧而慌乱地披挂上阵，薄纱乳罩滑稽地吊在胸部上，丝袜的孔洞被大腿撑得很开。她拙劣地摆了个姿势，他紧抓住黑色的双腿，沉默，继续。她看起来很丑怪，肚皮上的肉，一动一荡漾。她周身散发着咸鱼的味道，她从没像现在一样厌恶自己。

蔡 东｜无 岸

老天有眼，他终于洗澡去了，她黑着脸脱下内衣，狠狠地揉搓几下，扔在垃圾桶里，它们看起来低俗劣质，散发着淫猥的气息，和罗曼蒂克、激情万丈、欲仙欲死毫无关系。

她憋着一股邪火，躺在床上，韬光养晦，蓄势待发。他一回到床上，她就兴致勃勃地开始了讲述。她的讲述看似跳脱实则形散而神不散，她讲起多年来当牛做马的不容易，讲起同事的老公一掷千金在市郊买了独栋别墅，讲起大学时代的丑女朋友斥巨资去韩国整容整成了Angelababy……

对于她纵横捭阖的讲述，他显然极得要领。他用脊背对着她，厉声道，你不要找事！

她从床上坐起来，用拖着哭腔的声音说，我哪里找事了，我怎么就找事了。我一说话就是找事？

他也坐起来，脸上的表情变得很恶毒，他说："实话告诉你，我够够的了，我觉得你是个特别尖刻的人，总是语带讥讽，阴阳怪气，总是一脸不如意，非常难以满足，各方面都难以满足！你酷爱跟服务员吵架，你拜物，拜金，仇男，仇富，是那种可怜又可怕的女人！"

她用屁股蹾着床，脸上的表情也变得很恶毒，她咬着后槽牙："你呢，志大才疏，一无所能，干嘛嘛不行！你简直让我丧失了对人生的兴致，我一天风风光光、熨熨帖帖的日子都没过上！"

要害遭到奇袭，两人都豁了出去，进入到无主题谩骂和撒泼哭闹的阶段，床铺被拍打得嘭嘭作响。每当一方痛陈这些年的苦楚，表示过不下去再无留恋时，另一方就要流氓般地说，你活该。每当一方捂着胸膛一副呼吸困难的样子时，另一方就冷漠地说，你去死吧。几个回合下来，两人都悔不当初，抱屈含冤，身体如枯叶般在狂风中颤抖。

这样的时刻，他们不再伪装自己过得很好。

吵架是力气活，童家羽率先休战，决定去书房练瑜伽，临走时撇下一句话："你应该感到幸运，人总是需要一个出口的，我的出口就是拉拉筋，做做腹式呼吸！"

柳萍蒙着被子在床上打滚，发出闷闷的长长的哭声，哭声渐渐在瑜伽音乐里微弱下去，直到听不见了。

两人谁都没有愤然离家，早就不出走了，来来回回，跟演戏一样。

哭完了，柳萍出去洗了一把脸。此时，童家羽刚好完成冥想，犹自在瑜伽垫上调整呼吸。柳萍若无其事地说："老童，我们谈谈。"

童家羽惊恐地问："还要谈什么？"

柳萍气鼓鼓地说："你真以为自己在修仙？小童的学费这么贵，中介也说了，正常学习不算奢侈消费，每月生活费至少一千美元，你心里不急吗？"

童家羽说："我们有房产有存款，收入也稳定，急什么？"

柳萍说："现在不急，明年后年呢，小童上了研究生呢？手里要有一大笔活钱，不然不能生病，不能有任何状况。什么坐拥百万身家，一套自己住的房子不能套现的房子，只是浮产，经不起半点变故，一风吹草动就没了。什么叫有房产？收租食利的才叫房产。腐朽寄生？我做梦都想腐朽寄生。还是孟子看得明白，有恒产者有恒心，无恒产者无恒心。缺钱多可怕，从有钱到没钱多可怕你知道吗？我告诉你，童家羽，如果我得了癌症，千万别给我治。"她忽地涌起一股恨意，这个城市，这个时代，有一股神秘而强横的力量，让你的钱往哪儿流就往哪儿流。这个城市，这个时代，让她从普通的人道主义者迅速成长为深刻的批判现实主义者。

童家羽说："我没想那么长远，可能是不愿意想得长远，越想越灰心，不敢想。"

柳萍黯然道："想破了头，也只能卖房。"

蔡 东 | 无 岸

童家羽站起身来："卖房？住哪儿？卖了可再也买不回来了！"

柳萍何尝不知，正是这套所费不多的房子，令她踏实有靠、从容不迫，令她有一种捡了大便宜的带点罪恶的快感，令她不用像年轻的毕业生一样，住在几平米的胶囊公寓里，凉了过日子的心，令她不用像可怜的香港人一样，从生下来到化成灰，一辈子活着的功能就是为李嘉诚打工。

从容不迫，多么难得的心境，专供城市业主的真正奢侈品。女儿留学不会让家庭一夜间倾家荡产，但那种感觉还是很不好，像背后多了一把刀，没刺过来，却一直闪着寒光，比比画画的，让她全身发冷。

如何再安置一个家，她秘密地努力过了，何主任的每句话都言犹在耳。她激动地讲述起来，童家羽一边听，一边叹气。

末了，他说："错了错了，大方向搞错了，愚昧无知，愚不可及！人家是强势部门的领导，是肉食者，你是去求人的，去之前怎么不跟我商量？"

柳萍不言语，丈夫的办事经验肯定比她丰富，她只是怕听到"四字真言"。他曾有个皮面笔记本，记录每天的工作感悟，总结为人处世的得失，对前景满怀热望。他的事业也有几次所谓的契机，亲朋好友认定他将趁势而上，平步青云，但不知为何，就平淡地滑了过去。后来，皮面笔记本神秘地消失了，夫妻二人很有默契地不再提起。再后来，他坐久了主任科员的位置，凡遇到不愿面对和解决的难题，就发出一声崎岖的长叹，以四字真言作结。

他的四字真言是，无欲则刚。

童家羽接着道："何主任没侮辱你，一定不能有受辱心理。人呀，受了点教育就把自己当回事儿，拼命往知识人上靠，自视甚高，不通情理。换个方式找领导，房子是有希望的。"

说到这里，他眼睛亮了一下："柳萍，我有个想法。"柳萍问："啥想法？无欲则刚吗？"

童家羽也不生气，说："我来扮演何主任，你还是柳萍，但你的语言和态度，要让何主任受用。你交际上拘谨，说话有点硬，有点冲，不够柔和，不大好听，不是指音色，是语气上感觉上，很微妙的，明白吗？"

柳萍犹犹豫豫地说："这，这太残酷了。"

丈夫催促着，说："我不是让你没尊严，只是教你战胜它。"

就这样，两人来到书房，面对面坐好。柳萍盯着丈夫看，他没有眼袋，没有肚腩，没有派头，他不喜欢应酬，也很少有应酬的机遇。偶尔出现在场合上，脸上也带着龙套的职业性微笑，扮演着妇女之友之类的闲散角色。显然，他是个吃够了苦头、提早回归家庭的男人。两次竞争正科实职的失利，差不多毁掉了后半生。既冲不开一条血路，就唯有不得已地平凡下去，不知不觉地，便什么都晚了。他对仕途已无特别期许，也学会了自嘲，说在伟人文豪的生平简介中，经常出现这样一句话，"他生于一个小公务员家庭"——以表示其出身的寒微窘迫。柳萍可以想象，他内心经历了怎样的一番惊心动魄，只是，两人从不挑明，从不把这个话题引向深入。

柳萍就这样看着丈夫，看着提前谢幕的他，看得有些心疼，还不知该怎么开始呢，童家羽入戏了。

童家羽迅速进入角色，正襟危坐，疾言厉色，他没有任何障碍地精准地临摹了中层干部的言行举止。柳萍目瞪口呆，调整了很久，终于拱肩缩背，俯仰唯唯。

问答间，柳萍突然发现，童家羽眉宇间的清气消失了。

他诡秘地微笑着，说："不管多不情愿，嘴上一定要使用敬语，您，您，您。"

她摇摇头："如果不是被逼得无路可走，真不想跟行政上的人打交道，懒散，脸臭，莫名其妙的优越感，我要是有出息，就坚决不去求他们。"

他皱着眉，规劝道："四十大几的人了，连这点复杂性都没有，连这点心胸和智慧都没有。解决自己的问题，别看什么都不顺眼，情绪多了没好处。"

童家羽既是演员，也是导演，不住地提点：委婉，平和，女性美，软和话，别敏感，和风拂面，如沐春风，面带微笑，柔化处理，仔细揣摩，小心应对，听之任之，唾面自干……

直到女儿回家，角色扮演才告一段落。女儿冲凉时哼着歌，夫妻俩也跟着高兴，竖起耳朵听。女儿回房后，童家羽喜忧参半地说："我算了算账，一个人的工资供不起小童，我们再也不能离婚了。"柳萍不知该如何回答，半晌才说："是的，这，这，更加残酷。"

夜已深，两人躺在床上都没睡着。起先，童家羽将今晚的演出定性为温馨而励志的家庭游戏，思忖片刻，又拔高为情商口才培训课。

柳萍则尖锐地指出，这是受辱训练。

四

清晨，枫丹雅苑、十二橡树庄园、塞纳春晓、莱茵铂郡、加州阳光、爱尔兰小镇、梦回罗马、云顶翡冷翠，陆续醒来了。

香堤威尼斯花园里，这家人看起来正常而幸福，周围的邻居看起来也正常而幸福——都是老戏骨。

这家人在一个正常的阳光明媚的清晨，出现在绿荫下的车位旁，把几件行李放在尾箱，像正常人一样驱车离开小区，融入城市快速路的车流中。

机场到了，童小童穿着果绿色的连衣裙，亭亭地站立在候机大厅里。她遗传了父亲的清秀面容，头发宛若黑亮的水绸淌在肩上，她从别人的目光里确认了自己的美丽，满意地一笑，捏起裙摆旋转，旋转。她多像个优质的深圳第二代，模样干净，脑子好使，眼界开阔，情商也高。

转累了，她搂住柳萍的脖子说："飞二十多个小时，你晚上肯定睡不踏实，我一落地就给你打电话。"柳萍点点头。

小童亲了她一下，说："妈，我觉得你真伟大，从来没因为成绩打过我。"

柳萍说："也打过你，那时你还不记事。"小童问："为什么打我呢？"

柳萍想了想："因为累，快累死了，你不明原因地哭闹，你要听故事，你扒我的眼皮，我想睡你不睡哄了你三四个钟头，可不管为什么，最后当妈的肯定为打过孩子而后悔。"

童家羽接着说："小童，你去爷爷奶奶家玩，你妈片刻见不到你就发誓，我以后再也不打她了。"他怅惘地说："生养孩子，是一辈子最大的牺牲，你妈以前不是这个样子的。家务，老人，你的教育，都是她累心，我倒落了个清静。"

他语调里满是抒情的味道，目光轻轻落在柳萍身上。她的发型像在头上扣了一朵菜花，她年轻时说过，此为老气妇女的一大特征，没想到她现在也是这般模样了。

小童和家羽注视着柳萍，柳萍局促地笑，笑得没有底气，一家三口同时伤感起来。

柳萍不习惯成为焦点，赶紧转换话题，嘱咐道："小童，吃饭上不要节省，也少吃汉堡，那种美国式的肥胖丑死了。钱不是问题，我消费上节制点，这些年花钱大手大脚，有用的没用都往家里搬，早该反省了。"

小童很过意不去："妈，你反省什么，都是我不好，虚荣，自私。"

柳萍说："你是城市长大的孩子，城市孩子都要强，只是，别把自己弄坏了。"

她凭什么要求孩子不要强？她隐居学校避世多年，自以为衣食无忧内心平静，

蔡 东 | 无岸

其实只暂时稳住了自己。总有一天你会发现退无可退，只能仰头正视。中年之后，最重要的功课是学习接受分化和差距。成功人士为孩子申请学校，费用不在话下，言必称常春藤联盟，不但无须卖房，还在异国置业，而她连美国各州的消费水平都斤斤考量。女儿的托福成绩考到113分，却因经济因素不敢申请私立名校。柳萍愧疚不已，心想父母不进取没本事，让女儿受了拖累。

中介兼具笑面虎和势利眼的特质，扫一眼迅速完成分类，是金上镶玉，还是几代人供一个洋学生，来路了然于心。那些一等一的体面能干人，那些嘴里谦虚着"缴税不多"的老板，童家羽也忍不住多看几眼，看得眼热，不禁感慨道："年轻时，我也痴心妄想，想拼命混到更高的阶层去。"柳萍叹息着："是呀，那个阶层真正实现了财务自由，能承受激变和灾难而生活质量不降低，并且，成功的代际复制率很高。"

很快他们就放弃了努力，认为以自己的出身和资质，泅到中游就不错了。一线城市好比城市里的超常班、重点班、尖子班，无论你怎么奋斗，取得多少成就，总有人让你焦虑，让你不自信，让你自惭形秽，总有人提醒你的卑微。

她无法埋怨女儿，女儿不是不优秀，只是不标准。她偶尔会想，假如坚持不生育该有多好。她曾深深地渴望，这辈子能与众不同一回。但人生经验又警示她，凡溢出常规生活者，莫不晚景凄凉，下场可怜。为了维持人生表面意义上的正常和完整，她屈从了，有了这个孩子，人生朝着平庸无梦的深渊直直地坠落下去。这辈子基本完了，再没有一秒钟属于自我的空隙，逃离的冲动也终被深埋。生活的意义就是让童小童健康快乐，而童小童的美好未来则是她烂尾人生的唯一寄托。

女儿踌躇满志，似要开创一番功业。柳萍有些不安，心想留学不为出人头地，也不能一劳永逸，人生在世，没有哪一片天空下可以身心自由，我和你爸只想帮你躲过一劫，保住一个正常的孩子。她犹豫半天，说出来的竟还是鼓劲儿的话："小童,该争取就争取,积极主动,跟上潮流,没有哪个人真想平平淡淡,世界也不允许你自得其乐。"

她觉得人世间最恐怖的事情,莫过于,一年一年地,童小童长成了她的样子。

小童也有自己的不放心,学着大人的口气说:"过成一家人不容易,你们要好好的,少吵架。"

童家羽说:"放心,离不了了,千丝万缕,砍断骨头连着筋。"柳萍点点头,年纪大了就跟小猫小狗一样,恋人儿,她早已习惯了每个夜晚童家羽躺在身旁,依恋着他温热的身躯。有时想起恋爱和婚后厮守的漫长时光,心头也满是缠绵不尽的深情。

临别时,柳萍一点儿都不想哭,拍着女儿的后背,说:"去吧,去吧。"小童把头发染黑了,小童飞走了,柳萍感到前所未有的轻松。她坚信这是此生最重要也最正确的决定,让亲爱的女儿从高三退下来,离乡去国,走向远方。远方绝非天堂,那里的中国城还是贫民窟的代名词,但至少多样性还未被毁灭,还有几条岔道让人选。

她也永远记得那个快意恩仇的电话,她慨然道,从今天起,小童不去学校了,在家里准备托福和 AP 考试。还有,别再给我发"校讯通",一条也别发了。

她望着远逝的飞机,发现天空显现出一种澄净的蓝色。

此后的日子里,"受辱训练"时有进行,形式更加灵活。童家羽躺在贵妃椅上,柳萍一边帮他捶腿,一边跟他对话。两人分明是有些沉迷了。

柳萍(满面春风,调皮地):何主任吉祥,这几天一直想来拜访。喝的金骏眉吧,这茶好,有档次,一屋子的香气。

何主任(不悦地):别绕弯子,不是给你说了吗,房子紧张,你的条件也不够。

柳萍(恭顺而狐媚地):主任你看,我实在有难处,一把年纪了,生活又要往下掉，走投无路只能找组织。

何主任（呷一口茶）：磨我也没用，不是不与人为善，政策在那儿摆着呢。

柳萍（热切地憧憬地）:政策框不住何主任这个真菩萨，下面都说您体恤下情，处理事情有弹性。

何主任（亦喜亦嗔）:别给我戴高帽，你们啊，我见得多了，给房子就欢天喜地，不给就万念俱灰，疯闹一通，觉得整个世界对不住自己，简直活不下去，一点度量都没有，一点情怀都没有。

柳萍（不住点头）：说得对，水平不够，境界不高，还要不断修炼。

何主任（不住摇头）：高校里就是愤世嫉俗的人多，表面名士风流，内里扭曲阴暗，为自己那点蝇头小利，哭告，写信，找校长，死乞白赖，丑态百出，从来不想着感恩回馈。

柳萍（身体前倾）：感恩，感恩，天天都过感恩节。单位是衣食父母，给我的福利够多了，我很知足，今天来只想把困难说明一下，有没有考虑价值，能不能适当倾斜，主任说了算。

何主任（把身子倚向转椅）：说得再好听也没用，真没法立刻答复你，来找我的都是一肚子苦水，一把鼻涕一把泪地让我签字，字哪有那么好签，闹心！

柳萍（庄严地）：给领导添乱了，怎么安排都接受，我做好自我调适，我心态健康，没有任何质疑和不平。主任工作忙，八小时以外再请您出来坐一坐。

何主任（庄严地）：别搞这些，该怎么办就怎么办。

柳萍（起身）：不打搅了，来，我帮您添杯茶。

重复训练产生了奇效。无论何主任态度多傲慢，气焰多凌人，柳萍都满脸堆笑，说出来的每句话都是敬语，亲爹热娘，丝毫不觉肉麻牙酸，她甚至从中感觉到奇异的快乐，每次训练完，她就觉得自己充实而有力，体味到一种饱胀欲破的满足感和成就感。她也终于承认，何主任正是她希冀成为的那种人，精力旺盛，志存高远，时代的典型人物，生活的强者和宠儿，有自己的位置，有中长期的规划，回首人生时很好写总结。一次训练完，她迷迷糊糊地说，我爱上了训练，我，我好像也爱上了何主任。童家羽瞪着眼睛，哪能啊？你说他恶心呢。柳萍想了半天，说，日久生情。

童家老人到底知道了卖房的事，对柳萍说，别着慌，要卖也先卖我们老不死的房子，你和家羽年轻，房子卖了就没混头了。又苦口婆心地劝柳萍，继续申请周转房，多求求领导。

月末，女儿给家里打了个电话，咯咯地笑，说学会煮咖啡了，说看到野鸭子一扭一扭地过马路，松鼠在树上跳来跳去，校园里有鸽子和小鹿，都不怕人。最后，她小声问，有个美国男孩，老穿着带中国字的衣服在我身边走，我该怎么办呢？柳萍说，笑一笑，打个招呼吧。

女儿又是童小童了，一个昂贵的童小童，她还年轻，顽强地热爱着生活。柳萍也曾被一记记猛拳击倒在地，又抓挠着地面爬起来。

夜里，柳萍躺在床上，心事浩茫。今天，她把心底的梦想告诉了女儿，你毕业时，我去参加毕业典礼，你带我去黄石公园看看。女儿问，妈，你怎么想到去那里啊？柳萍只是笑，什么都不解释。即使在女儿眼里，她也不像个还有梦的人，她简直就是梦的反义词。

黄石公园的纪录片，她看了不下十遍。那里是世界上最原始天然的地方，大棱镜温泉呈现出一种超现实的美丽，漩涡般的造型，奇幻的黄绿色，让人着迷又让人敬畏，宇宙洪荒，也不过如此。她想，黄石，或许就是天堂和尘世的交接点。那里适合光着身子，自在散漫地行走，天水茫茫，天人合一。那里有为寒冬兴奋得发抖的真正的狼群、有柔情似水的母熊，有城府深沉的鼠兔，有头顶鲜绿、后背艳蓝、脖颈一圈玫红的星蜂鸟，用小小的身体同时驾驭着数种妖娆绚烂的颜色，在阳光下泛起七彩宝石般的光泽。秋季，枫树和三角叶杨浸透着油画般浓烈饱和的色彩。当水獭从冰窟里拖出鳟鱼时，一只白鹤正秀美地静立在冰面上，而野牛群从松林深处缓缓走出，色彩、动静、光影都呈现着自然意义上的完美。即使叉角羚羊为生存而计的大迁徙，也不经意间成为人类眼中奇异壮美的风景。过冬，求生，动物们为了寻找更适合生存的土地，不停地迁徙，迁徙……

窗外落下一阵急雨，人们在熟睡，也许除了她，没人知道，曾经落过这样一场雨。就像没人知道，她的闲云野鹤当得有多无奈，在她平和敦厚的外表下，她是多么好胜，她有多少愤懑、嫉妒和计较，没人知道，每次她途经教堂，都萌生了躲进去再也不出来的冲动，没人知道，她听说社科双姝宴请同事却唯独没叫她时，是怎样的号啕大哭。此时，平躺在床上，听到自己的呼吸声意识到自己在活着，她对双姝没有怨恨，只觉得她们坚强。

她翻了个身，童家羽的手伸过来，轻轻地放在她背上。童家羽说："下雨了。"柳萍嗯了一声。

他说："我一直都在害怕。"她握紧他的手，说："我也是。"

他说："我希望自己在精子阶段就被淘汰，我希望游向卵子的那个不是我，我要是没被生下来该有多好。"

今晚进行完"受辱训练"，他做出一副志得意满的样子，本来，她以为他能睡个好觉。听到这句话，她的心剧烈颤抖着，没想到，还是戳破了。慢慢地，轻手轻脚地，她把他拥入怀中。

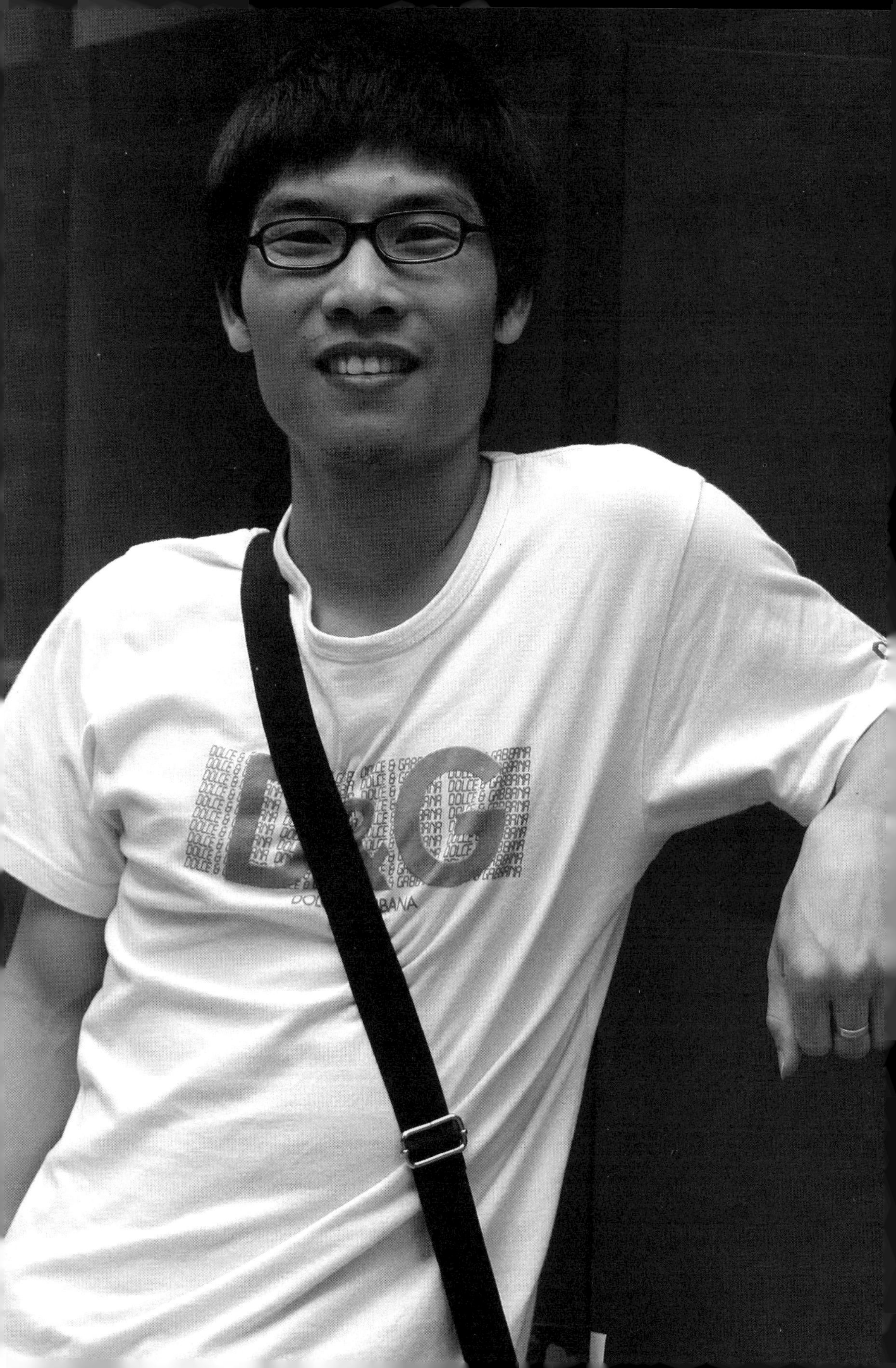

陈再见

陈再见，1982年生，广东陆丰人。2008年开始文学创作，已在《人民文学》《当代》《中国作家》《长城》《江南》《山花》《时代文学》等刊发表作品百万字；有小说被《小说选刊》选载。获得广东省首届小说奖、首届全国青工文学奖等。广东省文学院签约作家。现居深圳。

微　尘

　　2008年我开始自由撰稿，天天写，能发表的却寥寥。那些存在电脑硬盘里的文字，就好像罗一枪废品站里跌价一半卖不出去的废品，看着让人无端绝望起来。可越绝望越是有着挣扎的欲望——还是以罗一枪为例，金融风暴初袭，废品价格急速下降，本来堆积的货物早一天卖出就能少亏一点，可罗一枪不甘，他翘首以待价格回升的那一天，结果越等越绝望，最后终于血本无归。我同样犯了此意气用事的毛病，越是发不出去，越是对文字固执，最后竟然废寝忘食敲起了长篇，可谓破釜沉舟。

　　那些日子我深居简出，颇有大隐隐于市的意味。三餐多以方便面解决，偶尔下楼，也只是在巷子里的餐馆炒一盘河粉。河粉根根都像是泡在油里煮似的，一筷子夹起来油还在往下滴。我一度觉得那是世上最划算的填饱肚子的食物，即使明知吃进去的是地沟油。

　　我租住在城中村，那个村有一个很土的名字，叫麻布。麻布村离罗一枪的废品站稍远，我不知道当初找房子怎么不愿意和罗一枪住一块，而是一个人跑得远远的，潜意识大概也有逃脱原有的世界过另一番新生活的意思。罗一枪问我跑哪去了好些天不见人影了。我说我在麻布。罗一枪吃惊地说：抹布？

　　之后罗一枪当真把麻布村当成了抹布村，总是无不调侃地说：

　　"成苇在抹布写作呢。"

　　麻布村到处是握手楼，深圳典型的建筑。所谓握手楼，即是楼与楼之间相隔很近，以至于这边楼里的人可以和那边楼里的人握手。甚至还有更夸张的说法，说是这边楼里的人可以和那边楼里的人亲嘴呢,所以也有人称作亲嘴楼。这亲嘴楼,叫起来多少有些暧昧,让人产生一些非非的联想。

　　我的房间在八楼,单间,放一张床一个电脑台,基本上就满满当当了。无论是白天黑夜,房间里总是一个状态:阴沉。不见一线阳光。有时罗一枪过来,无不危言耸听,他说啊,你这房间是不是死过人,老感觉阴气盛,大热天都起鸡皮疙瘩。那时我们租房子确实怕遇到类似情况,罗一枪以前租住的楼里就曾发生过此惊悚之事:有个房间出了人命,一个工厂女孩,半个月没人发觉,最后发臭了才知道。报了警,警察也懒得查,直接把责任推给死者自己,说她是自杀的。那栋楼从此总给人一种阴森的感觉,但一个月后,死人的那个房间还是被附近工厂的人租住了,房东不说,所谓的"邻居"当然也不会多事,唯一的好处就是那个房间比其他的便宜几十块钱,租住的人还以为撞了好运,开心得很。其实想想也是,房间里有没有死过人,只要知情人不说,租住的人不知道,那不就是等于没发生过一样,所谓的闹鬼,只是电影里的事情。但此事我得知后,总无端替那房客担惊受怕,倍感压抑,并一直耿耿于怀,自己租房时便格外小心。

　　尽管怀疑我的房间死过人,罗一枪还是喜欢往我这边跑,那时他的废品站基本趋于半瘫痪状态,受金融风暴影响,废品市场动荡不已,积了一屋子货没卖出去,新货又不敢往回拉。罗一枪比谁都闲。罗一枪只好时不时跑麻布村,急急燎燎地摁响我的门铃。罗一枪又是不安分的人,这点秉性丝毫没有因为年纪的增长或者生意的受挫而有所收敛,他依旧大大咧咧、没心没肺,至少表面是这样子。他总要在我的房间里搞出一些动静来,霸着电脑听 beyond 的歌,音量开得老大,好几次都把邻居给惊动了,扬言要报警。罗一枪可不好惹,只见他横着脸说:你报啊,明天就让你搬家。邻居知道遇上混混了,自然噤声。我也感觉罗一枪太过分,越来越不讲理了。他倒好,耍了横就走,留下烂摊子让我收拾,楼道里的邻居都对我充满敌意。

每晚罗一枪来,还自带酒水,除了酒,还有武汉鸭脖子、一袋子凉拌,然后把我从刚写到一半的文章里拽出来,陪他喝酒,听他唠叨。他的话题总是离不开他那帮所谓的兄弟,说起他们那些江湖事迹,如数家珍。事实上他已经和他们少有往来了。我承认曾被他的这些话题所吸引,但时过境迁,一次两次,感觉新鲜,听多了,就烦了。我不知道我是从什么时候开始烦了罗一枪、烦了他说话,总之,越往后面,我越是感觉罗一枪和我说不到一块,他的兴趣爱好、他所崇敬的那些人和事,总与我格格不入;而我所热衷的文学,于罗一枪来说,又是另一个世界里的事物。其实回头想想,罗一枪没变,变的是我。我有点看不起罗一枪了。

酒越往后喝,罗一枪的话越多,有一次竟和我探讨起大道理,他无不严肃地说:

"成苇,你会写作,是个作家,你应该知道邓小平当年改革开放时说过什么话吧。"

我莫名其妙,说邓小平说过的话挺多的,你问的是哪一句。

罗一枪说:

"就那一句,说什么让一部分人先富起来,然后再让先富起来的一部分人帮忙还没富的另一部分人富起来。"

我说是有这说法,怎么啦?

罗一枪摆摆手,继续说:

"不可能,不可能,邓小平太天真了,他别的话都对,唯独这话错了,而且错得离谱,先富起来的人们只想着更富,他们才没时间理我们这些还没富起来的呢?你说我现在生意亏了,没本钱,我找那些富起来的傻 B 借钱做生意,他妈的会借给我吗？做梦。哈哈，邓小平这个天真的理想，注定实现不了，你信不？"

我知道罗一枪醉了。但他没有，喝了酒，说了话，就精神饱满了，接着开始在我房间里制造动静。他先是把灯灭了，然后趴在窗口往隔壁的窗口张望。隔壁刚好住着几个附近工厂的妹子，一到夜里就无所顾忌穿着睡衣到处晃动，甚至有时洗澡还忘了关窗，哗啦啦的水声让电脑前的我简直无心打字。罗一枪可不矜持，他灭灯正是为了更隐蔽地偷窥对方，他管这种行为叫"看电影"。

有一次更甚，罗一枪竟然把外面的女人也往我房间里带。那女的一看就知道是外面混的风尘女，头发炸得像是触电一般，低胸短裙，尤为性感。罗一枪朝我使眼色，我知道他的意思，故意装糊涂。罗一枪说：借一宿，废品站太脏，没气氛。都说这话了，我也没办法。警告他：下不为例。他笑着：一定一定。就把我推出了房间，砰地合上门。那晚我在楼下的巷子里来回走了不下五十趟才接到罗一枪的电话：完事，买点夜宵上来。我差点被气吐血。

总之，只要是罗一枪来了，我就别想能静下心来写作。久之，自然就害怕他的到来。有时他会事先打个电话：成苇，在家吗？我故意骗他：没呢，在外面，参加一个颁奖活动。罗一枪一听说什么颁奖活动，总是肃然起敬，说：哇，又获大奖啦，兄弟长进了可别忘了我这个粗人哦。

那些日子我确实热衷参加什么建国建党的征文活动，吹嘘吹捧，写点材料一样的文章，得个小奖骗点小钱，比发表文章容易多了，然后参加颁奖活动，或者文学座谈会，和那些同样热衷此举的文学爱好者们互换名片，接着煞有介事地谈文学、说梦想。我以此为荣，并认为这才是我要的生活。

记得罗一枪曾陪我去过一次颁奖现场，座谈时他也找了个位置坐下，听我们口若悬河，好家伙，他一句都没听懂。轮到他发言时，他又不好意思说不会讲，于是也说了几句。平时说话犀利霸道的他，那一刻竟然结巴了，憋出了一头冷汗。

事后他说:"再也不敢和你出去了,你和我不是同一个江湖上混的。"惹得我笑上半天。

——这些都是 2008 年的事。当然了,那一年,还发生过不少事,上自国家:金融风暴、汶川大地震、北京奥运会;下至黎民:罗一枪的废品站处于半瘫痪状态、我开始自由撰稿并混进深圳文学圈,对了,还有另一件大事:我爸得胃癌死了。

我爸的死并没有让我感到多大的悲伤,倒不是我不想悲伤,而是本身就悲伤不起来。所谓久病无孝子,我爸是拖了半年的病痛之后才去世的,于我于我妈于我爸自己,都可以说是一种解脱。

就像多年前我患胆道蛔虫一直备受肚子痛的折磨而我爸却没引起重视一样,我爸自己身体不适了他同样不会引起重视。村里人有忌疾讳医的传统,时过境迁,村人的观念有所改变,但变的是年轻一代,对于我爸那一代,认定的事情已经根植进他们生命里了,一辈子都不会改变。

我爸刚开始感觉肚子不舒服(他还分不清是肚子不舒服还是胃不舒服,总之就是胸口以下的地方不舒服),但他一点都没在意,继续该干么个干么个,甚至连找黄药师抓几服草药的兴趣都没有。他以为拖几天就会好的,事实上我爸一直用此法治病,且屡试不爽。但那次他终于不再那么走运:肚子不舒服不说,他还开始时不时呕吐。吃饭吐饭,没饭就吐酸水。我爸以为是吃错什么东西,找黄药师开了几服解热排毒的草药,熬了喝了,没见效。这下有些急了,再找赤脚医生程大海,打了屁股针,没好,再打点滴,还是没好。怎么办?只好求神拜佛。这事归我妈管,我妈带上香烛纸锭、五谷牲礼,来来回回跑了莲峰庙十几次,请回香灰泡水给我爸喝,可怜我爸喝了一肚子香灰水,最后一声长呕全吐了出来,香灰水变成清胆汁,蜿蜒在天井的水泥地板上,如新长的青藤。

我妈这时候才记得给我打电话。

她有些急了，说：

"你爸好像不行了。"

我吓一跳，以为出了什么意外，待问清楚，心想呕吐也不会是什么大毛病，大不了是肠胃炎。我反而安慰起我妈来：没事的，人老了有点毛病很正常。第二天，家里又来电话，这次听电话的是我二叔。我二叔为人处世谨慎严肃，和我家鲜有往来，一般不会打电话给我。我意识到事情并不是我想象的那么简单了。村里人说：打虎亲兄弟。感情再不好的兄弟，一旦遇事了就能走一块。我二叔竟然插手这事，说明事情已经严重到了"打虎"的程度。

二叔先把我骂一顿：你爸都病成这样了，你还不回来一趟。接着又说：听说你在深圳混得不错，靠写东西赚钱，是个作家了，年轻一代就你弄得有起色。言下之意即是我发财了，既然发财了就不应该老躲在别人的城市里不回来，再说家里有事，我又是大儿子，身下的弟妹还不懂事，我就得回去担起这个责任。

我也不好意思说自己其实混得很凄凉，随时都可能饿死在深圳的握手楼里，所谓的作家更是自欺欺人的称谓，除了在小报小刊上发几个臭豆腐块，并无其他成绩。我只能将错就错。我说：二叔那你先带我爸去镇医院检查，我爸不肯去你硬把他押上去，别劳累了一辈子有病了还没查出个究竟。我二叔说：你这话还像个样，你爸也真是的，有病不上医院在家等死啊，都什么年代了还忌讳那些，那我先帮你垫上费用。最后垫医药费那一句我二叔加重了语气。我说好的我回去立马把钱还上。

我二叔是村里少有的与时俱进的开明人，他的小气也出了名。我家鲜有人来往是因为我爸窝囊，我二叔鲜有人来往更多则是他的小气。兄弟俩在村里都有被孤立的意思，明明又是居住在村中央。我其实还有三叔四叔，他们都搬迁到外地了，小时候见过，之后也没什么印象，想必也混得比我爸我二叔强不了多少。倒是有一个姑姑，大大咧咧的，像男人性格，经常来村里走动。姑姑一来，带来礼物，大哥二哥两家一跑动，两家的人也被带动起来，有些活泛。可姑姑一走，就又恢复了平静。

我开始为我爸的病焦虑起来，想起他一生其实足够失败的，除了多生几个儿女，打骂最亲的家人，几乎一事无成，房子和田园都是祖上留下来的。我想如果自己也要复制我爸这失败的一生，唯一的办法只有早早了结自己的生命。那样太没意思了，生不如死。

二叔又来电话：镇上医生说，你爸的病查不明确，说不准，劝我们到汕头去查一查。

我心里咯噔一下，确定我爸的一生已经走到尽头了。

我们镇的医院总是以此推卸责任、避免风险。为何这么说？其实病情已经确定，但医生不想亲口告诉家属噩耗，他们也拿不准，怕误诊，或者怕家属听了情绪不稳定，打砸医院挥着拳头骂医生乱说话——村人本来就忌讳上医院，上了医院更忌讳医生说没得救了，是绝症。这种事之前也不是没发生过，镇医院经常处于被打砸的危险，所以也就学乖了，一旦遇到棘手的病人，一个劲地劝家属往汕头送，让汕头的医生做诊断。一则汕头医院大，有权威，医生自然是大医生，做出的诊断没人会怀疑；二则就算怀疑了，家属也不敢在大汕头砸医院闹事，即使砸了也没地方跑。

事情到这份上，大家心里都明了。

二叔问我：上不上去？

我沉半天，明知道上去也是浪费钱，但我也不能因为几个钱而不管我爸的死活,让他躺家里等死啊。

我说:上吧,可能真是误诊。

我二叔说:总之凶多吉少。

我赶回家,要带我爸上汕头,我爸这时候反倒比谁都明了自己的病情,彻底死了心,死活不肯去汕头,他说他再也不动弹了,要死也死湖村里。我爸上镇医院都一万个不愿意,如今还要上汕头,已经猜出自己时日不多。他不愿意出远门的原因是担心万一死在路上,那样尸体连村庄都进不了(村里有风俗,死在路上的人尸体不能进村,有一句恶毒的咒骂就叫"半路死",比粤语里的"扑街"还要毒)。还不如爽快点,死在村里,也有个好归宿,落叶归根。我爸这样考虑不是没道理。

终究拗不过我爸,实际也是我妥协了。我爸干脆喝起了黄药师的草药,颇有死马当活马医的意思。我看事情只能这样,返回了深圳。就这样,我爸前前后后拖了半年,打杜冷丁缓解病痛,最后才瘦骨嶙峋地死去。听我妈讲,我爸临死前有一个礼拜胃口特别好,一餐可以吃四五碗饭。我妈还因此很开心,以为发生奇迹了。谁知那仅仅是回光返照。我爸终于饱着肚子离开了人世,得了胃癌却没有变成饿死鬼,实在是一件很庆幸的事情。

难以置信的是,我爸的死,让我舒了一口气。

人死了,紧接着办葬礼,又让我陷入了难境。摆在面前有两个难题:一是钱,葬礼得花钱,再怎么穷也不能穷了死人,村人一直都有借死人之事长活人之脸的做法。师公是一定要请的,除了师公,还得请一铜鼓队;二是人,来参加葬礼的人多不多,自然也是关键,能来的人除了亲戚就剩朋友了,亲戚就那几个,靠的其实是朋友,我爸一辈子交不到几个朋友,说是朋友也只是打打招呼那种,根本说不来话,而我呢,表面看貌似朋友很多,细想,能好到来参加葬礼的还真没几个。

陈再见 | 微 尘

至此我才知道，我和我爸其实差不了多少，在这个熙熙攘攘的世界里，我们父子一直很孤寂地过着日子。

我爸先走一步，他倒舒坦，生前没能给我什么，死后还把这样的难题扔给我。

最后和我一道回家的只有罗一枪和另外一个写诗的朋友。

诗人朋友是湖南人，写诗无数，发表却没几首，他自负是天才，却被生活抛在一边。同样是自由撰稿人，由于我写的东西比他长，稿费自然比他拿得多，所以他的租房比我还小，更是一直面临着被饿死的危险。正因为有共同的危险，我们倒有些惺惺相惜，成了说得来话的好朋友。

回到家，我妈和几个弟妹只顾着哭，我二叔等亲戚站在一边看。我爸瘦得像一具尸骨包着一层皱巴巴的皮躺在蚊帐里面，我甚至不敢掀开蚊帐看他一眼。家里烟雾缭绕，哭声抽泣声、事不关己的议论声……我突然双腿一软，扑通跪地，感觉到了一种深入骨髓的绝望。我号啕大哭。我哭倒不是因为我爸，而是我爸留下了这么一个烂摊子，叫我如何收拾。我那几个弟妹还都小，离我最近的一个虽然长出和我差不多的个头，但还不谙世事，在镇上一个批发部给人送货，一个月拿几百块的工资；其余几个都读书的读书，读不好辍学的就和我妈一起种田喂猪，他们一个个张大着嘴巴，目光迷茫，看着从深圳回来的我，目光里有着盲目的崇敬。这一幕，总让我无端想起鸟窝边上那些嗷嗷待哺的雏鸟。我爸一共让我妈生了六个孩子，即使顶着计划生育队一直威胁的压力，如果这也算是成绩的话，只能说是我爸一生唯一的成绩了。面对一窝的弟妹，由于见面不多，他们的面孔都有些陌生，身为大哥的我竟然不能把他们的名字和容貌对应在一起。他们是谁？他们何以对我抱如此大的期望？因为我爸的死，村人有老话：无父兄为长。可我真的不愿意当起这么一个"长"，我连自己都养不起，何以承担起身下的弟妹？而这样的想法我无论如何都不可以说出口。

我越哭越厉害，不是伤心，更多的是恐惧。

倒是罗一枪处事冷静，把我拉一边，小声说：

"你爸的棺材还没买呢？"

我一惊，是哦，我连哭的权利都没有，好多事情等着我去处理。我有些慌乱，茫然四顾。

罗一枪突然塞给了我一把钱，说：

"先拿去用。"

事后我也没去数罗一枪给了我多少钱，大概也有几千块，事实证明那几千块最终导致罗一枪的废品站雪上加霜。

弄我爸入棺时，我甚至怀疑我爸并不是一个人，他是那样的瘦小，体形连一条狗都不如。我和几个亲戚抬起他，由于用力过猛，差点把他给扔下了床。抬起来才发觉，我爸的身体已经腐烂了，一股难闻的气味瞬间钻出来，弥漫整个房间。房间里所有人都憋着不喘气，个个面容古怪。身为长子，我抬的部位必须是我爸的头。当我双手托进他的后脑勺时，感觉后脑勺是软的，如腐烂的水果，一用力，"水果"就破了，流出黏黏的汁水，沾在我十指之间。我想抽手放弃，又想这后脑勺是我爸的后脑勺，我不托起，谁能帮他托起？

我爸的尸体放进棺材时，棺材空出了一半的空间，需要师公念念叨叨往那些空间里塞一种米黄色的粗纸，塞严实了，把尸体固定，才指挥我们盖上棺材盖。棺材盖在上面挪了几下才挪对了位置，咔嚓一声，总算盖严实了，接着哐当哐当一阵乱响，棺材被人钉下铁钉。我突然想起一个成语：盖棺定论。我爸这一生总算没了。不管他过得如何，总算走完了啊。

当天夜里，棺材用两只长椅架在大厅中央，棺前烧了一地的纸锭，烟灰满地滚。罗一枪过来陪我烧一阵纸锭，彼此无言。

尽管大厅一夜亮着白炽灯，弟妹们还是不敢睡家里，都借宿在别人家。棺材就我和我妈守着。我妈面容憔悴，一直反复跟我说同一句话：你爸没福啊，再熬几年，孩子都大了，就可以享福了。我妈这话其实也有点自我安慰的意思，仿佛她自己熬过几年就真能享福一般，事实上她也清楚，即使再熬十年，还是享不到福，她知道我徒有虚名，她瞒着不说，是顾及我的面子，也事关她的面子。

　　第二天清早，葬礼在紊乱中进行着，要不是罗一枪帮忙，我根本驾驭不了那样的场面。场地的布置，道具的租赁，人员的雇请，宾客的接待，礼俗的遵守，等等，都是颇费脑筋的事情。本来一切进行得还算顺利，我二叔突然找到我："大事不好。"我问怎么啦。二叔说：

　　"还少个照片。"

　　我恍然大悟，难怪之前总感觉少点什么，原来就少个遗照。这又是一个无法解决的问题，我爸一辈子没照过相，拿什么当遗照？

　　二叔说：

　　"要不你画一个吧。"

　　我一惊，说：

　　"我哪能画啊？"

　　我二叔也一惊：

　　"你不是作家吗？怎么不能画？"

　　我说：

　　"作家是写字的，画画的是画家。"

　　我二叔嘀咕一句：

　　"还这么分的啊。"

　　看着他匆匆走开的背影，明显对我很失望。我突然鼻头一酸，像是被一个陌生人打了莫名其妙的一拳。我恨自己怎么就不是一个画画的，那样至少能帮我爸画一个遗照，偏偏我又是一个写字的，那些狗屁文字一到紧要关头就屁用也没有。

这事同时也启发了我：我何不为父亲写一篇悼文，把葬礼弄出追悼会的意味，这在村里肯定是首创。做这样的决定需要勇气，我找到随我回家的诗人朋友，征求意见。诗人朋友显得异常兴奋——毕竟是诗人，连参加葬礼都充满激情。他说：好主意啊，你写悼文，我写诗歌，你念了悼文，我朗诵诗歌。

有了诗人朋友的支持，我坚定了主意，心想这真是有意义的一次尝试，也好让村人刮目相看。于是各自奋笔疾书。难堪的是平时下笔如有神，紧要关头卡壳了，回忆我爸这一生，我竟连一句煽情的话都写不出来。倒是诗人朋友早早就把诗歌写好了，递给我，我一看，不禁惊叹：不愧是诗人，别人的爸竟然也能写得像是自己的爸那样深情悲切。

罗一枪催我们，他说师公都已经在场上等着，都烦了，说你们这是搞哪一出，时辰一到就得出殡，不等你们啦。葬礼流程是罗一枪定的，先念悼词、再朗诵诗歌，包括道具准备、音乐播放。师公听了我们这一套，认为破了礼俗，但事不关己，也没说什么，只管最后拿钱。倒是村里几个说得了话的人，他们本无意插手我爸的葬礼，却对我们整出来这一套嗤之以鼻，摇头感叹：伤风败俗哩。

好不容易憋出了几百字的悼词，往人群中间一站，本稀稀落落的人群开始聚集过来，大家交头接耳，小声说话。他们倒不是为听悼词而来，更大的兴趣是看我怎么表演这一出。罗一枪举着话筒，对我此举说了些赞誉的话。意思是说：村里好不容易出了一个大作家，大作家并不满足于一般的披麻戴孝，他为其父写悼词，总结一生，还有诗歌朗诵，理性的总结和感性的缅怀一起表达，如此葬礼，村里有史以来是首例。

陈再见 | 微　尘

　　整席话说下来，村民们有了期待。我看出罗一枪真有一手，他的每一句话都在村民中起了威望，人们之所以能耐心地听我念完悼词，似乎都是看在罗一枪的面子上，毕竟他的身份还是一个老板。不过接下来的诗歌朗诵让人群中有了一丝静穆。诗人带着悲戚的声调朗读，诗句本来就哀怨，倒是感染了不少人，加上音乐的气氛营造，整个场面还真有了追悼会的意思。

　　葬礼进行得颇顺利，算得上成功。我一直紧张于流程的继续，早忘了为亡父悲伤。直至出殡，看着棺木被放下墓圹，其间磕碰一下，整个棺木一倾，撞到旁边的石壁，发出砰的一声响，估计尸体在棺内也移了位。大伙也不管了，趁乱就下了葬，一锨锨沙土盖下去，很快就把棺木埋住了……看着这些，我突然悲从心起，落下泪来，想起我爸的面貌，以及往事总总；想起人活这一世，也不过如此，到头来不管是英雄豪杰，或是懦弱窝囊，是有恩于人还是有仇于人，终归是匆忙下葬，沙土作被，转眼为人所忘，哪怕是最亲的亲人。留下坟头一方，几经风雨，春秋代序，荒草就已经铺天盖地了。

　　往后几年，一直到现在，我在我爸的葬礼上那一番悼词，以及诗人朋友的朗诵，都给村人留下了深刻的印象。人们闲暇时候坐在门楼扯话，扯着扯着，扯到葬礼这个事情上，无不提起2008年我爸的葬礼。人们始终没有拿我爸没有遗照这个事情说事，似乎没在意，或者忘了，怎么说，这里面有我们的功劳。当然更应该感谢罗一枪和我那位诗人朋友。

　　我爸的葬礼过后，罗一枪的废品站终于也倒闭了。

　　而我那位诗人朋友后来还真成了大诗人，遗憾的是这"大诗人"的称谓是死后人们才给予的。参加我爸的葬礼不久，诗人朋友终于忍受不了生活的孤寂和清贫，在深圳的出租屋里用一条毛巾结束了自己年仅二十六的生命。因为他的死，他的所有诗歌都被各大刊物大肆发表、转载，无数评论家参与其中，轰轰烈烈，颇为壮观，以此纪念一位英年早逝的伟大诗人，无不表现出疼痛、惋惜和缅怀。我因写了几篇与他共处时光的怀念文章，也有幸被邀请参加几次研讨会，接受不少报刊和电视台的采访，实为荣幸。

——关于诗人朋友那首写给我爸的诗歌手稿我一直珍藏着，视若珍宝，与其说是写给我爸的，毋宁说是写给他自己的……那是他唯一没有被发现和发表的诗歌（当然，我大可以认为它已经发表在了2008年我爸的葬礼上）。

诗中有一句：

我们生来卑微

重量敌不过一粒尘土……

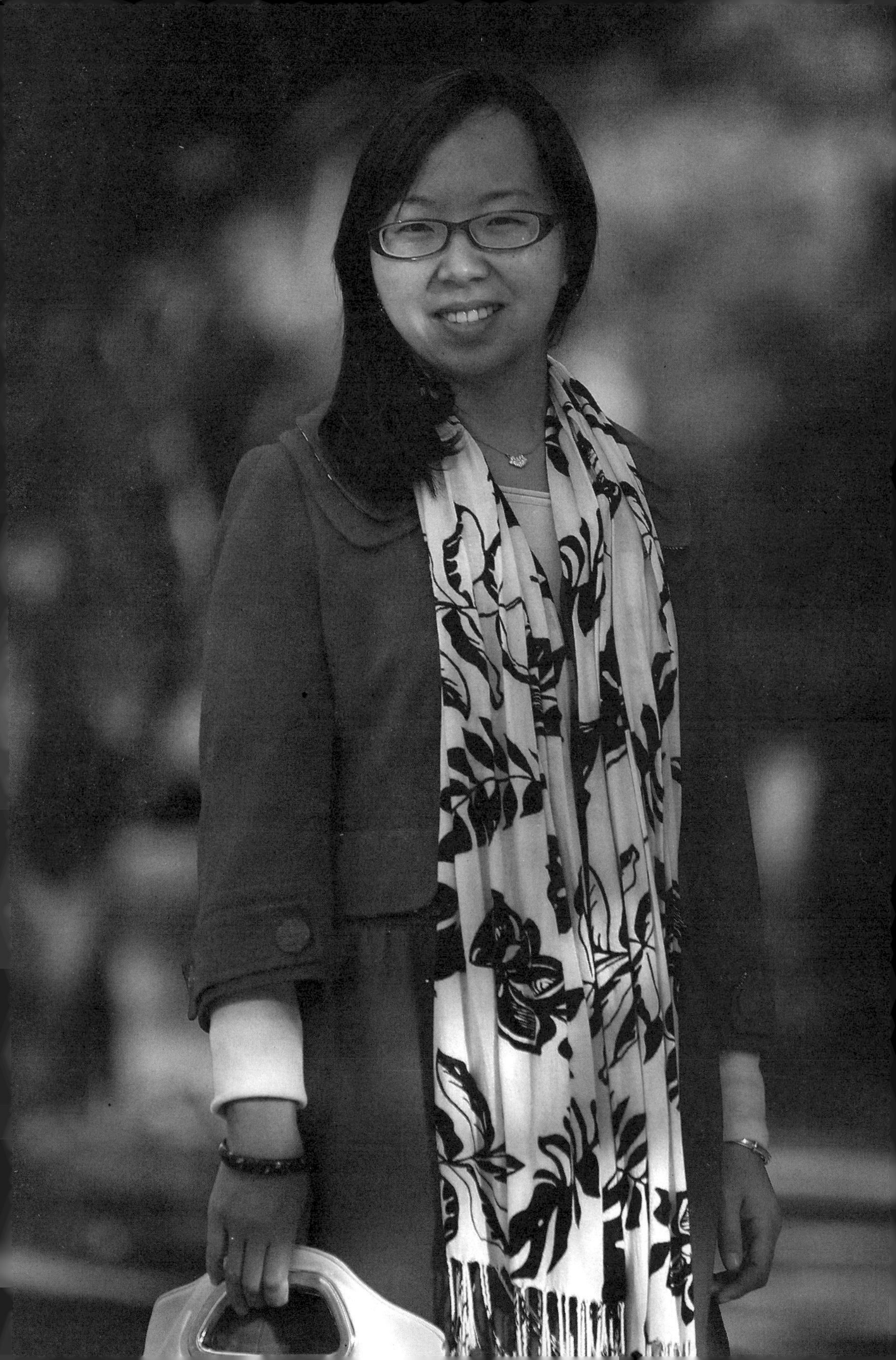

许　艺

许艺,1983年生,宁夏隆德人,文学硕士。小说、诗歌散见于《花城》《山花》《大家》《长城》《西湖》《绿风》等刊。有作品入选小说选本。

女诗人的榆树

她静默着，看窗外挺立在盛夏阳光中的那棵榆树。

一只黑猫在浓荫下蜷成一团，用慵懒的午睡打发漫长的时光。很难确证那究竟是一棵树在高处分成了等粗的两枝，还是原本就是两棵树。一堵旧围墙刁蛮地遮住了地面以上的一部分树干，围墙这边的人几乎永远不可能知道这树的真相。她静默着，看它龟裂无情的树皮，看那些像疯妇人一样颤抖着伸展开来的枝丫。

在眼疾葬送掉她的前程之前，她是位享有盛誉的诗人。

那时候她还很年轻，甚至可以说还完全是个女孩儿，台下的人高举着皮面笔记本或者印有她诗歌的稿纸——也有年轻姑娘挥动着头巾，希望她能为他们留下签名。诗会的组织者很快地引领她离开现场，这常常使她对身后热情的呼喊感到羞愧。当然她也经历过真正的羞辱，她的诗歌才华引起了一些官员的注意，当她没有勇气一一咽下官员们杯中火烈的白酒，他们就会很生气，用她并不能完全听懂的话刻薄地辱骂她，因为她的行为让他们丢尽了面子。她像每一个遭受了不公正待遇的女孩子常做的那样哭起来，官员们看着她那一串串滚落的泪珠面面相觑。

当然这些都已经是多年前的事了，现在想起来模糊得厉害，像是小时候听过的一个虚构的故事。有时候她会真诚地怀疑，这一切终究是不是真的，它们是不是只在她的想象中发生过。

现在，每天晚上十一点半她开始跑步。

一开始这样做是听说睡前跑步有助于治疗失眠症。有时开灯跑，那样她跑过的道路是一卷扁平的，硬而脆的白色卷纸。不开灯的时候分两种情形，有月光的和没月光的。有月光的时候她跑在一枚鸡蛋里,那鸡蛋被掏走了蛋黄,透明的蛋清刚刚凝固,散发着青白的光泽,她就在那样的鸡蛋清上跑。没有月光的时候道路最广阔,没有墙壁没有栅栏,没有小草投在地面上的细碎重叠的阴影,那是一条大家都不陌生但谁也没有真的注意过的路,诗人试图寻求恰当的比喻,告诉人们那究竟是一条怎样的路,但她至今没有找到令自己满意的喻体。

就这样,诗人以跑步来迎接每一天的开始。在深蓝色夜空笼罩下沉睡的大地上,在她所居住的这座沉入睡眠的小城,在沉睡的街道、水泥建筑、杂货棚和老榆树之外,诗人在摆放了床、书桌和洗脸盆的十平米地下室里跑步,她的双脚在床与书桌之间一尺宽的空地上奔跑,脚印和脚印不断重合,在她的脚下厚厚地堆积起来,诗人渐渐升高,在白色卷纸、鸡蛋清或者那条最熟悉的路上跑步。四下里寂静无声,诗人脚下是地下室结实的水泥板,再往下是纵横交错、锈迹斑斑的旧式下水管道系统,而头顶是长年空置的一楼的一间房子,那里面寂寞的木质家具偶尔因为干燥发出一两次响声,像人类过于衰老的骨骼常常经历的那样。

这样的跑步很容易让人麻木,一旦开始就会忘记主动停下来。或许正是这样才让人感到疲惫,进而驱走了失眠。有几次这样的跑步让诗人迷失了方向和时间,她遇见过一次小学同学,另有一次她遇见了初恋的爱人,他还像当年那么瘦。因为瘦,远远看起来他的两个肩膀像佩戴了肩章一样高高地耸起,可这样成熟严肃的肩膀实在和他本人不相配,那时候他正绞缠住双手嗫嚅着不敢面对自己犯下的错误。诗人在麻木中感到心脏一阵钝痛,闭上眼跨大了步子越过他。

诗人究竟是怎样染上了眼疾很难说得清,北方的风沙,小城的煤渣,长期熬夜,营养不良等等都是可能的原因,可并不是居住在这里的每一个长期熬夜的营养不良者都害这种眼病,医生的解释是:"个体差异"。这是一个太富玄妙色彩的

许 艺 | 女诗人的榆树

解释，她不能满意。她久久地坐在诊疗室的长椅上不肯离开，恳求医生再给她做一次全身检查。医生解释说完全没有必要，但她还是不走，看着医生一个个诊断病人，开出药方。诗人觉得医院是一个充满希望的地方。何况长椅上还有暖融融的阳光。

在追问眼疾的根源这个问题上，她丝毫不具有诗人的浪漫和感性，她坚持寻找一个硬邦邦的根源。她找到了，是毛巾，她的常年生着霉斑的毛巾。

这地下室原本会比其他的地下室干爽一些，因为它有一部分高出了地面，在接近屋顶处开了一扇窗户。虽然只是窄窄的一扇，但与普通的地下室相比，已足以让人感到振奋。比对一下这栋建筑的破旧程度和窗外榆树树干的粗细，就可以知道这座钢筋水泥建筑竣工的时候，那榆树还没有栽下。而现在，榆树以水分和时间为筹码，轻易地击败了这钢筋水泥建筑和它铝合金的窗户，把她规划好的振奋变成了淤泥一般的沮丧。设若原本就没有窗户，那么淤泥是一摊，而在振奋之后降临的沮丧，让淤泥变成了两摊。两摊淤泥压得诗人喘不过气来，她常常像此刻这样静默着，透过窗玻璃和榆树密匝匝的叶子，寻找天空和偶然穿透了榆树叶子的阳光。

榆树有手腕粗细的一枝不知何故被劈开了，像脱臼的胳膊一样吊在主干上，真是大快人心！而养分通过那没有劈断的半个枝条继续运输，那脱了臼的手臂竟还活着，恬不知耻却葱茏地活着。"无论如何，这是一个顽强的敌人"，诗人一边得出这个结论，一边在想象中挥舞两柄利剑，追逐着太阳的角度砍削它的枝叶。她想象着它们像干枯的毛发一样颓然飘落，金黄的阳光锐利地射进窗户，落在她的床上，书桌上，落在她的洗脸盆和毛巾上，落在她夜间跑步的空地上。潮气如鬼魅的飞蛾一般忽闪一下翅膀就不见了，她的床铺散发出童年时代干燥麦草的香气，而毛巾——毛巾干爽鲜亮，墨黑或灰绿的霉斑像梦魇一样退去，诗人自己眼眸清亮，坐在书桌前开始写一部新的史诗。阳光照着稿纸，看得清纸页上最细微的绒毛，以及笔尖投下的淡淡的影子。

"啊，阳光，啊，阳光"，诗人望着榆树，粉红色的眼角蓄满浑浊的泪水，她朗读巴尔蒙特的诗歌："为了看见太阳，我来到这世上……"

这一切都不是虚妄的想象，因为冬天的时候她实实在在地经历过那样的幸福。

绝大多数树种都是薄情寡义的恋人，不管躁动的春天和殷实的夏天说过多少动人的情话，一旦肃杀的秋风刮过几场，它们一定会有预谋地慢慢蒸腾掉叶子里的水分，徒留给叶子一个挺括的表象。它们一边敷衍着叶子傻气的热情一边为最后的背叛谋得策划的时间。当白杨树陆陆续续丢尽了叶子，榆树还极力拉长着承诺的限度。寒风再来的时候它一夜之间卸光了所有的叶子，缩紧肩膀露出薄情的真面来，它眉眼紧闭任由寒风像暴怒的情人一样抽打它的枝条。

这样的日子，对于诗人来说无异于一个节日。

那真的像一个节日，她炖了一锅骨头汤来庆祝这个节日。十平米的屋子里回荡着肉汤的香气，揭开锅盖，浓白的肉汤里翻滚着娇媚的枸杞、黝黑的木耳和憨厚的冬瓜。当她盛出一碗放到桌上的时候，阳光正好透进来。榆树颓败的枝条只能给床单上投下淡淡的影子，像可爱的水印，整间屋子暖洋洋亮堂堂的，连墙壁上没有涂抹开的涂料粒都看得见自己笨拙的影子。那时候诗人满心欢喜，她重新拿出稿纸来，在每天阳光能照到书桌的短暂的半个小时内，试着写下一部史诗的开头。阳光豁达地漫过她的脸，她假装低头对着稿纸沉思，却调皮地望着自己鼻尖金黄的绒毛嬉笑。

当冬天的干雪渐渐夹带起暧昧的水分越来越快地融化，诗人重新回到窗前，忧心忡忡地望着她的敌人。它的枝条暂时还紧缩着，但她知道它已经挺过了隆冬

许　艺｜女诗人的榆树

的严寒，从昏迷中醒来。"你在假寐，我很清楚。"诗人理智地对榆树说。一只黑猫在矮墙上从容地走过，经过那枝最矮的枝条时，它竖起尾巴来钩了一下干树枝，两小块纠缠的湿雪就掉落下来。黑猫看都不回头看，迈着优雅的步子往矮墙的另一边走去。

没有阴云的时候阳光照样每天光顾诗人的小屋，可她看得出来，阳光已经不再散发金灿灿的光芒，它面色惨白，像个没精打采的病人。诗人不知道这样的时候她是该抓紧时间再写几行有光亮的句子，还是该静静注视着它移动的脚步，她不知道究竟怎样才算是更有效地珍惜它。像送别一个即日就要出门远行的亲人一样，诗人日日盼着天晴，盼着与阳光多一次叙谈，她希望这样的分别慢一些，再慢一些，她希望这是一场拖泥带水的分别。

诗人依然每天晚上跑步。她感到很苦恼，不仅仅因为春天要来了，还因为她无法解释自己自相矛盾的行为：她不想冬去春来，却每晚跑着去迎接新的一天的到来。

"你很急切吗？"

"并不——完全不，我希望慢一些。"

"那么你还是要奔跑？"

"我不知道……"

诗人在内心常常与自己进行这样无声的争论，这样的时候她越跑越快，一只脚印还没有完全落下另一只又很快地覆上来，脚印虚蓬蓬地摞起来，踩上去软塌塌的，像堆积起来的腐叶。一不小心脚就会陷住，再拔出来时鞋面粘着几片碎叶子。这时候是跑在葳蕤的丛林里，藤条和撑破地面的树根硌得脚生疼，乔木灌木和野草纠缠在一起，看不到光线，连空气都是稀薄的。

春天来的时候总是比冬天快，她像个急性子的女人推推搡搡地挤走了温顺的冬天。诗人的眼角已经开始发痒了，她知道更大的溃烂即将到来。黑猫整夜整夜地呜咽，像狂风的琴弓在电线的弦上来回地拉，尾音总落在凄厉的高音部上。这演奏招来了另外的一些琴手，它们此呼彼应，唱和不休，复调部分的曲谱里掩藏的全部是关于春天的流言。诗人奔跑在深冬的暗夜里，白天撒下的纸钱在夜风里无助地翻滚，每只猫眼都是一柱强光，光柱迅疾地交错，追击着诗人的脚步。它们是真的焦躁，真的渴望春天早一点到来。狡黠的猫们毫不怀疑，当小城的一切都堕入睡眠的时候，只有跟随诗人的脚步才能最早踩上新的一天的时间。这时候的路是一条越狱之路，诗人一路被绿色的光柱射击，她成为一个逃犯。

诗人愁容满面，她又去找医生。坐在柱灯下，医生又打开一只钢笔一样的小灯，诗人的上下眼皮被轮番地翻过来，溃烂的粉红色眼睑上布满蛙卵一样的小泡，穹窿部堆积着一团脓点。医生略皱一皱眉头，给她开了四种眼药水。诗人忍无可忍，她焦躁无助得像个孩子：

"大夫，您不能再这样年复一年地对我采取保守治疗了，再这样下去我的两只眼睛非瞎掉不可。"

她的眼眶里立刻蓄满泪水，她自己说出的"瞎掉"这个词让她感到无比悲伤，"我再一次请求您，请给我做一次全身检查吧！真的，否则您永远不知道我为什么总是被眼疾困扰，霉菌已经长进我的肺里肝里肠胃里了，我的前程就这样被葬送了您知道吗？"医生以职业化的亲切劝慰她，安排她在长椅上坐下，还递给她一杯热水。诗人还沉浸在"瞎掉"带给她的伤害里，她握着一次性纸杯，看水汽像细沙一样升腾起来，在阳光里散开，无影无踪。

四种眼药水编了号，每隔半小时换一种。诗人仰面躺在床上，闭上眼睛看见自己蛙卵一样溃烂的眼睑，睁开眼睛看见窗外被雪水泡得肿胀的敌人的枝条。她绝望地往自己的眼睛里滴药水，像腌制泡菜一样把眼珠腌进药水里。她知道这些

许 艺 | 女诗人的榆树

　　药水什么用也不管，满溢出来的泪水和药水混在一起，滴落在毛巾上，留下一个又一个墨黑或灰绿的霉斑。

　　连诗人奔跑的路都长了霉斑，鞋底的霉斑和路上的霉斑碰在一起，像麦芽糖一样粘住彼此难以挣断，留下一个又一个发霉的脚印。诗人在深夜掩住口鼻竭力奔跑。她自暴自弃地在暗夜里吼叫："来吧来吧来吧，春天，你索性就呼啸着降临吧！"和猫们彻夜的演奏放在一起，它们是一个训练有素的乐团，可以演奏最复杂的协奏曲，而她是一个蹩脚的领唱，嗓子里是一只破了滚珠的轴承在仓皇运转。

　　榆钱长了出来。远远望去像一簇一簇嫩绿的桃花。

　　诗人这时候完全病倒了。她的两只眼睛肿得像荔枝，上下眼睑像两片砂纸，睁开磨自己，闭上磨眼珠，黏稠的眼泪渗出来，将糜烂传染给眼角，眼睫毛一根一根地倒在脓液里。霉斑在枕头下整块整块地蔓延。

　　诗人无法跑步了，床与桌子之间一尺宽的空地上，脚印互相推搡着前行，底下的翻上来，上面的被踩下去，像魔术师玩着一大摞扑克牌，一遍又一遍耐心地洗牌。霉菌在脚印上大有作为，他们奋勇向前，追赶着新的一天的来临。

　　一株榆树每年要经历两个秋天。当白杨树长出了婴儿巴掌大小的新叶，榆树满枝挂着的榆钱就变薄，变黄，风一吹，它们像眼泪一样飘落。诗人打开窗户，看它们一瓣两瓣地飘进窗户，落在她的枕边。诗人从结着脓痂的眼睛看出去，猛然发现那惨白的榆钱和她深夜跑步时在路上翻滚的纸钱何其相似！简直就是一模一样。

　　榆钱落尽的时候白杨树已经唱起新一年的情歌了，它晃动树身，任意两片相遇的叶子都可以呱嗒呱嗒地拍出掌声。诗人在清晨的歌声和掌声里醒来，她看到窗外的榆树光秃秃地支棱着细枝，像灰凄凄的旧稿纸上凌乱的折痕。阳光重新透进窗户来，照在她的病眼上。

"诈降。"诗人对榆树说。

从榆钱落尽到新叶长出，还有至少两个礼拜的时间。这期间诗人的病情明显缓解，她又可以下地了。在阳光照进屋子的这一段宝贵的时间里，她仔细地清扫屋子，灰尘从笤帚上升起来，在阳光中欢快地翔舞。床和桌子之间一尺宽的空地上，脚印湿霉成残片，诗人把它们一下一下扫进簸箕里去。

深夜里，诗人熄了灯站在空地上。下过一场春雨的天空在此刻现出暧昧的玫瑰色，榆树枝嵌在天空，像玫瑰色金丝绒上烫印的图案，那是一堆散落的花枝，只是遗失了花朵。她久久地站在空地上，像长跑冠军伏在起跑线上等待着发令枪啪的一声响，她将像子弹一样被射出去，奔跑，奔跑，昂首并竭力向前拱出胸膛，去挂终点处新的一天的彩条。哦，不，不，她不能再奔跑了，她的眼角刚刚结痂，这样会让干硬的眼眶迸裂，血水横流。

整整一夜，空地上只留下了两只脚印，孤零零的。

次日清晨，诗人早早醒来。梳洗完毕，她坐在阳光最先降临的床脚，眼睛望向窗外。

细细的榆树枝鼓胀得像少女的乳房，她看得出它们的不安和期待。榆钱褪落的地方将长出新叶来，一簇一簇的新叶，它们在几天里就可以迅速地长大。它们兴奋地缀满枝条，在轻风里摇晃。

"我要出去一趟，总有个地方能治好我的眼病。"

诗人想着远方，想着她回来的时候眼角干爽，眼眸清亮。"等我回来，大概已经是夏天了。"

榆树摇晃着，先长出来的三五片新叶挑在最高处阳光充裕的地方。少不更事的新叶不知是否懂得，它们是为战争而生的，战斗是它们的宿命，这将贯穿它们的一生，不管将遭遇强将还是弱兵。在这漫长的战役里，它们会学习射击和躲避，学会用脏话辱骂敌人和战友，它们会被阳光催迫得强壮，放任肤色从晶莹透亮的翡翠色变成浓重的墨绿。

"你们喜欢夏天，我知道。夏天是你们的荣耀。——像我喜欢冬天一样。"

黑猫引来了另一只黄猫。它们在树下的矮墙顶蹲伏下来，你一声我一声地拉动琴弓却久久不肯靠近。它们在试探，在考验。或者其中一只已经厌倦了，想要离开，却苦于找不到一个体面的借口。恋爱变成了对峙。没有谁愿意第一个撤退，战争一旦开始，无一例外地都会堕入这个毫无理性的怪圈。

"为了看见阳光，我来到这世上……"诗人一遍遍念着诗句，像念着一句柔若无骨的咒语。她就这样坐在床脚，像一位苍老的先知，守望着即将射进地下室窗户的第一束阳光。

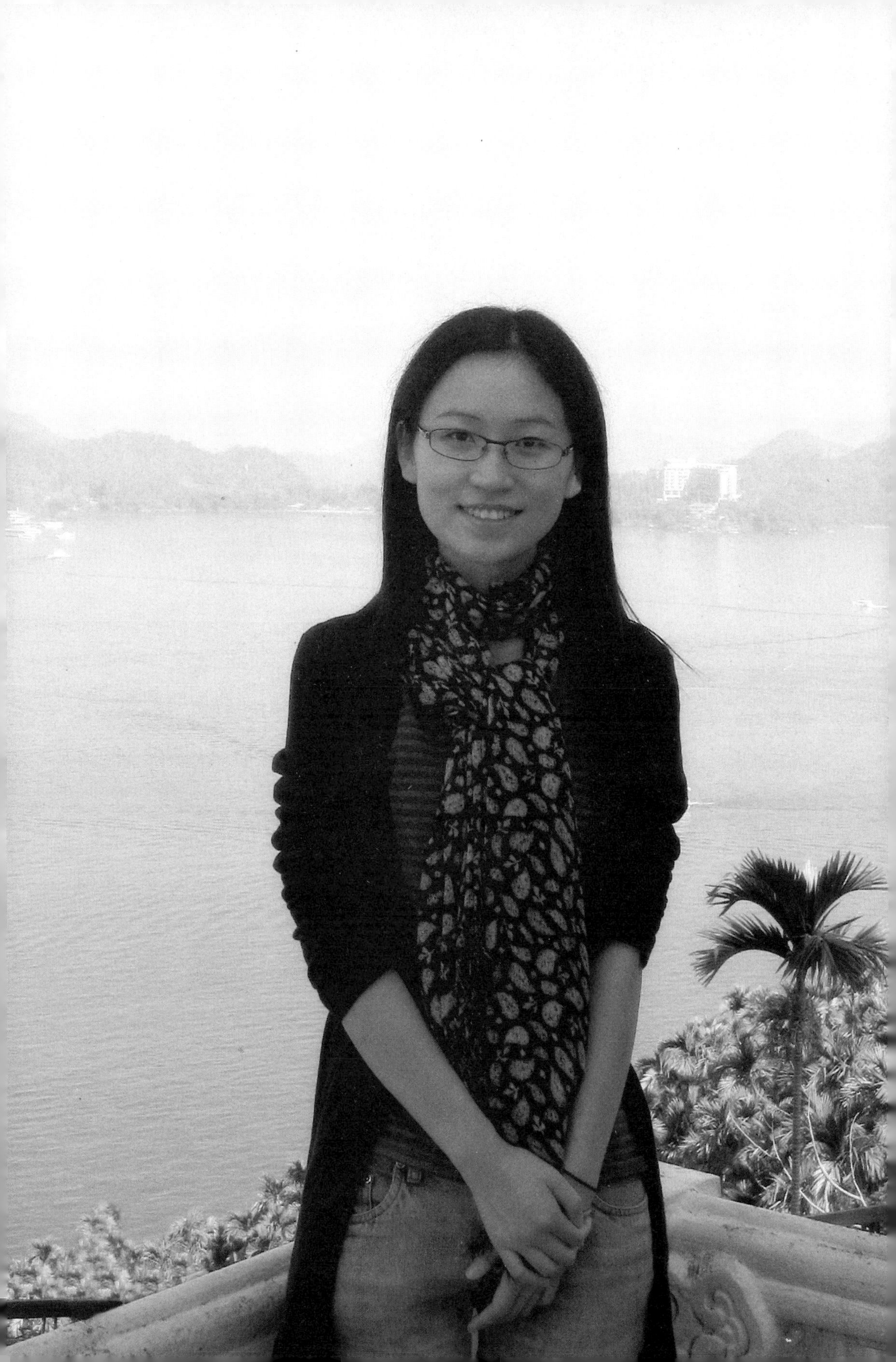

张怡微

张怡微，1987年生。毕业于复旦大学。上海作协签约作家。出版小说、散文集若干。曾获《上海文学》小说新人奖、台湾联合报文学奖、时报文学奖、香港青年文学奖冠军等。

试 验

1

侯心萍已经很久都没有试过晚起,总是天不亮就醒。醒来的第一个刹那,耳畔都是嗡嗡的市声,人声、钟声、铃声、大轮盘轧过水门汀的蛮力声,像来回摩挲浅滩的浪,翻腾着冰冷的呼吸。她惯性地催促自己赶紧清醒,起身为要上班的父亲煮早餐。猛地一掀被褥,身上却尽漫着迫人的凛冽。膝盖骨的风痛终于让她恢复清醒的意识。早不是当年的时地了,记忆却偏还守着童年的欢意。其实应该牵记的事情那么多,人生的重心早就换了宏旨,可恹恹醺醺的晨影却令人恍惚。她心里养着"旧",护着"旧",总要在脆弱时拿出"旧"里的温暖来心酸一下,觉得自己还是越不过新旧交接,像小时候跳橡皮筋时轻轻一绊,失败了。

上海的冬天,总让人十分容易就回想到失意的青春,蓬勃的热望被寒意浇灭。这种幻觉像见到枯枝败叶中插着一枝哀艳的腊梅,假得那么动人,又冻得那么真切。心萍还在心里害怕,一旦自己起床晚了一点,父亲就索性不吃了。银行里做事的人,钟点都掐得很精准,半点由不得自己,六亲不认的原则中夹着一点近乎性感的薄情。到岗时间一旦晚过开市,金饭碗就没有了。父亲在这一方面严于律己,虽然他总的来说并不算是个严于律己的人。他颇有计划地将业余生活中所有的松懈都用来偿付机械化的体面工作所带来的紧张感。一旦下班,就凿骨喷髓涣散了去。像散了场的皮影,精神气也打烊,灰不溜秋,满身月色。

这种将上班下班活成两种天地的在世本领,心萍一辈子也没有学会。她里里外外就是一个人，年轻时觉得自己好可怜，把可怜存在银行里，老来竟连利息都超过了本金，变成一大笔可观的"可怜"，像措手不及的横财。快要对世界做告别的时候，才懂得什么叫花不完。

人过了七十，站在制高点回望过去的时光，心萍一眼看到的，还是解放前父亲在同孚路当中级职员的那些称心岁月。父亲穿着西服，毛孔中都向外渗着洋墨水，沉默中带着典雅的迷雾。在日本人来以前，他都像个标志的新派人。那时候上海很困难，但里子和面子毕竟不同。就是大观园盛景，各式人脸都在街头跑马灯。谁都不知道未来会发生什么，却又总觉得眼下的平安并不可靠。哪怕是战时，父亲每个月都要带心萍和姆妈去华懋饭店吃一次牛排，每年还要带她们去住一次大饭店。他们的房子是租来的，没有大钱，但醉生梦死，享乐至上。父亲在家里煮红茶喝咖啡，用小夹子加方糖，伺候自己像个周到的侍应生，姆妈总归笑他娘娘腔。其实他并不娘，就是活得精细，有时看起来会像个笑话。

那个爱穿背带西装的习惯，父亲在兵荒马乱的几年还撑了一阵，挨到新时代初，沪上街头还是穿什么的都有。长袍马褂、西装领带、土布衣、棉旗袍、对襟衣、军装、列宁装……父亲特为自己选了西装领带，显出和别人不一样的坚持，一点也没有意识到这是一件危险的事。与此相匹配的是，他也欢喜女人打扮成有教养的模样，头发要梳好、衣裳要各有功用、腰要细……胜过看起来朴素贤良。心萍后来一辈子都没过上父亲当年的生活水准，也没成为父亲喜欢的那种女性。

自己连头发都快掉光的时候，想到双亲过世前都还是记忆中年轻时候的模样，这就有了一种错觉，心萍觉得，自己要比父母还要风霜一些、衰败一些。想念他们，像看着后辈冻龄在凝固的时间。

父亲一辈子是标准的小资，一点也不进步。会对太太说好听的话，但却懒惰、胆小、容易沮丧。唯一的优点是，他总体也不讨人厌，街坊邻居都夸他"山青水绿"，即使女儿那么大了，还那么"要清爽"、"要面子"。女人活在虚荣里，总比活在挫败里要开心。心萍姆妈死得早，却不亏人间什么甜美的情意，该有的都有了。心萍一直以为自己会嫁给和父亲相似的男人，因为她觉得父亲的缺点她都能忍受，父亲的优点她都欢喜……没想到却嫁给了另外一种人生，像早早架好的画布，尺寸都有了规定。

记忆中的父亲其实从来都没有因为早饭这种事而责怪过心萍，因为心萍从来没有一次忘记过起床，那是她唯一有份为父亲做的事。何况父亲是不会责怪心萍的，他喜欢这个女儿。或者说，他喜欢女性，和由自己创造的一切。关于这些，心萍从少女时期就看懂了。她平静、本分、欢喜，只是看起来罢了，她也不是完全没有狡黠。可惜一辈子都没用上几次天赋的小聪明，医院里又最怕医生运用小聪明，于是只能草草作罢。压制得越久，就越不安。唯有惊慌的暗潮，像马不停蹄的梦魇，不断在她半生以来的每一个清晨重复上演。

直到如今，心萍早就活过父亲过世的年纪，都忘不掉那些遥远的灵犀，带着稀薄的思念。日复一日，尤其这些年，心里骤然增添了干枯的裂痕，回忆如入夜的惊涛骇浪、又如晨曦后伪装的安宁。外部的冷暖，衰弱的身心，已经没有粉饰的能力覆盖周全。动不动就吹进一丝杂念，惊扰了多年来因忙碌人生而建立起来的平安。

虽说已经到了做奶奶的年纪，心萍却依旧保持着心里的晨雾，像一个没有恋爱过的人。

只有在这样的清晨里，世界还在沉睡，她若舀上一勺蟹糊里的膏黄，淋了醋、撒了砂糖，偷偷抿在嘴里时，会暂时忘记那些沉重的哀愁。心萍觉得自己到底还是有和父亲相像的地方，再苦闷都要偷着乐，偷吃偷喝偷白相都好开心。有时她会觉得，父亲的体面背后兴许有着和她一样难以历述的折中，只是他死得太早太不堪，才没有将自己审美背后的缺失与欲求清楚地说道给她听。从这些小欢乐里，心萍知道了自己沉重命运背后的轻盈，只是命运也并没有给她很大的舞台发挥她的小聪明，爱情里也没有给她机会。

但漫长的婚姻生活里总是不缺少小快乐的，像丈夫夸赞她买来的便宜胶水里"有水没有胶"，譬如她又嘲笑丈夫胖得没有头颈，像有白胡子的海绵宝宝。而那些小快乐里又隐藏着巨大的不安……来自于死亡，或者与死亡有关的一切。今天不知道明天，也不知道还有没有明天。

一切都像是来不及了。一切都只能为那些数不尽的来不及做一点杯水车薪的准备。

到如今，心萍父亲走脱已经快四十年了，就连继母芬芳姆妈离开人世都已经十四年。芬芳姆妈的长寿像为守节坐的牢，似乎也说明父亲值得上两个糊涂的女人为他痴心。在失去儿子、丈夫以后，芬芳姆妈连做小的太太都不像，倒像是被心萍领养的远房亲戚，神经兮兮。

芬芳姆妈死前，心萍极不情愿地答应将她和父亲合葬在一起。那天可以说是心萍人生中的一段高潮，她等这一天等了大半生，以至于终于看起来什么都需要她亲自决定的时候，身边连个懂她的人都没有了，他们都等不及这一刻就死去，心萍想起这一点来就很哀愁。在原谅芬芳姆妈的事情上，心萍虽然想过一万次，演过一万次，但每一次都是有观众的。

没有观众，也就无所谓煽情。不过心萍最终心软，还是应了老太太最后的愿望。那一刻她觉得自己挺伟大的，伟大就是什么事都不让自己顺心。她心思细密却没有什么大本事，只能躲在背后刻薄人，只能做中医院里的张爱玲。

心萍还佯装收了芬芳姆妈一副不值钱的耳环，芬芳姆妈说："还呗侬，我一直帮侬保管。再困难我都缝在衣服里面当宝贝，这辈子也算对得起侬爹爹姆妈。"

做戏一样。心萍在医院里生生死死见得多了，也不是所有人断气都断得很周全。芬芳姆妈倒是把肚子里的话说尽了才合眼，甩手甩得很彻底。她这一辈子活的，晚来什么亲人也没有，只有一个不爱她的继女……

"真惨，"心萍想，"她真作孽。"

芬芳姆妈说："心萍，原谅我，拖累侬那么久，我活得太久了，真是不好意思……"

心萍本来端着一个严肃的脸孔想要当女菩萨，听她在死前突然客气起来，吓死人了。芬芳姆妈好像早就忘记饿她、气她、作践她时有多好意思了。她停顿了很久，突然又说："侬叫齐齐也原谅我，好伐。"

那前半句话，其实也不是那么动人心魄。心萍知道，那两颗红宝石，早就被父亲拿到银楼里挖出来换过了，再镶上去的是红玻璃。她不清楚芬芳姆妈是不是晓得这件事，但心萍是晓得的，戒指是亲生姆妈的嫁妆，那就是父亲作为一个穿西装的男人在面对亡妻时的忍心。换出来的钞票，花在了死掉的弟弟身上，打了个巨大的水漂。那个时候，上海的形势已经乱了，银行尤其紧张，钞票不值钞票，平民百姓每天能领的钱都有限额。挖掉的钻石，有时值得上两年的房钱，有时值得上两张救命的船票。如果弟弟那时候没有病，他们一家人恐怕就去香港了，一生都不会再回来，也就没有了现在的离合与悲欣。

那个小男孩的出现与离开，就像是命运作祟，带着破坏的强力，将他们一家别扭的三口人牢牢钉在了上海，钉在了不可移动的梁木上。到了现在，心萍连他的面孔都想不起来了，可惜一生的格局都已经铸成。芬芳姆妈当时光顾着撕心裂肺难过，不记得有问钱是哪里来的。心萍却为这两个姆妈戴过的宝石哭了一场。她不是舍不得钱，那时也不懂什么叫钱，也不仅是舍不得姆妈，她心里要更欢喜爸爸。她就是舍不得那两个剜掉的真东西，不喜欢装上的假东西，像死了亲妈妈换了芬芳姆妈一样委屈。现在高潮过去了，心萍一想到以前心里曾经那么澎湃过，就觉得真是以前好。也只有"以前好"的强烈的回忆使人温和而安详，它是忍耐生活中长久无聊的原始动力。消极的力量没有功劳也有苦劳，心萍只要想想以前的好，想想现在的不好，即使什么都改变不了，也能打发好几年的沉闷的生活。

但心萍没有办法替儿子原谅芬芳姆妈，她那是痴心妄想得寸进尺。小囡大了，只能指望他多回家吃吃饭。其他的事情，大人都做不了主。但芬芳姆妈一直抓着她手，像个巫婆一样，死死不放松。直到心萍点点头，握紧那两个玻璃石头，才决定断气。心萍给她养老，给她送终，四十年的日子，芬芳姆妈都不曾死去过一天。她说自己真不好意思，活了这么久，也许是真的。活得无滋无味，却抵不过怕死。爱得死去活来，也比不上贪生。

到了心萍现在这个年纪，真的假的早就没什么用处，钱也没有用处，念想也没有用处。但听芬芳姆妈那样说，到底是心尖上的一簇肉动了一下，一个人这么说自己，也算是无赖透了。一辈子的恩怨于是灰飞落地。不然还能怎样呢。看她老成像一只瘪掉的皮球一样，胸口挂着两只发黑的乳头，扯着病服插着导管，屎屁尿欢快地滋生着湿气，她说自己真不好意思，活了这么久，还能怎么样呢。

心萍自己有了儿子以后，才体会到当年芬芳姆妈也是身上一块肉被挖走，那比挖掉钻石要痛多了。父亲病重后，两人也就没有了生孩子的可能。芬芳姆妈要过几次，都被父亲拒绝了。父亲说她淫得狼心狗肺，却不知道一个孩子很可能足以对芬芳姆妈的命运产生改变。父亲这样说她，她碎了心，人也就越发古怪、离奇。早年算得上清雅的面孔上，一对眸子越发显得大而促狭。她死前要求心萍，都像是这种促狭的逼胁，像她生前说父亲就是娶她来挖她的肉时的表情。

她再没有肉的时候，却希望化成灰和他躺在一起，她真是好意思。

心萍觉得芬芳姆妈真惨，但自己母亲也好不到哪里去。母亲的骨骸早就无影踪，改朝换代以后，她就是庙里孤零零的一个排位。革命时被清扫得魂灵出窍，早就投胎做新人去了。乱纷纷的这一辈子，真想要有个牢靠的寄托，都是很奢侈的事。人活着不能想太多，就会过得比较容易。

心萍想，谁和谁葬在一起，想穿了就是块石头上的名字，依她就依她。其实不依她，吹吹牛皮，她眼睛一闭也统统不晓得。不过想想还是算了。心萍自己也老了，她知道老来的不安，将心比心。

于是，他们三个人，父亲、芬芳姆妈和弟弟承芳，在石头上成了一家人。心萍没有把自己放上去，以后的人就不会知道，他们三个人团圆的日子也不过短短两年半。心萍成全了他们，像一个伟大的女人，奉献了自己。但这个墓她去也不想去，她觉得自己做了一件给亲生姆妈脸上泼粪的事，就不得不让父亲变成永别的伤心人。还好自己年纪大了，跑也跑不动，心里真是一点内疚也没有。

心萍想，这都2013年了。反正一家三口，就算被葬在三个地方，在现在看起来，也已经不是什么稀奇的事情了。一个人也不能登上很多墓碑，总要选一个更重要的来写自己的名字。每一块都写，就太十三点了。于是她选了那个贵的——自己家的那一家，要比芬芳姆妈和承芳弟弟那一座，贵两万块钱呢。

一个人要死得体面、死得没人说闲话，是很昂贵的。反正，只要自己家的三个人埋在一起就好了。心萍家里都不是教徒，再亲也不能一起上天堂，只好埋在一起。听起来纵然有点丧气，但团圆总归是心之所往。谁都不喜欢孤冷，活着、死去都不喜欢。这样要认真算起来，也只有自己母亲最孤冷，心萍及不上她。

心萍也真心不想要赢过她。人只要有一颗平常心，不要想太多，每一天都可以过普通的日子，做很多普通的事情，没有谁对不起谁。

2

心萍穿好衣服起身时，爱人嗣林也醒了。他没看到她，只说："你快穿衣服。不要着凉了。"腔子里夹着似有若无的痰，又翻转过身。嗣林每天晚心萍一个小时起床，高血压在清晨总是比较难熬。要由心萍煮好早餐，他才缓缓起身吃药、洗漱、吃饭，也是少爷的旧习，赖一会床都能赖出优越感。心萍知道他缓慢，眼看他越来越像父亲当年病时一样缓慢，甚至还有一点亲切。这种亲切感到了晚年就是爱情，互开玩笑也是爱，我让让你你让让我，幼稚得像嘲笑哈哈镜里的别人。因为就连心萍自己，日子都过得越来越慢。每天都做不了几件事，无外是睡与吃，散个步，就困倦了。风痛发得厉害的时候，真是生不如死。坐定久了不是，站又站不起来。累得要命又疼得睡不着，真是焦心。

嗣林比心萍大十岁。晚来都依赖心萍照料，和年轻时完全掉转了个。但也还好，爱人在不在比慢不慢重要多了。好歹有个伴，无论老幼，都是模模糊糊的影，却扎扎实实的体温。心萍很知足，至少她常常这样对自己说，人生不如意事常八九。外头听来的故事，可个个都比自己家来的吓人。自己家的故事，自己是幸存者。死神是他们家族的常客，几次照面下来，心萍心上并不舒坦，却不能不往舒坦里想。时日久了，也就习惯成自然。差不多要活到头，心里平平静静开始等待死亡的再度光临，它反倒是不来了，明日复明日。

早年心萍天天盼着死神来接继母走，继母真的走了，她心里又空落落。人就是这样贱。继母死后，心萍不愿意再失去身边任何一个人，才知道芬芳姆妈活着的那几十年，替她阻挡了那么多对于死亡的恐惧。在芬芳姆妈落葬以后，心萍就开始忌讳说到"死"字。那以前，她嘴里可常常带着杀机。

张怡微 | 试　验

　　嗣林有时候胸里含着痰问她开不开心，想不想去看看父亲的墓，心萍都答："爹爹姆妈的面孔都想不起来了，不记得他们生过我。"嗣林就让让她，八十岁了还当她是七十岁小妹妹在发脾气，说："也不好这么讲，放在心里想念，也可以。"

　　平日里，如果儿子循齐不回家吃饭，那这一天就过得更加从容。早两年心萍还玩玩股票，后来眼睛模糊，亏了钱，心里有怨气，就甩手不做了，让几万块钱像尸体一样泡在股海的福尔马林里。人家上老年大学学钢琴跳舞，她上过大学也学过钢琴跳舞，不稀奇，也不欢喜。她个子高，跳舞找不到搭伴。手指却不长，还要被人家评论"原来人长手节头不一定长哦"。真没意思，刚退休时她还欢喜出去旅游，但嗣林过了七十就都不方便了，旅行社都怕收这些想在生命最后时刻玩一玩的老人。

　　如今心萍每天最大的行程，就是去菜场转圈。二楼时鲜菜便宜，但跨楼梯是个负担，手上能够提的重量也越来越轻。有时候明明知道过一条马路，就好便宜几块钱，也没有力气走远。坐公车也不用钱，但还是懒得动。就在菜场一楼晃一晃，每个摊贩都像老朋友，越相熟越不好意思还价。他们外地人起早摸黑做事，也是辛苦，累得半死嘴还抹了蜂蜜一样甜，见到他们就喊："周医生，张老师……一向老恩爱的。1000弄里厢谁都及不上。"心萍听了很开心，想想，更加觉得自己手上不缺这点零钱。于是，每天走动的路线就越发显得单调，见到的人也一样，听到的恭维话也一样。要是跑到了斜土路上买过一条棉毛裤，就像短途旅游一样，是一件可以说给别人听听的大事："喏，今朝我是跑了远了点，去中山医院旁边买了一条棉毛裤，样子蛮好，对吧。"

　　因为怕一个人走路没劲，她开始叫上嗣林陪着走，两个人一起，单调的路程中就多了一个声部。她年轻时嫌弃嗣林走路太快，老来又嫌弃嗣林慢吞吞。或者在内心深处，她就觉得自己和丈夫是不太合拍的。嗣林却从不这么想。可心萍一想到以后嗣林人不在了，就突然好害怕，提醒自己不要嫌弃他，就对嗣林说，"你慢慢走也挺好的，慢慢走有情调，最好下几滴雨"。嗣林说："我最不喜欢下雨。"这就生生挡回了她的娱情。嗣林一辈子不是一个有趣的男人，总是严肃得要命，唯一的优点是还算耐心。人活着不能全指望有趣，耐心也是很重要的。心萍每次一劝自己，都很管用。都觉得自己其实很幸福，不再需要任何人的劝。过了童年，生活就没有这样幸福过，即使日复一日循环起来像一板燃烧的蚊香，都是沉闷的幸福。有时她觉得自己快要死了，有时又突然觉得长生这种生命的奇迹也不是完全没可能，都是一时一时。

　　是年元旦过后，嗣林老单位农业局的小钟特为他们搬过来两盆兔子花，艳丽得很。小钟每年都来看他们，这几年又要和刻意雪雁一家错开，麻烦得要命。但他还不忘记来，也算是有心。小钟是老了不少，背也驼了，还不及嗣林满头银发抬头挺胸精神足。听他说今年也再婚了，新老婆是印刷厂的技术员，已经退休了，平时还看报纸，比他有文化。女方有一个儿子，也学医，在外资企业当药剂师。信息量那么大的故事，心萍心里是放不住的。嗣林劝她不要讲给雪雁听，她就想办法捯一捯，实在捯不住也不会怎样。心萍想，讲出来又如何，雪雁又不会不睬他们，这就叫亲，像姆妈对女儿，有什么不好讲。到这个时候，心萍就忘记自己什么都不对爹爹讲、姆妈讲、更不要说芬芳姆妈讲的事情了。对别人马列主义，对自己自由主义，心萍有她的调皮。嗣林不拆穿她，他就喜欢她瞎七搭八没有心机的样子。顶多就多提醒她一句："雪雁来了侬不要说漏嘴哦！不然就是老太婆吃饭滴滴答答。"嗣林很爱说无聊的"歇后语"，大部分都是他自己发明的，还以为自己很幽默呢。心萍不喜欢他的幽默，就假装自己耳朵不好。其实她都听到了，就是懒得回应。"我本来就是老太婆，从老婆升级到太太的老太婆。"她在心里反驳，就当没有输。

张怡微 | 试 验

今天太阳好,老清早粉红的花瓣就被太阳照得娇滴滴,讨人开心。看到花就想到人,想到人又不免想到从前。雪雁在医院生孩子的时候,身边连个洗血衣裤的人都没有。心萍在产科,年纪虽然不大,薄情男人却见得多了,即使在最进步朴素的时代,人的本质也是一样的。她只能出于同情相帮雪雁清洗,这种事情芬芳姆妈生产时她也做过,那个时候她就不是小姐了,什么都要做,也没有人表扬她。所以即使心萍打心里不喜欢小钟,也觉得雪雁很像自己,姆妈不是亲的,婆婆又不在身边,老公出外工作,月子坐得像未婚妈妈。没想到后来,小钟这个人竟也不是坏极。人活着都不容易,哀苦似轻绵。断片记忆如一帧帧电影胶片从脑海中飞过,雪雁虚弱的脸上挂的泪珠,都像针一样扎着她的心尖。现如今心萍还是不喜欢小钟,但在心里早原谅了他。嗣林也不喜欢小钟,但却收下了每一年他送来的兔子花,每天都定快快地看它们生长,像只花痴。

人跟人之间的事,总是说不清楚的。有时有原则,有时没有。有时觉得怎么也过不了这一关,有时睡一觉醒来觉得没有什么是过不去的。

半年以前心萍就召集了今天这个饭局,邀自己家、嗣聪两口子、雪雁一家三人到家对面小南国饭店吃饭。往年这桌饭都定在初三,今年初三心萍要和嗣林去吃喜酒,就改到了初四。没想到还是差一点影响到雪雁女儿星星去台湾念书,这也是新鲜事。心萍心里总归有一点不好意思,毕竟不是自家人,可又要做成自己人的样子,怪为难的。

星星和雪雁年前也过来看望过他们,星星还带了一些台湾甜点,拜托送给儿子和嗣聪夫妇。人情世故上,雪雁教得好,用了真心的。心萍也在努力掏出真心,这对她来讲实在有些做作。嗣林让她包一个红包,她就拿了2000块钱。放在随身的包包里。后来想起今年儿子做五十岁生日时候雪雁包了2000块,这种礼尚往来的钱儿子是不过问的,她于是又数了3000,塞在红包里。事情做得够漂亮吧,心萍有一点得意。

凡事想到儿子，心萍总是一阵心软。千金散尽都情愿，可惜也不确定有没有用。人活到这样岁数，所有的钱都无补于事。小囡大了，一点都不晓得他在想什么，做大人的，只能指望他多回家吃吃饭。多说一点亲近的话，多做一点想到他们的事。然而这一点要求，都是很难的。孩子嘛，过了抱在手里的年岁，就都是放出去的风筝，要自己去领略命运的苦寒。

谁不是呢。就是舍不得。做老人的，都舍不得。

哎哟，反正今朝是有的忙了，心萍心想。她放完红包后倒温开水吞了一粒带镇痛功效的风痛灵，去卧室推醒了嗣林。

3

嗣聪夫妇总是先到。老人起得早。

开门时候心萍正在厨房切水果，一肚子火，还有一点慌张。节前农业局给已经退休多年的嗣林送来的一箱猕猴桃，表面看上去个个体面，其实肚子里全是汪汪溏水，一个都不能吃。现在商人都太坏了，一年不如一年。心萍心想。关键是她也没有特为准备别的水果，自以为已经有了一箱子猕猴桃，就偷了懒。此时幸好嗣林递给他胞弟带来的美国樱桃，雪中送炭一样。心萍感到一阵侥幸，开心死了，大喊一声："哦哟，你们客气什么啦。反正我是不会假客气的哦！那现在就洗洗吃。"

"洗洗吃，洗洗吃好了。"嗣聪喉咙也响，三人欢声笑语进了屋。

嗣聪比嗣林小八岁，和心萍倒差不多大。年轻的时候，嗣林因为年龄的问题还有些忌惮嗣聪。心萍倒是从来都没有在意过自己和嗣聪年岁相当这件事。她那

张怡微 | 试 验

时候在意的根本不是爱情上的事。认了嗣林,就是认了嗣林,还以为就跟不能选父母一样,女人都是领了号码牌在等丈夫。在产科待了好几年以后,心萍才略略懂得一些情爱上的人情世故。女人不到最后宫开八指,根本看不出吃痛不吃痛,也看不出嫁的那个男人对她是不是揪心得好。心萍想自己真是侥幸,一辈子在婚姻上过得风平浪静,也没有在生孩子上吃过大苦头。更何况,嗣林什么好东西都会想到她的,从来没有嫌弃她。他除了年长一点,总显得那么四平八稳,好像一辈子没有活泼过,其他都算是超额完成使命。在清水衖门里的那段日子,没有让心萍享到福,但也没有让她受过怕。他本本分分,所能得到的,基本上也都是一些食不知味的瓜果肉禽。

心萍总是嘲笑丈夫像个捐来的假官,嗣林不跟她计较,只说:"你好了伤疤忘了痛,你忘记组织上叫你跟我离婚的时候你怕成什么样了?"

心萍说:"我不是通过考验没有跟你离婚吗?"

嗣林说:"所以你是个好女同志。"

在很长一段时间里,心萍对嗣林在和她结婚前是怎么过的,是怎么样一个人一无所知。偶然一次听弟媳贞依存心兮兮说起,才晓得在和她在一起前,这个供她念书、当她像女儿、妹妹、"好女同志"一样宝贝的男人也是有过一个青梅竹马的女孩子轧朋友的。那个女孩是他念书时候的学姐,两人算得上姊弟相恋,但后来女孩子跟别人逃到台湾去了,留下了伤心欲绝的双亲。嗣林在很长一段时间内,还去看那两个老人,直到五十年代,他们突然搬离上海,再无音信,恐怕回了老家,不愿再面对离别的旧伤。彼时,心灰意冷的嗣林也恰好等到了心萍长大,等到了心萍的适婚年纪。贞依故意说这事情给心萍听,本来是想去故作大气安慰心萍的,以报答心萍总是在安慰她的"好心"。谁知道心萍对此一点醋意都没有,她只说:"去台湾也蛮好。人生就不大一样了。"贞依听了很吃惊,但话都在道理上,只好悻悻反驳:"哪里有上海好。台湾是乡下呀。这种戆地方,谁要去啊,我们国家还没有时间去解救他们呢。"

现如今心萍想到星星要去台湾读书时就想到贞侬当年这么说话时候的表情,贞侬很喜欢牛轧糖,牙齿不好也要吃。她现在都改口说台湾人做东西就是精细,有老早手工的味道,也不会掺杂不好的东西。

早几年,嗣林嗣聪兄弟两个其实是没有那么谈得来的。心萍和贞侬更加不能聊。似乎是嗣聪娶了贞侬之后,很多事情就变了样。两家人还有不短的年月压根就不来往,互相敌对着,像阶级敌人一样横眉冷对。

等心萍再见到这一家,从客套到相熟,已是近些年的事情。有时说话说动了感情,局面就常常失控。譬如嗣林会对嗣聪夫妇说,自己要是先走了,要把心萍拜托给他们。"你们多来陪陪心萍,我们心萍就怕冷清。她不欢喜一个人的,买菜都要我陪。买棉毛裤都要我陪着一道去斜土路。我现在关节不好,但她不依不饶。她不欢喜一个人走路。"心萍一方面觉得嗣林真是神经病,这种小事情都要拿出来说。谁不依不饶了,真是胡说八道。一方面又极心酸,夫妻一场,恩爱到头里总归要带点心酸。爱里面都有酸,哪怕是沉闷的爱,也有沉闷的酸。

嗣林说完这话时,心萍看起来很平静,贞侬倒哭了。她总是显得那么不合时宜,还特为画蛇添足说:"往后我走了,叫齐齐也来看看嗣聪。他看起来虽说不像我那么温柔,其实他心里也想女儿的。他每天都去帮女儿看外汇利率的,还说最近美金不行了要不要抛掉算了,她都买了要十年了,就一直放在那里,但是世界不大一样了呀……"心萍真是见不得这种讲真话的场面,想起来还是争锋斗嘴、吵架来的轻松。

还"那么温柔",贞侬真是韩剧看多了点,人话都不会说。不过人老了就这点好,年轻时候争半天得不到的东西,现在不想要了。年轻时忌惮得要命的眉眉

张怡微 | 试　验

角角，现在都不记得了。但在心里头心萍还是觉得，作天作地的人会长寿。最后要面对巨大寂寞的人，恐怕是贞侬自己。到时候，大概她们两个会成为好姊妹吧。再一起去买棉毛裤，一条长一条短，一把鼻涕一把眼泪。一辈子都合不来的两个人，临到最后关头硬要把心交出来，算是对命运勉强的妥协。真是人算不如天算。

"哟，这个'仙客来'好看的嘛。"嗣聪说。

"比我们家里的海棠好看多了。真的真的。"

"养起来也费工夫哦。今年空气那么差。太阳晒得到哇？还是要吹吹空气，虽然空气很差的。"

"是的呀，人也不舒服，不要说花呢。现在上海自然环境真是一天世界。"贞侬答。

嗣聪夫妇大嗓门夸起阳台上的兔子花，心萍听了心里也很高兴。她突然又觉得小钟为人好得不得了，除了有点粗鲁。粗鲁也不是坏事，他这一辈子也没对他们夫妻坏心过。知识分子才斤斤计较，俗话怎么说，仗义每多屠狗辈，负心都是读书人。自己儿子书读那么多，也没见到每年搬一盆好看的花来呀。真是没良心。

况且小钟都结第二次婚了。这也是一种本事，总能过上新生活的本事，让人觉得不必要为这样的人担心太多。

这样的时候，两对老夫妇客气着说话、互相夸奖，远不是年轻时候剑拔弩张的样子了，至今心萍都觉得好难得，像看人做戏。洗樱桃时，心萍瞥到嗣林晃晃悠悠的，把卧室的水仙搬去了客厅，心里坏笑了一下。那盆水仙早前就因为吹了暖空调，翌日就猛地开了一半花骨朵。这下好，为了扎面子，等今朝几圈麻将打下来，怕是撑不了几日就要谢了。这个爱出风头的老头。人家夸他的花好看，他就激动了。像小朋友一样献宝，搬出了更多的花。老小人，老小人，说的就是嗣林，老古话都有道理的。

贞依则看起来有些疲累，精神不好，她一贯如此。一进门就说自己浑身不舒服是被年夜里炮仗放的，年夜已经过去好几天了，她还是头痛。但她这辈子也没几天舒服过，大家都习惯了。贞依年轻的时候就是娇生惯养，三天头风两天腰酸。老了反倒实诚很多，会开门见山就打招呼，不像年轻时自顾自死样怪气。其实她并不是故意摆脸色给别人看，也就是希望老公陪在身边，大家时时都照顾她、体谅她罢了，没有什么坏心。

这个道理，早三十年心萍是不懂的。心萍还对嗣林说，她要是嗣聪肯定也要外插花。这个老婆太作太作了，一点也不像工人家庭的出身，倒像个封建社会里争宠的姨太太。但她现在彻底变了，像残年风烛，怪让人心疼的。日子都过成这样，还能起什么坏心。赢来赢去谁都不服，最后败给命数，兴不起风浪，倒是被风浪席卷过一遍，手里什么"舍不得"都没有了，自然动不动就头风。心萍发自真心体谅她。像体谅芬芳姆妈一样体谅贞依，心萍一时间又觉得自己是一个伟大的女人了。

"我年夜里帮女儿做那个嘛……外头吵是吵来，赛过打仗，结果也没睡着。他倒是睡着了，男人家总归是心宽。有的时候，我看到家里的花开了也老欢喜，有的时候又惹气，觉得啊呀看起来赛过像原子弹爆炸的蘑菇云，说不清楚。老了呀，老了就是一歇这样一歇那样，侬不好怪我的哦。"贞依冷陌生头突然反省起自己，推了推嗣聪，嗣聪倒见怪不怪。

"我们贞依就是一直像'沙母娘'样子。一歇要吃甜的，一歇要吃咸的。一歇冷，一歇热。一辈子在月子里没出来。你不信问心萍，她看'沙母娘'看得多了。"嗣聪冷冷逗她。

嗣林哈哈大笑起来。

"十三点。"

张怡微 | 试 验

贞依倒也没有真的生气。心萍听到"沙母娘"也笑出了声。到底是老夫妻，形容得真贴切。

早年贞依和心萍关系很紧张。心萍是直肠子，斗不过绵里藏针的贞依。心萍看不惯贞依，贞依又看不起心萍。这洋洋几十年间经过的事情多而繁杂，一会分房子、一会生孩子。婆婆早就对心萍的身世不怎么满意，何况她念完医学院的钱还是嗣林赚来供她的。嗣林大过她，又挺欢喜她。父亲那时候已经是个没用的人了，芬芳姆妈巴不得她早点去做泼出去的水。心萍一毕业就嫁给了嗣林，不然她也不知道自己还能嫁给谁。他们两个虽然一起长大，知根知底，但长辈之间并没有建立起寒暄的客套。新社会里，人跟人经过了重新分类，泾渭是很分明的。伦理倒是延续旧习，心萍小时候还叫过嗣林"叔叔"，真是乱了套。现在到了过年时分，心萍还会唱一句《庵堂相会》里的词，问嗣林讨压岁钱："问叔叔，出生家住何方地？"嗣林就说她是"越老越痴"。

嗣林不知道贞依早把旧年情事捅给心萍的过往，但心萍却再也无法面对一个假装从不追缅初恋的他。不然知道星星去台湾读书，他脸色为什么那么难看，像得了痔疮一样。

心萍父亲得了痨病以后，嗣林母亲就总觉得是摊上了一个赔钱货，担心得要命。但儿子大了，到底也不听她的。嗣林还是党员干部，压根对她这个姆妈一百个看不惯。她心里没有地方出气，嗣聪娶贞依的时候就特为隆重多了。贞依也不算是家世好，但是赶上潮流，父母都是国营工厂的新领导，她又是独养女儿，宝贝得要命。嫁给他们家这样的落魄小业主，还算是承担了一部分帮助改造的责任。总之人人都晓得的，四九年一过，什么都不一样了。

贞依个子比心萍整整矮一个半头，人也不及心萍长得精神。但心里那个九曲十八弯，远远不是工人阶级后代的平均水准。心萍一个后妈养大的小白菜，怎么也不如贞侬会算计。总是吃亏,吃饱的亏都能抵三天饿。不过现在想起来也无外乎是各种份子钱、场面上的好听话、婆婆的偏心……一点也不算什么,但在当年,那可是了不得的委屈。心萍毕竟不是庶出,到底也是洋行职员的女儿,哪里受得了这种没穷尽的恶气。嗣林欢喜心萍,也知道她人简单不做作。待父母过辈后,兄弟俩就真的不太走动了。过年都不见得会碰头,也不写信、不打电报。

真正避不开的反倒是寒食清明。有时在苏州的墓园里,嗣林会见到嗣聪昨天先敬上的花,有时嗣聪会先看到嗣林擦过了墓碑。两两相忘,一直有意错开,从来没有碰到过。这中间隔着的倒不是兄弟之间过不去的心结,而是两个矜贵老婆互不相让的气度。

于是,兄弟两死去的父母,每年都收两次花,吃两次青团,也好算是渔翁得利。

现在这两对早年不睦的老夫妇又坐在一张桌上打麻将,还看起来那么亲密,真不知道是相隔了多少风雨多少春秋。一对老年丧女,一对膝下无孙,大家都不谈这些,反倒是修复了多年来的恩怨。

心萍人是坐在桌上,心早就飘到不知何时会到家的儿子身上去了。她转个身就忘记了自己方才在灶头间还觉得小钟比自己儿子有良心的念头。她在纠结要不要打电话,又怕儿子觉得烦。不打吧,又觉得都过了10点半了怎么还没有音信。这么烦乱突然听到灶头间传来一阵叫嚣,她忽然站起来,三个老人同时从老花镜里弹出眼乌子。

"怎么了?"嗣林问。

"水……水开了。"心萍答。

"我们都听到水开了呀,你干吗失魂落魄。"嗣林又问。

这时门铃突然响了,心萍终于如释重负。"啊儿子来了。哦哟小鬼怎么搞到那么晚,我刚刚还想要拨一个电话。"

张怡微 | 试　验

4

　　循齐进门就含含糊糊和伯伯婶婶打完了招呼，而后一屁股坐到麻将桌上。除了眼角多了一簇皱纹以外，他还和少年时期差不多的落拓。对打招呼这种事存有严重的心理负担，嘴里含了一口水似的乱喊一通，全是为了做给父母看的。心萍想都不敢想这样长不大的儿子到底是怎么样在公司里独当一面的，和不和人说话，别的同事又喜不喜欢他。反正他只字不提，能看到他的，就是一张臭脸，和永远无法被真情所融化的冰冻心肠。

　　新年里头，或许是因为平日工作太辛苦，一旦放松下来，循齐看起来就越发浑浑噩噩，他始终没有学会家里男性长辈的那种不活泼的沉稳。到底是没有成家的人。

　　心萍夫妇并不太清楚咨询业到底是做些什么的，儿子从医院辞职以后，他的职业变迁就像是一个巨大的谜语，始终不得解。但好在事业上还真没什么可以忧心的，心萍年纪越大，就越不敢问循齐那些要紧的事。女朋友之类是多年没有提及了，相亲的话题也只能造成儿子一个礼拜不再回家吃饭的抵触结果。最后心萍只能小心翼翼挑点略带刺激的问题惹惹他，譬如心萍不敢问他到底赚多少钱，就问他今年交了多少税，有没有二十万。循齐支支吾吾说，差不多吧。心萍就对嗣林使一个眼色，让嗣林去推算。等儿子回自己家，两人对推算的那个结果略有吃惊，吃惊中又有骄傲的成分。那种骄傲在霎时间甚至可以淹没他们对儿子长期以来的忧心。嗣林说，"我们儿子还是很辛苦的，都是辛苦钱。"心萍答："交的税拿来给我们用用就更好了。"嗣林说："你又不缺啥，这是应该给国家的。"心萍说："缺是不缺，我就想想不可以啊。"

循齐是独养儿子,那时可以生两个,但心萍觉得实在没人照顾,也养不活。循齐长身体的时候赶上自然灾害,家里实在没什么吃的,还要省下一份伙食给儿子带到学校。所以心萍个子高,循齐却不高,比嗣林还矮一两公分。循齐倒是长了一张高个脸,手大脚大,按理说是应该很挺拔的,心萍觉得怪可惜的。可惜背后就是心痛。但循齐从小就乖,听话,嗣林希望他也去学医,他没有什么意见。

他看起来对什么事都没有意见,也不知道是从什么时候起和他们有了那么大的分歧。

循齐在中学时就用功,读书上从没让大人担心。他一个礼拜回来一次,总是抱怨学校里天天吃白馒头烂糊面。学校是没办法,配给跟不上,心萍也没有办法,有票无菜。心萍就对循齐说,人吃六分饱是健康的。眼见儿子越来越瘦,却不长个子,心里肉痛又担心。老了还想起来这些事,觉得自己对不起儿子。其实天灾上的事情,哪里怪得到老百姓。

但那时候,嗣聪是有门路弄得到吃的。碍着贞依实在小气,只好故意不帮他们亲近。心萍没有指望过他们,但几次冷淡交往下来,终于推导出原来问题出在这里,这又添了几段怨因种下。幸好循齐争气,十年寒窗,即使吃得不好,也考上了医大。心萍也暗暗觉得自己苦尽甘来,扬眉吐气。生生给贞依考不上大学的女儿一个大尴尬。

"……我长期不同意你的意见的。"贞依冷不丁冒出一句。

"哪能了?"心萍问。

"她又想赖,赢了就想玩点钱。"嗣聪答。

"我们说好不玩钱的。"输掉的循齐说。

贞依嘟嘟嘴,就不往下说了。从前她是不屑打麻将的,过年也不来嗣林家。困难时期没有雪中送炭,风和日丽时又不好意思再续亲缘。但嗣聪家心里也知道愧赧，到底是没有多深的恩怨。所有的冰霜，直到前些年才开始解冻。他们想了一个办法，就是先让女儿新妮来打前阵。

第一次开门看到新妮，心萍吓了一跳，好久没有看到她，竟然长那么大了。她个子虽然不高，但毕竟是看出了一点年岁，是个大姑娘了，讲话也带着成熟的套话。不过现在想起来，那段日子真是美好。新妮对他们也算一直很和气，全无父母亲手创造的硌硬。更重要的是，那会儿子循齐也还在黄金年纪，不像如今什么都显得来不及。

新妮长得不算好看，但嘴甜，也是被父亲宠惯的，嘴甜起来要什么有什么。出国以后回来，也简直像去苏州兜了一圈回来一般，几乎没有什么变化，花了一大笔钱罢了，家里挺得住，也就不算是什么遗憾。但眼界开完回来，她后背的肉却鼓了起来，也有了肚腩。脖子到肩膀的变化总是最难逃过年岁的，新妮不及贞依气色阑珊，身上倒是有一种令人尴尬的、粗犷的活络，像是要掩饰什么不足。

每一次来，新妮都会带些美国樱桃，心萍又让她带点风好的鳗鲞回去。都是心意。哪怕是新妮在美国读书那段时间，圣诞节的前后，也会特地到心萍这里来跑一趟。关系最好的时候，心萍简直当她是自己女儿样亲，总是嘱咐她要结婚，要生孩子，不然会得很多奇怪的妇科毛病。

坚持了几年，两家依旧不亲自来往，却也算是破了冰。新妮喜欢玩小麻将，却喜欢赖皮，一旦赢了就想来钱，激动得不得了，像个孩子。循齐就是陪着瞎胡闹，他从不算牌，反正也不输钱。只要有麻将，循齐就不用主动说太多话，毕竟用思考来代替聊天，会让回家的时间过得快一些。循齐和新妮算不上亲兄妹的感情，但新妮小循齐十来岁，正是可以哥哥谦让妹妹的年纪。心萍觉得循齐对新妮的包容完全是出于对无知孩童的放任，新妮有时发嗲，循齐还会带她去买买衣服鞋子，表面上看起来，也是很亲近。甚至就像心萍和嗣林一样的交往模式，看到他们，心萍总是会想，不晓得嗣林当年看自己时是不是循齐看新妮一样的心情。

等两家再见面时，已是在心萍的老医院。贞侬在电话里急得要命，说新妮病了，拜托她帮忙找医生。这种十万火急，把几十年的沉默轻松打破。心萍愣了几秒，问是什么病，贞侬说"乳房毛病"。心萍有点意外，但毕竟不好多问。心里只想现在小姑娘怎么得这样的病，但掐指一算，其实那时新妮也已过了25岁，不再是小姑娘，是女同志了。

心萍只对嗣林啰嗦两句，自己已经退休多年，医院里面熟悉的人也都退了一拨，还能去找谁。平日里素不联络，有事了又那么棘手。贞侬真是一如既往的讨厌。尤其妇科病，最烦家里人拜托，问又不好问，问到了又不好表示问到，尽是尴尬。像新妮这种出过国的，更加很多事情不好问，谁晓得现在的小青年怎么交朋友的。他们连自己的儿子都不晓得，哪还会晓得新妮呢。

抱怨归抱怨，真在医院里重逢的时候，倒没有想象得那么冷场。也是新妮这一病，令四个老人终于有机会可以一起扫墓了。况且，新妮当时运气好，小叶增生尚未病变。帮她看的医生是心萍老同学的侄女，据说还帮市领导的媳妇做过人流……不过这也没有什么光荣。只是医生随口问新妮说，"你那么年轻怎么会生这种病。这种病只有长期不开心才会生啊。"新妮答："我是长期不开心。"

新妮猝逝以后，贞侬突然开始坐上麻将桌，从此就不肯下来，像个新上手的赌鬼。于是平日只要是在家开局，只得心萍和循齐轮换。贞侬是极霸道的，和年轻时候一样，不下桌就是不下桌，毫不商量。不过这样只有好，心萍最讨厌动脑，发呆聊天才比较适宜，这一点和儿子完全相反。心萍一点不喜欢麻将，她就喜欢看着家人，而后自顾自用夹子把方糖夹到红茶里、咖啡里、可可里……像爸爸。想到爸爸，心萍心里就温暖。有些刹那看着他们四个人围坐在一起，心萍会突然觉得，好像什么事都没发生，就像这几十年一点都没有过去。

张怡微 | 试 验

　　就像这几年一点都没有过去。
　　心萍觉得眼前这个场面怪温馨的，像阳台里盛放得耀眼的兔子花。不要管它是怎么来的，至少当下还赏心悦目着。看起来什么都不值得深究。
　　中午是自家人餐会。心萍准备了简单几样菜，很多都是商店里买的半成品。过了七十岁，她就不能在厨房站立得太久。当日去新亚买成品菜的时候，还遇上上海电视台采访。她十分淡定地站在镜头里说："是呀，这样多方便，他们做的也比我的好吃。新年就是要新气象，时代总归在变好的。"这些话被轮番放了几遍，风光得要命。嗣林后来说他其实也想被采访，可是人家看到他站到镜头前就把机器掐灭了，搞得他很怅然。心萍知道他是故意装萌，一肚子好笑。
　　新闻播出以后，雪雁一家立即打电话来，兴奋得要命。心萍故作淡定地表示，自己其实也就说点真心话。嗣林偷笑她的假模样，她也全当看不到。这就是夫妻之间最大的情趣了，你笑笑我，我笑笑你，比年轻人的恋爱要简单、幼稚、恒常。
　　今年哩哩啦啦的好事还不止这些，嗣聪算是升任集团的二把手了，和病快快的贞依去了一趟美国，在白宫前照了相。又去了趟台北，吃了牛肉面。嗣聪一直没有退，位居要职，自然福利待遇都好。一旦退休的话，恐怕与病快快的贞依面面相觑的日子更让人担忧。反正，两人的钱是花不完了，也不知道该留给谁，所以只要有时间，嗣聪夫妇都会争取出国。相册是拍了一本又一本，就是人老了似乎都不太会笑。两个人严肃得真像去打工受苦过好多年，手钩着手，反倒有了患难的姿仪。可他们一旦回来，就佯装很不经意、刻薄兮兮说，年纪再大点像嗣林这样，就玩不动了。虽然心萍还没有真正到达玩不动的时候，她还是忍不住对嗣林发了几句牢骚。嗣林忽然对她说："嫌我老了吧，嫁给我后悔了吧。"心萍一愣，虽然从未真正这样想过，但她也拿不准自己在七十岁的时候发几句没有环游世界的牢骚算不算伤到自己的老先生。

对于嗣林,她算不上爱,但却有强烈的依赖。她甚至还挺怕他胡思乱想,觉得乱想这种事情,还是自己掌握得好分寸。心萍只觉得岁月静好大概就是岁月沉闷,所以偶尔会羡慕双亲走得早,感受不到婚姻到头沉闷残酷的一面。但她有时又会突然很怕死,怕自己死、又怕嗣林死。所以说,都是一时一时,没有一个念头可以作数。

饭后吃茶点时,嗣聪突然间说起一件事,像是有备而来,让心萍心中一凛。其实他的这番话,也让之前的那几局麻将看起来有热场的功用,玩得不那么真心实意,不那么休闲。

兴许每一场麻将都是这样的,这几十年来。

"阿哥阿嫂,我和贞依想,以后我们就当循齐是自己的孩子了。这么多年,我们也一直这样想的。"

贞依看似早就知道这个开场,脸上没有任何表情,只是愣愣看着桌角。

嗣林有一点惊讶。

脸上发麻的看起来是循齐。

"我们两个人是这样想的,养老院我们就不去了。反正家里也大,新妮留下的那一套房子,一直空着。我们今年真的要去收拾一下。老早是舍不得,但舍不得也要有个限度。对不对。贞依还有外甥外甥囡,但我们还是觉得欢喜循齐多一点。新妮和循齐年纪近,比贞依家的小朋友们都大好几十岁,瑞秋生的时候,新妮已经不在了……那是新的一代人了。我们赶不上他们。他们也不认识新妮。他们不认识新妮,给他们什么都不像的,连个念想都没有……"

"你说这些做什么啦。你们还那么年轻,还在环游世界。"心萍忐忑地插了一句。

嗣林冷冷地看了她一眼。

"阿嫂,我们也不是这个意思。我们只是说一下我们的想法,总有一天要说的,逃不掉的，对不对。留给循齐，也是要他帮我们料理后面的事。我们不会一起去死，总有先后，人都是这样，没什么好避讳。望循齐还要多帮忙。他负担重，有四个老人，没有人分担，我们也很不好意思。放在以前，我们对循齐也没有大好，也没有大关心，也没有大……"

"话不好这么说……当初循齐要去法国，还问你们借了钱的……"嗣林说道。

"后来不是又没有去吗？钱也没借成。当时我们手里也没有很多现钱，贞依想留给新妮出国的。新妮没有循齐争气啊……所以真要借，也未必借成。都是掏心掏肺的话……"

贞依听到这里，忽然眼睛红了。

心萍不敢看她，又觉得自己也不是要怪她，一阵鼻酸。要不是后来芬芳姆妈在家里撞上循齐当时准备一道出国的女朋友，要不是她寡居得实在无聊透顶特为跑到小姑娘家里去玩，要不是她又搭上了小姑娘鳏居的父亲……循齐应当结了婚、去了法国、有了孩子……现在就都不一样了。

芬芳姆妈说："侬叫齐齐也原谅我，好伐。"

这怎么可能呢，断断不可能的。

芬芳姆妈这样一掺和，若是和对家好上了倒也为心萍解决一个负担。可她心里有毛病，往往是故意瞎闹，瞎折腾，绕了一圈，还是回来继续由心萍家领养，还要求心萍将她和父亲同葬……她一辈子都那么好意思，那么理直气壮地在毁灭心萍的生活，她是坏人啊，华人最后说的那一句"不好意思"才显得精准而揪心。她就是故意的。她就是不想让循齐那么顺顺利利，就是不希望他们一家都开开心心。

可就连这些事，都过去三十年了。

三十年真长。

"齐齐,我们还是希望你去找一个小姑娘的。你看,叔叔婶婶没了新妮,只好拜托你。你以后,要拜托谁。你要那么多钱,有什么用。我们的钱都是你的,但你以后要拜托谁?所以,你要去找一个人结婚的,随便是谁,一定要人好。人好,什么都好,我们都欢喜。没有孩子也不要紧。要有个伴,有个念想,对不对。"

嗣聪说出心萍最不要听的话时,心萍彻底感觉膝盖、背脊一阵锥刺的冷冽。那清晨的一颗痛风灵恐怕药效已经过去,她不知道花了多久才咬紧牙关希望自己镇定下来。

嗣聪到底是吃了什么药,他怎么能把这些话一股脑都说完,说得那么字正腔圆,像不是自己家的事情一样。

贞侬在一旁,却已经哭成一个泪人。心萍从未看到她面目如此模糊的一面。就连新妮心脏病发的那一日,她都用昏迷佯装平静躲过了最惨烈的一种面对。心萍真该在这样的时候问一问贞侬,新妮为什么会有那么多抑郁的毛病,她到底是活得有多辛苦……这似乎才能应景、才算公平。

可是,心萍到底是一个没种的人,想都想到,做都做不到。伤人的话,一句也问不出口。倒是被别人说得天旋地转。

嗣林见她这样,幽幽站起身,挡住了阳台上刺眼的那株兔子花。他走到心萍身旁,在腰上撑了她一把,好让心萍有余裕的力量,看一眼宝贝儿子的表情。

循齐没有哭,他是不会哭的人。可上一次他一个礼拜没有回家吃饭前,也是这样的脸,这样的冷淡与神秘。那件事过后,心萍再也没有走入循齐的心过。她知道儿子可能对她这一辈子有无穷无尽的误解,但他终于决定还是要这个妈,要这个家。

心萍也没有对循齐解释,为什么最后答应把芬芳姆妈和外公葬在一起。

循齐只是在那一年过后,活成了另外一个人。像心萍嫁给嗣林以后,活得那么单调、沉闷，还劝说自己，每个人的生活必然就是这样的发生。

再也没有人动筷了。

电视上采访到心萍采买的那桌菜，代表着生活正渐渐好起来的那桌好菜……正静静地陪伴着五个不知所措的人。他们都过了五十岁，残年风烛带领着衰败的启程，迷惘带领着苍凉。他们终于说了一些真话，恐怕往后也不会再轻易说起。像是用沉默达成了某种协议，死神也不经意参与其中。

这真可怕。

大过年的。

5

星星不止一次提醒雪雁说，循齐舅舅是不是同性恋啊。因为在她看来，一个男人的独身生活总归万般蹊跷。更何况，舅舅又不丑，虽然矮了一点，却也是黄金时髦大叔。为什么要一个人生活呢？又怎么可能是一个人生活呢？

星星才二十七岁，自然一边觉得单身不可思议，一边又对雪雁声称自己并没有男朋友。雪雁心里有数，但多年来不幸福的婚姻让她忽然陷入迷思，她不觉得自己能够给星星提供什么表率的意见，她也害怕星星质问她关于自己婚变、出轨等诸多不愿直面的问题，反正儿孙自有儿孙福。

星星懂事，却不是完全没有狡黠的一面。在许多时候，雪雁觉得自己并不了解女儿。似乎在很久远的时候，她也是知道女儿的，然而不知从哪一天起，她就再没门路走近她看似无忧无虑的内心。这无疑是一重隐忧，却不是所有的隐忧都会成为现实的。雪雁过一天算一天，只冀望表面的和平。毕竟在生活里，表面的和平已是大不易。

"你看,新妮阿姨死的时候,葬礼上不是也有一个男的。来了又走,像一个谜。循齐舅舅不是说,新妮阿姨手机里都是那个男人的短消息……他们为什么不去找他算账呢……"

雪雁虽然总在星星不懂事地大放厥词时,用眼神逼退她的无礼。但私下并非没有对丈夫何明沟通,何明对这些恩怨不置可否。他太知道自己是个彻头彻尾的外人。何明不太了解雪雁和心萍一家的关系,只听说心萍帮生孩子的雪雁洗过秽衣,往后雪雁连着二十几年都当心萍是过房姆妈。他们每个过年都要跑一趟,在初三或者初四吃一个团圆饭,仅此而已。结婚三年来,他依然不太习惯参与这些他不尽懂得的事体,又怕说错话,又怕做错事。至于新妮的死,也像是从一个报纸上听来的故事,充满了传奇、可悲与无尽的猜测。

"好像一般只有名女人这么死,显得很蹊跷,好像背后有跌宕起伏的故事什么的。"何明接着星星说道,半开玩笑半搪塞。他和星星关系不错,在许多日常的瞬间里,都能做到谈得来。

"哈哈哈对的,你看。"星星答,"还是叔叔懂经。叔叔那你觉得我们家里人关系奇怪吗?"

"你们不想来可以回去,总是在一搭一档胡说八道,我还怕你们惹老人家伤心呢。"雪雁没好气地说。但在心中,她暗暗欢喜着星星和新丈夫的和睦关系。在许多时候,她宁愿自己扮演恶人,却希望这半路新组合的家庭能够和睦些。为此,她甚至可以宽恕星星刻意挑事的胡说八道,因为女儿若真的有疑问,分明可以私下和她交流的。兴许是不愿意临走前还要出门聚餐,又或者她压根就不愿意去心萍家,谁知道呢,年轻人总是有自己的偏执,老人也一样。

在心萍那里,雪雁很知趣,从来都没有正面询问过关于新妮死因的事。心萍说是心脏病,突发的,没有病史。但当日晚上的确见过那个男人。心萍说:"小孩自己要住出去，他们宠她，给她买了房子。还是不要住到外面好，就算住到外面也要每天回家吃饭，大人才好放心。"

雪雁知道这种话心萍一半是自言自语，而明知道死有蹊跷却不追究，雪雁虽然从感情上无法接受，但大体要尊重老人们的想法。事到如今，报恩是一回事，相处是另外一回事。雪雁当然知道女儿和新丈夫都是迁就她，也听说前夫甚至也念及老人疼惜星星连年上门拜访，她觉得很安慰。但说到底她也只和心萍熟络些，嗣林和循齐都待她像客人。而他们之所以接纳她的一家，恐怕也是为了让心萍开心。

雪雁和心萍，背后各自站立着一个一言难尽的家庭，却得到那么多的爱与包容，雪雁猜心萍也和她一样幸福。

等到星星一家来敲门时，心萍家的客厅已经恢复了平静。他们四人继续打牌，偶尔还能听到一两句高声的话。但贞依即使赢了，也不再说要来钱。

但她下一次来打牌，一定会说的。心萍对此有深深的信心。过了新妮的事，没有什么哀愁复原不了。

没有什么悲伤是过不去的。

收拾碗筷的时候，循齐起身帮忙整理。这是养他五十年来第一次，循齐手脚都显得有些不自然。碗筷碰撞的叮当声都听来有些喧哗的意思。但似乎，循齐想要逃离先前由嗣聪渲染的哀愁气氛的强烈欲望，凝聚了足够的力量令他去做一些不自然的事。

心萍很意外，儿子要帮她，这是一件挺新鲜的事情。过了少年时期，两人的肢体就几乎没有任何接触了。儿子买房前，还住在家里那会，就连洗澡他们都会有意关上中门。嗣林规矩多，不许儿子在家里赤膊，于是三伏天儿子穿着T恤写作业，地上往往一摊汗水。那年头还没有空调，家里只有一盏电扇，却不舍得开。

心萍洗碗时，循齐轻轻说了一声："你们要么搬到我这里来住，也可以。"

心萍心中一沉，想了想说："搬就搬，你那么客气做啥，反正我是不会跟你客气的。住就住，免得你发脾气就不来吃饭。"

"我没有发脾气。"循齐说得更轻。

"齐齐，来打牌。"嗣林唤他。

于是他就默默进屋去打牌，像认错一样，一输再输。还故意调皮地问，"要么来个钱？"

贞依不响，嗣聪也不响。不合时宜的玩笑总归显得那么凄凉，只听得到噼噼啪啪的打牌声响。那一刻，就连循齐都希望星星一家快点来，就像之前心萍等他一样心焦。

星星不是第一次见到嗣聪夫妇了。早在新妮过世的那一年，心萍就安排他们过年一道吃一次饭。一来家里没有小辈就没有欢笑，二来有个陌生家庭进入，客气会冲淡愁绪。譬如刚才那个惊心动魄的场面，若雪雁、星星一家在，就绝对不会发生。嗣聪当着外人，说不出这样的话。互揭伤疤，恐怕也只有牵着血缘才会显得越发勇敢。

心萍和雪雁交往多年，眼看着星星从娘胎里出来，到如今硕士都毕了业。与雪雁总是强调心萍帮她洗生产时的秽衣不同，心萍其实并没有觉得这是什么了不起的恩德。远近亲疏，两家人走过了二十多年轮转的岁月，雪雁能够培养出一个记得他们的前夫、一个孝顺他们的女儿，一个肯上门毕恭毕敬拜访的第二任丈夫，也是了不起的女人。

怕的就是耐心、恒心。雪雁别的本事没有，却是这两点上的女英雄。心萍打心眼里佩服雪雁。而直至雪雁和何明结婚，雪雁支支吾吾说出，何明比她小上五岁的事时，心萍脱口而出："那有什么要紧，只要人好就可以。"但后来细心一想，雪雁之所以那么胆战心惊，原来是因为何明和循齐一样大的缘故。她害怕心萍听了心里不那么舒服，而当心萍意识到这一点时，也的确努力说服自己，不要表现得有真实想法那么不舒服。

她问自己，若儿子也找雪雁一样的女人，她能接受吗？其实想穿了，若真的和雪雁一样好，也没什么。只是，他们依然不会再有第三代了。若那个人和雪雁一样带着星星……他们二老会像疼爱真的孙女一样吗？

这也很难说吧，人生就是很难说的。只要有一颗平常心，不要想太多，其实每一天都可以过普通的日子，做很多普通的事情。没有什么是不能接受的。

在雪雁认了她做过房姆妈，星星叫了她声外婆之后，循齐就是雪雁的弟弟了。心萍牵记的是这件事，所以也是从新妮过世那一年，她开始将给星星过年的红包越包越重。然而她包得越重，雪雁越是不好意思、甚至有点错愕，于是只能提着真心越跑越勤。从元旦、春节、中秋、冬至及各种国定假日里，雪雁都要搬一大堆吃的用的到心萍家。心萍多了一个女儿，也就多了一重安心。

嗣林也较年轻时候，更加懂得珍惜这些露水姻缘。心萍年轻时候病人多，故事多，家里来来往往的年轻女人也多。嗣林只当雪雁是其中之一，如今看心萍那么依赖雪雁，倒也希望她们感情越来越好，多少是个依靠。嗣林相信雪雁的为人，爱屋及乌，也相信雪雁身边的人。这怕是老来脆弱、单纯的一面，也是无奈的一面。

心萍原是不要雪雁送来的那些东西的，但考虑到雪雁的感受，她也都尽数收下。这样来来往往好多年，就比先前要更亲、更随便一些。说起来的那些恩德，也渐渐被其他好来好往的故事所取代。心萍偶尔透露自己对儿子的担心，雪雁也会懂事地说，"只要我在，就会帮循齐的。侬放心。"

心萍和嗣林，要的就是她这句话了。

组织今天这样的饭局，也是想再花个一些时间，让嗣聪和贞依走出丧女之痛，有个认识的小辈可以一起说道说道，不要闷在家里面面相觑。越是过年团圆时候，他们面面相觑就越显得残酷。星星有出息，他们一起为她开心。星星需要帮助，他们一起为她想办法。就像还有那么一个人、那么一些事，是他们作为长辈可以为小辈操心的，和操不完的心相比，无心可操才更为吓人。

一桌饭，有老有中有青，才是完满。就像他们真的是一家人一样。

"哟！外婆这个兔子花好看的嘛，你买的啊？电视台有没有采访你啊？外婆我觉得你可以去代言啦，新亚因为你肯定销售量暴增。"星星一进门就开始拍马屁。

"你爸爸送来的呀。"心萍脱口而出。

嗣林瞪了她一眼，说："啊呀你看你你看你。"心萍顿时看到了雪雁与何明有些尴尬的脸。心里默默安慰自己，"这有什么不好说啦。本来就是嘛。"

"是蛮好看的。尤其阳光好的时候。"何明见气氛突然开始变调，好心补充。"坐吧星星。"

何明人真好，怪不得星星和他相处不错。心萍看着星星，有时会突然想到新妮。新妮和自家最好的时候，也是星星这个年纪。人小、嘴甜，看起来没心没肺，什么都敢说，说错了，也不放在心上，不生气。看起来而已，现在的年轻人，老人是看不透的，也不知道他们经历过什么，喜好是什么。老人看小孩，总是长不大的样子。无法猜想他们心中的万水千山，是什么样的面貌。

小南国的包房有最低消费，他们一行八人，还有四位老人，要吃掉2000元实在有些吃力。心萍在点菜时突然说起还是以前饭店多好多好的往事，贞依倒是满世界跑火车说着美国的、英国的以及台湾地区的食物，一切似乎恢复的有些勉强，却也带着诚意。

星星看起来有些兴奋，她第二天就要坐飞机，吃完这一餐，这一年就算过去了。不再有复杂的伦理生活，也不再有这些过于密集的尴尬与应对。循齐破天荒地开始与星星交谈起有关学业与事业的关系，星星也冷不防问起循齐到底是做什么工作的，今年效益好不好，有没有年假，领导是不是很臭屁……四位老人安静得像四尊菩萨一样聆听着，心萍从来没听儿子说过那么多细节，从来没听儿子说那么多话。

"舅舅那么你们公司里面有 GAY 吗？"星星问。

"小朋友里大概有的吧。谁知道啦，我只管他们有没有准时上班呀。"循齐答。

"那么舅舅你是什么星座的啊？"星星又把话题扯了回来。

"他们说我是……天蝎座。"循齐又答。

"那么有人勾引你吗？你会害怕吗？"星星又瞎问。

循齐哈哈大笑，说，"爸妈在，不好乱说。"

星星答，"那么你有微博吗，要么我私信你好啦……"

循齐不置可否，似笑非笑，却是难得的放松。也不知是和下午的谈话有无关系，不知和他起身收拾碗筷有无关系。

管他呢。

总之今天的饭局，心萍组织得很开心，虽然她也不算听得懂儿子和星星的对话，但她知道儿子现在这个表情，几乎能代表着未来一个礼拜，他不会像上次那样不回家吃饭。这就够了。她只关心这件事。儿子大了，只希望他能多回家吃吃饭，还能指望什么呢。经过下午的这场风波，儿子还能与星星相谈甚欢，真是不容易的结果。

还好有星星啊。星星真的是很好很重要。心萍心里想，这也要谢谢雪雁，雪雁也真是好女人。

不仅心萍，其实嗣林也有点感动。他甚至有些泪眼模糊，强忍着一股鼻酸。

嗣林忽然觉得，心萍的这个家族试验，也不是不可行。他到底是低估了年轻太太运筹帷幄的心机。他和心萍一样担心着循齐，也和心萍一样努力接受雪雁、星星、小钟、何明……到底是为了什么？说不破的，或者才是最真切的爱。

唯一有些不自然的是贞侬。她暂时还没有想好怎么处理自己一家和星星一家的关系，但她也看出苗头，这个女孩子恐怕以后会成为这个家里很重要的一脉温情之力。看到星星，贞侬甚至会想到新妮。"但是星星发际线太高了点，不像我们新妮。还是新妮比较好。"贞侬在心里默默说道。

散场时，只见心萍递给星星一个红包。星星大喊大叫说："外婆我不要啦我都要三十岁了。我都要三十岁了完蛋了。"心萍才不管她三十岁还是四十岁，一个强力把红包塞进了星星书包。那个刹那她忽然觉得膝盖一阵生疼，差一点就要疼出声来。

还好雪雁扶了她一把。心萍对雪雁说："这个痛风灵里面，其实什么中药都是没有的，唯有一味镇痛大概是真的。现在吃好饭，药效过去了啊……就顶不住了。呵呵呵。"

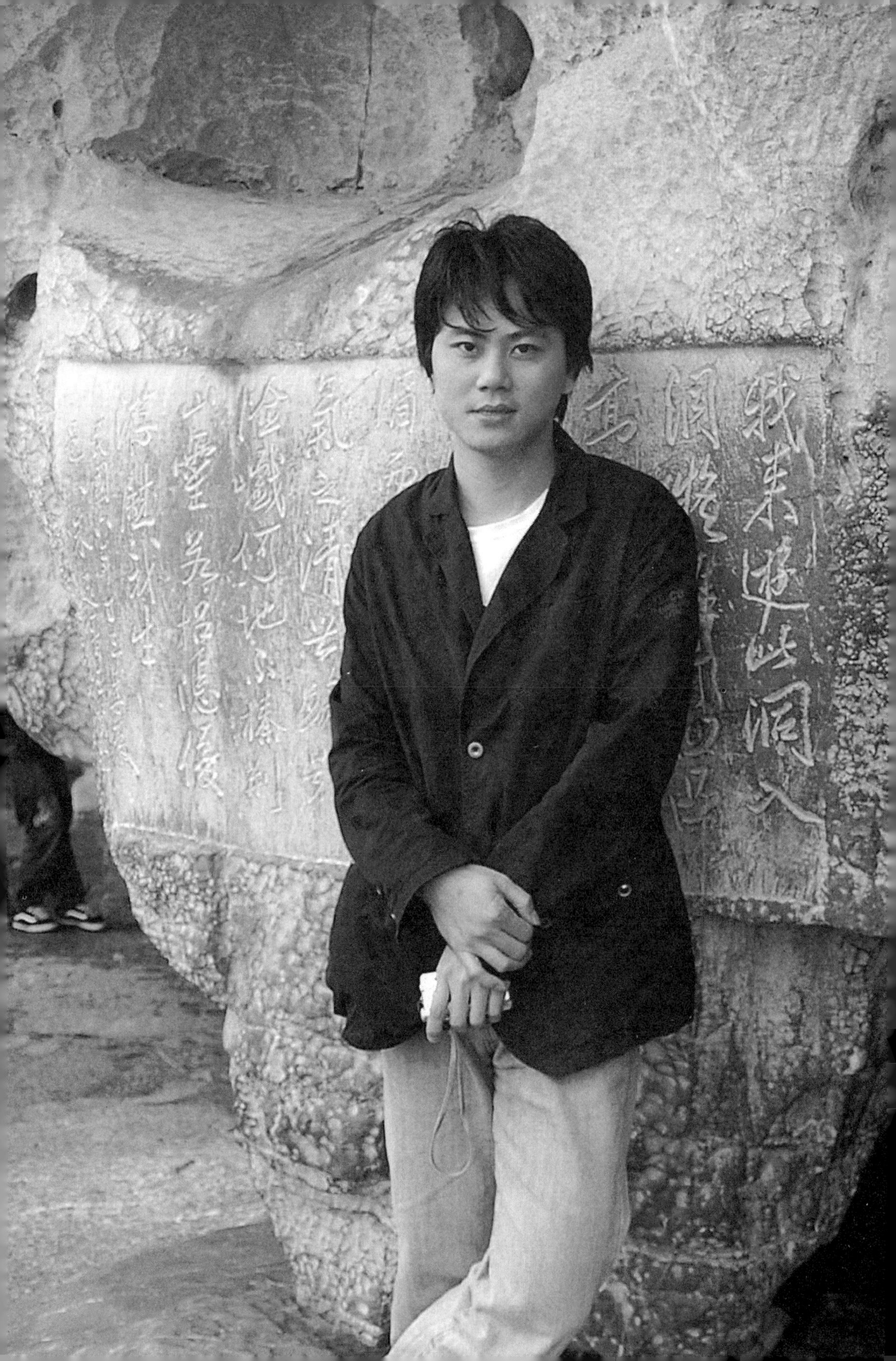

林 森

林森，1982年生，海南澄迈人，鲁迅文学院第七届高研班学员，曾参加第六、第七届全国青年作家创作会议。作品见《诗刊》《中国作家》《小说选刊》《青年文学》《长江文艺》《天涯》《黄河文学》《文学界》《作品》等刊物，有作品入选年度选本。主要作品有诗集《月落星归》；中短篇小说集《小镇》（"21世纪文学之星丛书"2011年卷）；长篇小说《关关雎鸠》（《中国作家》2012年第三期）。曾获中国作家·鄂尔多斯文学新人奖、海南文学新人奖等。

有几条路飞往木桥

"呜呜"和"哇哇"是父亲口中发出最多的声音。那声音如此难以理解,以至于我和弟弟把双手甚至双脚都用上,也比画不出所以然,只能相视摇头。母亲不一样,她有着灵敏的耳朵,眼神也好得吓人,能清晰地分辨父亲吐出的字句长短、喘气粗细、语调起伏……当然还有他石头般僵硬的表情的细微变化。这种被我和弟弟视为不可完成的解读工作,在母亲那里轻而易举。有时我们也会觉得母亲翻译的不是父亲的原意,我和弟弟一致怀疑,父亲说话的语气,怎么会和母亲一模一样?母亲肯定在翻译过程中,加入了个人的创作。有时母亲的耳朵又灵敏过头了,从厕所里拎着裤头,急匆匆地跑到父亲的躺椅前,喊着:"他说什么了?"而父亲其实在昏睡。

"那座桥,肯定是要修的……"母亲疑惑了许久,从父亲的口中翻译出这么一句话来。可能是这话太出乎她的意料,她忍不住立即跳出翻译的身份,对父亲强加批判:"你都这样了,修桥不修桥,关你什么事?你还能去走一走?你还能爬到桥墩上去?"嘲讽完,母亲又有些感伤,说父亲变成一棵树也就罢了——至少也得是体谅她的树吧?他此时无视她独自拉扯我和弟弟这两只猴子的辛苦,竟然去关心一座他永远也用不着的桥,这不能不让她心寒,不能不让她觉得他的心也差不多要硬化了。母亲被自己翻译出来的话惹得闷闷不乐,父亲却在木躺椅上一动不动,脸上像笑又不像笑,那是一种凝固的表情。

我几乎记不得父亲是怎么变成这个模样的,他身子僵硬了一半,随时抖啊抖的。但此前毕竟还能走动,这两年则是不要人扶着,就基本上只能躺着了。我问过母亲那是什么病？她丢过来一张发黄的病历单，上面写的字我都认识，却还是不明白到底是哪里出了问题。躺椅占据了父亲生活中三分之二的时间——另外三分之一，是在床上。他刚开始没法走动时，镇中学里的老师时常过来看他，有人还说他命好，说他基本上过着"衣来伸手饭来张口"的美好生活。也有反驳的："谁说王老师衣来伸手饭来张口了？他比这个还要命好，手都不用伸，嘴巴也不张，都得靠旁人伸手好不……"因是熟人，这样的笑话并不能引起母亲的反感，至于父亲，他都成为一棵树了，他的感受自然已被忽略。也有说母亲命好的，理由是，这几年，相邻的镇子发廊林立，妓女横行，很多男人时常往那边跑——镇中学里跑得最勤的，就是校长了——我父亲对我母亲如此忠诚，从没去找那些发廊女，我母亲的命，能不比其他女人好？

父亲早年是镇中学的语文老师，我们家自然也就在镇中学校园里。父亲倒下后，维持生计的任务自然就落在母亲身上。学校里有不少乡下学生，学校没有宿舍，没法住，很多老师就把所居住的房子隔成小间，摆上陆架床供乡下学生寄宿，也给学生煮饭，收些寄宿费、伙食费。我们家里就住了十多个乡下学生，整天叽叽喳喳。房子早些年被父亲修了第二层，二楼偏南的角落，是我和弟弟的空间，和寄宿生保持着距离。

我听过关于父亲的一些传闻，说他早些年，即使不算英俊潇洒，在镇中学那一堆矮黑的老师中，也称得上鹤立鸡群。作为镇排球队的主攻手，他还参加过县里组织的排球赛，到县里的大场地接受过县太爷和无数观众的欢呼。而父亲到底是怎么变成现在这个模样的，一直是纠缠着我的问题。问母亲，她不是话语不清，就是不耐烦地喊："小孩崽，问什么问？问了，你能医好？"而这一切，在弟弟那里，都不成为问题，他对父亲的事不觉丝毫不快，他是家中唯一无忧无虑的家伙，吃饱了睡，睡足了玩。在镇中心小学读书的他，据说已经培养了几个小跟班，整天

林　森 ｜ 有几条路飞往木桥

行凶作恶，有时甚至守在小卖部门口，看到同学拿着冰棒出来，夺了就跑。这些传闻我和母亲并没亲眼见，而是来自前来告状的弟弟的同学父母。

母亲在这时，基本上对打上门的告状不正面回应，而是显示出了政治家的狡猾，她摇晃着躺椅上的父亲："你起来咯，你起来，把那小贼子打一顿，哪这么坏哦？人家都找上门来了……"她一摇晃，父亲口中就支支吾吾地发出些什么声音，她便侧耳听："你要干吗？你要放尿了？要放尿？刚放半个小时，又要放？……"母亲对着门口的来客摇头苦笑："你先……等会，我先扶这棵树去放尿，回来再跟你一块收拾那小贼子……"来客的兴趣和斗志已被消磨殆尽，扭头就走——心软的甚至还会安慰安慰，安慰出母亲的眼珠泛红。父亲那被母亲招之则来挥之则去的尿意，帮助我们家击溃了无数强敌。

那场台风是在暑假来临的。镇子就在海南岛最大的一条河流的南岸，在关于这条河的记忆里，有很大一部分是跟洪水相关的。每次台风过后，上流的水库装不了那么多水，就开闸泄洪，河水暴涨，小镇的大部分房子，便泡在浩浩黄汤之中。有些早富之人，修建了房子的第二层，便安然地在二楼窗口，看着其他人在黄汤中手忙脚乱，自豪感倍增。低洼处的房子，往往被浸泡一米多两米，手忙脚乱搬迁家具的人咬牙切齿："一定要赚到钱，把第二层修起来。"

台风夹带雨水，开始了猛烈的袭击。下午，母亲已经从菜市场带回了风雨侵袭带来的变化——菜价翻倍。母亲咒骂了卖菜人黑心肝之后，还是多买了一些菜，并且贮存了面条和饼干。我们的房子在镇中学校园里，依傍着小镇的高地"下村岭"，往年的洪水从来没有涨上过校园。母亲不怕洪水涨到家里来，却还是带领着我和弟弟把不能泡水的东西搁置到高处。每放好一件东西，母亲就哀怨地看着躺椅上的父亲："水要真来了，那棵树可怎么跑？"

天色渐黑，迷蒙之中，校园里的树七倒八歪。母亲从信号极其不好、声音断断续续的收音机里得到新的消息，说还有大风要来，大雨也跟在后头。唯有弟弟十分兴奋："要跑水吗？要跑水吗？水肯定会浸了我们家吧。"他强烈地期待着洪水的到来。雨水随着夜色变深而不断加大，母亲有时会披着雨衣到学校里的小卖部打听消息，回来就宣布，水涨到哪哪哪了。父亲被扶到床上，可他还没睡，嘴里又发出呜呜哇哇的声音，母亲用毛巾擦拭着头发，听了一会，骂道："又关心那破桥了。水这么大，修什么桥都没用。这条水，每年不死几个人不甘心。"

　　一有风雨，父亲体内潜伏的风暴也冒头应和，他手脚抽搐，口中发出呻吟。母亲把门闩死，可没法把风雨声隔绝在外，雨水从门缝渗透，一楼的地板已然湿透了。电早停了，点燃的煤油灯光晕昏黄，我很早就睡了。不知夜里什么时候，我被一种奇怪的声音吵醒。那是从父母亲的房间传来的，隐约听出那是父亲的声音，像是喊痛，却又有着某种旋律，竟像是一首歌。我想挣扎起来去看看，可浑身酸软，屋外的风雨声带着强烈的催眠力度，让我没法站起。

　　那声音，催我醒来，又催我睡得更沉。

　　第二天早上，雨小了许多，风时大时小，残枝断叶遍地都是。弟弟兴奋地喊着："跑水了，跑水了。"母亲看着他，要怒未怒。小镇低洼处全都泡在水中，很多人不得不被迫转移到高处，也就是弟弟口中的"跑水"。镇中学已经打开好几间教室，让跑水的人家临时住下。父亲竟也起得很早，口中发出某种急躁声。我和弟弟不太理解，问母亲，她不好气地说："他说，扶他去那些看看跑水的人。"这倒是个难题，雨是小了，风可没停，路面全是污水，要扶着他走到教室，那不比把带着一块巨石游泳容易。

　　瞧母亲疏忽，我溜出家门，朝教室跑去。有四间教室都塞满了人，有老有小，热闹非凡，有啃着饼干的，也有呆呆地看着别人啃饼干的。不时有披着雨衣的中

林　森 ｜ 有几条路飞往木桥

年人出去和返回，报告着水位上涨到哪了。而其实不用出去，站在教室门口，就能瞧见低洼处的校门，已经有半个人高的位置，浸泡在污水中。跑水的人说什么的都有，不清楚那到底是哀叹倒霉还是觉得兴奋。小孩们都是很高兴，已开始玩捉迷藏。

趁着雨小，我跑回家里。在门口，就听到了母亲的呼天抢地，左右邻居都在安慰她，她却没有调小音量的打算。父亲在躺椅上喘着粗气，眼睛瞪得鸡蛋一般，已经僵硬的脸皮，在试图表达某种情绪，却只能组织出一种难以说清的怪异。弟弟沮丧地站在旁边，眼珠通红，很显然也哭过。我不敢说话，悄悄地用衣角擦着头顶半湿的头发——刚刚到底发生了什么？母亲几乎是不间歇地号了十分钟，才渐渐收敛。邻居们劝说多了，觉得没意思，摇摇头各自回去。

屋外，一片极大的乌云压过来，这雨，还得下。

问弟弟发生了什么。他说："爸一定要去看水——妈拗不过他，扶着他出去，没走两步，就在那摔了，你看，就在那！"他指着门口几米外的一个水洼。整整一个上午，母亲都憋着脸。副校长带来了镇政府买的面条和黑糖，让母亲煮上一大锅，端到教室里，给跑水的人吃。面煮好了，弟弟要抢着吃，被怒气未消的母亲按在门板上打。母亲边打边叫："老的气我，小的也不听话，打死你这个气人精。"弟弟嘴硬得很："你气爸，打我干吗？你去打他！你打他！"

母亲手一松，说不出话。煮好的面条装到水桶里，母亲和我一起抬着，放到三轮自行车上，盖上雨伞，母亲在车上骑，我在车后面跟着扶。长长一声叹息后，母亲说："阿黑，你要听话点，你也不听话，我就真气死了。"我眼睛茫然，看着头顶上直压而来的黑云，不知怎么回答。母亲说："你爸心里想着别的女人了！"我愣了愣："爸那样，动都动不了，怎么会……"母亲说："他心还能动，他心里还想着。"我忍不住笑了："真的心里想着，又有什么关系，他能做什么？也只能想想。"母亲踩车的脚立即停下:"谁说他不能做什么?谁说的?他昨晚不还哼那歌了,他不是老念叨着去看桥,他今天不还死活要去看水?"我记起了……哦,昨晚,父亲真是在哼着歌啊……可,这,和看水有什么关系?又和女人有什么关系?母亲又踩动三轮车,像是对我说,又像是自言自语:"也是,都死人了,还能做什么?"

我更加疑惑了,这又有死人什么事?

水退之后,整个镇子都铺上一层厚厚的黄泥。被淹的人家都在冲洗墙壁。水返回原位后,岸边青碧的茅草,也染上了层层灰黄。河边围绕着很多人,都是来看木桥的。小镇在河水南岸,要到北岸去,唯一靠的就是这座木桥。早些年还有木船摆渡,有一年,大水泛滥,木船翻了,一下淹死十多人,成为镇上人不愿触及的悲惨记忆。在那之前,镇上也呼喊多年,希望县里修一座水泥桥,这下死人了,不得了了,说是要修了,省里面也拨款了。最终也没修成,那些拨款被用来修建了县城里的一座新桥。此后,小镇上的人每到县城,都会望着那座桥叹息。为了方便,北岸一个村子自发集资修建了木桥,方便两岸人的往来,但需要收过路费,不然木桥没法维持日常的修护。每次大水之后,木桥都会被冲毁。不断地冲毁和重建,使得这座木桥,成了小镇人的念叨。这一次洪水太大,把木桥冲得比较彻底,眼力好的人,才能在若隐若现的水纹下,看出哪里曾埋下过木桩。根据母亲的说法,台风过后,父亲口中支吾着的言语,有百分之七十都是关于这座木桥的。母亲对父亲的喃喃自语,露出强烈的不屑,还带着酸酸的语气。

台风过后,天热得有些过分,热风一起,父亲就有强烈的说话欲望,我和弟弟也在他的反反复复中,慢慢能猜出他的意思。他反复说,要去河边看看。

秋季开学之前,母亲终于松口了:"黑,你和你弟弟扶那死树去看看河水。"

林　森｜有几条路飞往木桥

我暗暗计算了行走速度，要把他扶到水边，天都黑了。

母亲把父亲扶到三轮自行车上坐好，让弟弟扶着，我踩着三轮车，朝水边去。

已经有人在修建木桥，木板和木桩，堆在河的两岸。

来到水边，一路上兴奋不已的父亲倒不再发声了。

三轮车停下，弟弟才松了一口气，跳下车，甩着手，说："麻了，麻了。"

父亲靠在车上，他也只能靠着。我试图把他扶起，他脖子硬扭了一下，表现摇头。阳光很烈，劈头盖脸泻下来。还好有些风迎面吹来，带着河水的湿气。父亲眼睛发直，像有千言万语要说。在某一瞬，我觉得他变回了那个正常的父亲，那个我早已陌生了的正常的父亲。我有点心酸，不敢看他的脸。他已经多久没有用眼睛来打量这个小镇了？对于腿脚好的我们，这小镇是弹丸之地，吐痰一用力，就会喷到镇外去，可对他来说，这俨然一片无法穷尽的浩瀚汪洋了。

一个修桥人停下手中的活，对着我笑："桥冲坏了，现在过不去了。得等几天。"

——他是以为我要带着父亲到北岸去吗？

那年秋季，我升上了初三。母亲最大的愿望，就是我有一天能考上大学，她幻想着我大学毕业后，她就锦衣玉食风风光光。她对此坚信不疑。她最担心的是弟弟，他的顽劣已是难以管束——母亲把这一切的根源，归结在父亲身上。各种风气吹进镇上来，赌啤酒机的、放黄色影碟的、吸毒的……到处都是诱人的场所，母亲很害怕弟弟到那些地方去。有时半天没见到弟弟踪影，母亲就开始癫狂，翻天覆地要把他揪出来。

我的同学当中，有人吸了粉，被父亲扯回家，扭到了戒毒所。也有的同学，拉帮结派，组成了一个小帮会，横扫一切，校警也对他们避让三尺。更引起议论的，是我班上一个看来最文静的女生，却被发现已经怀孕五个月，而她竟然说不出到底吹大她肚皮的是谁。我心里暗暗喜欢过她的——谁不喜欢她呢？可就是她，竟然大了肚子……这个建墟三百多年的小镇，骨子里有一种古板的东西，这种古板也让它保持着某种硬朗，不轻易为外物所击垮。可现在，很多人都感觉到一种变化正在临近——是什么，都说不上，但此前的硬朗在慢慢地消散。

深秋，学校换了几个重要领导。新的校领导刚上任不久，就把母亲找去，说是有重要的事情商量。母亲黑着脸就去了。按照以往的经验，只要是学校来找，就不会有什么好事。果然，学校是跟母亲商量父亲的事。按照校方的说法，我父亲已有很长一段时间不上课，虽然说当年办了内退，但有一些手续并没有理顺，今天找我母亲，就是商量着把材料补齐，补交一些钱；要不，学校停止给我父亲发内退工资。

校领导问意见时，母亲一言不发。

校领导又叹气又摇头。

母亲回来了。

看着躺椅上嘴角歪斜的父亲，母亲狂奔而出，堵在新校长宿舍门口不休止谩骂。母亲的这一次出征，完全是超水平发挥，她先把父亲晾出来，占据了一个道德高地，再哭诉她这些年独自带着我和弟弟的辛苦，再接着，她便在地上打滚，滚出满身尘土。我跑去看时，完全被她的气势吓傻了，不敢拉她。弟弟冲上去了："来这里哭什么呢？要哭，也回家去哭，别在人家门口……"围聚的人越来越多。

弟弟伸出手去拉她，反被她扯住，按倒在地，狠狠地揍。在以往，母亲的手还没碰到，弟弟便会鬼哭狼嚎，这一次，母亲手上力道结实，弟弟却一声不哼。周围的人瞧不下去了，上前解救弟弟。话头就多了起来，吱吱喳喳，有人探头往校长宿舍门里看，让他出来说说话。

校长出来了。

林　森 ｜ 有几条路飞往木桥

这个新校长浑身都是圆的，这使得他说什么话都像是在笑。他笑着说："什么事，好好商量。"我也是好久之后才想明白，他那不是笑，而是严肃、绷紧的谈话。后面的事，就很顺理成章了，母亲以她的哭天抢地，取得了胜利。

当天一直到很晚，母亲还沉浸在胜利的喜悦当中，她表扬弟弟出现得及时，说要不是他去拉，她都想不到法子打动校长呢！弟弟不理会母亲，他偶尔瞧瞧我，眼中射出奇怪的光。我很清楚，他这是责怪我没有伸手去拉母亲。住我们家的那十几个寄宿学生，都在暗自谈论着什么，当我把目光扫过去，他们就都安静了。

在暑假里，给父亲擦身的活都是母亲来，开学了，单单料理那十几个寄宿生的伙食都够她忙的，便由我和弟弟轮流给父亲洗澡。

把父亲的衣服脱下，让他在矮木椅子上坐定，我听到了父亲嘴里哼了一声。

"说什么？"

"……欧……"

欧？……是黑的意思？他是在叫我。

"怎么？"

停了好久，父亲寄出一些密码般的话语，……今……今天，你你你……妈……我愣了许久，把温水倒在他肩膀："今天，没什么！"

父亲嘴里又哼哼哼着什么。我多希望还像之前一样，听不清他的发音，可近来，我发觉自己的理解能力在不断接近母亲，越来越能理解父亲的吱吱哼哼。他的发音带着浓重的浑浊，好像含着一口水，舌头在搅动水波之中，发出迷蒙的词语。听懂他的话，就是从浑浊当中，辨析出原意。说来很难，却也不难，他能说出的词句很有限，和他早些年在课堂上的口舌伶俐，已不可同日而语。理解他的话，当然也得注意观察他的眼神，那眼神看似呆滞，却掩藏着万千变化。我从未想过一个人的眼睛，可以在简单的眨动之间，传达出如此丰富的意思。

我有时只能假装不懂。

我还没把温水浇到父亲的头发上，他的脸已经有些湿了。我拧掉毛巾上的水，用散发热气的毛巾，遮住他的脸，遮住他意义多姿的僵硬表情。

我眼前空了。

听懂了父亲的话，便有了向他证实的兴趣——比如说，母亲一直怀疑他心中想着的那个女人。

说到那个女人，镇中学里的人，都知道，甚至镇上很多人，也都听说过。那是若干年前在镇中学教音乐的一个女老师。关于这个女老师，流传着很多传说。比如说她性格高傲怪异，和所有她教的学生都如同仇人，每节课，她花一半的时间在向学生训话上。又比如说，她当年可算是貌美过人，吸引了无数镇上的年轻人的目光，可她一直都是一个人——她是眼睛长在头顶的人，怎么会看上那些二流子？这样的女人出现在一个偏远小镇的中学校园里，难免会引来纷纷议论，难免有许多关于她的花边新闻。她每个周末都上县城，被传成了她跟县里一个教育局领导的周末桃花开。女人们传说这些话的时候，证据确凿："就她那样子，怎么可能不勾搭一个领导？她想调回县里啊！"

传言乱出的时候，母亲就曾听说过，作为镇排球队的主攻手的父亲，赢得了音乐老师的侧目。母亲从没亲眼见父亲和音乐老师一起出现过，但她坚信无风不起浪。以父亲保持得很出色的身材，以父亲教语文的能说会道，真要在镇上筛出一个能和那高傲女相配的男人，也只有父亲了。母亲和父亲闹过无数次，父亲都淡淡地说："你哪只眼睛看到？我倒是想，人家看得上？"母亲不依不饶："你果然想……你果然想……"又是一番闹腾。当然，也不排除母亲暗中去查找过证据。

那时，小镇上的男女要见个面，还偷偷摸摸的，有人传说木桥边曾是不少男

林　森｜有几条路飞往木桥

女约会的场所，岸边齐人高的野茅，为约会者提供了天然屏障。我曾想象，某个淡月迷蒙的夜里，父亲外出了，母亲瞪圆她的大眼，寻遍大街小巷，寻到木桥边，在野茅中翻找，希望能抓一个现成。我问母亲："你去岸边找过吗？"母亲哼哼冷笑："我去那干吗？你以为人家真看得上那棵树？"她在冷笑，但语气并不硬。我想，我爸当年还没变成植物呢！母亲冷笑完，也显得有些伤感："唉，那些事，都多久了啊……人也死了……那么久，不记得了……"

音乐老师是投河死的，关于她的死，我就听到很多版本，每一个都蒙着让人心乱的桃花色。母亲叹息地说，镇上那么多张口都在传她的话，谁受得了？被人家传死的。多清白的人，被传这么多，都成了脏的了，她羞不过，才投了河。父亲在躺椅上哼着说要去看木桥时，母亲就嘲笑他："当年和她一块到河边快活的，有你吧？是不是想起了，要去看看？"母亲的话总是会引来父亲的一阵笑。其实，那不是笑，他僵硬的表情没法自如地控制笑容，但还是能从他的眼角边，看到一丝笑意。

我向父亲询证的，有两件事，一是他到底和音乐老师，有没有关系？二是他为什么这两年以来，一直想去水边看看？向父亲发问时，我却已经清楚，无论他回答是或者不是，都很难得到一个确切的答案。他僵硬的身体，掩饰了他的真实内心。父亲花了一个上午，才跟我表达清楚他心底的话，他认为，音乐老师根本不是投水死的，只是一脚踩空，淹死了。

我对音乐老师和父亲的关系，充满了兴趣，他们真的毫无交集，我就自己去构思出一个莫须有的故事。已经确证的一件事，是台风夜里，父亲嘴里哼的那首歌，和音乐老师有着莫大的关系。当年音乐老师负责学校的播音室，在傍晚时候，会播放一些歌曲，她的喜好，便强加给了全校的人。下午风吹起的时候，随风飘荡的，常常是一首邓丽君的歌——也就是父亲哼的那首。不止我父亲，当年校园里所有的人，都在这首歌的伴奏下，开始煮饭和炒菜，开始打小孩屁股和喂猪。

弟弟对我的沉迷幻想，很瞧不起。他越来越有一副老大的样子，指挥着五六个小伙伴，淡定自如。母亲看到他，觉得无比焦虑；看不到，更焦虑。母亲常说："阿黑，你去问问，你弟不会又做了什么事了吧？"我说，近来根本没人上门告状，说明弟弟表现还是不错的。母亲提出了相反的看法，人家找上门的，那还是小事，最怕的，就是他去做见不得人的事。我说，按照你的说法，从没人上门告我，是不是我做了很多很多见不得人的坏事？母亲不屑地看着我：

"就你？放个屁都没臭味……"

一天夜里，弟弟鼻青脸肿回来，母亲盘问了许久，他也没说上一个所以然。他根本什么都没说。母亲找了一根布带，把弟弟双手反绑，挥舞着木棍打他的屁股。我上前拦，挨了几板子。弟弟不领情，说："拦什么？让她打。"母亲手腕酸了，丢下棍子，掩面抽泣。最后，是家里的寄宿生上来劝说，才给弟弟松绑了。那些寄宿生翻找来刺鼻的正骨水，给弟弟擦拭着身上的瘀青，劝他以后不要这么嘴硬。

母亲指着躺椅上的父亲，手臂颤抖。

——她抽搐的手臂，多像是父亲的。

木桥修好的时候，在北岸的收钱点燃放了一挂鞭炮。父亲不知如何得知新木桥即将通行的消息，要求我们推他到水边看看，被母亲断然喝止。我去看了，水中已经有两个被冲毁的旧木桥遗迹——被冲毁后，水中残余的木桩若想拔出来，需要花很多气力，修桥者往往便在原址移动两三米，重新打桩。我回去后，和父亲说起了木桥边的情形。他闭上眼睛，静静地听着。

"点了炮，炮炸完了，就通路了……"

"堆……响……波……"父亲发出的声音，在我耳中自然过滤，排除掉浑浊

林　森 | 有几条路飞往木桥

和歧义，排除掉腐肉和杂物，剩下的意思，便是"水深不"？

"可以过桥，不深。"

父亲不再说什么。

父亲不愿提，但在母亲的含含糊糊中，在她的嘲讽、痛斥和心疼中，我还是知道了父亲对木桥的奇异感情。当年船翻淹死人后，镇里组织材料，向县里说明修建一座水泥桥的必要。父亲作为镇中学的语文老师，是镇上一支笔，他挖空心思，把材料组织得情感饱满血泪纵横，总算打动了上头。后来批钱了，可桥却修在了县城里，这让父亲很长一段时间难以接受，他不断怀疑，是他没把材料写好，才导致那座水泥桥飞了。母亲看着父亲，像看着她最小的儿子："你爸就那样，跟他没关的事，也挂心着……现在好了，他变成木头了，拿去插进水底，倒是可以当木桩。"

父亲发病初期，母亲经常以泪洗面，后来习惯了，母亲也变换了另外一副模样。父亲好的时候，母亲是性子和善，父亲发病后，她开始活力过剩，嗓门变大声嘶力竭。父亲发病后的种种事情，开始在我脑海中攻城略地，把此前的记忆驱逐殆尽，好像父亲从来便是躺椅上的这模样，好像母亲从来便是这样的不可理喻。

父亲当老师时的备课本被母亲叠得整整齐齐，好像他有一天还会站起，抖掉上面覆盖的烟尘，夹在腋下，就朝教室走去。我是在家里大扫除时发现这些备课本的，解开绑着的细绳，我像是武侠小说中的主人公在翻开武林秘籍。并没有记着什么秘密，父亲授课时的篇目，和我课本里的所学，有了一些变化，但也有相同的。本子里记着的某篇文章的段落大意和中心思想，和我在黑板上抄来的，没有多少变化。备课本的纸张已经泛黄，蓝色水笔所留下的痕迹让人疑惑，说不出本来颜色就那样，还是时间让颜色彻底虚化。

父亲好像不是太有耐心，每一篇课文的教案，开始时工工整整走正步，写到篇末，文字笔画脱离引力，开始飞行。翻看那堆厚厚的备课本，我就坐在父亲的躺椅边，他眼角有股骄傲。我知道，那些一次次起飞的文字，是他很长一段时间的记录。这样的记录，对正常人或许意义不大，对他，却不一样。要是没有这些本子，他会不会在日复一日的僵硬中，怀疑起所有的往事？

　　我想在备课本中发现一些父亲的秘密，若是里面夹着当年的音乐老师送给他的纸条之类，那就更好。倒还是有些发现，比如说，一个本子的末尾那页，写着一首歌，是《东方红》的歌词，歌词顶上是谱。歌词的字，是父亲的笔迹，开始那行，整整齐齐，写着写着，又脱缰跑马了；而歌谱，则不太像父亲写的。另一本子的封三，则只有两根线条直直垂下，是一个长发女人的轮廓。我惊喜地问，这是什么？这歌谱是不是音乐老师写的？你画的这个，是不是她？父亲呆呆的，好像是搜寻了好久，才给我一个说法，说当老师时经常开会，有时听得犯困了，就随手乱涂。我照着父亲的指示，果然，在每本备课本上，都发现了一些乱涂乱写，有画在某篇讲义开头处的街上的挑担人；也有在半页空白处随手记下的胡言乱语。这样的随手记录时时出现，塞满他备课本的各个角落。我想，若是学校抽查他的教案，他会不会觉得脸红？

　　我正处于擅长幻想的年纪。比如说，我曾暗恋过的那个被查出怀孕的女同学，她有时只是扭头看看窗外，我便觉得那扭头的动作里，饱含着对我的深深思念。她问我一道方程式的解法，被我解读成对我的极度信赖，那个X的最终答案，意蕴万千，最终将指向她对我的爱情；她问我有没有看到某某老师，我又心想，她是在跟我表白吗？……唉……她，怎么能跟别人弄大了肚子呢？怎么能……哦……怎么说起她了，她退学，我多心疼啊……算了，不想她了……虽然我还是挺想的。我还是想说我父亲。

　　我的意思是，我其实不断在幻想着，给父亲重新绘出一段被涂去的时光。那

林　森｜有几条路飞往木桥

些我的幻想，永远不能被证实，却也不会被证伪。就算备课本上都是父亲开会时的乱画，谁又能否定，那首歌，不是他想到了她，想到了她在某次教职工联欢上的摇曳生姿的歌唱，心有所动，才记下来的？谁又能否定，那长发垂垂者，画的不是她？或许父亲只是不想把五官画出，让人看到他的心事。本子空白处那些零碎难懂的句子，也难说不是父亲内心的密码。就算那个歪斜的挑担人，也像是父亲的某种难以卸下的孤独。

没有在无边幻想中滑行多久，我就被甩回现实。深秋入冬后，天气渐渐变凉，我们家也迅速陷入寒冬。母亲每天早上四点半就起床，去菜市场买青菜、猪肉和粉条，给家中的寄宿生煮早餐。我一般睡到早餐快煮好时，被滚烫的粉条汤的香味熏醒。而这一回，是母亲的凄厉尖叫，让家中的人迅速包围在父亲的床边。母亲已摇了父亲好几分钟，他还是没能睁开眼睛。此时他的四肢都在发抖——发抖是常态，可从没抖得这么厉害的，关键是，怎么摇他也醒不来。邻居也围聚来了，有人就跑出去找车。天色没完全变亮的时候，父亲被抬上镇上拉客的一辆小面包车，往县城医院飞驰而去。母亲的哭诉声在冬晨的寒风中，冻得失真。阴冷的黯晨，带着强大的吸附力，吸走了母亲的呼号。一位与父亲交好的体育老师，也随车一起去了。

已有邻居老师家的阿姨，帮着煮好母亲做了一半的早餐。寄宿生们也没怎么闹，大家都心知肚明了似的，不说什么埋怨的话。他们默默吃着早餐，安静得让人害怕。弟弟不吃，一碗热汤粉很快变凉。邻居阿姨摸摸弟弟的肩膀，她的眼圈倒先红了。我对弟弟说："吃了，赶紧去学校吧，中午放学，估计他们也回来了。"弟弟蹲在厨房已经渐渐暗下来的炉火前，双手抱头，肩膀像起伏的浪。我拎着潲水，到屋子后面的猪圈把家里的几头猪喂了。天色已白，校园里传扬着清晨的广播。一首进行曲,曲调铿锵,是早操的前奏。

"哥,爸还会回来吗?"弟弟抬起头,嘴唇冻得有些发青。

母亲要在县医院照顾父亲,就没法给家里的寄宿生煮饭。下午时候,她从医院赶回来,叫来邻居三个阿姨,也叫来家中的寄宿生,把他们分成三组,在我父亲出院之前,他们就分别到那三个阿姨家吃饭,所需花费,寄宿生直接跟三位阿姨结算即可。我和弟弟也被分配给了我们家左边的那阿姨。非常时期,大家也没什么意见,都沉默着,似在等着母亲宣布那个人人最关心的消息。母亲长长舒了一口气:"抢过来了,还要留医几天,问题不大。"弟弟说:"我想去看爸爸。"母亲扯扯他的头发,把他的袖口整了整:"你周末再上去。"母亲交代完,收拾了几套衣服,走进阴凉的下午风,去赶往县城的车。

周六,我和弟弟在县医院见到了父亲,他基本上已经恢复成"那棵树"的状态。在我们看来,这已经是"最正常"的他了。病房里散发着刺鼻的药水味,走廊里吹着酸败的冷风。父亲病床前的桌子上,摆放着不少水果,母亲说是父亲学生送来的。父亲的不少学生,就工作在县城,不知从哪听到了消息,就赶来看了。我们进病房时,就有两个父亲的学生正挥手离开。吊着盐水的父亲当然没法说什么,可嘴角却有着一些骄傲。这是他曾当过老师的骄傲。弟弟难得的安静,他绕着父亲的病床转了一圈,在观察着什么。

父亲的眼珠子随着弟弟的移动而移动。从他眼神中,可以看出他对弟弟的爱怜。或许,在他心里,是有着对弟弟的亏欠的吧。母亲怀弟弟之时,也是镇上抓计划生育最疯狂的时候。母亲后来跑到一个偏远地方的亲戚家躲着,弟弟生下后,也被寄养在那个亲戚家。弟弟两三岁的时候,性子一直孤僻,话都不多说,见到人就往角落里面躲。我和弟弟见面的机会也不多,每次带着我去看弟弟回来,父亲就连续好几天心情不好。若是母亲去看,则是她找父亲吵闹。有一天,父亲跟

林　森 | 有几条路飞往木桥

母亲摊牌了,他想把弟弟接回来。母亲说:"你还想不想教书?"父亲说:"这老师,不干也就不干了,饿不死。"弟弟就被接回来了。没等计划生育找上门,父亲便病倒了。但也听说曾找上门过,学校曾多次来商量怎么办,都被母亲给击打回去了。后来在镇上管计划生育的,换成了父亲一个朋友,母亲就去问,该怎么办?那人想了许久,说,还能怎么办?就这样。后来也再没人上门问这个事。弟弟也是在家里过了许久,才愿意喊父亲叫"爸",喊母亲叫"妈"。弟弟已经小学五年级,他现在对此前住在亲戚家的记忆,已经越来越迷糊,有时听我们讲起,他以为是我们合伙骗他。他终于长成了我弟弟。

绕完了病床两圈,做完了视察工作,弟弟点点头,说:"很好!"

我们正发愣,弟弟又说了:"还有两天,就能回家了。"

医生竟真的在两天后同意我父亲出院。

这一次住院好像使得父亲改变了一些,又好像什么都没变。父亲更加沉默了,原来的呜呜哇哇也很少出现了。母亲显得有一些忧虑,她时常站在父亲的躺椅三米开外静静看着,希望父亲能发出什么声音。父亲的眼睛,也愈加空茫,有时整整一天不说话。

冬尽春来,我和所有的毕业班学生一样,把所有的精力放在复习上,关于父亲和音乐老师的故事,我也没闲情去编造了。春天一到,天气一天比一天更热,夏天在望,毕业考试也越来越近了。夏天开始后,父亲潜伏已久的说话欲望又开始蠢蠢欲动,或许是因为太久没发声,他的声音,已经难以理解,不仅我和弟弟说不上个所以然,母亲细心倾听之后,幻想、联系、猜测……所有的招数用上,也没法翻译出一句确切的话。

我能看到母亲的沮丧,连她都听不懂父亲了。父亲终于彻底沉入了他一个人的世界，和我们隔着高高的围墙。父亲的眼睛蒙上一种浑浊的水汽，昏黄、模糊——那不像是活人的眼睛。没法行动的父亲，难道却能自由穿行在活着和死去之间吗？在气温最高的时候，我终于参加完中考，绷紧的弦一下子松弛了下来。那是1999年的夏天，即使是小镇上，也在风传着世界末日的讯息。考完试的同学，也不关心考得怎么样，而是到处传阅着一本不知道从哪来的印刷极差的《诸世纪》。他们争执得最厉害的，是末日将会在哪天到来？也不知道是哪个同学说的，说那些不正常的人，都会给我们指示。有一次，有五六个同学叼着冰棒，在高温中来到我们家，围着我父亲，向他询问启示。母亲的脸黑沉得难看，而我，感受到了一种巨大的耻辱，操起一根木棍，就朝那几个同学挥舞过去。母亲拉住了我。那几个同学丢下冰棒，落荒而逃。冰棒在发热的地板上很快化了，我忍不住痛哭。

母亲冷冷地说："你马上要上高中了。到时候去城里读高中，可就要住校了，不能在家，那都要靠你自己了……"由于是暑假，家中没有了寄宿生要照顾，母亲也闲了下来，她让我去找一些同学玩，不要整天窝在家中。当时很多同学轮流请客，邀请伙伴到家里来玩，招待一番。父亲的事，曾是同学的一个谈资，这让我在和他们交往时，总是有一些疙瘩，我拒绝他们的邀请，也拒绝邀请他们。

我又翻开了父亲的备课本。

当纸页翻开，躺椅上的父亲发出一种难以说清的怪叫，手脚抖得厉害。母亲赶忙来把我手中的备课本收走，绑好，父亲才慢慢平息下来。母亲把备课本藏到柜子里，锁好了，她害怕我再翻开，把里面的什么东西放出来。而父亲到底是想起了里面记载的什么，才让他情绪大变呢？我任由自己的想象无边放飞。在我的构思中，当年的一个教职工晚会上，音乐老师演唱了，演唱的并非邓丽君的歌，而是那首《东方红》。虽说是一首带着浓重的政治味道的歌，可音乐老师用的是一种深情款款的演唱方式——邓丽君的方式。这首歌罢，现场所有的教职工都沉

林　森 | 有几条路飞往木桥

默了。父亲也是被震傻的一个。他从没想到，一首歌颂毛主席的歌，竟然可以让每个听到的人，都以为是对着耳边呢喃的情歌。本来应该喝彩、喧闹的场面，竟然静了下来。主持人提醒下一个节目开始后，场面才慢慢缓解。也就是这一次之后，学校里很多男老师都开始不信那些关于音乐老师的传闻。他们的理由很简单，一个生活不检点的人，怎么可能唱出这样的歌？而这结论在女老师那边是不是截然相反，不得而知。音乐老师在学校中说得来话的人没几个，这使得她的课后生活，成了一个不大为人所知道的秘密。父亲后来有没有和她有正面交集，那实在是不好说。但我想，两人肯定有过点头相视的时候。比如说，某次校园中相逢；比如说，父亲参加排球比赛时打出一记好球后，回头在人群中看到了她……因为这些，父亲在备课本上那些乱涂乱画，才有一个合理的解释；也正因为有这些，她死后，父亲才一直念念在心，三番五次要去看木桥，看她投水的地方。

我没有问母亲，父亲的病到底发生在音乐老师死之前还是死之后。我没有查证的兴趣，我只会去幻想出一个好玩的故事——我不相信父亲向来是一个如此无趣的人。在我的幻想中，若是音乐老师自杀了一段时间，父亲才变成植物，那故事可能便是这样的：父亲曾多次在夜里踱步到河边，望着木桥发呆；此前滴酒不沾的他，也学会了喝两杯。而若是父亲病倒了，音乐老师才死去，那故事又再次变换：音乐老师也曾想象过我父亲出现在她生活当中，而现在，我父亲的倒下让她最后一丝希望破灭，她投进了水里。当然，若是把故事想象得更加惨烈一些，可能便是：父亲和她相约好了木桥相见，父亲没去，她便……

我很清楚，这些沉迷于自我的故事，和父亲无关，和音乐老师无关，和真实更没有丝毫沾边，但在那个所有同学都在谈论着末日的时候，我更愿意沉迷在这样的虚构里。当时，我几乎把镇上小租书店里所有的武侠小说都翻阅了一遍，有不少的小说，一到精彩的情节，便被撕掉了几页，我只能靠想象来把所有的情节关联起来——也许,我的喜好乱想就是这样养成的。

没想到的是,那个暑假后来发生的事,远远超出我虚构能力范围。

在热气不断沸腾的时候,我接到了一所省重点高中的录取通知书。母亲左手挥着信封,右手捏着信封里取出的通知书,走完门口的左边,再往右边拐,她在向学校里所有的教职工家属炫耀她的大儿子。

当天晚上,母亲还杀了只鸡,往墙角的婆祖拜了拜,念念叨叨。她还把通知书在父亲面前摇晃,想让父亲也高兴高兴。父亲的反应并不明显,他口中发出几声沙哑的嘶鸣,像是高兴,也像是悲伤。母亲没能高兴几天,很快地,她发觉了,这张录取通知书,几乎等同于一张催款单。通知书上面写着的报到的日子,是一个让她心惊肉跳的数字。在烈日下,她骑上了自行车,四处找亲戚筹钱借钱。我说,也没有那么夸张,又不是上大学。她紧绷着神经:"要到省城读书了,没钱,能行吗?我得准备好……"在她眼中,我即将沦为一个花钱如流水的败家子。

八月底的时候,台风又来了。风不大,雨却不小。这场雨让母亲也安闲下来,我们几个人,蹲坐在门口,看着外面越压越黑的天,雨已经不能称之为雨了,那是一条江从天空砸落。母亲用手指敲敲我的额头:"你考这么好,不让你读吧,哪甘心?让你读吧,读得起?"弟弟在旁边笑了:"你就别到处炫耀你的大儿子多厉害了,连卖猪肉的歪嘴昆、开饭店的黑手义,都在传你的话了。"母亲一把扯过弟弟,狠狠在他屁股拍了三巴掌:"你要有你哥哥十分之一,我就笑破肚子了。"瞧了瞧躺椅上的父亲,她摇摇头。

大雨给闷热已久的天降了温,加上停了电,雨声哗哗中,我们都睡得很早。

那几乎是我睡得最沉的夜晚。

实在是太沉了,所以听到母亲发出尖叫,我和弟弟都醒来了,摁开床头的手

林　森 ｜ 有几条路飞往木桥

电筒，呆了足有十几秒，还在怀疑都听错了。母亲的哭声传来，我和弟弟才跑了过去。母亲靠在她和父亲的房门前，表情惊恐。我和弟弟用手电搜索着房间，没发现什么异样。光束再扫了一遍……等等……房间好像空了一些……少了什么？

少了——父亲！

没人扶就根本坐不起身的父亲，竟然消失不见了。

虽是暑假，不需要准备寄宿生的早餐，可后头那几头猪还是让母亲天不亮就得起床烧火熬猪食。电还没来，等前前后后忙了一个小时，听到屋外的雨声好像小了一些，母亲走回房，在昏黄的煤油灯下，竟发现我父亲不见了。我和弟弟扶住母亲，她猛地一震："穿衣服。"我和弟弟把衣服套上，披上雨衣，就赶忙下楼。一阵凉风吹来，楼下的门是开着的，说明父亲就是从这门走的。难道母亲刚才上楼时，竟没发现门已经开了吗？

我和弟弟走进雨中。

母亲敲开了左右邻居的一扇扇门，敲亮了一支支手电筒。

要往哪个方向找？我握着手电筒，指向哪个方向，都是错的。

弟弟却闷着头，不断狂奔，我只能跟着。

身后那些被母亲点亮的手电筒，也四散在漆黑的暴雨中。

弟弟顺着中学校园跑了两圈，我的手电筒一直跟随着他。他跑在手电筒的光圈里。绕两圈之后，他可能觉得父亲的活动范围扩大了，便奔出校园，跑上小镇的街。天已经渐渐泛白，暴雨中，没人在活动。此时，街上的水已经泡到了小腿，想跑得快，是不可能的。而越朝北，水越深。河水慢慢涨上来，满眼所见，皆是汪洋。我脑子全是空的，只能跟着弟弟跑，我只能相信他的直觉。眼前泛滥的水，让我想起了同学传言着的《诸世纪》和末日，这，就是末日吗？这，还不是末日吗？我拉住弟弟，再往北，水就越来越深，谁都不清楚哪个地方会忽然冒出一个吃人的深坑。学校里帮忙找寻的教职工和家属，在翻遍了小镇的街巷后，渐渐汇集。消息已经传遍了小镇，帮忙的人越来越多。

　　天亮了，雨势减弱，披在身上的雨衣已经失去了作用，手电筒不知在何时跑丢了。我每跨一步，都是在拖着一条河，两腿酸软。弟弟没有放弃，还精力十足。两个男老师走过来，一个夹着弟弟，一个拖着我，往学校里拽。弟弟挣扎着，扭动如蛇，他没哭，也没有难过的表情，只是挣扎，不服输的挣扎。母亲也被几个阿姨摁坐在门口那张躺椅上，她一试图站起，立即被摁下去，有一个阿姨手上拎着一根绳子，估计都准备绑她了。两个男老师黑沉着脸，没有商量的余地，就把我和弟弟身上的衣服全剥了，扯毛巾给我们乱擦了两下，接过一个阿姨翻出来的衣服，就往我们身上套。

　　圆乎乎的校长也被惊动了，他来到我们家，把这当成了临时指挥中心。他让母亲不要着急，他会安排人去找。干衣服套上后，我觉得身上越来越冷，手脚不由自主抖起来——像父亲往常那么抖。弟弟的嘴唇全青了，我的，应该也一样吧？母亲望着弟弟，人都呆滞了。回来的人，不断摇头，校长越来越担心，甚至可以说是害怕了。他来回踱步："怎么可能呢？王老师……他根本都不可能走得动的啊？他连站起来，都不可能的啊……到底怎么一回事？到底怎么一回事？"也叫人到镇派出所了报案，派出所已出动查找，回的消息说，只要我父亲在小镇几公里的范围，那都不可能被遗漏——他肯定已经离开小镇了，水太大，河中没法找。

　　雨下不绝，有不少人已在议论，是不是又要跑水了，看这雨势，水眼看要淹上中学啊！这场雨，浇灌得每个人都心里发虚。我头痛，不停地想着，父亲到底是怎么离开家门的？他用了什么办法站起来，走出去？……我身上一阵热一阵寒，脑子每每在快要想出答案时，忽然堵死。

　　——又得重新想。

林　森　|　有几条路飞往木桥

　　围聚在我家里的人，议论的重心也转移到我父亲怎么行动这件事上。所有人都想不出一个合理的答案。忽然就病好了？站起就能走了？被鬼带走了？被贼抬走了？……这些可能性荒诞而可笑。可这不合情理的事，随着雨势，不断地冲击着每个人，家里的气氛显得很诡异。

　　校长抬起脚，狠狠地踢在门上："总不能长出翅膀飞了吧？"

　　校长安排好人，轮流守在我们家，不让我们跑出去，外面水大，一旦情绪失控，很难说会发生什么。母亲家的两个舅舅两个舅妈，也在下午时分来到我们家驻扎；爸爸的一个堂兄，也带着两个黑黑壮壮的堂哥，在傍晚时分赶到。他们包揽了家中所有的活，也不断轮流出去查找，就是不让我们母子三人出去。

　　母亲的眼神越来越木讷。

　　我闭上眼睛，到底是什么力量让父亲站起，走进雨雾？

　　是什么？

　　大水最终没像去年一样泛滥，只是装腔作势了一下，雨变小后，河水很快就退去。之后的好些天，寻找父亲的工作没有停止，可没有任何进展。寻找范围扩大到下游十几公里。倒是发现了一具浮尸，肿成球一样，两个舅舅和带着我两个堂兄寻过去。母亲在家中几乎哭死。他们很快就回来了，说那不是我父亲。母亲哭着喊着："你们别骗我，和我说真话。"大舅说："不骗你，真不是。"母亲猛地站起："不行，我得去看看，若真是……"大舅哭笑不得，喊起来："他妈的，那是一具女尸。"

　　木桥没有被大水冲垮，水退到桥面之下，很快便通行了。在大舅的跟随看管下，我们和母亲来到了木桥。母亲在桥头边站了好久好久，她移步了，慢慢寻找，希望发现些什么。回家后，她买了一只鸡，杀了之后，带上香烛，再次来到桥头边，开始祭拜。她指着一块四十公分高的石头，说："就是那，就是那。"

她的确信无疑，让她的弟弟——我的舅舅哭出声来。

我和弟弟都知道，父亲是不会再回来了——即使他只是那么样一个父亲，也不可能再有了。母亲时不时木木地问我："你想想，你爸到底是怎么回事？"

到底什么怎么一回事？

到底什么怎么一回事？

我试图为父亲想一个结尾：雨声很大的夜里，我们都睡得很沉——有歌声在雨声中传来，那歌声有催眠作用，我们便睡得沉。父亲不一样，这熟悉的歌声不但点亮了漆黑的雨夜，也疏通了他身上所有筋骨和血脉，他的手脚竟能动了。歌声越来越清晰，父亲的手脚就越来越活动无碍。等母亲起身去熬煮猪食的时候，父亲竟然能坐起来，不但坐起来，还下床了，还能走动了。他推开家门，顺着歌声，走进倾盆夜雨。歌声响处，闪着微暗的光。微暗，可是夜雨唯一的光。父亲看到了一头垂下的长发，那长发突兀而动人。父亲越走越快——已经不是走了，是飞，御风而飞，雨水落不到他身上。父亲也终于看清，光的来处，就是那座被泡在水中的木桥。雨水早已淹没木桥，亮光竟从水底射出。父亲知道，那个时候到了。他朝木桥飞去。

我以为这样的乱编，会让母亲十分生气，谁知她竟很平静，她说："若真的去找那音乐老师了，就好了。若真是，就好了。"母亲摸摸我的耳垂，我想，她其实是很清楚我所想到的另外一个版本的结尾的，她不愿说，我也就不讲。那个版本有些残忍，父亲一直念叨着想去看木桥，并非是他真要去怀念音乐老师，而是去查看哪里的水更深，更适合投进去，他知道他最终会死在水中——那是一个隐藏已久的预谋。而父亲之所以在我的录取通知书回来之后离去，是因为他要让母亲彻底解脱——他不想母亲在生活的夹击中彻底崩溃。

林　森 ｜ 有几条路飞往木桥

　　我后来问过母亲，那音乐老师是不是长头发？母亲的语气很肯定："当然了，不但长，还直！"肯定的语气说完，却又纳闷了，又犹疑摇摆了，她说："好像不长，挺短的。有一段时间，我倒是留得很长。"

　　最纠结我的，当然还是那些问题，直到多年后的今天，我也没想明白：

　　父亲是怎么站起来，走出去的？

　　他是怎么飞走的？

　　只有飞，才能那么快消失得无影无踪，可他是怎么飞走的？

　　这问题，远远超出了我的想象，杀死了我所有幻想的能力。这件事不但超乎常理，也超越了想象。上世纪最后那一年，《诸世纪》的末日预言没有到来，我却遭遇了我的末日，那些谈着奇怪言论的同学，翻开他们所信服的《诸世纪》，也解释不清我父亲的去向。他们轮流请我喝酒，向我道歉，说他们竟去开我父亲的玩笑，很对不起我。我的酒量就是在那时开始练开的。

　　又一个暑假，母亲清理了父亲的遗物，烧掉了。那扎备课本就在其中。书本着火之时，我想，本子上父亲不断起飞的文字，会记录着他如何飞起来的秘密吗？我拿棍要把那烧着的本子撩出来，终于停在半空。

　　火光烧尽了父亲的"哇哇"和"呜呜"。

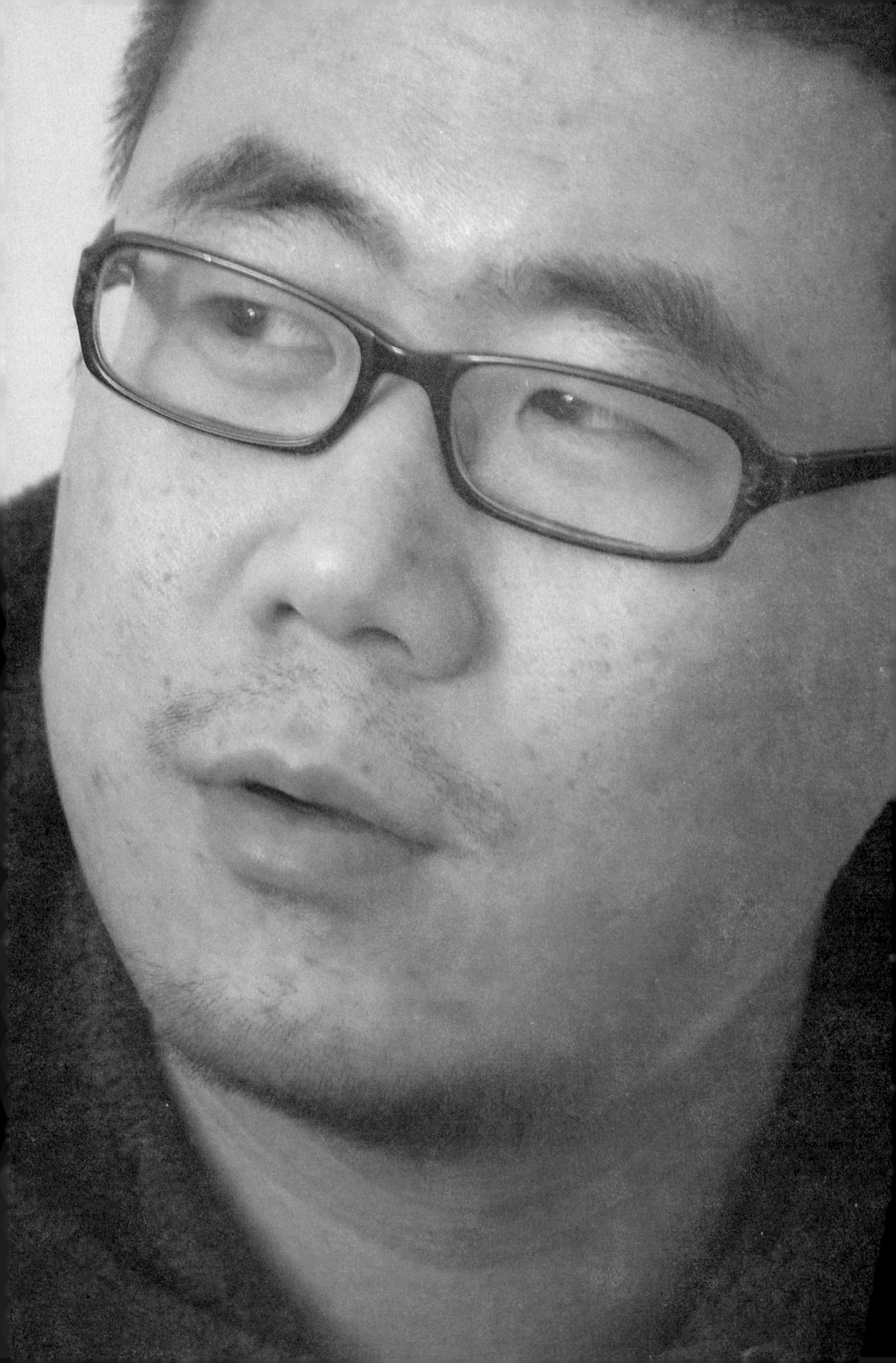

石一枫

石一枫,1979年生于北京,1998年就读于北京大学,文学硕士。著有长篇小说《红旗下的果儿》《恋恋北京》等,中短篇小说若干,散见于国内各文学期刊。另有翻译作品《猜火车》。

合　奏

　　那房间在二楼，昏暗但却温暖。十来平米大的面积，只在朝北的方向开着一扇窗，窗子的左半边还蒙了块厚厚的塑料布，为的是封住漏风的缝隙。这就导致了原本不足的光线更加稀缺，当赵小提下午五点走进房间时，往往恍惚觉得夜晚已经来临了。摆在东边墙角的"星海"牌钢琴、钢琴上横卧的"山水"双卡录音机和靠门的那只实木五斗橱都笼罩在阴影里，就连窗下暖气片子旁立着的谱架也模糊不清，翻开的琴谱像被水泡过，黑乎乎的一团花。他需要拉一下塑料灯绳，引亮头顶那枚孤零零的四十瓦灯泡，才能看清屋里的景物。当然，也有天气格外好的时候——夕阳坠落得晚一些，将血红的光泽泼到水泥地面上。这时站在窗前，可以清晰地看见成群的鸽子响着哨音，掠过沉静得近乎忧愁的天空。那是1996年的北京的天空。

　　当时赵小提只有17岁，但已经具有两位数的琴龄了。刚开始是在乐团担任小提琴手的母亲亲自教学，后来发现他资质过人，母亲便主动让贤，从家传改为遍访名师。带过他的老师里有国家乐团的首席，也有声名显赫的音乐学院教授，而随着琴技精进，母亲对他的期望越来越高，对他的态度也就越发严苛起来。从上高二开始，她便说服学校免去了他的家庭作业，又专门租下了这个筒子楼里的房间给他充当琴房，每晚练琴三个小时。这儿是乐团年轻职工的集体宿舍，那些人自己也要吹拉弹唱到很晚，因此不必担心打搅别人。

　　房间的主人是位年轻的指挥，才三十多岁就谢了顶，仅有的几缕头发又蓄得格外长，快步行走的时候总会造成彗星的效果。聪明的脑袋不长毛，这人的确很会算计，结婚之后就搬到了丈人家里，把自己的小单间偷偷出租赚钱。虽然是同事，他跟赵小提的母亲要价时却毫不含糊，每天才用三个小时，一个月的租金就要五百。不过比起赵小提隔三岔五登门去接受"乐坛名宿"们教诲的费用，这点儿钱又算不了什么了，无非为母亲敦促他时增添了口实。

"钱倒都是小事儿，但时间可绝对浪费不起。"母亲说，"全国青少年大赛迫在眉睫，这对你能不能被招进'中央院'非常关键……"

带着这样的敦促，赵小提已经记不清在这里消耗了多少个傍晚。他只记得每天懵懵懂懂地走进房间，拉开灯，然后便按部就班地开始练琴：大顿特的练习曲、巴赫随想曲，此外还有莫扎特和柴可夫斯基……练到手指实在发酸，再也支撑不住，他就适时地奖励一下自己，从书包里翻出一盒万宝路香烟，点燃一支。这也是他在眼下这种生活里的唯一休闲了，他还猜测父母其实已经发现了他抽烟，但只是懒得点明而已。对于他们来说，他顺利地考进音乐学院，不要"浪费"掉已经投入的大量时间和钱才是正事儿，其他的只要无伤大雅，都可以宽宏大量。

抽烟时，他常常靠在那半扇窗户前，看着筒子楼下甬道上的人们。矮胖壮实的男管乐手声如洪钟地谈笑，刚下演出的女弦乐手穿着黑天鹅一般的长裙匆匆掠过，奔向食堂去抢最后一屉包子。手里的香烟冒着扶摇盘旋的白雾，而赵小提却基本不拿嘴去吸。他只希望它烧得慢一点。在这种时候，他觉得自己孤独极了。那是旷日持久又机械重复的孤独，他连挣脱出去的力气都没有。

情况发生转变是在哪一天呢？赵小提也记不得了。

在他的印象里，当时是冬天吧。阴暗的房间格外阴暗，窗外的北风嗷嗷的，从学校走来的路上冻得他也嗷嗷的。不知第几遍拉完了帕格尼尼的《无穷动》，赵小提又翻出了烟。犹在亢奋状态的手指微微哆嗦，把那团烟搅成了古怪的抽象形状。暖气蒸得人头晕,屋子里闷得慌,他拨动窗闩,把窗子推开透气。一团橙色的光像火一样跳进他眼里。

居然是柿子,一共三个,并排摆在外面的水泥窗台上。路灯已经亮了,在光线下,柿子们晶莹剔透,简直像是活物一般。赵小提的第一反应竟然是不敢去摸它们,他觉得它们会动、会叫,甚至会说话。接下来,他才困惑起来:哪儿来的柿子呢?昨天分明没见过呀。也就是说,它们是在他走后才被人放上去的,也许是昨天夜里,也许是今天上午。

柿子们也是他在两个多小时里见到的第一抹亮色,瞬间把他的脑子激活了。他开始思索它们是怎么回事儿。绝不可能是以前的屋主的,那个指挥就算回来,也是为了安置些用不着又舍不得扔的东西,比如西边墙角的那只压力锅。他没事儿闲得在这儿冻柿子干吗呀?哪儿还找不着一个窗台呢。那么只有一种可能,就是另外有人拥有这个房间的钥匙。而这还是要绕回指挥的身上:他可以在五点到八点这段时间把房间出租给赵小提,又何尝不能在别的时间段租给其他人呢?

至于"另一个人"租这房间的用途,多半也是做琴房吧。与人分时用房,一定不是住家,何况房间里也没有一张床可供睡觉。乐团院儿里兼职的老师多,来往的学生也多,有赵小提这种需求的学生估计少不了。想到这儿,他又开始饶有兴趣地思考:那么,柿子的主人是学哪种乐器的呢?不大可能是小提琴、大提琴之类,管乐也可以排除,因为那些都是需要用谱架的。而窗前的谱架上摆的,仍然是赵小提昨天用过的那一本琴谱。他一斜眼,往身边看过去,果然看见原本蒙着灰的钢琴被擦拭过了,面板散发着幽幽的乌光。

原来这位同屋的人,是个弹钢琴的。赵小提像个侦探一样笑了——虽然他破的这个案子可算不上什么高难度。而至于那人多大年纪、什么性别、从哪儿来的、琴弹得怎么样,这些疑问却再也没有线索可循。也就是说,假如赵小提把今天的意外发现当作练琴之余的一场游戏,那么游戏也该结束了。他叹了口气,把烟屁股扔出窗外,然后又拿起琴来。

仍然是帕格尼尼的《无穷动》。第无数遍加一遍。这是他在不久以后参加比赛的备战曲目,为了达到"惟手熟尔"的境界,练多少遍也不嫌多。可这一次只拉了一半,赵小提又停下了。

他的脑子里冒出一个新的念头,或者说,他发现了一个新的游戏:如果"另一个人"第二天来,发现柿子没了或者少了,他(她)会作何感想呢?

这么一想,赵小提便饿了。也是,每天下课就来这儿练琴,晚上八点才能回家吃饭,不饿才怪呢。他再次打开了窗户,侧身探手把三个柿子一一捞了进来。柿子光滑、坚硬、冰凉,一时半会儿还下不了嘴。不过这不构成困难,赵小提把它们放在了暖气上。

今天的《无穷动》练完,柿子早已软了。赵小提捧起一个,拿牙咬开一个小孔,吱吱有声地吸吮起来。味道还真甜。第一个飞快地扁下去,成了层皮儿,接着就是第二个。第二个也扁了,第三个却得以幸免——倒不是饱了,而是他意识到自己好像做得有点儿"过"。何必赶尽杀绝呢?给人家留一个吧。再说柿子还没化透,结着冰碴儿呢,吃多了怕拉肚子。

打了两个嗝儿,赵小提又叼上了一颗烟,却没有点燃。他不想破坏嘴里芬芳的味道。临走前,他从书包里找出作业本,扯下半张纸,用钢笔在上面写道:不好意思,吃了你的柿子。他将最后一个柿子放回原处,下面压着这张纸条。

离开筒子楼后,赵小提还忍不住回头张望,寻找着窗台上的柿子。路灯把他的影子拉长又缩短,缩短又拉长,笑意却从他的嘴角边浮上来。回家之后又是千篇一律的夜晚:母亲问他今天练琴的心得与收获,提醒他周末去老师家上课万万

石一枫 | 合 奏

不可迟到,看着他睡前用热水泡手……但是赵小提心里有种莫名其妙的惬意。他长久以来的孤独感突然消失了。

第二天下午,赵小提一走进房间,便警惕地留意屋里的变化。他把书包和琴匣轻轻放在地上,绕着小小的斗室走了一圈,两圈,三圈。他的鼻子情不自禁地像警犬一样抽动,但没有闻到生人的气味。屋子里的物件也原封不动,椅子仍与钢琴平行摆放,"山水"收录机的天线还那么歪歪斜斜地支棱着。

昨晚仅存的一个柿子也孤零零地摆在窗台上,隔着玻璃窗,在昏暗的暮色中像一盏柔软的灯。赵小提失落地吁了一口气:看来没人来过。从他昨晚离去到今天开门进来,房间恒久地空着。他仍然是这里仅有的一个人。也许"另一个人"昨天有事没来练琴?再也许,人家刚好结束了在这间房子里的租期,而柿子正是送给赵小提的"留念"?

孤独感又不可遏止地涌上来,赵小提想要立刻就抽上一支"万宝路",但却觉得被一只干枯的手扼住了喉咙,连呼吸都不畅了。他靠窗发了会儿呆,终于慢慢弯腰,打开琴匣,把小提琴的腮托顶在已经磨出一块厚厚的老茧的下巴上。时间是耽误不起的,尽管时间是如此的枯燥。

今天的《无穷动》练得很不顺利。几个关键的衔接被处理得上气不接下气,一贯引以为傲的音准也出了问题。假如被母亲听见,她一定早已用指关节敲敲桌面,冷冷地怒视赵小提了。但赵小提也只能硬着头皮拉下去,他厌烦这支离破碎的琴声,却又生怕它停下。

天色彻底黑了,他才突然意识到自己忘了开灯。拉下塑料灯绳,窗外的那只柿子又亮了起来,和头顶的灯泡呼应着。昨天留下的字条被它压在下面,在风里微微抖动。现在再看见柿子,赵小提就是一肚子的负气了,甚至还有几分没来由的委屈夹杂其中。同时，他又饿了。

第三只柿子终于也瘪了。吃的时候，赵小提用昨天留下的那张字条裹着它，过分用力地吸吮，把汁水都挤出来了。柿子是不速之客，把它们消灭干净，他就可以心平气和地练琴啦。赵小提泄愤般地想。然而就在把柿子皮随手抛出窗外，用揉皱的字条擦手的时候，他突然愣住了。

字条上，在他昨晚留下的那句话底下，多了一行陌生人的笔迹。字写得很瘦弱，带着弱不禁风的秀气，但口气却强硬得很。就三个字：你讨厌！还画了一个浓墨重彩的惊叹号。赵小提的第一反应，写字的人是个女孩，第二个反应，则是她并没有真的为那两个柿子生气，她的口气与其说是抗议，倒不如说是某种娇嗔。

就像学校里那些很受追捧的女生常用的口吻一样。当被欠招的男生扯辫子或者开了"过头"的玩笑时，她们往往绯红着脸怒斥：你讨厌！但声音往往伴着鼻腔，最后一个字被拖得略有些长，眼角还埋着风情——虽然尚且不能运用熟练，但已经足够令人心花怒放。然而在学校，赵小提可从来没有享受过这种待遇。常年的练琴和管教让他变得沉默寡言，沉默寡言又加剧了他的孤独和胆怯。他总觉得自己有满腔的话想说，但却没有合适的人说。

正因为这个原因，纸条上的三个字使赵小提兴奋莫名。在这隐秘的房间，通过隐秘的方式，他感到自己和外部世界发生了隐秘的联系。他反复看着那句"你讨厌"，设想着它变成声音会是什么样的效果。他攥着纸条在斗室里大踏步地踱来踱去，像电影里被灵感击中的狂喜的贝多芬。他不时狠狠地挠挠自己的脑袋，又点燃了一颗烟，深吸一口，以轻浮的姿态"咻"地吐了出去。

如何让他们的联系继续下去，这是赵小提必须考虑的问题。帕格尼尼是怎样从第一段旋律演绎出《无穷动》的？其实也没有想象中的那么难。他胸有成竹地

石一枫 | 合 奏

拿起琴来，继续今天的演奏。比起刚才，手指灵活了许多，每个音符都掷地有声，此后的练琴效果让赵小提自己都吃惊。

再一天下午，赵小提开门走进这个房间时，比平常晚了半个小时。他的手里除了琴匣，还拎着一只厚厚的塑料袋。他打开窗户，从袋子里拿出柿子来，码在寒冷的窗台上：一只，两只……远远超过了三只。放学回来的路上会经过一个菜市场，在水果摊上，他挑了十只最大、最饱满的。价钱可不便宜，接下去的两个礼拜，他就抽不起"万宝路"了。柿子们互相摞着，形成了一个不规则的金字塔，此时被光一照，几乎像是一团橙色的火。赵小提便在跳动的火光里拉琴，同时陷入新的踌躇：他是否需要给"她"再留一张字条呢？比如向她道歉？比如请她吃这些更多的柿子——放心吃，痛快吃，不吃就是不给他面子？

当晚离开的时候，这个念头在最后一刻被打消了。年仅十七岁的赵小提已经懂得了言有尽而意无穷。他想：无论对方接受或不接受他的道歉，吃或不吃他的柿子，他们的"联系"都会被限制在这简单的礼尚往来之中。换一个说法，一旦有了明确的说辞，他们的"联系"不仅不会深入，反而会被终止。他想要的可不是这些。他应该让柿子们默默无言地摆在那里，留给对方猜测和想象的空间。如果对方也去猜，也去想，那么事情的含义就会真正地宽阔起来了。

走的时候，赵小提照例在楼下驻足片刻，仰望那些柿子。火焰在二楼的窗台上燃烧，他强迫自己记住它们的数量和码放的形状。而回到家里，他无论吃饭还是洗澡都变得迅速了，和父母说话的语速也快了。

母亲问他："有什么高兴的事儿？练琴时又啃下了两个硬骨头吗？"

赵小提不置可否。他不好意思告诉母亲，自己其实只是希望时间过得快一些，希望走进那间琴房的时刻早点来临。

再次走进房间时,赵小提直奔窗边。柿子们仍然一个摞一个地码放在那里,但形状已经发生了微妙的变化。他屏住呼吸数了数它们的数量:九个。再数一遍,还是九个。也就是说,另一个"她"吃掉了一个柿子。她的胃口和字迹一样秀气,只吃一个就够了。而除此之外,赵小提还能推测出什么讯息呢?她看到卷土重来的柿子远远多于以前时,是惊愕还是莞尔一笑呢?如果她把赵小提的举动视为某种"表示",那么她有没有新的"表示"呢?

四下略一打量,赵小提惊喜地发现,自己身处的地方已经焕然一新。不只是钢琴,窗台、谱架和五斗橱上的尘土都被擦拭干净,就连暖气片也用抹布细细地抹过了。打开灯,每样东西的表面都流动着细细的光,窗明几净的房间甚至显得比原来大了不少。这就是"她"的表示吗?她既然和赵小提分享了柿子,也就愿意和赵小提分享打扫卫生的成果吗?如果这还不够明显,那么另一样东西就更能说明问题了。在钢琴前方的木椅子上,还摆着一个烟灰缸。它是用一只空可乐罐子制作而成的,上半部分的铁皮被均匀地剪开,外翻,折成了一朵绽放的红花。"她"闻到过他遗留在屋里的烟味儿,那东西是她留给他的新礼物,而且是主动赠送的,和那天的三只柿子不是一个性质。

毫无疑问,在这间琴房里,他们已经结成了从未谋面的但却不言自明的"交情"。

那么,当今天练习《无穷动》时,赵小提所想的,就是新的问题了。"她"到底多大岁数?是胖是瘦?长什么样子?这些疑问像剪断了的串珠,不可遏止地从他的头脑深处蹦了出来。他还联想到了小时候听过的那个"田螺姑娘"的童话。"她"像田螺姑娘一样给他提供了食物和清洁,而他越是感受到那份关照,也就越发受到了好奇心的进一步折磨。他们应该见面吗?他们能够见面吗?

这一天,赵小提练完琴,像往常一样背上书包,拉灭电灯,关门出了房间。

石一枫 | 合 奏

然而他犹豫再三,终于没有走下筒子楼的楼梯,而是又往上爬了半层,缩进楼道拐角的黑影里。他决定等"她"一等,时限是一个小时。如果这段时间内对方没来,他就只好回家去了。母亲对他的作息控制得很严,拖延得不太久,他还可以谎称在路上吃了顿快餐或者到操场锻炼了一下身体,假如超过了一个小时,则势必引起疑心——偏偏赵小提自己也是心虚的。

楼道里并不安静。声乐演员穷极无聊地吊着嗓子,"咦咦啊啊"之声从洗澡间或卫生间忽高忽低地传来,裹挟着肉味儿和粪便味儿钻进赵小提的耳朵里。几个男人在三楼靠外的房间里打扑克,争论之声炸起复又消沉。冬天正是吃涮羊肉的季节,一个女人家门口的大白菜被邻居"顺"了两棵,她愤怒的、字正腔圆的公开指责持续了二十分钟之久。赵小提所埋伏的拐角里积存了大量杂物,有旧皮鞋、成麻袋的饮料瓶、一台单开门冰柜,甚至还有两只半米见高的酸菜缸。这些东西为他提供了足够的掩护,但味道着实不好闻,过了一会儿,他被迫点燃了一颗烟,同时歪歪斜斜地靠在脱皮掉灰的墙壁上。一个穿开衫厚毛衣的男人从楼上下来,看到他嘴上明灭的烟头,不由得脚步一停,嗓子眼儿里"嗯"了一声,随后装作没看见似的快步离开。在人家的眼里,赵小提此时的形象就是一个守在人家门口等女孩儿的坏小子吧。他不禁觉得可笑,同时稍感荒唐。那种勾当他可从来没干过,眼下也不算。但他又算是在干什么呢?

随着在楼道里待的时间渐渐延长,新的惶惑也冒了出来:他怎么笃定"她"会在他之后的晚上来到琴房,而不是在第二天的上午呢?赵小提是学生,白天需要上学,但如果用自己的规律来揣测人家,那也太一厢情愿了吧。比惶惑更让他难受的,就是害怕了。越想着对方很可能在下一个瞬间出现在二楼的楼梯口,他的心就越发怦怦乱跳,像打鼓一样。他敢和人家打招呼吗?打了招呼之后又能说些什么?他还担心假如被对方"认"了出来,自己很可能会没出息地撒腿就跑。

那可就是不折不扣的"见光死"了。赵小提突然醒悟到，他和"她"即使建立了心照不宣的联系，那联系也仅在不见面的情况下有效，如果他们在同一个时间出现在同一个地点，仍然算是陌生人。

这个残酷的发现让赵小提陷入沮丧。有那么两次，他几乎想要拔腿就跑，但总算压抑住了这个念头。再看看手上的"卡西欧"手表，已经七点五十分了。等都等了这么久，为什么不凑足一个小时呢？那时再走，对自己也是个交代吧，起码睡前不会怪自己没用。

七点五十到八点，这十分钟很快也很慢，但终于就要流逝殆尽了。赵小提怅然却又如释重负地拧了下身子，让肩膀离开墙面。他准备离开。

也就是在这时候，一个女孩的脚步从一楼的楼梯上传来，渐强，越来越清晰。脚步声停止在二楼的走廊入口，她侧了下头，与站在高出她几米的赵小提对视。

这是突如其来的相见。对于赵小提来说，他在此前一个小时内所做的心理准备全都白费。他像突然曝光的胶卷迎接女孩的目光，同时也看着她。女孩也是十六七岁的模样，穿一件对这个年龄的姑娘而言相当老气的棕色格子外套，马尾辫垂到外衣的毛领子上。她的脸不算白，颧骨上各有一块微微的糙红，她的眼睛明亮且极具穿透力，使赵小提感到自己关于她的想法全被一览无余。但赵小提只看到了她的上半张脸，鼻子以下的部分全被一只厚厚的医用口罩掩盖住了。她是感冒了，还是不适应近日干燥扬尘的天气？

赵小提半张着嘴，喉结紧张地发抖，发不出声音却又生怕自己什么难听的声音。

好在这次见面仅仅是惊鸿一瞥。也是，人家也许只是路过时突然发现楼梯上有人，便下意识地驻足而已。她没有认出他来，赵小提歪歪斜斜地站着夹着烟的样子，也绝不像一个把《无穷动》拉得滚瓜烂熟的小提琴手。女孩的步伐轻快，

石一枫 | 合 奏

转眼从赵小提的视野消失,随后传来了锁簧跳动的声音,随后是关门声,随后,钢琴的奏鸣从那间琴房里汩汩涌出。

赵小提对钢琴不熟,听不出女孩正在练的是什么曲目。但从速度和音阶的跨度判断,那曲子的难度极大,是专为演奏者炫技所写的一类作品。她和赵小提一样,也是备战即将举行的那个音乐大赛的选手吧?每年的这个时候,都有无数资深"琴童"从全国各地赶到北京,和家人租住在音乐学院与各大乐团附近的旅馆、招待所里,花大价钱去拜访名师,只为了把几年、十几年的功夫换作比赛场上的全力一搏。"琴童"们大多活得极其封闭,互相之间没有交往,就是在同一个老师门下学习的孩子,赵小提也一个都不认识,但在他心里,这些人却比其他同龄人熟悉得多也亲近得多。他们都在忍受着同一种孤独。

赵小提在女孩的钢琴声中发愣,出神,时间又不知过了多久。直到一曲终了,楼道陡然空空荡荡,他才疾风一样跑下楼,逃也似的走了。

明天再来,窗台上的柿子又会少一个吧?他顶着寒风,一边往家里走着,一边这样想。

赵小提是在第二天早上才发现自己的琴不见了的。那天回家以后,他开门进屋,先看见餐厅桌上半凉的饭菜,接着便听见母亲的唠叨声从里屋传出来。

"今天怎么回来得那么晚?到哪儿瞎转去了?"母亲把菜往笼屉里放着,说,"这孩子,比赛还有半个月就开始了,怎么还是一副不着急不着慌的样子。你可得认清形势,如果得不上名次进不了'中央院',这些年的功夫可就算白下了,你得和普通学生一样参加高考,别的大学你考得上么……"

考不上其他大学,还不是因为你们为了让我练琴,削减了我的文化课和家庭作业。这赌注是你们替我下的。赵小提在心里回着嘴,嘴上却说:

"今天多练了一会儿。有几个音总觉得力道不够，又'抠了抠'。"

母亲的脸色立刻缓和了："那也别太晚，赛前过度劳累也不好……再说也别影响别人用房间。"

赵小提心里咯噔一下。看来琴房里有另一个人，母亲是知道的。只有自己长期蒙在鼓里。他默默地吃完饭，然后拿着跳绳去门外活动了下身体，再回来洗澡、用热水泡手，最后躺在床上，用CD机分别听了两遍海费茨和穆特演奏的《无穷动》。这些都是每晚的例行公事，他懵懵懂懂地进行着，并没有感到什么不对劲。

直到第二天到学校敷衍了几堂课，坐车回到家里取琴时，他才赫然看到自己房间的书架第二格是空的。每天晚上睡觉前，他都会顺手把小提琴的琴匣在这个地方放好，以便次日下午拎上就走。那柄德国进口的仿制"斯特拉迪瓦里"去哪儿了呢？赵小提只觉得两肩一紧，冷汗已经冒了出来。绞尽脑汁逆着时间一幕幕地回忆，他想起自己昨晚睡前就没看见过自己的琴，再往前，进家门的时候也没有拎着它，再往前，从筒子楼走回来的时候手居然是空的。而稍稍令人感到滑稽的是，整整一个晚上，不仅他自己没发现琴没了，就连母亲也视若无睹。小提琴这个当前对赵小提一家人最重要的东西，竟然成了他们眼中的盲点。

好在赵小提尚能理清思绪。他判断，自己极有可能把琴落在昨天"埋伏"过的那个楼道拐角了。昨晚失魂落魄，他只顾着闷头琢磨事儿，走的时候便忘了拿琴——就像战士丢了他的枪。这么想着，他撒腿就往两公里外的那个乐团家属院跑去，同时心里火烧火燎：筒子楼是个嘈杂的地方，每天进进出出的不知道是些什么人，一只做工精细的琴匣躺在地上，不可能没人留意。万一被谁家孩子捡走了呢？万一被收废品的顺手牵羊了呢？万一被哪个识货的人据为己有或者拿到琴

石一枫 | 合 奏

行里去卖了呢？如果琴找不回来，他想象不出母亲会是什么反应。就算他家的经济情况还算宽裕，三万多块钱的琴价也不是小数啊。更重要的是，比赛迫在眉睫，一时半会儿到哪儿去找一把拉顺了手的琴呢？

　　街上稀稀落落的行人看着这个孩子张皇地奔跑。在冬天的下午，赵小提满头满脸都是汗，身体内部却越来越凉。当他跌撞着冲上二楼，往那堆杂乱的物件中间望去，心里的温度终于降到了冰点：琴不在那里。

　　他险些一屁股坐到地上。脑子里回响着某个幸灾乐祸的声音：让你不看好它，让你整天胡思乱想些没用的东西，现在好了吧，琴丢了。赵小提像长途跋涉的骆驼一样张大鼻孔呼吸，但只觉得氧气供给不到身上的器官。他眼前的一切都开始模糊，重病一般扶着墙，往那个琴房走过去。他需要一个封闭的地方静一静，仿佛正在躲避着巨大的危险。他也知道自己这么做是鸵鸟战术，对眼下的困境一点帮助也没有，但他就是管不住自己。他只想藏起来。

　　事情是在半分钟之后峰回路转的。当赵小提打开房门，赫然看见琴匣稳稳当当地摆放在钢琴上，和收录机呈四十五度角。他几乎不敢相信，使劲揉着眼睛。他的大脑因为狂喜而眩晕，却又像有了特异功能一般，脑海里浮现出昨天的情景，却是自己从未目睹过的情景：

　　依然是这个昏暗、狭窄的房间，屋里的人不是他而是那个女孩。她端坐在钢琴上，弹奏着那首高难度的练习曲。她的脖颈修长，腰背挺直。片刻，一曲终了，女孩却没有移动身体，两手仍悬在琴键上方，保持着"握着一个鸡蛋"的标准手形。她微微侧头，像在空气里捕捉仍未消失的音符。但赵小提知道，她是在听着门外的动静。她知道他还站在楼道里，听。而这时，自己那不争气的逃跑脚步响了起来，咚咚地踩着楼梯。站在事后的、旁观者的角度，赵小提觉得自己既莫名其妙又做贼心虚。跑什么呀？怕什么呀？他指责昨天的自己。

而女孩呢，居然立刻站了起来，开门追了出去。她竟然追他，她为什么追他呢？是要感谢他超额归还的柿子吗？是想打听赵小提是否也是音乐比赛的选手吗？她也是渴望认识他的吗？她心里是否怀揣着和他同质的、稚嫩又沧桑的孤独感？

可是昨天的赵小提终究是跑掉了。今天的赵小提在脑海里追踪着女孩来到二楼的楼道口，往斜上方望着，看到了他落在那里的琴匣。他还看到女孩走上楼梯，轻轻把琴匣拎了起来，往琴房走回去。在这个过程中，女孩的嘴角上翘，露出的笑容堪称幸福。也不知是怎么搞的，赵小提只见过女孩戴着口罩的样子，但却能清晰、真实地勾勒出她整张脸的全貌。她秀气而又明媚，和她的眼睛很相称，也和他所期望的一模一样。

这一幕幕像放电影一样"过"完，赵小提就再也安静不住了。他意识到自己情窦初开，并像所有处于那种心境的男孩一样激动、浮躁。他特别想做点儿什么，但又实在想不清楚自己应该做点儿什么。他先是打开琴匣，把琴捧出来拉了一会儿，但却再也感受不到一点儿失而复得的珍贵，《无穷动》被胡乱处理，忽快忽慢，拖拖沓沓。他放下琴，又去数外面窗台上的柿子：一只，两只……七只，八只。女孩是每天吃一只，她不紧不慢，井然有序。她就算同样对赵小提抱有好奇和兴趣，也不会像他一样乱了方寸。想到这儿，赵小提毛手毛脚地抖出一颗烟来，塞进嘴里，狠狠地抽起来。

抽完烟，他才终于弄明白自己到底想要做什么。他打开窗户放了放味儿，然后拎起琴匣走了出去。他再次来到昨天的那个楼道拐角，一屁股坐在台阶上。他决定继续等她，等来了只有又要怎么办呢？他不知道，但他不惜为此消耗掉大赛前夕的整个儿晚上。

决心已定，时间就快了。到了晚饭的时间，楼上楼下依旧充满嘈杂，但赵小

石一枫 | 合 奏

提却像入化了一样纹丝不动。那些声音进了耳朵却进不了脑子，上上下下经过的路人看见了赵小提，赵小提却看不见他们。

七点钟终于到了，女孩如约而至。赵小提的目光越过污浊的水泥扶手，先看到了她晃动的马尾辫，接着看清了她戴口罩的脸。她是感冒了还是格外怕冷？

来不及多想，赵小提已经被自己的双腿弹了起来。他张开嘴，这才发现自己竟然没有设计好该说什么。下意识地，他抬起手，把琴匣拎高几寸晃了晃。

女孩的眼睛一弯，也没出声，对他点了点头。假如赵小提在为小提琴的事儿致谢，她的意思就是不客气吧。接着，俩人便僵立着，陷入被胶粘住一般的沉默。

赵小提真恨自己。多年以来，他已经习惯于用手指和琴弦发声，语言的能力仿佛高度退化了。班上那些男生是怎么跟女生搭讪的？电视和电影里那些油嘴滑舌的家伙是怎么打破僵局的？可现在临时抱佛脚又哪里管用啊。他的嘴再次张开，却只能发出吭吭叽叽的杂音。

女孩倒比他沉稳得多，她的眼睛又弯了一弯，然后抬起手来做了个拜拜的动作，就转身轻巧地往琴房走去了。赵小提愣了一会儿才跟上去，看见房间里的灯已经打开了，门缝犹豫地敞开几秒，最后轻轻关上。

那么，他今天的等待到此结束了吗？赵小提可不甘心。女孩认为他应该离开吗？赵小提也不这么认为。他预感到事情还没有完。门关了不等于故事结束。

果然，琴声从屋里传了出来——不是高难度的练习曲，而是极其简单但却因此而分外优美的旋律，德国人约翰–帕赫贝尔的《卡农d大调》。这是学乐器的人最早接触的一类曲子，也是在他们脑海里和指尖上留下了条件反射般的印象的曲子。尽管已经把《无穷动》练得烂熟，但赵小提在若有所思的时候，脑子里闪出的"背景音乐"总是那么简单的几首。

女孩的琴声果然也是若有所思的。《卡农d大调》被她弹得潦草随意，完全像是下意识地弄出的声响。她好像在感慨什么，又像在等待什么。

赵小提终于明白了女孩想要做什么。他打开琴匣，又一次把琴拿出来，隔着门，与她合奏起来。这支曲子有着各种演绎的版本，其中最经典的就是钢琴与小提琴的搭配，学这两种乐器的人没有不熟悉的。他的琴声一加入，女孩那边立刻有了响应，指尖上有了根也有了魂，呼应起赵小提来。曲调明朗清澈，合奏声在楼道里反弹着越传越远，两个住在隔壁的乐手被引了出来，却没有打断赵小提，而是微笑着为他打着拍子，好像在善意地面对一个傻子。

赵小提的确是个傻子了。那一瞬间，他觉得全世界都统摄在《卡农d大调》之中，而乐曲的另一半则是从门那边的另一个世界传来的。赵小提的眼睛明亮，掌心发热，心境清澄，他充满着无可言喻的自信心，并感叹自己此前的十几年活得是多么虚弱。合奏结束了，他的踌躇也便烟消云散。他要迈出那一步，和多年来的孤独一刀两断。

赵小提把小提琴放进琴匣，掏出钥匙，对了几次才对准锁眼，捅进去，轻轻往右拧着。当门锁发出清脆的咔啦一声，他不由得屏住了呼吸。但他没想到的是，屋里也发出了相应的声音，是椅子移位和脚踩地面的声音。女孩简直像把自己的身体抛起来，重重地顶在门上。赵小提觉得头顶的门沿都落灰了。

随即，形势变成了两人隔门角力，僵持。一个想要进去，一个力图阻止对方。赵小提下意识地使着劲儿，心里的惶惑像沸水一样冒着泡儿：她不想让他进去，不想和他近距离地坦诚相见吗？那么，她是讨厌他吗？讨厌他为什么流露出了那么多的善意——柿子、可乐罐烟缸、小提琴、《卡农d大调》？以上这些，都是他们切切实实地交往的证据，他们明明建立了联系，她为什么要在最后一刻把这些联系全部切断？她为什么要把窗户纸筑成石墙？

石一枫 | 合　奏

　　除了惶惑，赵小提心里泛上来的还有委屈。同时竟然还有愤怒。那些愤怒并不来自于隔门相拒的女孩，而是来自他生活里的一切，但归根结底还是汇聚到那女孩的身上了。他想起家人对他的管制和冷漠，想起在学校里没有一个朋友，仅仅因为一项特长而被同学们孤立，他还想起自己为了练琴所吃的苦楚，那些苦楚并非他自己的选择却被周围的人视为天经地义。他忍受了这么多年，今天终于遇到了一个自认为可以说一说的人，但人家却毫无理由地把他拒之门外。

　　愤怒让赵小提脸红心跳，眼泪都快迸出来了。他想哀求女孩开门，但却因为头脑发空而说不出一个字。耳边只剩下了嗡嗡回响，身体里只剩下了一股蛮力。他不假思索地把这蛮力用到了薄薄的门板上，仿佛推开它，就是推开令人窒息的生活，让天边露出一道光来。男孩的力气终究比女孩大得多，但赵小提却不觉得自己在恃强凌弱。他感到自己正在和什么无比巨大、险恶的东西抗争，必须全力以赴。他全身倾斜，肩膀顶在门上，从腿往腰再往肩膀上发力：一下，两下，三下。

　　门终于在默默无声中被推开了。赵小提的身体沐浴在电灯的光里。在光里，他首先看见了窗外燃烧的柿子，看见了敞开盖儿的钢琴，还看见了钢琴上折得整整齐齐的口罩。他总算意识到了女孩已经失去重心，像树叶一般往水泥地上摇曳着坠落下去；他捞了一把，离她挥舞的胳膊还有半米左右的距离，只能看着她一头栽倒；他还诧异于女孩并没发出惨叫，甚至连抱头含胸自我保护的条件反射也没有，她只是用力地扭着头，让她的脸向后，再向后，背离赵小提的视线。

　　但赵小提终究是看到了。在绽开的马尾辫的乌云里，女孩面色格外煞白，她没戴口罩的脸像赵小提所幻想过的一样清洁、秀气，因而更把那道疤凸现了出来。疤长在嘴巴的上方，和完整的下嘴唇垂直，它一眼而知不是后天划开的，而是将先天的缺口缝合所致。也许将这道疤修复完整是一项繁琐的工程,眼下手术只进行了一半,也许它根本就没有可能修复,医生和女孩的父母只能心照不宣地敷衍了事。

女孩坐倒在地,后背重重地磕在暖气上。但她仍未出声,而是缓缓抬起一只手,按在自己的嘴上,把下半边脸遮住,才扭过头来直视赵小提。她的目光是平静的,却让赵小提感到刀锋一般的寒冷。那是历经岁月,用无数怨恨淬炼出来的彻骨寒。在女孩的注视下,赵小提清楚地认识到了自己的角色是一个施暴者。他还觉得自己正在无限地缩小,世界以更加巨大的重量压在了他的身上。

赵小提转过身去,把女孩和房间留在了背后。走的时候,他下意识地拎起了琴匣,但他知道,经历过那次合奏,自己怕是再也无法用小提琴拉出一个音符了。

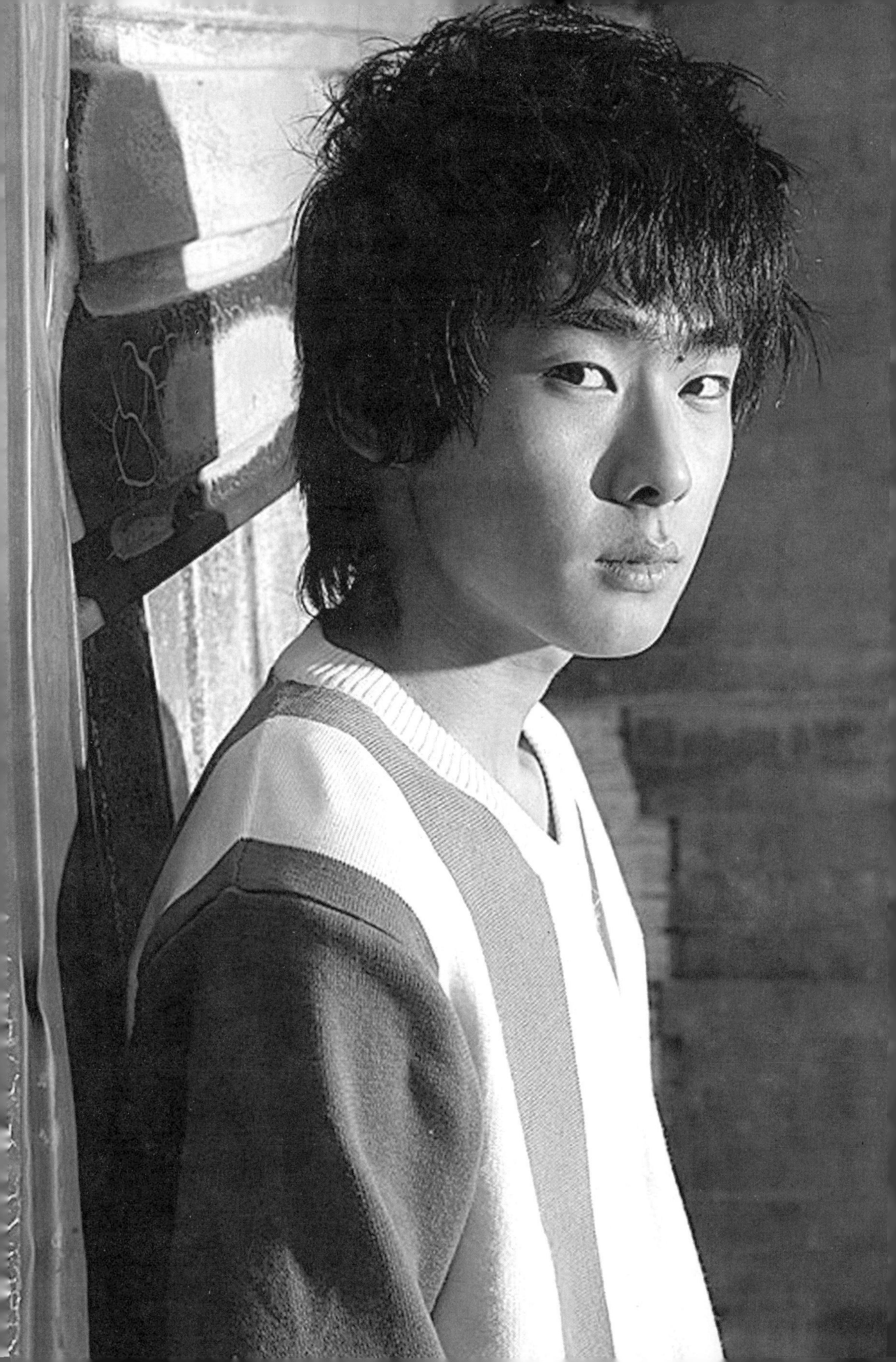

彭 扬

彭扬，出生于1984年，毕业于北京电影学院文学系。小说散见《人民文学》《当代》《青年文学》《芙蓉》等文学期刊。已出版长篇小说《北京甜心》，哲学随笔集《爱》，非虚构作品集《天黑了，我们去哪儿》等作品十五本。小说入选多种年选，多次获奖，并翻译成英、法、意等多种文字。2013年，小说《灰故事》获得PRADA国际文学奖。

皮　囊

　　黑桃女士凝望户外，腥黑与暴雪扑面而来，混杂撞击着丽斯卡尔顿酒店的落地窗。十二月的风雪日让天光早逝，夜色前置，时针刚过六点，她显得摇摇欲坠。但这种微晕的感觉很快就被她用训练有素的职业风范打包放进刚强的意志，就像一把刀锋割掉腐败的瘤体。这是她来酒店的第六个年头，作为公关总监，她对工作已经轻车熟路，可近日来频频泛起的晕眩，让她时常觉得自己站在幽暗的大海上，成了一只没有依附的小船。工作让她显得年轻，生活又无可名状地让她衰老。她就这样被两种感觉拉锯着，抚摸着轻轻凸起的肚面下，一个还无法命名的生命。尽管她的中年期波澜不惊，但她第一次感觉到了时日漫长，危机四伏。

　　反光的镜面投影出她棱角分明的尖瘦侧脸。她闭上双眼，不愿看见一个模糊不清的自我。在片刻的黑暗中，她仿佛听见了窗外风雪的呼啸，又目睹了一片连飞鸟的足迹都未踏至的原始森林。别怕，翻滚在她身边的海浪说；别怕，变幻莫测的云影说；别怕，一颗跳动着的心脏说。冥冥之音带给她宁静。她回到了童年的庭院里，倾听夏日的蜂鸣和树摆，让赤橙黄绿落入画板，把姹紫嫣红闪进长空。自由，她的肺部因此充满能量；创造，她的目光炯炯有神；想象，她的身体成了一颗五彩斑斓的卵体。野鱼翅滑水面，拨开流畅的心灵，她像暮霭一般，扩散在梦的天地里。

　　成长的路上，尽管有人强行走进她的生活里，对着她的耳边叫嚷说她的手已经成了可以远离油画的废品（这源于一次少女间远游嬉戏的意外刀伤），说她必须认清现实（这只不过是两位创造她的中年人实用主义的谎言和阴谋），并且不由分说地为她作了就读商贸专业的决定（这是他们一贯的行事作风），她仍旧无法轻易告别那段有梦为伴的日子。从梦中醒来的好处之一，是让她学会了做自己的主人——有一份丰厚的收入，有一套独立的居所，有一个好丈夫。在职场打拼的这些年，她用黑色的毛衫和裙装包裹着衰弱的梦，雷厉风行地从一个实习生跃升酒店的中层，她已经知道，如何咬咬牙，就把生活的难关渡过。她如愿以偿地得到了好收入和大房子，但只有最后一个希望，她至今空荡荡。

这并不是因为黑桃女士孤芳自赏，相反，她有一个相恋九年的男朋友，但至今，他们仍无一纸婚约。早年的爱恋让她卸下防备，把生活的繁杂抛向一边，她在男友镜子般的身体上看到了梦的痕迹。那时她还是酒店的文员，而他是《财经周刊》的记者。他一直笔耕不辍，报道不止，身体力行地深入调查现场，常常因为捕获的独家资料获得周刊的嘉奖和业内的致敬。但他并不仅仅满足于此，他的理想是写出一本真正反映新千年后中国富豪阶层心灵史的财经小说。他的梦一做做了九年。因此，九年后，她已经成为公关总监，而他仍旧是个收入平平的记者。但她愿意生活在他炽烈、刺眼的梦想阴影中，仿佛只有这样，她的生活才完整。

两个月前，她习以为常的均衡感破裂了，这源于第三个人的出现。这个人浸泡在漆黑的液体里，还没有被生活的洪流洗礼，正沉睡在她的子宫里。医院的确认报告让黑桃女士的母爱盛开了，是她的荷尔蒙加速分泌，她心血来潮，从做新能源石炭生意的伯父那儿，为男友某得一个管理的职位。自家的企业交给自家人，这是她父亲家族的传统。在知道即将初为人母的前夕，她的耳畔响起了婚礼的奏鸣曲。

一天晚上，她带着神秘的微笑，把两个消息放在了男友面前。

"孩子和理想之间，你必须做一个选择。"她笃定地相信他会脱口而出她心中的答案。

"对不起,这条路我走了这么久,必须得坚持走下去。"说完,他要伸手去摸她的肚子。

她用力地把他的手甩开,把门重重地摔下去。趁着夜色,她一路把车开到北城的玛丽医院。如果他们的孩子都不能让他产生转变,那还有什么事情能够改变他呢?昼夜营业的医院灯光散落在她凌乱的脸上,入口的道路早已变得水蒙蒙。她成了医院大广告牌下的一根木桩,深深地陷进悲伤里,凝视着夜晚的诊室,她的心长满了恐惧。这么多年来,她只有今晚感到风雨飘摇。一棵根茎脆弱的水草,船身巨大的邮轮不由分说地遮住太阳,用黝黑的震动驶过水面,她就这样痛苦地摇摆着。

顺理成章的分居风暴横陈在他们之间。她一直坐在暴风眼的地方,等待手机响起。有几次,她拨了一半他的号码,马上就挂断手机。不行,她告诉自己,她必须要让他意识到生命终究会不可避免地走向庸俗,被时间完结,总有些比海市蜃楼更重要的东西需要他去承担,去面对,她要让他体会到一双悸动喘气的还在半闭着小瞳仁的注视。分分秒秒,日日周周,她的期盼就这样空落落的。手机一直没有响起。好吧,沉默就是当下最好的庇护伞。对她和他来说,也许都是最安全的方式。如果有一天,她觉得是该收伞了,也就是他们终将分道扬镳的时刻。

即使是在死寂般的沉默中,黑桃女士仍然想,她要让孩子看见世界的曙光,不能让他在一副衰弱老化的皮骨中就结束自我的旅程;即使流言蜚语四溢,艰难困苦同行;即使她成为那些形迹可疑的不良女人的树丛的一部分,那是一些疏异、凌陋、可怜和颓败的枝丫。然而,这么做,真的是对的吗?

别怕,翻滚在她身边的海浪说;别怕,变幻莫测的云影说;别怕,一颗跳动着的心脏说。

当她渐渐习惯孤独,手机却响起来了。他的来电让她大吃一惊。因为一个月的分居生活仅仅换来了他一句冷冰冰的请求。

"能不能给我安排一个机会，这次的新闻线索对我来说非常重要！"他在恳求她。

黑桃女士的男友在恳求她，仅仅是为了获得新闻线索，仅仅只是为了这个。

几周前，北城所有的媒体都收到了第十八届中国财经盛典的活动新闻稿。这个每年名流和富豪云集的活动本届的举办地点选在了黑桃女士所在的丽斯卡尔顿酒店。这不仅意味着酒店利润的增加，还会为酒店的品牌增值。能拿下这次的大单，不仅是黑桃女士所带领的公关团队的功绩，更是她明年竞聘酒店高层的砝码。今年的活动尽管跟往年一样星光熠熠，但是仍有一个最大的亮点——那就是久未露面的财经传奇人物、冰河集团创始人、大富豪雷鬼重现江湖。三年前，他突然拒绝一切媒体的采访，但所在的公司却蒸蒸日上，股票一直飘红。

大富豪雷鬼是去年"福布斯"中国版北城富豪榜的第一名，更是神龙见首不见尾的话题人物。此次再现，江湖盛传他要在盛典上宣布一条事关"雷鬼经济帝国"格局变动的重大消息。北城的财经记者统统趋之若鹜，黑桃女士的电话和手机响个不停。但是，她接到盛典组委会的一封特殊信函，上面提出严格的要求：本届活动谢绝一切媒体。出于对雷鬼先生提议的敬意，组委会似乎更希望将这次活动变成一个私密的圈子交流会。

"当然不行。我们谢绝一切媒体采访。"她并没有激动地指责他的冷漠，这些天，她的愤怒都一点点地蒸发了。他的请求反而让她的怒气全消，剩下的只有怜悯。她字正腔圆，全部都是人工微笑式的职业套话。

"你知道的，我无论如何要得到这个消息。"他字字句句露出非同寻常的敌意。

"你不会的。我会把你的照片传给所有的保安。你连酒店的大门都不会进来。再见。"她挂断了电话，随后关掉手机电源。

彭扬 | 皮囊

时钟的嘀嗒声此时传入她的脑海。时间已经是六点半。盛典活动就要在今晚举行。她必须确保一切运行正常，不能出现纰漏让酒店的名誉受损。正如她对工作的要求一直完美苛刻。可当她从回忆中抽身离开时，却发现两道泪痕留在了眼角。

"啪——啪——"她猛力地扇了自己两个耳光。

"一切都在控制之中。"她自言自语，几乎是把眼泪推了回去，在脸边留下两道红印。

在墙面的竖镜旁，她画好眼影，涂抹红唇，深深呼吸了两口气。是的，一切都应该在她的控制之中。不不，一切必须要在她的控制之中。至少，在她看来，必须是这样。因为她是这里的女主人。逢场作戏、把酒言欢就是她的角斗场。觥筹交错的伎俩她再也熟悉不过。她抚平酒红色的晚礼裙皱角，就拿起香奈儿亮钻手袋，走出办公间。

客房的回廊，如同一个个方形的套盒在黑桃女士的面前递减展开。在驼毛色的地毯上，她走向尽头通往宴会厅的电梯。在路过一间客房时，她停住了脚步。一扇微开的房门引起了她的注意。她悄悄探头窥视。房号 315 的内部铺整如新，没有一丝凌乱的痕迹。

弓起身，她记下房间的号码，并用手机拍下她看到的情景，然后轻轻把门带上。细节是服务的根本之道。她要把今晚的所见告诉客房部的经理，让他知道他有一个如此粗心大意的员工。之后，她目视前方，严肃地向电梯的银门望去。她已经把曾经疯狂的念想永久地关在了那扇空荡的客房里。她不会再有诗意的笑容，只能以让人罕见的庄重和令人敬惧的沉默走向芸芸众生。

黑暗寂静的客房外，北城的暴风雪仍在肆虐。中央空调的热浪击退了冰天的围剿，让每一个房间都像夏日一样。梅花小姐站在漆黑的 315 房间的浴室里，赤裸着身体，手仍停放在淋雨的开关上，一动不动地像一尊蜡像。此刻，风雪穿过墙壁，围绕她的发梢，冰冻她的胸腹，凝结她的脚踝。在悔恨的水面下，她快要窒息而死了。这是一个致命的失误，她想；这是一个无法自我原谅的失误。每次她跟酒店的驻点经理扑克脸偷情结束后，她都会紧锁房门，用热水梳理她开在身上的梦想。可今天，扑克脸说丽斯卡尔顿酒店迎来了一位重要的贵宾，他要在晚宴上发表一份独家声明。扑克脸的意思是，这份声明只能在这个酒店才能听到，因此他显露出经常会挂在脸上的一丝骄纵和傲慢的神情。

半个小时以前，扑克脸扣好衬衫，梳理鬓角，带着四十五岁的男人特有的透亮前往晚宴大厅。名流云集的地方总是他最喜欢流连的处所。他会训练有素地鞠躬行礼，递交名片，彰显其主人的地位，再把露出标准微笑的一张张合影回家放在客厅特别订制的高级相框里。他步履匆匆，行动干练，把梅花小姐像一个装饰品有序稳当地摆在了房间的沙发角落。扑克脸走得太匆忙了，以至于连门都没有锁紧。对于他的匆忙，梅花小姐的反应也太匆忙了——她原本沉浸在他的体温中，但很快就一个人躺在一片雾蒙蒙的结霜的大陆上，这是一片激情退潮之后的龟裂干涸的土地——她竟然以为他关紧了房门，她竟然就这样轻易相信了他，而没有再去检查一下实际的情形。不过，好在开门的查视的人并没有发现黑暗的洗手间中还有这位驻点经理的情人。她及时关掉了唯一的灯光，正在赤身裸体地祷告，房门背后的门卡不要被发现。

但扑克脸就是这样的一个人。他会在跟太太的十五年的结婚纪念日到来时，把白天留给梅花小姐，把夜晚分给太太和女儿。他是这样平均，恰到好处地分配他的情感，并且让这种分配不留一丝人工操作的痕迹。无论是对梅花小姐来说，还是对扑克脸的太太来说，谁又能轻易地产生怀疑呢？他严谨、不苟言笑的扑克脸，笔挺流畅的西装和光彩的皮鞋，看不见的口袋里还揣着一份美国康奈尔大学的酒店管理硕士文凭,简而言之,他周身都是辉煌的人类文明的印记,是轻易就能使人产生信任的那种人。但在对待女人上,他的文凭可不高。

只是,梅花小姐选择跟扑克脸在一起,并不是为了相信他,也不是因为爱他,而是因为他还算是一个有趣的人。

这种有趣体现在他们在北城的高级餐厅约会时,他侃侃而谈的城市的风流韵事中;展示在他们一起秘密出游时,他对一片广阔的灿烂风光的解读中;融化在他对她的指正和修复,一个个的礼物里:眼霜让她的妩媚进化,唇蜜让她楚楚动人,粉饼让她像颗宝石一样走起路来熠熠生辉……他的有趣,让她甘愿屈从在他的树冠下。在这里,她会重新生根发芽,冲破往日的噩梦,用尽一切力量,去够天空,去抓白云。所以,她宁愿把扑克脸套在自己外面,从中汲取营养;并撕开他的脑壳,把纸醉金迷的城市魅影缝在她的身体上。

两年前的冬天,十六岁的梅花小姐穿着花棉袄,风尘仆仆地从湖南双峰具来到北城的火车站。一个尿素袋子就是她全部的家当。那时,她跟整座城市都格格不入。无论是她的口音、表情还是性格。经远方表婶的介绍,她先在一个家政公司做保洁。一小时十五块,公司就要拿走一半。她擦过大学毕业生的租赁房,扫过拆迁暴发户的复式楼,还有几次繁花似锦的四层小别墅,但更多的时候,她都跟一群年老色衰的中年妇女在一起,听她们海阔天空地讲废话。她们来自穷乡僻壤,自己男人大都在北城务工。梅花小姐听她们抱怨丈夫、抱怨孩子、抱怨工作和生活。怨气侵蚀着她们的脸,让她们看上去比实际的年龄更苍老。而她,像朝阳一样生机勃勃,怎么能让这片沼泽使自己腐朽。等攒够了一些钱,她就脱掉了那身丑陋的制服,离开了那群自说自话的老女人们。

离开,对梅花小姐来说,从来都不是一件困难的事。她带着冰冷的体温,在热气四溢的黑暗房间里穿好客房的制服。然后,她把耳朵贴在门上,确认没有动静之后，拧开了一盏光线细长微弱的门柜灯。她决定快速离开这个地方，去员工更衣室洗浴。对着明暗交织的镜面，她简单地整理了几下，就轻轻地打开门，把房卡抽出卡槽。

走廊铺着红色毛毯，空无一人，曲折幽深。梅花小姐突然有了一种陌生而惊奇的感觉，这种感觉反复出现在她每次与扑克脸偷情又回到现实世界后，她知道，世界正在像一片片被切开的瓜果横陈在她的面前，每当这样的感觉包裹着她，她都看到了不同的意义和层次。14个月前，她住在一间逼仄的地下室里，搜集着北城新的落脚地。当她拿着两张一寸免冠照片和填好的报名表，跟着人力资源部的经理穿过丽斯卡尔顿酒店富丽堂皇的旋转门去见客房部的总监时，雄狮标志和大理石地面的反光环绕着她，言谈举止优雅的绅士和女士包围着她，大都市的风潮迎面吹来，她陶醉在这片风光里。就是这儿，我的未来，即使是从一个客房部的服务员开始，她想，会从这里开始。

14个月的时间里，她像是把自己掏空了。她把时间花在弄懂怎样才能在最短的时间里整理出一件像样的标间；积极参加培训部门的英语口语训练；在员工餐厅倾听那些专业旅游院校分来的实习姑娘们的时尚谈资；当然，还有她和扑克脸的你情我愿（她因此告别了地下室，住进了酒店的员工宿舍里，尽管这并不是十分符合相关的规定）……她的湘南口音被她硬成了北城的普通话，她按照餐饮部总监助理的着装（这个酷爱时尚杂志的女孩一向是潮流的指南针）购买类似却价廉的款式，她跟扑克脸在一些城市的角落亲密相偎，她把那身花棉袄寄给了家乡的妹妹，她不再需要它了。她，已经像一条光洁的母蟒，褪去一层黝黑原始的老皮，正在向荡漾着梦和美的水域游去。

电梯开门的声音让梅花小姐颤抖了一下。她望了望空荡荡的走廊，闪进了无人的空间里。一种诡谲的气氛充溢在她的眼睛里。这些都是那场该死的晚宴搞的

彭 扬 | 皮 囊

鬼——每个人都急匆匆得像是要去拜见上帝,连她的扑克脸也不例外。她仿佛看见了杯影闪烁的酒场上,一个冉冉升起的高大的身影。所有人都跪倒在他的脚下说,我们就是为您而来。这个无数钞票和名望堆叠起来的黑影,张开撕裂的嘴巴,要想他的臣民们宣告一条消息,梅花小姐想,这些资本家们,他们所谓的消息,不过就是炫耀财富,兜售名声,从他们的嘴里谁也别想听到真话。

但梅花小姐的下班时间已到。她上的是早班,该向一切说再见了。等她冲洗完毕,用过晚餐,她就要两袖清风地去地下一层的员工休息室上网冲浪,关闭头顶世界的噪音,等待着那些因为看了交友网站信息,而在即时通信软件上送来一朵朵玫瑰的年轻男人。

——再见,那个闭塞穷困,只有老人和孩子的衰颓的村庄;

——再见,曾经在县城转角,不良少年们用手臂遮挡天空,用戏谑的阴影照耀她的时刻;

——再见,冷冰冰的扑克脸和传说中的大富豪;

——再见,时光走廊的对面,一个孱弱稚幼的幻影。

电梯的门,在这时关上了。

梅花小姐用城市女孩的步伐在地下行走。酒店的员工通道通常都是通往黑暗的地底。她从地下一层滑落到三层,边走边解扣子,直到走进女员工浴室雾蒙蒙的水汽中。等到她洗浴完毕,梳妆妥当,便出奇地饿起来。她要吃许多的东西,她想,她要吃掉这座暴风雪中的黑暗城市。她的步子迈得越来越快,几近小跑一路走向员工餐厅,如同一架即将失事的飞机,浓烟滚滚地冲向堆放着餐盘的地方。但是,闯进东区的餐厅之前,她停下了脚步。

她闻到了一股熟悉的气味,混合着柑橘、荔枝、白麝和葡萄柚的香调轻轻地钻到她的鼻腔,让她的心脏几乎停止下来。她转头寻访香调的主人——这是一个穿着考究,妆容精致的女人,她绝对不像是会在这里用餐的女士。但她对酒店的一切人物那么熟悉,她又必然是这里的一分子。梅花小姐就这样迟疑地用余光打量着黑桃女士。她装作在看贴在餐厅外面的菜谱,而与黑桃女士保持这微妙的距离。这阵香调,毫无疑问,她想,就是刚才泄露进浴室的天外来客,是一个心惊胆战的问候,一个问号。

是这个女人吗?是她趁梅花小姐疏于防备的时候伸出探照灯似的额头,打量着漆黑房间里的蛛丝马迹?然后,把悄无声息、风起云涌的担忧残留在她身旁的肇事者?是吗?

黑桃女士步态轻盈,她的鱼子酱眼霜已经很好地淡化了她笑起来时的皱纹。她向餐饮部的总监寒暄几句,就匆匆地离开了。梅花小姐甚至没能仔细看清那经过修饰的笑脸。望着黑桃女士远去的背影,她决定抛弃惊险的感觉,去餐厅西区用餐。

如果梅花小姐一路向东,那么方块大厨将不会瞥见这位在红尘中招展的女孩。他们认识已经有一段时间了,甚至可以说是熟悉的。然而,梅花小姐却没有看见他,自顾自地端着餐盘,坐在了一个偏僻的角落里。

这样年轻美好的生命,方块大厨看着梅花小姐稍显湿漉、还未烘干的短发想,为什么总是喜欢用污泥般的水源来浇灌自己呢。他微微眯起了眼睛,几道鱼尾纹自然垂落眼角。白发的鬓角被热气滚滚的中央空调吹得来回摆动。那些散发着浓香的湿发是最好的提示,方块大厨远观梅花小姐,这是一位用青春去洗刷过去的女人。她在与命运的魔鬼做着一些污浊的交易。以身犯险,她挺进了扑克脸躺卧的黯光客房,在激情爆发的宇宙中,用两个小时去寻找接下来的航道。

方块大厨第一次发现他们的关系始于一次无心之过。他看着手机,神游祖国,思绪早已飘到重洋之外的日本。札幌漫山遍野的雪光让他晃了神,被电梯带到了客房的区域。自动门开的瞬间，梅花小姐和扑克脸的身影先后消失在斜对面的客房里，她风铃般的笑声在空中绽开、枯萎、凋落和腐败，事实就是这样简单地落入他的生活里。那天晚餐，她带着潮湿的头发和一副少女特有的慵懒眼神咬着手里的苹果。此后，只要她和扑克脸见面，就会这样坐在员工餐厅里。没有其他的女员工会像她那样湿漉漉地坐在那里，他想。

在去年的酒店年会上，梅花小姐首次映入方块大厨的眼帘。那时，他刚从东京的一家米其林三星餐厅被国际餐饮猎头公司挖到了万豪国际酒店集团，然后乘风破浪来到中国，在北城分店的和风餐厅当上大厨。时任酒店的总经理嘱咐他来置办员工聚餐的饮食，让他的日式料理厨艺先在内部的舞台上露露脸。他尽心尽责，带着和风餐厅的厨师们，奉献了一道又一道凝聚了日式风情的菜品。作为回报，客房部的姑娘们表演了一首日本民歌，想让他找到一点家的味道。演出结束，梅花小姐穿着租来的和服，带着好奇和友好的表情，像一朵刚刚沾满晨露的雏菊，花枝荡荡，在方块大厨的面前大方地微笑。他们用手势说了第一句话，用手势探索对方，用手势成为了朋友。

手势只是掩饰。方块大厨的中文并不是真的那么不好，相反，他能听懂大部分的中文。但他很多时候都是一副对语言摸不着头脑的样子。从这以后，他们常常都能碰见。无论是午餐和晚餐的厅堂，酒店员工拓展的培训，还是优秀员工的表彰会议。但这种从不刻意的萍水相逢却渐渐让他对这位年轻灵动、样貌清澈的女子产生了向往。这并不仅仅是一种男性对女性的向往，而是一种更为宏大的情感，是一颗种子随风而至，轻轻敲打他紧紧关闭的心门，即将在其中生根发芽的情感。

他的心门确实关闭得太久了，他想。随后，他从餐桌上站起身。他的心中有股无名的怒火，他想，即使梅花小姐没有跟自己在一起，也不应该让她清水般的形象遭到玷污。这就是人的选择吗？他扔掉吃了一半的面包，他很少会这样浪费食物，作为厨师，他深知浪费的可耻。但是，他的心中有一种更为可耻的情感在闪烁，遮蔽了他的愧疚，带他匆匆起身，回到和风餐厅，原本属于他的位置上。他是统领餐厅的将帅。今晚的酒店引以为傲的盛典活动的餐饮，将由和风餐厅和意大利餐厅供餐，自从他到任以来，他就一直这样被器重着。

长长的预备菜单从纸条机中伸出舌头，方块大厨凌空截断。他像一只站在峭壁的老鹰，尖锐的目光注视着厨师们正在切片的生鱼、摆放成圆形的甜虾和填满鹅肝酱和海胆的鸡蛋，拿着笔一道道地用力划掉待出餐单上的菜名。笔尖划破了纸张，在银色的餐板上发出一阵阵刺耳的声音。但这声音很快就被厨师们热火朝天的叫嚣声、左口鱼掉入油汤中的咝啦声和盛器与厨具相碰撞的匆忙声所淹没了。

为什么心门会长久紧闭？他看着反光的餐板上出现了一片雪景。札幌的冰雪纷飞他永远也不会忘记。他在寿司店的学徒期刚刚结束，坐在一辆老款的丰田车里开过茫茫的雪地。漫长的雪夜让他躁动年轻的心冰冷不已。他口吐着寒气，心想着女友，车体在转弯处留下一道深深的划痕。他突然加快了速度，想摆脱这单调的场景。但就在这时，一个人影被他的车体撞向路边，他还没来得及刹车，人影就顺着雪坡滚入黑暗的山脚。这是三十年前的夜晚。

方块大厨没有刹车，他不会刹车的，他想，这只不过是一只野兔，一只山鹿，一位都市夜归人长久面对厨房产生的幻觉。那不会是一个人。不会是一个活生生的人。他强迫自己忘了刚才的所见，说服自己那只是一种紧张而致的感觉，在彻夜未眠后，他踏上了远赴东京深造的厨艺之路。

然而，无论他走到哪里，那晚的经历都像一道深深的疤痕，堵住了他的嘴唇。在那之前，他是个口无遮掩的小子；而那件事，让他忽然变得沉默寡言。每当电视播出警视厅破案的新闻，他总是神经质地逃离人群，在一个黑暗的角落抽烟。

彭 扬 | 皮 囊

烟雾升腾在他的周围,让他看不清自己的脸。他从那时起喜欢躲闪。躲闪人们习惯性的对于少年生活的回忆;躲闪自己出生的故乡;躲闪一个不为人知的自己。但那天夜里的人影,就像一座铜制的雕像,长在了他的脊背上。雕像的眼睛上流出的是血红色的哀号,化成了风的声音,让他在日语中惴惴不安。

终于,解脱的机会到来了。那就是通往中国的料理之路。他可以从让人惊慌失措的日语中逃离出来,在中文的伞冠下隐藏心灵,唯一不会改变的就是他持之已久的沉默。在来到北城的第二个晚上,他在酒店的特别公寓里看到索菲亚·科波拉的《迷失东京》,忽然一个人号啕大哭起来。他的民族传统中一直有一种特别隐忍的东西,这种东西长久以来像一只潜伏在黑暗中的巨虎,伺机要来捕捉他的软弱。但是,这部电影却像一道暂时的屏障,驱赶猛虎,让他安宁。电影原来的名字并不是迷失东京的意思,如果按照英文的片名直接翻译,应该是迷失在翻译中。翻译,就是无边无际,也是一个狭窄的囚牢。对方块人厨而言,中文就是一座牢狱。

他至今保持单身让人在偶尔不免多想,但却没有一个人知道那天夜里所发生的一切。他慢慢掌握了技巧,在语言的转换中应对自如,在必要的时候,直击要点;而在大多数时候,让自己从语言的烟雾弹里回到这座只有一个人的牢房里。他也许就会这样孤寂到终老,他想,不对,既然命运让他遇见了梅花小姐,那么一切也许有所转机。只是,她的心里究竟有着怎样的想法呢?每当想到这里,他就本能地回到孤独当中。他从来都不是一个愿意主动改变命运的人,他的前半生都是在不断地逃离、逃离。但是,即使他在铁栅栏的这边凝视梅花小姐,也不应该看到她把原本天然的表皮毫无节制地扯去,套进一个本不该属于自己的外壳里。

是他想得太多了吗?方块大厨的愤怒燃烧更旺了,这件事又跟他有何关系呢?

"你……停下……"他支支吾吾地发出不连贯的汉语音节,把一个厨师即将送给服务生的"日本花生酱拌芦笋"拿下来。

"太少……"他指着干瘪稀疏的深黄色的酱体说。然后,他利落地卷起袖子,拿来不远处的花生酱瓶,用汤匙往里面挖了三四勺,重重地甩在晶莹的芦笋上。

三十年来,如果说,他唯一向生活学到了什么是解脱之道,那就是把情绪倾倒在食物上。喜悦的时候,他的蔬菜雕花栩栩如生,就像刚刚从天堂的市集里采摘下来;愤怒的时刻,三文鱼头的眼睛都被油光炸红,像是撒旦正在接管人间。但是,他学会了只展示好的一面。可隐忍滋生的坏脾气,让他偶尔也会在调味的分量上撒一次野。方块大厨盯着入行不久的小厨师,这三勺花生酱是对他的警告,少放重要的味料是日式料理中不该出现的硬伤。

方块大厨转过身,用沾着少许花生酱的右手按抓着眉眼之间。刚刚过去的一个小时,他思绪万千、百感交集,他需要片刻的休憩。忽然间,他想起了警告并不能作为餐食呈现在贵宾面前,于是他又转过身,面对人影穿梭的厨房,但刚才那盘"日本花生酱拌芦笋"已经送上飨宴的旅途,不知去向了。

他不会知道,整座酒店的人都不会知道,这盘被赋予了过量花生酱的菜点,此刻正在乔装打扮的红桃先生手中。他打着精致的领结,身穿红黑相间的马甲、衬衫和长裤,锃亮的黑皮鞋行走在夜宴大厅里。尽管他已经年过三十,但看上去仍旧意气风发、炯炯有神,有一股扑面而来的少年心气。财富盛典已经进行到中段,他步伐稳健地朝他的目标物——大富豪雷鬼走去。大厅的穹顶流光溢彩,电子屏幕五颜六色,酒杯的泡影连成一片微醺的森林。

黑桃女士坐在前端一桌,却怎么也想不到,她的男友红桃先生远比她料想得更了解酒店。毕竟,当他们开始约会时,她就带着她穿行在迷宫般的空间中,这些路线早已在红桃先生的心里长出了纹路。红桃先生从酒店的后门的进货专用通道潜入，在堆满换洗衣服的洗衣房找到了一套意大利餐厅服务生的制服，虽然没有名牌，但是凭借他对酒店文化的熟知，没有人会怀疑这位满脸自责，自称是丢失了"身份证"的"实习生"。

正如红桃先生曾经说过的，大富豪雷鬼的新闻对他来说太重要了。雷鬼消失的三年里，冰河集团的负面新闻从未间断。有人说雷鬼把其管理的股东资产收入转移到基金投资账户，以降低税率；有人说在一场不为人知的国际交易中，他委托某个中介公司造成了四十亿美元的应收款坏账；比这些更夸张、更离谱的消息层出不穷，虽然其中的一些真实性有待核实，但是大富豪雷鬼却并未对其中任何一条作出回应。这也是为什么，即使在冰冷的暴风雪之夜，成堆的财经媒体记者正被堆在酒店大堂的原因。只要他开口说一个字，就能成为报纸的头条；谁先抢到他的采访，谁就是这场媒体战争的赢家。红桃先生从来不喜欢守株待兔，况且他还算是一个喜欢琢磨捕捉兔子的方法的人，所以他把录音笔放在口袋的无光的角落，正端着这盘溢满花生酱的餐盘向雷鬼先生的座位走去。

然而，红桃先生没向任何人说过的，却是——这次疯狂的行动将是他"金盆洗手"的最后表演。在与黑桃女士分居的日日夜夜，他站在一个空废的舞台中心，看着陈年往事堆砌在凌乱的四周，让一束带着脉搏跳动的生命光线，照亮自己的执迷不悟。这不是关于理想主义的捍卫，他想，也许从来都不是，所谓的理想主义，只是他的骄傲、他的逃遁和他的感伤。他在时间里审视着一张张不同时期的自我肖像，渐渐明白了他走上这条记者之路，把自己改装成一个布尔乔亚和波西米亚的杂交品种，只是为了不愿意埋没在平庸的日常生活里。这似乎是一道可以抵御生活洪流的堤坝，让他看上去与众不同、高人一等，其实是不愿意承担生活附加在他肩头的责任。这些责任看起来是如此普通和平常，但却一度让他产生不屑和厌倦。

是因为一个人，他想，一个还未在世界张开双眼和看见晚霞的人，一个正在黑桃女士的腹中沉睡和期待的人，一个总有一天也会并于生活洪流的人。是他的孩子让他的思想有了醒悟，而他要在"最后一次任务"之后，带着深沉的歉意回到她的身边，脱掉穿了十几年的伪装，成为他本该成为的那个人。可他像一只壳中的寄居蟹，他在其中待得太长太久，以至于无法立即接受现实世界的日光和雨露。他在尽力，尽力让这最后的一次表演完美无缺。

当他听到黑桃女士嘴里发出"孩子"的音节时，他的心脏划开了一道裂痕。此后的每一天，这道裂痕越来越大，越来越长，像是把大地撕成两半。他站在沟壑的边缘向下望去，那时一个火光迸射的王国。无数个钢铁房间在其中燃烧，齿轮"咔嚓咔嚓"的转动，时间的铁皮人敲打着警钟：人的生命如此短暂！孩子的啼哭在地心随岩浆翻滚着，像暮霭一样散入机器，黑暗的液体中一双明亮的眼睛睁开了——红桃先生的铜铁心这时成了碎片。

餐盘银光闪闪，宴厅灯红酒绿，红桃先生侧身穿过人群。一个年轻人引起了他的注意。他身着一身运动服，一副大学生的模样，与周围的环境显得极不协调。他拿着一个黄色的邮包，跑上记忆的台阶，坐在报社大厦的楼顶，成片的白云和城市的风味从他的身边流过。二十四岁的他就是这样常常坐在这里思考。这包编辑部的退稿信，让他忍不住给审稿的编辑打了电话。"这篇稿子的价值观有问题，如果你想成为一个气象壮观的作家，应该把视线放到我们身边最质朴的人和事，那些令我们敬畏的众生相中，而不是一群不知真正的痛苦为何物的富豪生活里。他们花天酒地，思想怪异，难以理解。况且，你所写的并不是一个通常意义上完整故事。"编辑给他建议："小人物的喜怒哀乐！"

"小人物的喜怒哀乐！"青年时的红桃先生愤愤不平，他想：小人物是活生生的人，富豪就不是人了吗？炫穷可以赢得尊重，描富就要受人贬斥吗？如果这个世界只有一种大概的价值的标准，可以轻易地用它去否定和低估其他的生活，

彭扬｜皮囊

这不也是一种专制吗？我写的不是故事，是比故事更精微、更细小的纷繁复杂的感觉，他在心里暗暗地想，总有一天，我要写出一本中国最出色的反映富豪生活的财经小说。他愿意相信这种理由是正当的，让他可以轻而易举地跳过婚姻的樊篱，越过一成不变的居家生活而游历四海，他并不是真的在财经报道这件事上拥有超凡的激情，但这种记者的生活让他有了机会证明自己，并保持了一心向往的某种自由。如果，这可以称之为"自由"的话。

精美的菜点放在了大富豪雷鬼的眼前。红桃先生手握着录音笔，凝视着他的猎物，把一连串尖刻的问题一颗颗上膛，随时等待着扣下扳机。雷鬼看起来心有所虑，但是仍在社交场上身手矫健，这是纵横商场几十年积攒的功力。

"雷鬼先生您好，我可以问你几个问题吗？"他像服务员那样俯下身姿。

"当然。"雷鬼先生露出一个红桃先生毫无防备的微笑，说："但是请等一下。"

他转过身体，把坐在一旁的小儿子重新抱回位置。小家伙的屁股差一点就坐到了地上。他用膝盖的餐补擦了擦儿子嘴巴的污渍，轻轻吻了他的脸颊一下。

顿悟的时刻在这时降临了。红桃先生看到雷鬼的嘴唇与儿童的肌肤之间相触碰的那一刻想，伟大的顿悟让生命镀上了一层金光。当然，伟大的顿悟也许永远都不会出现，但是它的替代品却是一些日常生活的奇迹和光辉，这些照亮人生意义的时刻，一位普通父亲对孩子的爱，一把火柴划亮的晦暗不明的山洞。

"没什么，先生，请享受您的晚餐。"红桃先生淡淡一笑，关掉口袋中的录音笔，拿着餐盘潜入耸动的人群。

雷鬼先生望着这个形迹古怪的服务生，脑中却像在想着别的事情，他把餐盘里的一颗颗芦笋放入了空空如也的嘴中。

自从孩子的啼哭震彻地心，让地壳的王国尽收红桃先生的眼底，他的"最后一次"就已经不该存在了，他想。他已经识破了理想主义的假象，因为他并不是真正的理想主义者,而只是他的奴隶。他惦记着即将到来的生命,解开制服的纽扣,一层层地拨开蚕茧。他要去买一大束玫瑰,在暴雪夜的大门口,请求黑桃小姐的原谅。如果可以,他还想深深地拥抱她。宴会厅的旋转门,就在他的前方。

混乱,就在红桃先生刚刚走出旋转门不久之后发生的。

最初是几位女士的尖叫声引起了红桃先生的注意,她们像被猎枪惊扰的天鹅,瞬时间,高雅与光鲜的湖面就变得惊诧涟涟。坐着的客人乱了阵脚,行走的服务生们无所适从,颁奖台上的话筒因为被用力地拽掉而发出了一阵阵刺耳的噪音。

"滋——"持续的长音让黑桃先生感到一种古老的敌意。

他原路折回,来到宴会厅门口。门内却人头耸动,盛典的主持人尴尬地在圆场,音响像是一个坏掉的唱机,"滋——滋——滋"循环往复的播放着人们内心的惊恐,一场天启式的灾难仿佛马上就要降临现场。他焦急地寻找着黑桃女士的身影,准备跻身进入大厅,可一双手却拦住了他。红桃先生抬起头,他不知道什么时候一个彪悍的保安守在了门口,从这个庞然大物的表情中他能得知,酒店出于息事宁人的目的,灾难的现场即将封闭。

"请让我进去,"红桃先生几乎用哀求的口吻说,"我的女朋友在里面,她跟你一样,都是这儿的员工。"

"对不起,先生。"人高马大的保安冷冷地看了他一眼,就把宴会厅的入口封锁了起来。

红桃先生用力地去砸玻璃门,他感到手骨都要被砸碎了;又用脚踢了几下,侥幸的心理之外还为了表达愤怒,但门依旧冷冰冰地矗立在原地。他开始去想别的办法,总之他不在乎世界毁灭得有多快,他所能做的,就是在真正的危险到来以前,从宴会厅里带他未来的妻子远走高飞。

然而,他的黑桃女士并不在一片狼藉的宴会厅里,而是在别处。因为大富豪

彭 扬 | 皮 囊

雷鬼死了。

在死因并没调查清楚以前，黑桃女士要尽可能地保护酒店的声誉，以防让流言蜚语损坏。天知道雷鬼是怎么在众目睽睽之下，走上颁奖台，接过"年度经济人物"的奖杯单独致辞时，突然青筋暴胀，用手紧紧地抓住脖子，像是一条忠诚的老狗被来历不明的人物虐杀。然后，他像一条离开海洋太久的鲨鱼，抽动着、痉挛着，没过多久就停止了呼吸。处理这具出人意料的尸骨的唯一办法，就是让它从员工通道默默地淡出人们的视线。酒店的大堂聚集了太多的媒体记者，突然而至的死讯只能让酒店的口碑和客房的销售陷入长期的阴霾。当然，她没有忘记，这次危机公关跟她未来的升迁之路也息息相关。

这就是大富豪雷鬼要宣布的消息么？她把拉高晚礼裙的，为抬着担架、闻声而来的酒店保安指引最安全的路径时，她想，死亡就是他对世界最后的宣言吗？

匆忙的人马在地下一层的员工通道穿梭，他们百转千回，要去另一头通往闹市区的一扇窄门。那里，正是清洁大姐、服务生、厨师、垃圾清理工每天的必经之路。雷鬼先生的妻子鬼太太从在他倒下的那一刻，就扑向了舞台，电视的转播不得不在那时中断。随后，她把同行的三个孩子交代给助理，一路跟在没有瞑目的雷鬼先生身旁。几十年的夫妻生活，让她比任何人都了解雷鬼的一举一动。所以，即使在兵荒马乱之中，她仍然发现了其他人没有发现的两个细节——

其中一个，是雷鬼先生嘴角的花生酱。多年来，她一直禁止他对花生酱的摄取。因为他患有严重的过敏性哮喘，花生酱是最危险的导火索。那么，为什么花生酱还在他的嘴边呢？

鬼太太的第二个发现，简直让她的世界天崩地裂：她顺着雷鬼先生不自然的手势，找到了他今晚即将发表的答谢词。一张密密麻麻的小号字体打印稿，就像是一场微型的演说。当她读到他要宣布的重要消息竟然是看破红尘，准备出家时，她的呼吸都要停止了；而当她看到雷鬼先生准备把所有的资产捐献给名下的慈善基金，而只给她和孩子们留下一座别墅和少得可怜的资产（相对于他帝国般辉煌的身家而言）时，她则想杀了他。这个宣言是对她的家庭的欺辱，她想。她恨自己为什么不能早点知道雷鬼先生的想法。不过，她什么时候知道他在想什么呢？她边走边把文稿撕成两半，如果可以，她宁愿死亡就是他的墓志铭，而这个秘密，最好永远地尘封在黑暗的泥土里……

出口渐渐显现，人群越走越快，但黑桃小姐却慢了下来。晚礼裙和高跟鞋让她小腿酸疼，紧张让她的腹部麻木，她不得不靠在一个打开的仓库门口喘息几下。她的额头上渗出了汗迹，眼睛失去了光彩，她觉得自己一碰就要碎了。

这时，鬼太太的助理带着三个孩子，在迷宫般的员工通道里横冲直撞。她已经让司机等在那扇小门的前面，要跟孩子们离开这地狱般的时刻。孩子的哭声让黑桃小姐慌了神，奔跑的助理让慌乱蒙蔽了意识，经过黑桃小姐时，她把她当成了一个没有生命的障碍物，用力地推向一边。

黑桃小姐的高跟鞋崴了脚，纵身跌入了漆黑无比的仓库里。延伸的台阶让她的骨头叮当作响，下坠的冲击使他的腹部阵阵隐痛。她用双手紧紧地捂着柔软的腹部，却觉得黑暗中有些什么在不可以抑制地向外冲撞和逃匿。在这片黑暗中，一切突然看起来都那么安详和静谧。就像北城的这座富丽堂皇的酒店，再大的暴风雪也不会让它的光彩减少和褪去。她把带着伤口的头靠在墙壁上。远方的脚步声匆匆忙忙，孩子的啼哭声时远时近，黑桃小姐闭上了眼睛。

是什么在不可抑制地向外冲撞和逃匿呢？她的眼泪无声地滴落在一副仿佛已经空了的皮囊上。黑暗的另一边，有一双眼睛正像湖水一样凝视着她。

别怕，翻滚在她身边的海浪说；别怕，变幻莫测的云影说；别怕，一颗跳动着的心脏说。

香港大學
THE UNIVERSITY OF

Everything has it's beginning

吕 魁

吕魁，1984年生，山西省运城市人，上海社会科学院世界政治经济研究所国际政治专业研究生。2005年至今，在《人民文学》《十月》《当代》《中国作家》《青年文学》《大家》《长城》等杂志发表中短篇小说若干，多篇作品被《小说选刊》《小说月报》《中篇小说选刊》转载。著有中短篇小说集《所有的阳光扑向雪》。获得"未来文学大家top20"等奖项。

朝九晚不归

AM6:30—AM7:30

不等闹铃响,马山就会醒来。

几个月前公司体检,马山对医生说:"我很久没做梦了。"

医生摘掉口罩,翻看马山眼睑:"这很正常,亚健康,你们白领都这样。"

医生冰冷的脸映射进马山撑开放大的瞳孔:"按时吃饭,早睡早起,压力别太大。"

"亚健康"这个词蛮流行的,马山好像在哪儿见过。他已想不起上一次按时吃饭、早睡早起是什么时候了。他只知道除非借助酒精,否则睡得再晚,再困再累,一点声响,一丝光亮,或是来自体内的轻微尿意,都能随时使他清醒,继而失眠至天明。好多个清晨,半梦半醒的马山感觉自己轻得像是羽毛,从空中缓缓飘落,坠入地面的那一刻,他便睁开眼睛。

通常只需十分钟,马山就会完成晨起的一切琐事,衣冠楚楚出现在小区空地。马山居住的社区位于三环边上,建于上世纪九十年代初,当时因地段优越、欧式风格名噪一时。据传首批业主非富即贵,都是改革开放先富起来的那一批人。而二十多年过去,京城高档楼盘层出不穷,鳞次栉比,该社区如同被一群妙龄少女环绕当中的迟暮美人,黯然失色,风光不再。现今住户除了看护孙子,安度余生的老人,多数是像马山一样,有欲望,没理想,有想法,没办法的大龄北漂。

从离开校园算起,这是马山在这座城市换的第五处住所。大学毕业,马山和六个同学在离母校不远处的居民楼合租了套两室一厅。人最多的时候连厨房都无处下脚，过道上都睡满了人。属于马山的空间只有一张硬板床和一小格书柜。刚入社会的马山月薪不足三千，交完房租，剩的钱也勉强只够一日三餐。

工作了两年，收入翻倍的马山搬离了众人戏称的"蚁穴"，搬进一间半地下室。虽然还是和他人合租，但至少不用再排队洗浴，早起抢马桶，总算有了一点私密空间。又过一年多，物价噌噌上涨，工资纹丝不动，为了活得不那么狼狈，马山再度跳槽，换了份收入更高的工作，随即认识了新公司的同事，也是他的前女友Ashely。

北京太大，两个人太渺小，碰巧又都是单身，彼此谈不上有多喜欢对方，但相拥取暖总好过一个人寒冷过冬。于是，一来二去，短信传情，两次约会，三场电影。那一年平安夜，费尽心机，下了血本的马山终于如愿以偿和Ashely在四季酒店的单人床上确立了男女关系。没几日，经不住Ashely三番五次发嗲撒娇，马山搬离了地下室，狠了狠心，在名为"时尚青年"的公寓里租了套精装修大开间，与心爱的她双宿双飞。

与多数办公室恋情一样，每天一出家门，离班车站尚有百米远，马山同Ashely就条件反射似的，一前一后，形同路人。在公司他和她更是各司其职，假装互不相识，即便在走廊上擦肩而过也只是点头微笑，客气得像是没有任何交集的两根平行线。这种地下党般的恋爱起初还挺新鲜刺激，时间一长，却令人压抑生厌，越装越累，那滋味还不如有妇之夫偷吃，寂寞寡妇偷情。

热恋总是短暂，好似流星飞逝，樱花凋落。感情日趋冷却的两个人，平日忙得要死，回到家倒头便睡，只有周休二日才敢放松，做爱做的事。吃顿平价麻辣锅，去商场买折扣商品，或是看网上下载的盗版电影。夏日深夜，失眠的马山望着身旁素颜油头，轻微打鼾的Ashely，伤感发现，与其说爱她，不如说从头到尾只不过是想找个伴侣，填补大都会中难以名状的孤独感。

吕　魁 | 朝九晚不归

　　日子一长，细水长流，再加上车、房、存款、户口等世俗纷争，这段名存实亡的爱情最终保质了一年零两个月又十七天。大吵过后，为了彼此互不尴尬，搬出爱巢的马山又潇洒辞职，在一个电闪雷鸣的暴雨夜，人财两空的他拖着两个编织袋都没装满的全部家当，蹭住到大学校友兼老乡的出租屋。

　　马山还真不见外，以失业加失恋的名义，蹭吃蹭喝蹭睡，一蹭就是大半年。老乡也真够意思，不但不收他房租，水电物业费还全免。这样的好日子一直到老乡的未婚妻硕士毕业，从外地投奔而来才宣告终结。实在没脸住下去的马山才极不情愿地寻到现今住处，上网投简历找了份新的工作，开始了还算全新的生活。

　　和那些进出国际公寓、从事债券投行的大学同学相比，马山租住的二十平米单间令他多少有些不安。好在只有同学聚会，或偶尔登陆人人网时他才会有这种被放大的失落感。周一到周五，马山每一秒都在为生计奔波，忙得没有时间空虚。况且，住得越久，马山反而越喜欢这个有烟火味的小区。它虽不具备高档社区的泳池健身房、私人会馆，但清晨有早餐摊，傍晚有烤串店，一家理发馆，两间报刊摊，院内老妇遛狗，院外有戴耳机骑车上学的少年。房客三教九流，上自公职人员，下至 SOHU 宅男，三五戴金链壮汉，几个四季性感，行走摇曳的神秘女郎……

　　"反正住的再好不也是租的房？谁也不比谁牛逼。"马山就这样自欺欺人，宽恕自己。

AM8:00—AM9:00

　　十八岁那年夏天，马山头顶县文科状元的耀人光环，坐大巴、乘火车、来到千里之外的首都，在某知名高校攻读经济法专业。这之前，来自山西南部县城的马山对北京的固有印象仅局限于书本、电视上看到的故宫、长城、烤鸭、北大、清华。马山人生中很多个第一次都在祖国的心脏经历的：第一次乘地铁、第一次吃西式快餐、第一次仰望高耸入云的摩天大楼、第一次住五星级酒店……日积月累，马山彻底在北京这国际大都会完成了个人的现代化进程。不夸张地说，北京对马山这种乡下穷学生的冲击，丝毫不亚于发展中国家的国民初到发达国家时的那种震撼感。

算一算，马山来北京已十五载，虽然暂时还没拿到北京户口，帝都日落黄昏，袅袅炊烟中的万家灯火也没有一盏属于他，但在内心深处，马山早已认定自己是北京人，至少是新北京人。作为一名资深北漂，马山对北京的熟悉，从某种程度上说远超过对家乡的了解。当然，遭上司训斥、被同事设局暗算，深更半夜喝酒买醉时，也不是没有想过一走了之，回老家随便找个女人结婚生子，过一眼能看到头的安稳日子。可真等到过年回家，十年没变化的县城，错综复杂的人际关系，昔日的儿时玩伴聚在一起就像没有明天似的喝酒打牌、捏脚洗浴、搞女人……这一切的一切让马山反感不适，待不了几天便开始想念也曾让他茫然伤心的北京。马山知道，他早已沦为家乡的陌生人，即便想回也回不去。

"宁可在大城市做条有梦想的沙丁鱼，也不回老家做混吃等死的咸鱼。"这句心灵鸡汤很长一段时间出现在马山的MSN、QQ等网络社交工具的签名档。不管怎么说，马山好歹在这个城市也打拼奋斗了十余个春夏秋冬，虽然还没混出人样，还买不起梦寐以求的Dream Car，但现今酷暑严冬他至少敢站在街边伸手打的。不用像刚入职那会，为了省几十块车钱，即使劳累发烧，还要像张照片一样被前后左右夹击在空气凝固的公交车里。早点马山也敢去便利店买牛奶、三明治，而不是拿循环使用多次的麦当劳咖啡杯，觍着脸，装作若无其事地续杯，再去街边吃两块钱一个、地沟油味浓郁的鸡蛋灌饼。

马山戴着耳机，听着节奏强劲的摇滚歌曲边吃边行，走进地铁站。他要换乘三次，途经十六站，耗时五十五分钟才能到公司。早班地铁，每截车厢都挤满了睡眼惺忪、萎靡不振的上班族。车一到站，黑压压人群蜂拥而入，车再到站，人们又好似放生回大海的鱼群，仓皇而散。乘客无论男女，都和马山一样耳朵里塞着耳机，听着歌，面无表情地玩手机。手机里那几个无聊的小游戏马山早玩腻了，可是不对手机发呆一时也不知该做什么。前几年，运气好时，倒是能看看邻座养眼的漂亮姑娘。如今地铁线路越修越多，好看的姑娘却越来越少。偶尔运气好能遇到一两个光鲜靓丽的美女，不是戴着口罩就是手掩着鼻，没坐几站就眉头微蹙，厌恶逃离。

列车疾驰，车窗忽明忽暗，不时闪现出马山的身影。他朝前挤了挤，注视着玻璃窗中的那张脸，看着看着竟有几分眼生。那是一张标准的烟酒脸：脸颊消瘦，肤色发灰，双眼黯沉无光，稀疏的发际线一如退潮后的沙滩，裸露出油光锃亮的脑门以及无处宣泄的荷尔蒙憋出的数粒青春痘。也就这两年，一过三十，马山明显感觉到身体各种生理机能大不如前。二十啷当岁，熬夜赶工，彻夜狂欢不在话下，天一亮照样虎虎生威。如今别说通宵，就是晚睡几个小时，翌日立刻现世报，轻则四肢乏力，萎靡不振；重则头痛欲裂，感觉随时可能倒下猝死。想起体检时医生所谓的亚健康，马山摇头惨笑。

跳过那张不忍卒读的脸，目光下移，马山对身上这套耗资半万、上个月过三十二岁生日，当礼物买来送给自己的意大利进口西装颇为满意。贵是贵了点，但贵在修身，与之搭配的，是同色系的衬衣、皮鞋、风衣。这一点他真心感谢Ashely，和她相恋之前，马山我行我素，不拘小节惯了，就算是见客户或参加重要宴请，也只会套上衣橱里唯一的一身西装，根本不管合不合身，更别说什么色系搭配。是Ashely一次次提醒纠正，穿西装时务必要穿同色衬衣皮鞋、要打素色领带、宁可光着脚也不能穿白色袜子，否则再高档的西装都能立刻穿成送水工或售楼先生。

好女人胜过好老师，这话一点不假。不单是穿衣搭配，马山在 Ashely 身上学到很多。比如理想没有 GUCCI 包值钱，比如山盟海誓不及房产证一张。所以，爱到尽头，与其说分手，马山更像是告别恩师，从 Ashely 那儿毕业。撕心裂肺，痛彻心扉倒不至于，那感觉就像新买的手机被盗，养了几年的宠物狗离世，失落多于悲伤。

分手快三年了，马山说不清出于什么目的，或许纯粹犯贱，夜深人静，或出差站在异乡街头，还是会不时想起 Ashely。他从她的人人网、网易博客、QQ 空间一路追到新浪微博，有事没事就上线刷新，如同职业狗仔般关注着 Ashely 的一举一动。已离开北京回到南方水乡，用回本名，嫁为人妻的胡晓娜，似乎知道马山悄悄关注了她，配合度很高地不时更新。她的微博毫无营养，大多是几句无关痛痒、小女人自艾自怜的矫情语录，配上一张 PS 过度的自拍照。尽管如此，马山还是看得上瘾，他像个私家侦探，通过胡晓娜的微博推断出她的近况，知道她摇身一变成了公务员，嫁了个家庭殷实、做木材生意的老公，开八十万的车，住三百多平米的房，怀有身孕，过上了她朝思暮想，而马山却无法替她实现的贵妇梦。

AM9:30—AM11:30

如同 Ashely 回到老家叫回本名胡晓娜一样，马山一踏进公司，就立刻成为众人口中的 Lion。同事之间互称英文名已成习惯，像上司老 Charles、财务 Linda 姐，倒是他们的中文名字，一时半会儿，马山还真想不起来。Lion 就 Lion，马山谈不上喜欢，但也不反感，大家都是为了混口饭吃，一个代称而已，爱叫什么就叫什么吧。

吕　魁 | 朝九晚不归

马山落座工位，打开电脑的同时会习惯性抬头望一眼正前方墙上的挂表，若是刚好九点，或差一两分钟九点，马山会有种类似球星压哨进球，逆转胜出的自得感。但要是早到了七八分钟甚至更多，他会面露不爽，像被占了多大便宜，转而去楼梯间抽烟，消磨时间。

简单来说，马山工作状态大致分为办案子和找案子两种。接到案子，无论活大活小，多少都有得赚。有钱赚也就有了奋斗的动力，与委托人沟通、起草合同、整理材料……马山把红牛当水喝，强迫自己保持亢奋，在办公室和打印室呼啸来去，忙得一个人像是一支队伍。而没案子，等案子的马山则安静得好似透明人，除了给潜在客户发发问候邮件，打打电话，更多时候他喝着热咖啡，咬着汉堡，漫无目的浏览着各大门户网站，看看这个世界都发生了些什么。世界经济总量排名第二，神舟九号飞上天，谁昨夜暴雨中不幸遇难，谁无耻炒作一夜爆红，谁贪污被抓，谁当上了省长，爱他妈谁当谁当，这些马山都不关心。每天一睁眼，马山就欠房东一百五十块钱房租，这就是马山活着的唯一理由，整个国家再四海升平，繁荣昌盛和他一点关系也没有。他竭尽所能，只想赚得多点，再多一点，好让自己能更潇洒自信地穿梭于这座冷冰冰的城。

顺便说下，每天早上的咖啡和汉堡都是新来的实习生 Fay 买给他的。当然，有时也会换成橙汁、鸡肉卷或其他什么别的。总之从 Fay 来后的那周起，马山就很少自费买过早餐。只要他愿意，总能吃到 Fay 提供的藏在他办公桌下左数第二个抽屉里的当日早餐。

Fay 是马山同校不同系的师妹，还在读大四，一天到晚活力十足，看任何事都积极乐观，眼里满是对美好未来的无限憧憬。Fay 一来就被派到马山所在的 Team 跟案子，她算是马山带的第一个实习生。其实马山也没怎么刻意教她，他办案像是下围棋，胸有成竹地布局、落子、步步杀机，最终大获全胜。从头到尾，

Fay 在一旁观棋不语且聪明伶俐,整个流程跟下来,不但不碍手碍脚反而提了不少令人茅塞顿开的好建议。

都是过来人,Fay 那点小心机马山一眼就看破。她之所以晨起为他买早点,加班给他送夜宵,或许对他是有点好感,但主要还是想借机讨好他,望他能在老总那能美言几句,继而在实习期后转正,获得一份薪水还算不错的工作。从 Fay 来的那天起,马山就刻意和她保持距离,他知道像 Fay 这种年轻貌美,目的性明确的女孩志存高远,不是他想留就能留得住的。即便施展点小伎俩,暂时占有她的人,俘获她的心,等到她拨开云雾,懂得现实生活残酷,漫漫人生路不会有奇迹从天而降时,她一定会和她的"师姐"Ashely 一样义无反顾地离去,像无垠海面中的孤帆扁舟,去寻找下一个能让她停泊、给她充足安全感的港湾。不过这并不妨碍马山周末约她 K 歌蹦迪,午夜梦回时在 MSN 上调情,发暧昧短信。

AM12:00—PM1:30

午饭照旧是在公司楼下的港式茶餐厅解决。马山吸着冻奶茶,等炒河粉上桌。邻桌那小子张口闭口都是响当当的大人物名字,暗示自己是皇亲国戚,向几个外地土大款吹牛逼,说只要钱到位,长安街的地都能拿到批文。

手机在裤兜里震动,马山掏出来查看,是 Fay。马山想这个点 Fay 找他无非是邀他同进午餐或问他饭后水果想吃草莓还是梨?刚好又听那小子吹牛听得兴起,于是随手挂机。Fay 似乎摸透马山的心理,和他比起耐心,他越是刻意不接,Fay 越是重拨不断,执着得近乎挑衅。几个回合后马山败下阵来,他带着怨气接通:"讲话。"

"Lion 哥,你吃过午饭没?"Fay 嗲声嗲气,不等马山回答,她神神秘秘说,"我告诉你哦,你刚一下楼,Boss 就来找过你,看脸色还成,就是有点急。他要

吕 魁 | 朝九晚不归

你立刻去他办公室，立刻。"

Fay 的特意强调让本来没当回事的马山瞬间有点不安。他还是修炼得不够，没沉住气，坐立难安。刚上桌的河粉没来得及吃，猛喝了两口奶茶，朝公司疾步前行。

等电梯上升时，马山才冷静下来，暗自揣测 Boss 会因何事突然找他。他在脑中的搜索引擎快速搜了一遍，想不出最近有何疏忽。人际关系维护得小心翼翼，工作上称不上滴水不漏但至少没出现致命失误。唯一可能的是又有时间紧，任务急的活要他接手，或者临时委派他去外地出差。想到这儿，马山放松下来，他松了松衬衣领口，拐弯到洗手间小便，又抽了根烟，才晃晃悠悠敲响老总房门。

果不其然，前阵子老总亲自代理的那宗大案已胜诉。本应他亲赴珠海收尾款，开庆功宴，没想到有大人物临时点名要见他，只好委派马山替他飞一趟。

马山暗舒一口气，心中窃喜，这么好的美差难得一遇。这不是第一次也不会是最后一次，马山早已习惯。他的杂物柜中长期搁着一只小行李箱，里面装着便携式手机充电器、常用药以及从头到脚、从里到外的换洗衣物，随时待命出发。

马山接过文件袋和一张支票，老总又煞有介事叮嘱了近半个小时才放饥肠辘辘的他走。刚出办公室，Fay 迎面撞了过来，吓了马山一跳。她像个娱乐小报记者，跟在马山身后，边走边好奇追问。马山想了想，也没什么好隐瞒的，就一五一十告诉了她。顺便像老师给学生布置作业一样吩咐 Fay，在他出差这几日，务必把手头案子的咨询报告整理出来。

Fay 心不在焉地点了点头，若有所思的神情分明是在想马山此次珠海之行她能否有利可图。

马山嘴角一抽，心知肚明地笑。路过 Fay 的工位，看见办公桌下用几张废旧报纸虚掩的一大束玫瑰。回过神的 Fay 顺着他的目光望去，假装没事，却用身体巧妙挡住马山的视线不自然地说:"哦,我嫂子今天生日,这花是我哥暂时搁我这儿,下班后取走,好给我嫂子一个惊喜。"

这借口还算有创意,尽管马山不知道她什么时候多出了一个已婚的哥哥。

"代我问你哥好,顺便祝你嫂子生日快乐。"说着,马山拉起行李箱转身离去,任凭身后的 Fay 解释不停。

PM2:00—PM3:30

航班惯例晚点,马山拖着行李箱在航站楼里百无聊赖地闲逛。在候机室的书店,他拿起一本某位当红女主持人写的自传,翻了两页,看不进去,放下,换了本写官场生存之道的小说,又翻了两页,又放下。马山已经好几年没完整读完一本书了,偶尔翻翻报纸,也只是兑兑彩票,看看娱乐版那穿着性感的女星。他想他一定是有了选择性阅读障碍,没办法再像大学时那样,没事就往图书馆跑,不论是小说、哲学,还是历史书籍,随便拿起一本,很快就能沉浸其中,一看就是一天。

书店转角的电视机里,一个谢了顶的中年大叔侃侃而谈成功之道。反正无聊,马山驻足观看,想听一听他在鬼扯什么。瞥了两眼,忽觉此人面熟,仔细回想,想起十年前,大三寒假前夕,他曾挤在学校大礼堂的过道上,和一千多位校友共同聆听了这位知名青年人生导师的公开课。

回过头想想,所谓的青年人生导师纯属扯淡,多数是把自己那少年不得志,中年走运发迹的恶俗经历厚颜无耻地编造成神话般励志传奇,以此博得正在建立人生观的大中院校学生的好感,从而打开市场,觅得商机,出书、开讲座、四处走穴。演讲的话题更是空洞虚无,无非是将往日的苦难当做今日炫富的资本,戏谑中外名人,讥讽同行晚辈,偶尔穿插几个庸俗不堪的励志故事,再喊出几句烂大街的格言或自我意淫的口号就敢宣称"人生指南,职业规划,九十分钟改变你的命运"。其实说穿了不过就是"厚黑学"的本质披上"心灵鸡汤"的外衣。可那时的马山单纯幼稚,不仅攒钱购买青年导师的每本著作,还大段大段摘抄书中名言警句,天真地将青年导师的每一句话奉若神明。那堂讲座青年导师具体说了什么马山早已忘记,倒是记得他油光满面的古怪笑容以及唾沫横飞喷溅出的若干人生哲理中的其中一条:努力不一定有机会,不努力就一定没有机会。他把这句话铭记在心,可以说有了这个座右铭,马山才下了留在北京,成为新北京人的决心。说起来,马山能混到今天这地步,还得感谢这位青年导师才是。

机场广播提示登机。马山排在队尾,一手提行李箱,一手刷微博。他正目测一个台湾九零后嫩模上传的性感自拍照胸围是D还是E,手机铃声不合时宜地响起,他以为会是老总,没想到是老爸。

马山和父亲的关系谈不上很差但也不算亲密。几年前马山母亲去世后,家对马山来说,就是一根电话线,每月一张的汇款单。他和父亲的感情日趋平淡,从一周一通电话,到一个月两次,再到两三个月也不联系。有天深夜,醉酒的马山不知为何突然就想起他在这个世界上唯一的亲人,便疯狂地给父亲打电话。拨了许久,无人应答,马山急了,不断重拨,焦急等待中马山自己吓自己,他怕父亲会不会遭遇不幸,已离他远去。

当电话那端传来父亲带着浓郁睡意的熟悉声音,马山嗓子一热,喊了一声"爸",手机紧贴耳朵上,蹲在路边号啕大哭。

然而待到平日,偶尔接到父亲打来的电话,马山却像是和陌生人讲话,不知该说什么。甚至有些抵触,装作在忙,不想接听。比如此刻,铃声响了好一阵,马山迟迟没有去接。

父亲小心翼翼地问他过得好不好,最近忙不忙。

"还好,"马山打断父亲问话,"我就要登机了,有什么要紧事快说吧。"

父亲停顿了下,从他的弟弟,也就是马山的二叔近日干农活摔断腿讲起,吞吞吐吐绕了一圈才讲到重点:"你叔家的房子,前年翻修都不止这个价,你看你能不能回来一趟,帮个忙,给镇上多要点拆迁补助?"

马山听懂了父亲的话,不耐烦地说:"我叔那房是危房,棚户区改造是政府给的福利,再说拆迁款给的不少了,就别要了,我回去也帮不上忙。"

"你叔的意思还是想让你回来,咱们家你学历最高,又在北京当律师,你把你叔的情况向有关领导反映一下,咱不蛮干,咱讲理。"

"我又不是省长,我哪有这本事。"

"可你不是律师吗?"

"我是律师,但我的专业这事用不上。"

"律师不就是替人申冤,打官司吗?咋还分专业呢?"父亲疑惑不解。

马山懒得再和父亲多解释:"行了,行了,飞机要起飞了,我关机了,你吃好喝好少管闲事,需要钱我给你寄,戒酒吧。"

父亲连说了几个好字,叮嘱他也保重身体,多喝水,少熬夜,还想说些什么,但还是欲言又止地挂了机。

马山走上飞机,放好行李,在靠窗的位置上坐下,略显疲态地翻看手机通讯录。他想从那些已在家乡政府部门工作的昔日高中同学中,找出能帮他父亲和二叔的合适人选。找了一圈,不是关系疏远,淡了交情,就是致电过去,对方听明来意就委婉拒绝。空姐俯身,领首礼貌微笑提醒马山系好安全带,关闭电子设备,飞机即将起飞。马山点头,望着空姐婀娜的背影,关掉手机。

PM4:00—PM5:30

北京已落了一场冬雪,珠海却温暖如春。飞机刚一升空,马山就盖上毯子昏

吕　魁 | 朝九晚不归

沉睡去。一觉睡了一千多公里，睁开眼，透过舷窗，俯瞰到片片绿地，瞬间有种不真实的穿越感。

马山记得自己第一次坐飞机，二十二岁，大学毕业没仨月，还是实习生的他陪同当时的经理，那个曾服役多年的转业军人，一同前往海口办一个经济案子。

那天是周五，又恰逢那一年的中秋节。下午例会刚开完，经理严肃得如同一位久经沙场的将军，头也不抬地命令他两个小时后去机场。毫无思想准备的马山像是初上战场就面临遭遇战的新兵，他手忙脚乱拷贝资料、复印合同，紧张到衬衣湿透贴在后背，丝毫没有初次乘坐飞机的兴奋感。

有个女诗人曾戏言："一下雪，北京就成了北平。"其实用不着下雪，但凡周末，或是节假日前一天，首都立刻变"首堵"，更不用说中秋节前一晚，周五晚高峰的北京。

尽管提早出发，马山和经理还是不出意料地困在机场高速上。时间分秒流逝，距离登机时间越来越近，整座城市成了一座巨型停车场，车子像垂死的爬虫寸步蠕动。空调已调到最大挡，马山还是大汗淋漓，副驾驶位置上的他不敢回头看后座的经理，他能感受到身后那座火山随时都会爆发。

"操他妈的，要来不及了。马山，你现在立刻就给老子跑步去航站楼换登机牌。"

马山本能地大声说是，就差立正敬军礼。他接过经理的身份证，打开车门，一头扎进乌泱泱的车海。

手提行李箱的马山看上去好似领了军令状的敢死队员，他奋不顾身，又不失敏捷地在车流中来回穿梭，任凭身后鸣笛声、叫骂声不断，头也不回地朝航站楼一路狂奔。

等跑进航站楼马山才想起从没乘过飞机的自己并不知道该如何换取登机牌。他用最快的速度打听询问，走错一截弯路，气喘吁吁，终于找到正确的值机柜台。

地勤小姐职业地微笑，用甜腻的声音对他说："对不起先生，您所乘坐的航班已于三分钟前停止办理登记手续。"

马山愣住，不知如何是好。那时的他还不知道怎样改签，傻傻地以为误了航班，票也就随之作废。马山趴到柜台上，觍着笑脸，用他那还算不赖的口才讨好央求着，换来的却是地勤小姐抱歉的笑。

马山呆呆地站在人群中，四周嘈杂，他却像坠入静谧深海，听不到一点声响。直到上衣内侧的手机一下下震动敲击心房，马山才回过神来。犹豫数秒，长出一口气，还是鼓起勇气接通经理电话。

马山断断续续，委婉表达着晚点误机这一不可逆的情况，手机那端一阵静默，他以为讯号中断，怯怯地喊了声经理，听筒里猛然传来炸雷般的怒吼声："换个登机牌都不会，你干什么吃的？老子要亲手毙你了。"

接着是一阵忙音，马山吞咽口水，不知怎么就感到了解脱。

当经理双眼充满怒火，杀气腾腾朝他迎面疾步走来时，马山确信此刻如果经理有一把枪，他一定会毫不犹豫，就像一位军纪严明的将领毙掉临阵脱逃的懦夫那样，开枪把他毙掉。

经理愤怒得如同一只咆哮的狮王，右手食指戳着马山的鼻尖，用超乎想象力的恶毒词汇爆成粗口训斥他。脸上溅满经理唾沫儿星的马山虽然看不到此刻自己赔笑认错的古怪表情，但觉得自己好似一只大号垃圾桶，不断被各种垃圾污秽填充。

趁经理接电话的间隙，马山跑到就近的盥洗间，他把水龙头开到最大，双手一次次捧起冷水一遍遍拍打在脸上。当他望着镜子中那张挂满水珠的脸庞，仿佛看到学生时代的自己忽然间剥离远去，只剩下一副空荡荡的躯壳茫然若失地晃来晃去。

后来还是经理亲自办理，改签了最后的晚班机。全程马山小心翼翼地跟在经理身后观察学习着每一个步骤，不敢多问一句。一登机，经理甩给他一叠审阅批示过的资料便摘掉眼镜呼呼大睡。马山早早系好安全带，认真看完显示屏播放的安全须知，像接受某种神圣仪式般坐得笔挺等待飞机滑翔升空。

现在的马山忙起来乘飞机比乘地铁还频繁。他越来越开始厌烦坐飞机，甚至担心自己得了幽闭恐惧症，否则不会在飞机起落时，心跳不已，手心发汗，闭上眼默念经文，暗求各路神明保佑平安。

PM7：00—PM10:00

接机的是一位酷似影星黄渤的小伙子，朝气蓬勃，笑容灿烂，一看就是刚入社会。一寒暄，果然工作还不满半年，那自信满满的眼神与当年的自己一模一样。马山钻进车门时下意识地看了眼后视镜，看到的是一张比暮色还黯淡无神的脸。

车子沿着海岸线疾驰，大海苍茫如暮，落日余晖给万物涂上薄如蝉翼般的金色。马山单手托腮倚靠车窗，安静地欣赏着黄昏中的珠海。

他不是第一次来珠海，但每一次都是来去匆匆，从没仔细欣赏过这个南方小城的美景。这些年马山因公去过的城市不少，但通常都是下了飞机就办正事，事情谈完天也黑掉。接着对方会尽地主之谊，晚宴在所难免，有时还会招待唱歌、洗脚、泡温泉等余兴节目，一圈应酬下来往往已是凌晨。曲终人散，马山拖着醉醺醺的身体回到酒店房间胡乱睡几个小时，醒来又直奔机场飞赴另一个城市。

起初马山挺追求这种生活，他处心积虑，明争暗斗挤掉他人，一次次成功争取到出差机会。对于一个来自山西县城，出身农民家庭的职场新人来说，迷恋乘飞机去陌生城市，住星级酒店，被请吃名贵食物的虚荣感也在情理之中。

但也就虚荣了一年，马山渐渐懂得出差并不是度假旅游，甚至比日常上班还要累。他开始厌倦终日奔波于机场和车站之间，喝喝不完的酒，唱唱不完的歌，赔着笑脸说那些言不由衷却又不得不说的谎言。又忍了一阵子，马山终于受不了一周三次的舟车劳顿,他以不出差或少出差为条件和公司谈续约,结果是理所当然地谈崩。马山在五年内陆续跳槽了三家律师事务所,薪酬倒是逐年提升,但仍摆脱不了常出差的命运,昼夜不分,一天一座城,这让他头痛。

飞了近三个小时,千余公里,公事却用了不到四十分钟谈妥。晚宴马山再三推脱,可还是架不住对方盛情款待。觥筹交错,红白交替,频频举杯,一不小心,马山又喝多了。

酒至微醺的马山被"黄渤"带进一家夜总会的KTV包房。他陷在沙发里,低头回复Fay的短信,再抬头时面前站了一排穿着统一制服的姑娘。马山愣了一秒,随即反应过来。在座的几个男人相视一笑,心照不宣地谦让对方先选。身为远道而来的客人,马山被赋予优先选择权。

"这怎么好意思呢。"他一边说,一边扫视了那排胸大腿长的姑娘们。光线昏暗,酒精上头,马山一眼望去姑娘们都长一个模样,大眼睛、尖下巴、高鼻梁,好似一个模板复制粘贴出来。他努努下巴,指了指离他最远的那个短发女孩。那女孩带着一股好闻的香气朝马山走来,紧挨着他坐下,上身前倾,胸部顺势就春光乍泄。她开了两瓶啤酒,倒满一杯递给马山。

"老板,谢谢照顾我生意,这一杯我敬你,你随意。"女孩说的是粤语,好在不难,马山大致听懂。他和她碰杯,满满一大杯啤酒女孩瞬间喝光。然后又将空杯倒满,双手主动环绕在马山胳膊上。

马山已记不清初次遇到包房公主的场景。是在深圳?三亚?还是大连?那女的长什么样?谁请的客?当时又有哪些人在场?印象全无。事实上这些年,在各大城市的夜总会、KTV里点的包房公主,马山没一个记得。萍水相逢,逢场作戏,马山早就不会自作多情可怜那些并不需要他去同情的姑娘,他明白与其问姑娘弱智的问题,说些廉价的诺言,还不如多喝几杯,小费多给一些,才是对她们最大的帮助。

　　说真的，马山打心底尊重从事这一行的姑娘。选择走这条路，背后都有故事。她们和球员一样，拿身体做本钱吃青春饭，任美好年华在酒精里一点点消逝溶解也不心疼。所以通常公主们不主动说，马山从来不主动问。有时候酒精上脑，望着人群中手握麦克风，动情演唱情歌的迷人公主，马山会忽然觉得他和她们是同路人，殊途同归。说穿了，都是为了能过上理想的生活而不得已暂时出卖自己。只不过一个出卖肉欲，一个出卖灵魂，归根结底都是出来卖，卖什么不是卖，谁也不比谁干净。

　　马山倒是曾一度好奇陪酒小姐什么时候成了人们口中的"包房公主"？在此之前，他对于"公主"的认知多来自童话故事或欧洲王室，那些年轻貌美，不愁吃穿，不知世间疾苦，永生快乐幸福的完美女人。他怎么也没办法将公主，这个高贵、尊宠的词与那些为了生计不得不坚强的女孩们联系在一起。马山想，最初那位命名人一定是个诗人，否则怎么能想出这喜剧般忧伤的称谓。

　　骰子摇起落下，酒杯溢满又空掉，你爱我，我爱你，你不爱我，没关系，我依然爱你……总有人一首接一首唱着诸如此类空虚寂寞冷的矫情歌曲。马山早已不是当初那个不好意思和包房公主坐得太近，眼睛不知该看哪里的青涩男生。他很自然地把短发女孩搂入怀中，女孩也很配合地把头歪靠在他肩膀，双眼放空，轻声哼唱着那歌颂爱情的歌。看上去，他和她宛若恋人一对。

PM10：30—PM12:00
　　有个男人喝多了，借酒撒疯，骂哭了一晚上都陪在他身边的小姑娘。马山听不太懂粤语，只见那女孩双手抱在胸前，泪水花了妆容，垂下头，夺门而出。马山不知道，也不想知道发生了什么。他只不过是个拿工资的打工仔，活干完不被老总骂就万事大吉，当然不会傻到去多管闲事，何况那个男人还是当地小有权势的官员。

有了这个小插曲，本来就意兴阑珊的众人正好借机散场。"黄渤"醉眼迷蒙地凑到马山耳边说："山哥，等我买完单，然后我们去泡温泉。"说完他朝收银台跑去。

刚才同行的那群人，有的进了洗手间久未出来，有的叫了出租车悄然离去，剩马山一人站在酒店门外的空地上等待去结账的"黄渤"。

夜凉如水，即便是在南国，海风一吹，冬季的深夜还是会感到阵阵凉意。马山点着一支烟，吸了两口，感到一丝温暖。他听到有个女人激动地说着四川话，循声望去，在一棵面包树后隐约看到刚才坐在"黄渤"腿上，"吹牛"玩得最好的那个小眼睛姑娘。

马山侧过身，竖起耳朵去听，听到蹲在地上的她呜咽说道："日你妈呦，老娘我出来卖，陪臭男人喝酒，被摸胸蹭大腿，换钱交房租，就叫你来接下我下班你他妈都不愿意，就知道躺在床上打游戏，你还是个男人吗？"

马山低头弹落烟灰，小眼睛姑娘越说越激动，哇的一声大哭起来。这时，短发女孩不知从哪儿冒了出来，快步走上前，将自己的西装外套披在小眼睛姑娘身上，遮住她裸露在外，瑟瑟发抖的双肩。

"你别哭了，为那个贱男人落泪不值。"短发女孩气场十足，一副大姐大的架势，像安慰失恋的妹妹那样用纸巾擦拭着小眼睛姑娘眼角的泪。

马山扔掉烟蒂的同时发现短发女孩正直视着他，赶忙收回目光，转身前行，装作什么都没看见。

"喂，老板。"

马山收住脚，慢慢回身，短发女孩站在他眼前面带笑容。

吕 魁 | 朝九晚不归

"我姐妹和她男友吵架了，那男的太过分了，烂货一个。"短发女孩轻咬嘴唇，手指着已从大哭转为轻声抽泣的小眼睛姑娘，义愤填膺。

"哦。"迟滞片刻，马山幡然领悟似的点了点头。

借着路灯和月光他看清短发女孩的模样。不丑，但也算不上是美人，五官小巧精致，组合在一起是张标准的南方女孩的脸。只是妆化得浓，猜不出她几岁。

"老板，能请我们吃个消夜吗？好饿啊。"短发女孩双手交叉合十放在胸口，小心翼翼地试探。

马山笑了，短发女孩也冲他笑。马山又掏出一支烟，试了几次都没点着。女孩上前一步，主动用双手围成圈，护住微弱的火光，三番几次，总算点着。

"可我对珠海不熟啊。"

"不熟没关系，我熟啊，我带您去喝全珠海，不，是全广东最好喝的海鲜粥，您买单就好。"

马山没回话，算是默许。短发女孩扭头，开心地挥手，示意小眼睛姑娘快跟上。

"老板您真是个好人。"短发女孩笑得谄媚。

马山递烟给她："你冷不冷？冷就来一根，或许会好些。"

AM0:30—AM1:30

短发女孩口中的粥店，其实是家通宵营业的高档海鲜城。店内古香古色，木桌藤椅，醴陵瓷餐具，装修极具岭南风格。马山靠窗而坐，推开窗，月光下墨绿色大海沉默入迷。

已是午夜，空旷的大厅只有零散几桌食客。马山和短发女孩面对面坐着。小眼睛姑娘刚到粥店门口就被她那骑着摩托车的男朋友接走，而"黄渤"压根就没跟着来，他在酒店停车场不等马山解释完，就心领神会地冲他挤眉弄眼，临走时坏笑着祝马山玩得开心，别累着。

最后只剩马山和短发女孩，吹着海风，吃着一锅他从未尝过却很美味的粥底火锅。

"老板，听你口音，北方人吧？"

"嗯。"

"北方好啊，虽然我从来没去过。听说那里的冬天冷得要命。"短发女孩颇显做作地吐了吐舌头，"能知道您是北方哪里的吗？"

"山西。"

"哇，我出运了，竟然遇到山西煤老板。"短发女孩高兴地拍起手来，"老板从见你第一眼我就知道您是有钱人，我最爱吃萝卜糕了，能再要一份吗？"她用纸巾擦嘴，扑闪着长长的假睫毛。

马山觉得好笑，他放下勺子，直视她："你哪儿人？广东吗？"

"不是。"短发女孩摇了摇头，咬了一口刚上桌的萝卜糕用浓郁的方言说，"我是湖南的。"

"那你一定很喜欢恰（吃）槟榔喽。"马山模仿着短发女孩的湖南口音。

"才不嘞，那个鬼东西有什么好恰的。"

"所以说，不是每个山西人都是煤老板。"

"晕，你绕这么一大圈是想说这个呀，我差点都没明白过来，欺负我读书少。"短发女孩娇嗔，"你就算不是煤老板，也比我有钱。"

"那还真不一定，我就是一打工的，每月拿固定工资，没车没房没存款，纯屌丝一枚。"

"我不信。"短发女孩重新打量马山，"你从北京来的？"

"你怎么知道？"

吕　魁 | 朝九晚不归

"我是谁，我多冰雪聪明。"她洋洋自得，"刚才在KTV，你明显是主角，他们轮番敬你酒，有个老男人塞给我三百块，说让我照顾好你这个北京来的老板。"

"别再叫我老板，我都说了，我就是穷得一无所有的北漂，很可能你比我还有钱。"

短发女孩不接马山的话，自顾自地说："你知道吗？我们常年陪的都是些秃头大肚子的中年大叔，没办法，谁让他们有钱呢。像你这样的年轻帅哥太难得了，所以今晚当你们一群人走进来，姐妹们都说你要点了谁，算谁幸运，改天得请吃海鲜大排档。"

"你太抬举我了。"马山一时语塞，不知该如何接下去。他胡乱地笑了笑，换了个话题："你来过北京吗？"

"当然没有。我都说了我连北方都没去过怎么会去过北京呢。"短发女孩向马山讨了根烟，熟练地点燃抽着："我一直想去北京玩，想去看看故宫、颐和园啦。我告诉你，我最爱看清宫剧了，什么《步步惊心》啦，《甄嬛传》啦我看了好几遍，总幻想自己会和剧中的女主角一样，'咻'的一下就穿越到清朝皇宫，所有的太子都为了能得到我斗来斗去，争风吃醋。"她痴笑："另外，我还想去北京吃全聚德烤鸭，去爬长城，去天安门广场看升旗。听我奶奶说，我小时候学会的第一首歌就是我爱北京天安门，天安门上太阳升……"

短发女孩做小女生状，旁若无人地唱完整首儿歌。看着她那一闪而过的孩子气，马山内心瞬间柔软，他也给自己点着一支烟，装作漫不经心地说："有机会你来北京玩吧，我安排。"

短发女孩并没马山意料中的那么兴奋："少来，你又逗我，酒话谁会信啊。"

她朝他嘟嘴，一眼把他看穿。这让马山有点窘，顺势找台阶下："我说话算话，你不信我也没辙。你要有空就来吧，只要我没出差在北京，一准招待你。"

"不好意思,麻烦您再说一遍。"短发女孩把开了录音功能的智能手机放置餐桌中间,双手托着脑袋,一脸坏笑。

马山看了眼手机,又抬头看短发女孩,她那略带挑衅的眼神似乎在问他,你敢吗?

这调皮的举动又一次惹笑马山。他熄灭烟,重复刚说过的承诺:"我说真的,你来北京,我请你。当然,事先声明,五星级酒店,豪车大餐别想,我也没那能力。但至少我包你吃住,包你玩好……"

"成交。"短发女孩收起手机,潇洒地按下停止键,"我包你爽。"她得意地笑。

这之后的十多分钟,两个人对坐无语,低头收发短信,各抽各的烟。窗户上沁着水雾,窗外飘起似有若无的冬雨,空气中混着香水、海鲜以及烟草的味道。有那么几分钟,马山和短发女孩营造出来的氛围场景像极了欧美独立小众电影里的迷离画面。

几碗热粥下肚,一种说不出的舒服劲在马山身体中上下游走,酒也醒了一多半。他伸伸懒腰,打了个哈欠,看了眼短发女孩,她滑动着手机触摸屏,不时嘿嘿傻笑,刷着微博。

"给你看这个。"短发女孩将手机伸到马山眼前,那条微博写的是"祝我生日快乐!"配图上的短发女孩表情夸张地咬着一块奶油蛋糕,笑得没心没肺。

"你生日吗?"

"上个星期五。"

"那补祝你生日快乐还来得及?"

"当然来得及,但是祝人家生日快乐得诚心,诚心就得有生日礼物,礼物呢?"短发女孩摊手做索取的手势。马山下意识摸了摸身上的口袋,除了钱包手机外别无他物。

"算了，没关系，欠着吧，下次补上。"短发女孩大方地挥了挥手，像是施恩于马山。

"你这是过几岁生日？"

"你猜啊。"

"不是十八就是十九岁。"

"你看上去一本正经，想不到挺会哄人开心的，没少骗女孩子吧。"短发女孩哼了一声，"要十九岁就好了，可惜再也回不去了。我都二十四了，老了。"

马山一口水差点没喷出来："别逗了，你这才哪儿到哪儿啊。二十四要算老，那我这三十好几的岂不是老不死了？"他自认为讲了个还算不错的冷笑话，短发女孩却一丝笑意也没有。

"女人哪能和男人比呢。你们男人越老越有魅力。而我们女人呢，年龄和魅力成反比，更别说干我这一行的。"

马山本想接过短发女孩的话再贫两句，可话到嘴边，看到她眼睛闪过的那抹忧伤，轻咳一声问："你上周五生日？十二月二十一号？"

"是呀，传说中的世界末日，是不是很酷。"

"你不怕吗？"

"怕？怕什么，怕死吗？"马山点头，短发女孩很鄙视地白了他一眼，顿了顿，低声说："死谁不怕啊，是有那么一点怕，我到现在都还没有收过铂金包，没有去过马尔代夫，没有亲眼见到王力宏，没有中过六合彩，没有爱……"短发女孩把到嘴边的话又咽了回去，她低落了两秒，又恢复灿烂笑容："总之我还没有活够，不过转念一想，反正要死大家一起死，也就没什么好怕的。"

"生日party上我喝醉了，醒来后睁开眼，阳光扑面，装满整个房间。我恍惚了好一会才确认世界末日过去了，我不但没有死，还老了一岁。从那一天起我更坚信人生苦短，及时享乐。活一天，赚一天钱，反正按理说已死过一次了，那为何不活得开心些，尽量为所欲为呢？"说这番话的短发女孩如同一位哲学家般目光深邃。

"那你呢，你相信世界末日，害怕死吗？"

马山摇头，短发女孩不甘心地追问："那你相信爱情吗？"

马山一愣："这和世界末日有关系吗？"

"没关系啊，就想到了，随便问问。"

"也不信，至少目前不信。"

"为什么？你没女朋友吗？我还以为你都结婚了。"

马山玩着手中的空烟盒，没笑也没回答。

"你不信世界末日，也不相信爱情，那你信什么？你有信仰吗？"

"信仰这么奢侈的玩意儿我哪配有。信钱算不算？如果算，那钱就是我的信仰。"

"哈，真有你的。来，为我们有共同的信仰干杯。"短发女孩哈哈大笑，找来杯子才想起没要酒。转而拿起粥碗，与马山的茶杯相碰，像个女土匪头子，仰起头，一饮而尽。

AM2:00—AM3:30

在酒店宽大的单人床上，马山顺其自然和短发女孩做了爱。都熟到这份上，要不和她发生点什么，才是对她的不尊重。

马山裸着上半身，拨弄着尚未吹干的头发从浴室走出，看到试衣镜里反射的慵懒性感的短发女孩。她披着浴袍，双指夹着一根细长的女士香烟，曲线玲珑地坐在书桌前玩着电脑。

吕　魁 | 朝九晚不归

屋内回荡着短发女孩随声附和香港歌手薛凯琪的《Better me》。

"远处海港传来阵阵船笛，我一直飘零到被你捡起。如今望着反映窗户玻璃，有个我陌生又熟悉。"

"这歌真好听，你唱得毫不次于原音。"

"行了，留着你的甜言蜜语说给下一个姑娘听吧。"短发女孩轻轻一笑，大腿根部的刺青若隐若现。

"你不是不信吗？喏，睁大眼睛，看仔细了。"

马山探头望去，电脑显示屏播放着湖南卫视一档知名综艺节目的开场舞，五六个年轻的舞者活力四射地跳跃欢腾。

"信了吗？"短发女孩按了暂停键，画面定格在一对男女脸上。"这是我，抱我的是我的舞伴也是当时的男友，那时我还留长发，和他分手后我才剪短的。"

"这也是我，还有这个，这个，都是我。"短发女孩一脸骄傲，她接连播放了几期该节目的开场秀，她穿着性感，跳着看上去大致相同的舞步，镜头少得可怜。

"你还真的做过舞者啊。"

"别瞧不起人，刚才我在床上跳得怎样你又不是没亲身体验。"

马山回味地笑，下体又有了反应。

"您还真是个文化人，说得那么好听，什么舞者，其实就是个伴舞的呗。不止这一档节目，好多台综艺节目的开场舞我都跳过。不过从专业角度来看，其实我跳得并不好，瞎跳，没有什么天赋，只能算是爱好而已。"

短发女孩熄灭烟又续上一根，"我前后跳了四年，钱没赚下，伤落了一身，韧带还撕裂一次。二十岁那年，我的搭档，我的初恋男友，那个贱男人，取走我全部的积蓄背着我和我最好的姐妹跑去北京。"

意料之中的狗血桥段，马山也很老套地问："那么后来你……怎么又……"

"你是想问我怎么就做了这一行，当上包房公主的吧？"短发女孩见怪不怪，"我从小在湘西大山里长大，我妈死得早，我爸把我养大却得了重病付不起医药费，我弟弟上学又得交学费，所以出来陪酒喽，就这么简单。"

看着马山信以为真的沉默表情，短发女孩忍了不到半分钟，像个恶作得逞的孩子般笑出声来。

"骗你的啦，怎么可能这么倒霉？我告诉你，你今后再碰到像我刚才那样，诉说悲惨身世的包房公主千万别信，这只不过是骗取客人同情心好多要点小费的台词。至于我嘛，那对狗男女去了你们北京，我在电视台认识的一个姐姐问我愿不愿意和她南下去广东赚钱。我没怎么多想就答应了她，反正我一个人没依没靠没牵挂，刚好长沙也待腻了，换个城市没准机会还会多些。"

"然后就来珠海了？"

"那倒不是，第一站去的广州，两年后去了深圳，其间中山、江门、东莞都待过，珠海是我来广东的第五站。至于为什么做了公主，没为什么啊，我倒是想像那些好命的女孩子一样，坐在写字楼里吹冷气，喝咖啡，当白领。可我书读得少，脑子笨，爱玩，人懒又怕闷，高职没读完就去做模特喽。我十七岁当模特，一做就是五年，只要有钱赚，我什么活都接，淘宝网拍、车展、夜店 dancer，我都做过，可是赚得都不够多，买个包包化妆品钱就没了。后来我看到和我一起走台作秀的姐妹们一夜之间都变得好有钱，背的都是大牌包，戴的都是 Tiffany 的钻石项链，每个周末都去港澳吃大餐，住五星级酒店。看着她们一个个光鲜耀眼，说不羡慕是假的，你知道，没点虚荣心那就不是女孩子。我请姐妹里混得最好的那个姐姐喝红酒，送了她一个 Coach 的钱包，旁敲侧击向她打听哪儿来的那么多钱。她告诉我说很简单啊，去找个有钱爱玩又怕老婆的老男人就 OK 啦。那上哪儿去找呢？然后，然后我被她带着进出珠海各大夜总会，就这么入行喽。"

短发女孩漫不经心地说着，像是在转述他人的经历。

"喂，我要说我也挑人接的，你信吗。"

"那我很幸运。"

"嘴可真甜，那我说我想嫁给你，你敢娶吗？"短发女孩似笑非笑，嘴角上扬，目光挑逗。

"敢啊。"马山停顿了下说。

"行了吧，你都迟疑了，真假。"短发女孩又冲马山翻了个白眼，"好了，不说这些废话了，讲真的，今晚你开心吗？"

"开心啊。"

"开心就好。"短发女孩莞尔一笑，"你开心，我有的赚，各取所需，谁也不欠谁。"

在二十四楼的落地窗前望去，大海如沉睡的巨兽般温驯。一架夜行航班从空中安静划过，不远处的澳门灯火璀璨，情侣路上没有情侣。短发女孩从身后环抱马山，脸贴在他的后背，像乖巧的宠物。马山忽然有种比射精后还要空虚的空虚感，他没有，也不敢回头去看她，生怕再多看一眼便爱上她。

AM8:00—AM9:00

虽然睡了五个小时不到，马山还是先于闹钟醒来，浓妆卸去的短发女孩婴儿似的蜷缩在枕边。马山惯性摸出手机，一条未读短信一个未接来电。他扫了眼信息，又到月底，房东催交本月房租，顺便告之下水道又堵上了，这个月要加收维修费。马山小声爆了句粗口，顺手删除，接着关紧浴室门，清了清嗓，小心翼翼回拨老总电话。

一刻钟过去，马山走出洗手间，借着窗帘缝隙透出的几缕阳光，看到侧身坐在床沿的短发女孩。她一条腿垂直在地毯上，另一条腿弯曲，脚背弓起，优雅、缓慢地穿着丝袜。

"你醒了，要不要一起吃早茶。"

"恐怕要让你失望了，"短发女孩站在衣帽镜前专注地画眼线，"有个熟客，澳门的老板约我去香港跨年，我答应了，他马上就来接我，不好意思啊。"

"没关系。"马山大方摊手，耸了耸肩，假装满不在乎。

手机响起，短发女孩走到窗前，背过身用粤语嗲声撒娇，笑声连连。马山从钱包里取出一沓钱，数出八百块，趁短发女孩不注意，放进她的手提袋外侧兜。过了半分钟，马山又数出五百块，手在空中停了下来，还是塞了进去。

东西不多，也就没什么好整理的，马山很快收拾好拉杆箱，整装待发。

"要回北京了吗？"短发女孩一手握手机，一手拎着大号的 LV 手袋在他身旁停住。

"不，临时接到公司通知，改飞上海。"

"哦，祝你一路顺风。嗯，不对，坐飞机好像不能祝一路顺风的。"短发女孩自问自答，"那祝你好运，发大财。"

"谢谢，你也一样。"

短发女孩盯着马山的眼睛微笑。她戴上墨镜，俯身绕过马山，伸手取走他背后桌子上的钱包。

"我已经……"

"我知道，我都看见了。"短发女孩将马山钱包里剩下的几张百元大钞全都抽出来，很自然地扔进手袋。

"心疼吗？心疼你才会记住我。"

说完，她拉开房门，径直离去。

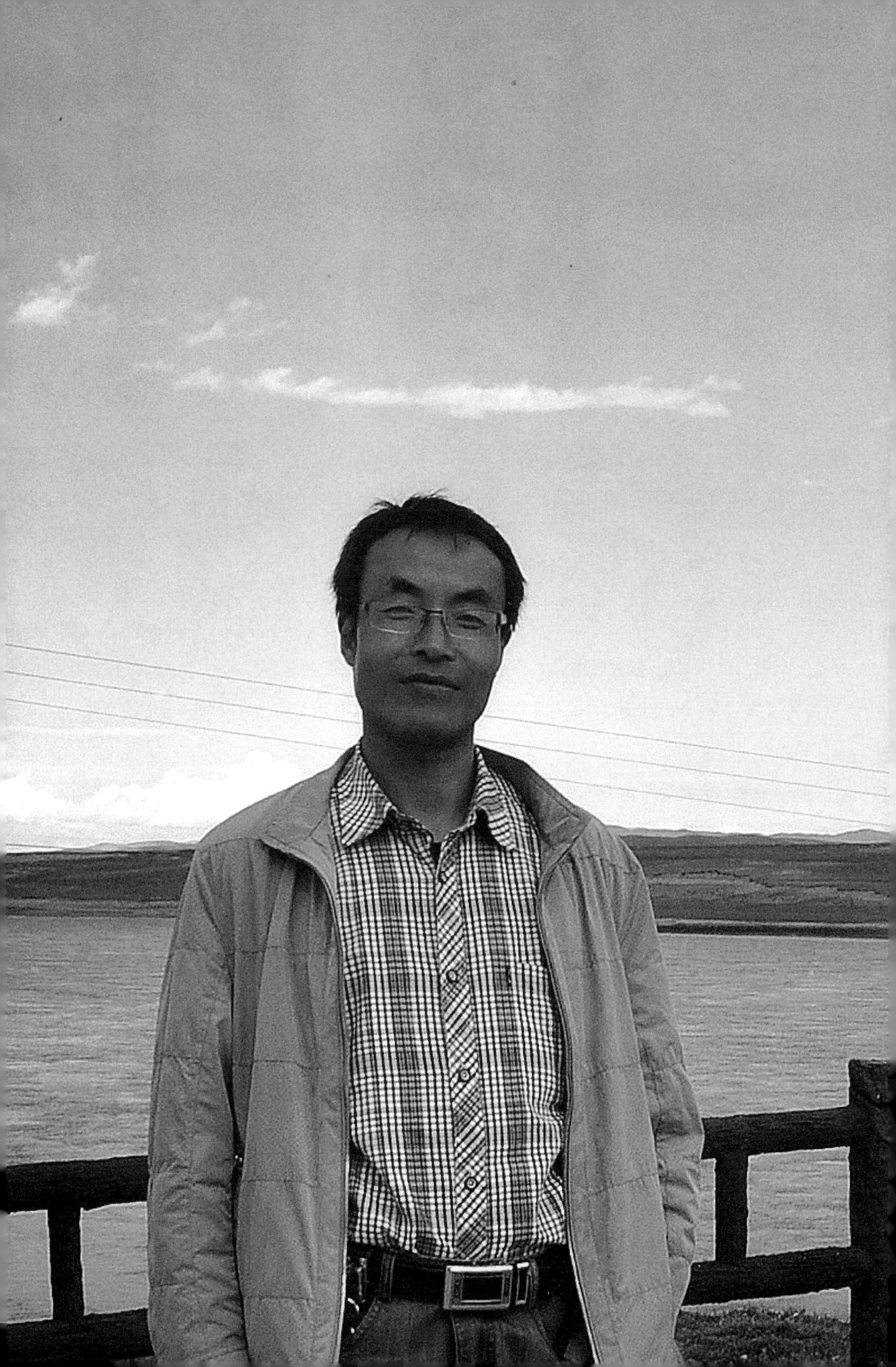

王小忠

王小忠,1980年生,甘肃甘南人。作品见于《大家》《北京文学》《青年文学》《长江文艺》《山花》《民族文学》等文学期刊。作品入选多种年选和选本。获甘肃少数民族文学奖、黄河文学奖,第二十届"文化杯"全国梁斌小说奖等。

小镇上的银匠

从转经房下来的时候，太阳刚刚升起来，小镇子立刻被镀上了一层金——鲜亮，耀眼。可爱的黑色的小切俄（藏语：狗）不住摇动尾巴，跑在前面，像孩子一样时不时回头看我。晨曦下，四周升腾而起的袅袅桑烟像缕缕蓝色的飘带，在干净的天空里绕来绕去，这让对面山坡上的寺院显得愈发安静而壮观了。

我加紧了脚步，想在太阳照到小屋门口之前赶回家，给阿爸端上煮好的热茶和馍馍。阿爸吃早点的时候不喜欢被人打搅，他喜欢趴在被子里吃，吃完又睡，一直会睡到太阳落满整个院子。阿爸祖籍在西南，是流浪到小镇上来的，是阿米（藏语：爷爷）收留了他，并让他长久住下来了，也有了嘉木措这个名字。自从我记事那时候起，阿爸就蹲在那间小屋子里叮叮当当打制首饰。他不爱吃酥油糌粑，也很少去转经房和寺院。几十年了，他一直保持着固有的习惯，似乎无法更改过来。

我赶到院子里的时候，太阳恰好照在小屋门口，可是这座小小的院子已经发生了变化。听不见叮叮当当的声音的时候，我的心里就觉得空空荡荡的。阿爸已不在人世了，可我不相信，总感觉他一直蹲在那间小屋里收拾他的家当呢。每天照样煮茶、端馍馍，等茶凉了，馍馍也冰了，我才从那间小屋里退出来，再去铺子里看看，去山坡上转转。

小银匠还没有起来，昨晚肯定又迟了。他要在下月十五前赶完那尊佛，要送到寺院里去。和小银匠结婚已经快三个月了，他还没有完成阿爸交给他的那桩心愿。我想，这之前他是不会安下心来去做别的事情。

半夜里小银匠穿衣服的窸窸窣窣声吵醒了我。小银匠是要去阿爸常年打制首饰的那间小屋子里了。我没有阻拦，在被子里装得死死的。

　　阿爸说，我刚落地阿妈就走了。没见到她长什么样子，也没听到她的声音，我和阿妈就那样远远地住在两个世界里。有时候我也会梦到转经房周围转经的老阿妈，她们弯着腰，一圈又一圈转动经轮。醒来时就格外想念阿妈，可我们距离实在太远了。如果阿妈在人世该有多好呀。这么多年来和阿爸相依为命，尽管任何事情阿爸都不会对我隐瞒，可更多时候我还是觉得很孤单，阿爸一个男子汉怎么能够懂得女儿家的心思呢！阿爸一心沉醉在他的事业上，他的那点秘密在我眼中已经不算是秘密了，不就是想找个能够继承他手艺的人嘛。为这件事，阿爸伤心过，也哭过，还给小银匠下过跪。

　　坐在阳光下，我感觉像做梦一样，一会儿东，一会儿西，那种感觉真的美极了。我宁愿在这种美丽的梦中不要醒来，可是白白的阳光多么像调皮的孩子的手，偏偏要扒开我的眼睛。下月十五算起来不到二十天，小银匠不分昼夜勤快地赶活，看着让人心疼。

　　看到小银匠如此匆忙的身影的时候，我也会想起南木卡和道智来，那两个图谋不轨的家伙彻底伤透了阿爸的心。

　　算算看，那时候我才十七岁。南木卡阿爸带着南木卡来，他们在小屋里说了半天话。后来南木卡阿爸走了，南木卡却留了下来。二十几天后，南木卡阿爸来了，他从阿爸的小屋里拿走了一对精巧的耳环和镯子。可南木卡还是没走，直到有一天阿爸发了很大的火，南木卡才走了。第二天傍晚，南木卡又来了，他是来和阿爸算账的。他们在小屋里吵了好长时间。我听见阿爸严厉的声音，"你出去不要说是我嘉木措教你手艺的，你连捉虱子的本领都没有学会，却想捕捉草原上的野牛！"

　　阿爸老了，怎么能吵过年轻人呢，最后用一块银圆才把南木卡打发走了。

阿爸对我说:"南木卡妹妹要出嫁,他们是来做首饰的。草原上不缺别的,就缺打首饰的匠人。"

阿爸还说:"看南木卡高大结实,脸盘方正,额头亮堂,是个特不错的小伙,何况这些年明显感到体力不支,我想把他留下来,海螺表面光滑洁白,但里面却是弯弯绕啊。南木卡不合适,他太粗心了,而且不听话,做首饰最需要认真仔细,那样可不行。"

阿爸歇了一下,接着又说:"做首饰不但要认真仔细,最要紧的是良心。"

我十分不解地问阿爸:"首饰和良心有啥关系呢?"

阿爸说:"拉姆草,这么给你说吧,一个人品性的好坏和手艺无关,但和名声是连在一起的。许多年前,从青藏、川藏过来的马帮贩子们只要看见打有'老梁家'字样的东西,啥话都不说,银子大把大把就扔在柜台上了。那些人的银子没处花吗?当然不是,那是他们对'老梁家'的东西放心呀。'老梁家'的东西在道上那么有名,如果没有几辈人的积累,恐怕难以做到。几辈人的声誉了,总不能毁在我手里……"

阿爸说到这里便迟疑了,他望了我一眼,然后低下头,喃喃自语:"给孩子说这些有啥作用呢。"

我说:"阿爸,你就说吧,是不是有很多动听的故事呢。"

阿爸继续说:"老虎的斑纹在外,人的斑纹在内,不经事不知人心啊。当时我看南木卡不错,他虽然笨点,笨点没关系,可以慢慢学。但他不听话就不对了,更不应该来算工钱。哪有徒弟向师傅要工钱的?草原上的人不会是这样的呀,再说了天下也没有这样的道理。没收他是对的。"

阿爸说到这儿显得很伤心。

阿爸伤心的时候就会眯上双眼,眼窝里还会溢满泪水。每遇到这样的情形,我就悄悄退出来，轻轻关上那间小屋的门，去山顶的转经房，呆呆坐上一阵。那只可爱的切俄总是陪着，时不时舔舔我的手，也舔舔自己的嘴巴。

收徒弟，传授手艺在年事已高的阿爸看来的确是一件很困难的事情。不是说没人，而是按照他的标准选人，小镇上恐怕真的没有。这件事对他来说，已经成了一块心病。甚至有一段时间，他把我叫到那间小屋子里翻来覆去说，如何把握成色，如何做模子，如何熔化金银。

干活时的阿爸很严肃，他系上那块被烟火熏烤得黑乎乎的羊皮围裙，戴上那副黄铜架梁的石头镜子，所有工具一一摆放在手边，不让我靠近，也不允许说话。

阿爸镇定自如，他把碎银，或者陈旧的银饰品全都放进青泥罐里，然后在猛火上熔化。阿爸的桌子上有块黑乎乎的木板，有时候他也会在这块木板上熔化碎银子，然后用镊子把化好的银子团成所做物品的大小模块。那块木板上有数不清的窟窿和裂纹，极小部分银珠子会掉进窟窿或裂纹里，这时候阿爸会翻过木板，把它们一一抠出来，然后再熔在一起。阿爸说，这些屑银一般匠人是不会抠出来的，算是除了工钱之外的一点零头。

阿爸忙不过来时我会替他用力拉风匣的。火星在木案和他的羊皮围裙上明明灭灭闪动着，此时阿爸红光满面，仿佛喝了一碗青稞酒，满脸洋溢出得意而微醉的神情。

银子熔好以后，阿爸用钳子小心地把泥罐里的水银子倒进事前做好的模子里，叮叮当当敲打一番，美轮美奂的花纹就脱颖而出，紧接着拿到小铁砧上轻轻锤一锤、锉一锉，再放进白矾水瓶里，只听得"刺啦"一声，一件铿光闪亮的首饰就出来了。

镶嵌玛瑙、珊瑚、松石这些珠宝的时候，阿爸就会点着带有八根捻子的灯盏。他把带弯头的吹管含在嘴里，深深吸上一口气，火焰顿时被吹成了一道细线，金

王小忠 | 小镇上的银匠

银在明亮的细火中渐渐变软，珠宝镶进去以后，再用焊药把它们焊得死死的。

灯盏、砧子、锤子、锉子、钳子、模子、戥子，看着这些五花八门的工具，我有点动心，也越来越喜欢这间小屋子了。这间小屋子里除了这些工具外，还有一个陈旧得辨不清颜色的箱子，那箱子上是一个更小的盒子，同样辨不清颜色。不知道里面装的是什么。小屋里的任何东西都可以动，就是那个小盒子不能动。阿爸视它为宝贝，有几天阿爸会把它藏起来，有几天他又把它摆在那个箱子上。我问阿爸，可他总是拉开别的话，不肯给我说。我知道，阿爸不能说的肯定就不能说了，何必要为难他呢。就在我真正动心学习打首饰的时候，阿爸却突然不和我说话了，他总是拉着脸，整天忧心忡忡。几天之后，阿爸就不让我再进那间小屋子，我的心里有种莫名的难过和忧伤。

自从不让我进那间小屋后，阿爸的话就更少了，他整天躲在小屋里不出来。一直到来了一个叫道智的年轻人。

说实话，道智没有南木卡那么机灵，甚至有点呆头呆脑，也或许是因为他的这种表现，才赢得了阿爸的喜欢。

有一天，阿爸专门叫我到那间小屋子里，说道智年龄也差不多，老实本分，可以学到他的真传。

阿爸不知道我的心思，但我却知道阿爸的想法。阿爸看到的只是小屋子里的道智，却看不到屋子外面的道智。

那天早晨，我起来去山坡上放羊，道智悄悄跟在后面，一直跟到没有人看见的一个山窝窝里。我心里知道，道智不能把我怎么样，但就是害怕。道智见我站着不动，就大胆地过来拉手。我很生气地甩开了他那双脏兮兮的手，可他依然不停地纠缠，还说你阿爸都答应了让我做他女婿呢。正当我被道智放翻在草地上时，可爱的小切俄冲了上来，它死死咬住了道智的腿子。道智疼得哇哇大叫，我乘机疯狂跑到山梁。道智在山窝里站了好长一段时间，然后一瘸一拐地走了。我突然之间感到很伤心，很难过，一把抱住可爱的小切俄，坐在山梁上，任眼泪哗哗地流下来。

回到家里，看见阿爸安详地坐在屋檐下，我闪身就躲进屋子里去了。我不想和阿爸说话。这么多年来和阿爸相依为命，我怎么能让他伤心呢！可是我讨厌道智——那个已经让阿爸动了心的坏家伙。

"拉姆草，今天阿爸没活，过来说说话吧。"阿爸早就看见我来了。

"没啥说的，我知道你想说啥。"心里这么想，但我还是从屋里走了出来。我不想伤阿爸的心。如果不出去的话，阿爸一定会这么想："自己的女儿都这么不听话，怎么好意思说别人家孩子呢。"

"道智回家去了，他是个从苦处来的孩子。"阿爸说。

"阿爸想正式收他为徒弟，拉姆草，你说行吗？"我知道，大大小小的事情阿爸总是要问我，但最后都是他说了算。阿爸很安详地对我说。

阿爸已经有他自己的主意了。

道智肯定给他说了许多好听的话。

阿爸心地善良，小镇上所有人都知道。这么多年来，阿爸在小镇上没有做过啥惊天动地的大事，甚至连寺院都不去。但是，小镇上不能没有阿爸。听别人说，在银子上阿爸从来不做手脚，而且给困难人家打首饰，有时候还不收工钱。何况阿爸从那块木板上抠银屑，再熔进去的这些细节我也看到了。每当我去县城卖羊绒回来之后，阿爸见我脸色不好，就给我翻来覆去说他行乞的故事。阿爸真正是从苦处走过来的。从苦处来的人，心是善良的。阿爸说,道智和他一样是个苦孩子，也是一个心地善良的人。可是一个心地善良的人怎么会平白无故在山窝窝里欺负人家呢？他不知道那样会伤人心的吗？一个让别人伤心的人还是善良的人吗？何况可爱的小切俄都见不得他。我自己也想不清道智是个什么样的人了。

"阿爸,你是不是还想让他做你的女婿啊?"我撇了撇嘴。

"阿爸是这么想的,当然要你愿意。"阿爸睁开了他眯着的眼睛,懒洋洋地说。

听阿爸说出这句话的时候我心里很气愤,就连胸腔里原本平静的心也发出了怦怦的反抗声。

"你觉得道智合适吗?"我很生气地反问了阿爸一句。

"那你说说道智吧,他在你眼里是个怎么样的人呢!"阿爸看了我一眼,然后又眯上了眼睛。

阿爸的确老了,他双鬓间的头发和摆放在小屋子里的首饰一样白得耀眼。我的心突然痛了一下。阿爸大概从我的表情上早就看出来了,但他依然认真地等待着我的回话。

我不知道该怎么办。我知道阿爸相中了道智,如果答应的话他一定会很开心的。可我不能,我讨厌道智,讨厌他偷偷摸摸说些不着边的话,更讨厌他深更半夜在院子里贼眉鼠眼东张西望的样子。阿爸一心一意投入在他的那堆家当之中,关心的只有首饰,想的也是如何打制出更加漂亮的花纹。他的眼睛里,整个世界只剩下首饰和模子了。他的脑子里充满了这门手艺的传承问题。找一个合适的传人对阿爸来说比什么都重要。阿爸的眼睛和心灵都让找传人这件事情给遮挡住了,他看不到除这件事之外的其他事物,也仿佛想不起除这件事之外的其他心愿。阿爸沉醉在找传人之中无法自拔。阿爸让这件令他十分头疼的事情彻底给弄迷糊了。这段时间,他总是坐在屋檐下,眯着眼睛。小屋子里堆满活,他却说,"今天没活,拉姆草,过来说说话吧。"看着他如此纠结而痛苦,我心里很难过,可一点办法都没有。

他静静等候我的回话,一直等到他阳光下的影子在院子里完全消失,可我还是没有开口。

"拉姆草，我是个手艺人，手艺人你知道吗？这么多年来，谁家丫头戴的首饰不是你阿爸做的呢！草原上缺的就是匠人，十里八乡的老阿爸们都来这里，不就是给自己女儿做几件像样的首饰吗？不就是让自己女儿走在大街上显得光彩点吗？如果我不在了，他们找谁去呢！凭你阿爸这些年做的那么多首饰，阿爸不通过你的心愿，给你找个女婿，他也不敢欺负你呀。"阿爸说了一大堆，但他的眼睛依旧是眯着的。

阿爸接着又说："和道智在一起的这些日子里我认真观察着，他对你阿爸的任何东西都不敢碰，很听话的，就是有点笨。"

"阿爸，笨有啥要紧的呢，就怕他的心思不在学手艺上。"

"胡说啥呢，他是专门来学手艺的。"阿爸说到这里便站了起来，他看了我一眼，然后就回到那间小屋子里去了。突然之间，我发现阿爸的眼神有些陌生，有些令人担忧的伤感和捉摸不透的难过。

阿爸的脸色有了新的变化，泛红了，有亮色了。我知道阿爸对道智越来越喜欢了。那间小屋阿爸是不允许任何人进去的，除非他在小屋里。现在有所变化，阿爸在屋檐下晒太阳，道智一个人在里面他也不会说啥。

那天我到小屋里取阿爸好久没晒的被子，道智见我进来，就放下手里的活，挤眉弄眼地说："拉姆草，漂亮了，像小母牛一样瓷实。"我使劲瞪了一眼他，可还是没有堵住他的嘴。"拉姆草，以后不住这破房子，搬到城市去。"他说着就伸出了黑乎乎的手，走到我跟前来。我抱着被子从他身边挤了出来，心里有种说不出的委屈。

我又去山坡上的转经房了，可爱的切俄一直跟着我。在山坡上坐了整整一下午，我的脑子里满是那个坏家伙的样子，那么无赖，那么可恶，令人作呕而又无

王小忠 | 小镇上的银匠

限害怕。

我越来越讨厌道智,他不但无赖,而且懒惰,处处像主人一样使唤我,就连可爱的小切俄他也要呵斥两声。他的坏毛病越来越明显了。阿爸休息的时候,他总是跑出去,蹲在外面,带着一对贼溜溜的眼珠子,来来回回扫着过往的游人。

"道智,你到这儿干啥来了?"我实在看不惯的时候就问他这么一句。

"学手艺来的。"

"蹲在大街上就能学好手艺?"

"手艺需要更多的市场。"

"啥市场?草原上的活都做不完呢。"

"那算啥市场?你看看那些游人们戴的首饰,那才是市场。"

"那你跑这干啥来了?"

"学手艺来了。"

我懒得搭理他。

以前讨厌他的贼眉鼠眼,现在我又讨厌他的油嘴滑舌。

阿爸决定要传授道智他的真传了。

这段时间阿爸接了很多活,叮叮当当的响声几乎不分昼夜。那件羊皮围裙上的窟窿眼越来越多了。阿爸一边忙手里的活,一边抽空给道智说着话。道智低着头,蹲在阿爸身边不住打哈欠。我看见了,阿爸就是看不见。他向我时不时地挤眼睛,吐舌头,阿爸也看不见。我想提醒阿爸,又怕伤他的心。这时候我就一口气跑到转经房。坐在山坡上,痴痴地看着那些南来北往的一团一团奔跑的云彩,流下许多难过的莫名其妙的泪水。阿爸离我越来越远了,他不懂我的伤心和难过,只想着他的手艺。可爱的小切俄偎依在我身边,静静望着我,我第一次从它黑汪汪的眼睛里看到了另一个拉姆草——漂亮而憔悴,勇敢而又懦弱,急躁不安而又无可奈何……

经过一段时间的赶做，活忙完了。阿爸早早起来，他把所有首饰一一摆放在箱子上。早饭吃完不多一阵时间，顾主们都来了。阿爸又忙着把做好的首饰一件一件放在戥子上称。等一切完备之后，阿爸就坐在屋檐下，眯起了眼睛，静静享受着阳光的温暖。

阿爸除了做首饰外，也做奶勾之外的杂活。他在最忙的时候，这些活就留给道智做。道智也只能做这些活，我想。

道智说要回家去，阿爸就让他回去了，并且阿爸让道智把打好的几个奶勾顺便带到牧场去。

第二天，阿爸就变了个人一样。他背起双手，来来回回在屋檐下走，并且不住叹气。我问他，他也不回答我。接连好几天，我看见阿爸的眼睛里布满了血丝，嘴唇也裂开了条条口子。我不知道到底发生了什么事情。从阿爸的表情上可以看出，事情肯定是发生了，而且很严重。多少年来，从来没看见他如此焦急过。

半月过后，道智依然不见影子。阿爸的走动从屋檐下转移到门外，他天天站在门口，扳着指头数日子。

小镇子终于迎来了它最迷人的夏天。

山顶上的树木透明碧绿，白龙江的流水从高处跌跌爬爬一路唱着欢歌。这样美好的光阴里，阿爸像一截木头整日立在门前。他的眼睛里灌满了夏天的炎热，也灌满了秋后的等候。冬天终于来临了，他的眼睛里灌满了悲伤和绝望。

这天早晨，阿爸破天荒去了山顶的寺院。

从寺院回来之后，阿爸就把自己关进小屋里，再也不去门外。

之后的一段时间里，我听不到阿爸叫我的声音，也听不到他唠叨收徒弟传授手艺的话。

王小忠 | 小镇上的银匠

道智后来在晒银滩开了一个不大的小旅馆,除此之外还和一个外地人一起贩羊皮,生意做得不错。可小镇上有人说道智无意中得到一尊金佛,也有人说,那尊佛不是金的,只是镀金的塑像,卖不了多少钱,就供在自己的旅馆里。凡此种种,但我突然想起了阿爸视如珍宝的那个小盒子,那应该是阿爸藏得最深的一个秘密了。我告诉阿爸这件事情后,阿爸又老了一圈。

自从阿爸不接活之后,我们的生活就开始紧张起来。羊越来越少,院子也似乎变得低矮而黝黑了。小镇上游人依然络绎不绝,外地人纷纷扬扬云集到这里,街道变得宽阔了许多。大部分牧民也搬了过来,不去放牧,专门做生意。隆达、经幡、首饰、藏刀、狼牙……应有尽有。

这天,我从转经房下来,就钻进门外的一家铺子里。我看上了那家铺子里的一对耳环已经很长一段时间了。为了这对耳环,我积攒了好久,终于把它戴在了耳垂上。一进门阿爸就看见了,他没有责备我,他让我取下耳环。阿爸拿着那耳环翻来覆去地看,然后又在衣服襟子上来回摩擦,时而发出啧啧的称赞,时而又无可奈何地摇了摇头。

"阿爸,这耳环不好吗?"

"已经很好了,但和手工做的比起来,还是有差别的。"

"阿爸,这是门外铺子里买的,是个外地小银匠做的。"

阿爸啥都没说,他拿着耳环就出门去了。

阿爸自从道智走了之后几乎不出门。这次他忙不迭出门去找那个外地小银匠,我想,阿爸一定是遇到对手了。

一会儿,阿爸回来了。

阿爸一回来就躲进他的小屋子里。

我又听见叮叮当当的声音从他的小屋子里传了出来。

第二天，我还在睡梦中，阿爸就叫我。

阿爸在一夜之间打做了一对耳环。

这是多年来我见过的最漂亮的耳环。

耳环和我买来的一样，不同的是中间镶了一颗红红的珊瑚，珊瑚四周却是小小的细细的花纹。雪白的银子和红红的珊瑚结合得那么完美，细细的花纹怀里躺着的珊瑚又是那么地灿烂夺目。我拿着耳环，把它紧紧按在胸口，舍不得放下。

阿爸说："拉姆草，你把它拿给那个小银匠看。"

我遵照阿爸的话把耳环拿给了外门的那个小银匠。小银匠拿着阿爸做的耳环看了许久，最后他关了铺子门，说要见见阿爸。

小银匠也是西南人，说起来是阿爸的同乡。他们在小屋子里说了一天的话。

后来，小银匠就在晚上过来帮阿爸做首饰，白天开他的铺子。

再后来他铺子里原先的首饰不见了，摆放的全是阿爸和他赶做的首饰。有耳环、镯子、奶勾、腰带、项链……而且每件首饰上都镶有鲜艳的松石、玛瑙和珊瑚。

"小银匠是个很在行的匠人。"阿爸说，"他掌握的技术很到位，而且都是很先进的，有些连你阿爸都做不上。"

整整一年时间，阿爸不知不觉就把所有手艺传授给了那个小银匠。镶松石、珊瑚这样精细的工艺他也做到了无可挑剔。但是最后一道工序小银匠却怎么也做不上来。小银匠做出的首饰总是光泽刺目，而阿爸做出来的首饰雪样白。

阿爸开始冷落小银匠了。

小银匠不来阿爸的这间小屋，也不去经营他的铺子。小银匠不见了影子，我的心里也有点莫名的烦躁和不安。阿爸又坐在屋檐下眯着双眼，依旧不说话。阳光下的阿爸看上去十分安详，可我分明看见了他的神情里满布忧伤。

春天很快又来了，小镇子在时光下显得年轻了许多，阿爸却在光阴的流动里

王小忠 ｜ 小镇上的银匠

越来越苍老了。他坐在屋檐下一言不发，眼皮重重地垂了下来，头顶上几根稀疏的头发像秋风中站立不稳的衰草；搭在膝盖上的双手干枯而黝黑，手背上突起来的血管像树林里盘根错节而四面八方无限延伸着的露出地面的根系；他脱掉了平日里那件全是窟窿眼的羊皮围裙，穿上了那件最合身的察辱（藏语：不带皮毛的单衣），而此时，那件最合身的察辱罩在他身上也显得空空荡荡的。

"阿爸！"看着不断矮小的阿爸，我心疼地流下了眼泪。

"拉姆草，过来说说话吧。"阿爸的语调也变得低弱了许多。

我搬过小凳子，坐在阿爸身边。

阿爸说："拉姆草，小银匠最近去哪儿了你知道吗？"

我说："小银匠的铺子关着。"

"哦！"阿爸转着脸看着我，说，"他是块好料子。"

"阿爸，他怎么没来？"

"他一定会回来的。"

"哦！"

"还小，有自己的想法也对，不怪他。他有善心，是块好料。"

"你和小银匠又争吵了吗？"

阿爸转过头，他的眼皮又重重地盖住了眼睛。

"也不算吵，只是有些想法不一样。不过他的确是块料，舍不得呀。"

"哦！"

"他基本上学到了可以打做所有首饰的本事，但是他不安分呀。不安分也是对的，学会打首饰也就是个匠人，和会钉马掌没啥两样。"

"哦！"

阿爸继续说："他说我做的这些首饰还不够好，赶不上机器做的细致。他说用机器做模子,然后用手工镶松石、玛瑙和珊瑚。你阿爸我做了一辈子首饰,也没有人说不好。"

"哦!"

"我传手艺给他,可他算是我的徒弟吗?"阿爸说着说着就难过起来了。

"阿爸,你传给他所有手艺了吗?"

阿爸不说话,他只是重重叹了一口气。

"阿爸,机器做的有你做的好吗?"

"比我做的好,但有些地方机器是做不出来的。"

"如果你真的想给他传手艺的话,就把机器做不出来的那些传给他吧。"

"那也不算啥手艺。真正的手艺不是只会打首饰,这些你是不懂的。"

"那你教给他不就好了吗?"

"他现在还不是我徒弟。"

"怎么不是呢?你都教他一年多了。"

"他是机器的徒弟。"

"哦!"

"其实真正的手艺不需要学,是天生的。"

"哦!"我真的不懂阿爸在说什么。

阿爸说完后便不再开口了。

阿爸有点固执了。其实他心里知道,他是打不过机器的。只是在心理上不肯向机器低头,因而这段时间他把小银匠拒之门外了。小银匠想把首饰做成机器和手工的结合体,然而他却无法说服阿爸。得不到阿爸的允许,自然还不算是真正的徒弟。我心里默默地这样想着。那个小银匠不知躲在什么地方,也不知道他在想什么。我只要一闭上眼睛,就看见他清瘦的面容,还有挂在额头的那些调皮的

王小忠 | 小镇上的银匠

汗珠子；看见他拉风匣的姿势，笨得像一头牛；看见他镶珠宝的样子，灵巧得和钻天雀儿一样。看着阿爸如此无可奈何，我很担心，也很难过。而小银匠却销声匿迹了，对小银匠无法说清的那种想念像条条细藤，它们从很遥远的地方正慢慢向我缠绕过来。

"那他还会来吗？"我又问阿爸。

"我想他一定会回来的。一切都有因果，他躲不过，我也推不掉。"阿爸说。

我始终不明白阿爸在说什么。

这天，我从山顶转经下来，走进家门就看见了那个小银匠。

阿爸坐在阳光下，依然眯着眼睛，一言不发。

小银匠跪在阿爸跟前，也一言不发。

我收拾完院子里所有的杂物，他们还那样，一言不发。

我说："你们这是干什么呢？"

阿爸说："等你呢，拉姆草。"

我不知道阿爸到底要说什么。

阿爸说："拉姆草，阿爸并不是贪他的小铺子，我看出了，他和这门手艺有缘，我想让你嫁给他。"

"阿爸，都不是你做主的吗？"我说完就羞红了脸。

阿爸接着对小银匠说："我的祖上都是有名的匠人，只是几十年前遭遇灾难才流落到这儿来的，我现在老了，就给你们说说吧。"

阿爸清了清嗓子，又说："我在很小的时候就跟爷爷学手艺。爷爷是孤儿，他是在寺院长大的，他的真传来自寺院。爷爷的师傅是一位德高望重的高僧，打做金佛像和铜佛像最有名。爷爷在寺院用糌粑捏了十几年佛，后来才在众多弟子之中脱颖而出。他师傅想方设法挽留过他，但爷爷还是悄悄离开了寺院。说来还是和爷爷的师傅有关,他师傅说,一个人如果与佛有缘的话就能找到香巴拉。爷爷误以为自己和佛有关,于是就离开了寺院。他没有找到香巴拉,其实他根本就没有明白他师傅的话。爷爷在赶行途中险些丧命,于是就让老梁家收留了。老梁家在地方既是大户人家,也是银匠世家,道上人很看重他家的货。爷爷在老梁家倒插门之后,就自然而然地拿起了锤子。他给人家打首饰,而且在首饰上打上'老梁家'这样的字号。

"当年家里经常有人来订货,他们都不在乎价钱。当然,爷爷最拿手的并不是打首饰,而是打做金佛像和铜佛像,那佛像打做出来,就差开口说话了。可爷爷自从走出寺院后,就忘记了打做佛像。他常说,首饰打啥样的都成,可佛像不能。可是后来,爷爷终究没有经受住马帮贩子们的诱惑,他精心打制了一尊很小的金佛像。也不知道在哪儿出了差错,没过多久马帮贩子们就找上家门来,说是佛像里掺了假,至于到底掺没掺假也只有佛知道了。后来听道上的说,是同行使的坏。不管怎么说,老梁家的招牌却被砸了,一大家子颠沛流离,我就流落到这儿来了。拉姆草爷爷领我去寺院,高僧给我取了名字,从此我就叫嘉木措。我忘记了自己的名字,也忘记了自己是银匠世家出生的。在寺院里看见那么多佛像的时候,我就想起爷爷,想起当年他打做佛像的模样。他的一锤一锉我都记得清清楚楚。我曾发誓不再做匠人,更不能打做佛像,可我还是没有克制住。人这一辈子活着并不是为了钱财,而是为了儿女。当我有了拉姆草的时候,就又拿起了锤子。"

阿爸说到这儿的时候,他流泪了,一颗一颗大大的泪珠沿着他松弛的脸颊滚下来,滴在阳光发亮的地上,瞬间就没有了影子。

阿爸从来没有说过这些,为什么要在今天说这些呢?如果之前说,哪怕是道智那个家伙,也许我就答应了。

阿爸又说:"打做佛像才是一个匠人真正的手艺,它不但包含着虔敬,而且

王小忠 | 小镇上的银匠

还有善良和慈爱。当你真正成为一个手艺人之后,面对那些无论慈祥或狰狞的佛像的时候,你都会听见他们在说话,他们都在说世界上最善良的话。"

我和小银匠认真听着。

阿爸突然站起来,他去小屋子里。过了一会儿,他又出来了。从小屋子出来的阿爸精神了许多。阿爸手里拿着我曾见过的那个小盒子,他慢慢坐下来,接着又缓缓地说:"他们说得没错,这里原是一尊佛像,可惜让道智拿走了。他和这门手艺没有缘,当然看不到藏在这里的秘密。听说他没有卖掉那尊佛像,反而供起来,也算多少有点善根,树木都有几十几个节呢,人哪有不犯错的哩,我不恨他。"

阿爸有点激动了,他的手有点抖动,他的垂下来的眼皮上再次沾满了泪花。

阿爸继续说:"那尊佛像是爷爷从寺院带出来的,他一直想还回去,可是他没能做到。我想,我现在应该把打做佛像的手艺传给你,只有这样,你才算是一个真正的手艺人,也真正算是我的徒弟了。小银匠,你不是说你到这儿来是为了给草原上的牧民打制更多的首饰来的吗?这里不缺匠人,缺的是艺人你知道吗?当你打制出一尊佛像,能听见他开口说话的时候,你就有资格在这里打制首饰了,同时,你也许就能找到属于自己的香巴拉。在你和拉姆草结婚的时候你打一尊铜佛像,送到寺院去,你愿意吗?"

小银匠站了起来,他突然拉住我的手,说:"拉姆草,你愿意吗?如果你不嫌弃我的话,我随你转经,放羊。"

"不,打做佛像的手艺你一定要学到,否则你是娶不到她的。我传你打做佛像,就是想替爷爷赎罪。那么,我先替爷爷和老梁家感谢你。"

阿爸说着就从椅子上滑下来,跪倒在小银匠跟前。

"阿爸!"我和小银匠同时叫出声来。

小银匠被阿爸带到那间小屋子里,一直到两年后的春天到来。

从来不去寺院的阿爸在这两年时间里隔三岔五总是去寺院。从寺院回来，他就去小屋里和小银匠说话。

这两年时间里小银匠起早贪黑，有时候他随阿爸去寺院，一回来就钻到小屋里。他很少说话，那件满是窟窿眼的羊皮围裙从阿爸的身上早就转移到他身上了。小银匠有时候也会看我，他明亮的眼睛能看穿我的心脏。我的心跳得分外厉害，脸蛋像抹了辣椒水一样。夜晚里偶尔也会想起他，想起他，我就似乎看见了他那双眼睛，正在认真地看我。这时候我就把自己捂在被子下面，偷偷发笑。

小银匠还没有打做出那尊铜佛像，阿爸就离开了人世。我记得，阿爸离开人世的时候漫山遍野的鲜花正在盛开。我还记得，那天早晨的阳光十分迷人。

小银匠还没有起来，太阳已经老高了。

外面又来了许多游人，听起来很热闹。

小屋里依然是静悄悄的，我轻轻推开小屋门的时候，看见小银匠趴在那张阿爸操劳多年的桌子上睡得正香。他的面前是一尊庄严肃穆的铜佛像，目光炯炯有神，像是要说什么。

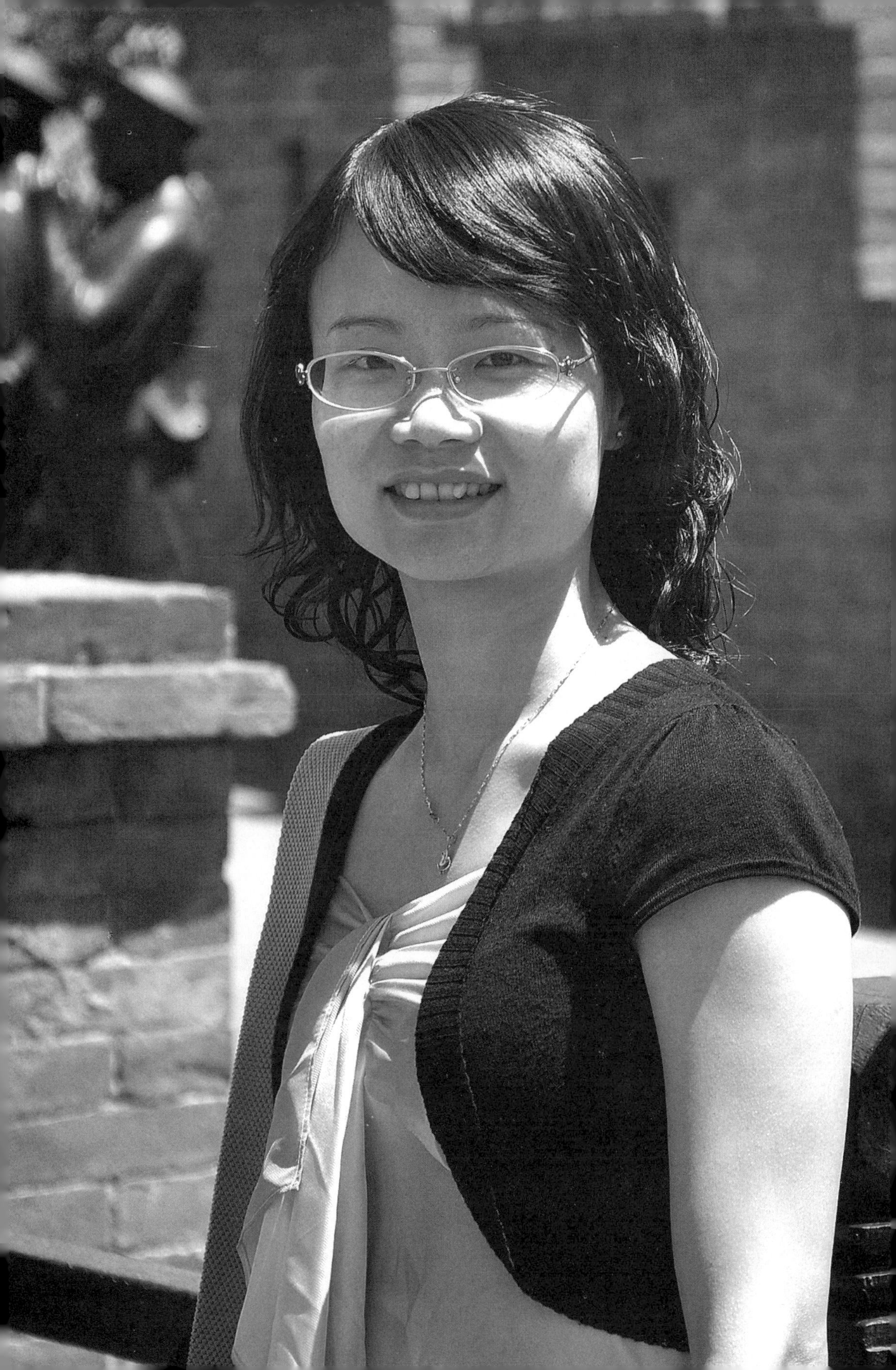

林筱聆

林筱聆，福建安溪人。中国作家协会会员，文化社会学研究生。已著有长篇小说《心弈》《女镇长》《致命六合彩》《嫁给女人的男人》，个人作品集《心旅无痕》、诗集《住在沉默的冰里》等。作品曾获福建省首届青年中短篇小说奖，连续四届获评泉州市政府刺桐文艺奖，第24、25届福建省优秀文学作品奖暨陈明玉文学奖等，曾入编《2004年中国散文诗精品选》，2004—2007年连续四年入编《中国年度散文诗》等。

关于田螺的梦

她像一个经验丰富的蒙面劫匪，语气平静但不容置疑。她说，脱掉裤子躺上去。我听见皮鞋在楼道水磨石上叩出的声响，或急促或散淡。乙醇的气味仿佛是突然出现，纷纷往鼻孔里钻。

她穿着白衣戴着白帽蒙着白口罩，这突出了她的双眼，黑亮，无邪，但冷漠，她的目光落在一张棕色的椅子上，而那椅子像一个人带着讪笑，张开热情的双臂。她说，内裤也要脱掉。我双腿张成V形，屈着两只脚蹬在检查床高高翘起的脚蹬子上。一切都是没有温度的白。白的天花板，白的墙，白的帐帘。我听见金属相互碰撞的声音，也许是钳子，也许是镊子。她说，腿张开点。才说着话，一种金属已经插入我的下体。它在扩张，它在深入，它在冒犯。冰块的冷，金属的硬，针刺的痛，流经我的全身。我打了个寒战，咬住嘴唇。紧接着，应该是一根蘸着药水的棉签在里面行走。许久，她戴着白帽子的头，在我的两腿之间抬起来。她说，阴道萎缩。

在看生理医生前，我只觉得下身老有一股气体往外蹿。有时，它像鱼嘴里吐出的一个泡，"劈—噗"在那条秘密通道里幽幽游着；有时，它像深巷里生成的一阵冷风，"呼—啦"快速冲过巷子冲出巷口。生理医生的解释是，雌激素水平降低，阴道没有足够的润滑剂来润滑，于是就生出很多褶皱，阴道萎缩，失去了弹性，再锁不住气体……

作为心理医生，我无法反驳生理医生给我开出的处方——"补充雌激素"。其实，卵巢上分泌雌激素的开关已经合闸，外来之药又有何用？她不知道我的病根，所以只能开出这种治标不治本的药；我知道，可我却当不了自己的医生。

我已疲惫不堪。我没有买任何药品直接回了家，我知道任何药物对我这样一个刀枪不入的人来说已经失去了药效。

客厅里，张扬正和一对年轻人有说有笑地谈着话。见我进来，他的眼神一闪而过，脸上的笑容也仿佛突然被打上了休止符。休止符后是很长一段时间的面无表情。我感受得到这种冷漠。

瑶姐，回来了啊！坐在沙发上的男青年站了起来。所有跟他工作有关的人，无一例外地叫我瑶姐，不论男女，不论老少。我不喜欢人家叫我"张太太"或"科长夫人"，我不喜欢成为他的附属品。直到现在我都无法理解迟子建的小说《福翩翩》里的那个"柴旺家的"，因为爱她的男人，她居然忘记了自己的姓名，而把自己归属在男人名字后的那个"家的"，她是他"家的"什么？我是个不会丢了自己姓名的女人，我有自己成功的身份："梁医生"。

是小白啊！我礼节性地跟他打完招呼，一眼就瞄到了桌上放着的一大包喜糖。怎么，小白结婚啦？恭喜啊！

你看小白这么客气，因为我没能去参加他的婚宴，他们今天还特地来送喜糖。张扬嘴上与我做着常规性的交流，目光却没有递上。他的手忙着为客人倒茶，眼皮连抬都没抬一下。他漠然地为我也斟了一杯茶，用杯夹夹到我面前的茶几。

我漫不经心地端坐着，听他们聊单位的一些事情，偶尔也会插上一两句。新娘子小鸟依人样地紧挨着小白坐着，不多说话，却时不时地与小白眉目传情。

我读得懂这种眼神。

我也曾有过这种眼神。

小瑶，帮我拿包烟！张扬可能已经发现了我的走神，说：再去切盘水果！

林筱聆 ｜ 关于田螺的梦

不用，不用！小白慌忙起身。不用麻烦瑶姐了！

我配合着张扬。端来切好的血橙，我很细心地注意到，小白为他新婚妻子送上一片血橙时，并不是简单地送上，而是将橙两边的皮与肉剥离开来，这样她用牙齿轻轻一咬就能咬起整块橙肉。她很幸福地享受着这种呵护与爱怜。

我的心为之一酸。多年前，那个唤我"小瑶"的张扬，更早那个唤我"小兔子"的阿伟也曾这么对待我。

晚饭是一天中我们能够单独面对面待在一起的唯一一段时间。儿子寄宿在学校，只有周末才回来。因为上班时间的不同，早餐我们都会错开半个钟头，午餐都在各自单位吃，唯独晚餐，我会精心安排。我在用心品味自己对晚餐的感觉，而他从来都是囫囵吞枣地只将我的一番劳作作为果腹之用。

饭桌前，他吃得"吧唧吧唧"，无限夸大嘴巴张开的幅度。食物被嚼出的声响有些走样，但恰巧可以覆盖住我们两人间的沉默。那好像不是他的牙齿与食物碰撞的声响，更像是食物早已知道被迅速咽下的结局，各自在他的口腔里慌不择路。我总是吃得小心翼翼，连夹菜都仿佛怕夹出声音。我恣意让那些饭粒和菜叶在口腔里舞蹈，缠绕，缓缓地，就如我期待他离席后，我可以独享这悠闲的时光。

一股气不知从哪里突然冒出来，在下腹聚集。我像被按下暂停键，紧急刹住嘴上的动作。我听到它冲出关隘，开始行走在那条干燥的通道里。我放下碗筷，左手扳着桌角，右手指用力抠着桌面，绷住身体阻止它的继续前行。他起身盛了第二碗饭。我思维的千军万马再顾不得他的"吧唧吧唧"，全部调遣到那条通道里。我希望它不要发出声响。一声"劈—噗"闷闷的，但还是响了。我迅速瞟了他一眼。他停止了咀嚼。我觉得他听见了，脸上热了起来。他并没看我，只用舌头在口腔里鼓捣了两下，继续咀嚼。我微微松了一口气。可是，它还在！它像一个玩捉迷藏的小孩又出现了！我下意识地抓紧桌角，夹紧双腿，努力向内向上收气提气。我希望它不要再往外游走。我希望它不要再发出任何声响。可是它继续不管不顾地走着，"劈—噗—劈—噗—劈—噗噗"，它干脆一口气直接走到底。

我惶恐地看见，张扬皱着眉头张大了嘴巴，一种燥热由脸颊传向我的脖子。

张扬从嘴巴里掏出一粒沙，丢在桌上，非常不满地说，以后米要淘干净点！

……

晚上七点，我准时来到我的心理工作室。只有在这些病人面前，我才能显示出强者的威严，才能有实实在在的成就感。

今天第一个来咨询的是个中医院的美容美体医生，A先生，以前来过两次，可是两次都是吞吞吐吐，欲言又止，尽讲一些无关紧要的琐事。我早就断定他说这些其实只是一个铺垫和试探，他心中肯定埋藏着一些难以启齿的墨区。作为心理医生，当一个有耐心的倾听者是最基本的，所以不管他讲什么，我都会先认真地听，哪怕他扯七扯八地打着一个个擦边球。

这一次，他不再躲闪他的话题。他的中医推拿技术是祖传的，以前多用于治病，用于美体是这一两年的事，生意却是极其火爆。由于职业的缘故，他经常要接触女人的身体，而且是零距离的接触。当女人，尤其是那些年轻的，貌美的，在他眼前一件件脱掉身上的衣物，只穿着胸罩和短裤，或俯或仰躺在那张美体床上，他就已经热血沸腾。如果不是宽大的白大褂像一块遮羞布一样藏住了他的心理，被顶得紧紧的裤裆绝对会轻易地泄露他的欲望。最让他难以忍受的是，为女人赤裸的胴体涂抹上精油进行全身推拿放松时，大多数女人都会发出一种勾人魂魄的声响，那是她们很享受很放松的情况下的一种自然流露，可这种声响更导致他精神的进一步紧张和裤裆的进一步发紧。有的女人在那种飘飘欲仙的情境下还

林筱聆 | 关于田螺的梦

要主动做出一些肢体上的动作，最典型的是咬手指、摸脸颊、双腿夹紧，甚至他还碰上过有的女人向他伸出了酥软的手。尽管他会有一种很想进入的冲动，可理智和医生的道德放逐了他思想上的出轨，却一次次阻止了他行为上的出轨。每次为一个美女做一次推拿美体下来，他总有些几欲虚脱的感觉，仿佛连续做过几次爱。在差不多要怀疑自己性功能亢进的时候，他却意外发现面对老婆时自己竟然阳痿了。老婆已经将他逼到了离婚的十字路口。

"我其实是挺爱她的，"A先生涨红着脸述说着，一脸痛苦，"可为什么到做爱时却一点感觉都没有……而第二天在医院里，面对那些病人，我依然又迅速地勃起……"

"你这是长期性压抑所致的心理障碍，"我不假思索一瞬间就对他下了诊断说明，"两种方法，一种是换掉你现在的工作，或者做一般的中医推拿，或者找一份没有生理刺激的工作，不用一个月的时间自然就好了；另一种方法让你的妻子也去学这个美体推拿，你在妻子的目光下工作，你便不会有那种欲望……你一旦适应这种形式以后就好了，妻子也会多一分理解……"

我一边为A先生看病诊治，一边也在为自己把脉。从某种意义上来说，其实我病得比他重。起码见到异性他要压抑，那是因为他体内有巨大的能量需要释放，而我即使面对的是全世界最性感的男人，我也没有了感觉。他是想跟自己的老婆有床笫之欢，可他不行，而我呢，我连床笫之欢的需求都没有。

在他第一次来问诊后，我特意去找他做过美体。躺在舒适的美体床上，我听见维尼亚夫斯基的《传奇》渗着凄美的婉约，我闻到满屋子充盈的薰衣草的香味。我看见，粉的墙，粉的帘，粉的床罩粉的枕巾。他的白大褂是一屋子粉嫩里的点睛之笔，眼镜后的微笑灿烂了白口罩的冷意。他用手代替了话语。他的手带着力气开始温柔地行走,走过脖颈,走过肩膀,跃过胸部,走过腹部,走过小腹……走过胸罩和短裤包裹之外的每一寸肌肤。他的眼光随着手在行走,仿佛那是他免费赠送的另一道按摩。他的手是细腻的,他的手是质感柔软的,他的手是温暖的。可是,仅此而已。他的手没能唤醒我的躯体。他戴着口罩,但我看见了他眼镜后偶尔微漾的光,我听见了他时而粗时而细的呼吸。我非常用心地感受他的每一寸按摩,我非常认真地倾听他的第一声呼吸。当他的手不小心碰上我高耸的乳峰,我听见他深吸了一口气。我以为我的感觉应该在此处落笔。可惜,我静若处子,心头没有任何一点微澜。他的气息依旧没能唤醒我的躯体。我为自己的麻木深感愧疚。就在这时,我只听到通道里有一股像风一样的气体奔腾而来,近了,近了。我借机翻过身,趴在美体床上收紧下体。床单已经不可避免地被我揪皱,可是,"呼—啦—呼—啦",它们不受管控,狂傲地冲出道口,我心情低落至冰点。我看到他突然停止手上的动作,犹如听到有人当众放了个响屁。他不好意思地笑着说,"不好意思,我忘记擦精油了!"

　　一个钟头的心理咨询时间已到,A先生如释重负地走了出去。接着进来的是一个乡镇的领导干部,B先生。他只要一接到妻子的电话就会紧张,不由自主地说谎话。明明是跟几个同学在一起聚会,只要同学中有女的,他就会条件反射地说成是跟几个男同事在一起。明明是跟同事在一起,只要同事是女的,他就会本能地说成是跟男领导在一起。跟自己的妻子,他已经不知道说了多少谎话了。他害怕自己长此以往,人将不人,会精神错乱,会思想崩溃。

　　你为什么要说谎?我其实已经大体猜出了问题背后的原因,只是我要让他自己说出来。这种版本的故事听得多了,不是男人花心,就是女人疑心。

　　只要听说有女的,她非得赶到现场来督查,她担心我跟哪个女人有一腿!B

林筱聆 | 关于田螺的梦

先生的一只手往后脑勺摸了两把。

其实有病的不是你！我用笔敲着下巴。应该来心理咨询的是你的妻子！

我没病？B先生有些不相信，他指着自己的鼻子，瞪大了眼睛。我真的没病？可我只要接到她的电话，两腿就会发软，脑袋经常会一片空白……甚至大白天上班还会出现幻听，一直以为她又来电话了。

只要你妻子把病治好了，你的病自然就不治而愈了！我轻轻合上了手中的记事本，向他宣告着谈话的结束。

我确实病得比A先生重。张扬病得也不轻。我们一病就是十几年，起先，只因为几句话。

阿伟出车祸的时候，我正怀着六个月的身孕。我说，我想去看他。埋在一堆辅导书里备考公务员的张扬生硬地抬头，酸酸地说，有那么重要吗？为什么非是今晚？明天去不行吗？又不是永远见不上。张扬一语成谶，当晚阿伟就永远走了。整整一个星期，我都无法走出自责。头七的那天晚上，我像一个僵尸，直挺挺地躺着，任他脱衣服，任他亲吻，没有任何反应。他翻坐起来，大骂一句，我一个大活人还不如他一个短命鬼？如果死的是我，你会这么伤心吗？一把冷飕飕的剑直插我的心窝——张扬你不是人！他晚上不刷牙，上床不洗脚，他睡觉打呼噜，他吃饭"吧唧吧唧"响，他当众擤鼻涕、抠鼻屎、打响屁……他像一辆老旧的货车拖着一屁股从农村带来的生活陋习过活。这些我都无原则地吞忍了，可我却无论如何吞忍不了任何一个人亵渎我的初恋，亵渎我心中的阿伟——谁有权利嘲笑我的青春？

慢慢地，拒绝成为一种惯性。先是说来例假，然后说是没心情，后来干脆就说不想……就像那骑了多年的自行车，骑着骑着，就渐渐慢了下来，走着走着，再挂不住链齿。而他，也在以愈演愈烈的不配合或者不在乎，对抗着我的生活方式。我说，晚餐我们可以听点音乐。他说，吃个饭还装什么小资？我说，性事前你能不能先洗个澡？他说，洗完澡谁还想那玩意儿？经常，他一边低头穿鞋，一边说，我中午不回来吃饭。头也没抬，像是说给鞋柜听。经常，他摸着儿子的脸说，爸爸要出差了，之后，就丢下十天半个月的空白。我们都行走在高空钢丝上，钢丝上只有自己。

我曾有过离婚的念头。孩子两周岁时，我通过在日本的姑妈争取到了一个到日本学习心理学的机会。我把孩子交代给我的母亲，跟单位请了长期病假。可是，我无法逃避作为一个母亲的责任，两年后，我还是选择回国，并创办了自己的心理工作室。除了在行政学院给学生上课，所有的夜晚，所有的周末，我都奉献给了那些等待光明的心理咨询者。

从日本回来，我们的婚姻，基本是无性的，并逐渐走向了更为沉默与冰冷。都在忙，都在奔波，连交流的欲望都没有。十年前，我们开始分房而眠，一家三口每人一个房间。他频繁在外应酬，频繁缺席晚餐的会面。洗衣机里绞在一起的衣服一次次代替了我们彼此的相见。我们的性生活就像挂在墙上的月历，一个月甚至几个月才翻一次。偶尔为之，也是例行公事。他脱他的衣服，我脱我的衣服，两个人贴在一起，扎出我的疼痛，而后分开，比做作业还快。就像那冬眠前的蛇，实在饿了，狠狠吃上一口。吃一口，可以饱很久。

这就是我们的婚姻生活，有病的婚姻生活。十年如一日。可是，我们谁都没有开口提离婚。尽管婚姻只剩下壳，可我依然要在这忧伤的壳里躲避大众毒辣的眼光。如果离婚，大家责备的矛头所指向的定然是我，而不是他。因为我漂亮，做着心理咨询师的职业，接触着形形色色的人，更符合逻辑的大众说法自然而然是：能出轨的只能是我。

林筱聆 | 关于田螺的梦

又或许,我们都需要婚姻这样的壳,这样一个掩人耳目的壳。哪怕它粗糙不平,它藏污纳垢,但毕竟它坚硬,足以挡住风言风语。

只是,我可以没有性,可我难以确定,一个生理健康的男人是否也可以如我一样不需要性?倘若他已经与其他女人有了身体上的媾和,那我还怎么偶尔安顿他身上的器具?

我把婚姻生活结余的大把时间,支配在心理咨询这个倾听黑暗内心世界的领域。我专注于工作,自己的焦灼和恐惧,推延了它们到来的时间。我赚到了不比张扬更少的钱。

今天晚上的最后一个病人,此时正坐在我面前。这个女人叫田螺,又是一个被情所困的角儿。这是我第 128 号病人,她是第二次找我。她的岁数和我差不多,她的经历却比我凄惨多了,跟她的名字一个样,总有绕不完的弯,过不完的坎。为了让自己的大哥有钱盖房子、娶妻子,她在父母的一片哀求声中做出妥协,逼走自己青梅竹马的初恋情人,嫁给了一个有钱人家的花花公子。结婚没几年,夫家家道没落,丈夫也在一次意外事故中死亡,她带着女儿苦苦支撑……去年,她意外地碰上了她的初恋情人,旧情复燃地走到了一起。

这是很多爱情小说里常见的情形,在她身上又复制了一遍。上一次就诊时她告诉我,男人每次激吻她,仍然像初恋时那般充满力量,她感觉到舌头几乎有被咬断的可能。每次被他咬过的乳房总有灼热的疼痛感……她还应他的要求去做了处女膜修复术……她不知道他是不是有病态心理。我一方面告诉她,这个男人的报复心理是比较强的,激吻她是在报复,咬她的乳房也是在报复,让她修复处女膜则是要弥补男人的一种虚荣。除非他们真正结婚,不然这种情况会一直存在下去。另一方面,我力劝她离开这个男人。

这一阶段，这个叫田螺的女人努力去试了，可是，她做不到。于是，她越来越心存愧疚，她觉得越来越对不起同为女人的他的妻子。她开始失眠。

你觉得他爱你吗？

应该是爱的。

既然爱，那他为什么不娶你？

他有他的难处。他的仕途还要发展，不能因为这些小事而负面影响了他。他的竞争对手巴不得他现在就离婚！一离婚马上给了对手一个很好的机会！

这些可恶的男人！一样的德行！我在心中唾弃了她的他，也唾弃了我的他。他还不是一样在意自己的前程？副科时，他争取着正科的后备。正科后备上后，他又想着副处后备。这回，他的副处后备也上了，他考虑的又是怎么让后备成为现实。每个阶段，每个步骤，他都有他的打算。而我，迎合着他。我一直在做着牺牲。

如果这样，那为什么还要黏着他？跟这种人注定不会有什么结果的。我回到了病人的话题上。

我想过放弃。可我放弃不了他给我的感觉。说真的，没结婚前，没尝过性事的女人是不知道有性的需求的，可尝过了，特别是尝过不同种类型后，就会更珍惜自己想要的那一种……都说男人的精液是女人治病的药一点都没错。前几年，我的阴道萎缩得非常厉害，卵巢也开始萎缩，现在，好像一切都好了。他虽然很少在我身边，但当他在我身边时，他带给我的是无限的激情……你不要以为我是一个淫荡的女人。在老公死后的很多年内，我一次性生活都没过，我心如止水……直到他重新出现……每次想到他对我的爱抚，我的阴道都会不由自主地潮湿起来……你也是女人，你应该可以理解的。

听着她的描述，我妒火中烧。我也是女人，可我真的不能理解。因为，我的

林筱聆 | 关于田螺的梦

阴道不曾潮湿过。抵达女人内心其实有两条通道，一条是物质的通道——阴道，一条是精神的通道——爱情。阴道只是最初级的通道，她充满着世俗的气息，却经常是必不可少的。毕竟能达到柏拉图式的境界——只需要精神的通道的男女是少之又少的。而我，可怜得连物质的通道都很久没人抵达。

我竟然开始羡慕起这个叫田螺的女人来。她虽然没有婚姻，可她在物质与精神的双重通道上都是满载的。

他老婆是做什么的？他老婆知道吗？应该说这两个问题并不在工作范围之内，更多是居于一个女人的好奇。在羡慕她的同时，我也不由得想到自己与她背后的那个女人同病相怜。

不知道。他从来不说他老婆！这个叫田螺的女人掰着手上的指甲，抬起头。他唯一说过她的一句话是，她冷得像冰。

冷得像冰？我的后脑勺走过一阵电流，全身震颤了一下。我不确定，但张扬似乎也说过类似的话，或许是某次拌嘴他也随口说过？

梁医生！田螺的呼唤声打断了我的思路。我回过神来。

田螺继续往下说，我知道，他其实一直也有负疚感。在这种半明半暗的环境下，他还可以给自己一个原谅自己的借口，一旦公之于众，他怕社会的谴责！

爱本没有错。诸多世界名著歌颂的也都是伟大的爱情，这种爱情置于婚姻、家庭，置传统礼教之上……我轻声细语地开出我的处方。那么，既然想爱就要敢爱，就要做出选择，不能这么模棱两可……

我是没法主动离开他的。而他，不会离开我，也不会离开他老婆……这个叫田螺的女人喃喃自语。除非，除非让他的老婆选择离开？

千万不要有这种念想！你还是应该让他做出选择，不要继续这么不清不楚地过下去，对谁都没有好处。我不经意地瞟了一下墙上的时钟，一个小时的时间已经到了。田螺起身。眼神用力地看了我一眼。她迅速从刚才的情绪中走出来，没有过渡，速度快得让我有些适应不了。

和大多数病人一样，她看起来很矛盾，在爱与自责的边缘……和大多数病人不一样的是，她似乎又缺少点什么？几乎是一种条件反射，其他病人在讲述这些阴冷和黑暗的事件时身体会自然而然地跟我形成一定的角度，一般在45°—90°之间，而她两次都与我形成0°角，近距离地面对面。所以，我不知道她所谓的矛盾与自责是否真带有诚意？可如果连这点诚意都没有，她又何必找我倾诉呢？

这个陷在爱的泥潭中的女人，已经动摇了一个家的根基，她怎么还敢想着让人家的老婆选择离开？

撕下日历的手停在新的日子上。我意外发现，明天，不，只差一个小时，就是他的生日。或许是田螺的描述多少影响了我，我突然有了提前为他过生日的冲动。我突然很想让他知道，我也可以是火，我也有不是冰的时候。

抽屉里有姑妈送的还没开封的 SAMSUNG 手机。我决定把它作为生日礼物。看着电视里不停晃动的镜头，我竟然开始期待着他的回来。这是之前从未有过的某种期待。我知道，这种"期待"为我拯救自己的阴道提供了某种契机。

听，他带着酒意的大皮鞋"硌硌"地响在楼梯上，一声重，一声轻。我起身关掉电视。他站在门口，干呕了几下。钥匙插进门锁的时候，我已经闪进了他的房间。

我穿着薄薄的细吊带睡衣，歪靠在他的房间他的床上假寐。我听见先是"铳"的一声，防盗门关上了。而后，是台湾拖鞋"窸—窣—窸—窣"地走着。台湾拖鞋进了卫生间。抽水马桶"哗—空"。"窸—窣"声又响了。我的耳朵张着。我的

林筱聆 | 关于田螺的梦

心紧着。"窸—窣"声进门。灯亮了。我半眯着眼睛，坐起，在床沿。

你怎么在这儿？张扬带进了一身酒气。

我，在等你。做了将近二十年夫妻，这样的面对面，这样的对话，我竟然会有些不知所措和做贼心虚起来。我不想自己的一点小秘密赤裸裸地让他看穿，遂拿出儿子小凡做了挡箭牌。小凡刚才打来电话，让你少喝点酒。

噢！张扬的反应异常地平静。他把手机往书桌上一放，走到了床前，俯下了身。我的心莫名地激动了一小下，像新婚之夜似的低下了头。可几乎只是一瞬间，那感觉就消失殆尽了。他并没跟我亲热，我只是一厢情愿、自作多情地激动。他俯下身，却不是朝向我。他抓起了床头的睡衣，淡得没有感情色彩地说，很晚了，你睡吧！我到小凡那间睡！

我的脸上一阵燃烧的灼热。他知道我的想法，却如此不留情面地拒绝了我？他定然是要我也尝尝他当年饱受我回绝的滋味？

我的自尊受到了强烈的挑衅。我站了起来。不用了，我到自己房间去睡。

这一次，我刚上场就败下阵来。我把握在手中的新手机往他手里一放，这是送你的新手机，祝，生日快乐！

他淡然地回了一句，谢谢！

接诊完预约的两个病人，我正要起身，那个叫田螺的女病人打来电话。梁医生，你今天晚上无论如何得听我把心里话掏一掏。

接连两天都接到田螺预约就诊的电话，我因为工作量调整的原因全力推脱。她的心理疾病是比较顽固的。跟她同期就诊的A先生B先生经过一个阶段夫妻双方的共同配合治疗后都分别治愈了心理障碍，而她，却一直跟那个"情"字纠缠不清。她在电话中已表露出一种急切的焦灼感，我可以预想得到她遇到问题的棘手。

　　对不起，我晚上真的有事。改天吧！

　　不行，不行，你再不听我说我会崩溃的。

　　门外传来急促的叩门声，我打开门。门外的田螺挂掉手机，不由分说把我生拉硬扯地拉回我的工作位上坐下。依然是不折不扣的0°角。她迫不及待地说：他妻子不知道使用了什么法力，他竟然提出跟我分手！他竟然一星期都躲着不见我！如果我得不到他，我一定毁了他！

　　我的心被揪紧了。前几次就诊时，田螺表现出的是非常温柔、无助、柔弱的一面。我只是微微感觉那温柔表象内可能掩盖着她的真诚。而现在，她仿佛突然换了另外一个人，声嘶力竭、强硬、蛮横……我把手提包重新放回桌上。何必呢？如果已经没有爱，何必强扭在一起？从一开始，你就应该明白，你们这种感情是很难有结果的……

　　不，不，他爱我！我也爱他！你不知道他每次进入我的身体都会带给我什么样的感受！那一时刻，我甚至都觉得两个人就那样死了都可以！真的！你知道吗，他还曾经激吻过我的阴唇！如果没有爱，他怎么可能去吻我的那个地方？你老公曾经对你做过这样的事吗？

　　我羞于回答她，但感到下身微微发紧。

　　田螺深度陶醉，他验证了她的价值和生命的意义。

　　他说他好累，工作忙碌，上司无情，下级无能，压力巨大，他说我才是真正的女人：温柔、服帖、热情、温暖，跟我在一起，每天都跟新婚一样。他说我床上能带给他激情，场面上能带给他面子，餐桌上能带给他食欲，睡梦中能带给他温馨……

　　她这是在教我吗？我是心理咨询师，什么时候轮到她来教我？！我正想打断

林筱聆 | 关于田螺的梦

她的自我陶醉，田螺嚷嚷着"我热死了！热死了！"旁若无人地脱起衣服。我看见，一颗晶莹剔透的石榴在我眼前爆裂。那饱满的乳房骄傲地挺着，像两座祭拜太阳的方尖碑。平坦的小腹下，那丰盛茂密的秘地，像焦急等待浇灌的丛林……那分明是我青春的胴体！我闭上眼睛，一股热流在下腹中氤氲，像一团蒸腾的云雾。我意识到，那是久违的荷尔蒙。

有人在敲工作室的门。

田螺赤裸着身体冲过去，将门敞开。

张扬！当田螺尖叫着喊出张扬的名字，我也大声尖叫着从梦中醒来。

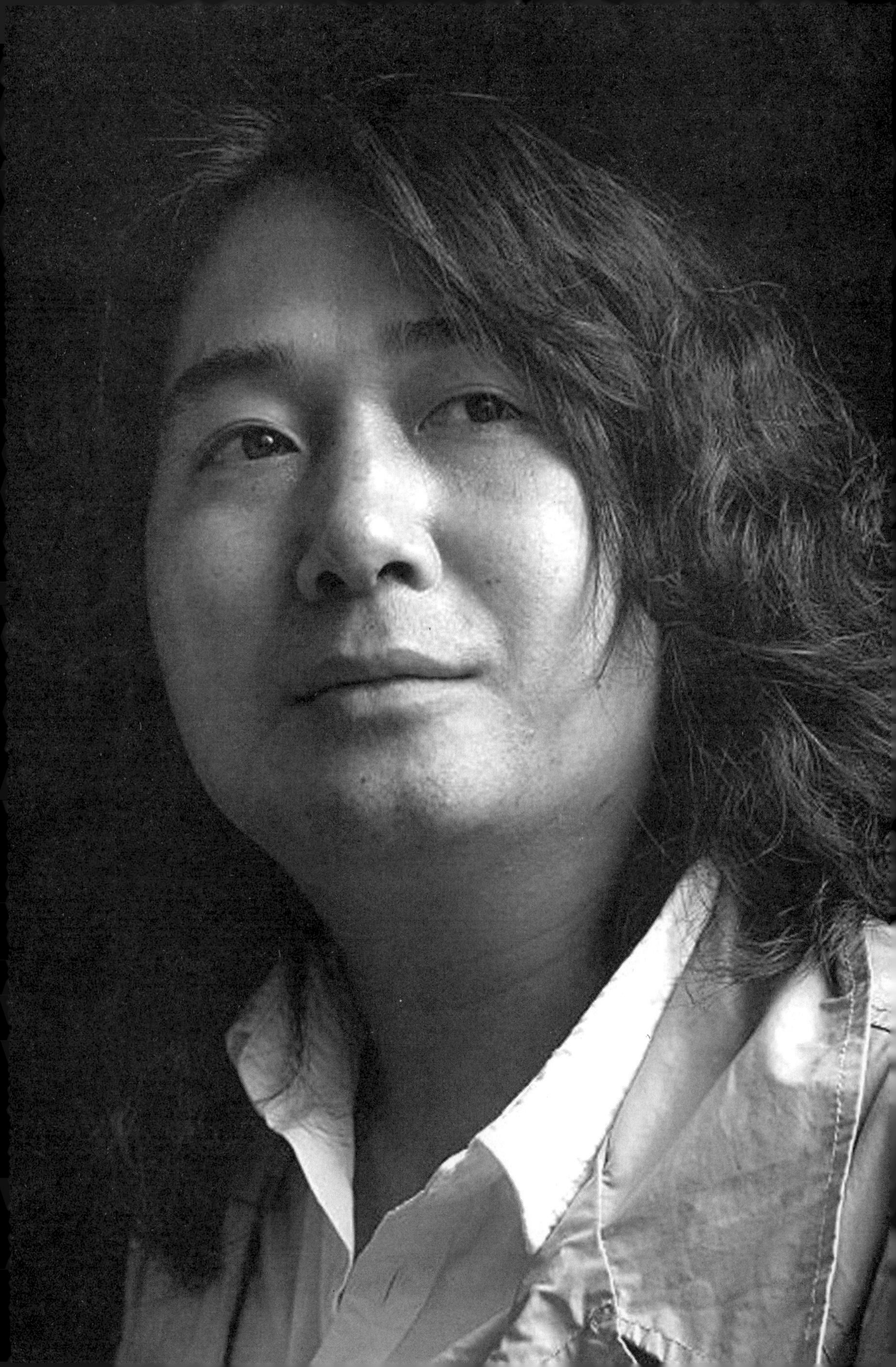

包 倬

包倬，1980年生，四川凉山人，彝族。2002年开始发表小说，有作品见于《人民文学》《民族文学》《天涯》《大家》《山花》《中篇小说选刊》《创作与评论》等杂志。现居昆明，供职于媒体。

狮 子 山

北 京 人

那个人讲一口流利的普通话,他像个天外来客,突然就降临在你家门口。

你父亲和他攀谈起来,起初以为他只是个借宿的异乡人,后来两人越谈越投机,相见恨晚。半夜睡下后,他又叫醒你父亲,将手伸进床前的月光中,月光爬上他的手背,他惊讶不已,"我以为是银子呢。"那个人来自北京。

"首都,知道吗?那里是祖国的心脏。"他说这话时摸着自己的心脏部位。村里人围着他,听他用骄傲的普通话讲外面的世界。"火车来的时候像一座山,叫声要比黄牛大上十倍。"他说。有人问他:"火车上真的有火吗?"他便笑得满地打滚。

20世纪80年代末,大凉山腹地那个叫风岭的村庄还没有通电,邓丽君的歌声必须依靠四节电池才能发出,这个北京人却给人们讲起了电视机和霍元甲。到了晚上,他和你父亲去屋后的小山包上坐着,顶着月光,像两个阴谋家,或低头私语,或哈哈大笑。

第七天晚上,火塘里烧的湿柴熏得那个北京人直流眼泪。你父亲咳嗽了几声,将烟斗在火塘石上磕了几下,很突兀地问:

"你觉得他怎么样?"

这时,北京人一手擦眼泪,一手掏出香烟递给你父亲,又忙不迭地帮他点火。你父亲吸了一口烟,咳嗽起来。

"我们想把你嫁给他。"你父亲说，"这山沟沟里，永远也挖不出金娃娃。"

确实，这个北京人让你知道了山的外面还有一个更精彩的世界，并且对那种经他描绘的生活充满了向往。凭良心说，他看上去并不讨厌，很善言谈，像个演说家，这一个星期以来，他简直就是风岭的焦点。

"如果你没太大意见，我们后天就去北京。"你父亲兴高采烈，"去看看他家，顺便去看看天安门和长城。"

你在歌里听过天安门，也听过孟姜女哭长城的故事。但你做梦也没有想过，有一天会嫁到遥远的北京，在天安门旁边或长城脚下生活。

北京。你挖空心思也无法想出它的面貌。那年你十八岁，命运将万能之手伸向你，就要将你变成北京人。你像一具没有灵魂的躯壳，被一种力量主使，稀里糊涂接受了命运的安排。那天晚上，他们聊得很晚，你一直听着。然后外面安静下来，你听到有人推开了你的门。你一下翻身起床，拉被子护住胸口，问，谁？

"我。"你父亲小声说。

你松了一口气。他带着一身酒气，摸黑在你床边坐了下来。

"你真是个聪明的娃儿。"他在黑暗中轻声说。

"你以为爸真会让你嫁到北京去？"他又说，"北京那么远，嫁去就相当于死了。"

"我们不是后天就要走了吗？"

"我们只是去看看天安门和长城，"你父亲掩饰不住的兴奋，"这相当于找了个傻瓜出钱让我们去北京玩一趟。"

你险些叫了出来。你知道他从来就是一个善耍心机的人，只是在风岭这样的穷乡僻壤，他的心机没有用武之地。只是你没有想到，他会以你为诱饵，换取一次去北京的机会。

包 倬 | 狮子山

"当然，我不仅仅是要他出钱供我们到北京。"你父亲压低了声音，"我已经跟他谈好了一万块的彩礼。"他在黑暗中用手指比画了一下。你在发抖，从他进屋到现在，你就一直保持着用被子护住胸口的姿势。你觉得寒意不时朝脚底袭来，你裹了裹被子。

"到时候，你先留在他家，然后借机跑出来，我等着你。"他打了一个酒嗝，"一万块呀，祖祖辈辈在风岭这么多年，也没挣下这么多钱。"

"如果人家追来，怎么办？"

"追来？"你父亲冷笑，"如果他追来，我还要管他要人呢，我是把你交给他的。"

你就像一颗棋子，就这样被摆在了棋盘上。他见你沉默，似是知道了你心里的矛盾，又说："这山沟沟里，没出路，不动点脑筋，这日子怎么过？"

这倒是事实。风岭的人们，世代守着这大山，与飞禽走兽为邻，与树木杂草称兄道弟，像被上帝遗弃的子民。他们最大的目标就是活着，像野草一样，凭一双手一把锄头，向土地要粮食。然而，这沉默大地，给予他们的回报少得可怜。

如果真能嫁出去，也未尝不是一件好事。想起你父亲刚才的话，你不由得有点同情这个北京人了。这事其实关键在你。你想到了一个两全之策，可以让你父亲和那个北京人皆大欢喜。你觉得，与其让你父亲成为骗子，不如你真的嫁给那个北京人。

第二天的主要任务就是为出门做准备。你去洗衣服的时候，顺便将北京人的衣服也给洗了。你揉着他的白衬衣，心里有了不一样的感觉。你小心翼翼刷着他的衣领，生怕一不小心就弄破了。这个男人，他就要带着你投入北京的怀抱。下半生，他就是你的神。你将他的衬衣晾在屋外的柴垛上，眼前的风岭突然变得生动起来，你就要离开，不知归期。你开始处于一种紧张不安的情绪中。

你们离开风岭的时候，天刚蒙蒙亮，村庄被雾笼罩着。透过浓雾，沿途那些低矮的房子像是淡淡的剪影。前路朦胧，你父亲在最前面疾步行走，神秘地沉默着。你紧跟着他。北京人跟着你，气喘吁吁。你想了想，说："走慢点，像逃一样。"你父亲却粗声回你，"你懂个屁！"

前路迢迢。你们得先走路到黑水镇，再坐班车到县城。好在走出风岭的地盘之后，你父亲渐渐变得活跃起来了。他像个孩子一样，对北京人问东问西，"天安门有多宽？"北京人回答，"很宽，但我没量过。"他又问，"长城真有一万公里？"北京人说，"万里长城嘛，这当然不会有假了。"他们说话的时候，你一言不发，心事重重。

中午的时候，到了黑水镇。北京人请你们在镇上的一家饭馆吃饭，一盘番茄炒鸡蛋，一盘回锅肉，一盘杂烩。那时的黑水镇很小，只有一条街，街道两边是商铺。所谓的车站，其实就是路边立了一个牌子，连售票的地方都没有，上车买票。

你一直羞于对人说起，这是你第一次坐班车。窗外的树木向后"倒"，你很快便晕车了。吐了一阵，又昏睡过去，醒来已到县城。

你将黑水镇定义为"小"，其实是在到了县城以后。你感觉自己也变"小"了。灰头土脸。你在风岭时穿着出门的衣服，在县城里就像贴上了"乡下人"的标签。就你那从来都感觉不可一世的父亲，到了县城也显得战战兢兢，过马路时左顾右盼，犹豫不决，这恰好增加了司机们的辨别难度，好几次把汽车逼得急刹，司机就把头从车里伸出来，"狗日的，抢着投胎啊？"你父亲装没听见，过后又对你说，"出路在外，要眼观六路耳听八方。"而那个北京人，他一到县城就像找到组织了一样，昂着头，眯着眼睛看人，但他却丝毫没有被车撞到的危险。

你们到了县汽车站，还有最后一班开往市里的车。上车的时候，北京人给了你一粒晕车药，吃完以后便很快睡了。你醒来时，车在黑暗中颠簸，风从车窗里

包 倬 | 狮子山

灌进来，你感觉脖子凉飕飕的。坐你前面的两个年轻男子正在谈论一个女人，其中一个说："她的奶子真的太大了。"另一个问："你摸过呀？"两人笑成一团。这种粗俗的玩笑，令你想起风岭。你想起你的母亲，此时她正在做着什么？她肯定担心着你们。你叫了一声"爸"，你父亲没有回应，又用手肘拐了他一下，他才醒过来了。他醒过来，又开始向北京人发问，"我们什么时候能坐上火车？"北京人看了看窗外，又看了看手腕上带夜光的手表，说："明天下午两点。"

这一整天，像是梦境。你对前途未卜的紧张，越来越强烈，你双手抱在胸前，头靠在父亲的身边，却依然内心无助。特别是当你又一次听到"火车"这个词的时候，更是将它当成了一种会改变你命运的交通工具。命运会是什么？踏上火车，万劫不复？还是一路坦途，让你成为长城脚下的媳妇？

汽车在山道上奋力向前，像一头脾气倔强的老牛。吼叫着，轰鸣着，湮没了车厢里的所有声音。

拓 荒 者

当太阳光将那个长满杂草的院墙隔成明暗两半的时候，男人从集市上回来了。女人站在门口，她看到自己的男人从几百米外的山路上走来，拄着一根木棒，一瘸一拐。下坎的时候尤为吃力，他像一只螃蟹一样横着身子，让一只脚先着地。她看出了男人走路时的异样，她朝屋里叫了一声，四个孩子便从屋里跑了出来。五个人顿时用惊恐迷惑的眼光看着他越走越近。

"你怎么了？"女人紧张地问。

男人瞪了她一眼，不说话，用手中的木棒狠狠地推开了门。由于用力过猛，门撞到后面的墙上又反弹回来，正巧撞在了他的腿上。他"哎哟"一声，拖着伤腿进了院子里，取下背上的背篓，狠狠地扔在了地上。一只正在啄食的母鸡被突如其来的背篓吓得扑扇着翅膀奋力逃开。她和孩子们跟进了院子里，不敢说一句话。男人进了屋，直接去卧室里躺下了。她又跟进了屋里，脚臭味扑鼻而至。孩子们还是像尾巴样地跟着她，满脸的期待与疑惑。

"你买的肉呢？"她忍不住问了。

男人翻过身去，背对着她，拉过被子来蒙住头。女人坐在床边，她听到孩子们在院子里玩耍的声音。他们在玩老鹰捉小鸡，老大永远都扮母鸡，她需要保护老二和老四不被老三捉住。早上，她让他背一只母鸡去镇上卖，以便买点肉回来改善伙食。中午吃的是油炸洋芋，没营养，不经饿，孩子们早在他回来之前就嚷着要吃肉了。一想到肉，其实她自己的肚子也咕咕叫，肚里的孩子拼命踢了起来。她怀孕了，而且快临产了。

"你的腿是怎么回事？"她尽量克制自己的情绪，不想让孩子们再次看到父母破口大骂或者大打出手。每次吵架或打架，当看到孩子们被吓得瑟瑟发抖，她都绝望得想死。这种绝望伴随着对生活的无力，一天天消磨着这野草一样的生命。

男人沉默了半天，然后挣扎着起床了。他去箱子里翻了半天，找出一盒红霉素软膏，涂在自己的伤口上。他伤得不轻，右脚膝盖以下的部位又青又肿，他很快将药全部涂完了。两人并排坐在床上，他掏了一支烟出来，却找不到火。

"去把火柴拿来。"他说。火柴在厨房里，她去拿了。在这途中，她看到孩子们已经停止了老鹰捉小鸡的游戏，齐排排地坐在墙根，正偷听着屋里的动静。看到她，老三说，"妈妈，我们饿了。"她叫老大去屋外拿柴，让她烧洋芋给妹妹们吃。她拿了火柴，回到屋里，男人又躺下了，只是这一次，他将脸迎向了外面，正等着她来点火。烟雾升起，她咳嗽起来，孩子又开始在肚里踢。他看了她一眼，用力抽烟，过瘾之后，将烟蒂扔向了角落里。

"钱输掉了！"他叹了一口气，"今天太他妈的倒霉了。"

她一下子爆发了，冲过来撕扯他，嘴里骂："杀你妈的千刀呀，断你妈的手呀！"他愣了一下，但没忍住，"你想死呀？"他一下子翻身起床，"信不信我打死你？""打吧，打吧，活着还不如死了。"她挺着肚子，双手掐腰。看到她隆起的肚子，他一下子蔫了，任由她骂。她边哭边骂，将这穷日子数了一遍后，站起来，去厨房里做饭去了。

她就是这样的女人。认命。对生活无能为力。她挨男人打。给他生孩子。侍候他。忙里忙外。活着，有时候真的是件残忍的事情。已经生了四个孩子，第五个即将出生。几年前，他们从很远的地方来，拉扯着四个女儿，带着简单的家当。他想要一个儿子把自己的姓氏继承下去，但一直没有如愿。家里早已一贫如洗，计生干部们对他家里的情况了如指掌，哪怕是养大一只鸡，他们也会及时出现，抓去抵罚款。当他们确定他家里拿不出像样的东西以后，他们不想再浪费时间，要抓他和老婆去结扎。于是，他们携家带口连夜逃了出来。他们在路上遇到一口山泉，渴了，用树叶舀水喝，这水清澈甘冽。山泉不远的地方，是一大片平地。男人坐在山泉旁边，想了一会儿，他突然说，"要不，我们就在这里住下吧。"他们一路上都没想好该去哪里。她同意了，她给孩子们安排到一棵树下坐着，然后和他一起动手，砍下树木，搭了一个简易的棚。当他们忙完这些，把孩子们叫到棚里的时候，她告诉老大："这是我们的新家，你要乖乖听话，带着妹妹们。"

老大很听话，虽然照顾三个妹妹对于一个年仅七岁的孩子来说，非常吃力，但她总是哭着也要完成任务。第二天一早，他们将没人看管的国有林里的树木砍倒，开始垦荒。那是一个深秋，地上铺着树叶，累了的时候，男人便躺在地上，天上白云飘动，他突然想哭。他们开荒的这个地方叫狮子山。多年以前，是野兽出没之地。然而现在，除了飞鸟，已经没有了野兽的踪迹。空山鸟鸣，孤寂倍生。秋叶枯黄，风起之时，树叶扑簌簌往下落。一对垦荒的夫妻，四个衣衫褴褛的孩子，把生存的希望寄托在异乡的土地上，只想活下去，迎接一个儿子的到来。天晴了没几天，开始下秋雨，连绵细雨，让他们欣喜，开荒的进度也快了许多。他们在这片荒地上种了麦子和苦荞，看到它们破土而出，充满了希望。

　　冬天的时候下了场雪，孩子们欢天喜地，他们没有玩具，没有童谣，把雪人堆出一头猪的样子。"我们想吃肉。"老大说出了孩子们的心声。她叫他去山上寻找兔子的踪迹，她和孩子们烧着水在家里等，到了晚上，他两手空空回来，除了老大以外的三个孩子失望得哇哇大哭。她一狠心，将那只刚开始下蛋的母鸡给宰了。看到四个孩子围着一盆鸡肉争得打架，她几度哽咽。此后，她养了很多鸡，每天清晨便叫老大把鸡赶到山上去，它们吃虫子，连粮食都省了。到了那年春节，由于猪太小了，她让他宰了六只鸡，每人一只，这一次，孩子们每个都吃得直摇头。开年以后，地里的庄稼长势喜人，他们都没有想到，在狮子山辛苦半年，未来一年的生活都有了着落。

　　对于这户人家，隔狮子山三里之外一个叫风岭的村寨里很快就传开了关心他们的各种猜想。有人说，这是一家癞子（麻风病患者）；有人说，这家人其实开荒种地只是幌子，他们是在种鸦片。但也有大胆的人，试着接近他们，因为他们面对所有人时脸上都挂着谦卑的笑，好像他们打心眼里觉得自己低人一等一样。渐渐地，男人成了风岭人的长工，谁家忙不过来，都会来叫他，因为他总是无条件答应。这是一种不平等的交易，当他自己地里忙不过来的时候，却没有风岭的人来帮忙。有一天，男人去风岭帮忙，家里只留下老婆和孩子们。一个风岭的男人来到狮子山，去他家里找水喝。孩子们在屋外面玩耍，那个男人喝完水后，将她按在厨房里的长板凳上强奸了。其实算不上强奸，她基本上没有反抗。再后来，

包 倬 | 狮 子 山

时不时地会有风岭的男人来"找水喝"。

他们一直这样生活着，靠自己的双手，勉强混个温饱。孩子们长得很快，连老二都可以照顾妹妹们了，只是她们都没法上学，风岭小学不收户口不在本地的孩子。生活进入了循环，他依旧去帮风岭人干活，但并没有人把他当朋友看待。他跟着风岭的人学会种烟草，虽然技术不好，但总算能够勉强支撑家里的日常开支。他们不知道这样的生活能够持续多久，因为没有人来过问他们，没有自来水，没有电，没有农村医疗合作保险。他们住在狮子山，没有经过任何人批准。但尽管这样，他们还是计划着把木棚子拆了，建几间土房。整整一个冬天，她挑泥巴，他夯墙，在第一场雪来临之前，他们盖好了房子。搬家的时候，他放了一挂鞭炮，在空山回响，他看了一眼去风岭的路上，叹了一口气。

那天晚上，他趴到她的身上，她有点抗拒，嫌他掀动被子时让风灌了进来。"一会儿就暖和了。"他说。他真的运动起来，她却一声不吭，任由他进出。有时候，真的谈不上快感，像一种责任，甚至，她讨厌这件事，比如那些风岭的男人。他们甚至连基本的防范意识也没有，全凭运气，所以当孩子一个个降临的时候，他们都是默默地接受。他从她身上下来以后，一翻身又睡了过去。除了在这件事上，她在他面前并没有性别之分。他能干的活儿，她也能干。她发现自己第五次怀孕之时，正背着一背柴从山上回来。她感觉恶心，并且吐了起来。一次次的失望，已经让他们在面对怀孕这件事时显得非常冷淡。他没有因此而让她少干活，只是看到她肚子一天天大起来，那些"口渴"的风岭男人不再来了。农闲的时候，他待在家里的时间多，他看着女人笨手笨脚的样子，总是忍不住要骂上几句。也许是他在外人面前受够了委屈，在家里他总是极力捍卫自己的家长地位，他打她，打孩子，甚至有时候喝醉了连猪鸡都要打。不光如此，当烟草收购结束的时候，他总是揣着不多的一点钱去跟人赌博，但逢赌必输。

火车，火车

火车其实并不像那个北京人所描述的那样。你看见它静卧在铁轨上，像条温顺的长龙。车票在那个北京人手里，他在前面疾步行走，你的父亲紧跟其后，你将背包抱在面前，紧张地跟在你父亲后面。你急忙得脚步凌乱，踩到了父亲的脚跟，他回头看了你一眼，没说话——幸好北京人没发现。他带着你们穿过喧闹的人群和遍地都是的行囊，朝火车走去，你父亲几次想驻足观察一下火车，都没能如愿，只好慌慌张张地跟着北京人进了车厢。

当火车开动起来，你心生害怕，但你的父亲兴奋地望着窗外，不停地感叹这里已经是风岭以外的一个世界了。他对这个陌生的世界评头论足，拿所见风景和风岭相比。你也看着窗外，闷闷不乐，那些陌生的家园和村庄丝毫不能让你提起兴致，反而更加想念风岭。北京人坐在你的身旁，他不时给你剥个橘子，或者削个苹果，你勉强接过来吃一口，剩下的全让你父亲吃了，他胃口大开。天快黑的时候，你们去餐车里吃饭，你父亲红光满面，嘴里哼着小调。"喝点酒吧！"他提议。北京人要了一瓶白酒，但他只喝了一点，剩下的全让你父亲喝了。黑夜来临，你感觉火车的行走像是在深渊里下坠。你的父亲喝了酒，开始沉睡。你百无聊赖地坐着，那个北京人也不跟你说话，他满腹心事的样子。也不知过了多久，北京人站起来，去找列车员问话，然后，买了一瓶饮料回来给你。你刚好口渴，便接过来喝了。

什么时候火车已经停了？你睁开眼睛，发现你不是坐着，而是躺着。完全换了场景，不是车厢，而是一个旅馆模样。坐在你床边的，是三个陌生的男人。你一下子想坐起来，却发现浑身无力，待体力慢慢恢复，你发现下体有痛感，用手

包 倬 ｜ 狮子山

一摸，脑海里一片空白，你的裤子已经被人脱了。这像一个梦。你哭了起来。

"我爸呢？"你望着眼前三个男人，但却又不知道自己是在问谁。

"随着火车走了。"坐中间那个络腮胡男人说，"去看北京天安门了。"

络腮胡这样说的时候，坐他两边的男人就拼命笑。左边那个男人开口说话时，你闻到了非常明显的大蒜味，"你已经是我大哥的女人了，今后就好好跟我们过日子吧。"右边的那个男人看了看左边的男人，"准确地说，你今年是大哥的男人，明年是我的，后年是他的。"

"那个北京人呢？"你被他们说糊涂了，"我爸已经将我许配给他了。"

这一下，三个人一起笑了起来。"跟我们回家吧！"络腮胡说，"家人还在等着呢。"络腮胡给旁边的人使了个眼色，他们便把你从床上拖了起来。你的裤子被扔了过来，"穿好吧！"络腮胡命令你，"你是我们花钱买的，你最好识相点！"

你一下瘫在床上，明白自己被人卖掉了。你边穿裤子，边寻思要如何才能脱身。然而，他们好像早有准备，迅速占据了门窗的位置。僵持了一会儿，络腮胡又发话了，"那个北京人骗了你，但我们是真心想找个女人过日子。"你不再说话，跟着他们出门。这里真的是一个小旅馆，你走到一楼的时候，看到登记处有一个小姑娘正在守着一部电话打瞌睡，你拼命叫了起来："救命呀！他们是人贩子！"那个小姑娘被吓醒了，却看着那个络腮胡淡淡一笑，说，"强哥，这次要管好啦，千万别再放跑了。"你听到这话，并不死心，想着等出去以后再找机会求救，哪知门口有一辆三轮摩托车正等着你们，你被带上车，那两个男人就坐在你旁边。摩托车朝黑夜里开去，路边是几排低矮的砖房，你感觉这里像一个小镇，可没过多久摩托车便驶进了一个村庄。路不好，颠簸得厉害，坐你左右两边的男人一直抓住你的衣服。过了许久，摩托猛地一踩刹车停了下来，他们将你从车上拉起来，你看了看，那是一幢两层楼的红砖房。强哥在外面敲门，惊动了里面的两只恶狗，它们叫着,拖着链子,朝大铁门扑来,吓得你魂飞魄散。好半天,有人在里面骂狗,"瞎眼啦!滚一边去!"狗听到主人的声音,立马变狂吠为讨好的哼哼。大铁门被打开,一个五十岁左右的男人站在门口,你们目光对视的时候,他竟然朝你笑了笑。你被带到了一间房里,床上的东西崭新,房间的门锁结实,其他人相继退去,只留下你和强哥。

"这是我们的新房,你最好配合,不然,我会把你锁起来。"强哥的语气冷静,但你听出了冷静背后的坚硬。

"你能不能告诉我,这到底是怎么回事?"你感觉暂时逃跑无望,但即使是下了地狱,也想让自己明白些。

"那个北京人,他答应过我,要帮我找个媳妇,并且收了订金。"强哥在床沿坐了下来,"前几天,他发电报告诉我们,有货了,于是,他把你带来了,他收了一万块钱。"

"那我的父亲呢?"你不知道那穿行在黑夜里的火车,会将他带向何方。

"听那个北京人说,他在你父亲的兜里悄悄塞了点钱,让他坐着火车去了。至于他会坐到哪里,我就不知道了。"

听了强哥的话,你昏厥过去。当你醒来,发现自己的右手已经被上了锁,很多人围住你,面露焦急之色。一个妇女端着一碗粥,正准备喂你,你咆哮起来:"滚开!我死也不吃你们的东西。"妇女并不生气,她微笑着说:"姑娘,认命吧,我当年比你还要刚烈,现在不也生下了这么多孩子吗?""妈,别跟她废话,饿上三天,看她还嘴硬不?"强哥说着,将他妈妈手上的粥接了过来,放在床头柜上,然后,让他妈妈出去。

强哥当着你的面把自己脱光了,他的身上毛茸茸的,像是没有进化完全的猴子。他来拉你,想让你躺下去,你愤怒地挣扎,他冷笑一声,倒头便睡了。你坐

包 倬 | 狮子山

在望不到头的黑暗中，那些过去的生活像电影镜头般从你脑海里浮现。惊惧掩盖了悲伤，你连眼泪都没有，一整晚瑟瑟发抖。下半夜的时候，你的头脑里一团糨糊，眼睛盯着那扇并不大的窗子，窗外一点点泛白，公鸡扑扇着翅膀，叫了起来。你像是回魂一般，伸了伸早已麻木的双腿，嘴唇干裂。

强哥醒了过来，他看了你一眼，没说话，开始穿衣起床。"把锁打开。"你奄奄一息，"我什么都依你，先给我喝口水吧。"强哥将你头晚没吃的粥递给你，你一口气全喝了。"你真的想通了？"强哥又问，你点点头，他打开锁时，又说："你只能在这个房间里活动，不能出这道门。"他说完，拿出一个早已准备好的木桶，"就在这里方便吧。"你像一只困兽，要么被困死，要么被驯服。你选择了后者，至少要装出被驯服的样子。然而，要取得他们的信任并不是你想象的那么容易。

"曾经有个女人从这里逃掉了。"强哥喝醉以后经常提起这事，"如果让我找到她，我一定要挑断她的脚筋。"每当他这样说，你就浑身战栗。这一段时间以来，强哥经常喝醉，他醉后，就拼命要你，他狠狠地撞你，像是发泄，而你，用沉默对抗这一切。你在夜里，经常梦见你的父亲，在那个梦境中，你父亲乘坐的列车，总是开不到尽头。你哭着醒来，求强哥，"能给我家里写封信吗？"强哥摇头，"别耍我，休想通风报信！"

长期被关在屋里，见不到太阳，你觉得自己的身上已经发霉。两个月后的一天，你开始呕吐，正巧被送饭菜进来的强哥妈妈看到，她脸上绽放了一朵花，"闺女，从今后以后，我们就真的是一家人了。"见你不理她，她并无尴尬之色，"这就是女人的命，你要开心点，别影响了孩子。"你彻底懵了，"孩子？哪来的孩子？"强哥的妈妈指指你的肚子，一脸的幸福。你却摸着自己的肚子，哭了起来。不一会儿，强哥被人从外面叫回来了。他从未有过的高兴，在你面前走来走去，"好，真好。"他反复这样说。"我带你去外面走走吧！"强哥说，要来牵你的手，你没

277

有拒绝。但他们仍然十分谨慎，只将你的活动范围扩大到了院子里。当太阳照到你的身上，你突然想哭，多少年了，你从来没有发现，阳光是如此地明亮和温暖。强哥牵着你，在院子里走动，那两只恶狗就在一旁虎视眈眈。"你们还是把我当犯人。"你说，"如果这样，你们休想让我生下孩子。"

这是又一轮较量，但强哥不傻，你的话给自己惹了麻烦，从那天以后，他又给你重新戴上了锁，你的活动范围仅局限于床前一米。你开始绝食，只维系着自己的生命，强哥一家急了，处于极度矛盾当中。他们再三思量后，决定让你自由，但事实上，还是一直有人跟着你。

孩子一天天长大，开始会踢你了。你抚摸着肚子，感受到了小生命的存在。你心软了，虽然那个逃跑的念头还没有打消，但你决定生下这个孩子。来年麦子成熟的季节，你生了一个儿子，取名叫"麦生"。既然命运将你推向强哥，有了孩子以后，你的态度有了改变，把他当你的男人，对他百依百顺。然而，等待你的，还不是平静的生活。

麦生满周岁的时候，强哥家请了好多人来喝酒。但强哥却一点也高兴不起来，他喝了酒，待客人走后就放声大哭。那晚，麦生被强哥的父母抱走了，他们的解释是，孩子满周岁以后，就不能再和父母睡。你失魂落魄地回到房间里，想向强哥问个明白。你关了灯，躺在床上，能听到隔壁房里麦生的哭声，心痛不已。卧室门被推开了，酒气先飘了过来，"他们为什么要抱走孩子？"你问。对方没有回答，而是直接朝你扑了过来。"疯子！"你骂了一声，想推开他，却发现情况不妙。你挣扎着打开灯，眼前的情景令你惊声尖叫起来。是强哥的弟弟二壮。二壮将你按在身下，"买你的钱是我们哥仨出的，当时就说好的，等你跟大哥生完孩子，你就归我和三健。"你拼命挣扎，却被二壮压了个结实，你大声叫强哥的名字，二壮一耳光就打了过来。"我可不像大哥那么能忍，你最好老实点，不然揍死你！"二壮是兄弟三人中，最为火爆的。

你一嘴咬在二壮的手上，差点没把他的手指咬下来。二壮狂叫起来，惊动了一屋的人。"大强——"你拼命地喊，"如果你要这样，你我今晚就死在这里。"外面一阵骚动，人们在阻拦大强。但没有拦住他，他把门踢开了。"二壮！"大强说，"哥重新给你找个女人吧！"二壮喷着满嘴的酒气，"不行！我现在就要。""二壮！"大强的语气更软了，"哥求你了，她是哥的女人呀。你的钱，我回头凑给你！"

外面的人见屋里争执不下，也进来劝说，但分成了两个阵营，有人支持大强，有人支持二壮。大强突然吼了起来，"都别说了！她是我的女人！谁要是敢动她，我就跟谁拼命。"大强这副歇斯底里的样子，令在场的人都吓着了。于是，人家纷纷去劝说二壮。当晚，大强就给二壮写下了欠条。而且，这钱不是二壮的当时所出的三分之一，而是整整一万元。正在这个时候，三健也嚷起来了，"大哥，既然你给二哥打了欠条，也要给我打，要不，我就要跟你分享她。"大强无奈，又给三健也打了一万元的欠条。

猎　枪

那天，男人去街上卖鸡，卖了四十五块钱。他买了一瓶白酒，花了五块钱。他坐在商店门口把瓶盖打开，喝了起来，有认识的人过来，他就递给别人喝一口。他也不知道自己喝了多少，总之，那瓶酒喝完的时候，他感觉头有点昏了。最后一个陪他喝酒的人说，去玩两把？他想起家里那些饿老鹰一样的孩子，摇了摇头。他去卖肉的地方看了看，那里正排着长队。过了一会儿，劝赌的人又走过来，说，走，玩几把嘛，那钱是谁的还不知道呢？于是，他跟着那人去了街道外面的一块苞谷地里，苞谷已经掰了，但秆还没砍，正好作为掩护。

他们玩一种叫"推筒子"的赌博,规则很简单,每人两张麻将筒子,点数加起来,和庄家比大小。他第一把下注五块,输了;犹豫了一下,停了一把,可是这一把,庄家全赔了。他后悔不已。心想着刚赔了一把,下一把庄家应该没这么霉了,所以他继续忍手,可是庄家又赔了。他再也忍不住了,一下子押了二十元,他翻开一张牌,是三筒,他摸着另一张牌,手有点颤抖,四筒,他心里舒了一口气,胜算不小。另外两家的牌分别是三点和五点,他的是七点,待庄家翻开牌,他傻眼了,庄家是八点。他的手上还有十五元,他想收手了,可是现在收手,已经不够买肉了。他又押了十元,输了。剩下五元钱,他决定不玩了,给孩子们买糖。他站在边上看热闹,看了一会儿,他真的看出了门道——他看到庄家偷换了一张牌。那动作娴熟、麻利得神不知鬼不觉。他几乎想都没想,就叫了起来,"他偷牌!"众人一下子惊了,盯着他,他害怕别人不信,又说,"他把手上的二筒,换成八筒了。"

他搅了庄家的局,赌徒们都炸开了锅,要庄家赔钱。庄家虽说是街上的混混,可是铁证如山,也只能骂骂咧咧着赔了钱。众人拿了钱散去,他这才知道自己闯了祸。他走在街上的时候,发现身后有两个人跟着,他假装进了一家商店,那两个人就在门口候着。他在商店里几乎把所有东西都看了个遍,但也没见一个他认识的人进来,无奈,他只好硬着头皮出来了。他疾步朝前走,对方一直紧跟着,到了街口,他撒腿就跑。可是没跑多远,对方便追上了他。对方啥也没说,直接就开打。他被三脚两拳撂倒在地,只得抱头求饶了。对方打完,朝他身上吐了几口唾沫,走了。他挨打的时候,有很多人围着看热闹,但没人来拉架。他挣扎着起来,看见了几个平时他曾经帮忙干过活的风岭人。他红着脸,低着头,一瘸一拐地回家。

这就是他拄着拐杖回来的原因,但他没跟媳妇说实话。"我走在路上摔了一跤。"他说。"你眼睛瞎了啊?"她又骂了起来。

包 倬 | 狮 子 山

他总是犯这样那样的毛病,她似乎都已经习以为常了。出了小问题,吵一架,出了大问题,打一架,日子照常进行。这就是他们的生活,在争吵和抱怨中进行。到了晚上的时候,她实在无法忍受他的臭脚,待孩子们睡下后,她起来烧水给他洗脚。他懒懒地起床,洗了脚,把湿淋淋的双脚担在床沿,待水蒸发完了,才又伸回被子里。回到床上,她又变得气呼呼的了,背对着他,却无法入眠。

"你说,这个娃叫啥子名字好?"他拍了拍她的后背,"前面四个娃都叫得太随便,这个一定能花点心思了。"

女人对这个问题有点兴趣,她的语气缓和了一些,"是男是女都还不知道呢?"

男人说,"男的,肯定是个男的,我前几天做梦,梦见一条蛇从你裤子里钻进去了。"

女人下意识地缩了缩腿,男人就咯咯笑了起来。可是女人在这时候想到了一个更重要的问题,"如果这次还是女娃呢?是养着,还是?"她不敢说出"还是"以后的话,肚子里的孩子狠狠地踢了她两脚。在这个问题面前,男人陷入了沉思。并且,他很久就在思考这个问题了,只是一直没有答案。他们已经有了四个孩子,虽然在这荒山野岭,多个孩子,只不过是多个碗多双筷子而已,可是,他已经不想再因为超生而被追得鸡飞狗跳。这是他最后一搏了,如果命中注定他膝下无子,他经过这么多年的努力,已经无愧祖宗。别的不说,他的女人太可怜。为他生了四个孩子,人已经瘦得风都能吹走。他摸了一把身边的女人,她沉默不语,不知她是否睡着了。他突然想到了水冷草枯的冬天,那些缺少草料的瘦母羊。他叹了一口气,吹灭了油灯。

已经入秋了,风越来越凉。房子的窗户没安玻璃,为了防风又能采光,他们用塑料纸将窗子蒙了起来。风起的时候,吹得塑料纸呜呜响,有些阴森。就在这个时候,老三醒了过来,嚷着要尿尿。他喊醒大女儿,让她去照顾三妹起床,可是大女儿刚点亮油灯,就叫了起来,因为老三没憋住,已经尿在床上了。男人骂了几句,见对面床上没动静,定睛一看,老大和老三都又睡过去了。

秋天的太阳并不温暖,即使是在太阳下,风一吹来,还是觉得有些寒冷。庄稼收起来了,他们在砍苞谷秆。女人基本上不能做重活了,但她还是不放心,跟到了地里,做点轻巧活。大女儿在帮着用镰刀砍苞谷秆,她砍了一阵,累得坐在地上,羡慕地看着正在一旁玩耍的妹妹们。她们在捉蛐蛐,老二的手里已经抓住了好几只,她说,"爸爸,蛐蛐能不能炒了吃?"男人心里一阵难过,想到昨天在街上的表现,后悔不已。

狮子山很静,除了他们一家人在活动,估计只有飞禽走兽了。想到山里的飞禽走兽,他有些恼怒,他们每年的庄稼都会被糟蹋掉不少。他一直想买一把火药枪,他可以用来打那些前来糟蹋他庄稼的野鸡、兔子,一来可以减少庄稼的损失;二来可以改善家里的伙食。就在前几天,他听说风岭的王万能家要卖枪,就想去看看。他对女人说了买枪的想法,她不置可否。他其实也只是说说而已,并无诚心商量之意,即使她不愿意,他决定的事情,也不会改变。

下午收工以后,吃了饭,男人便去风岭了。他的脚还在疼着,他拄走了昨天从街上拄回来的那根木棍。风岭狗多,几乎每家都养狗,这一路上,木棍发挥了很大的作用。他在一阵接一阵的犬吠声中到了王万能家门口,他拍了半天门,院子里才响起一个声音。"谁呀?"里面的声音有些紧张,问完以后,随着拉了院子里路灯。他在外面听到里面的人走到了门口,但没有说话,而是将眼睛贴在了门缝后面。"是我,"他有点歉意,进一步说,"我是狮子山的。"门里的人又问,"你有啥子事?"男人愣了一下,奇怪对方的这种口气,就压低了声音说,"我听说你家有支火药枪想卖,我来看看。"对方在门里面考虑了一会儿,才把门打开。男人进了门,狗在这时候突然从后面扑了上来,他赶紧用木棒把狗打开,踉踉跄

包　倬｜狮子山

跄地进了院子中央。王万能把狗轰走，又把大门牢牢闩住。

进了屋。在并不明亮的灯光下，王万能的脸色有些惊慌。狮子山这个男人在火塘边坐了下来，发了一支香烟给王万能。后者接过烟，点火的时候，嘴唇也还有些颤抖。"我家确实有支枪想处理，"王万能吐了一口烟，看了看就挂在火塘边墙上那把枪，说，"我年纪大了，眼睛花了，留着枪也只是摆设。"他说着，就站起来把枪从墙上取下来，拿在手里擦上面的灰尘。"枪，好得没话说，我用它打死过四只麂子、一只獐子、不计其数的兔子、野鸡、斑鸠。"王万能端起枪，朝着门外瞄准，做出扣扳机的动作，然后笑着把枪递了过来。狮子山的这个男人把枪接过来，拿在手里，翻来覆去看，但其实他也看不出什么名堂来。

"要好多钱呢？"他问。

王万能将食指伸了出来，"这个数，少一分都不说。"他的意思是要一百元。

"可是可以，只是……"狮子山的男人犹豫了一下，"只是最近钱紧，如果能缓到明年的话，这枪我要了。"

王万能想了想，同意了。随后又聊了会儿庄稼的收成，王万能突然话锋一转，问了一句令他一头雾水的话："你媳妇，快生了吧？"

狮子山那个男人脸上有些紧张，又有点不好意思。他犹豫了一下，说，"已经八个月了。"

"唉，命啊！"王万能突然感叹起来，"我也是一生没有一个儿子，只有几个姑娘。"

像是遇到了知己，两个男人开始讲述躲避计划生育的种种经历，不胜唏嘘。讲到最后，王万能问，"如果这次还是个姑娘呢？"这个问题又被提起，他如实回答，"不知道呢，是男是女，看自己的命了。"王万能松了一口气，又递了一支烟过来，安排媳妇去煮消夜，说要跟他好好喝一杯。狮子山这个男人嘴里说着别客气了，站起来，提着枪要走，但王万能热情地将他拉住了。他留在风岭吃了消夜，还喝了一顿酒。半夜的时候，他才拄着拐杖离开风岭回狮子山，他在路上一边打着酒嗝，一边高一脚低一脚地朝前走。他想起喝酒的时候王万能跟他说起的那件重要事情，心里五味杂陈。他想把这件事当成酒话一听而过，可是，他却清楚地记得自己已经答应王万能了。

"如果这样，我岂不是太不是人了？"他自言自语。

"可是，不这样，又能怎么样呢？"

债　务

你当然不会知道，你的父亲，成了风岭的笑话。那天他睡醒的时候，火车还在暗夜中吭哧吭哧地行驶。他找遍了所有车厢，又去找列车员，只得到一个猜测：他可能受骗了，而这个北京人，可能是人贩子。

他在两个月以后才回到风岭，还是穿着走时的衣服，形容枯槁，像个乞丐，连你母亲也认不出来。直到他叫出她的名字，她才哭着将他拉进了屋里。风岭震动了，人们围在你家门口，但你父亲命令母亲把门给闩住。他是沿途打零工和乞讨回来的。你母亲烧水给他洗澡，换下那堆又脏又破的衣服，她无意中摸了摸裤子后面的兜，发现里面有东西，她伸手进去掏，掏出了三百元钱！你父亲大哭，"老子哪晓得身上有钱啊，这狗日的太缺德了。"

你父亲从不对外人讲起这次外出的经历。他一天天瘦了下去，脸上不再有笑容。你的母亲，看到风岭那些跟你同龄的女孩，就黯然流泪。整个家垮了，他们已经荒废了很多土地，只在房前屋后种下了玉米，刚好够生活。你父亲去报过案，但毫无效果。他踏上了另一条路，寻求方圆百里的巫医神汉、算命先生。于是，

包 倬 | 狮子山

风岭人惊异地看到你家的大门先是朝东方开,然后朝北方开,当所有的方向都开过门,仍然不能迎接你归来后,他将你爷爷和奶奶的坟地,迁了位置。请人算命的结果,无非是两个,要么你还能回风岭,要么永远不会再回来。

三年过去,仍然没有你的消息。

相同的思念,在你心里从未熄灭。麦生一岁半的时候,你们从大家庭里脱离出来,分得两间房子,一间关猪,一间人住。抓阄分土地,大强运气不好,抓到了最差的。日子捉襟见肘,还欠着二壮和三健每人一万块钱。你每天和大强一道下地干活,勤勤恳恳,村里的人都说你能干。但只有你自己知道,这样的表现只为博得大强的信任。你每过一段时间,就会跟大强提出想回风岭去看看,但都被大强拒绝了。"现在还时机未到,"他对这件事总是表现得无比冷漠,"村里没娘的孩子还少吗?"

那年冬天,村里又多了几个外地媳妇,二壮和三健有些急了,多次上门来要账。"要么给钱,要么你给找个媳妇。"那兄弟俩都是这样的口气,完全把大强当成了背信弃义之人。大强心里有愧,已经几年过去了,欠他两个弟弟的钱还分文未还,并且按你们当时的收入,要还清那些钱并不容易。于是,大强想到了第二种方法。

"你觉得我们这里,和风岭相比,怎么样?"大强有晚很认真地问你。你又想起了风岭,山山水水,一草一木,心情沉重。

"你实事求是地比较,这里是不是比风岭要好?"大强盯着你不放,"我想跟你商量一件事。"大强把麦生支开以后,才说了下半句,"你能不能再回风岭去,介绍两个姑娘来给二壮和三健?这样一来,你在这里也有个伴。"

你一下子站了起来,看着眼前正在抽烟的大强,一把将他的烟抢过来扔在地上。"这是贩卖人口,你懂吗?"你高声吼起来,"这是要坐牢的!你害了我还不够,还要让我去害其他人?"

你不再搭理他。出门去把一直站在外面的麦生拉了回来，然后气呼呼地睡了。"你自己看吧，这是你唯一可以回风岭的机会，否则，这一辈子你也别想见到你爹妈。"大强也很生气，说完这句话，又抽起烟来。

第二天早上，你答应了大强。就像几年以前，你答应你父亲时那样。你的心里，其实有了新的打算。你要回娘家了，在那个村里成了新闻。你们走的那天，麦生抱着你的大腿哭，他要跟你们一道去。"妈妈还会回来的，"你向他保证，"妈妈不会丢下你。"母子俩哭成一团，像是生离死别。你知道，这一辈子，也无法真正脱离这个地方了。你彻底断了逃跑的念头，只想回风岭看看父母，然后回来好好过日子。

几年前，你从这条路上奔向一种未知；几年以后，外面发生了天翻地覆的变化，你奔向的同样是一种未知。你不知道你的父母，你的家，现在已经变成了什么样？在县城里，大强给你买了几套衣服，还给你的父母也一人买了一套。这一路上，他花钱都很大方，你心生疑惑。那晚住在县城酒店里，你问他哪里来的钱？他说，"难道我们除了给二壮和三健带媳妇外，就这样白跑一趟？"你没有听懂他的话，一脸迷惘。"我收了别人家的钱，"他把嘴凑近你耳朵，"不过，这些人不是缺媳妇，是缺……""什么？"你失声叫了出来，"这绝对不可能！你趁早死了这条心吧。"

大强把那两个字说得很轻，可却像两枚炸弹一般在你脑海里炸开了。"不干也行，那么，这一来一去的开支，怎么办？"大强加重了语气，"你别忘记了，无论是欠二壮三健的钱，还是回这趟家，可全都是为了你。"你无话可说了。那晚，你的脑海里一直是麦生的影子，他的哭，他的笑。

按照大强的安排，你们在一个夜晚神不知鬼不觉地回到了风岭。你的父亲已经不想再去重提这事，他想让那些谣言慢慢消失。大强和你父亲聊了两个晚上，第三天，大强告诉你，"爸已经答应了。""什么？"你一头雾水。"那事。"他见

包倬 | 狮子山

你没听懂，又进一步补充，"我在县城酒店里跟你说的那事。"你愤怒地抬头看了他一眼，"你确定要这么做？""钱都已经收了，"大强说，"难道你想为了回一次家又背负一身的债？"但你心里还有一丝侥幸，觉得这不会是一件容易的事。你们曾经商量过，要不要走出去见见村里人？但你父亲和大强都坚决否定了。在那段时间，一旦家里来人，你和大强就躲到了卧室里去。

事情有些出乎意料，自从你从风岭消失以后，风岭那些不安心的姑娘们都学乖了。一提起外面的世界，她们立马紧张起来。你父亲出去了几天，他实在不知道该怎么办？这件事陷入了僵局。大强的脸上愁眉不展，一想起二壮和三健的债务，他就急得睡不着觉。照这样下去，你们肯定是得空手而归。正在这时候，事情出现了转机。

草儿

秋深了，满山萧瑟。过不了多久，就要下雪。山林里的飞禽走兽渐渐少了。男人买了猎枪回去，除了像练胆似的放了几枪，连根鸟毛也没打到。农闲时，时间就慢了下来。孩子们在地上晒太阳，尽管并不温暖，但她们还是很开心。他扛着猎枪去山林里转，想打点什么猎物回来，女人就要坐月子了，他毫无准备。他在狮子山上，先后遇见了松鼠和兔子，一只兔子，开了枪，没打中。枪声传到了家里，孩子们欢欣鼓舞。孩子们的嘴里反复说着一句话，"今晚有肉吃啦，今晚有肉吃啦。"这话像是在庆祝，也像是祈祷。

天快黑的时候，男人扛着枪慢悠悠地回来，到了家门口，正遇见老二急匆匆地来开门。她说："爸爸，快点，妈妈在床上叫呀。"男人快步进了屋，见女人正躺在床上生产。老大站在床边，一边哭，一边叫妈妈，手足无措。这样的事情，男人经历过好几次，但他看到女人痛苦的表情，他还是有些难过。男人在心里说，"无论是男是女，都是最后一个。"男人安排老大去烧水，过了一阵，她端着热水进来，孩子已经生下来了。

"是个什么？"女人奄奄一息。

男人看了看，长叹一口气，"又是个姑娘。"

女人不说话了。男人将新生婴儿洗干净了，用老四小时候用过的东西将她包起来。新生儿睡在襁褓中，闭着眼睛，呼吸轻微，嫩得像一株刚破土的幼苗。男人端详了半天，也没从她脸上看出自己或媳妇的影子。他感觉心里怪怪的。这时候，女人也翻过身来看孩子，"你觉得她像谁？"他问。女人摇了摇头，"还看不出来。"她说。孩子突然哭了起来，张着她红红的小嘴，哭得撕心裂肺。女人抱过孩子，掏出她那下垂得像冬瓜样的乳房开始喂奶，女人的眼里洋溢着幸福，她轻轻抚摸着孩子，一遍又一遍。过了一会儿，男人把孩子接了过来抱在怀里，走着，看着，想着那晚在风岭说的事，心像被针刺了一下地疼起来。

"我得去一趟风岭。"男人说。

男人去了王万能家。门还是像上次那样从里面闩着，他喊了几声，王万能听出是他，跑着来开门了。王万能问吃饭了没，男人说他吃过了。坐着聊了一会儿，男人感觉有些别扭，便说了想来他家借腊肉的想法。

"生了？"王万能喜不自禁，同时又意识到自己表现过于热心，便对身边的女人说，"去楼上提两块肉下来给他。"两个男人对视了一眼，似在想同一个问题，却又不知道该如何开口。

狮子山这男人提了肉，说了几句感谢话，大步离开。但还没走出院子，王万能便在后面叫住了，他走了过来，从兜里掏出一百块钱，"拿去给她买点东西吧！"王万能将钱硬塞进对方的衣兜里，打开了大门。狮子山的男人这次真的迈开了大

包 倬 | 狮子山

步，他一脚从门槛上跨过去，王万能又悄悄拉住了他的衣服，"上次我跟你说的那事，你安排得怎么样了？"

"再过几天。"狮子山这个男人说完，提着两块腊肉急匆匆地走了。他几乎是一口气跑到了家里，把肉洗了，先炒一盘，再煮了一锅。孩子们吃得很开心，可是女人却没有胃口。趁着孩子们高兴的时机，他叮嘱她们，"如果遇到外人，不能说妈妈生娃娃的事，谁说就打断她的腿。"孩子们异口同声地答应了。第三天，他们给孩子起名叫"草儿"。

男人很少外出了，他留在家里，一心侍候女人。每当草儿哭啼的时候，他就抱着她，轻轻在床前走动。男人经常盯着草儿看，似乎要把她映在脑海里。这是他以前从未有过的事，连女人也觉得意外。"皇帝爱长子，百姓爱幺儿。"女人说。他笑了笑，没有说话。

那几天，男人的心情一直无法平静。他在屋里走来走去，满脸的烦躁，孩子们奇怪地看着他，像尾巴似的跟在他后面，被他呵斥开了。"你怎么了？"晚上睡觉的时候，女人小心翼翼地问他了，他翻来覆去，长吁短叹着说，"男人的事情，婆娘少管。"女人噤声了，她知道自己的男人，是个倔强的男人，没啥本事，可从来都把自己看得很重。那个晚上，女人起来给孩子喂了几次奶，几次都感觉到男人还醒着。她没有跟他说话。她只是在心里暗想，他应该是在为草儿的出生叹息。这五个孩子，将会耗去他们的一生。

第二天一早，男人又扛着猎枪上山。可他并无心打猎。他的眼前一直浮现出草儿的影子，黑珍珠似的眼睛，小小的嘴，蜡黄的皮肤，一副营养不良又惹人怜爱的样子。他一个人在山林里的小路上走着。太阳明晃晃地照着山间小路，杂草丛生的路上，清冷寂寥。走着走着，他突然从肩上把枪拿下来，朝天空中放了一枪。枪声回荡在山林。但仍然驱不走他内心的愁绪，他又放了一枪，又放了一枪，像是儿时过年玩鞭炮那般,他渐渐感觉心情好了一点。他随身携带的火药和铁砂子快完了,剩最后一点,他装进枪筒后不再开枪了。又走了一段,男人觉得累了,躺在路边的草坪上,他感觉倦意袭来,迷迷糊糊睡了过去。

他梦见了草儿,只不过,她已经不是孩子,而一个成年女子。他奇怪自己竟然能够认出她来,他喊她,她没理,他追上去,对方回过头来,草儿的脸上没有任何器官。男人一下子醒过来,额头上渗出豆大的汗珠。太阳已经西斜,他感觉头有点晕,便坐在地上,不急着起来,他抽了一支烟,才起身往家走。

他看见孩子们在房前玩耍,三个孩子在跳绳,年幼的老四跳不过去,只能帮着两个姐姐拉绳子。孩子们看到他,就收起绳子,朝他跑来,"爸爸,打到啥子没有?"老二跑在最前面,但看到他两手空空,三个孩子的脸上都挂着失望的表情。他进屋,孩子们跟着进去。他把枪挂起来,直奔媳妇身边,看到草儿正在睡觉。他没有说话,只是静静地看着她。

吃饭的时候,他去屋里搜了半天,找到了半瓶酒。他侍候完媳妇吃了饭,然后坐到桌前,一个人就着一盘肥肉,将酒全喝了。天黑的时候,他又拿起了猎枪,朝屋里对媳妇说了,"我去趟风岭。"

月亮从对面山上升起来,仅仅像是天空的装饰,月光黯淡。男人在去风岭的路上,心里已经做出了决定。他觉得这不是多大的事,无非是给对方赔个不是,或者任由对方骂几句罢了。凉风徐徐,他的心情轻松起来,他越走越快。突然,他看到山路上有三个人朝他对面走来,走到了面前,他便认出了是王万能带着一对陌生男女。

"我们正要去你家呢,"王万能说,"你来了,那就回我家去吧。"

狮子山这男人开始在兜里掏香烟,掏了半天才想起出门时忘在家里了。这时王万能把烟递了过来,还热情地替他点着了火。他深吸了一口烟,想了想说,"我来是要告诉你,那晚说的事情——我想,还是算了。"月亮渐渐升起,月光越来越明,男人说出这句话以后,他看到王万能的脸色一下子变了。

"你上次不是说得好好的吗？怎么反悔了？"王万能在控制自己的情绪,"别说是这么大的事,就是小猫小狗,也不能随便反悔吧？"

"这不是小猫小狗,这是孩子,是我亲生的。"男人说。

王万能一时语塞,他旁边的女人接过了话,"你好好想一下吧,如果是你带着,你们的今天可能就是她的明天。但如果让她跟我走,那就不一样了。这相当于是改变了她的人生。"

男人看了看面前这个女人,说,"如果是你生的,你舍得吗？"女人被问得哑口无言。

另外一个男人突然用外地口音问,"我们在风岭等了你这么长时间,这损失算谁的？"

沉默。风吹过来,树叶哗哗往下落。

"你是男人啊,没有三滴血也有三滴汗噻,怎么能说话不算数呢？"王万能在草地上坐下,示意另外两人也坐下。他又掏了香烟来发,狮子山这男人就不接了,说,"我刚抽过。"

"我那晚喝多了,对不起。"他说,"她是我的亲骨肉啊。"

王万能突然冷笑了一声,"你确定是自己的亲骨肉？"王万能急了,脱口而出,"很多风岭的男人都睡过你老婆,你不知道？"

这话像一个炸雷,狮子山这个男人突然站起来,把枪从肩上取下来,拿在手里,"你再说一遍？"他的声音冷得让人打寒噤。王万能没敢再说二遍。然后,那个外地口音说,"把枪还回来,不卖给你这样的人了。"他说着,就伸手抓住了枪管。

他只是想把枪骗过来,因为那是最大的威胁。狮子山这个男人抓紧了枪托,他也感觉到了那一刻枪对他的重要性。两人争抢不下，王万能急了，朝着狮子山这个男人的小腹上一脚踹了过去。他整个身体失去了平衡，往后退去，就在他要倒下的一瞬间，他的食指扣到了扳机。

枪声在山林里回荡，然后被松涛卷走了。他听到了一声惨叫，他来不及细看是否伤到了人，他丢下枪，一转身，朝着狮子山的方向跑了。他越跑越快，他的眼前浮现了草儿的脸庞。

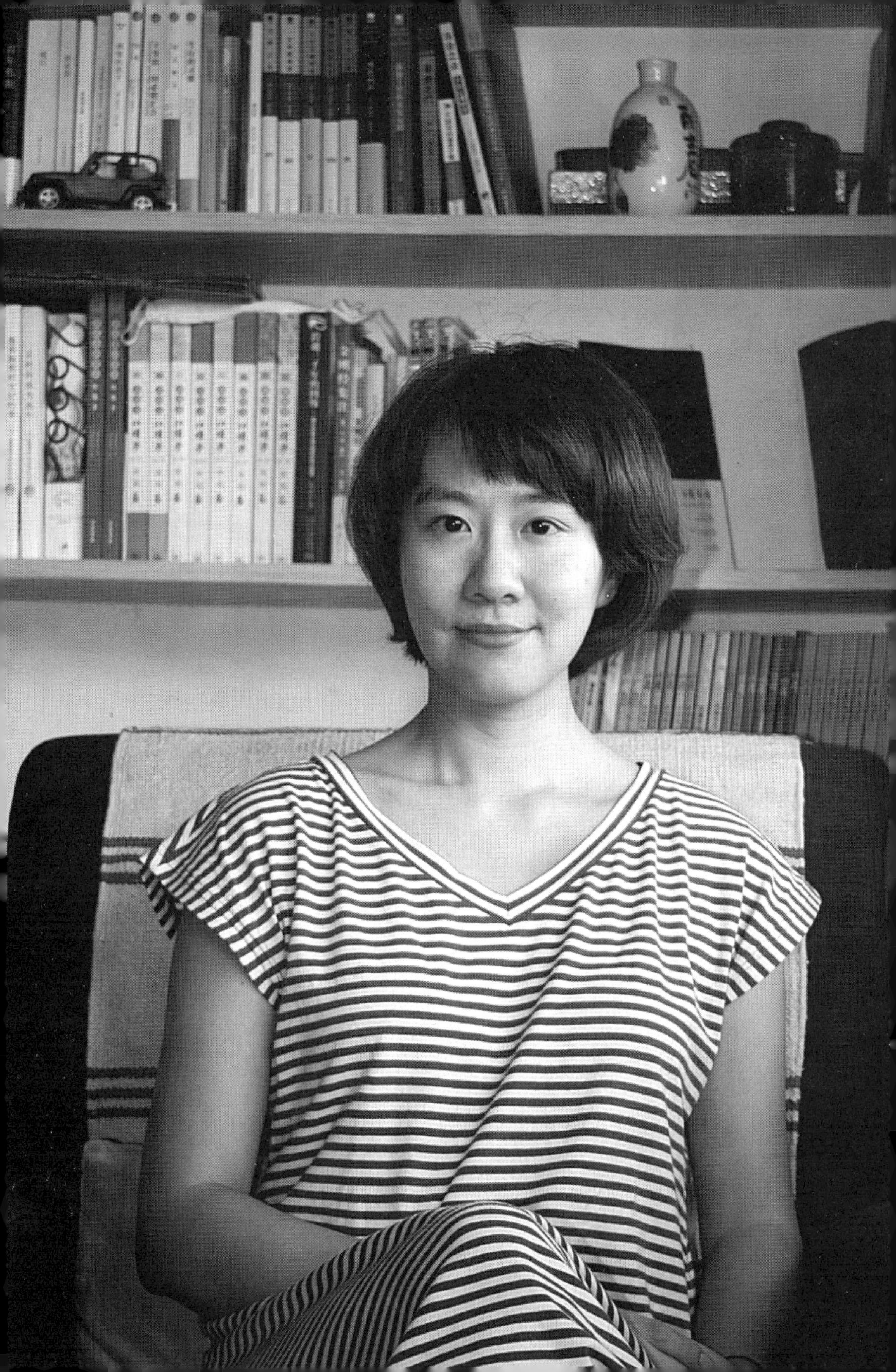

朱 个

朱个，1980年生，浙江杭州人，现居浙江嘉善。2008年开始小说创作，作品散见于《人民文学》《上海文学》《青年文学》《西湖》《作家》等文学期刊。作品入选《2009中国短篇小说年选》《中国短篇小说年选（2011年选）》《新实力华语作家十年作品选》等选本，先后荣获第三届"西湖·中国新锐文学奖"、浙江省作协"2009—2011年度优秀文学作品奖"。小说集《南方公园》入选2013年度中国作协"21世纪文学之星丛书"。

龙凤呈祥

一

你的腿怎么啦？新来的班主任好奇地问。

肌肉萎缩。

她的嘴唇张成了O形：什么时候开始的？

生下来就这样了。他低下头，肥大的裤腿里，两条变形的柴棒阵阵发软。其实母亲告诉过他，病是从四岁才开始的，但他觉得这样说也没有什么区别，四岁前的事情谁还记得呢。

噢，是不是先天……

这叫肌营养不良症。他打断班主任，满不在乎地把那几个字讲了出来。

啊……年轻的女班主任点着头，呼出了充满同情心的一口气。他甩着两条腿，望向窗外，他并不认为她比同学们懂得多，没有多少人懂这些，他也懒得解释。最后一节是活动课，同学们从每幢教学楼里跑出来，像一把七彩纸屑撒向操场各个角落，他摸出口袋里的饼干，旁若无人地边吃边看。

没过多久，母亲就到了。她谢过班主任，扶他下楼。今天怎么啦？她问。跟上趟一样，他回答。又要复查了，药按时吃了吧？吃的，不会忘啊，杨帆天天都提醒的。说到杨帆，他就笑了，今天也是杨帆去找老师的。母亲也笑了，下回叫他来家玩咯。

母亲先上车，他站在电动车后面，搬起一条腿横跨过去。母亲说，抱紧。他用力抱住母亲的腰，腰怎么有点粗了，他觉得手臂环抱不过来。母亲还是原地没动，她说，抱紧我啊。抱紧了！他嚷着。母亲回过头来，看到他把脸贴在了自己的背上，手臂却松垮地围着自己，像个呼啦圈。母亲不敢乱想，赶忙把头扭回去，手绕到后面拍了拍他的胳膊，说，坐稳哦。

晚上，他在台灯下做功课。

九年级的第二个学期，作业一下子多起来，他老是觉得忙不过来。班主任总是说，熬过这一年，考上重点高中就解放了。他也很努力，成绩却并不怎么样。写字写到一半，肌肉常常就会抽筋，捉不住铅笔和橡皮，眼睁睁看着它们从桌上滚到地上，自己就只能干坐着，没有力气站起来去捡。还好有杨帆在，他总是会罩着他的。杨帆是他小学的第一个同桌，他对朋友的概念，就是从杨帆开始的。杨帆会帮他捡东西、记笔记，整理书包，打饭，陪他聊天，有时还替他抄作业。想到这儿，他合上练习本，这几道那么难的应用题，还是明早留给杨帆去解决吧。

走出去刷牙，经过父母的卧室。隔着门听到那两人嗓门挺高的说话声，掺杂在混乱的电视剧背景中，一时浑浊，一时清晰。他以为又在吵架，幸灾乐祸地趴在门上偷听。先听到父亲，……心理安慰……大概到二十岁。不一定的，有点信心好吗……这是母亲说，但声音马上被广告盖过了。门缝里仅透出电视屏幕闪烁的光亮，便不再有其他了。

他正要走开，门内忽然传来沉闷的一声"哎哟……不要乱来……"像是母亲的，显得既伤心又痛苦。然后一阵广告音乐特别响亮，隔一会，随之而起是克制的喘息，还夹杂着拍打皮肤的闷声，在压抑中慢慢沸腾起来，几乎盖过了电视机。

他好奇地扭开门把，门被轻轻地掀开。小片扇形展开的光线自他身后，就像舞台的追光，越过头顶照到黯淡的大床上。母亲的胳膊连着肩膀以下整个背部都是光的，薄被子像条皱巴巴的蟒蛇缠在她的腰间，她惊慌地别过头，枯干的长发

朱 个 | 龙凤呈祥

一直披散到枕头上。父亲从母亲胳膊后面露出半张脸，伸出手来把被子往上扯了扯。在一瞬间，他俩维持着这个姿势几乎没动，好像忘记了接下来该做什么。

你们，在看什么电视呀？他装作若无其事地问道。

父亲翻身坐起，母亲飞快地裹起毯子。

啥呀，都是广告。作业做好了？父亲说。

团团，早点睡觉，别忘记吃药。母亲说。

他潦草地点点头。父亲又说，以后先敲门啊。

嗯。他带上门，没有看见门背后的母亲关掉电视机，疲倦地靠在床头，而父亲怔怔地呆坐着，一只来不及离开的手，还在妻子身体上惯性地动作着。

他扶着墙小心翼翼走进卫生间，中间难免磕碰到障碍物，弄出了一点动静，这些早就习惯了。只是，听到的片言只语挥之不去……他们在说谁呢？谁二十岁？他今年才十五。二十是十五加上五。肯定是说人家。一个个念头伴随着牙膏泡沫冒出来，堆在嘴角，漫延开来，一直流到下巴，镜子里的自己看起来像白胡子老头，左看右看都像。他笑了，忽然想起书包里还有本借来的《海贼王》，那一丝朦胧的忧愁便一扫而光。过几天就要还给杨帆的，趁睡前赶紧再去看一点。

少年路飞的航海大冒险，各种神通广大的好朋友，无数奇妙遭遇——整晚他都沉溺在乱糟糟的梦境里，直到闹钟响起一把将他揪出来。他瞪大眼睛，仿佛刚回到人间，直愣愣地盯着天花板看了五分钟。除了灯罩有圈熏黄的痕迹，那上面什么也没有，墙面和墙面的交接线符合数学课里立方体的规则，笔挺，少量并适当的阴影，司空见惯的家伙，标志着新的一天又开始了。

他拿起桌上母亲摆着的几种药，胡乱塞进书包。

今朝还好？自己走行吗？母亲凑过来瞧瞧他，问道。

嗯。

慢慢走,迟到就迟到,我跟你们班主任打过招呼的。她的头发挽成一个圆髻,看上去比昨晚有精神。

反正我也走不快嘛,他懒洋洋地答。上学最讨厌了,真想和漫画里的船长一起出海去啊,什么病都赶跑了。

二

家离学校不远。边上还有个小小的公交车站,急匆匆的学生一团团地挤在人行道上等车,他贴着墙根从他们身边慢吞吞走过。迎面向他走来的行人,偶尔转头看他,他远远地避开他们,心里默念着母亲的叮嘱,不要往人多的地方去,每一步都小心,要踩稳。

哐嘟——一辆山地车长满小刺的橡胶轮胎翻上人行道,伴着戛然而止的刹车声,忽然横亘在他面前。他下意识地往后一退,只听见响亮的男声:嗨,这么专心!抬起头,杨帆逆光的脸就在眼前,他伏下身子,一甩头,上车?没等回答,前面又有女孩的声音喊道,上车啦,就要迟到了!同班女生小妤跨着车,正在马路边朝他挥手,晨光在那个他异常熟悉的侧面打出薄薄的阴影。她长得不像别的女生,比如她没有厚厚的刘海,她的前额宽阔光滑,有个饱满的弧度——他曾无数次在掌心描摹过的弧度。不知道为什么,她今天会和他俩打招呼。

他只好坐到杨帆的车后座上,小妤和他们并肩骑在一起,默默地并不开口。校服再宽大的裤管也掩不住两条细长却饱满的腿,它们有节奏地一上一下,令他的心也忐忐忑忑。女孩的臀部被座位勾勒得异常明显,都快把他的眼睛烫伤,他只好把自己的脚往车架上蜷得更紧一些,这让他弓起的背显得更驼了。他有不少关于《海贼王》的话要跟杨帆说,可因为小妤,他便怎么也说不出来了。

朱 个 | 龙凤呈祥

  这学期换了几个老师，都是专教毕业班的老老师。他不喜欢这些老老师，调皮的同学叫他们复读机，说他们只知道重复知识点，除了重复还是重复。只要他们走进教室，那些压抑的耐心和平直的语调，就织成一张均匀绵密的网，把同学们统统兜在里头，一个都别想跑。春寒料峭的下午，门窗紧闭的教室里同时弥漫着由所有人的毛孔、腺体和唾液混合的气息，在这样热腾腾的空气里坐一整天是多么折磨人的事情——他甚至觉得自己很快又会患上感冒。

  前排就是小妤，靠着椅子，背挺得笔直。她的马尾辫扎得不能再高了，随着每一次点头而左右甩动，发梢扫过，他闻到一股新鲜水果的甜味，淡淡的，若有若无。他鬼使神差地竖起笔尖，往她的发尾中间轻轻戳过去。笔尖穿过发丝，没有阻滞地滑落了，小妤大概有些觉察，离开了椅背。这让他想起了一些常见的洗发水广告，总有这样一个女生，在各种场合，满头丝滑的长发飞起来吸引住邂逅的男生，四目相对，深情款款。

  他托着腮帮出神了，直到同桌拿胳膊捅他，他才发现，周围所有人都低下了头，只有他还像一条水面上的鱼，昂起头微张着嘴，明显暴露了自己的秘密。老师自然是一定走到他面前，用讲义拍拍桌子，这位同学，你来讲讲看。

  他手里的笔，啪嗒掉了。

  嗯，这位同学？老师追问道。小妤转身看他，水果的味道伴随气流又飘了过来。他红了脸，慌张之下怎么都站不起来，小腿的酸劲异乎寻常，从脚踝的关节向腰部发散。他十五岁了，手脚却像摆设，并没有什么支撑力。要命的是，上课前就有的一点痒兮兮被忽视的尿意，此时却异乎寻常地越来越重，下腹渐渐好像揣着装满水的气球。他绷紧肚子上的肉，也没有什么效果，只好把身体前倾，用力下压，让腰和腿之间的角度尽量小一点，再小一点。同学们看来，他只是瑟缩得越来越紧，脸上的红越来越深。他拽住桌角，屁股不安地左右扭动，整张桌子都在不被察觉地微微颤抖。同桌踢了他的腿，不满地看住他。

老师大概也注意到了不正常，嗯……这位同学再思考思考，我们请别人来回答。周围一片竖起的脑袋随着这句话又遍地低下去了，老师转身往讲台上走，边走边说，同学们上课一定要集中注意力，时刻跟着老师的思路，提高上课效率才能……

哐啷——当，大家的头重又抬了起来。他撑着桌面摇摇欲坠，椅子歪倒一边，依旧涨红的脸上是欲哭无泪的表情。他喃喃道，我……我想上厕所。

几个胆大的同学已经笑出声来，老师一脸愠色，你这个同学倒是蛮有意思的嘛，回答问题么不肯站起来的……真当一点都熬不牢了？熬不牢么那也只好让你去的，去，快去。他离开课桌，步子有些摇晃。经过小妤身边的时候，他的手掌啪地按在她的书上。她微微抬起头，随后冲他轻轻一笑。

这天晚上他靠在床头，看了一会漫画，就放下了，他还想着那个浅笑。这一天余下的所有时光，他眼前都甩动着一条马尾辫。关了灯，他躺在黑夜里睁大眼睛，迫切地想弄清楚这是为什么。等他的眼睛适应了黑暗，他便头一回看见没有光的天花板是墨蓝色的，而周遭各种摆设的轮廓也渐渐浮现出来。小妤的轻柔笑声，像糖，像水，像一阵雾，用他知道的所有比喻去形容都不过分，反正就是像个女孩子。他想起每回轮到小妤做值日，好像总是会伸到他的桌子下面多扫几下，每回传作业，她都是转身轻轻地放到他桌上，而不是跟别人一样越过头顶就往后扔，甚至好几次老师点名，她的名字和他的名字都是挨在一块儿的。三年同窗，好像只敢胆怯地想想她。可今天之后，对她的所有印象却都澎湃地涌了出来，仿佛这些东西一直在某个角落悄悄地藏着掖着，伺机而动。

他持续地乱想着，毫无睡意的同时居然也没有意识到膀胱强烈的膨胀。当他略有所感而爬起来的一刻，已经不能控制了，内裤就那么温暾地湿掉了。他打开灯,光线把所有萦绕脑际的美好画面一赶而空。他掉回现实,跌跌撞撞跑进洗手间,排空了剩下的所有液体。扯开尿湿的内裤,裤裆上有一大块夺目的深颜色。这么大的人,竟连泡尿都熬不住。这也太……想起小妤,他满脸燥热羞愧难当。

再躺回床上的时候,他觉得无比沮丧,屁股下的床单潮乎乎的一团,只能靠体温去烘干了。那摊湿湿的尿迹,就像倒霉的乌云盘旋在他头顶,叫他今夜再也不可能继续任何美好的幻想了。他又爬起来,翻检出扔到洗衣篮里的脏裤子,又擤又揉,最后把它搓成一团,从窗口丢了出去。

三

五月开始的日子,时断时续地总在下小雨。这场连绵的雨在某天早晨,忽然停了。他照例早早起床,到客厅一看,桌子上还是空空如也,不见应该预先备好的早饭。

卫生间里倒是有点动静,他见到母亲蹲在马桶边。她缩着脖子,耸着肩膀,背部有节奏地起伏着。

妈,你在做什么?

母亲立刻挺直了背,说:冰箱第二格里有蛋糕,去吃。他走上去拉她。

做啥,我没事啊……

他不理不睬,扯住两个袖管,用力把她往上拽。

母亲慌了神,想要挣脱他,而他本来也使不出什么劲,母子俩最后揪扯着都坐在了地上。母亲心疼地搂住他,说:真的,妈一点事都没有,换件衣服读书去,乖。他凝视了一会母亲的脸,有些肿胖,眼圈有些发黑,其他倒是也一如往常。

他到学校的时候已经是课间操了。

校园里到处回旋着震天响的《运动员进行曲》，他微晃脑袋合着那节拍，静静地站在走廊拐角，等着同学们快速地鱼贯而下。他看到人群里的杨帆跳下最后几级台阶，跑过他身前，又立马折返回来。

咦，又迟到？

我妈病了。

你爸呢？

出差去了。

杨帆像个大人一样拍拍他的肩，放开的时候不免露出惊讶的表情：你真瘦，吃太少了吧……

他不晓得怎么回答，母亲告诉过他这不是营养跟不上的瘦，那个病就是这样，正常现象。他想给杨帆解释解释。但杨帆已经没工夫听了，他飞奔着赶上大部队，背影快速地变小。

耳畔又响起第七套广播操的前奏，雄浑的男声短促地呼喊"时代在召唤——"他拖着脚步，摇摇晃晃往教室走去，他从来就不知道做广播操究竟好不好玩。不过最近，他发现下蹲的时候，脚后跟一碰到地面就自动后仰摔倒，这让他替自己找到了某种很好的睡前消遣。每晚他都在软软的床垫上蹲下、摔倒，爬起来，蹲下、摔倒，仰天倒在席梦思上的感觉有些晕乎乎，还有那么点速度和力量并重的意思，跟上了发条的玩具似的。

随着音乐的结束，走廊的平静马上就被打破了，噔噔噔的脚步声由轻到重，接踵而至。同学们回来了。但没有人走进他的教室。他看看课表，原来下一节是体育课。

真无聊。他懒洋洋趴倒，从去年起，他就不上体育课了。

杨帆忽然跑回来，冲他笑笑：忘记换鞋子。

朱　个 ｜ 龙凤呈祥

你不是穿着球鞋吗？他见杨帆又从座位下拖出来一个手提袋。

换双新的，打篮球去。杨帆头也不抬，口气里都是高兴劲儿。

他还是第一次见到这么特别的球鞋，没有鞋带，只有一条拉链，杨帆三下五除二就换好了。临出门他扶着门框问他：也下去走走伐？今天开太阳啦。

那……好吧，你先走好了。

他在篮球场边的水泥地上坐下来。他们班的人被分成两组，男生三步上篮，女生颠排球。杨帆先朝他挥挥手，他的高个子本来就很显眼，簇新的篮球鞋更是让他从头到脚都鹤立鸡群。接着他发现了小妤，就在隔他几步路的地方。小妤大概也看到了他。她和同桌分在一组，那女生微微胖。从他坐下来的几分钟里，胖女生开始被小妤的颠球搞得穷于应付，好像小妤是故意把排球颠成那样的，一忽儿很左，一忽儿很右，对方往哪跑，球偏不往哪去。终于有一回，胖同桌又没有接住，球唰地越过她却从他身边蹦了过去，穿出了球场的大门，一直向操场的跑道滚过去。小妤举起手遮在眉间，在阳光下眯起眼睛，她看着同桌，意思是你没接住的该你去捡。胖女生捋着头发，气喘吁吁。

他忽然觉得自己坐在这儿无所事事，应该帮帮他们吧，不过是举手之劳。他朝胖同桌喊：我去捡！一边撑住地面准备站起来。第一下，没起来；第二下，还是不行。完了，每到关键时刻，身体怎么就那么重啊。他用力了好久，真的好久，像是跟水泥地过不去似的，拼命往下按。可能的确是太久，他看到小妤和胖同桌的眼神都慢慢变了。而球呢，球已经远远地在百米跑道的那一头了。

别动，你别动！杨帆大叫着冲过来，单手还抓着个篮球，飞快地蹦到他面前，按住他肩膀。他发育得真是高大，把天上那些阳光都遮住了。

你妈说的，你坐久了不大站得起来的，等歇下课我来扶你，球我去捡好了。杨帆把他按定就跑远了，他看到那蓝白相间的崭新球鞋，蜻蜓点水一样轻盈地远去，都来不及问一句，怎么能用一只手就抓住篮球呢。

排球很快被扔回给了小妤，小妤冲着杨帆嫣然一笑，杨帆昂起脖子，腰杆笔挺地跑开，假装什么也没看见，踩着耀目的新球鞋归队了。女生们也接着练起了排球，而他终于松了口气，曾努力绷紧的肌肉总算有了喘息的机会，曾挣扎起身的痕迹也荡然无存。他依旧坐在水泥地上，背驼着，腿缩着，双手抱着膝盖，阳光散落在篮球场上，散落在女孩们的身上，也散落在他的身上，这是多么难得又公平的时刻啊，他几乎快要觉得自己不过是在球场边玩累了而暂时歇歇脚的呢。

放学的时候，他走出校门，看到父亲跨着摩托车等在一边。父亲迎上来夺过书包，告诉他母亲身体不好，自己是提前回来的。

那么……你就上来吧。父亲拍拍后座。摩托车有点高，爬上去费了不少事。父亲给他戴好头盔，父亲的脸平素是紧紧的，此时倒干笑了几声：像杨利伟啊，儿子！

到底是父亲的车，开得真快啊，油门一踩就超过了好几辆汽车。五月的风吹在脸上，一点都不凉。父亲的背又宽又厚，靠着真舒服。一整天他心里都充溢着无数说不清楚的快活，在快到家的那个转弯路口，他趴在父亲背上，忍不住说：爸爸，我想买双篮球鞋！

啊——买啥？父亲侧过头，话语很快被风吹走了。

篮——球——鞋！他大声地又喊了一遍。哇，"篮球鞋"三个字，光是说出来就那么悦耳，穿上之后呢，也会跟别人一样帅的吧。

这次父亲就没有回头。他感觉到摩托车的速度慢下来，引擎突突突的声音也变小了。父亲把车停在红灯前。

你不是有好几双鞋嘛。父亲漫不经心地拖着腔调，两颊胡子拉碴的。

现在有种新式的篮球鞋，没鞋带的，一根拉链就好了！今天看到有人穿来的！他继续兴冲冲地解释。

有啥好的?我看一点都不灵,不系鞋带的还叫球鞋?

不是球鞋,是篮球鞋,穿穿脱脱都蛮方便的!他仔仔细细纠正。

父亲摘下头盔,小心翼翼侧过脸,瞥见儿子斜签着头,不知道在往哪里看。

穿球鞋太麻烦,早上读书来不及的。

不会的不会的!给我买一双,买一双啦——他冲着天,在后座上左右扭动起来。父亲不得不把另一条踩着踏板的脚也放到地面上保持平衡。

唉哟,不要乱动,当心跌下来。这种新式的鞋子不晓得贵不贵,哪里卖你晓得伐?等歇我们到家问问你妈,看她答不答应好伐?

你问她么等于白问,稍微贵点的东西么她肯定不答应!他继续扭啊扭,两只脚踢着摩托车轮子。

话音刚落,头上就挨了父亲一巴掌,差点被扇到路旁阴沟里去:你再动,再动我还怎么开车!

四

妈,都是我不好。前几天他想买新鞋子,我没同意,在他头顶心打了一巴掌。

父亲息事宁人地自我检讨。中年人后脑勺的头发压得扁扁的,油腻腻一撮撮地缠在一道,露出了头皮的惨淡肉色。

去打他做啥,啊?怕没得打要打个够?一双鞋子能贵到哪里去?多少钞票?我来买好了。说话的老太太嗓门凌厉。

房门没关紧,咔嗒松开了。他醒过来,翻了个身,想去够床头柜上的杯子,结果到一半就放弃了,脑袋还是很晕。

奶奶来了,大概又是带了乡下的蔬菜鸡蛋。此时他可以想象老太太攒着满脸核桃皱纹教训父亲的模样,而父亲耸着肩膀垂头丧气,便不免有点幸灾乐祸。

不是钞票的问题,姆妈。你是不晓得,他两只脚掌的关节一直肿,球鞋穿不来,浪费了。

这么多年,我还不清楚他的毛病?可以满足就满足他好了!奶奶气呼呼坐下来,椅子腿大大咧咧地划过地板。

就是说,不上体育课就不能穿球鞋了?还是奶奶明白人!他半卧起身,掀掉一半毯子,脸上贼贼地笑,嘴里叫唤着,奶奶,奶奶——

醒啦?母亲说。她从床尾抬起头,也是睡眼惺忪。

奶奶走进来,看到他们,口气一下子软绵绵。哎哟喂,我的孙团,午睡哪。奶奶来看你啦,想不想奶奶啊?

奶奶看上去精神、利落,也很健壮。他的愁云一扫而空,习惯性地扯住母亲的腰就要爬起来,没想到这个亲昵的举动被挡住了。母亲轻轻地推开他,把一个枕头垫在他身下。吃药了,她摊开的掌心里,药丸五颜六色。

他一粒粒捡起来,一粒粒塞进嘴巴。奶奶刚才说要给我买篮球鞋。药还没咽下去,他有点口齿不清。

妈,你就是宠他,母亲怪道。

你呢,感觉怎么样?吃得消伐?小菜都落胃伐?睡觉睡得好伐?奶奶热情地提问媳妇。

都好,没啥适应不适应的。媳妇谨慎地回答,略略使个眼色。她的声音听起来就是不如老太太那样中气十足。

看脸色好像不大好?蜡黄蜡黄的。老人会意地拎起媳妇一只手,多吃点,啊?太瘦了,你们两个都是,太瘦。

我姆妈瘦啊?她现在老胖了。他抬头看一眼母亲,她套着父亲的宽大外套,

朱　个 ｜ 龙凤呈祥

不修边幅地显得越发肥大了。中年妇女全这个样，喝白水都会胖，屁股像发酵的面团一样胀开来，浑身仿佛还散发着甜腥的牛奶味道。

胖？我看是虚胖！奶奶老到地下了结论。他看过医生了吗？

看过了。医生说不严重，躺个把礼拜，没事的，母亲回答。反正这几天我也请假了，照顾小孩又算休息。

叫他爸爸多帮帮忙，你也辛苦这么多年了。尤其是这段日子，是该歇歇了。实在忙不过来么，我住过来好了……老太太另一只手也伸过来，媳妇的掌心手背整个被她摩挲着。

好啊好啊，奶奶你来住嘛，他欢欣地说。

当心点总是没错的，啊？奶奶捉了只生蛋鸡，马上就炖给你吃！老人慈爱地抚摸着孙子的头发，她的眼睛埋在堆叠的眼皮里，显得狭小细长。两颊的皮肉松垮地垂挂着，鼻翼到嘴角的褶皱，像两道深深的沟渠。

母亲没有跟着奶奶一起出去，她揉着儿子的头欲言又止。他的短发有些长了，手感软软的，像无数浓密的绒毛触角。

你们女人怎么都这样，就喜欢摸我的头。他嘴里啃咬着一片牛肉干，像个小大人似的责备道。

母亲勉强笑了，故意揉得更重。

看我爸，就知道打人……

母亲住了手，把他的肩硬扳过来，他嘴里还嚼着肉。

她慢吞吞地抓去了柜子上一朵毛茸茸的灰尘，然后又拈起床单上的几根头发，她盯着碎头发说，乖囝，不许这样讲你爸爸。

爸爸和奶奶是一样的，他们只有你一个。房里还没有开灯，母亲背对着黄昏的窗户，眼光越过他，一直伸向墙角。

五

电风扇在某个角落呼呼地吹，掀动着写字台上的书页，一瓶冰可乐已经迅速蒙上了薄薄的白雾。

杨帆倒了杯可乐，抬头一饮而尽，汗津津的喉结上下蠕动着。这让他下意识摸摸自己的脖子，并没有汗，只有单薄的一层皮，好像是很文气的样子。

你的病好些了吗？小妤忽然歪着头问道。她坐在风口，裙角翻飞，双腿拘谨地并拢着，椅子背后是浅色窗帘。热烈的阳光穿过布料，勾勒出她头部的轮廓，让她不那么乌黑的头发显出一种柔软的深蜜色。

中考结束了，许久不联系的杨帆忽然说要来看他。当他和小妤同时出现时，他吓了一跳，头一回看见不穿校服的小妤，好看得像陌生人。此刻他难为情地垂下眼皮，注意到杨帆穿着短裤的腿上长满了汗毛，他用裸露的膝盖轻轻地碰了下小妤，仿佛在做出某种暗示。小妤于是站起身，拉拉裙摆，给三个杯子加满了可乐，杨帆把话题岔开了。

自然地就一定说到读高中的事儿，那两人便都兴奋起来。杨帆说高中的操场是四百米跑道的标准足球场，踢球一定特爽。可我听说重高管得很严，礼拜六都要上课，哪有时间踢球，是吗？小妤转向还没开口的他，在征询他的意见。他又不知道的，他还没告诉大家他连最差的学校都没考上。他摇摇头，不断呷着饮料，杯子外面凝结的水珠滴到了长裤上，在这特意穿上的长裤下面，疾病令他缺乏运动的小腿肌肉像两个半球一样地畸形膨胀。

杨帆就不答应啦，小妤你乱讲，听说重高是讲素质教育的，课外活动很多的。小妤张大了嘴，是吗？他注意到那张嘴即便撑到最大也还是浑圆一个小圈圈，而嘴唇的皮肤又绷紧了，特别有光泽。我堂姐就在那儿读高三的，她说礼拜天都要上课的！敢打赌伐？杨帆的手肘推一下小妤。赌就赌，谁怕谁啊。那我们赌什么咯？小妤忽然脸红了。

他咕咚咕咚灌下了第三杯可乐，好像灌下一大碗壮行酒，去积蓄勇气想要说点什么。

高中一点都不灵的，他撇撇嘴。不知道为什么突然蹦出这么一句，让打赌的两个人都抬起了头。

嗯……为啥？小妤坐正了，瞅瞅杨帆，杨帆像外国人一样潇洒地耸耸肩膀。

整天就是上课做题，还没受够啊？他又给自己倒上一杯可乐，放到嘴边的时候觉得胃胀得难受，却还是勉强抿了一口。

可是换个新环境，总是很期待的呀，小妤睁大了清澈的眼睛。

他挠挠耳朵，翻了个白眼，我觉得都差不多。

杨帆走过来挨着他坐下，大大咧咧地用肩膀顶他，喂，怎么啦……考得不好？跟我们说说又没关系的咯……

他闻到杨帆身上被风吹来的汗味，小妤也拿鼓励而同情的目光看着他，他正斜斜地半躺着。今天太热了哦，他说。他不喜欢他们那种关切的姿态，这可是在他的家里。所以他打算坐起来，他的动作很奇怪，先缓缓地侧过来，再靠着弯曲膝盖的支撑，才能竖起上半身，然后他和他们的视线就在一个水平线了。

我最喜欢热天了，出身大汗，那叫一个爽气。杨帆顺着话头说下去，好像忘记了刚才的事情。我最讨厌热天了，洗完澡就一身汗，小妤立刻回应，我有时候一天要洗好几个澡……哈哈，你们女生就是这么麻烦……杨帆朝小妤俯过身去，又变成了两个人的对话。

杯壁上都是水，握着又凉又滑。再一口冷饮下肚，他自然而然地有些想撒尿了。

……你怎么这么差劲，连扣篮都不会哟！

干嘛啦干嘛，有什么关系啊……杨帆又坐回小妤旁边，靠得比先前更近了。他注意到杨帆也喝了好几杯可乐，却好像没有要去厕所的意思，于是决定把这泡尿先压一压。

小妤朝书桌挪挪，扯出一叠书最下面的那本，拿在手里端详着，那是《海贼王》系列的其中一本，也是他最喜欢的一本。我就不明白这些黑乎乎的漫画有啥好看的，小妤哗啦啦翻书，喂，都讲些啥啊？

它讲的是一个……他感到小妤是问自己的，便欣然开口……一个男男孩子……和朋朋友……去去……说了半句却结巴起来，微微冒芽的尿意借着此时这莫名其妙的激动悄然涌动着，微妙而不被察觉地滋生，他的下腹似乎裹着一朵隐秘的火苗。

讲一个男孩子当海贼的故事！这个男孩子名叫路飞……杨帆又把他的话抢走了，并滔滔不绝地继续下去。

海贼是啥？

哈哈，就是海盗咯，这个都不知道，书白读了你！杨帆挤眉弄眼地做了个鬼脸。

你敢再说呶……他看见小妤拿起他的漫画书朝杨帆头顶拍过去，对方哇哇乱叫着用手遮挡，却不逃开。

哎哟，痛死了痛死了！你看她……杨帆仿佛招架不住，半真半假地向他求助，同时在椅子上东倒西歪。他们夸张而放松地吵闹着，他们的动作似乎使电扇都变得活泼起来，似乎吹起的风都有了更强烈的波，所有的声音充塞着弥漫飘浮，雾一样散开来，渐渐胀成一块巨大的棉花糖，没有重量地啪嗒啪嗒砸在他脑袋上，砸在他肩膀上，砸在他肚子上。

他忽然探出上半身，以一种对他来说罕见的敏捷，抓住了小妤挥舞在半空中

朱 个 | 龙凤呈祥

的漫画书。两人立刻安静下来，巨型棉花糖像泡泡一样消失了。于是他们看见他急切地翻动书页，最后指着其中某幅画，杨帆，你还记得路飞跟威顿说的话吗？

呃……哪些话？说来听听看，杨帆又变得一本正经。啥呀？小妤也凑上来。

他就开始说了，草帽海贼团进入彩虹色迷雾后，路飞对威顿说过很棒的一句话，你不记得了？路飞说："海贼根本就不需要权利，因为我们海贼最重要的，就是要有梦想！"怎么样，很不错的一句格言吧？他有些红了脸，继续说道，……我还把这句话写到中考作文里了呢，题目不就是要写啥"不一样的精彩"，引用这个很符合的咯……

他又停下来，对面两个人还是没有搭理他，他们用一种异样的眼光直直地盯着床板。干吗？他顺着他们的视线低头望去，终于看到了他们在看的东西。有条细弱的水柱，像是从他裤子上扯出的一根粗线，顺着床沿蜿蜒流下，尾端断断续续地盘在地板上，滴成一汪小水滩。

那个、那个……是杯子打翻了吗？小妤的口气有着做作而怜悯的礼貌。

几乎与此同时，风吹过来，吹得屁股上隐隐的沁凉。他侧过身，竹席上一块不规则的深色水渍，正从边缘开始一丝丝扩大，向底部渗去。杨帆和小妤慌乱地站了起来。小妤难为情地别过脸，向前迈出几步，又停住了。他像见到鬼一样，不断地后退，最后瑟缩地蜷到角落，目光只是盯着那摊痕迹，脸上的红晕也渐渐褪去了，显现出和夏天格格不入的苍白。杨帆挡在他和小妤的中间，手忙脚乱地抖开叠好的毛巾毯，却举着不知道怎么办。他猛地爬过来抢过毯子，紧紧地遮挡在胯间，陡然间歇斯底里地喊了起来，一声高过一声，妈——妈——妈妈——！

母亲臃肿的肥胖身躯蹒跚着冲进来，被他紧紧箍住，他一个劲儿地往她怀里埋。她拍着他的背，不停地抚慰着。冷不防母亲肚子里像有条粗大的弹簧倏地拍打了他，他触电一样推开她。……什么东西弹了我一下！他伸出食指，指向母亲的肚子，它被藏在宽大无比的长袍里面。整个夏天，她都穿着这几件白大褂一样的罩衫。

母亲怔住了。杨帆拉着小妤悄悄地退到外面。

没什么呀。团团，你弄错了……她的手紧张地放在肚子上。

我没弄错！真的有东西弹了我，你告诉我是什么……他一点点地往后挪，浸透的裤子在床上拖出一道长长的水痕。

快让我给你收拾一下，换条裤子，乖！她向他伸出手臂。

我不换，我不换……那儿，真的有怪物……他抽泣起来。

母亲无力地坐进椅子，怪物，怪物……她呢喃起来。

怎么会是怪物，儿子。妈妈告诉你吧。母亲平静地说道，那是你的妹妹。

妹妹？妹妹……

好久他才回过神，他震惊地吼叫，你们不要我了？

六

我说你们家福气真当蛮不错，是伐？邻居阿姨高声说道，透出慷慨的亲昵。她帮助他的母亲拎上来两桶油。

哪里哪里，就摆在门旁边好了。母亲殷勤地招呼。

阿姨拍拍手说，这个年纪养得出是要养的噢，福气太好了！男的女的？

基本上是个姑娘。来坐歇，喝口水？

别别别，我马上走的。姑娘好，跟妈妈要贴心！大概啥时候养啊？

……差不多要年脚边吧。母亲轻轻作答，总归有掩不住的喜气。

啧啧，有儿有女，人家怎么说的？凑成一个"好"字啦！不得了，不得了啊……

朱　个 | 龙凤呈祥

阿姨讨喜的话一直飘到阳台上。

他裹着宽大饱满的羽绒衣，像被果肉包住的一枚狭长的果核，处于一种不对称的状态——一条腿伸出，一只手垂着。光线从衣服表面滑过，为他裸露的皮肤打出模糊的亮部和暗部。他紧闭着眼睛，躯体仿佛仅仅是用来承受阳光的无足轻重的支撑物。

有人走来，把他坐的轮椅转了个方向，他早就醒了。母亲腆着大肚子，身后拖着一个篮筐，她递给他一只握力器。活动活动，她说。

握力器很紧，但这是每天必做的复建功课。他已经能熟练地更换纸尿布了，睡前垫上一片尿布，于他也不再是那么不堪的事情了。

才捏了几下，他就倦了。母亲坐在阳台另一边，篮筐里盛的都是旧衣服。今朝太阳好，理出来晒晒，母亲自言自语。她的脸肿得锃亮，大肚子也掩饰不住了，怀孕使她变胖变丑，变得不像他习惯的样子。她时常对着空气莫名其妙地呢喃，她有了随时忘却她以外的人和物的能力。

母亲正在把衣服一件件地扯出来，有些还比较新的她通常只微微抖开一下便折好了，有些已经很旧的她便要左右打量很久。她并没有很多自己的衣物，他注意到小半筐都是他的，他用伸长的腿把衣筐钩到自己脚边。有些穿不下了，有些是不喜欢了。统统这些旧物历经次次穿脱，而变得委顿、褶皱，每件都可能从他身体拿去了什么，又没有留住，于是都像他蜕下的层层遗骸，被母亲分门别类晾晒折叠。

妈妈是晓得还有妹妹，才没有扔掉这些衣服的吧！

妈妈是拿去送人，男小团的衣服妹妹穿不了啊。

唔，要给妹妹留出地方摆衣服的。

母亲停下了手里的活，鬓发披下来，遮住了眼睛。她搬着小凳挪到轮椅边，揽住他的脖子，她说，妈妈的乖小团，真懂事。他微微挣扎，母亲却抱得更紧，那对因为怀孕而胀大的乳房让他觉得柔软极了，她肚子里的东西又拍打了他。

那她会长得像我吗？

母亲点点头，当然啊。

妹妹会跟我一样生病吗？他在她怀里抬起一只眼问道。

母亲打个激灵，仿佛受到了惊吓，她伸手抚平了前额的刘海。

……肯定不会，她回答，鼻翼跟着在颤抖。

他抿紧了嘴唇，他说，妈妈，现在你是世界上最幸福的妈妈了。

这天晚上，母亲预先塞进去的热水袋，让他睡得暖烘烘的。他睡得那么好，以至于根本没有听见隔壁母亲痛苦的喊叫，父亲忙乱的脚步，和沉重的关门声。他睡得那么好，好得头一回有做不完的梦。

他梦见自己躺在麦田上，麦子像海水一起一伏，整个身体被浮力松散地托举着，脸上遮着一顶大草帽。草帽和鼻梁的缝隙中，阳光在拼命挤进来，他眯起眼，看到麦穗就跟他想象的一样，被风吹得东倒西歪，有些倒伏下来，毛茸茸地扫过耳垂。他舒服得要命同时也痒得要命，这感觉蔓延开去，那股同样痒兮兮的尿意也随之而至，像个亦步亦趋的老朋友，不声不响地来了。

他惊惶地翻身就走，踏着麦穗如履平地，越走越快，竟然狂奔起来了。他从未体会过疾速的奔跑，他不可思议地看着自己的两条腿，肌肉发达，匀称有力，带着天然的弹性。他跑啊跑，越跑越快，他越往前跑，麦田也在不断地延伸，始终找不到边缘，但他没有一丝疲惫，风像淋浴的水流从耳边灌进去，嘘嘘地响着。

终于他看见了一棵粗壮的大树。那棵树孤零零站在金黄色的麦地中间，枝繁叶茂，魁梧的树身仿佛经历过一切而屹立不倒。他停下脚步，呼呼喘气，终于可以像个男人似的放下裤子，跟电影里那些不拘小节的英雄们一样，堂堂正正地撒

朱 个 | 龙凤呈祥

上一泡尿了。

当温热的水柱穿透皮肤，喷涌而出的时候，那个亮闪闪的弧度真是好看极了。他甚至看到自己的尿把树根边上的泥土冲出了一个水坑，多么让人骄傲的水坑啊。他觉得应该好好享受这美妙的时刻，他想到爸爸撒尿时候是不看自己的尿而是眼睛平视的，因此他也抬起了头。天空碧蓝，天底下一望无际的麦子在阳光下闪着光芒，非常耀眼，仿佛都在为他喝彩。他抬起头，看到太阳穿过树叶，斑斑驳驳照在自己身上，温暖极了。

他忍不住叫起来：爸爸！妈妈！快来看呀！我再也不会尿床了！爸爸……妈妈……他叫着叫着就把自己叫醒了。屁股底下，一股湿热的暖流渗出来，正在变冷的液体已经浸透了尿布。

"爸爸！妈妈！"他徒劳地睁大双眼，真的叫了起来。没有任何回应。

清冷的空气里，除了头顶灰蒙蒙的天花板，什么也没有。只有发情比较早的野猫，或许吟起夜半歌声，在浓稠的暗幕里，画出每个夜晚最有活力的景色。

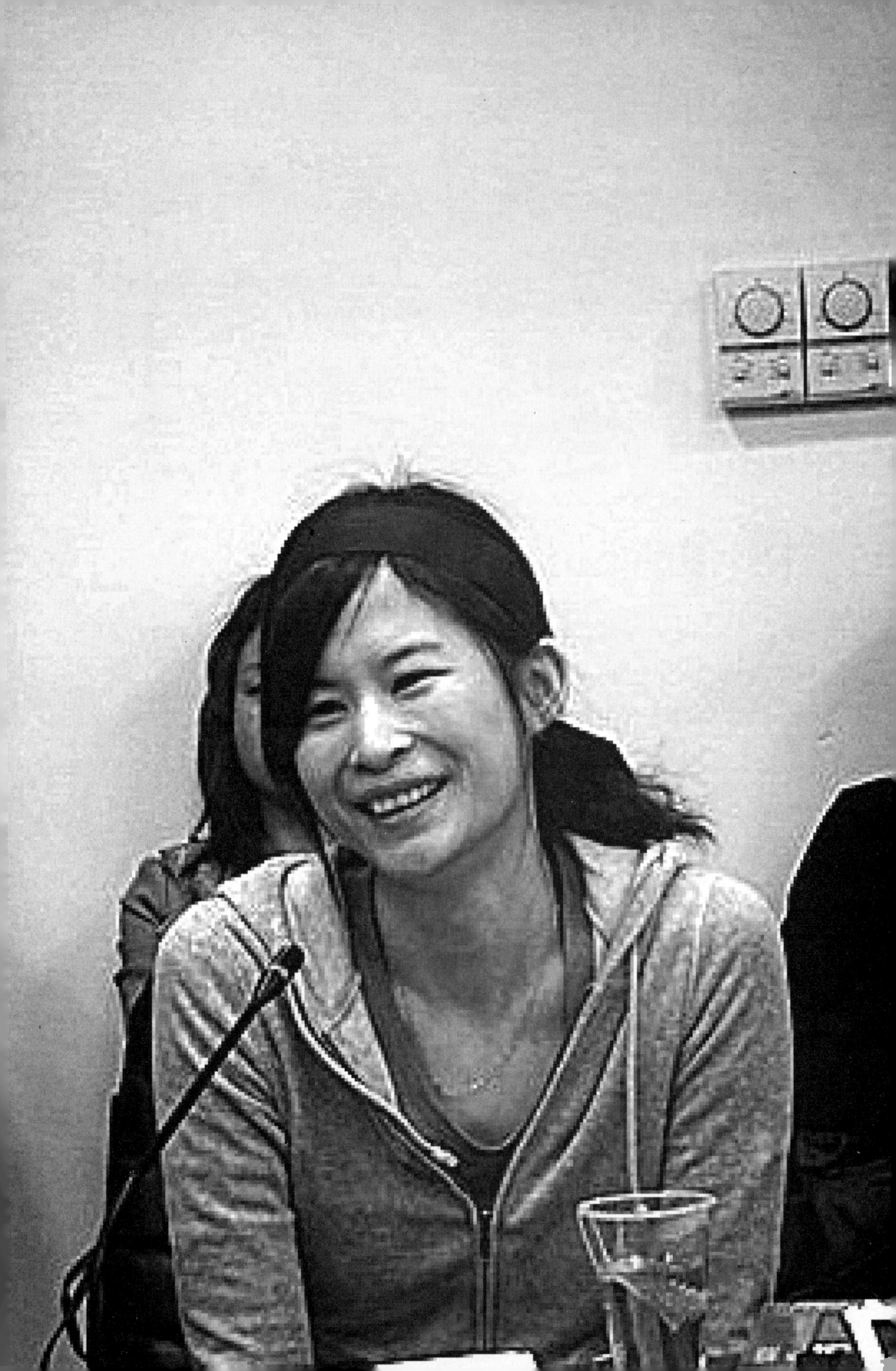

周嘉宁

周嘉宁，1982年2月出生于上海，毕业于复旦大学中文系，曾出版《流浪歌手的情人》《往南方岁月去》等作品。

轻轻喘出一口气

午睡醒来时,妈妈已经出门去海边了。"你不用陪我咯。"她出门前替我倒好了一杯水,旁边切开半只苹果,现在苹果暴露在空气里的部分已经发黄了。

早晨猛烈的头痛此刻蜷缩回某根神经后面,时差和忽冷忽热的天气在整个旅途中折磨着我。我打开浴室的莲蓬头,等待热水从嘎吱作响的管道里传过来。架子上酒店的毛巾和浴巾都整整齐齐地折叠在原处,干净而僵硬,而她随身带着的一块旧毛巾则蔫乎乎地耷拉在杠子上。这块毛巾已经毛了边,带着格格不入的突兀感,竟然叫人始终无法移开目光。还不止于此,如果把毛巾掀开,便会看到她细致地在杠子上裹了层保鲜膜,像是要重演生化危机,防止任何触碰带来的皮肤溃烂。我知道她带了防蚊药水、酒精棉花,却不知道她还塞了卷保鲜膜。

"你不用那么忧心忡忡的。"头一天晚上我从浴室出来以后对她说。

"这事儿你可说不准。"她非常固执,"你不知道那些连锁酒店的服务员用毛巾擦马桶吗?"

"你太相信报纸了。这儿可不是那些便宜的连锁酒店,看看外面,窗户外面就能看到海。"我说着用床边的遥控开关打开窗帘。她有些犹豫地站到窗边,可其实外面黑乎乎的,什么都看不见。

"我有回住在招待所里穿了一次别人的拖鞋,之后得了脚癣。"她喷喷说。

"那是什么时候的事情,二十年前?"

"我刚结婚那会儿,二十年,不对,三十年前。那又如何?"

"世界在变!"

"不会变得更干净。"

"你把世界想得太糟，到处都是危险。"

"可不是么？要不然你为什么会遇见这么糟心的事，我看你是伤透了心。"

"你又在胡说什么？你不应该看那么多电视剧。"

"我跟你不一样，我这把年纪了，只想乐和着消磨时间。你还能要求我改变什么？"

"没人想要改变你。"我说着，都有些气恼起来。

这会儿她不在房间里，我才觉得松了口气。用酒店的洗发水洗过的头发纠成一团，不断往下淌水。我打开一扇窗户，远处就是沙滩，只看得到人、狗，海鸟却悄无声息。我没有穿衣服，觉得正好。我以为会有风，其实没有，可是冲浪的人不断拿着冲浪板奔进大海，迎着浪突然站起来，又转瞬消失在白色的泡沫里。

我带着一本书来到酒店咖啡馆。书原本是想要在长途飞机上看的，结果后排座位坐着两个开杂货店的温州女人，自始至终都在谈论唐人街上各家各户的生意，细碎而高低不定的音调牵扯着我的神经。倒是妈妈在我身边始终睡着，她紧紧绑着安全带，眉头紧锁，发出短促而不均匀的呼吸声。我半途迷糊着睡过去一会儿，又被干燥和机舱隆隆的噪音折磨。所幸我已经习惯失眠所带来的脆弱情绪，无非就是这样一动不动，骨头、神经、皮肤、毛发都有如风化的瓷器。

一旁的餐厅里，两个敦实的围着围兜的女服务生叉腰倚靠着厨房的防火门，冷冷地瞥过来一眼就收回了目光。没有其他客人，于是我挪到露台上，对着海滩，还能抽上根烟。这里接近热带，早晚温差却很大。太阳把一切都照成白晃晃的幻觉，而一旦被乌云遮蔽，海风就吹得人头痛。海滩边有人穿着毛衣散步，也有人穿着比基尼，浑身泥泞地打沙滩排球。

周嘉宁 | 轻轻喘出一口气

    有个推着手推车的流浪汉隔着露台的围栏，在我旁边驻足停下，指指我的烟盒，示意我能不能给他根烟。我犹豫片刻，抽了一根递给他。他用自己的打火机点烟，风很大，打火机啪嗒啪嗒响了好久。然后他靠着栏杆，满足地吸了一口。他戴着顶缀满亮片的紫色小帽，面色苍白，从嘴角处咧开一道长长的疤。

    "你从哪儿来？"

    "中国。"我说。

    "哦，哦。北京？"

    "不是。"我并没有在一种对话的情绪里。

    "我曾经有个北京的女朋友。"他说着竟然唱起来，"我爱过一个女孩，她来自北京，她来自北京。"

    "唔。"

    "你来这儿做什么？旅行么？"他继续问。

    "没错。"

    "你的朋友呢？"

    "我跟妈妈一起来的，她在海边。太阳太晒了。"

    "跟妈妈一起出来旅行，那可真够受的。哟嗬。"他吹了声口哨，"你多大，二十？"

    "唉？"我忍不住想笑，"你说话太动听了。"

    "可不是吗？"他得意地笑笑，"你是那种郁郁寡欢的女孩吗？"

    "我可不是。"

    "我的琴坏了，不然我现在唱首歌给你听，我只会唱猫王。我是个老派人。"

    "以后吧。"

    "我得走了，今天是特别倒霉的一天。"他指指身后的推车，"看到没，塑料兜坏了。前面餐馆的保罗给我留了个新的,我这就去拿。"他说着把烟头掐灭,推着推车往前走了两步,又回头补充说,"还是给你提个醒,别去吃保罗店里的炸鱼和薯条,他用的鱼根本不新鲜!"

过了一会儿,妈妈回来了。两位服务员开始重新铺桌布,为晚餐摆放餐具。我看着她戴着一顶橘红色的帽子沿着海滩由远及近,那是她为了旅行特意买的。帽子皱巴巴的,让她的年纪看起来陡长了几岁。她还买了只同样色系的包,带子是帆布的而不是皮的,之后她一直抱怨个不停。她现在踩着沙子一脚深一脚浅地走过来,从鼻子到脸颊都被晒得通红,气喘吁吁的,却仿佛有着乐不可支的满足感。

"你上哪儿去了?"我问她。

"在海滩边走走。"

"整个下午?"

"是啊。我走过了两个海湾,一直走到那块礁石后面。"她奋力地指给我看,我顺着她指的方向看过去,什么都没有看到。"你该出去走走,别总是想着他。我们出来不就是为了散散心,忘记糟心事么?"

"我根本没有想着他,但现在好了,现在我还真的想起来了!"

"你头还疼么?真可惜,今天是最后一天了,你没有看到那片海湾。"

"还是去吃饭吧。我又饿了,你呢?"

我们披着傍晚温柔的太阳沿着沙滩走,天没有暗,自然还没到晚餐时间,周围的小餐厅望进去都是黑洞洞的,只有些白人零散地坐在外面的椅子上喝啤酒。我瞥见一家招牌上挂着保罗字样的餐馆,不知怎么的就加快了步伐,却又忍不住回头看看,门口的招贴画上印着金灿灿的炸鱼和冒着气泡的可口可乐,有个梳着莫西干头的男人靠在旁边打电话。

最后我们找了间日本餐馆坐下,她在头一天就已经吃腻了这儿粗陋的食物,过度油炸的本地食物，或者是放太多香料的东南亚餐馆。我们像所有的游客一样，坐在被树叶遮蔽的露天座位里，无所事事地望着沙滩上的人。这会儿趴着晒太阳的人都陆续起身，懒洋洋地挪动着步子。

"我们应该谈谈。"她说。菜久久不上来，她终于无法忍受漫长的沉默。

"我们每天都在谈。"我尽量心平气和地说。

"你从来没有跟我说过真话。"她说，"你早该告诉我。"

"我没有你想象得那么难过，我已经全盘接受了。"

"你就这样接受了？"她怀疑地看着我。

"这没什么，他爱上别人。谁都会爱上别人。"

"你这算什么话。你又爱上过谁。"她几乎要把脸都凑过来，"我从没有听说过这样的事情，从没有！"她说得很大声，可是声音颤抖着，收尾的时候变得扁扁的。我想她快要哭出来了，我也不明白为什么她要表现得那么难过。于是我们都只好扭过头去，望着外面渐渐暗下来的天色。

等菜端上来，我不再声响，闷头吃起来。她则一副为难的神色，吃了两口，就把碗往前一推。我没有抬头看她，一只苍蝇在我们之间盘旋。

"他打过你么？"她突然说。

"你在说什么？"

"他打过你么？"她又重复了一遍。

我把碗往前面一推，双手发抖地从钱包里摸出些零钱来一股脑儿地放在桌上。她跟在我身后走出餐馆。我们一前一后艰难地在沙滩上走。沿途返回酒店的时候，再次经过保罗餐馆，这会儿霓虹灯都亮起来了，从里面传来一股油炸的诱人气味。我还没有来得及躲开，就看到那顶缀着紫色亮片的小帽儿从里面钻出来。他推着手推车，热情地几乎跌撞着朝我走来。

"嘿，我就知道还会再遇见你。"他笑着朝我张开胳膊，手推车上挂着只刺眼的粉红色塑料盒。"保罗给了我一个新盒子，我还有了一只 C 调的布鲁斯口琴！"

我有些尴尬，点点头，没有笑，低头又往边上走了两步。

"这是你的妈妈么？你妈妈跟你一样漂亮。"他又冲着她说，"你好啊。"

"他是谁，他在说什么？"她双手绞在一起，警惕地看着这个古怪的陌生人，缩起肩膀，又看看我，重复着，声音变得尖利起来。"他是谁！"

"他是个捡垃圾的。"我说。

"他想要什么？"

"他说晚上好。"

"让他走开！"

"没关系，妈妈，他只是在打招呼。"

"你快点让他走开。"她死死拽住我的袖子，对他惊恐地做出驱赶的动作。

"我们得回酒店去了。"我对他说，"你知道……"

"当然，当然。"他站在原地再也没有说什么。

现在她走得更快更奋力了，我的鞋里掉进很多沙子，紧紧地跟住她。从旁边一所冲浪学校里迎面走出一队年轻人，他们穿着紧绷绷的鲨鱼皮，手里拎着一人高的冲浪板。这会儿还有最后一丝天光，他们轻快地从我们身边奔跑过去，那些跑在前面的男孩已经迫不及待地冲进了海里。

回酒店后我们换了游泳衣打算去楼下露天泳池游个泳。经过长长的走廊，外面各种热带植物在黑漆漆的空气里繁茂地生长。突然下起了雨，等我们走到泳池边上，才发现雨水把气温带低了起码十度，海风从四面八方吹来，头痛仿佛又从错综的神经背后苏醒过来，我不由得把外套拉拉紧。

"回去吧，太冷了。"我说。

周嘉宁 | 轻轻喘出一口气

"真可惜,这是最后一个晚上了。"她说。

"我们可以去酒吧喝一杯。"我故意说。

"你常常喝酒吗?"她看看我,又看看外面被雨水打得噼啪作响的泳池。我们沿着原路返回,有一段时间都没有再说话。

"我一点也不恨他。我不指望你能理解,所以你大概只能接受。"我说。

"我知道。是世道变了,风气变得不好。"

"不是这样的,你不明白。"

"我们那会儿没有人离婚。不相爱的人也能生活在一起,这没什么。人得要耐得住孤独,现在的人都耐不住孤独了。其实他以后就知道了,到哪儿找像你这样的人呢?人跟人的相处,最后都是一样的。他以后就知道了。"

"这是两回事。"

我们走到酒吧门口,她驻足往里看了看,立刻退后一小步。

"这儿都是外国人。"她说,看着我。

"太冷了,头又得开始疼了。我坐一会儿,喝杯酒,马上就上来。"

"明天天不亮我们就得去机场。"她有些不甘心,而争执显然也让她疲惫。她只好作罢往电梯走去。我就自个儿在靠着露台的窗户边找了个座位,虽然天已经黑成一片,但外面就是海。

酒吧很小,位置挨得紧紧的,人不多,对面一个老头面前放着一份热三明治和一杯啤酒。他已经喝到第三杯了,但是面前的三明治却都没有动。大部分时间他都凝神望着窗外,有时候他转过头来,就会朝我笑一下。

我很快地喝完一杯葡萄酒,又再要了一杯。他把椅子往我这儿拉了拉,开始隔着桌子与我讲话。

"你从中国来?"他礼貌地问。

"没错。"

"这儿的中国餐馆很少,隔壁有间李记,里面有卖火锅。"

"倒是适合今晚的天气。"

"是啊,太冷了,但是明天会好起来,可以出海。你出过海了么?"

"没有,我妈妈晕船。"

"你陪妈妈出来度假?"

"算是。"我说。心想,她可不是这么想。

"我有三个孩子,两个女儿都在大城市工作,儿子离婚了,他带着我孙女来这儿度个假。他们整天都坐船漂在海上。"

"你住在这儿?"

"我在马路对面开了间租赁商店,从滑板到船,应有尽有。"

"你们从海上钓鱼么?"

"是啊,我过去是一把好手,但现在我厌倦海了,我再也不上船去了。"

"唔。"

"明天我该请你吃顿晚饭。"

"可是……"我想,这是最后一个晚上。

"可是什么呢?叫上你的妈妈,或者你还有其他家人么?你们可以聊聊你们的城市。我今年装了心脏起搏器,我再也去不了其他地方了,可是我对这儿也无比厌烦。"他又喝了口酒,我不是很确定他是不是已经醉了。

他给我留了个电话号码,前面有长长的国家号和区号,并且嘱咐我说明天傍晚可以给他电话。于是我拿起房卡告辞,走到外面露台上抽今晚的最后一根烟。外面的雨停了,空气里没有植物的香气,只有大海的腥臭味。冷得更厉害,我缩手缩脚地点烟,扭头看到老头儿孤独地瘫坐在皮椅子里,他闭着眼睛,像是已经睡着了。

"别抱我那么紧，你扯到我衣服了！"他迎着风说。

"什么！"我用力喊，却觉得语言被风带着往我们的反方向飘走。

"你扯到我的衣服了！"他扭过头来。

"你开得慢些。这儿的路都是反的，你总是在压线。"

"我只开了六十码。你别吵了！"

"可是风太大了，我的头都痛了。"

"你为什么不戴头盔呢。"

"唔。"

"你总是不听我的话……我们得在药店停一停……你涂防晒霜了吗？"他压低了声音，温柔地说，他不知道他的话完全被风吹散了。

这足足过去十年，我们在一个海岛的公路上。远处有座金碧辉煌的佛像，还有很多恼人的蜜蜂。现在可好，我连海岛的名字都想不起来了，记忆里捞出来的都是些没用的碎片。不过不管怎么说，现在我抽了口烟，轻轻喘出一口气。

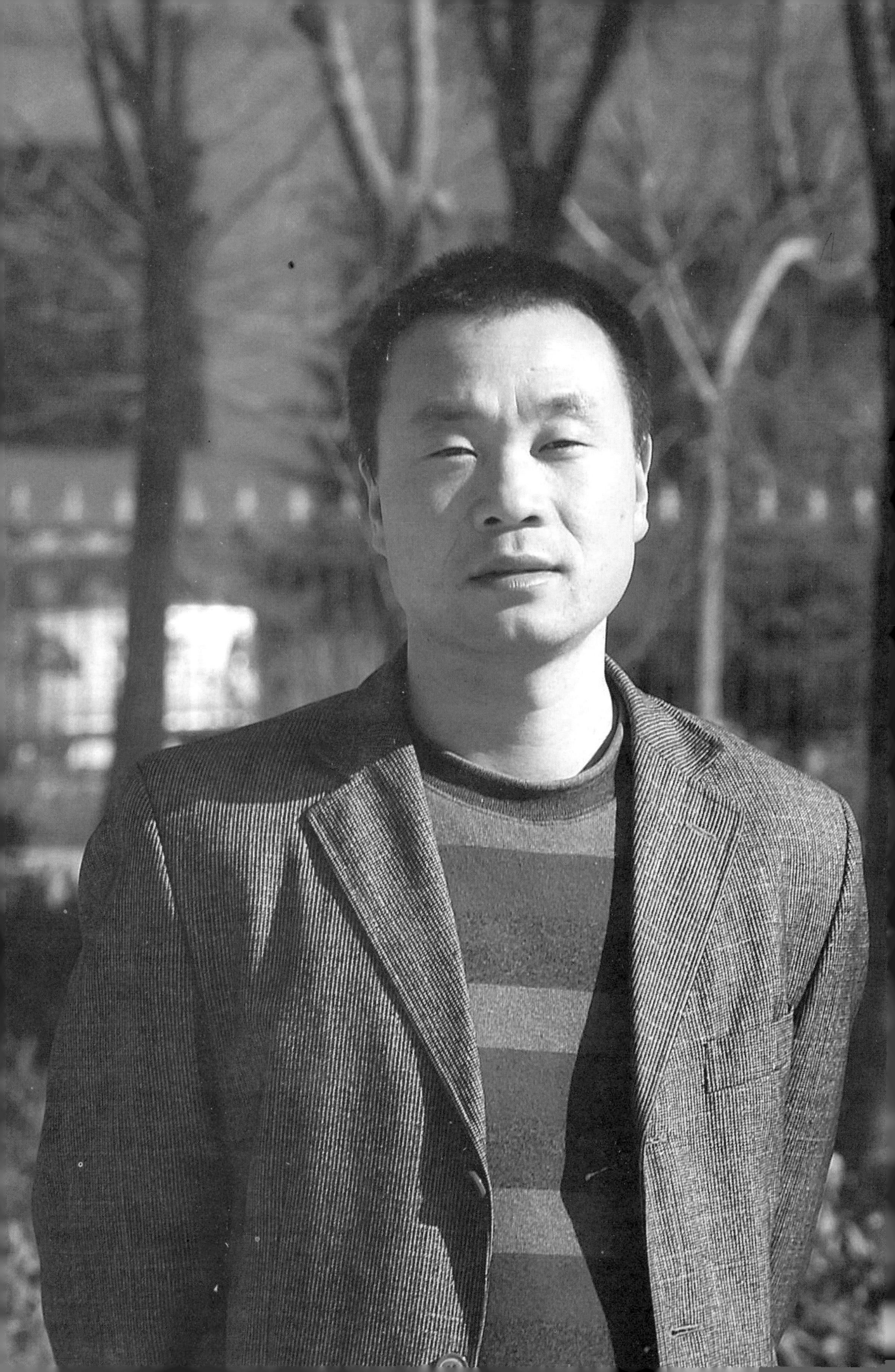

杨 逍

杨逍，原名杨来江，1982年生于甘肃张家川。小说发表于《创作与评论》《星火》《飞天》《鸭绿江》《北方文学》《草原》《特区文学》《延河》《文学界》等诸多文学刊物。多篇小说被转载并辑入多种选本。著有长篇小说《肩上舞》、诗集《二十八集》。

一个无所事事的周末

我突然开始不喜欢周末,就像我之前不喜欢上班一样。当然,这是滑稽而不能理解的事,简直是愚蠢的想法。但我确定我不喜欢周末,为此,我也曾试着尽可能去喜欢,可不管我怎么努力,想出多少花招,都无济于事,反而加重了我的孤独和惶惑。比如,我买了一大包零食,想睡到自然醒之后,一个人躺在沙发上,不穿外套,无所顾忌地边吃边看电影。我承认在买零食的时候,我还是小小激动了一下,并表扬自己的这个想法不错,但如您所想的那样,这件事在执行起来并不顺畅,因为我压根就没有睡到自然醒,而是在那个周五的晚上做了一夜的糊涂梦,至第二天早上,头疼欲裂,浑身乏力,任何美食和刺激的电影都不能让我提起兴致。之后的某个周末,我又尝试了其他冒险刺激的运动,我约上朋友骑着摩托车去五十里外的东峡口大坝游泳。这对我来说是一个大胆的想法,几乎不切实际,因为我不会游泳,还有点恐高,而要从东峡口大坝的堤岸下到水里,要经过一段差不多六十米长的陡坡,倾角超过五十度。从上向下看,东峡口就像一个漩涡,暗藏着危机。但我为了让自己有事可做,或者说让那个周末过得有点意义,我还是咬了咬牙决定尝试这个挑战。可糟糕的是,虽然我克服了恐惧下到水里,却突然莫名地失去了学习游泳的欲望,倒不是害怕,而是觉得十分无聊。站在浅水里,我一点儿都不想动,后来竟然厌恶游泳。我对朋友说,我不想玩了。于是,我就一个人爬到了堤岸上,坐在高处,抽着烟看他们。想起之前朋友告诉我的一个发生在这儿的爱情故事。故事凄美而又平庸,说是有两个年轻人,因为家里反对他们相爱,便相约在东峡口的最高处双双跳水殉情,这对于我所在的小镇,算是一件惊天动地的大事了,而我总以为这个故事里杜撰的成分太多,不以为然。可当时,我想到这个故事的时候,我的朋友们还在水里游泳,他们全然不知我心里的震惊,我看了看周围,确认我没有在最高处才略微心安,可我觉得他们的影子越来越小,就像是几只挣扎的旱鸭子,大喊着救命。这时,我害怕起来,好几次差点尖叫出声。

没人知道我那天的惊惧,当然,这与我在表面上装得一本正经有关。但自此,我便失去了改善周末生活的想法。连续几个周末我都是在无尽的惶惑和孤寂中度过。

今天,我又一次从一场糊涂梦中醒来。我努力地搜索半夜三更在我的大脑里翻江倒海的那些破碎片段。可姣好的阳光已经透过碎花格子的窗帘打在我的脸上,我费了很大的劲才睁开眼睛,窗帘上那首《春晓》的诗便在瞬间放大清晰起来。

我点了支烟,下床想拉开窗帘,而当我触及窗帘的时候,才发现拉开窗帘是一件毫无意义的事。我喜欢一种自然的昏暗,尤其是这种阳光半明半昧的状态。虽然外面的噪声已经此起彼伏了,我能清晰地听到卖肉的老哈的叫声,规律而又张扬,甚至还有放鞭炮的声音,也许又有新的铺面开张了,汽车刺耳的声音,女人的笑声,应有尽有。可这和我又有什么关系呢?说实话,我甚至有些讨厌这样的喧闹,如果刻意死钻牛角的话,我会认为他们是故意和我较量,但我不会那么想,我在这个靠街的小楼已经住了整整四年,我知道楼下的一切都不是冲着我来的。

但我还是被外面的声响惹得浑身燥热。我就有这样的毛病,分明知道有些事与我无关,可我还是会莫名其妙地感到烦心,比如,我穿了一件新衣服,尽管别人并不在意,而我还是会浑身别扭,总觉得有很多眼睛盯着我挑三拣四,从而感到局促不安。就像此时,我竟然感到外面的声音比平时大了五倍,我越是不想理会,就越是心里无法平静,而压抑的结果显然是适得其反。我的燥热慢慢从胸腔升腾起来,渐渐侵袭到了我的大脑,进而手脚都受到了意想不到的限制,我的思绪愈加混乱,失去了条理。我接着抽了三颗烟。我发现我的手心和额头渗出了一

杨　逍　｜　一个无所事事的周末

层冷汗。我的身体有点因为紧张造成的僵硬。

　　还是老哈大声骂人的声音搅乱了我的状态，老哈的声音冷不丁地提高了许多。他总是这样，面对他的顾客不满意的时候就显得嚣张而没有理智。老哈就在我的楼下，我对他的情况了如指掌，我一直搞不明白，他的态度如此恶劣，可生意怎么会好到别人嫉妒呢——难道与他的率性而为有关——而我什么都没干，反倒像被抓捕的地下党一样瞻前顾后。

　　燥热令我尿意十足，尽管我对昨夜的梦中片断没有丝毫拾取，尽管我十分不情愿到外面去，但我还是不得不决定去一趟厕所。

　　我租住的这个三层小楼，三楼住着一些像我一样的常住户，二楼是招待所，前面有一个大院子，年前才被四川来的客商圈起来做了家具生意，院子的最东边靠近大门的地方是房东家的澡堂子。厕所在南边最里侧一排旧房子的后面，不分男女，外面用一道篱笆墙挡着，凡是要进去的人，务必事先咳嗽一声，若是里面无人咳嗽回应，才能进去。我很讨厌厕所的现状，觉得没有安全感，生怕刚蹲下，就有人在外面不断地咳嗽催促，而一紧张，我就蹲不下去了。加之小院里人多眼杂，上厕所排队是常有的事。有几次，我甚至是进行到了半中腰，又跑去外面的公厕才解决了问题。

　　我穿上衣服下楼，在二楼的楼梯碰到了一对男女，那女人还在跟男人撒娇，见我下来，就收敛了，我跟在他们后面。不料他们也去了厕所，那女的先进去了，男人在外面把风，他抽出一颗烟点上，乜斜着我，抖着左腿，我看着他的样子就来气，可又苦于没有办法。我时常能见到这样的人，有外地的，还有本地的。从他们的扭捏作态来看，大约就可以断定是吃野食的。我对这样的人打心里就瞧不起，我以为是下三烂的做法，不十分痛快，还不如明目张胆地提出来，也好给自己的家庭一个交代。可谁都知道，这些人，既想当婊子，还想要贞节牌坊，他们只是图一时痛快，尝个新鲜而已，等得东窗事发，便各自奔逃。

　　问题是，我瞧不起他们，而他们全然不知，反而引以为豪，在我面前做出骄傲的姿态来。我又找不到向他们表达我的不耻的方式，这就使得他们更加飞扬跋扈。没办法，我也只好抽出一颗烟来点上，在距离那个男人大约三米的地方蹲下，我故意把头转过来，看着进进出出洗澡的人，反正我有的是时间，等等也没有关系。按理说，我并不影响任何人，以我四年来在这儿居住的经验，等着上一趟厕所，那是再正常不过的事了。可那男人却不依不饶。我能明显感觉到来自他眼睛里的恶意铺射到我的身上，我也是有心想气他，故意不拿正眼瞧他。我的心里有了一丝得意。

　　也许是我的不屑或者傲慢激怒了那个男人。他为了向我示威，就开始和里面的女人大声说话。起先他只是试探性地问那女人好了没有，女人就用尖锐的声音呵斥，急什么急，等一阵子会死人啊。那男人只是嘿嘿发笑。我心想，真是个孬种。从他们的口音里我听出了他们并不是本地人，应该是邻县的。我对他们的对话毫无兴趣。我在心里一阵冷笑之后，就和从澡堂子出来的一个熟人打招呼，那人从女浴室里出来，头发披散着，掩住了整个脸面，她一边低头擦鞋子，一边瞄了我一眼，然后有一搭没一搭地问我，我并没有看清她是谁，只好胡乱应付。等那熟人走后，我又听见了那一对男女的对话。他们说着昨夜的事，我从他们谈到的几个字眼里体会到了心惊肉跳的概念，他们是那样地肆无忌惮，探讨热烈而又毫无羞耻，完全忽略了我的存在。他们为昨夜性事的次数争论不休，男的说是四次，女人坚持说是三次，并强调其间不成功的一次可以舍去。他们为此津津乐道，不肯善罢甘休。

　　我的脸上挂不住了，就站起来，大声咳嗽了三下。可还没等我落音，里面的女人就破口大骂，再憋一会儿你会死啊。这话一下子就触动了我，但我还是控制

杨　逍 ｜ 一个无所事事的周末

了自己，我想，这也许是个误会，她一定是在骂她的男人，我觉得，平白无故她不会和别人惹事。我随即压了压心中的怒火。我想我没必要再坚持下去了，还不如去外面的公厕，不就是多花五毛钱的事。我转身要走之时，却意外地发现了那个男人嘲笑的嘴脸，他的嘴角还没有回到正常的位置，眼前飘着刚刚吐出的烟气，他的右腿搭在一块石头上，不停地抖动。

我没有控制好自己，骂了句狗日的，随即冲上去。我想我怎能让一个外地来的嫖客随意羞辱呢，好歹我也算是这个地方的半个主人，况且他的表情简直就是挑衅，我没有理由承受这样的委屈。

我一定是过于冲动了，不然以我的个性，是不会贸然行事的，这大约与我的烦躁有关。就像是积攒了一个早晨的怨气终于有了释放的出口，便显得有些迫不及待了。我一上去就给那个男人一记拳头，他的个头比我小，加之我的气势汹汹，我有点居高临下的优势。那男人一定是胆怯了，他后退两步，一侧脸躲过了我的拳头，还不待我第二拳打出，他就已经转身挤进了那道篱笆墙的门，正好与那女人碰了个迎面。女人的双手还在裤腰里拾掇着，没反应过来就骂那男人狗日的。可她略一愣神，就看见了怒气横生的我。

我本想在这时收手，给那男人一个台阶下，男人也都不容易，要是在女人面前折了脸，说不定会怒羞成恼，反而令事态恶化，不好收拾。我松了口气，刚要侧身，不料那女人却一把拽住我的衣襟，拉着我向外面走，我不知何故，只好跟着出来，可一到澡堂子前面的空地上，她却大哭大叫起来，你这个流氓，偷看我，还打我的男人，还有没有人性啊。她反复地重复着这句话，并添油加醋地哭诉着事件的经过。好事的人纷纷而来，瞬间就把我们三人围得水泄不通，大家都开始指责我，其中有几个刚洗澡出来的年轻女子，向我翻着白眼，她们一致把我看成了敌人。我的可耻简直令人发指。在里三层外三层的人群中，不乏与我熟识的人，他们在某个角落里津津有味地欣赏着这一幕闹剧，他们都认为我做出了这样的事是多么不该啊，有人说，这女子长得也不怎么好看，没必要偷窥啊。还有人说，有本事，别看外地人啊。他们的语气里充满了不屑和不耻。没有人为我辩说，没有人能够证明我不可能干出如此下流的事。也许，有人还是觉得不可思议，但他们宁愿相信我做了这样的蠢事。大家都喜欢看到与自己无关的戏，一场廉价的娱乐，令每个人神情亢奋。

重要的是，我也没有为自己争辩。我觉得我没有做错什么，何必要为自己开脱呢，我一点儿也不觉得自己有多么可耻。况且，争辩也不会有什么结果。我蹲下来，看着那个女人手舞足蹈地大喊大闹，那个男人躲在她的后面，不时偷看我一下，我的目光和他相撞，他便迅速地躲闪，我觉得有些好笑。我看到了周围的一切，看到了那些愤怒的眼神，看到了那些熟悉的面孔，顿觉悲哀。我不明白这些人为何会不问缘由，向我发难呢？他们为什么要平白无故地相信一个素不相识的外地女人的一面之词呢？他们为何又突然间如此好事呢？他们的眼神在我和那个女人之间游离着，嘴角都挂上了不易觉察的微笑，是那种有了成就感的微笑。我茫然四顾。仿佛这件事压根就与我无关，并不是他们围观我，而是我围观他们一样，可这又有什么区别呢？

突然，有人说，打死这个狗日的。我想这定然与我不屑的态度有关，我的样子令某些人生气了。有人附和着。人群骚乱起来。我紧张了，我知道众怒难消。我站起来，做好了随时应战的准备。这时，从外面挤进来一个人，是女房东。我一下子觉得有救了，不是因为我怕了，而是我又一次烦躁起来，再加之尿憋得我难受极了，我不知道再这样坚持下去，我还会做出什么冲动的事来。而倘若我做了别的出格的事，那就无异于不打自招了。

女房东制止了周围的人，毕竟人家是主人，她最能主持大局。她是个嘴角厉

杨　逍 | 一个无所事事的周末

害的人，天大的事都能解决。她贴近那个哭闹的女人，低声说了几句话，那女人的哭声便戛然而止了，然后，女房东示意我赶紧回去，没事了。我听了她的话，挤出人群，出了大门，走进了熙熙攘攘的大街。接着，我就听到了女房东驱散人群的声音。

　　直到此刻，我才觉得刚才有些丢脸，因为在我经过的时候，很多人都对我投来异样的目光。他们像防贼一样对我持有戒备心理。我心里难受极了，我根本没想到这件事会让别人对我另眼相看，或者破坏了我在他们心中原有的好印象。

　　阳光正好当头，我惺忪的睡眼被白晃晃的马路照得睁不开，我只好半眯着眼睛，慌乱地向北大街拐去。在经过老哈肉摊的时候，老哈喊了我的名字。我停下来，心情一下子舒缓了许多。老哈正从倒挂着的半吊子牛肉上割下一小块，口中念着，好嘞，二斤。那个买肉的年轻女人挑剔说肥肉和油多了，刚要说上几句，可老哈已经手一挥，把那块肉扔进台秤里，未及她眼睛看清称的示数，便说刚刚好，接着，老哈就在那女人的愠色中，取出一个塑料袋，双手一搓，一拨拉，嘴对着袋口一吹，然后两手撑进袋子里，把袋子倒扣在肉上，再翻转过来，那肉就已经落进袋子里，这时，老哈又划下一小刀，把拇指大的一块肉扔进袋子，边系袋口边说，这块送你了。说完，把袋子给那女人，只等着她掏钱，也不多搭理一句。那女人看样子心有不甘，可老哈却已经转向我说话了。

　　怎么做了那么龌龊的事？老哈说。他的语气里满是调侃。看样子，他刚才一定是去了现场，他就是个好事的人。我更不愿意和老哈争论这件无聊的事，只好冲他笑笑。老哈又说，只要你肯掏钱，什么样的女人没有，何必为一个那样的女人费神呢？说着，他用那把油腻腻的弯月尖刀指了指对面的金剪子发屋说，看，那样的女人才够味呢。老哈很响亮地吸了一下鼻子，然后使劲咳了一口痰，他低头吐痰的时候,眼睛还看着金剪子发屋。我也看了看,正好看见了发屋的女主人海媚,正坐在门口的小凳子上嗑着瓜子,悠闲地看着来来往往的行人,她的一对大耳环闪着亮光。她还是那样迷人,可以说是妖艳。我曾在空闲的时候,从我租住的房子里观察过这个离过婚的女人,并且打探过她的一些消息。我知道她在离婚之前有过婚外情。她的身边围着很多有钱有势的男人,是的,我从未对她有过非分之想,尽管我一直在她那儿剪头发,可也仅仅是剪头发而已,我宁愿相信她清纯善良。

老哈说,只要你愿意,和她上床也是轻易的事。说完,他把尖刀扎进了案板,然后得意地笑。我也陪着老哈笑。我知道我现在唯一能做的就是讨好老哈,因为他是老哈,而不是别人。我发了颗烟给,给他点上,然后借口离开了。

我从北大街绕到西大街,又从一个小巷子转入了光明路,再次抬头,却发现又回到了我租住的小楼的前面。我走得很快,其间只是上了一次厕所,又在两个小摊前停留了一小会儿。实在是无事可做,我转了一圈,唯一的理由就是摆脱别人对我的关注,我想让刚才的事情淡下来。

我快步回到了房子。重新躺下。我的心情糟透了,把刚才的事又回想了一番,我想,如果再让我碰到那个男人,我一定叫他好看。我渐渐把精力集中到了如何对付刚才的事上来,尽管我知道这毫无意义,但我总是要做这样的事。我始终对已经发生的事存有幻想,想着,那样的事,再次发生的时候,我也许该换种方式解决更好。而我也会在这样的假设中变得轻松。

我还是可笑地想到,若是这样的事真发生了,我就真要看看那个女人的屁股,不然实在太冤。想到这儿,我都觉得自己有些下流了。

有人敲门,没想到是那个刚才惹恼了我的男人。我真想给他一脚,把他从门

杨　逍 ｜ 一个无所事事的周末

缝里踢出去。可那男人却低头哈腰，满脸堆笑，手里拿着两瓶好酒，挡在胸前。说，我是来赔罪的。俗话说，有理不打上门客。我只好让他进来。

他一进来，就给我发烟，然后不停地解释，他实在没想到会发生那样的事，若是知道要让我难堪，宁愿挨上我的几下拳脚也无所谓。最后，他强调，他并不熟悉那个女人的脾性。她现在也后悔了，就督促他来赔罪。

我坐在椅子上，抽着烟，不拿正眼看他。可他说着话，打开了一瓶酒，还在口袋里拿出了两个酒盅，斟满，端到我的面前，说要和我碰上四杯，我没有理会，他便独自先喝了两杯，说算是赔罪酒，然后又要和我碰。这时我就坐不住了，杀人不过头落地，况且又不是什么要命的大事，何必放不下呢。我只好端了他的酒。

就这样，我们渐渐地心平气和地坐了下来，推杯换盏。时间已过了下午三点。对我来说，这未尝不是打发时间的办法，总比一个人独自暗生闷气要好得多。酒过三巡，他的话就多了起来。他说，两年前他死了老婆，就和村子里的这个女人好上了，可惜那个男人坚持不离婚，情愿他们明目张胆地鬼混，也不放手，没办法，他们才一起出来住上两天。我对他的这一番话存有异议，我觉得偏假的成分居多，但我并不想点破，我想，这与我毫无干系。我们能坐下来，也仅仅是喝一场酒而已，算是各自打发时间，他的解释，也扭转不了刚才我的窘迫局面，我不想和他计较。所以，后来他说的话，我都没有放在心上。

天黑下来，二斤白酒已是点滴不剩。窗外响起一阵喇叭的喧闹声，是从南方来的歌舞团在废弃的电影院演出，已经是第三天了，他们总是在这个时候做宣传，广告车在大街上跑来跑去，声音暧昧而嘹亮。和我喝酒的男人已不知什么时候走了，或者是上厕所还没有回来，我的印象并不清晰。

我在床上躺了一会儿，心潮澎湃，我想这样的夜晚，实在应该干点别的，才能让我安心。也许是酒精让我对白天的委屈急于发泄，也许是我觉得这个周末真不该这样度过，也许是老哈所说的与女人有关的话题让我兴奋。但不管怎样，我都觉得我应该借着酒劲出去一趟，即使与人为敌也不怕。

晚上八点，我去电影院看歌舞团的演出。花了五元门票。我靠在一个阴暗的角落里，漫天的噪声向我层层裹来，台上的脱衣女郎激情如火，一个男人扯开嗓子向着台下煽情，台下人群躁动，男人，女人，相互碰撞着，肆无忌惮地吼叫。渐渐地，我被淹没了，我的浑身又一次开始燥热，竟有想和人打架的冲动。

我待不下去了，只好出来，在门口碰倒一人，那人要和我理论，我故意挑衅，大声骂他，而那人却被同伴拉走了，说我是醉汉，神经病，没有理会我。

之后，我去了派出所，见到两个年轻的警察在值班室里喝酒，我报告说我打人了，但他们却说我喝醉了，把我赶了出来。

我踉踉跄跄回到了金剪子发屋门前，看到楼上的灯亮着，就大叫海媚的名字，那灯在我叫了几声之后熄灭了。我不甘心，就捡了小石子打了人家的玻璃。不多时，有人探出头来，用手电打在我的脸上，我兴奋地冲着他笑，辨不出来那人是男是女。但我觉得是海媚。我向她招手。问她好。而那人又重新拉上了窗子。我以为，她会下来给我开门。我昏昏沉沉，靠在卷闸门上，心想，老哈说得没错，这娘们真是个婊子。

不一会儿，来了一辆黑色的轿车，下来四个或者五个年轻人，把我从迷迷糊糊中揪起，我以为是要送我回家，便极力挣扎着，大嚷，我不回去，我不回去。我的叫声在暗夜凄冷的街上格外嘹亮。突然，有人挥拳过来，打在我的嘴上，我的牙齿和嘴唇有了短暂的疼痛，我尝到了甜甜的味道，我吐了一下口水，我能明晰地感到，我的牙齿飞出去，打在了对面那个大个子的脸上。紧接着，他们把我推倒在地，拳脚一齐涌来。

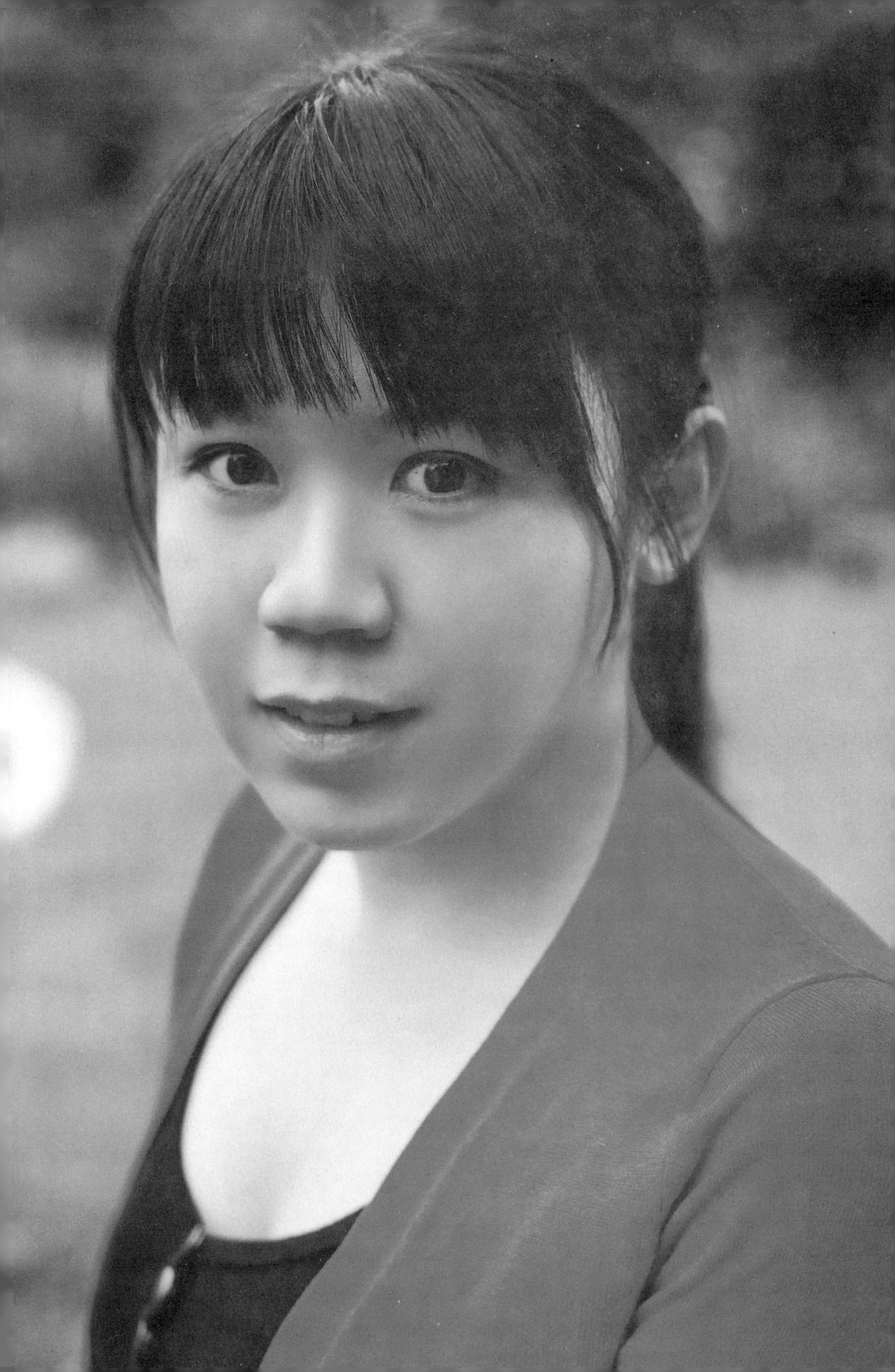

霍　艳

霍艳，1987年生，北京人，青年作家，当代文学专业博士。出版过八部作品，作品见于《十月》《北京文学》《山花》，收入多家选刊、选本。2013年获得路易艾黎国际作家奖学金。

秘　密

所有的秘密都从那一刻起不再成为秘密

　　发现这个 BUG，我如获至宝，对着电脑屏幕张大了嘴巴，以至于路过的 IT 男小张，好奇地朝我屏幕上瞅了一眼，他说你看什么呢，口水都快掉下来了，咱公司电脑不能上黄网啊！我没搭茬，他就把手指放在嘴里吮了吮，一副若有所思状，"我记得我把草榴给屏蔽了啊，再说你一个小姑娘，看这个也没意思啊！"

　　我一把环抱住显示屏，生怕他发现这个漏洞，"这是个秘密，你一边儿去，一会儿请你吃可爱多。"我不能让小张看见这个秘密，他也会如获至宝，但我们境界不同，他是雷锋，我是凤姐，他会用程序员直线性思维方式打电话到网站，或者找到这个网站他当程序员的同学们，得意扬扬地说："我发现你们网站程序漏洞了，你们太疏忽了，这对用户数据会造成巨大的威胁！你们会被黑客攻击，IPO 申请计划不得不暂停，风投将陆续撤出，你们全都得失业！"他说这话时正义感荡然无存，他幻想着因此获得跳槽的机会，从建外 SOHO 跳到中关村，那里不是他们梦想的天堂中国的硅谷么？一步天堂，一步地狱，他得偿所愿的成功就代表有人不敢堕落的失败。

　　我不要任何人知道这个秘密，是因为怕别人摧毁它，就像小时候怕别人抢走奶油冰棒，就卷起舌头从头舔到尾，破坏的权力必须牢牢掌握在自己手里。我怕失去了窥视的权利，我承认窥视带给我欲罢不能的快感，就好像 AV 里真刀真枪的操练原抵不上快捷酒店的偷拍让人血脉膨胀。这一刻，我感到自己身上的血液在奔流，向大脑发出前进的指令，浩浩荡荡地进发，我的眼珠瞪得硕大，美瞳折射出显示器的光芒，我一动不动盯着屏幕，生怕错过一个字符，少观摩一场好戏。

十分钟前，我点开东西网登录页面，按照全新操作提示，输入姓名和手机号，再点一下确认键，一个熠熠生辉的宝库就这样向我敞开怀抱！

东西网昨天还不是这样，我清楚记得，为了查询我的包裹，我连续输入用户名和密码，点击了好几个页面，才查询到配送状态，我订购的那条蕾丝连衣裙刚刚出库，预计今天才能送到。

可今天，当我再点击这个页面时，一切都变了，东西网人性化地改进了登陆方式，只输入真实姓名和手机号，就能查到订单情况，也就是说，只要我这枚不起眼的前台动动手指翻开公司的通讯簿，输进一串十一位号码，就能轻而易举进入所有人的秘密花园。我可以知道他们住在哪里，买过什么东西，是信用卡消费还是现金支付，是直接签收还是退货不断，他们对商品百分百满意还是牢骚满腹随手给出了中差评。

既然物质才是这个世界最忠实我们的东西，远胜于宗教跟信仰，那我掌握了所有的物质，就掌握了这个人的灵魂，不是吗？

快递员小方微笑地递给了我今天的包裹单让我签收，一上午又是二十多个"东西"啊，我们拼命地赚钱又拼命地消费，仿佛不消费就失去生命的意义，不买东西就失去了赚钱的动力。但这不正是国家替我们制定的政策么，拉动内需，刺激消费，花掉手里的人民币，一毛不剩，别担心，信用卡还会帮你解决后顾之忧，从读书时的五千到工作时的五万，信用卡额度的数字与对物质的忠诚度成正比。存钱买国库券是我们妈妈做的事情，《走进科学》告诉我们钱藏在盐罐里只有被老鼠咬成碎片的可能，别无其他，我们只有努力花掉它才能有动力赚回它。

小张的包裹很大，足有一米多长，包裹得严严实实，连快递单也看不出端倪。

霍艳｜秘密

小方单独先把它扛上来的，累得气喘吁吁，小张接力把它抱回到工位，脸红彤彤的，每个青春痘都呼之欲出，红、黄、白三色相间的脓头，一碰就要破掉，我邪恶地幻想过他脸上青春痘爆掉的场景将是何等地壮观。他冲我吐了吐舌头，我开玩笑问他，这是什么宝贝啊？他说，这是个秘密。跟着他的脸上真的裂开了一朵秘密之花。

自从我掌握了那个秘密以后，这个"东西"的世界就没有秘密。

我输入了"张铁军"的名字，还有138开头的十一位手机号，轻点回车。

订单号：58742369

梦中女神！日本进口充气娃娃，京津地区限时包邮，再送蕾丝黑丝11件套

真人大小1:1倒模，300磅超强受力，特大柔挺双峰让你一次摸个过瘾，强力振荡带来酥麻快感，真人女性高潮呻吟让你兴奋无比，如此妙龄少女，定能给你带来无限性趣！你将收到的性感女郎身高165CM，由高级医用无毒PVC材料精制而成，给你最舒适的抚慰和最贴心的保护。充气使用，携带、收藏都极为方便，无论你是信奉长期独身主义的现代派男士，还是性冷淡、性高潮缺乏或性亢奋、性欲过于强烈等性功能极端的人士，又或怕染性病、艾滋病，对性冲动控制能力较弱者，都推荐使用，有备无患。该产品还能有效调节内分泌，从根源上解决因内分泌紊乱而引起的面部疙瘩、皮肤粗糙现象，众多消费者使用后发现容光焕发，起到美容的意外收获！

我骂了一个脏字，真没想到第一个秘密，就那么震撼，口味极重，点击大图，一个逼真的充气娃娃冲我嘟着樱桃小嘴，忽闪的睫毛下眼波荡漾，皮肤光滑而弹力十足。她搔首弄姿，被店家摆出各种挑逗的姿势，浑身赤裸是一张照片，穿了蕾丝睡衣又是一张照片，躺在床上玉腿微叉摆了一个POSE，跪坐在地上含情脉脉也摆了一个POSE，最诱人的姿势当然是双手撑着沙发，甩头回眸，腰部下陷，

臀部后翘，黑发散落在胸前，一副欲说还休的模样。她的肌肤白净，和真人并无异，身材却要远胜于真人，胸部浑圆，粉嫩乳尖镶嵌在上面，像皇冠上那枚精致的钻，双腿绷紧，腿部线条流畅，脚趾涂着寇粉色的甲油，让人忍不住想握在手心揉搓，连我这个女人看了都怦然心动。

这来之不易的艳福，我不知是否该道一声恭喜。

为了上班方便，小张的房子租在地铁站边上，合住，十平米的空间摆放了两台电脑，一摞程序书，再加点简易家具，把小屋塞得满满当当，真不知哪里还有地方摆放这个娃娃。这十平米也是从过去的六平米甚至更早的一张床位换来的。小张像每个北漂族一样，毕业于小地方的软件学院，怀揣着家里卖牛的几千块钱往大城市死命地闯，骨头软得在与现实搏击中摔得粉身碎骨，骨头硬得就像棵野草一样在北京生根发芽，盼着长成参天大树出人头地那日快点到来。

他努力，曾连续吃了三个月的泡面，坏掉了胃口，再吃山珍海味都索然无味，公司里有加班的姑娘泡了一碗泡面，老远嗅到一点余香，他就冲进厕所呕吐，他说舌尖在方便面里已经能分出各种化学添加剂的味道。

一个下午，小张都魂不守舍，每次我经过他的工位，都发现他在用眼睛偷瞄那个包裹，视线从右臂膀向下穿射，他不许别人碰它，连多看一眼都要用眼光追杀。临近下班的时间，他开始坐立不安，一趟一趟喝水、跑厕所，步伐微颤，脸上的青春痘也跟着晃动起来，发黄的白色衬衫挂在他消瘦的身上，随风摇曳。

难得挨到了下班时间，公司的人陆续打卡告别，小张还留在原地不动，眼前的工作页面已经一个小时没有切换过，他不停搓着双手，身体散发出躁动的热浪。我说你怎么还不走，一会路上该堵车了。他冲我笑了笑，脸上的青春痘挤作一团，"一会儿的，现在路上人多，拿着东西不方便。"

霍艳 | 秘密

我本不是个爱心泛滥的人，从小被教育管好自己，少管闲事。但今天当我知晓包裹里的秘密时，就有了站在同一战壕的亲密感，迫不及待地望他能得偿所愿，我理解他要倾泻：只能把满腔的欲望释放在一个塑胶人的身上，欲望就像他脸上的痘痘一样随时都有撑破爆炸的可能，以一套组合拳将他击垮，倒数是生命做出的无情嘲笑。"我送你吧，今天我开车了。"

我的车是一辆红色的QQ，是我毕业时老爸买给我的礼物，它就像一台电动玩具陪着我在这个城市游走，我对它犹如兄弟般的依赖。我当过文员、助理，现在这份前台兼行政的工作是我第三份工作，我继承了帝都人民心无大志，得过且过，比上不足比下有余的优良传统，慢悠悠地磨损着生命，我那些小资同学总爱用"太阳底下，并无新事"做签名档，可对我来说太阳还是月亮底下，都不会有什么变化，美少女在月色下变身是童年的痴心妄想。

小张给我讲了很多他年轻时候的事情，他说高考那年他每天就睡三个小时，用火柴棍支着眼皮读书，结果考前他查出肝炎，要报的军校把他拒之门外，沦落到一个软件学院，后来到了大城市复查才发现那是一次误诊，他什么病也没有，就这样被庸医毁了一辈子。我不得不提醒他你现在也没老啊，别一副历经沧桑的模样，这点事算什么啊，放眼国际多少民族英雄是靠坐冤狱成就的。他眼神立刻黯淡了下来，牢牢地抱住怀里的电脑包，"我真感觉自己老了，被这个城市折磨疲了。"

小张的家很难找，连他自己也说不清那个小区叫什么，所谓地铁沿线，实际是立水桥下了地铁以后还要转乘两站公交，下车再走十五分钟，或者给残摩一个赚钱的机会。他搓着掌心说："今天要不是你送我，我一定会光顾他们的生意，那些夜色朦胧才敢做生意的大叔们也不容易，可他们要五块钱也太黑了！"

确切地说，小张住在城乡接合部的一套农民房里，车已经开不进去，要从闭塞的小巷穿过去，大黑狗在垃圾堆边虎视眈眈地瞪着我这个入侵者，隐约能看见一个黑影从脚下一闪而过，地上摆满了生活垃圾，我甚至能闻到卫生纸上那股浓烈的鲜血味。他扛着人形包裹，我替他拿着电脑，一前一后，一路东张西望，如果不是小张边走边踢脚下的石子，我们真像 TVB 剧集里毁尸灭迹的坏人。

一开门，一只被铁链拴住的大狼狗就朝我咆哮，院子里所有的灯光都刺眼地亮了起来，仿佛在抗议他的晚归打乱了他们的作息，他喝退了狼狗，邀我进去坐坐。

包裹被他立在角落里，我看出小张把它跟扫把摆放在一起时，抽动了一下眉头，几个青春痘像害羞的姑娘扭捏在一起，他心疼，嫌脏，觉得是对女神的侮辱，但没办法，除了这里，屋子只有床上可以腾出地方摆放这个家伙，可那是我唯一的栖息之地。

六月的北京已经开始闷热，他抱歉地说没有空调和电扇，要是觉得热他就打开窗户，在他打了一半的时候被我制止了，窗下垃圾堆的味道径直袭击我的嗅觉，绿豆蝇跃跃欲试往屋里蹿，村子里的狗此起彼伏的叫声有些瘆人。他的台式机一直开着，硬盘嗡嗡地旋转，迅雷敬业地下载着最新上映的《全城热恋》，他说他喜欢香港那个嫩模 Angelababy，她所有影片跟广告他都保存了，百看不厌，因为她最贴近他梦中女神的模样，大大的眼睛，清澈如水，麻花辫搭在胸前，一件白衬衣搭配黑色的半身裙，露出半截光滑的小腿，笑起来明眸皓齿，眼睛里都荡漾着清纯。他说老家有很多这样的女孩，一旦外出打工就变成胭脂俗粉，煞了回忆里的风景。

小张招待我喝的是床边没拧盖的 2L 装可乐，他不好意思地说小时候最喜欢的饮料就是可乐，零花钱都用来买可乐粉跟可乐糖，所以工作以后没出息把可乐当水喝。他看我没动静，又补了一句，我真的没肝炎，那是误诊。他喝得太急，打了一个嗝，也泛着可乐的味道，因为 Angelababy 的代言他只钟情可口可乐，床底下还有一箱超值装,他大方地说我可以带走一瓶,就当是送他回来的车费。

我摆摆手告辞,小张已经掩饰不住肢体语言的躁动,总是在跟我说话的时候眼睛偷瞄墙角,又在我视线转移时,把目光迅速闪回来,几个来回,我看他颇为辛苦,又开玩笑地问,什么宝贝,那么大个头?

他口不对心地说:"就是一个电动拖把,家里太脏了,你走了以后我得好好打扫一下,不然以后同事再来连落脚的地方也没有。"接着他的身体又往包裹侧了侧,离女神更近了些。

我拒绝了他送我出去的请求,但能捕捉到他表情刹那间松弛下来,我坐在红色QQ用喇叭吓退村里的野狗时,看见了小张的屋子突然灭了灯,只有一盏微弱的台灯夜色中闪耀,今晚他注定无眠。

第二天上班,小张魂不守舍,一副睡眼蒙眬的样子,我捂着嘴笑他眼角还挂着眼屎,他不好意思地抬起胳膊用袖子蹭了蹭,袖口显露出一块白色干涸的斑驳。

IT部的资深技术员老王把手搭在他身上,"哥们,来罐红牛怎么样?可千万别打瞌睡,一会儿秦小姐还要给咱们部门开会呢,这个月的业绩冲得不错。"

老王是办公室公认的好人,他最早一个来,最晚一个走,走的时候必定按照管理细则关灯关门拔电源,有一次因为女儿生病早退,在医院他疑神疑鬼觉得办公室的电源没拔,就从医院杀了个回马枪,结果刚好赶上半小时后全写字楼停电,如果不是他果断拔掉电源,几台数据器全部报废,秦小姐为此特地给他封了一个大红包,在办公室展开了轰轰烈烈向老王学习爱护公司财产的活动。

生存在弱肉强食的私企,不一定靠业绩才能笑到最后,平衡好各方面的利益依然能成为公司的调和剂,三十八岁的老王就是这样一味良药。他总是将六岁女儿的照片设作电脑桌面,任由大家开着要娶她当小老婆的玩笑,他从不生气,还笑嘻嘻从破旧的环保袋里拿出一串挂着水珠的樱桃，四处分发，"拿去吃，拿去吃，孩子她妈刚从早市买的，倍甜儿。"渐渐大家忽略了老王的程序总是出错，因为有小张这样的青年义务帮他修改，有秦小姐在绩效考核上暗中帮忙，全公司每个人多多少少收到过老王的恩惠，他还在情人节那天替我客串了前台的角色，为此我人为地消灭了他的两个迟到。

快递小方总是在上午十点准时到达，那个送快递的男孩才十八岁，一张小王子的脸错安在了绿巨人的身上，打娘胎里带出来的结巴："姐……姐姐，今天十……十个件……麻烦你……签收……我还有很多……很多家要跑……天太热了……真后悔以前没有……没有好好读书……以后我一定……不让我儿子……当……当快递……"

今天快递里有两个是从东西网寄来的，一个是老王的，一个是CICI的。

以前我总是第一时间把快递送到每个工位上，是因为我自己沉迷于和商品对视时的怦然心动和收货那一刻的巨大满足感，东西捧在手心使我得以确立一个独占者的地位，而中间这个过程，我每天都在翘首企盼，我把工作日重新排列组合，周一下单，周二发货，周三货物在途，周四收货，周五炫耀，周六休息，周日喜新厌旧，盼着周一开始下个轮回。每个月工资大部分都花在了网购上，那是一件让我重新确立自己价值的事情，精挑细选、等待收货、把玩炫耀、不留情的遗弃，我所有的东西都经过了这四个步骤，每当经历前三个阶段我都会觉得人生怎能这般美好，微博上天翻地覆的争吵又与我何干？那是一群自认为精神富足的人为了掩饰物质上的空虚而不停地叫嚣。我自动忽视第四阶段的无情，因为精心制作的网页上有那么多琳琅满目的商品等着我带回家，他们像天上人间里等待被挑选的姑娘，不断对我搔首弄姿，用标题里最诱惑的字符吸引着我——"绝无仅有的迷你音响组合，带给你前所未有的视听盛宴"、"史上最有爱心形煎蛋器，快给你的情人煎个蛋吧"、"不买会后悔的祛斑黄金丝面膜,一夜之间让你不再是你"、"众明星演绎蕾丝短裙,杨幂同款大牌秀款,穿了就是明星"。我听够了母亲从两岁起就在我耳边念兹在兹的"以前咱家多困难啊,过节才能吃肉,我一年能买一条连衣裙就不错了,买个金戒指还得用外汇券",每每这时,我就拉她端坐在电脑前,给她指指网上的商品,从一包加碘盐到一捆手纸再到闪闪发光的克拉钻戒,你能想到的,你想不到的,应有尽有。"妈,你别再唠叨了,网上什么都有,我们什么都买得起,你看价格只是大商场的几分之一,你可以买十条连衣裙,不合适咱就退,穿五条退五条,一个夏天就过去了,你看那几千种T恤才29元,我都挑花了眼,29元是个什么概念?现在连一盘鱼香肉丝都买不到了。别说什么便宜买穷人的话,生产的目的就是消费,您没看新闻么,老说扩大内需拉动生产才是经济发展的保证,这需要您这样有政治觉悟的老太太以身作则,带头消费!二十一世纪是消费社会,只有消费才能证明咱过得如意,国泰民安已经不需要我们抛头颅洒热血了,国家对咱们就一个要求——高高兴兴买东西,踏踏实实赚钱。您别老盯着葱姜蒜涨价了,您眼光放长远点,衣服便宜了,商店一条裤子的价格网上能买三条裙子,电器天天打价格战,三十二寸离子电视咱来两台,卧室一台厨房一台,还有您小时候最爱给我买的那精神食粮,现在打到半价求着人买。出去旅游咱就团购,机票、酒店、门票的价格最低能有三折,早把葱姜蒜的钱折回来了,这样的世界不美好么?"

我妈举着葱,像看外星人一样看着我,嘴里干净利落吐出八个字"有病吧你,败家玩意儿"。

老王的包裹方方正正,棱角分明,掂在手里颇有点分量。

他从我这里取走包裹时,还送给我三颗荔枝,比其他人要多一颗。

"妹子，这是你嫂子早上新买的，你看还挂着水珠呢，多吃点，皮肤跟荔枝一样水灵。"

"这玩意吃多了会上火的。"

"你又不是小张，你怕啥，他才是真得注意了，你看一夜之间脸上又多了几个疙瘩，也不知道哪里来得这么旺火气。"

"这快递啥啊，还挺沉？"

"孩子吵吵好久的童话书，不给她买，她就又哭又闹，还跟我吵吵什么精神食粮匮乏。算了，买两本吧，书这玩意还挺贵，你说孩子不看黑白的偏要什么铜版纸，下次路过报摊我给她买几本过期时尚杂志得了，那铜版纸她一天都翻不完。嗨，你说那五百多页大厚本杂志能收得回本么？隔三岔五还送点牙膏、洗面奶，我老婆一看那玩意就眼里放光，一本一本地往家搬。"

"人家靠广告撑着，您操那个心干吗？"

"哦对，广告，我翻过我老婆那杂志，没几个字，全是大美女图，反正我们也买不起，我赚着他杂志便宜，他杂志没忽悠到我钱，这买卖，我不亏。"

"您算得真清楚，看得真长远，全国读者要有您这个觉悟，那时尚杂志就真做不下去了。"

"嘿，我就这么一说，你慢慢吃，好吃跟哥说，明再让你嫂子带点，我女儿老背那古诗咋说的，一骑红尘妃子笑，无人知是荔枝来，荔枝那是杨贵妃最爱吃的好东西。"

老王转身离开后，我一边剥皮一边在东西网里输入了他136开头的手机号。

订单号：58742489

《办公室权术奥秘》如何让你成为办公室的无冕之王，世界五百强高管的权术大揭秘。

《干掉一切对手》PK 掉你成功路上的拦路虎，消灭一切阻碍你的人，特别附赠职场称王手册。

句句介绍都敲打着我身为一个不上进屌丝的心，我感到屌丝不可怕，可怕的是屌丝有一肚子文化。

自从知晓了老王的秘密后，我开始戴上有色眼镜观察他一天的工作。

我以前从未留意，原来他的举止是那么地不自在，每当施加三颗荔枝、四枚樱桃的恩惠后，他总是微笑地等着矗在那里等着对方的回应，然后用全公司都能听见的声音说："甭客气，喜欢吃下次让嫂子还给你买。"他喜欢吃完饭后在每个人的工位上转转，当他顺手披给午睡的同事一件外套时，眼睛却趁机扫了眼电脑屏幕上的代码，迅速地默念几句，就飞快回到自己的座位上验算起来，不久就打印出一份报告。他抽烟时，总捎带几句别人的家长里短，然后一声叹息，"这个年轻人啊，还不够稳重，哪像我当年，真是媳妇熬成婆，一步一步才能成了公司里的资深技术员，你们现在技术好机会多，大有可为啊！"

他的不露声色、暗藏杀机，都随着那枚包裹的秘密被揭晓而显现，我像是刑事罪案调查科里的阿 SIR，在他身上发现越来越多的疑点，他总是在别人提案完成前捷足先登，总是在错误出现的第一时间将自己摘得干干净净，每当荣誉的光环降落，他那张沟壑密布的脸被映衬得硕大。

CICI 又一次在十一点钟才出现在公司，这并不算她最晚上班纪录，2 月 15 日她打卡的时间是下午三点，还有三个小时，就该打下班卡了。

CICI 颤抖着腰肢，扭动着浑圆的臀部，用一件宝蓝色的 T 形露背装包裹起玲珑的曲线，胸部之间的鸿沟可以牢牢地夹紧一根铅笔，她往我身上凑了凑，香水的味道是迪奥的毒药，她说这款香水最能刺激男人的欲望，是一瓶引诱犯罪的毒药。

　　她取走快递的时候，甩了甩浓密的大波浪，打了一个哈欠："哎，人家都说要早点回去，FRANK 偏不放我走，一跳又跳到三点，太耽误人家睡个美容觉了，我做 SPA 都补不回来，不过好在他说我变成什么样他都等我，求我考虑一下他。"她侧了侧身，把左肩挎包的双 C 标志露给我，"为了表示诚意，他还送了我一个香奈儿的包包，你看新光天地买的，跟那些来历不明的代购货可不一样，三万多块钱，人家眼睛都没有眨一下，不过他之前送我的 Ferragamo 啊，FENDI 啊，GUCCI 啊我还没找机会用呢，再这样下去，我又要搬一个更大的房子来放东西了。我这次还帮他挑了一个 BV 的钱包，棕色编制皮看不见 LOGO 才衬得起他少董的身份，LV 那俗气的格子留给土大款们好了，买一个还打包一个送人，土鳖干爹才这么做呢。好了，不说了先去工作，秦小姐又要骂我了，不过骂骂也无所谓，反正这份工作的钱还不够我零花，我就是不想这么快嫁人。"

　　我和 CICI 是同一个时间进公司，我做前台接待，她做客服培训，她有甜到让人发腻的声音，擅用拖长的"嘛、啊、呀"作为尾音，声音的魔力可以让电话那头火冒三丈的投诉对象立刻浑身酥麻。如果还怒气未平，CICI 就把他约到公司，当面答疑解惑，当她的手和客人接触的那一刻起，指尖貌似不经意地划过掌心，接着纤细的胳膊摩挲客人的手臂，对方就节节败退，直至被削得片甲不留。

　　CICI 所以让秦小姐还能容忍的一点是，她迟到却不早退，因为夜晚才是她的舞台，等华灯初上，她就在公司的卫生间里焕然一新，然后出现在各个活色生香的娱乐场所，成为别人眼中的尤物。她在舞池森林里捕捉猎物，用身上荷尔蒙的味道作为寻觅的坐标，吸引着同类。如果兴致正浓，她还愿意表演一段钢管舞，四肢和冰冷的金属缠绕在一起，用滚烫的肉欲撞击男人冰封的心。

　　等气氛达到顶点，她见好就收，精挑细选一个男人送她回家，车停在朝阳公

霍 艳 | 秘 密

园西门小区的楼下，她就制止住对方想春宵一刻的念头，她说那些都是浪子，逢场作戏后，就应该各奔东西，带回床上，注定是个祸害。

CICI总爱找我聊天，虽然我不去夜店，但也靠情感专栏懂得都市男女的游戏规则。她有时会请我去做SPA，趴在床上跟我分享最近的情感经历，我发誓那比任何一部情色小说都活色生香。

"我告诉你啊，前几天我快来例假了，突然特别想那个。"

"哪个？"我故意装傻，给她演绎的余地。

"就是做爱啊，你不知道生理期前荷尔蒙分泌的最旺盛吗？我那天特别特别想，但也不能从夜店里乱找一个不是，这帮孙子睡醒了就翻脸不认人。有一个男人追了我很久，是咱公司的一个客户，不过就是人在上海，那天我给他发了条短信，挺隐晦地表达了这个意思。结果你猜怎么着，他连夜坐飞机飞到北京，直奔我家楼下，坐了一夜！"

"然后呢？他给你带了爱心油条把你感动哭了？"

"还能如何，当然是干柴烈火，欲罢不能了。上海人的动作就是细腻，他从我的头发一直吻到脚趾，最后干脆舔了起来！"CICI咂巴了一下嘴，像是在回味，"那感觉啊，根本形容不了的奇妙，你要能尝试一次，就知道做女人值了，我浑身都跟着抖起来了，像是过电的一样，每个毛孔都打开了！"CICI边说边扭动了一下身体，像一只水蛇盘在按摩床上。

我并无心听她的性爱经历，可这是她最爱跟我聊的话题，我不喜欢是因为我没有值得分享的经验，而且她每次分享的经验都是登峰造极，已经断了我的话茬。

但我的倦怠，并不能阻止她继续说下去，"后来那个男人，提出想跟我好，让我去上海发展，因为他家就是上海人，我当然不会去了，电视剧里演受上海婆婆气得场景还少么？但我们对这事都欲罢不能，于是就达成协议，每周他都特地飞过来一次,翻云覆雨之后再飞回去,这一夜也值头等舱机票了。再告诉你一个秘密,网上好多招数,看着花哨都不实用,他偏要试验,有时候累得我腰酸背痛的,还得来按摩,喂,小姐你再用力点,我受得住。"

后来我与CICI日渐疏远,因为她的兴趣不再限于自己讲,转而对我的性生活横加指责,"啊,你一周才一次啊,那就是一个月四次,太少了吧,你才二十五岁啊!身体是自己的,现在不用难道老了再用么?到时候你和他身体机能都下降了,恐怕就有心无力了。再说那事是有助于美容的,比涂什么化妆品都有效,你要嫌他不好,我再介绍个给你。要不这样,那个上海人你拿去用用,准保你明天就青春焕发。"

我从此拒绝了免费SPA的诱惑,以免那颗薄如蝉翼的自尊心受到伤害,她得意地炫耀了自己的成功,并无情揭露了我的失败。我需要势均力敌的朋友,而CICI早已高不胜寒。

单看包装,CICI的包裹看不出任何端倪,一个长方形的盒子,里三层外三层,只显示发货地点在广东东莞。

我支走CICI,输入她186的手机号,查询最新一笔订单:

订单号:59642369

全网最高品质,以假乱真,香奈儿山茶花墨镜少量到货!附发票跟礼盒

我嘴角荡漾起轻蔑的笑意,什么新光天地、恒隆广场,还不是网上买些假货鱼目混珠。CICI跟我一样是东西网的资深买家,已经有皇冠的信誉记录,我继续点击历史购买记录,就像发现了一个不见底的欲望深渊。

1月12日,香奈儿2.55链条包现货,顶级A品质! 980元

1月25日,王菲同款羽绒服,无须代购,现货发售,吐血价239元

2月13日,全市包快递,99朵玫瑰预定,情人节保证准时送达! 399元

霍艳 | 秘密

3月2日，迪奥限量版彩妆盒，仅售100元，还包邮，亲，还不快来抢！

3月15日，菲拉格慕芭蕾鞋，赫本的优雅选择！250元特惠

4月1日，愚人节特惠，冈本避孕套打包，给你无与伦比的性福，40元

4月16日，绝味鸭脖打包售卖，再送《甄嬛传》DVD，让您看得上瘾，辣得过瘾

……

一件件被CICI拿来炫耀的各色男人送她的礼物，都出现在她的购买记录里，令我惊讶的远不止这些，每件宝贝下单的时间都是十点到十二点，那时候她本应该是振臂高呼的舞池皇后，等着男人蜂拥而至，她再像打苍蝇一样一个个把他们自尊心击落。而事实却是她穿着睡衣，敷着廉价的美白面膜，踩在椅子上，一个个链接搜索、对比、砍价。而且收货地址除了公司以外，还有一幢居民楼的顶层，我用谷歌地图定位，发现它坐落在CICI夸耀的高尚社区的后门，一群无所事事的人在那里虚耗着生命，只为跟拆迁商谈得一个自认合理的价格。我仔细琢磨，整个公司没有一个人去过她的家，我开车送她回去过几次，到了高尚社区门口，她就体贴地下来自己走，她说进去要收停车费的，一小时十块钱，QQ停在这里，不值。

我眼前浮现出她每天从高尚社区穿过，幻想这里才是自己的家，却要踩着高跟鞋返回自己的十二平米阁楼，脱下公主的新衣，在昏暗的灯光下面对电脑屏幕啃着鸭脖子张牙舞爪讨价还价的情景。

CICI给出的评价都很刻薄，最近一个月就给出了两个差评，五个中评，"仿得太次"、"不值这个钱"是她常用的评价，连绝味鸭脖的辣度不够都惹恼了她，店家也毫不示弱，用"有钱就去专卖店买去，花二十分之一的钱就想买到真品的品质，白日做梦！自己是个女屌丝学人家装什么白富美，本店不欢迎你这种挑剔

的顾客！"作为回击，更有甚者发挥了挖地三尺的功力，找出 CICI 在三年前曾买过一年的减肥药，都是添加了违禁配方，以猛烈的功效刺激新陈代谢的三无产品，"你减肥药吃多了把脑子吃坏了吧，死胖子！"

我知道有一丝笑容洋溢上了我的嘴角，是那种眼睁睁看着女神被打下神坛，揭开画皮的幸灾乐祸。那副光鲜的皮囊，被拆穿了以后只剩下人生的暗淡无光。

东西网对我来讲已经是个魔窟，它已经不是在用物欲吸引我，而是用窥视别人秘密的快感在诱惑我，我欲罢不能，我坦荡承认自己的快感，并直视它，丝毫不认为这是难以启齿的事情，对欲望的宽容和放纵是我认为中国现代化以来最大的进步。

我一个一个手机号往里输入，原来每个人的世界都丰富多彩。

IT 部的几个同事都买过款式一样，尺寸不一的假 CK 内裤，他们在给大家检修电脑时，总是不敬意地露出内裤的边缘，Calvin Klein 几个字母在我眼前晃来晃去，我不知道他们在卫生间里会不会脱掉裤子而尴尬。

那个总被 CICI 嘲笑胸大无脑的客服部 LUCY，定期就会买性感内衣，原来人家懂得靠很少的布料让重点部位凸显。

木讷的 IT 主管李建国，他买过色情网站的一年通用账号，怪不得每天上班眼角都挂着黄色的分泌物。

最兢兢业业的销售李冰，他买了《消费者行为学》《社会营销法则》《十天，从小销售成为销售经理的奥秘》，随时做好跳槽的准备。

秦小姐，精明能干的台湾女人，让时间这把杀猪刀，把青春杀得片甲不留，有关她的婚姻状况一直是个谜。我从未见过有她的包裹，差点将她剔除在名单之外，但鬼使神差输入她的 139 手机号还是收获颇丰，她总是在网上买一些男人用品，成套的碧欧泉男士护肤品，日本代购的 Burberry 衬衫，法国的 LV 钱包，一件件货真价实，价格不菲。我再点开送货记录，地址是公司，而收件人却是：陈枫。

陈枫是她的助理，秦小姐在招聘会上把无头苍蝇般乱投简历的他领回来，贴身培养，偶尔还兼顾司机的角色。

陈枫是那种湖南卫视偶像剧里常见的阳光男孩，顶着一头栗色的发，笑起来有两个酒窝，一米八的身高是天生的衣服架子。办公室有段时间盛传他跟秦小姐在一起的传闻，CICI 说得尤其绘声绘色，她说以前看见陈枫在秦小姐家楼下接她上班，后来他就直接从她家出来一起上班，两个人亲昵的动作宛如一对情侣。

但凭借我的细心观察，秦小姐订购的收货人为陈枫的东西，一件没在他身上出现过，他还是穿着 HM 和优衣库买的休闲服和大家打成一片。

我心有不甘地输入了陈枫的手机号，和秦小姐相同店铺的订单，订购的商品却都是女性服装，而收件人是牛玲玲。

牛玲玲是公司新来的文员，貌不惊人，我只知道她是陈枫的同乡，两个人平常并不怎么说话，仿佛并不熟识。陈枫跟着秦小姐一起吃饭，而玲玲则跟我们合伙叫饭，她吃得不多，总是一副食欲不振的样子，她说话的声音小小的，像是在说给自己听。当那次 CICI 证据确凿地说秦小姐跟陈枫人肯定有一腿时，她咬着嘴唇别过脸去，眼里有泪，我却只当她是暗恋未遂。

今天午饭，我特地留意了一下牛玲玲，付账时她的钱是出自战马图案的 Burberry 两折钱包，她的耳钉有一个双 C 标志，她却说不认得这个牌子，就是在外贸小店看着好看就买了，连脚上的鞋都是 TODS 的经典款，只是因为挤公车倒地铁和万马千军齐奔忙的缘故，有些旧了。

我很感兴趣三个人之间隐秘的联系，提前回到工位，乐此不疲地分析起他们的购买记录，这才发现陈枫给牛玲玲买东西的店正是秦小姐给陈枫买东西的店，他其实只支付了快递费和少量金额，而大多数商品，是他收到以后退还给商家，再换购了新的商品给牛玲玲。

  这是东西网 BUG 出现的第三天，当我坐在前台对他们迎来送往的时候，都会报以一个意味深长的微笑，我的眼睛射穿了他们的心，他们虚荣而虚伪，他们奔忙且无畏，他们收拾好肮脏龌龊的阴暗面，过着自欺欺人的生活却玩着自以为精明的把戏。

  十点快递小方没有如期而至，不停有同事围着我问今天的包裹怎么还没来，直到十二点，我才接到快递公司的电话，他们说小方带着公司的货，跑了。我有次在楼梯口打电话，看小方蹲在地上哭，他结结巴巴地说觉得北京是个让人绝望的城市，因为这里上升的空间全被堵住了，他想有人向他伸出一只温暖的援助之手，带他逃离这个水泥森林，去哪儿都行。我安慰几句立刻撤退回工位，那个能带他逃离的人显然不是我。今天，他用左手拉住右手，自己施与救援，我心中暗暗恭喜，却深知结局难料。

  这个消息让公司的人垂头丧气，表情落寞，他们今天本应该收到名牌香水，二手名牌钱包，特价处理的人体画册，水货 IPHONE4，愤怒小鸟公仔，和塑形内衣。

  少了物的存在，他们的身体都变得轻飘飘的，像一阵风一样飘出了公司，一路骂骂咧咧，将小方的祖宗十八辈挨个问候个遍。

  中午牛玲玲没有跟我们吃饭，她说感到很累，只想躺在会议室的沙发上睡会儿。

  小张也没去，他借口着急赶一个程序留在了公司，等同事们都散去，他一个人潜入了会议室，掏出准备好的三明治，坐在沙发边上啃了几口。看着牛玲玲倒在沙发上，他一只手举着三明治，一只手在牛玲玲的胸口游走，开始神秘探险，

霍 艳 | 秘 密

他从额头向下，指尖划过鼻子，嘴唇，下巴，直至胸前的第一枚扣子，他已经控制不住自己的动作，把三明治扔在了一边，专心致志地解开她身上的扣子，他的手有些颤抖，费了好大劲才解开扣子，又想着触动牛玲玲身体的开关，于是一个部位一个部位在细致摸索，直至坠入那深不见底的欲望之渊。

这些都是我们事后在保卫室监控上看见的镜头，牛玲玲丝毫没有苏静的迹象，她扭捏了一下身体，嘴巴微张，额头渗出细密的汗珠，头发散落在胸前，双腿微微分开，像是在享受这一切。

我这才想起，小张订购充气娃娃的店家，十一件附赠品里有一包迷情粉的试用装，而两个人临午休前迈进茶水间的时间，只差分秒。

小张被警察带走了，他走的时候哭着喊着骂自己恶心、猥琐、肮脏，他说不该这样他对不起父母对不起那头黄牛，但他控制不住，他每天都在想这些事，他快要被这些肮脏的念头折磨疯了，他感到自己每天活着都是被兽性在摆布，他看着程序代码想的却是女人的裸体，他幻想她们袒胸露乳把他抱在怀里，才能逐渐把欲望平息。我想走过去告诉他说，欲望不可怕，无谓肮脏与邪恶，他缺的不光是克制和疏通，更是爱和关怀。但耳边萦绕起父母在我年少时每天出门都告诫的"少管闲事，管好自己"，我还是闭上了嘴，这关怀我给不了，这公司这城市这巨大丰盈的物质世界也给不了。

牛玲玲在会议室里哭得梨花带雨，眼神脆弱而绝望，她忘了系上扣子，脖子上有被小张指甲划伤的红印。陈枫的眼睛瞪得浑圆，像只被激怒的野兽，他很好地把眼泪控制在眼眶里，集中全部注意力疯了似的抓住小张的领口，一拳挥了过去，"我操你妈，你居然敢碰我的女朋友。"他的拳头上沾了血迹，指甲划破了小张的青春痘，击碎了他邪恶而甜蜜的春梦。

秦小姐在一旁双手抱臂，眼里冰冷一片，她想起这个男孩当时是那么信誓旦旦地在床上跟她保证，牛玲玲只是他的老乡，两个人并没有暧昧关系，她才肯给她安排一个职位，用加倍的物质给予来换取一定量的感情回报，想不到最后仍只得一具徒有其表的躯壳。

是老王报案的，从他看见小张收到包裹心神不定起，就预感一定会出事，权术书上很重要的一条就是要求对周围环境时刻保持警惕，因为你不知道成功的机会何时降临，公司放出风来小张本来要晋升的技术主管位置，现在毫无意外地落在了老王头上，他把鼻梁上的眼镜向上推了推，又甩了甩刚才擒住小张而被汗浸湿的头发，一脸苍茫的得意。

CICI 在看那段监控时，给我们进行了全程的解说，直到最后大家意犹未尽商量着再看一遍时，她从鼻子里发出一声哼："看不出小丫头片子，还挺风骚。"

快递恢复以后，公司的第一个包裹是 CICI 的，她是顶着丢失包裹的人们嫉妒的眼光，取回了自己的包裹。

"咦，我最近没买东西啊，也不知道是哪个男人送我的礼物，幸好寄得晚了点，没赶上那批被偷的，不然几千块钱的东西就白白便宜那小结巴了，你们都知道我身上穿得戴得可没有低于三千的啊。"

CICI 花枝乱颤地打开了今天唯一的快递，一层层包裹得紧密，像是刻意延长她惊喜的时间，以制造最大的期望值。最外层是塑料泡沫，然后是塑料膜，接着是透明胶带，再是印有凶杀案的小报，最后是一个纸盒，里面还装着精致的小木盒。

三分钟后，我听到小木盒坠地的声音，接着就传来 CICI 前所未有的粗鄙语言。

"那个王八蛋干这生儿子没屁眼的事，祖上缺八辈子德了，你要缺棺材，老娘替你打一副！我日你祖宗！"

全公司的同事都围了过去，连忙用手捂鼻，一股恶臭从小木盒里发出。

CICI 跌坐在椅子上，花容失色，有好事的人用笔捅开那个熠熠生光的木盒，一坨枯黄的粪便端坐其中，那根笔不小心扎在了这坨东西上，扎出了两个对称的洞，接着干燥的粪便裂开，把一个狰狞的微笑定格在我们心中。

17 时 47 分，在还有十三分钟大家就各奔东西，结束这丰富精彩的一天时，我再次登陆东西网，输入我的手机号，却发现怎么也查询不了订单记录了，我反复试了几次，都是登录失败的提示。

窗口浮动一条公告：

我们很抱歉地通知广大网友，因查询系统升级，暂时不再提供手机查询订单方式，预计明天早上九点恢复正常，恢复后请用登录名和密码方式继续查询，给您造成的不便敬请谅解。我们愿意竭诚为您提供最优质的服务……

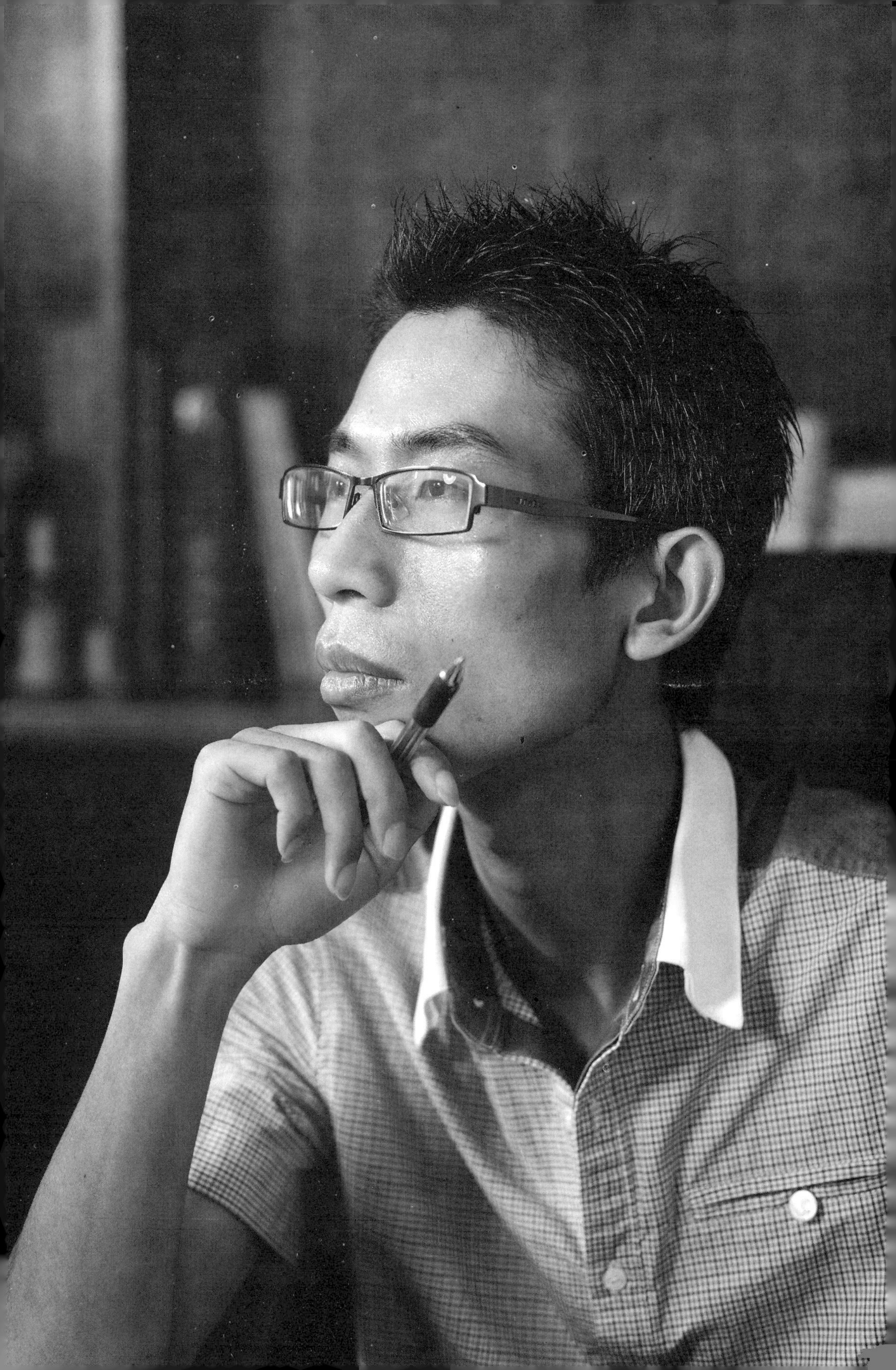

周如钢

周如钢，1979年生，浙江诸暨人。做过木雕织过布，摆过地摊教过书，任过媒体记者编辑与主编。2002年开始文学创作，迄今已在各类刊物上发表200多万字，多次获奖。2009年起开始小说创作，作品散见于《山花》《飞天》《莽原》《芳草》《延河》《星火》《啄木鸟》等多种文学期刊，并被《小说月报》等选刊选载，获2013《莽原》年度文学奖。著有长篇报告文学《洪水中的沸腾热血》《城记》等。

我的声音在天上飘

世界上有一种最美丽的声音,那便是母亲的呼唤。

——但丁

梦有香味

夜是豆瓣酱,又是黑芝麻糊,夜的香味越来越浓的时候,就该睡觉了,那时,梦才会有香味,有豆瓣酱的香味,有黑芝麻糊的香味。我也就能闻到你的香味。

你总是会在这个时候假装安静地闭上眼睛,也就几秒钟吧,几秒钟内你会从喉咙里拉出一声又一声的呼噜声,活像猪八戒的呼噜,你就这样拉来拉去,然后会冷不丁地突然睁开大大圆圆的眼睛,你的嘴巴就会喷出一连串的大笑声。那种笑像是积蓄了很多很大的力量,这些力量会钻进我的耳朵,哈哈哈,哈哈哈,妈妈,我还睡不着嘛——。"嘛"字又长又转,像你蹒跚学步的样子,歪歪扭扭地直扑进我的心房。

每每这时,我的心就有点酥,有点软,然后会再允许你耍泼五分钟,在这五分钟里,我说,你要是再不睡的话天就要亮了,天亮以后就没有了豆瓣酱的香味,也没有了黑芝麻糊的香味。你说,要是天天是白天,我就不闻这香味了,因为我喜欢白天,我喜欢每天没有天黑的感觉。天黑是豆瓣酱,是黑芝麻糊,那天白就是清蒸的鱼,就是小葱拌豆腐。

我疑惑,是谁教你的,居然能说清蒸鱼,能说小葱拌豆腐?

你说，你不仅会说这些，你还知道红烧肉和糖醋排骨。你说，晚上其实是红烧肉和糖醋排骨，关了灯才是豆瓣酱和黑芝麻糊。

我便笑，惊讶于你的认知，只是平时烧的菜，你就能用来当作论据跟我辩驳，用我的方式来对答。

可是，你是喜欢吃豆瓣酱和黑芝麻糊的。这是我说服你早点睡觉的理由。

每次都是那么勉强，因为你有足够回答与抗拒我的理由。直到我的耐心与火气酝酿完毕准备喷薄而出时，你会很快地并乖乖地闭上眼睛，然后翻两个身，间或故意踢我一脚，或者将脚放在我身上，或是伸到我的胳肢窝，但不要几分钟，豆瓣酱的香味与黑芝麻糊的香味就充溢整个卧室。

我知道，你的梦里有这样的香味。

而我的梦里，有你的香味。

其实，你很挑食，虽然从你嘴里跑出来的那些音节总是不承认，但是你的嘴巴总是会叛变你出卖你。每到吃饭的时候，你对青菜会说不，你对鸡肉也说不，而且你对牛肉猪肉芹菜莴苣都说不。当然，我会逼你，你爸爸更会逼你。你喜欢的菜也有，是的，清蒸鱼，还有豆腐。但鱼吃起来太麻烦，我会很担心你，所以总是挑了又挑，剔了又剔，然后将这块鱼肚子上的肉放进嘴巴里有意识地嚼两下，为的就是帮你挑出鱼刺。从这个角度说，豆腐就好办多了。

有时会想到你说的清蒸鱼的白天，小葱拌豆腐的白天。难怪，因为你喜欢白天，所以，你喜欢你心目中代表白天的菜。

可是，我会反问你，那你不是也喜欢吃豆瓣酱和黑芝麻糊么？

你会昂起你那颗不服输的头，鼓起你的腮帮子，说，豆瓣酱不算是什么菜，那最多只是调料。而黑芝麻糊，那就是零食。所以，我再喜欢吃，那也不能代表那么长时间的黑夜。

可是，没有那么长时间的黑夜，你怎么长大呢？因为黑夜是用来成就白天的，如果永远没有黑夜，你一定会厌倦它的，你一定觉察不出白天的好，因为有比较才会有优劣之分，比如我和你爸爸，你会觉得爸爸凶，妈妈和蔼，这就是比较的结果。

可是你仍然说，你就是不喜欢黑夜。

其实，我也不喜欢。

但我喜欢黑夜的时候会有你那五彩斑斓的梦，还有你的梦话。你的梦话很多，有时候是生气的样子，有时候是难过的样子，更多的时候是在梦里笑开来，笑容的涟漪一圈又一圈，微微荡漾出一句又一句含糊不清的话。我问你说什么，你说，那个那个，又说这个这个，然后还是笑，你是闭着眼睛笑的，笑着笑着你的梦又沉了下去，涟漪渐渐隐去，于是你的笑在那一刻就真的变成了呼噜，像涟漪倏忽间变成了涨潮，那么神奇。

我就知道你的梦是有香味的，五彩斑斓，活色生香。而我，我的梦里，因为有了你的香味，我也就有了香味，活色生香，五彩斑斓。我不知道你的梦里都有哪些人，是不是有你很多幼儿园的同学，或者也有我和你爸爸。但我知道，我的梦里经常是你，是哭的你，笑的你，撒娇的你，乖巧的你。是的，全都是你。

每天睡前，我会给你讲一个故事，像一千零一夜一样。当然，这肯定不止，也不应该止。就算是重复的故事，你也喜欢听，有时，我累了，实在想不出新的故事来，连续三天四天都重复同一个故事，你也愿意。其实，你要的只是一种感觉。我在说故事的时候，你会用你的小手轻轻地抚摸我，抚摸我的手臂，一遍又一遍，直到豆瓣酱和黑芝麻糊的香味流淌一地，你会咂巴咂巴嘴，然后发出均匀的呼吸声。

这是有香味的故事，这是有香味的呼吸声，这是有香味的梦。

只是，后来故事突然停止了，我也就不知道你的呼吸声是否还有香味。不过，我可以肯定，你的梦也一定一定是没有了香味。因为我的梦里从此以后再也没有香味流淌过弥漫过，有的只是害怕和寻找，还有就是惊悸和泪花。而你，是我的儿子，都说母子连心，我没有了香气四溢的梦，那你，肯定也没有了。

世界很小世界很大，光阴似箭度日如年

以前我总是觉得这个世界好小，我们生活在这个城市，总是会碰见熟人。我熟他，他熟她，她又熟我。是的，熟悉，或者认识。我们在交流中会用，啊？他（她）呀？我认识，我知道，我熟悉。用这样一些词来表达对这个世界之小的看法。后来，我发现，这个世界其实挺大的，大到我向全世界呐喊，甚至把喉咙扯破，你也听不见。大到我在电视上在报纸上一遍遍地印上你的名字，印上你的照片，你也看不见。

以前跟你说过，说时间就像手缝里的沙子，你想抓是抓不住的。那时你会说，我捏紧拳头就抓住了。你的脑子真是灵啊，反应总是很快，一张嘴便是惊人之语，你这八岁的小屁孩总是会一次又一次地给我惊喜。那时我告诉你，你说得对，你可以紧紧地捏住拳头，可是你不可能长时间地一直一直那么捏着，你会感觉到累，感觉到手酸，一开始你不相信，几分钟后你就承认我说得有道理了。告诉你，现在，不仅仅是手指缝间的沙子的问题了，而是我用了足足十年的时间，这十年里，我天天在学你说的方法，尽管我知道你的方法未必有很大的效果，但我一直一直这样做，可是，不管我怎么学你说的方法一直一直捏着拳头，那么拼命地捏，都无济于事。时光还是唰的一下就冲过去了，像你手上的纸飞机，嘴上一吹，手上

一抛，十年就那么咣当一声掉地上了。

十年，你知道有多久么？

3650天，87600个小时！

是不是很久很久，是不是很长很长？我能想象到我跟你说十年的时间时，你那红扑扑的小脸上那张变成O形的嘴巴，你会吐出很多语气词——啊，那么长啊？你会把后面的"啊"字拖得很久很久，很长很长，或者让它扭来扭去。

可是，你知道么，在我看来，这十年就是在昨天，就是那么一瞬间，那么严肃，那么可怕。

每次脑海里都是那个场景，十年来从没有变过的场景。

在超市门口，在如潮的人流中，我牵着你的手，叫你一起来挑草莓，你不肯，你说，妈妈你蹲下，我给你敲背。于是，我的心里就长出了又红又甜的草莓。蹲下，一个一个挑，挑的时候，背上是你小拳头呼啸的声音，咚咚，咚咚。这是你的力量，这是你成长的力量。我一边想，一边挑，大的红的长得可爱的，挑完，回过头。你已经不在了。我居然不知道你捶在我背上的声音是什么时候结束的，我居然不知道你小手的温暖是什么时候从背上散去的，等我知道的时候，我已经背脊发凉发冷，我眼前挑好的草莓撒了一地，鲜红鲜红的，一脚踩上去，像血，还冒着泡泡，触目惊心的红洒得遍地都是。

一两分钟的时间而已。

我用十年的时间来偿还这一两分钟，还是不行！后来我知道，我需要用一辈子来偿还，来弥补我没有在人海中大手牵小手并永不放手的错。

十年的时间里，我和你爸爸螺旋式奔跑，一个圈一个圈地跑，小圈慢慢地变成大圈，像你梦中的涟漪，荡漾出城市，荡漾出省份。我们发现，这个世界大到完全出乎我们的意料之外。连我们所在的这个城市，居然也大得让我们难以接受。

先是从市区的一条路一条路开始,然后到每一个乡镇。再然后就是离开这座城市了。

那几条以前带你走过的路,走过的街,只要不去外地,我几乎每天都去走一遍。我总是幻想着你会突然出现,听到你奶声奶气的声音。去超市门口,也是我每天一想起来就要去做的工作,甚至我现在已经不用想,路过时我肯定要在那里停一段时间,不路过时我也要专门去路过停一段时间。在那里我会用眼睛一遍遍地搜索,像探照灯一样,从左到右,从右到左,从上到下,从下到上,或者从前到后,转身,再从前到后,再转身,360度地转。每每这时,你奶声奶气的声音就会在耳边响起,你说,妈妈,我给你敲敲背吧。然后我会听到背上传来的小拳头呼啸的声音,那是你生长的声音。

十年了,你生长的声音一定变得浑厚变得有磁性了。但我还是无法让你奶声奶气的声音转变过来,因为我无法想象你转变的那么多年我却不在你身边。

家里有了电话有了手机有了电脑,才发现世界小到令人咋舌的地步。可是,你知道么,在那时候,我们才发现,所有的电话所有强大的通信设备,所有在以前认为能够让天涯瞬间变咫尺的工具,其实都是没有用的。到现在为止,我们在电话的那一头,一直没有找到过令我与你爸爸喜极而泣的真正答案。世界之大,令我们疯狂,更令我们迷茫!

很快就出城,很快就是周边的城市。

第一步总是去找报社,去找电视台。我们的身上带着一大袋你的照片你的资料,还有那几句能够倒背如流的语句。每家报纸刊登的大小面积,与电视台播放的时间或字幕,我们都要求一样,要求完全一样。我们希望你偶尔从这里或那里能看到的画面是一样的,这样便于你记忆,更便于你有可能迅速地知道自己是谁。

我们留了电话,重金酬谢。

其实咱们家没有多少钱，虽然你出生后家境不算寒酸，但也算不上殷实和富裕。只是我们的承诺是真诚的，只要能够找到你，对方要求给多少，我们一定会倾尽我们的所有给对方。当然，哪怕是对方不说多少，我们的心里也有一个大概的数字，一定不会亏待他们。

只要有你，其他什么都不重要。

十年的时间里，我们跑了大半个中国。说大半个中国，或许没人相信。确切地说，我自己有时也不相信，我怎么就跑遍了大半个中国呢。

从你会说话开始，我就有想法有计划，想带着你出去旅游。人小的时候多接触新鲜事物，对成长有好处。长大了也要多接触外界，对开阔眼界有好处。所以，我一直以来的想法，就是想有一天能带你周游世界。可是，我万万没有想到，是这样的方式促我成行，是这样的结果逼我出发。

幸运的是，那个电话总是会不间断地响起，电话里的内容总是让我们欣喜若狂，让我们萌生无比的希望，让我们恨不得一脚跨出就能到达目的地。

不幸的是，每次抵达电话中的目的地，最后的结果总是与我们毫不相干，风一吹，希望就成了失望。而每次，我们都是抱着极大的希望前往。

十年的时间里，我经常会有错觉，不知道自己去过哪里。似乎哪里都去过，似乎又是哪里都没去。

世界有时很小，可是我们希望它真的很小的时候，才发现它真的好大。而时间，是那么短暂，十年也就是一瞬间，光阴似箭，从弓弦飞出，了无踪迹。

可是，我与你爸爸的十年，却是那么漫长，天天沉浸在豆瓣酱与黑芝麻糊的黑夜里，因为没有了你，再也没有闻到过香味。有时在梦里偶尔出现香味，醒来发现，那仅仅是一个让我们脸颊和枕巾都湿漉漉的梦罢了。

这十年，让我们度日如年。

那些个偏僻的村庄

电话是从四面八方来的,有省内的,有省外的。有在千里之内,更有在千里之外的。

曾经,守着电话和手机就是我每天最最重要的工作。如果手机几天没响,我就会把手机翻来覆去地翻,要么是抽出电板重新插上,要么是抽出 SIM 卡重新换上,如果还是没有电话进来,我就会不断地叫你爸爸给我打电话,可是,电话里的声音真是你爸爸的声音,我又很失望。有时电话很久没有响,我就会带着它去修理店。直到修理店老板咬牙切齿地跟我说,你这手机是好的,没有一点问题,确定肯定绝对没问题。

可是,即便这样,我还是会对我的手机产生怀疑。

好在,放在十年的时间来看,电话还不算少,尽管它也无数次去了修理店。

十年里的电话,促成了我们的大半个中国行。江苏、广东、云南、江西、河南、陕西……温州、广州、北海、沈阳、北京……这些省份,这些城市,都有秀丽的山水美丽的风光,可是,每次去,我们都见不到。

我们去的地方要么是在市区某个派出所,要么就是在乡下农村哪个偏僻的角落。

去派出所的时间一般很短,只是去认一下刚刚打拐成功解救的孩子们里有没有你。可是如果去乡下农村,就不好说了。

现在想来,居然有那么多的乡村烙进了我的人生里。

江西南昌的声音从电话里传过来,有些苍老,有些忧郁,电话里说,我们这边有个孩子从外地来的,感觉与电视上的孩子很像。

就一句话，让我们心底的念想一下子火箭升天。

辗转两天两夜，我与你爸爸找到了那个小村落。偏僻，落后，贫穷，闭塞。老大伯是跑了一公里地才给我们打的电话。靠近这个村庄时，我的心里就开始滴血。那时，天天希望你能出现的念头在这一刻突然变了，变得希望你不要在这里出现，变得希望这个孩子不是你。因为，在这样的村落里，可以想象，是一种什么样的生活，而你，又该经受了多少不可预知的苦难。

这已经是两年后的事。你应该是九岁了。相信你不会有太大太大的改变，或者改变到认不出我们，或我们认不出你。不会。

你的屁股右边有很小很小的一块胎记，其实也不像胎记，只是一个印子。一个小小的手指印。

生你的时候，我的肚子痛了两天两夜，也就是说，在你出来的前一天时间里，我就痛死了，可是你这个坏蛋却一直躲着不肯出来。直到那个下午四点十四分，隔壁的王婆婆跑到医院，要推门进来，你终于出来了。大家都说，你是在等着你生命中的贵人，贵人一到，你也就出来了。

马上我们就在你屁股右下方发现了一个手指印，于是，笑话变成现实，大家一致认为，是你不肯来到咱家里，但实在拗不住神仙的指派，然后，哪个神仙用手指在你屁股右边摁了一下，这一摁就把你推出来了。

这是个独一无二的印迹，是个手指印。

可是在那个孩子的屁股上没有发现这个手指印时，我与你爸爸一下子累倒了。倒在这个村子里两天两夜，失魂落魄，几天还不过神来。因为那长相真的很像你，脸庞，眼睛，个子。不像的是眼神，是表情，是说话的语气，还有就是没有上天赐予的那个手指印。

初进村庄时还想着希望不是你，可是真的发现不是你的时候，我再一次承受不住了。你爸爸比我坚强些,他把所有的眼泪都装在心里,逆流。而我,却总是如江如河,不管不顾的。我是有多矛盾,多纠结,有时我连自己是谁都不知道。

后来得知,这个孩子果然也是拐卖来的。只是村里没人举报,也就没人知晓。在如此偏远偏僻的村落,藏一个小孩是那么简单。泱泱中国那么大,有多少这样的村落,我们又如何才能找到你。

老大伯说,我会帮你们留意,上天一定会眷顾你们,同情你们的。

此后的几年里,我们与老大伯一直有联系。他们这个村庄少说也去了十来次。只是去一次我们的希望与信心就少一次。

老大伯过一段时间就会通知我们,在镇上,或在市里,或在附近的村庄有看见与电视上很像的孩子。于是我们就会丢掉所有的事情赶过去。前几次还好,都能见到孩子,尽管孩子长得越来越不像你。但我们安慰自己,一年又一年,你长大了,相貌肯定变了,我们不能在几年后完全按照你八岁时的照片来判断是否吻合。就像你八岁的照片与五岁是完全不同的,八岁的你脸可以变得国字形,而你五岁时的脸还是圆圆的。人家说,你开始长得越来越像爸爸了,而圆圆的脸,那是继承了你妈妈的优秀基因。

有时候,我们会报警,但大多数时候不会。因为我们也不能完全清楚孩子与这个家庭是不是收养关系,是不是合法关系。因为我们没有精力和时间去弄清楚我们要见的那么多孩子。但我们也会尽力去做。

后来,这个村庄我们依然去,但见到孩子的次数越来越少。老大伯说,前几天看见的这个孩子,这几天没有看见了。老大伯说,我前几天刚刚又打听到有个孩子与电视里的像。老大伯就这样跟我们说,我们也就这样听着。

听完,我会给他钱,每去一次至少给他3000块。我们没有什么钱,但我们不愿意放弃希望。虽然我们慢慢就知道了老大伯已经靠我们给的钱在过着他的生活。而他的生活已经与我们找你无关了。

对他而言,他知道,只要他提供一点消息,我们就会付费,不管结果如何。

对我们而言,给我们一点消息,就是给我们希望。尽管我们知道不会有结果。但至少他曾经帮过我们,曾经有那么一两次真的有跟你那么像的孩子出现。我不会戳穿他,虽然,后来每次去村庄都会有人跟我提起,但我装作不相信。在我心里,就让他成为一个帮我们找你的亲人。因为我们不愿意放弃哪怕是你一点点的希望,就算再渺茫再渺小。

其实这样的村庄我们去了很多,我已经数不过来,但每个村庄都在我眼前,它们棱角分明,它们是一幕幕的电影画面,我可以说出那里的山和水,人和物,还有我给了多少钱。

你的兄弟姐妹

悲痛总是没有人能化得开,即便那些言语有多么动听,辞藻有多么华丽,但剜心之痛不比切肤。切肤之痛,久而久之,伤口愈合,痛也便消除,除却伤疤也就会忘了痛楚。剜心之痛,久而久之,却是历久而弥新,见人见事见物,稍有不慎,便会坠入其中,痛感在心里,却四处漫溢,没有停也不会歇。

这样的痛再是让人劝说,自然都是苍白无力的。有时人家不劝还好,一劝,十年前的一幕就歇斯底里狂叫怒吼地杀将过来,几次我都差点窒息过去。都说孩子是父母的心头肉,肉没有了,心还能不碎么。

一直觉得我是天底下最不幸的人,那时你爸爸说,他也是其中之一。

后来,我觉得这话不对,最不幸的是你,在你最需要亲人最需要父母亲的时候,你的父母亲不见了,我们到现在都不敢想象你的处境,会在哪里,吃什么饭,做什么事，读什么书，还有，你的黑夜，你那原本有豆瓣酱香和黑芝麻糊香的黑夜。现在呢？会是一种怎么样密不透风的黑？

所以，你才是天底下最不幸的人。

慢慢地，不停的行走让我们知道，其实还有很多人，或者与你一样，或者与我们一样。在这些个密不透风的黑夜里。

是不是也可以称为兄弟姐妹，落难的，被拐卖的。

我们不断地寻找你，我们也不断地发现需要人寻找的你们。大半个中国走下来，才发现，有太多的父母找孩子，有太多的孩子找父母，可是中间却没有桥梁。桥下水流湍急，你在那头无助地哭，我在这头无力地喊。你听不见我的喊声，我却能听见你的哭声，但却不知道你在哪里哭，伸手，只见五指，以及，五指之外的空白和迷雾。痛，就在你与我的心里，很近，又很遥远，撕心裂肺，却万马齐喑。

在一个又一个派出所，在一个又一个城市的公安局，我见多了你们。但你们里面却没有你。一年又一年，你们的父母与我们一样，可是却无能为力。让人无奈而又难过的是，被人解救了，但是却找不到自己的生身父母，那么多。想到这个，我的心就一阵阵地悸动，如果是你，你也在不断地找我们，可你又找不到我们，你的难过一定是海，一定是潮，惊涛拍岸，卷起千堆雪，那些雪就是你心尖上的痛。而我们呢？

警察叔叔说，找不到亲生父母的，要么送到福利院，要么再次让收买人抚养。他们实在无力抚养，那么多孩子，解救出来了，却面临着查找亲生父母的问题。可是根本没想到，查找亲生父母的难度丝毫不亚于解救被拐卖孩子。

我说，我能不能收养。

警察说不能。按照国家规定，这类孩子由民政部安排到福利院。

但后来，警察知道我们的情况后，与我们签订了一份协议。协议的内容大致就是如果查找到生身父母,无条件奉还孩子。

对我来说,这没有什么,不仅没有什么,还举双手赞成。哪一个收养孩子的人能体会我这个失子父母的痛呢。将孩子奉还给亲生父母,这就是我心中所想,梦中所念的事,我理所当然应该这样去做。而现在的我,看到那么多纯真却受难的眼睛,我觉得自己绷不住了,我太需要一个你,哪怕是假的你也可以,而且,最最关键的是,我能想象到你与你们的痛,所以,我对警察说,其实我并不是一定要收养,我还有生育能力,我可以再生一个,但我实在不忍心看着他们被解救了却无家可归。如果我不能收养,也可以,你们指一个地方,我认养几个孩子,我会出钱,我会给予我能给的父爱母爱。我不为什么,只是想为了给他们一点亲生父母的爱。

公园里种的苗木都可以认养,孩子为什么不可以。

一开始,你爸爸并不同意,为了找你,我们已经心力交瘁,面对生活与工作,我们已经身心俱疲,无力再去抚养其他孩子。有一段时间,甚至感觉活不下去。可是,你爸爸对我说,我们一定要活下去,必须活下去,哪怕是坐着等也要等下去,如果你有一天回来了,我们却不在了,对你又会是怎样的打击。

你爸爸这样的话一下子拨开了厚厚的乌云,尽管不能见到太阳,但至少我们应该为了你活着,为了你等着,等你回来!绝对不应该给你一个沉重的打击。

在等与找的时光里,我与你爸爸,慢慢地重新开始去工作。因为找你花费了我们所有的积蓄,而要继续找你,就必须去工作去挣钱。挣了钱才能更好地去找你。

面对一次又一次看到那些纯真又无辜的眼神,我总是能想到你,想到你大大圆圆的眼睛,还有你可爱的表情,还有你每次张嘴带给我们的温暖和惊喜。可是,一想到这样的你或你们在无父无母的生活中,在陌生人的环境里,我心里的柱子会一根一根倒塌。如果碰到的是一家心地善良的养父母则还好,如果不是呢?每次想到这里，我的心就成了花瓣，成了红色的一瓣又一瓣，那是从花朵上撕下来的，鲜血淋漓。

后来，你爸爸同意了，或许他也是希望我能从孩子的身上调整心态，而不至于整日以泪洗面。从此后，你就有了兄弟姐妹。

但我不是完完全全的收养方式，尽管与警察叔叔签了协议，但依然不是完整的收养。因为孩子还是会面临许多问题，诸如户口，诸如上学，所以，我只能一步一步想办法帮他们，一步一步地为他们解决实际存在的问题。

在解决问题的过程中，我就慢慢地想象着你，想象着你的生活是不是也碰到了我这样的母亲，那样的话，你是幸运的，我们也就幸运着你的幸运了。

至少，你的兄弟姐妹，我会让他们在家里待上一天，就有一天的幸福。我把全身心的爱给他们。你爸爸也一样。在我们眼里，他们就是你，而你，如果不能回到我们的怀抱，我们也希望你能过上你兄弟姐妹这样的生活。

四五年了，三个人，一个哥哥，一个弟弟，一个妹妹，哥哥不是经常来住，弟弟和妹妹现在都住在我们家里。家当然是显得挤了，但总比空空的要好。如果你能早点回来，那么，我们会是多么热闹的一家子！

可是，四五年过去了，你还是没有回来。如今，十年了。光阴似箭，箭似霹雳，让弦惊。

信，礼物

十年里，我为你准备了10份礼物，一年一份。

八岁时是红领巾，是我买了红布自己缝的。九岁时是一套《格林童话》，是精装本，我特地跑去杭州，找了几家书店才选中的。十岁时是一个大大的蛋糕和

周如钢 | 我的声音在天上飘

一本《十万个为什么》,十一岁时,我特地去邮局制作了一套精美的邮票,那是从你出生到八岁的所有照片,厚厚的一本。十二岁时,是你爸爸的主意,送你的是一个篮球和一个足球。十三岁时,是一辆折叠的自行车……

十岁是大生日,我和你爸爸给你点了生日蜡烛,请你许愿。在你许愿的时候,我也许愿了。我想我许的愿肯定跟你一样是能对接的。只是,我在蜡烛前一直许愿一直许愿,直到蜡烛都要燃尽。你爸爸吹了一下,蜡烛灭了。就为了蜡烛灭了,我跟你爸爸大吵了一场,吵到声嘶力竭,吵到瘫软无力。

后来,我还破天荒地喝了酒。我看到酒杯里晃荡的全是你的笑脸,耳朵里回想的全是你奶声奶气的声音,我的腿就软了,眼泪像雨,打湿了一桌子的菜。后来你爸爸拨了120,没有清理菜,而是将我送去了医院。因为我醒来时,发现自己躺在了医院的病床上。

从那以后,你爸爸就刻意地不让我给你过生日。但我不肯,坚持不肯。生日是一定要给你过的,我们不给你过,谁能给你过呢,谁会知道你的生日是在11月11日,谁会知道你是下午四时十四分出生的呢。

当然,从十岁生日后,我们少了许愿吹蜡烛的环节。

后来我们把许愿的环节用在了菩萨身上。

每个月农历的初一和十五,我都会点香。我以前不相信迷信,也不相信佛祖,但是到了今天,我已经没有理由不信了。让你回来,让我们能再见到你,我把希望寄托在了菩萨身上。

不瞒你说,这么多年下来,我们走遍了附近几个城市有点名气的寺庙。普陀山南海观音去了,方岩胡公殿去了,城隍庙去了,连本地周边乡镇农村的土地庙也去了。我相信我一定比所有人虔诚,比所有人有心。所以,现在的我还在期待着。

每去一个地方,我还会带些纪念品回来,这也是给你的礼物。

当然，这十年来，最重要的礼物你一定想不到，那是信。

是的，每年你的生日我都给你写一封信，我知道你一定是收到了的。在梦里。在充溢着豆瓣香和黑芝麻糊香的梦里，收到我给你写的一封又一封的信。

每次写完信，我都用信封装好，在信封上写上地址，再贴上邮票。过几天，信就会收到，有时只要一天，有时三四天，反正都会收到。有时是你爸爸代收的，有时是你妈妈代收的。每次收到，他们都不会擅自拆开，每次拿到信封，你妈妈都会吻一下，你发现没，信封上有吻的香味，那就是你妈妈对你的思念。然后，她会把这封信放在你的枕头下。

现在第十封信已经收到，并且已经在你的枕头下安安静静地躺着。

我们的家不大，弟弟妹妹一来，更显拥挤，但是，再拥挤，你的床我们一直没有动过。你的枕头和被子除了给你洗过之外，就没有动。

确切地说，是房间没动，是床的朝向没动。而枕头和被子，我们倒是稍稍动了下。因为我们知道，你慢慢地长大了，八岁时候的被子和枕头以及小床都不适合你了，所以，我们也在一年一年里为你改变。现在你的床虽然只有一米二宽，但足够你睡了。被子、床单和枕头都是新的，然后过半个月一个月，给你洗一次。中间只要太阳好，在你起床后，我会拿到阳台上晒一晒，这样你晚上睡觉时，不仅能闻到豆瓣酱与黑芝麻糊的香味，也能闻到阳光的香味。

阳光的味道，有时就是温暖的味道。

想到这里，我突然觉得不对了，十年了，你已经不是八岁的你了，你已经十八岁了，十八岁，长大了，成人了。我前面与你说了半天，似乎一直把你当成是我八岁的孩子。对不起，妈妈老了，不记得时间过去了那么久。可是，你知道么，在我的心里，你永远是个孩子，你的八岁，会在我心里定格一生。

猜猜看，你十八岁的礼物是什么。

是一条领带，红色的，有点时尚有点端庄。过了十八岁的生日，你就是大人了。如果你在我面前，我会给你办一个成人礼，会带你去听一堂成人课。或者是理个发，一切从头开始。你也要告诉自己，过了这个生日，你将不再是孩子，你要学会担当，你要学会负责任，你要适应生活的喜忧无常。

给你领带没有太多的意思，只是希望长大成人的你大方文雅，有品位有气质。我知道现在的年轻人很少系领带了，青春洋溢，喜欢休闲。我跟不上你们年轻人的潮流，想了很多，也想了很久，最后还是决定送你领带，最主要是想表达，你永远拴在我的心里，我的心也永远拴着你。

你爸爸的QQ空间日志

你爸爸的工作很忙，你知道他是做文字工作的。从你出生到八岁，他就一直很少陪你，现在，这一切都成了他心中的痛。但他都不说。以前他沉默少言，现在他更是寡言少语。

八岁以前，他在他的QQ空间里写过几十篇你的成长录，记录着你成长的点滴，有哭的，有笑的，更多的是展现了你童言无忌和烂漫天真的一面。看的人很多，跟帖的人也很多。可是，后来，他就不写了。再后来，他就锁了空间，谁也进不去。包括我。

在你离开我们后的几年中，我们的吵架增多，但他每次都让着我。有一次，我说他把空间锁了，不让我看，一定有鬼。为这个吵得不可开交，你爸爸总是旁顾左右而言他。最后，我以死相逼，你爸爸终于打开了空间，我进去一看，全傻了。

里面洋洋洒洒写了一千多篇关于你的成长录，全是回忆你八岁以前的童年生活。那一刻，我的心再次滴血，这得有多少记忆，这得有多少时间来写。关键的关键是他在写的过程中得有多么难过，多么痛苦。在你不见的这么多年里，他的痛苦不会比我少，只不过，他更多的是沉默，而沉默就是把所有的痛楚闷在了心里。而写关于你的回忆日志，是他做的独一无二的思念方式，而锁了空间，他一定一定是怕我看到了会更难过，更痛苦。他不想让任何人看到，也怕有人回帖会挑起他的那心底深处的重伤，他一定是觉得自己舔舐疗伤就可以了。

　　这些日志里有短有长，有的写得很快乐，看了我会笑出泪花。有的写得很忧伤，看了我会哭得泪如滂沱。关于你咿呀学语的，关于你生病住院的，关于你上幼儿园的，不一而足。说实话，见过一些母亲记录孩子的，却很少有父亲这么做。至少我这个做母亲的一直想做，却一直没有做。

　　看了下，不仅是日常生活，你每个生日，他都写了一篇，每篇都很长，角度都不一样，就选一篇你五岁生日的成长录吧，这也是他写的第 309 篇你的成长录。

　　今天是你的生日，我的儿子。

　　五年前的今天，五年前的今天的这个时刻，下午 4 点 14 分，你在医院呱呱落地。五年前的今天的前一天，也就是 1995 年 11 月 10 日，你爸爸因为有要事去了乡下，你妈妈就担心你会到来。殊不知，你果然就在 10 日的晚上搅痛了你妈妈的肚子。起初是疼一点，过个一小时再疼一点，后来节奏加快，从一小时疼一次，到半小时疼一次，再到十几分钟疼一次，你真会折磨你妈妈。时间就从 10 日晚上开始持续到 11 日早上，然后你妈妈在 11 日凌晨的三四点钟起来洗头洗澡。你爸爸连劝了几次，说这期间不能洗头洗澡的，你妈妈不听，说是怕你第二天就要出来，那样的话搞不好一个月不能洗澡了（长辈都说月子里不能碰生水）。果然，11 日这天，你就来到了这个世界。只不过，我们等待的时间好长，把我们等得很心焦。从 10 日晚上你妈妈开始肚子痛，你却坚持到了第二天，也就是 11 日的

周如钢 | 我的声音在天上飘

下午4点多你才出来。这期间，你妈妈一遍遍地叫疼，一遍遍地喊痛，医生护士却像没心没肺的人一样，不管不看，想必她们是见多了，所以根本不管你妈妈的哭叫，你也是，根本不管你妈妈的疼痛，一遍遍地折磨她。你妈妈几度弄得一点力气都没有，后来你奶奶去买了碗馄饨来，一直没有吃东西的妈妈总算在吃了馄饨后脸色有所好转。好在好在，在下午4点14分，你总算出来了！那天，爸爸整天都被担心和不安所笼罩，尽管生孩子是天下母亲最正常不过的事情，但危险总是存在的。所以，这一天里，你爸爸在你到来前一直心怀惴惴，在产房门口一直坐立不安，直到医生说母子平安，这才放下心来。所以，我的儿子，你长大了，一定要对你妈妈好！

今天是你的生日，我的儿子。自你出生以来，你的一切就归由你奶奶了。为什么这么说，因为对于你的到来，我们其实都是陌生的，尽管等你等了近十个月，但终究是陌生的。这个陌生并不是陌生你的长相还是你的到来，而是你一出来细胳膊细腿，嫩脸蛋嫩手的，一下子把爸爸吓傻了，你爸爸连抱都不敢抱你，碰都不敢碰你，就是因为怕一不小心会弄疼你，伤到你。你妈妈毕竟也是第一次，有些方面跟你爸爸一样。就连你外婆，在刚见到你时，她也一样不敢碰你。所以，对你安抚的所有动作都由你奶奶来完成。你现在不要看你奶奶大大咧咧的，但你奶奶那时对你有着足够的细心和耐心。从怎么抱你小便，到怎么样喂奶，再到怎么样给你洗澡；从怎么样换尿布，到怎么样喂饭，再到怎么样拿筷子调羹，奶奶全身心投入到哺养你的工作中来。一点一滴，一丝不苟。慢慢地看着你红红的脸蛋褪出来，再褪去额头上的皱纹，变成白白胖胖的小子。儿子，着实不容易啊。所以，我的儿子，你长大了，一定要对你奶奶好！

今天是你的生日，我的儿子。自你出生以来，你外婆外公也给予了非常的关爱。你在出生一年后，在外婆家里待了大半年，这段时间里无疑给外婆外公增添了很多的麻烦。但他们从不嫌烦。他们为了你一样尽心尽力。尤其在吃饭等方面，外婆从来都是先把你们安排好，先把你安排好，等大家吃完了，外婆才开始吃。还总说不饿。外公外婆对你疼爱有加，所以，我的儿子，你长大了，一定要对你外婆外公好！

今天是你的生日，我的儿子。自你出生以来，姑妈对你也是如她亲生一般。你看，在对待你表哥与你两个人的问题上，姑妈总是向着你，给你买好吃的好玩的，穿的戴的。是的，一是你长得着实可爱，讨人喜欢，还有一个，姑妈一直说你特别像小时候的爸爸。所以，你长大了，也要对姑妈好！

今天是你的生日，我的儿子。转眼就是五年了！你已经五岁了！在这五年里，我们的日子却并没有显著的改变。尽管我们有车有房，却完完全全沦为了房奴车奴，你爸爸的生活没见有多少改善。所以，你爸爸还一直在拼命，尽管眼睛黄斑变性，尽管肠胃不好，尽管有着这样那样的毛病，依然撑着，仍然在拼搏着。希望你长大后也要不怕艰辛地拼搏，因为有拼搏才会有未来。我们的未来是你，你的未来在于拼搏。所以，爸爸的拼搏更多的也就是为了你。这样一来，爸爸的忙碌势必无法改变。你老是跟爸爸说，早点回来，早点回家睡觉。其实爸爸也很想，爸爸也很累，可是爸爸不能早点回家睡觉，因为还有很多很多事等着爸爸去做，去做未必有很丰厚的物质回报，但不去做肯定不可能有任何一丁点的回报。所以，做是必须的，忙也是必须的。这样一来，爸爸就不太可能有更多的时间陪你，而且这样的日子还会持续很久，有可能是几年，也有可能是十几年。你以后长大了就是怪爸爸，爸爸依然不会怪你。

今天是你的生日，我的儿子。今天应该陪你玩玩的。可是爸爸依然不能。今天与客户约好了下午见面，爸爸忙里偷闲这会儿在办公室匆匆忙忙敲下关于你生日的文字后，马上又要出发去见客户写稿子了。你曾经说，爸爸，你的稿子怎么老是写不完啊。是的,爸爸的稿子永远写不完,就像爸爸写你的成长录一样,永远写不完,因为,爱你!

今天是你的生日,我的儿子。爸爸今天本来还有很多很多话要跟你说,这五年来,你的生病,你的住院,你的上学,你的哭,你的笑,你的蹒跚学步,你的咿呀学语,你第一声叫爸爸,你第一次自己吃饭,你第一次自己上厕所,你第一次自己穿鞋子,你第一次打电话,你第一次开关电脑,你第一次玩游戏……很多很多,但爸爸没有太多的时间来一一说了,最后想说,爸爸也是第一次做爸爸,会有很多不足和缺点,你要原谅爸爸。同时,爸爸也只愿你身体健康,不仅生日快乐,平时要更多的快乐!

写的时间其实是你离开我们之后,但看得出来,你爸爸从没有当你离开。你一直在他的心里,在我的心里,在我们的心里。

现在他的空间开放了,也只是对我开放。但我知道,他还会对你开放,希望你能早一天看到他给你写的这些,不是为了表明我们对你有多少功劳,只是想告诉你,你,是,我们的,儿子。

咱们的房子

儿子,不知道你在哪里,也就不知道你在哪个省哪个城市,那里的物价和房价也就无从说起。这十年,我们这里的房价已经涨上了天。你八岁时只要一千多一平米,现在是一万五一平米。估计比你的个子长得还快。

我们的邻居和亲戚,大多数都买了新房,或者换了房子。我们家呢?其实我们也想买一套大一点好一点的房子,为了你。等你回来,送你这个人生里最大最实在的礼物。供你生活用,供你结婚用,这是现在每个家庭必不可少的。

你爸爸还计划过，把我们现在住的这套卖掉，然后换一套大的。

我没同意，说实话，房子确实该换了。我们这套房子是这个城市最早的商品房。也是困于钱，当时买的就是二手房，房子的质量很差，每幢楼都是用空心水泥砖砌成的。所以，你爸爸在买了一段时间后就一心准备换了它。

这样的二手房现在价位也很高，当时也不便宜。那时因为这是学区房。你还记得么，就在小区门口，是全市最好的小学。出了小区门朝南走上一百米，就是全市最好的初中。还图什么呢，就图这个。这样，你日后上学就无忧了，就不用受择校之苦了。用当时的说法是可以省下六万块钱。这两所学校都是全市最顶尖的学校，每个不是这片校区的孩子要来这里入学的话，三万块钱是必须的，名义是赞助费，其实是择校费。现在国家规定不能收择校费，所以，择校费就变成了赞助费了，赞助不是自愿的，是强行，而且还要有熟人有关系才能让你赞助。当时想想，我们买下这套房子，是赚到了多少啊，至少一买下就等于是赚到了六万块赞助费。

只是，现在，你都应该是初中毕业了，这两所全市最好的学校终究与我们无缘了。那么近，却是那么远，那么让人难过。

即便这样，我仍然不希望卖了这房子。从住的角度来说，这房子确实不适合。空心水泥砖的墙体连装修都是不合适的，随便在墙上一敲打，就能掉下一大块。所以，刚买了房子装修时，装修师傅就说，等你读完了初中就赶紧卖掉好了。现在呢，你已经过了读完初中的年龄了。

你爸爸要换房子的本意是好的，他还是为了你，或者也是为了这个家。但我觉得，你不在家里，这就不是家。

好在，好在你的笑容一直在家里。

在你九岁那年，我就把给你拍过的所有照片找出来，聚齐，洗出，做成 KT 板，或者是其他照片板材，然后做成一大片一大片的照片墙。从客厅到卧室，从书房到阳台，每堵墙上都是你的笑容，都是你天真无邪的笑，当然，还有你的鬼脸。荡漾着，澎湃着。

对于这事，你爸爸一直是不同意的。他怕我看到你的笑容会伤心。可是，不看到你我会更伤心。现在我看不到墙体的劣质，我只看到你纯真甜美的笑，放荡不羁的笑，天真无邪的笑，你的笑在奔在跑，在唱在闹，你的笑流淌着，行走着，歪歪扭扭，跌跌撞撞。

我当然不会卖，即便手头再缺钱，我也不会卖了。在你刚刚不见的那两三年里，我是想卖的，卖了换成钱也是为了寻找你，可是既然那时都没卖，现在就不卖了，永远不会卖了。

我要守在这里等你回来，我相信你会回来。

我总是想，如果把这房子卖了，那时你找到哪里去？曾经警察说过那么多被解救的孩子，可是寻找他们的父母却比解救他们更加困难。那么，我若卖了房子，你能找到哪里？我相信你有记忆，你一定还会记得这个家。所以，若是卖了房子，这个城市哪里还有你的家，如果你回到这个城市，你该会怎么样的伤痛，那又会是怎么样的打击。所以，不管别人怎么劝，你爸爸怎么说，我都不会卖。

每每想到有一天你踏着仆仆风尘归来，迎接你的是这个陌生的城市和已经属于别人的房子，我的内心就会痛到无力。那样的话，我住在了比现在这套还要大一倍两倍的房子里，又哪里会有幸福感。这里是你的家，我会在这里厮守到老。

我知道劝我的人们都是善意的，尤其是劝我丢掉你曾经用过玩过的东西，卖掉你住过的房子，都是善意的，他们不希望我浸泡在无望的伤心与难过中拔不出来。

其实我的心态已经好多了，这并不是因为过去了十年。而是因为我有了你的弟弟和妹妹，我用力爱他们，就像我爱你一样。带他们上学，带他们玩耍，我看着他们等待你的出现，就像黑夜里我抱着你小时候玩过的大熊等着太阳升起来。这样，我的灵魂就安宁了许多。

但，我们会更加努力，新的房子一定会买。为你买！虽然再买新房对我和你爸爸来说，这真的很艰难。但我们一定会努力，一边找你，一边拼命挣钱。不管怎么样，我们需要给你一套新房，这既是父母应该做的，更是我们应该偿还你的。等你回来，新房装修好，就可以供你生活用，供你学习用，供你结婚用。

是的，这是我们现在努力的方向，不管有多苦。当然，一想到你，我们就觉得什么都不苦了，因为有你，我们才有动力和希望。

你的父母

现在的我依然想着办法在找你，报纸电视网络，微博微信 QQ。我相信你在另一头躲着，跟我开着惊天动地的玩笑，没关系，我能等。曾经我以为我不能等，或者我等不了，但事实证明，你就是我的信仰，我能等。

只是现在我的等待更多是换成了祈祷和祝福。十年了，你十八岁了，我不能再像对待八岁时的你一样，你会有自己的生活，你会有自己的私人空间。我会充分尊重你的自由和生活方式。我不止一次想过，有一天，我与你相见的情形。你不认识我，我不认识你，在那么几秒钟甚至几分钟里，我们是陌生人。

就是彼此抱紧了，再松手的时候，我们可能还是会忍不住地惊诧。你惊讶于有这样一对才近五十就老得像七十的父母。我们惊讶于你的长大，但我们的惊讶一定是以惊喜为前提的。

我会跪在你的养父母面前，我要感谢他们含辛茹苦地带大你。八岁到十八岁是一个孩子惊天动地的蜕变，是一场从无知到成人的涅槃。这里，需要有他们的呵护，更需要他们的慰藉和培养。

我愿意相信十八岁的你，已经落落大方，已经出类拔萃，已经懂得尊老爱幼，已经学会面对生活的崎岖坎坷。

所有的阴暗面我都不想再去想，哪怕那也是一种很大可能的存在，但至少抚养你长大的父母，他们一定是活生生的有血有肉的人。

然后，我要说最最重要的话，或许这个时候，或许十八岁的你，已经完完全全融进了你养父母的生命中，所以，他们无法离开你，而你也无法离开他们。那么，我，还有你的亲生父亲，我们会离开。别觉得过了十年，我们不再爱你了，恰恰是因为过了十年，我们更加懂得失去孩子的痛有多么虐心和煎熬。我们已经经历了，不能再让一对父母活生生地来经历。我会在心中为你感到高兴，因为在这个计划生育时代，在一对夫妇只能生一个孩子的大环境下，我们多了几个亲人，多了几个亲戚。多好。

但我们也不想失去你，如果你愿意，可以跟我们一起生活，同时接来你的养父母，我们组成大家庭。如果你不愿意，你就跟你的养父母一起生活，偶尔来看看我们，记得我们一直爱着你，那也未尝不可以，我一定一定会拼命地说服我自己，还有你那个头顶霜雪，满面风尘，脸上已经风蚀剑刻的亲生父亲，让他与我的热泪只在眼眶里打转，而不让它肆无忌惮地跑出来。因为跑出来的眼泪会带给你很大的压力。

好消息坏消息

最近有个消息要告诉你。算是好消息，又算是坏消息。

不过，我咀嚼了很久，还是把它归到了好消息。那是你的弟弟找到了他的亲生父母，确切地说，是他的亲生父母找到了他。

一个月前，他们从遥远的广西赶了过来。你弟弟不肯走，但广西的爸爸妈妈一心要带他走。后来，是我与你爸爸劝他走的。那天晚上，你弟弟哭得一塌糊涂，而你爸爸却喝醉了，喝醉以后，这个老男人居然也大哭了一场，他哭的样子很难看很难看，他那咸的鼻涕与涩的眼泪都流进了嘴巴里。

你妹妹说，她已经不希望她的亲生父母找到这里来，因为她怕离开，不想离开哥哥，不想离开这儿，更不想离开我们。

我对她说，你不可以这样想，你要知道，你的亲生父母找不到你，会一生负疚，一生痛苦。对他们而言，找你就是他们这辈子最大最重要的事，而找到你，是他们这一生里最崇高最朴素的愿望了。但是我，我们，都很爱你。

你妹妹也喜欢哭，哭得抽筋哭得上吐下泻。反倒是我，现在不太喜欢哭了。

眼睛有点痛有点糊，闭上眼睛，我听到有哭声从心尖流过，轻轻地，滑过心房，直达眼眶。眼前，是你八岁时大大圆圆的眼睛，还有你烂漫天真可爱无邪没心没肺的笑，笑声里夹杂着我的声音，儿子，我会一直等着你，等你带给我好消息。

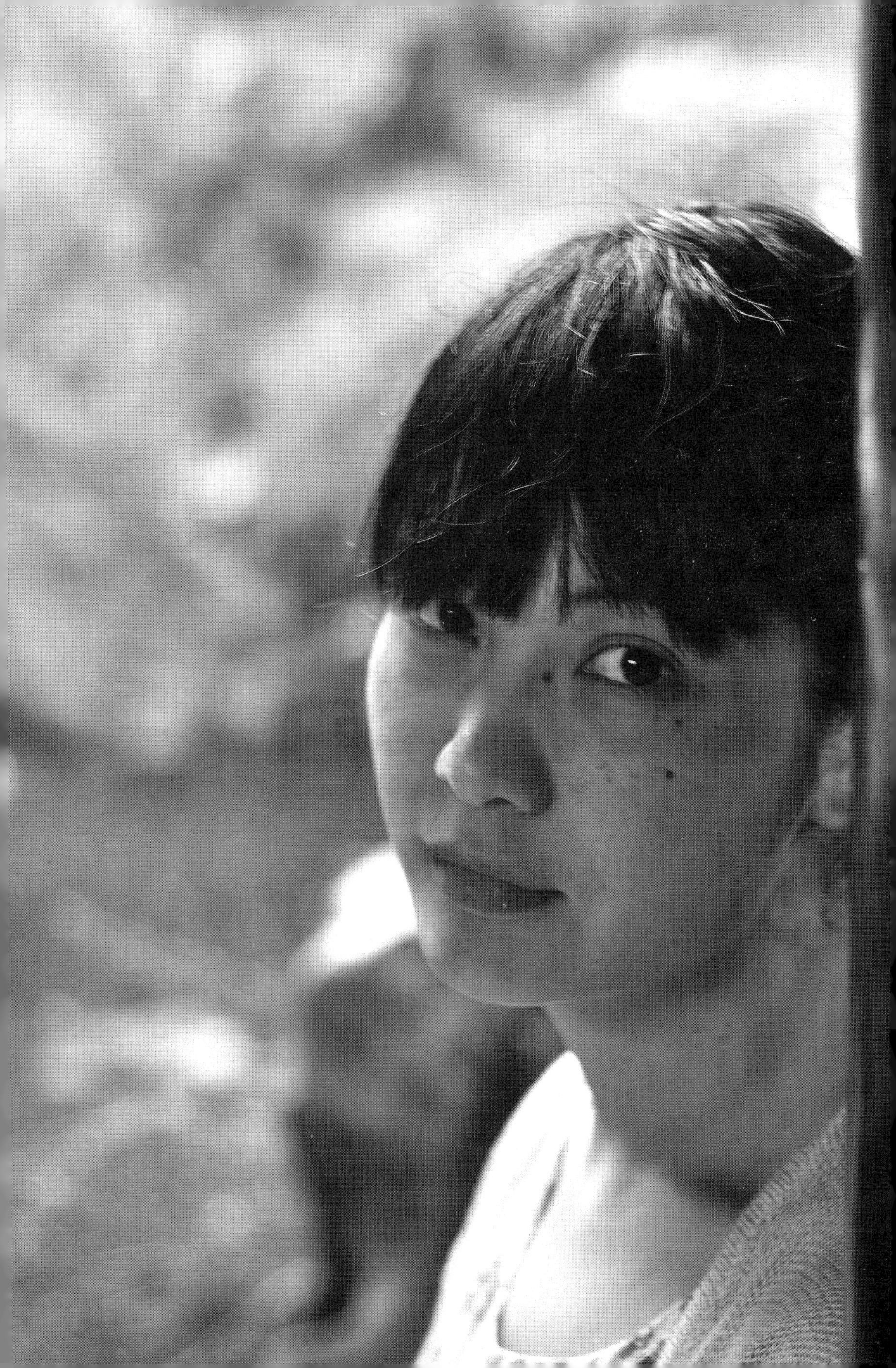

夏 烁

夏烁，1986年出生于浙江西塘。2012年开始发表小说，作品见于《上海文学》《江南》《西湖》等刊。获得第十届《上海文学》奖，"中国文学现场"月度作家。

预 言

我从床上起来,走到客厅。我弟弟朗朗正坐在客厅里看报纸,他把手肘搁在窗台上,阳光照得他脸上的粉刺历历可见。他手里的报纸还很挺括,不用猜我也知道他看的是《星世界》,今天是星期四,这也是唯一寄到我家里来的刊物。

"现在几点?"我问他。

"一点多。"他头都没抬。

我抱歉地说:"已经这么晚了啊……你吃中饭了吗?"

"吃了,给你留了。"

"这么好啊。"

他朝我看了看,因为我那点故意夸张的感激和喜悦而轻蔑地笑了。给我留了饭,总算还不错。有时候,他谁都不理。我安慰爸妈说,那是因为他太聪明了。但是我那总在大棚和乡镇企业的手工车间辗转的父母好像根本无法理解这个。

从电饭煲的蒸笼里,我拿出半碗肉蒸蛋——几乎是一个精确的半圆,由直径分开,另一半被刮得干干净净——又把剩下的饭都给自己盛上。

"明年开始这份报纸就不寄过来了。"我边吃边跟他说。

"啊?为什么?你不是说有个编辑是你好朋友吗?"

"嗯,他辞职了……不过里面也就是些吃吃喝喝文艺装 B,没什么好看的。"

"说的也是。"

他扫了几眼报纸,然后把填字游戏那一张单独抽出来,随手拿起一支笔坐到了我对面。

我没有什么当编辑的朋友辞职了，说起来，是我自己被他们辞退了。

今天上午，我正睡得迷迷糊糊的时候，负责跟我联系的编辑打来电话说："有个占星大师会接手星座专栏，所以请你不必再为我们写稿了。还剩最后一周的稿子，麻烦你发给我就可以了。"

她说得很礼貌，语调又轻快，似乎正在传达一个皆大欢喜的好消息。我想象着电话那头她脸上真切的笑容。也许是受了她的感染，我竟也得体地带着宽慰的口气连说了几声"好"，次数没有少得显示出失望和措手不及，也没有多到让人感觉我激动或刻意。我按掉电话，对自己的表现感到满意，但这次难得的社交成功带来的欣慰只在我身体里停留了几秒钟。

我很想把我当时的心情说明白。我并不是因为那个"大师"而感到自卑。因为事实上，我对占星毫无野心，甚至知之甚少。而这个预测每周星座运势的专栏本身，却是我生活中羞于告人的秘密。

在我的想象中，这个当编辑的女孩应该和我一样刚毕业，她的声音新鲜悦耳；她总是显得很热情客气，所以她可能长得不大好看但却十分乖巧；她的声音来自那个象征着优越感的南方大城市，所以我想象她皮肤应该非常白净，和传说中的那里的女孩一样；她的名字让我感到嫉妒，因为它暗示着我也许她出身于一个知识分子家庭，但它也可能只是一个笔名。我不能说出她的名字，因为你可能会在某张报纸的角落里看到它，那么你就会知道到底是哪张报纸一直在用一个根本不懂星座的人的臆想来指点人们的未来了（所以，没错，刚才那份报纸的名字，《星世界》，也是我瞎编的）。我知道不少人相信这一套，特别是那些懦弱无力的人。星座版的编辑需要笔名吗？星座运势预测的作者——我——连署名都不需要呢。

夏 烁 | 预 言

当然，到了明年，那个占星师的名字会出现在那一版上最显眼的位置上。

去年年末，这个女孩第一次打来电话。在此之前，经过一个偶然来访的长辈的介绍，我寄了一篇评论给那家报纸。你知道的，不管你们家多么不济，总会有个把成功的亲戚。这位来自某个遥远大城市的长辈做有机蔬菜生意，他的蔬菜们每个星期都会出现在这份报纸的广告版上。在一整版的图片上，这些蔬菜从一个像实验室一样干净明亮的地方被一路护送到纤细体面的主妇手中。那篇评论的内容我自己也有点忘记了，但里面肯定是充满了长长的人名和各种主义啊思潮啊，大约是些"文艺装B"吧。我不太愿意回想这些事情，我经常讨厌以前的自己，也讨厌以前自己写的东西。

那天电话响了，我拿起手机，看见屏幕上正显示着一个来自那座大城市的号码。稿子寄出之后，我经历了期待和悔恨交加的漫长过程。但就在看到电话号码的一瞬间，我竟然害怕了起来，而且真心希望这电话根本没有响起来过。就在那时，我为自己的退缩而感到失望。那一刻复杂的感受，我到现在还清楚地记得，因为，那种感受常常在我心里出现，我甚至早已部分接受了自己是一个无能的人这个事实。

她告诉我没有版面适合我的文章，但他们有一个专栏，不知道我有没有兴趣。

"一个星座专栏。"

"啊？"

"嗯，就是写点星座运势什么的。"

"嗯……我不写这种的。"

"你懂星座吗？"

"懂点……"

"哦,那你考虑一下吧,下午给我答复,我好跟主编交代。"

我们的第一次对话大约就是这样的。在我们的第二次对话,也是最后第二次对话中,我接下了这个专栏,她说会把有关的事情发到我的电子邮箱里,还叫我先开始留意他们的报纸。

我原先并不知道这份报纸,也从来不屑于去读那种刊物。我答应下来一方面是因为我缺钱。那时我师范毕业已经一年半了,在一家不归教育局管的民工子弟学校教书。一直到几天前,我才终于考进了另一所学校,明年夏天就会成为有编制的老师。我对回家当老师这件事如此执着起初是因为,我觉得在本地的学校,做一个副科老师,那我就有足够的安稳和空闲来完成真正想做的事情了。

那时我刚把朗朗从学校宿舍里接出来一起住,新找的住处还没有网络。一开始那几次,到了每个礼拜五要交稿的时候,我都要到楼下的网吧去坐上半天。有一次网吧老板走过我身边,问我是不是在写玄幻小说。我把文档最小化,哼唧了一声:"谁会写那种东西。"老板问我:"那你在写什么?"我没有回答,因为只有这种故弄玄虚才能掩饰我的自我否定。之后我在住的地方开通了网络,最便宜还送手机费的那种,经常断,但够用,我不想在网络上浪费太多时间。

后来这个我原先厌弃的事情为我带来了每周的稳定收入,现在,我要和它说再见了。你能想象我现在的感觉了吗?如果不能的话,我再告诉你,我真正想做的事情是写个重要的小说。可笑的是,开始冒充占星师之后,在每次收到报纸看自己的胡言乱语的时候,有那么几个瞬间,我把自己归类为"专栏作家",并因此沾沾自喜。现在,我因为失去了一样我曾经鄙视的东西而懊恼,并且,我清楚地意识到了这一点,因此羞愧不已,这就是我现在的感觉。

为了让看到这个故事的人中那些跟我一样的人不至于太看不起我,我还要告

夏 烁 | 预 言

诉你们我当时答应写这个专栏（噢，"写这个专栏"，每当我这么装模作样地对自己说的时候，我也觉得很可笑）最大的一个原因，也是我现在的懊恼最大的来源。

也许你和我一样，自视有深刻的思想，开阔的眼界，超尘的理想，但我问你，你怎么看待姑娘，你怎么看待漂亮的姑娘？

在接到星座编辑打来的第一个电话的那天中午，我去学校门口的书报亭，想买那份报纸。午休时间还没到我就去了，报亭里那个女孩还没走，那个时候我还不知道她的名字，只知道她每天上午守报亭，她妈妈吃完午饭之后会来接替她；我还知道她在网上卖指甲油，有一次我去买报纸的时候听到她正在跟人打电话说着买卖的事情；她好像不爱看书看报，我看到她的时候，她几乎都在玩手机，她的手很小，白得有点泛青，跷着晶晶亮的手指在手机屏幕上滑动；我还知道她拒绝过我们学校的一个男老师。而我会留意并记住这一切，都因为她是个漂亮的姑娘。

我问她要一份《星世界》。

她抬起头来拨弄了几下栗色的刘海，看看我，又站起来。那时我才看清她手里拿着一份报纸，她把报纸放到我面前，摊开的那一页上画着各种星座的符号。

她点点报纸向我解释说只剩最后一份，她在看，她要我等她一会儿。那种带着甜甜的笑容的让人无法回绝的请求，她一定是信手拈来。她俯下身，将两只细长的手臂平放在报摊上，肩膀收起，露出深深的锁骨。我问她准不准，她用力点头说："准啊，一直都准。"

就在那几十秒钟里，我已经打定主意要接下那个专栏了。在那几十秒钟里，在我惯于幻想的脑海中，未来像一道射线，以这个正午的书报亭为原点，在一条荒唐而又模糊的轨道上迸射。我看不清未来具体的样子，但却隐约感觉自己能控制它的方向，心里有了种白日梦般的满足。

也许你会说你和我不一样,你喜欢的是那种在图书馆、音乐节、小剧场遇到的漂亮姑娘。但我告诉你,我其貌不扬,工作不好,困在一个小地方,而且我这辈子还没有谈过恋爱,你能理解我吗?能原谅我吗?

昨天晚上我打电话给苏雯雯,问她今天下午有什么打算,问她要不要过来,她说好。这是她第一次来我住的地方。她一定已经看过这个星期的运势了,这一周,她的星座"会在多方面有重大突破","爱情将要进入新的阶段",这些都是我写的。我觉得人们会相信这些所谓的预言,原因之一在于所有的话都是那么模棱两可。"进入新的阶段"可以是指她来我家,也可以指她和我上床,这都要看事情到底怎么发生了。在成为一个冒牌占星师之后,我越来越觉得,星座运势之类的玩意,只是人们给自己的一种安慰,不管它说你下个礼拜是好,还是坏,你总以为自己在老天那无迹可寻的神秘旨意中探得了一些方向。

但对我来说,事情就不一样了,做冒牌占星师,倒是帮我对变幻莫测的世事多了一些控制。至少在苏雯雯这件事情上,是这样的。每当想起这一整年的恋爱也许就是由我自己写的这些星座运势所控制的,我就又觉得刺激,又觉得无聊。但无论怎样,我现在在跟一个漂亮姑娘谈恋爱,而她今天下午要到我家来。

其实写这一类的预言很容易,类似我们从小到大做的那些语文试卷上的仿句。第一次看完那张报纸上的某个我不认识的骗子写的运势预测,我就摸出了几个套路。估计如果我潜心钻研的话,我还可以写套程序,用计算机来完成稿件。但不管是哪个套路,每个星座的一周运势的第一句,必然是"爱情将要……",而且独立成段。大概有很多像苏雯雯那样的女孩,最关心的就是这一段。

我不知道这场恋爱的走向和我写的星座运势之间到底有多大的关系——我这么说,完全是为了表示客观和谦虚,我常常觉得一切都在我控制之中。当我正犹

夏 烁 | 预 言

豫着要不要当这个骗子的时候，正巧知道了苏雯雯对此的迷信，而苏雯雯又是这么一个……好吧，有点无知的女孩，也许对于她毫无头绪的人生来说，这每周一次的预言是盏指路明灯，而用一周的生活来证明预言准确与否又是何等有趣。

事实上，当一个心怀密谋的骗子并不阴暗，到现在，想到春天，一切都还没发生的时候，我仍能感觉到那种悸动和希望。开始那几天，每次经过校门口的那条小路，我都大胆地向她微笑。后来我趁着到报亭买杂志或给手机充值的机会和她聊天，问她用手机看些什么，问她下午干什么。这个积极的男青年，我自己也对其十分陌生，我只感觉他和春天里的万物一样生机勃勃，他身上有我从来不具备的自信和开朗。而这些尝试都得到了苏雯雯积极的回应，因为星座运势已经告诉她，要"注意身边常常被你忽略的人"，"试着多跟人交流，会有意想不到的收获"。而看似冒险的追求最终成功，也许也要归功于那些告诉她爱情即将来到的句子，特别是那句我认为很关键的，"一个和你截然不同的交往对象会带来崭新的生活"。

整件事情就像一个实验，实验结果和我预想的很接近，于是证明我当时站在报亭前的幻想确有其道理。有时候我怀疑我想做的并不是找个漂亮女朋友，而只是做一个成功的实验。

不过也不是所有的预言都能实现。在这个实验取得阶段性的成功之后，也就是她已经成为我的女朋友之后，我没有想到的是，不久，我竟感觉到没劲。

这种感觉不可抑制地在心中泛起的时候，我在床边呆坐了很久。我对这段关系并没有什么不满，想起她和我一起出现时同事们的眼神，我依然非常得意。我只是又在心中幻想，幻想以后还会发生什么。于是，我和她这段关系的整个命运就这么苍白地呈现在了我的眼前。于是，我又感觉到了那阵熟悉的轻飘，我搜索自己的全部生活，感觉确实无力去抵抗它。我想到自己的得意，事实证明，我也许真的是个再平庸不过的人了。

还好后来，我还是因为这种"平庸"而暂时忘记了"轻飘"。我想问题可能在于——苏雯雯对于我来说还不够理想。大家喜欢她只是因为她有个漂亮的外壳，而真正和她在一起之后，除了正常人都该拥有的好品质之外，我也再不能从她的内在中获得任何一点惊喜。我甚至没有把和她谈恋爱的事情告诉朗朗，我可以想象，在他了解了她之后，脸上浮现的故作不解和惊讶的表情。

　　但还好，我似乎有可能把她改造得理想一些。于是，连续几周，那张报纸的星座版上，占星师都劝诫苏雯雯"需要不断学习来应对运势下行时产生的麻烦"、"读书思考也许能帮你打破人生的困境"、"要更多关注自己的内在"，这些屁话对谁来说都是适用的，但苏雯雯并没有遵循预言的指示，也许这对她来说太难太烦了，她就选择了忽略它，即使她那么相信这份报纸上的预言。

　　现在，这件世界上我最能把握的事情，就要脱离我的控制了。

　　吃完饭后我回到自己的房间，关上门，打开电子邮箱，在垃圾邮件里找到了编辑给我写的信，内容和电话里一样。我对着电脑屏幕读这些内容，却远不能感受到电话里的亲切。信是一个礼拜前发来的，不知怎么归类到了垃圾邮件里。我想回一封信来做点解释，但想到，她在电话里并没有提起这件事，突然，我领悟到那个女孩的练达。也许，只有我才真正愚蠢。也许她根本瞧不起我——一个写了整年无聊专栏的骗子，她会不会还看过我最先投的那篇稿子，那她一定认为我是个蝇营狗苟坐井观天的失败者。她很可能自己也鄙视自己的这份工作。但也可能根本不是这样——也许她工作细心，待人周到，事业正风生水起，正是她想到用占星大师的名气来吸引更多眼球，那我，也只是革新后淘汰的落后生产力。算了，我在乎这些吗，也许我只是她的工作对象，就像我发过去的那些文字一样。

　　但我们应该是朋友啊，除了稿子的事情之外，我们还在邮件里有过些别的交流,而且是她先起的头。

今年夏天,有天我打开邮箱看到她的信,除了告诉我稿子收到外,信里还说"你写得真准"。

我回信问她是什么星座的,问她为什么要找我写。也许还有些别的话,对她细致的工作表示感谢或者赞美,都是真心的,但我尽量地把信写得短一些,不想让她感觉我过分殷勤。

接下来几天我每天要开好几次电子邮箱,在夏天压抑却炽热的空气中,我等待着她的回音。在一天天的等待中,幻想渐渐集聚起来,让她由一个声音、一个邮件地址变成了一个具体的、和我有关的女孩,我心中常常有莫名的激动,在我暗淡的生活中,我希望和我有关系的女孩越多越好。但有时候,我也会有些罪恶感,因为到了夏天,苏雯雯,已经和我走得很近了。

在她的回信中,我知道了他们的上一任占星师,和我一样,也是个冒牌货。也和我一样,每周从某个远离那个城市的角落寄出关于所有人的下一周命运的胡说八道,"你那里买这份报纸的人也不多吧",这是他们选择骗子的标准之一。

她的回信比我的信要长,我因此受了大大的鼓励,立刻回复,这次,为了不让她觉得受到冷落,我写了长长的信。在信中,我告诉她我为写这个专栏而了解的星座知识,我叙写这一部分的语言非常平淡,以示自己兴致缺缺。然后我由星座语言说到了命运,接着展开那些我认为有意义的,也是我所擅长的话题,但也马上就收尾了,我不想让她觉得我在卖弄,也怕她觉得我无趣。我还问了她上一个写这个专栏的人为什么不干了。为了显示有趣,也显示我对这份兼职并不重视,我告诉她她可以试着自己写这个专栏,然后把稿费先开给一个她远方的值得相信的朋友,暂放在他那里。"你要是想试一下的话,我倒是可以帮忙的。"我记得自己是这么收尾的。不管我怎么精简语言,这封信仍然长得有些吓人(我现在才想到它长得有些吓人），但我还是把它发了出去。

她没有回信。

我再也想不起她在写最后一封邮件之前，除了回复我"收到"二字外还给我写过什么。对，我们并不是朋友。他们挑选骗子的标准里面，会不会还有一条是，自命清高的书呆子，或者社交技巧不当的小知识分子，因为像我这样的人，确实有保守秘密所需要的足够的孤独。

她的星座，和苏雯雯的一样。她一定度过了一个充实的夏天。

我的星座预言也不是完全乱写的，有些常识我也不能去违背，比如我不能写"木讷老实的双子座可能错过新的机会"，也不能写"处女座在下半年都要因为自己的马虎随便而承担恶果"，这样的句子肯定会被苏雯雯嗤之以鼻。但我还是没法相信全球十二分之一的人的命运都大同小异，就算你说是同一本质的不同表现形式，我也没法相信。刚开始，因为要写专栏，我就稍微了解了一下占星术，知道了"星盘"这么一个东西，这个东西似乎比较复杂比较精确。绘制星盘除了需要出生时间之外，还需要出生地的经纬度。我的星盘分析告诉我，我"对宗教文化，哲学思想非常热衷，会为探索其中的奥秘游走各地"。这个分析让我很兴奋，我确实对这些很感兴趣，虽然还没有"游走各地"，但是总是在计划着要去做这些事。但一想到我妈跟我说过，我们村里面那个跟我做过同学的小流氓，几乎是跟我同时出生在同一家医院，我就觉得非常没劲。

我对这份工作的态度，当然也不能算端正。我总告诉自己，主要精力要放在自己真正想做的事情上，虽然最终，我的精力也不知道到底是去了哪里。经过两三次的探索后，我就开始在不违背常识的基础上肆意发挥了。

除了要骗苏雯雯以及和她同星座的人之外，我还得骗其他十一个星座的人。

夏 烁 | 预 言

因此我在我的生活中又找了其他十一个不同星座的人，化抽象为具象，这样更好写一些。我没有想拿他们也来做做实验，因为除了苏雯雯之外，我最想通过这种方式影响的人只有朗朗，但我知道结果很可能适得其反。他对任何"人类自以为是却愚蠢无力的尝试"都不屑一顾，也许还会故意对着干。不屑是他生活的态度，我把他接出从学校的宿舍接出来是因为他的班主任说他"已经半个学期没有和室友说一句话了，而且好像心事很重"，他自己告诉我，他讨厌他的每个室友，无法容忍他们，每天都在为他们说的话做的事生气。我想大概越是距离近越容易发现对方的不好，我也知道有时候他生气只是因为他们激起了他自己身上那些不好的东西。果然，他跟我住在一起之后也讨厌我。但至少他会和我吵架，这样的吵架更像是辩论，有时是以他的自我反省结束的，我愿意为他提供整理自己的机会。有一次我说："你那么牛干吗不去跟你寝室的人吵啊？"

"素质。"

这就是他的答案。

今天下午朗朗要出去补课，补完课会去学校参加夜自习。今天是本周的最后一天，接下来几个小时里，我将和相信自己的爱情会"进入新的阶段"的苏雯雯独处一室。上午的那个电话引发的种种失落应该被放在一边了，现在，我应该怀着荡漾的心波收拾屋子，清理掉所有不该出现的东西。但我没法兴致盎然起来，没有了预言的庇佑，我觉得自己一下子失去了对这事的控制力。也许我就是个人生的失败者，不仅在事业上，在女人这方面也是？这一点，马上就会得到验证。我靠匿名的预言骗来的漂亮女朋友，马上就会因为这样或那样的原因以这样或那样的方式离开我，也许早已注定，我属于失败的那一群，只是我自己不知道。发生的所有事情，只是我在通往必定失败的路上所必须要经历的。

我瘫坐在椅子里，仍在努力不让自己彻底绝望。接下来可能要发生的事情应该具有某种强大的魅力，强大到足以把我从自卑中拖了出来，紧张、激动，这才是我应该有的心情。我的心尽力地假装出了一些这样的心情。时间不早了，我要做的第一件事情，就是把床铺好。

我站起来，却看见朗朗站在门口。

"还不去补课吗？"

"早呢。"

我看着他，他脸上接连闪过许多细微的表情，让人怀疑他是否在努力寻找一种合适的态度来跟我交谈。有时候我很想揭穿他自以为是的老成。

"你在写小说啊？"他看上去好像很热心地说。

我有点措手不及，"你什么时候翻我电脑的？"

"有天你出去谈恋爱的时候。"

看着他那一脸的得意，我竟然一点也不生气，是为了显示大人的气度吗？好像就是突然想不起自己为什么要隐瞒这些事情了。

"翻我电脑做什么？"

"我想看看有没有Ａ片。"

说完，他不好意思地笑了。

"哦……"我感觉到自己的脸红了，但他的坦诚让我觉得道貌岸然的说教此时并不需要。在几秒钟的空白后，我只是对他说："但你要管好自己。"

"已经写了十几万字了哦？"

我想到自己在拖拖拉拉后已经小半年没有再碰那个小说了，一时不知道要说些什么。

夏　烁｜预　言

"你是想当个作家吗？"

"我想写点东西。"我想当个作家吗？我已经很久没有这种感觉了，也很久没有那种迫切的写作愿望了，但现在，我想说一说我那些不可告人的想法。

"没看出来啊，我还以为你找好工作找到女朋友之后就跟文学说再见了。不过说真的，我以前真以为你会成为一个作家呢，不过是很久以前了。"

他慢慢掌握了自己的节奏，我从他开玩笑似的语气里听出一些危险，也许我的宽容并不会换来多少善意。

"我看了你的小说。"他说完这句话就停住了，带着故作神秘的笑容注视着我。我躲开他的目光，我怕他看出我心里的期待。写作这件事，看上去真的快要在我的世界里退去了，但我真期待他能在这时给我一些肯定，证明我做过的事情并不是那么荒谬。他是个聪明的人，又是我的弟弟，我甚至期待他给我一点希望。

"你认为你写那些很多人都写得出来的东西有什么意义吗？"

没错，跟我想的一样，他只是想挑战我而已。意义，这是他最喜欢说的话题。爸妈生下我们于是变得如此辛苦有意义吗？"平均分"这个东西到底算是有什么意义？（"它跟谁也没有任何关系啊"他还在读小学的时候就这么说）小区里那条瘸了腿烂了皮的流浪狗活着的意义到底是什么呢？我知道他挑战我是出于他作为一个聪明人的优越和烦恼，我是他唯一愿意交流的人。想到这些，有时候我自愿也荣幸能当他的出口。但现在，我的失望和愤怒也需要一个出口，虽然我很可能会为自己的这句话而后悔，但我还是说了。

"你那么认真准备高考又有什么意义呢？"

"因为我又不会去死。我可不能像你那样什么事情都勉勉强强的。"

说完这句话，他显出轻松的神色，转身走到自己的屋里，我听见他整理书包，拉上书包的拉链。

只是为了通过质疑我来肯定自己的选择吗？如果是这样，那我也许应该原谅他。毕竟，我是真的无法写出什么有意义的东西来了。

他背着书包走到家门口，换鞋的时候朝我屋里喊了声："送我。"

飕飕的冷风刮在我的脸上，我感觉到朗朗在我身后缩着脖子，尽量把自己躲在我的身后。我很想笑，我知道我还得对朗朗的任性忍气吞声，我好像也来不及在苏雯雯赶来之前整理好房间了，"星座运势专栏作家"可能就是我写作上最大的建树了。

但我突然就是很想笑。

"上次，那只狗被刨开肚子扔在小区的草坪上，是不是你干的？"我把他送到补课老师家楼下，突然想起问他这个问题，那件事还是暑假的时候发生的。

"你也太变态了吧。"

他气呼呼地背着书包跑上楼去了。

我已经原谅他了。

骑着电动车回家的路上，我看见苏雯雯在路边的公交车站上等车，但我没停下来载她，而是径直回家。她应该没有看见我，要是看见也无所谓了。现在我很平静也很坚定，这样的状态正适合结束而不是开始。

她穿的还是那套衣服，一条亮蓝色的紧身打底裤，一件不够长的黑色皮夹克，下面露出一截横条纹的毛衣，还是不够长。上个星期她带我去她家的时候也是这个打扮，她家住在一个灰扑扑的小区里，绿化带里的鹅卵石小路上，几个同样灰扑扑的老人安静地目送了我们一路。在昏暗楼道里，我跟着她浑圆的屁股上了楼。

夏 烁 | 预 言

那天我们刚一进她家的门,她妈不知怎么也跟了进来。她客气周到,不露痕迹地打听我家里的情况。她正是我最害怕的那种能干的人。打听完之后她便微笑地告诉我她要打扫卫生,让我自己坐会儿,一直到我离开也没有再跟我说半句话。走出她家的时候,我奇怪我怎么会把自己放在这样的境地中。

我想我得和她分手了。在实验之外,我要怎么继续这场恋爱呢,我不能给这段即将失控的关系造一座可能会压死我的里程碑,况且我的心现在再也呼唤不出一点点激动或者期待了。我承认我后悔写下那些充满暗示的预言,它们把我一路劫持至此。

我回到家,打开电脑。现在我唯一能做的,也是唯一想做的就是把最后一周的星座运势写好,然后发出去。

我的手机在响,她应该已经到附近了,但我不想接,于是就没有接。

我打开 word 文档,依次给全球每十二分之一的人们写下祝福和警告。我告诉朗朗要多关注别人反省自己,学会理解比善于怀疑更难。我想用"更难"来诱惑他,但我知道他不会看到。我的手机又响了,铃声是一首著名的大提琴曲,但从来没有人问起过,沉郁的曲调为我最后的预言伴奏,也许你会从那份报纸上你今年最后一周的星座运势的字里行间读出它来,深刻而又苍凉。乐曲声自动结束的时候,我按下了关机键。

我把给苏雯雯的预言放到最后再写,我写下"你会在今年的最后一周认清别人也认清自己",敲门声响起,越来越急,"很多事情会迎来它的结局,但不是每个结局都意味着新的开始",她在叫我的名字,"改变被动的局面最有效的方式就是放弃"。她越来越大声,听起来有点生气,她喊着:"我知道你在里面,我知道!"

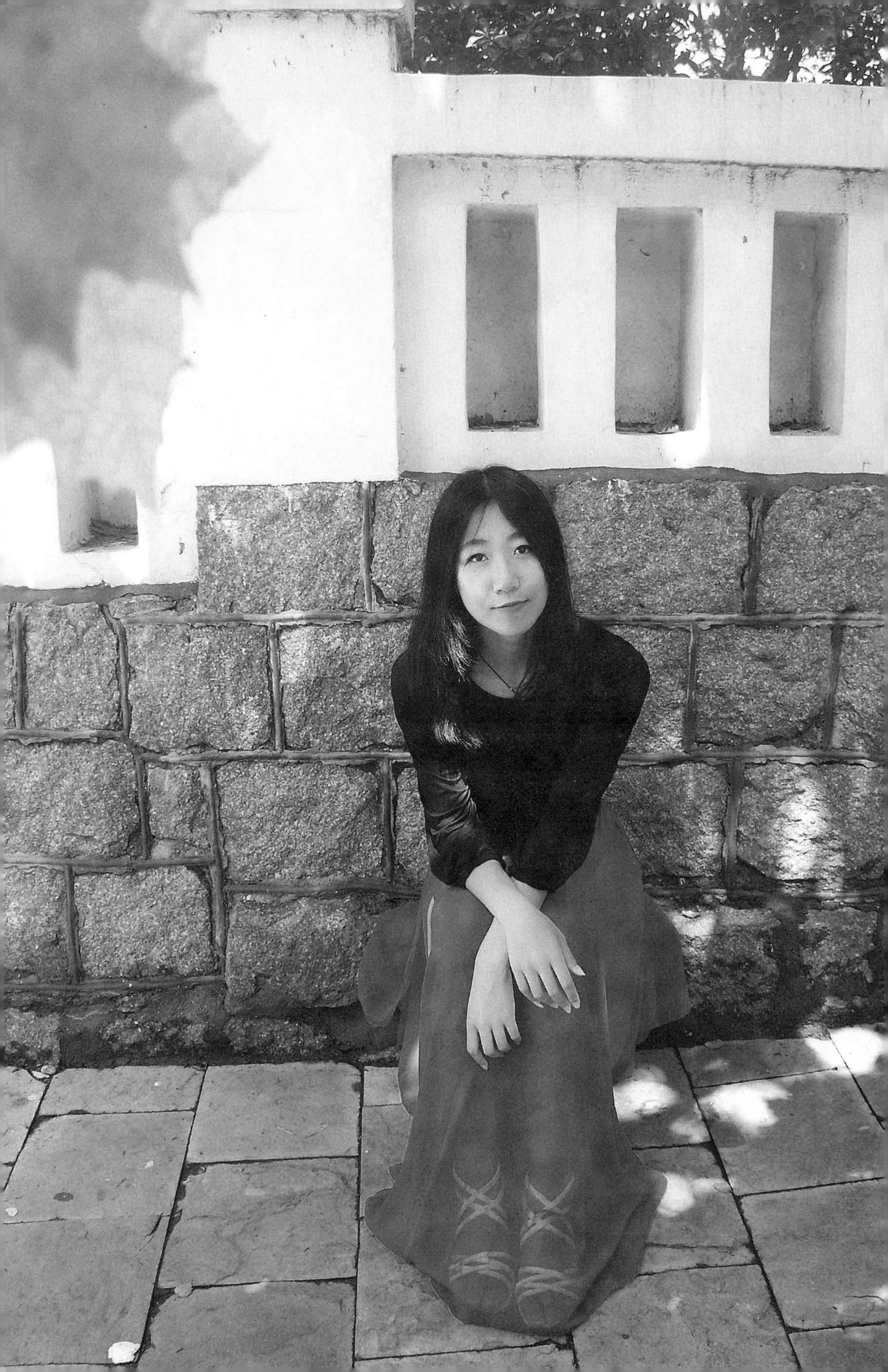

修新羽

修新羽，女，1993年生，山东青岛人，现为清华大学哲学系本科生。作品散见于《萌芽》《科幻世界》等杂志以及各类文集。曾获第十三届新概念作文大赛一等奖，签约上海作协"青年作家531培养计划"，目前是青岛作协最年轻的会员、清华大学话剧队编剧组成员。

山与江河

你已经有很多年没和他联系了。

曾经万分苦恼要以怎样的姿态面对他,是努力装作一个寻常文静的小姑娘,还是干脆当个大胆泼辣的花痴女……不知不觉间那些苦恼都离你而去,时光让它们变得毫无意义。

有很多事情还没来得及讲述便失去了讲述的兴致,有很多情感还没来得及轰轰烈烈就淡如云烟。

今年你总算在北京安定下来,新买了套房子。搬完家,收拾书橱的时候看到了那封信。你把它拿在手里,隔着信封翻来覆去地看了好半天,就是不敢打开。信封里厚厚的一沓纸,似乎不再有从前那么重了。

从前这是一沓回忆,时间拿走了那字字句句间埋藏的很多东西,把它重新变成了一沓薄而脆的信纸。已经七年了,被拿走的东西应该已经找不到了。

七年前军训即将结束时,你和很多人一样信誓旦旦地说要写信给他。他把自己的地址写到一张小纸条上,递了过来,说想保持联系还是很方便的,你们永远是他的兵。当时围在那儿的一群人里,你站得离他最近,下意识接过那字条后低头看了半天,等眼泪退下,才小声回答说他也永远是你们的排长。其他人纷纷附和,一个个也是泪眼蒙眬。

当时你怎么也不会想到,日后自己的每封书信都随着那混乱的感情一起,写起来时断时续,有始无终。其中有一封是你在二十一岁生日那天开始写的。你把自己关在屋子里,写写画画,连晚饭都没心情吃,直到午夜也未能完工。你盯着显示出零点的电子表,又低头去看满桌子铺散的废纸,满桌子的潦草字迹,第一次感到绝望,感到万事归零……可是这样的绝望都没有将你击倒让你长个记性,以至于在之后的几年里,你还是义无反顾地把自己绕了进去。

在之后的几年里,你总是会想起那时的他。那时他还是个刚升入大四的军校学生,不知道自己未来的路在哪里,不敢做傻事儿,也不敢自作聪明。被上级派来给你们这群大一新生军训,每天都试图板着脸一本正经,却都以失败告终……就是这样一个普通的年轻人,你怎么就爱上他了呢?你怎么随便一爱就爱了那么久呢?这未免,也太不合常理。

能用常理解释清楚的,那不叫爱情。

你升入大二的那一年,他大学毕业。听说是被分配到了西藏,听说是他主动要求去的。校领导表扬了这种精神,最后理所当然地满足了这个高尚的愿望。

他没告诉你这些细节,是你在人人网上厚着脸皮联系他军校的同学,才得到了点儿具体消息。被你联络上的那个同学主动提出,可以帮忙查查他现在的通信地址,但你没有要。你就是不死心地想着那一丁点儿的可能,觉得他早晚会像若干年前那样把通信地址一手奉上,然后说你们永远是他最好的兵。

在整个大一期间,你们始终保持联系,在节假日互相问候,在很多个无聊夜晚像打了鸡血般写信到凌晨。你就是不相信自己和他还不算朋友,不相信自己让他那么厌烦,以至于需要利用分配调动的机会决然甩开。

你不死心地等了足足四个月,才等到了那封长信。

信里其实没写什么,总结总结大四的生活,交代交代以后的打算。结尾几段,翻来覆去其实就是那么一句话:虽说西藏很远,但以后也总能找到机会再次相见。他在信里告诉你,哨所的条件很苦,没有手机没有电话,想他的话就给他写信吧。

可是你没有。你连一封信都没有写完，自然也一封都没有给他寄过去。最后你觉得这简直是命中注定的波折坎坷，对着信哭了几次后，也就慢慢放下了和他通信的念头。

可人生在世，有些事情是不能放下的，放下了就在别处生了根，再也拿它不起。

你是在若干年后才明白这个道理的。

在军训之前，辅导员曾再三提醒你们要"理性对待军训期间产生的一切情感"。说得明白点儿，就是不能和教官谈恋爱。那时候你觉得这提醒实在万分好笑，虽说你们才刚刚升入大学迎来解放，可怎么也不至于那么心急难耐，看到适龄男性就不管三七二十一蜂拥而上。

辅导员看到你们一脸不以为意的表情，叹了口气说不要不信，这种事情早有先例。晚上宿舍熄灯后你们还就这件事儿讨论了很久争辩了很久，一致认为那妹子肯定还不太懂事还太年轻。所谓的教官能有多好啊，再好也不过是当兵当成了榆木脑袋，天天就是纪律条例军容军纪。当时你这样想。只是二十多天而已，哪里来得及动什么感情，脱了这身迷彩服便是转眼相忘。当时你这样想。

现在你知道自己才是很傻很天真的那个。有些事情只能用"碰巧"来形容，碰巧遇到了就只能认命。碰巧遇到了，一眼万年，怎么都会来得及。

你早就知道爱上一个军人要忍受多少苦，你早就明白一个军人的未来是多么无法承诺又是多么枯燥无聊，有些事情只要想想就知道了……当时你沾沾自喜于自己的小聪明，却忘记，若是有了承受爱情的勇气，怎么会怕承受冷落承受苦难折磨。

在军训刚开始不久的某天，吃过晚饭你们开始学军歌。每人手里都拿着张歌词，可夜幕四合的时候光线暗淡，纸上什么都看不清，只能逐句逐句地跟唱。带队列训练的教官纷纷声称这几天已经喊哑了嗓子，最后把教歌的任务托付给了一位面生的文职军官。文职军官尽职尽责，一板一眼地教着指挥着。大家与那人不熟，也就没有起哄开什么玩笑，都一板一眼地跟着学。

当时你漫不经心地重复着那些热血字句，渐渐有些晃神，却突然听见了他的声音。转头时你才意识到，自己正位于整个队伍的边缘，离教官们坐的位置着实不远，几乎可以说他就坐在你旁边。

他目光专注地凝视着指挥，一边微笑，一边低声唱着，声音那样温柔地流淌过你的耳际，因日落后昏暗的景色而模糊，因周围其他人的声音而模糊，模糊而美丽得犹如雾夜星河。

你有些好奇也有些紧张，假装也在盯着那个指挥，实际上却拼命在用余光去看他，看他那么罕见的微笑——之前他笑起来总是过分灿烂，带着独属于军人的爽快豪迈，对谁都是一样的——唯有此刻，那笑容轻松随意，真实得触手可及。

那么大的世界，那么多的人，为什么偏偏是他坐在了你旁边。夏夜的微风拂过他再拂过你，头顶星辰万里，你们在黑暗中高歌，像是年轻到不懂得忧愁。

军训结束前，拿到他地址的那一天，你决定以后要经常与他联系，想了想又怕这样的行为太过招摇，所以去请教了辅导员，问她和自己当年的教官是否还互通音信。那位柔柔弱弱的女辅导员摇了摇头，说这个也要看各人的缘分。

那是在晚上，昏黄的灯光从你们头顶的枝叶间漏下来，斑斑驳驳地落了一地。你莫名心慌，看着她的眼睛。她的神色再怎么认真，在你看来也免不了带有几分漫不经心，她怎么可以就那样轻而易举地为这件事确定了性质。

"缘分"这两个字该有多重。人这一辈子，能有几次相遇可以用缘分来形容。

修新羽 | 山与江河

当年军训快要结束时,在休息的间隙大家把他围住,纷纷要求他在自己的迷彩服上签名。他给你签在了左袖口,字迹工工整整,普普通通。阅兵式你们齐步走的手臂摆得很高,他的名字就一直在你的视野里晃动。

回到学校后你把那套迷彩服收在衣柜顶层很久,每次翻找衣物的时候都会扫过它几眼。换季了就把它和夏天穿的长裙一起收到吊柜里,后来年复一年都不再想起,直到毕业时母亲帮你收拾宿舍才重新翻出。母亲说要拿回家的东西太多了,这破衣服有什么好留的,又不是什么国家领导人的签名,还是扔掉吧。那语气听上去并不像在商量,更像是随口一提。你短暂犹豫了一瞬,便回答说好。

时隔四年,它终于躺到了宿舍楼的公共垃圾箱里。

那时候你想,反正自己还可以去西藏找他,留作纪念的东西,到时候想要多少再问他要便是,把这套衣服这个签名留在家里又给谁看呢,叫人知道了还以为你精神出了问题。

军训结束后你在人人网上加了很多他们学校的人,和那些人聊了很久,聊军训的趣事,聊军校的生活,冷不丁的还会有一两句谈起他……当时最重要就是这一两句。

后来,你逐渐不再和他们交谈,却也懒得删除好友。他们的状态还是会隔三岔五地浮上你的首页,你看见之后会习惯性直接跳过,不再关心那之后的喜怒哀乐。周围来来往往的人那样多,各自都有着各自的生活,谁也顾谁不得。

你以为你早就忘记了。可在三年前,在大学生涯结束后,当朋友问你是否一起去西藏毕业旅行。就在你要开口答应的那一瞬间,有关他的记忆突然汹涌,让你简直分不清楚自己是真心想去西藏呢,还是为他而来。

人这辈子总该有那么一两次,为了梦想,抛弃现实。总而言之,在彼时的你看来，毕业是一个最好不过的机会，让之前的生活告一段落，让曾经的懦弱告一段落，趁着年轻去做些以供日后怀念的白日梦。

在火车上待了将近五十个小时，戴着分配好的氧气瓶，忍受着可怕的高原反应，透过车窗看见一路越来越蓝的天空，看见藏羚羊与牧民，雪山与湿地。一路上你都在断断续续地想到底能不能找到他，找到他后该说些什么，却怎么也想不清楚。你有太多的话想说，太多的事情想谈。

毕竟这么多年了，有太多太多的事情不一样了。

军训期间，有次全营合唱比赛。他熬夜为你们挑选歌曲，最终定下的是《祖国需要你》。

那几天你把这首歌下到了MP3里，每天循环播放，听着它入睡。第二天到食堂里吃早饭，耳朵里都一直回响着它的旋律，在之后的几周里，一张嘴就会不由自主地将它哼起。每个人都在努力，互相加油说不能让那群认真负责的教官们失望伤心。

最后你们连理所应当地拿到了第一。这让他那么开心，讲评的时候夸了你们很久。后来你为了连刊的事情去采访他，问到有什么最难忘的事情，他都拿这件事举例。

军训期间，有二十公里的拉练。半夜十二点出发，凌晨四点半才能结束。你很担心自己能不能坚持下来，苦恼着向周围人抱怨。他从旁边经过，听到后一本正经地说："走不动的话我背你。"

你慌张到无以复加，却还是用那种不以为然的语气笑着回答："不行啊排长，被人背着走才无聊呢。"

"无聊的话我唱歌给你听。"他还是那么好脾气地笑着，语气还是那么一本

修新羽 | 山与江河

正经。

那些歌呢？那些你们唱过的歌，又被多少人唱过多少遍；答应要唱给你听的那些歌最后又被唱给了谁，谁是谁又非。

你试着回忆了一下，发现时至今日，自己还是记得那首《祖国不会忘记》。里面有句词说的是："山知道我，江河知道我，祖国不会忘记，不会忘记我。"那年你去了西藏，在广阔的高原上看到了山，看到了江河，也看到了他。

边境地区的街道上满是尘土，时不时还有牦牛在闲逛。楼房低矮，屋檐下挂满了风干的牛羊肉，酥油的味道在稀薄空气中弥漫。房子的外墙是黑色的，房顶上是五颜六色的经幡。在那贫苦落后之中，自有一种原始到可怕也纯粹到可怕的力量，关乎最执着的信仰。

同行的驴友兴致勃勃地看雪山去了，留下你自由活动。路旁有家门面很简陋的温泉馆，据说，驻兵请下假来县城休息的时候都喜欢往这儿跑。你闲来无事，左思右想后还是决心要去碰碰运气，问问兵站的位置。

有时只要你下定决心了整个世界都会帮你。

推门而入的时候你没有看见他。里面的人看不出谁是战士谁不是，驻兵们请假出来，穿的也都是便装。他们打量了你几眼，没什么特别反应。你选了个面善的青年，开口询问，可那人却一个劲儿地摆手，直到你说出了他的名字，那人才一脸惊奇，突然快步奔到门口，朝外面呼喊了几声。旁边一座房子的门打开了，正是他从里面走了出来。

他一脸无奈地应着，先看到了那人，才看到了你……突然定在那里不再向前。

你本来准备朝他走去，迟疑了一下却改变了想法，开始低声唱那首歌。才唱第一句他就开始笑，笑得和从前一样灿烂，好像这些年来时光从他身上什么也没有抢走，他还是当年那个大四的军校学生，犹犹豫豫，忐忑不安，年轻而温柔。

此时是中午又正是夏天，阳光猛烈，朝屋外看去都让人有点儿睁不开眼。阳光强烈得像是若干年前的军训，你这辈子晒得最狠的一次，每个人都身披万丈光芒，回忆中的画面永远明亮。

你没笑，只是站在那里腰板挺直手贴裤缝，继续唱了下去。他小跑过来，说这么久了还没忘啊你。你没问他指的是没忘什么，没忘记这首歌还是没忘记他。

知道你捧着单反来边玩边摄影，他带你爬上附近的一座小山。那边很偏，不是惯常的旅游路线，但是非常美丽，能看见那奔涌的河流与茫茫雪山。

你夸张地赞美了这里的风景。他瞥了你一眼，笑着说："当然了，我从来没骗过你们啊！答应说要帮你找一处漂亮的地方儿就肯定不会食言嘛。"

这句话听起来相当耳熟。若干年前军训的时候，队列彩排，按照纪律应该在操场内原地休息。他却神秘兮兮地说大家拿好水杯，我带你们去找个风景优美凉爽宜人的地方……大家不情不愿拖拖拉拉地起身，没承想还真被他带到了操场外一片很大的树荫处。当时他也是很开心地说怎样我没骗你们吧，你们刚才还都不信。

这些琐事在记忆中共鸣，温暖而熠熠生辉。

你们随意地聊着这些年的事情，都自觉自发地把悲伤无奈讲述成了荒诞可笑。你告诉他自己有次在异地搞丢了钱包手机，结果在火车站的肯德基待了一夜。他告诉你驻守期间发生的趣事，曾有过多少壮汉因思乡而痛哭流涕，就他跟没事人一样整天傻笑，结果被群起而攻之。

你说生活单调点儿就单调点儿吧，至少这里很美而且无污染啊，饮用水都是来自天然雪山。他笑了笑，也跟着你朝远处望去，说既然这么美，要不你也留下来住吧。

一瞬的决定可以左右命运，你等这一瞬已经等了四年，断续饮下的慢性毒药终于足以要人性命。你盯着他的笑容，他笑得依旧那么温柔，温柔骄傲得像是个国王，而这苍茫高原就是他守护的地方。你仿佛又听到了四年前他那模糊如雾夜星河的歌声。

自称不相信爱情那么久，然而就在这一瞬间，你发现你爱他。犹如一位并不算虔诚的信徒，在平日里对那些宗教圣意漫不经心，却在某一天突然从冗杂红尘里看到了神迹。与欢喜相比，更多的是诧异。

你在心里问自己值不值得，答案显而易见。你说好啊那我真留下来了，反正有排长陪着我。

他叹口气揉了揉脸，轻描淡写地说："这么多年了，你怎么就一路傻到了现在呢。"

你不承认自己傻，辩解说自己是专攻语言学的，可以来这里研究藏文，而且他当年不也是主动要求来西藏的嘛。

"你想啊，等分配命令下来后，我们这些分到西藏的肯定要微笑着说，这是自己要求的。哪有真心想来守边的啊……"他苦笑着说。

那是真的苦笑，眉毛皱起来，眉心处一道浅浅的纹路特别显老。他说："咱们排当时多少人说要和我常联系啊，最后有几个人给我写信了，也就你这个疯子还跑来看我。"

他说："我和你说句实话吧，我不相信距离，也不相信时间。"

你看着他，觉得这时候自己该哭了。可你没有哭出来。高原上的风太大，大概能把没流出来的眼泪都风干了。

后来他又领着你回了之前那间屋子，邀请你进去，就和进自己家一样自然熟稔。

你小心翼翼地挤进那道窄门,抬头时发现有人正站在旁边,用热烈到可怕的眼神看着他。那是个藏族姑娘,穿着背心式长裙,图案鲜艳的印花布围在腰间。颈间戴着一串美丽的玛瑙项链,手腕上是银镯子,乌黑的发辫绕在头上,银发饰上嵌了红珊瑚……非常美丽。不是秀气,而是在艰苦与寂寥中打磨出的那种美。

他帮你和那个姑娘互相介绍了一下,拜托她照顾好你,然后就匆忙离开了。这里对休假时间控制得很严,再晚都没法按时回去。那里离县城太远,你跟去的话会误了接下来的行程。毕竟不是专程来看他的,你和他都清楚这一点。

那个姑娘的普通话说得挺不错。在他回兵站之后,你厚着脸皮留在那里,和她毫无障碍地聊了很久。

她说他们在上面洗衣服很不方便,一洗就冻上了,根本晒不干。当地的藏民就来兵站拿衣服回去洗,按件收钱。就这样一来二去的,她和驻兵们慢慢熟悉了起来。

你问他还好吧,藏族姑娘点点头说还好,满脸的欲言又止。他刚来这里的时候特别难受。聊到最后的时候她终于告诉你。那天她去拿衣服去得比平时早,发现有个在门口站夜岗的人正偷偷流眼泪。高原上的月亮那么大,月光那么好,把他一脸惨兮兮的表情映得分明。

她为你准备了酥油茶。你捧着那热乎乎的一碗茶,边喝边听她讲。这味道你其实喝不惯的,又涩又苦。

这苦涩就那么一口一口地被你饮到了心里。

告辞的时候她执意要送你出门。你和驴友会面后,很快出发去了下一个县城。

你在前面走,朝无尽的远方赶去,隐约听见背后有歌声传来。藏民们唱歌都没什么谱子,自由自在,随心所欲。那歌声里也就总有些不一样的风味,那么生动真实。在这辽旷高原上,听起来美妙无比,让人想起了野火和秋风。野火燎原,

修新羽 | 山与江河

秋风萧瑟。

可是野火烧不尽去年的草，秋风摇不落前日的花，它们摧毁不了记忆。

今年你要结婚了。

那是个非常优秀的人。所谓优秀，指的是认真负责温和有礼门当户对，对你也有耐心。

秋天的晚上，你和未婚夫一起走在海边，看路灯从光秃秃的树枝间漏下温暖的光线，觉得快乐安和，对日后的生活充满了憧憬。你们有一搭没一搭地闲聊着，更多的时候两个人都在沉默地看着大海，看着黑色海面上破碎摇曳的金色灯光。走着走着那人突然就问你，之前是否曾爱上过别人。神色看不出认不认真，语气倒像是在开玩笑。之前从没人问过你这样的问题。

你不知道该怎么回答，不过，就在那无限漫长的一瞬间，你好像看见了他。他穿着那身作训服，留着圆寸，还是那样灿烂地笑着，眼睛里却满是泪水，如同闪烁着万里星辰。

终于在这难得一见的幻想里，你见证了他的哭泣，分享了他的痛苦与秘密。

你最终笑着摇摇头，说感情只会越来越深的，爱的标准也就越来越高个没尽头。你说你之前连爱是什么都没搞清楚，哪有余力去爱上什么人啊。

这都是彻彻底底的谎话。

在过去的很多年里，你一直能说你"爱"他，也一直能说你对他很有"感情"……却也一直难以将"爱"与"感情"合二为一，声称自己对他怀有爱情。

你听说，世人用来判定男女间的情谊是友情还是爱情的标准，即为"是否怀有欲念"。对他，你从没有这种东西。你不曾想象自己会怎样吻他，不曾渴望轻抚他的面庞。你从来都满足于遥遥一眼，见他安好便足矣。

刚接到信的时候你非常珍视它,哭的时候都会先小心翼翼地把它放到一旁,不让一点儿泪水沾上。所以除了那些原先就有的折痕外,它保存得完好如初。

现在你开始后悔。没有纸上泪痕来记录长夜愁苦,那些你毫不犹豫做过的傻事儿都显得太不真实。就好像所有年轻时的记忆都不是你的,而是你记岔了把某部狗血青春剧补进了自己的生活。

毕竟到了秋天,明明多加了几件衣服,此时却还是从指尖上泛起阵阵凉意。拿着这封信,你的手指有些发麻,无比小心翼翼,把它在桌上完好无损地展开铺平。

你读了一遍。这次你没有哭,全神贯注地读也觉得有些读不进去,就像在看属于别人的故事,就像演员在看过季的剧本,怎么都无法入戏。从西藏回来后,你曾觉得自己一辈子都会把它带在身边,直到垂垂老矣,直到你戴着老花镜,对着夕阳,从那些字句里把青春的回忆重新拾起。可是现实没那么矫情。

你觉得心酸觉得不甘,但这能有什么办法?人生如梦,再长的梦也不过如此,一厢情愿地陷入执迷,再怎么心心念念也斗不过岁月争不过时间。

时间把那些毫无意义的愚蠢举动从你生活中剔除掉,留下的唯有漫不经心。前一天的夜里下过很大的雨,早上路面还有积水,水面倒映着两边的宿舍楼,以及北京罕见的蓝天。轻风扫过去,树叶沙沙作响,叶面的积水也被扫了下来。

你从树下走过时,来不及防备,胳膊上落了几滴陈雨。恍然间又想起了军训时的某天,就在差不多的位置,在比此时热得多的夏季,他挨个儿检查齐步走摆臂动作,为你们纠正手臂位置。走到你面前的时候,你想要盯着他却不敢,只能尽可能地做出标准姿势,心跳加快,身不能移口不能言耳不能闻目不能视……你的精神正高度紧张,却突然感觉手臂上有点儿异样,好像有东西滴了上去。下意识移过目光,看到他下颌那悬而未落的几滴汗水,晶莹透亮。

修新羽 | 山与江河

手臂上的皮肤仿佛开始燃烧。

十多分钟后终于解散休息,你第一个动作就是伸手抹过那里。湿漉漉的一片全是汗,他的那滴和你自己的混在了一起,极致的亲切与私密。奇怪的是你却没有感到恶心。盐分水分,那些共同度过的光阴,那些迟来的泪水。那些记忆就这样毫无征兆地跳出来,注释了你每时每刻的生活。

漫长的时间里,你与汹涌的人群相遇,却最终好像只记住了这一人。军训的时候,他走在队列左侧,带着大家喊口号;上课的时候,他坐在旁边听你抱怨专业课负担重其他课又太无聊;听讲座的时候他提前几小时去帮你占位置;放假回家的时候帮你拎行李到火车站;下晚自习回去,他和你肩并肩走着,哼着军歌来给你壮胆……回想起这些年,他根本就不曾出现,那些纷涌的记忆却带来错觉,让你感觉他一直就在你身边。

然而你在他的生命中无可挽回地缺席。那么可怕的时刻,他远在异地,孤身一人,面对着难以想象的枯燥生活,面对着残酷的命运……你只记得他的笑容,却永远无法窥见他流泪时的模样。欢笑与泪水是不一样的,欢乐短暂而轻浮,能与千万人共享;痛苦永恒而沉重,只留与自己独品。

你慢慢停下,茫然不知所措地看着远方的道路,看着道路旁的树木,还微仰起头来看了看雨后清澈如洗的天空。这个世界突然变得陌生,孤独沉重到让你迈不开步伐,只能站在这里思考自己的生活。

似乎你依旧爱他。最悲惨的事并不是发现一场无疾而终的爱情,而是发现,时至今日你依然爱着他。这是一种很古怪的爱,犹如一把埋在泥土中的古剑,天长日久地在黑暗中销蚀,漫长的期待与漫长的光阴编织了无数关于它的传说和神话,在重见天日的一瞬,不管它如何地锈迹斑驳,世人眼中它依旧削铁如泥万分锋利。最悲惨的事情是爱情的有疾而无终。

犹如在使用电脑时开启了某个后台运行的程序，然后忘记了把它关掉，也忘记了删除那些操作数据。这么多年没有想过要特意保存那套迷彩服保存这封信，只是忘记了要抛弃，莫名其妙地就留下来了而已。

这么多年了也没想过要始终如一地爱着一个人，只是就这么爱了而已。

你重新装好信，把它随手夹到了一本厚厚的书里，没准备记住这书的名字。或许你永远也不会再看它第二眼，或许下次搬家，整理书柜时刚巧还会把它翻出来……如果真有那么巧，你对自己说，那你就再去找他，从茫茫的人海里找到他，亲手还给他这封信。曾经他说不相信距离或时间，你要亲口告诉他，如今正是距离与时间成全了一场荒谬到神奇的眷恋，可见有些事情信或不信都毫无意义。

信或不信，那些感情都不摇不动安稳如山，如江河般无声无息地壮大。它莫名其妙，惹人伤怀。你想要放弃，却如愚公移山精卫填海，只是徒劳。你不敢打扰他的生活，只是想亲口告诉他这些而已。

山是遥远的沉默的居高临下的一身翠绿的，那翠绿让你想起了他的军装。可能它只是沙土的聚集，但从远方望去却依然可以像拔地而起的石刃，直指苍穹。它在云雾缭绕中模糊却美好得犹如一梦。

他若为山，你甘为江河。你甘心在漫长的青春里从他身旁沉默行过，在沉默中哀悼自己的爱情。然而不管如何哀悼你依旧要一路东行，挟卷着他给你的那些沙土那些记忆。

不管前方是不是咸苦汪洋，你总要一路东行。

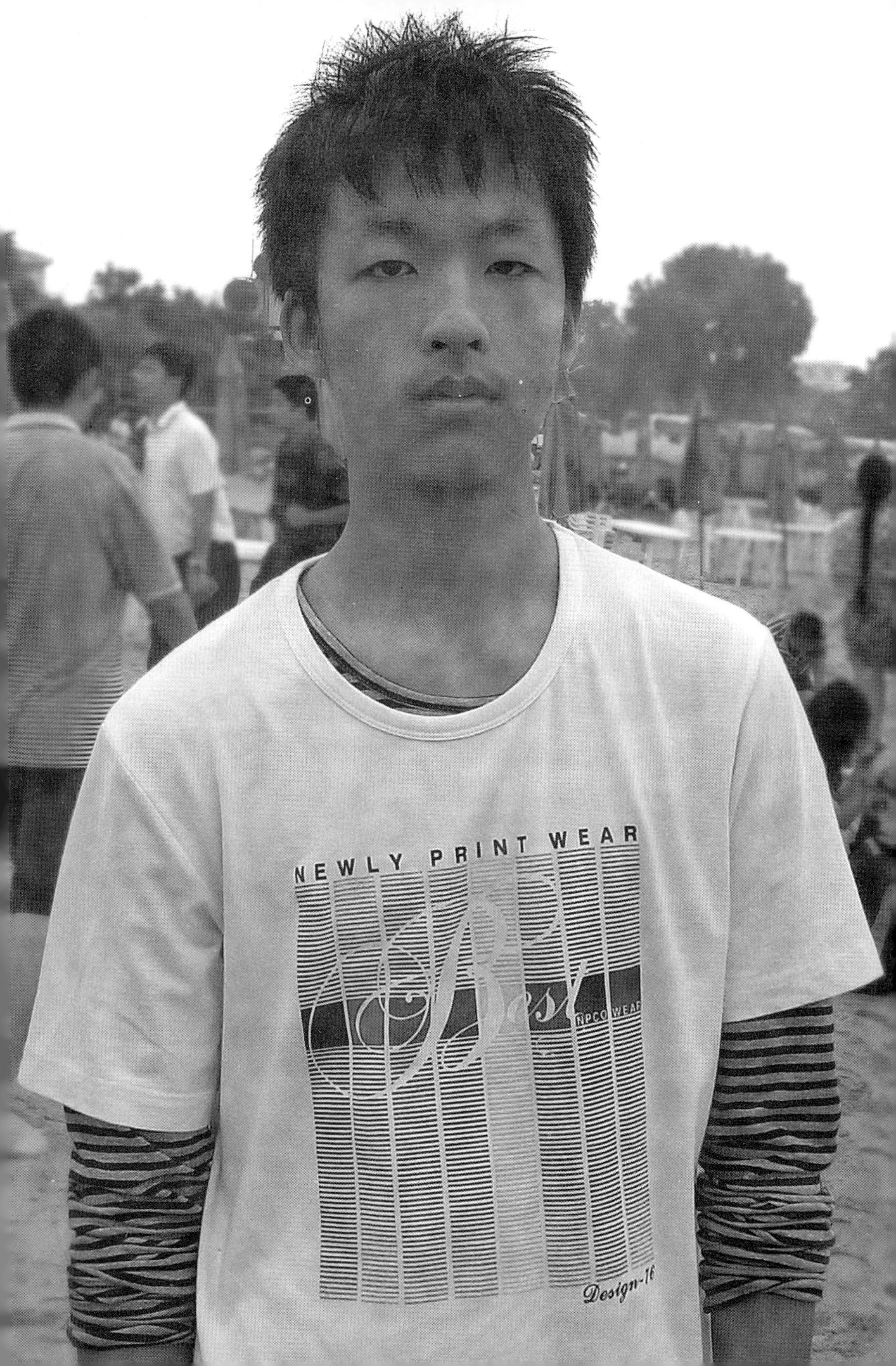
NEWLY PRINT WEAR
Best
NPCO WEAR

朱　雀

朱雀，1992年10月出生于重庆丰都，土家族，现在四川美术学院美术学系就读。2001年开始写作，先后在《诗潮》《诗刊》《诗歌月刊》《诗选刊》《边疆文学》等刊发表诗歌两百余首，2009年获重庆"巴蜀青年文学奖新人奖"，2010年3月获《诗选刊》"2009·中国年度先锋诗歌奖"。另著有长篇小说《梦游者青成》（重庆出版社）、《轻轨车站》（作家出版社）两部，近年来在《山花》《山东文学》《西部》《民族文学》等刊发表小说多篇，短篇小说《格利普里奥》被《小说选刊》选载。

格利普里奥

远处,即将启动的火车发出像模像样的笛鸣——如今没有了蒸汽的嘶嘶声和车轮跟铁轨的碰撞,很快它就会抛下这个城市,像幽灵一样轻快地梭飘而去。

父亲肩头搭了件厚实的黑呢外套,走得重而慢,儿子觉得它不定啥时候就会顺臂膀滑落到地上,那样外套就要被雪水浸湿了。但他就是不肯穿好。

"我刚才说的什么?如果你还能记起来,劳烦你带下路。"父亲说。

"好,你跟在我后面,行吗?"儿子说,歪了歪脖子,"其实就算忘了,问问人不就得啦。"

"哈,鬼都不见一个的地儿,你打算去问谁?"

"随便啊,一直走,总会碰到人吧……"

儿子往左右看了看,这一带的建筑全是矮矮的,平层或者两层;有时你能瞥见一点儿露头的屋顶,它们隐藏在树林里,用积雪打着掩护。刚下车那会儿,人很不少,只是后来都拎着行李各奔东西。现在只有老远的路上有几粒模糊的人影,也就是说只剩下父子俩了。这地方他来过两次,可当时那小小年纪的他真有留心吗?脑子里打开的一幅画面是:五花八门反光的玻璃,高高的钟楼顶部站着耀眼的彩色大公鸡:一个风向标,在空气中旋转着避开纷繁的雪花。

还记得在某个交叉路口,矗立着一棵冠盖巨大的树,它虽然老态龙钟,挂满了凛冽的寒霜,但旁边漂亮的快餐店使它显得不那么讨厌。然后,他想起了那道盘旋的小路,通向一座不高的浑圆小山,自己握着两根竹竿滑雪似的爬了上去,经受了太多折磨的可怜的棍子最终撅断了。

"该死的乡间公路，尽管烂有烂的理由，可总不能没完没了，在时间上没个尽头。"父亲一边走一边嘀咕，更像在自言自语，"诸如此类的事到底谁来管？谁去问责相关的老爷们……你在听我说话没有？"

儿子耸了耸肩："反正我早说过，你得穿靴子，这里毕竟是乡下！"

"胡扯瞎话，我说的是原则性问题，不是那些鸡毛蒜皮，你明白吗？你就不能试着从大人的角度看问题？"

"你的意思我不是不明白，不过呢，像你这样抱怨一阵，又有什么用处？"

"你个蠢蛋，什么没什么用处？要是大家都他妈闭嘴，啥事都没人质疑，社会怎么可能进步？"

儿子觉得自己并没有迷路，他应该是找对方向了，他打算少说话多带路。

"要是你把乌迪带来的话，问题就没有这么简单了，"父亲说，两只手相互交叉护着他的外套，"它该怎么走路呢？这该死的路上的积雪会把它的爪子冻伤的。你该明白问题的严重性了吧？这些经验，除了老子没有人会告诉你。"

前方的路告诉儿子，他们到达了那棵树所在的位置。

"'要是在夏天，它便是行人驻足休息时的一柄庇护伞'。"儿子记起了曾经读过的文章里的一句话。

照理说他们还应该赶一段路的，可能是父亲一路上说了太多的话，又没有穿靴子，他呵出一大团热气，抖了抖身子，示意儿子进快餐店吃点什么东西。快餐店的 logo 是一只硕大的卡通半身猩猩，手里原本捏着一根剥开的香蕉，可现在看上去更像一支白色火炬。餐厅里挺暖和的，只有稀稀拉拉的几个顾客，柜台里的服务生帽子压得低低的，一双手肘撑住台面，明显已经开始打盹儿了。

父亲找了个靠窗的位置坐下，把一支没点火的香烟叼在嘴角，从裤兜里摸出皮夹——

朱　雀 | 格利普里奥

"要点啥自己去看……"他口齿有点含糊地说,"我要休息一下我的腿。"

柜台里的服务生拉高了帽檐,他是个瘦小伙子,头发染成浅黄色,右脸的雀斑比左脸多,胡茬没剃干净,工作服的前胸是那只大猩猩,手里同样拿着火炬香蕉。面对顾客,他依旧是撑着肘弯的姿势,不同的是吧嗒了一下嘴。

"一个巧乐猩巨无霸套餐。"儿子赶紧点餐。

服务生犹如谍报剧里的发报员,在机器上窸窸窣窣无表情地揿了一通。

"还要一杯热咖啡。"

"套餐里面包括一杯咖啡。"

"我知道,我要再加一杯。我们有两个人。"

上餐的速度倒是挺快,可惜热咖啡并不热,而是温吞吞的,儿子一边吃一边用力搓手。父亲根本没有理会墙上"禁止吸烟"的警示,已经开始吸第二支烟,服务生很快又把眼睛藏到帽子底下去了,餐厅顿时就变得像个没人过问的地盘似的。

儿子留意到父亲背后两个十三四岁的孩子,一男一女,没有大人在一块儿,估计是本地人。他俩一人喝着一杯果汁,桌子上没搁任何其他吃的。儿子本没想打扰他们,不料那个穿着胀鼓鼓防寒服的小男孩儿越过父亲的肩膀跟他挤眼睛,随即小女孩也扭过头来。儿子起先只看到她长长的直发,这会儿发现她还戴了一双毛茸茸的粉色护耳。

"喂,"小男孩轻声招呼,"你的巧乐猩巨无霸吃完了吗?"

"你的套餐里送的是哪一套玩具?"女孩紧跟着问。

儿子瞅了瞅专心吸烟的那个大人,茫然地在快餐桶里翻了个遍,结果除了一堆纸盒子以外什么也没有。

"没有,他们没有送我玩具。"

"你说啥？"小男孩的眼睛一下睁得老大，"他居然没有给你玩具。"他伸出手指点着收银柜正后方的大菜单，那上面的确有那么几个黑体字：

现购买任一种巧乐猩套餐即赠送巧乐猩模型玩具一款，多买多送！

"张奥比，那家伙，又克扣别人的东西。"女孩子压低嗓门说，转脸看向服务生。

"你们认识他吗？你们是本地人？"

"这附近的人都认识他。知道他为啥克扣你的东西不？"男孩露出几分鄙夷的表情，"我保证他不是故意的，但他昨晚去酒吧鬼混的时候肯定又喝到吐了。"

"哦，哎呀。"儿子仿佛听到了什么不洁的东西。

"张奥比！"男孩站起身打了个响指，这个响指的熟练程度令人羡慕。

"张奥比是个可怜鬼，真可怜，别人都这么说。"女孩说。

"你们没有权利指责成年人喝酒，"父亲说，"抽烟也是。"

"说他是可怜鬼跟酗酒的事无关，"女孩并不在意被人打断，"他的父母老早就不管他了，他们把这位啃老族从家里赶了出来。"

"你们也无权对别人家的事说三道四，尤其是小孩子家，知道太多可不那么好。"

"我的爸爸妈妈就不是这样。"女孩平静下来，瞥了一眼父亲，又瞥了一眼正在收银台跟张奥比搭讪的男孩，即"我哥哥也是"。

"你知不知道这边有个彩色公鸡的建筑？"儿子问。

"什么彩色公鸡？"

"嘿，我说，你们有空闲去在意别人喝酒，倒不如多看点新闻，问问环卫部门为什么没把街上的雪铲干净——外地人都会为这儿的道路状况吃惊的。瞧瞧，你们以后多关心下这些事儿，就不会变得和张奥比一样了。"

"这几天雪下得很大啊，大概是他们人手有限，还没来得及！"女孩儿脸颊微红。

"我记得，有一栋顶上有大公鸡的房子，"儿子挠着脑袋，完全忘了词儿，"不是真的公鸡，彩色的，如果有风吹的话，公鸡就会转……我是想问个路——"

"哈哈……我一直没看到任何车辆或清洁工人的影子，小姑娘，有谁告诉过你什么叫纳税人吗？"

"你没有资格这么取笑我们，先生。尽管我们这儿是个偏远的小地方，你也不能在餐厅吸烟的。"女孩儿尖声尖气地说，"我认为一个在公共场所吸烟的人才不配给儿子做榜样呢！"

父亲淡淡地笑了笑，不置可否。

"……我记得是一处圆顶建筑，公鸡是个风向标之类的东西。"

"什么公鸡，你能不能说具体一点？"

"哦。彩色的大公鸡，它的尾巴有七种颜色。"

"你说的是教堂顶上的那只七彩大公鸡吧，那就是个风向标。"男孩儿走过来，他手里拿了个什么盒子，是他刚问张奥比要来的，巧乐猩巨无霸套餐赠送的玩具。

"教堂？你说的是教堂？"女孩有点好笑地扫了儿子一眼，"你为什么记住的，哈哈，恰好是教堂顶上的公鸡呢？我是说，好吧，一般人注意的大都是四周的冬青树，还有摆摊的小贩什么的。"

"那样……能让他显得与众不同。"服务生从远处发出懒洋洋的声音。

"糊涂鬼张奥比欠你的东西。"

"谢谢。"儿子给了个笑脸。虽然他不晓得这玩具究竟有啥用。

男孩儿坐回他的座位上，他还有半杯果汁没有解决掉。

"爸爸一大早就出门了。"女孩说，晃荡着两腿。

"我知道你想说什么，"男孩说，"但是没有必要。"

"收起你的玩具，"父亲用膝盖轻轻碰了儿子一下，说，"带路吧。"

"嘿，教堂离这里不远了，你们从十字路口左拐一直走，看到一座交通亭，再右拐，就到了。"女孩转过头说。

"其实我们不是要找教堂，你知不知道有条上坡拐弯的小路……"儿子不知道如何描述，"算了，谢谢你们帮忙。"

"你们是来旅游的吗？你们从城里来？"女孩问。

"我们是来探亲的。"儿子扭头看了一眼父亲，他在系鞋带。

"主要是来坐车和走路的。"父亲发出低沉的声音。

"主要是坐车和走路就对啦，"帽子耷拉着的张奥比说，"那就对了，那就叫旅游。"

儿子开始有点适应店里若有若无的暖气了，不是说他之前不适应，而是之前以为这是家人气还行的餐厅，在他的印象里就是如此。室外的积雪的确快要没过他的脚踝了，要是乌迪，他家那条牧羊犬在上面跑的话，说不定它会冷得站都站不稳。窗外那棵不知品种的高大老树和快餐店夹角四十五度延伸出一条道路，应该就是女孩说的路，虽然这当儿没有行路的人也没有车，但似乎总有种从不间断的窸窸窣窣的声音。

"你们，你们不打算这时候回家吗？"儿子朝大门走去，跟在父亲的后面。

"我们再待一会儿，果汁还没喝完呢。"女孩回答，她又开始晃腿了，仿佛这座位是一架秋千。

"我们在这儿打发时间。"男孩说。

"顺便说一句，"小姑娘饶有兴趣地眨了眨眼，"你的那套巧乐猩……"

"别随便跟人要东西，桑妮。"

儿子喉咙里有个"噢"字没能完全地吐出来，快餐店的自动旋转门就自己回

朱　雀 ｜ 格利普里奥

过去了。瞬间一缕冷冽的风扑在脸上，他有一种回头送掉这件玩具的冲动：一个很丑的拿着锣鼓的制服猩猩，如果你扭动几圈发条，它就会发出一些莫名其妙的噪音，可是他觉得完全失去送掉它的理由了。

"'别随便跟人要东西，桑妮。'我也没请求他帮我要这个丑玩具呀，讨厌鬼。"

"嘟嘟囔囔个啥呢，步子给我迈快点，是你给我带路，不是我给你带路。"

"刚才人家不是说得很清楚了？左拐直走再右拐。"

"你承诺过由你领路啊，记不得啦？"

"那你就跟在我后面，不要尽说些无聊的话。"

"什么才叫不无聊？儿子，我现在做的就是无聊的事啊，我是陪你在做无聊的事。如果你真觉得无聊，我们回头走不就得了？"

"这可是说好了的，承诺过的。每年夏天她来看我们，我们冬天来看看她，是不是？"儿子说，"我今年要满十四了，我觉得我能遵守我的承诺，我们说出的话。"

"你懂个屁的承诺。"父亲皱起两撇可笑的眉毛。

他们路过了那间使人联想到淋浴房的交通亭，一个右拐，儿子终于看到了那只站得很高的大公鸡。他以为那只公鸡所在的地方是个大广场，有滑旱冰的人和卖纪念品的小贩，没想到记错了——教堂被一群冬青树簇拥着，门前有一条宽大的带花纹的石板路裸露出来，两旁挤得厚厚的雪堆似乎在冒着白气。

教堂真的很高，远远超过了它周围的冬青树，马赛克图案的玻璃窗有隐隐的反光，听不到唱诗或是朗诵，除了那种长年不断响在耳道里的窸窣，还有不知是不是幻觉的大公鸡转动的声音。大公鸡闪耀着金属的光泽，说不清是什么材质，头和胸脯全都金晃晃、亮闪闪的，它骄傲地扬起脖子，尾部是几道彩虹般向上抛撒的羽毛，漂亮得好像一轮在蓝天上放光的太阳。

大公鸡没有爪子，支撑它站立的是一根银色的轴，当然你也可以说这就是它的爪子，儿子就坚持认为这是两只爪子并在一块儿了。只要有一点点风，公鸡就轻盈地转圈，时间长了，转圈时难免有轻微的金属摩挲声。不过这声音并不难听，更类似"啾啾"的清脆鸟鸣，反倒为单调的冬天添加了一点生趣。

"漂亮的大公鸡。我也想养一只公鸡。"儿子哈着气说。

"接下来该怎么走。"

儿子挠挠头，这里没有他想象中的广场，地盘也比他记忆里的小了不少。

"噢噢，等等，"父亲眯起眼睛，两手插在裤兜里，"彩色的大公鸡，不就是传说中的格利普里奥吗？"

"什么格利普里奥，公鸡的名字吗？"

"没什么，一个用来教育小孩儿的故事，一只骄傲的公鸡，实际上，你自己都能编出后面的情节。"

"那它怎么会被搁在教堂的顶上，感觉有点奇怪噢。"

"我怎么知道，在这样的乡下，修教堂的人不一定懂的。"

儿子茫然地盯着那只大公鸡，过了一会儿，他差点扑哧笑出声来："你说的不会是格利普里奥吧？'它是一只金色的骄傲大公鸡'，那可是我们上幼儿园的时候学的，它的尾巴可不是彩色的。格利普里奥！哈哈，你怎么想出来的名字？格利普里奥……"

"好了好了，别总跟我扯淡，走好你的路。"

"不只是我的路，"儿子摇摇头，"我记不清接下来的路了，但是你肯定记得。"

"我从来都不记得他妈的这种该死的乡间小路，"父亲紧盯着儿子说，"我更不知道被雪盖住以后的路长什么样子。"

"你是在学格利普里奥吗？"

朱　雀 | 格利普里奥

"什么？"

"你在学格利普里奥，装得就像它一样骄傲。"

"小子，别跟我搞笑了。"

"'后来格利普里奥一身金色的毛都掉光了，大家都看不起它'，"儿子说，看不出他的表情有任何变化，"从今天早上一开始，你就变得像它了，尽跟人抬杠。"

"好吧，小子，但是你用骄傲来形容我，那你就错了，知道吗？大错特错。"

"如果你记得路，为什么不带路呢？那不是骄傲是什么？"

"你今年都十四岁了，小子。你难道不觉得，该学着不要依赖大人了吗？"

"这些都是借口，就像在火车上你念叨的一大堆话一样。"

"没有人天生就记得路，下次，要学着点，小子。再过两年，你就可以考驾照了。"

"我知道。但是你也该学着不要一到今天这种日子就变得像格利普里奥似的，我都不知道怎么跟你说话了！"

实际上，父子俩都不知道，教堂大门左侧的大理石墙壁上镶着一块凸出的橡木板，木板上镌刻着有关这个公鸡风向标的说明，只不过斑驳的墙壁让它不太容易引人注目而已。七种彩色的羽毛，代表着教义中的七种罪孽，它们鲜艳、有诱惑力，但肮脏，沾染着世间的不洁。橡木板左下角有一排花体的拉丁文，墨迹很淡很淡了，大意是"愿执念随风而逝"之类的。优美的拉丁文字。

"但是，我确实不记得路了，小子，别说我在学那个他妈的什么格利普里奥。"

"好的，我们可以问路。"

"要是你这次记清楚了，下次就不要再到处问路了，记得我教过你的？"

"不要依赖别人的帮助。我知道啦，好吧。"

"快去。"

教堂的大门是交错的雕花斜纹，深棕色，古朴的味道。乍一看是木门，其实是扇铁门,上面的玻璃,让人能看见里面影影绰绰的景象。儿子能看到里面树荫下黑色的长椅,只是清风雅静,没有一个人影。他敲了敲门,想等人来问询。

父亲站在雪地里,下唇微微颤动着。他点了支烟,扯了一把快要滑落的外套,想检查下鞋子有没有进水。他刚弯下腰,屋顶的公鸡也跟着动了,金属的底座摩挲着发出"啾啾"的声音,清脆得如同早晨的鸟鸣。

「青春文学」